U0609733

犁雨一春

于秋军 —— 著

天津出版传媒集团

百花文艺出版社

图书在版编目（CIP）数据

一犁春雨 / 于秋军著. -- 天津：百花文艺出版社，2024.6（2024.10 重印）
ISBN 978-7-5306-8851-9

Ⅰ.①一… Ⅱ.①于… Ⅲ.①长篇小说-中国-当代 Ⅳ.①I247.5

中国国家版本馆 CIP 数据核字(2024)第 111223 号

一犁春雨
YI LI CHUNYU

于秋军 著

出 版 人：薛印胜　　　　编辑统筹：徐福伟
责任编辑：邱钦雨　　　　装帧设计：任　彦
出版发行：百花文艺出版社
地址：天津市和平区西康路 35 号　　邮编：300051
电话传真：+86-22-23332651（发行部）
　　　　　+86-22-23332656（总编室）
　　　　　+86-22-23332478（邮购部）

网址：http://www.baihuawenyi.com
印刷：天津联城印刷有限公司
开本：900 毫米×1300 毫米　　1/32
字数：370 千字
印张：14.125
版次：2024 年 6 月第 1 版
印次：2024 年 10 月第 2 次印刷
定价：59.00 元

如有印装质量问题,请与天津联城印刷有限公司联系调换
地址：天津市宝坻区新安镇工业园区 3 号路 2 号
电话：(022)29937958　邮编：301800

版权所有　侵权必究

谨以此书献给在机关工作的同志们

一

二〇一二年的第一场春雨静悄悄、静悄悄地飘落下来。

凌寒乡从睡梦中醒来,拿起床头柜上的手表看了看:凌晨五点过五分。在机关工作二十多年,他从来没有上过闹表,完全靠生物钟自然唤醒,不论睡得早晚,时间差不会超过十分钟。今天似乎有些异样,窗帘不像往日透露浅白的晨曦,屋里漆黑如墨。

凌寒乡拉开窗帘,从高处向外望去,阴云密布,压着楼顶缓慢飘移,细雨一层接一层飘落下来,在宽大的玻璃窗上排成细流优雅地滑下。城市被笼罩在墨色的雨幕里,路边的灯柱闪烁着昏黄的光,飞驰而去的汽车溅起水花,高大建筑顶端的广告变幻着明暗迷离的色彩和字句,雨丝如同串起来的灯珠,从天穹垂落地面。

市委大楼坐落在城边,半年前投入使用。楼的正面是一片开阔的水面,两侧是起伏的山坡,丛林环抱。站在高处望得见城区,此处既偏离闹市又不脱离尘嚣。

凌晨是城市一天中最安静的时刻。凌寒乡推开窗户,早春的寒意扑面而来,一股湿润、凉滑的感觉涌遍全身。说不清什么原因,凌寒乡特别喜欢雨天,尤其是雨夜,总能引起他幽思之情。他不由得想起下乡年代,知青教徒似的祈祷老天降雨,可以歇工补觉;想起大学时代的傍晚,坐在池塘旁静观雨滴落入水中散开的形状;想起在县里任职时,带着女儿躲雨,在路边小馆吃热乎乎的饺子。以他的年龄和工作性质,早已告别了多愁善感，也许是刚刚苏醒，也许是雨夜的宁静，不知不觉让自己放松了。微风吹过，他抹去落在脸上的雨珠，也把情绪拉了回来。

一天中，由凌寒乡自己支配的时间只有凌晨和睡前。他的作息极有规律，早起跑步，睡前器械锻炼。今天赶上雨天，晨跑暂停，把晚上的运动项目调到早上来。他做了三组哑铃，增强肱二头肌、肱三头肌、三角肌，随后又做了两组仰卧起坐和俯卧撑。他越来越觉得干秘书长不仅是脑力活也是体力活，光有好脑子没有好身体是不够的。锻炼身体还能调整心态，烦恼、郁闷、担忧以及莫名其妙的低落情绪或多或少地被冲淡了，这或许就是"欢愉化学物质"多巴胺在起作用。听人说过，村上春树每天跑十公里，边跑边思考问题，他决不相信。他刚跑的时候，上气不接下气，胸部似乎要炸了，哪有心情去思考？适应了之后，真的可以琢磨点事。不以锻炼为目的的运动不叫锻炼。锻炼难，难在坚持，数九寒冬，酷暑三伏，没点毅力还真不行。他咬着牙坚持了一天又一天，愣是坚持了十多年。

整套动作做完，他开始过滤全天的工作安排。今天同往常一样也是忙碌的一天，但又不同寻常。昨天，市委书记冯至胜正式告知他，省委决定免去其市委书记职务，由天顺市委书记顾全衡接任。近一段时间，市委换届人事安排是人们谈论的焦点，冯至胜因为年龄原因不会连任，但还不到退休年龄，人们猜测他会在市党代会开完、人事安排就绪后再离任，市委的工作包括市委办公厅的工作都是按照这样的节点设定来安排推进的。省委的决定来得突然，预示围绕省党代会的人事布局开始了。历史经验表明，每次市委主要领导变更，受牵动最大的就是市委办公厅。由于领导的个人风格、工作方式、施政重点甚至经历阅历不同，首先便是对办公厅的重点人员、机构设置进行调整，只不过有大调和微调之分。明天，他将和市委常委、组织部张祖淦一同去天顺市接新书记，今天有一大堆事等着他去协调，必须一件件捋顺，新书记到任时一切妥当就位，为此他忙乎了一夜。这个时候最检验秘书长的协调办事能力。

"咚、咚"，两下轻微的敲门声。他看了看表，不到清晨六点半，谁会这时敲门?秘书小刘?不会,小刘完全清楚他的作息时间和生活习惯,跟他这几年,相互之间高度默契,小刘总在该出现的时候出现在该出现的地方。

打开门,是一处副处长邵尉。邵尉欠了一下腰,谦恭地说:"秘书长早,不好意思,打扰您了。"

凌寒乡有些惊异但依然客气地把他让进来。邵尉与他除了上下级关系,还有另外一层关系——邵尉的舅舅周子恒是他大学的同班同学,一起插过队。

"这么早,有什么事吗?"他问。

"今天下雨,估计您跑不了步。这是我舅舅给您的。"邵尉说着把臂下夹着的一包东西双手送上来,"一身运动服,还有护膝、护腕。"

"谢谢你舅舅,我这身运动服还挺好的。"凌寒乡委婉拒绝。

"舅舅说了,这不是什么大牌子,连国产大牌都算不上。再说您这身运动服穿了好几年,也该换换了。"邵尉不急不忙地说,"这是您跟我舅舅之间的事,我就是一个跑腿的。您忙吧。"说完放下东西,退了出去。

凌寒乡看了一眼商标,的确是大众品牌。他正要说话,邵尉已经把门带上。他在屋里踱步,职业特性使他养成了对发生的每一件事都过脑分析的习惯。邵尉清晨到来,说明这个年轻人很用心,善于从细微处着眼,然后以最恰当的方式选择最合适的时间接近领导。清晨不容易碰到人,连秘书也不在。送的物品也是他所需要的,他穿的这套运动服裤脚已经飞边,是该换换了。送礼是一门大学问,做到自然随意而又得体可不太容易。周子恒这看似不经意的举动,定是有事相托,可以直接联想到的是关照他的外甥,毕竟一处处长的位置一直空缺未补,除此之外,应该还有别的用意。

他简单洗漱,头发梳理得一丝不苟,换了件干净的白衬衣。端详镜中的自己,发际线又向后移了,眼袋比以前肿了不少,岁月的刻薄和压力的施重毫不迟疑地嵌在脸上。他按响了字台上的呼叫铃,秘书小刘推门进来,把一天的日程安排摆在他面前。他口述做个别调整:"去组织部见张部长取消,早餐时我去找他。叫立德主任上午九点在楼下等我,其他安排依次后错。"他布置任务历来简洁明快,决不絮叨,除非格外重要,否则不会重复。跟他干活注意力必须高度集中,跟上节奏,他选秘书很看重有没有这点麻利劲。

市委大楼由主楼和相连接的两侧附楼构成。主楼高九层,九为大,办公厅、组织部、宣传部、统战部、研究室、市直机关工委集中在这里办公。两侧附楼各七层,取七上八下的寓意。除了一部分办公用房,东侧设有大小餐厅和健身房、理发室、淋浴间、洗衣房等服务设施,西侧是各种规格的会议室。老市委办公楼年代太久,破败不堪,最大的会议室只能容纳三十多人,院子小得仅能停几位市领导的车,远比不上区县委的办公条件。重建市委大楼的呼声日益高涨,好几任市委书记都说要改造,但又都怕惹麻烦,预留的土地野草丛生,垃圾成堆,要不是冯至胜拍板决断,这座大楼仍躺在图纸上。楼建成了,建楼的人却要挪窝了。市委机关的工作环境得到极大改善,仅此一项,干部职工将永远念着冯书记的好。

上午八点整,凌寒乡去吃早点。市委常委的办公室在八楼和九楼。秘书陪他下电梯去市领导用餐的小餐厅。此时是大楼里人员走动最多的时候,一路上凌寒乡对遇到的每一个人,不论是熟悉的还是陌生的,哪怕是新来的物业职工,他都主动与他们打招呼,对比较熟的人,他会停下来聊上几句。他目视对方,语言亲切,从不敷衍、拿腔拿调、装装样子,这是他多年养成的习惯。装样子一天半天也许行,天天装并不轻松。他是从基层干上来的,了解底下的人怎么看领导。看似无关紧要的细节,留给人们的印象大不一样,好印象单靠官位难以确立。开几个会,发表几次所谓的重要讲话,无法拉近与干部职工的距离。

"今天早晨遛了几圈?饭后百步走,是个好习惯,对你降血糖有好处。"

"听说你戒烟了?有股狠劲。不是说戒烟发胖嘛,你倒瘦了。"

"佟院长给我打了电话,说你爱人的手术非常成功,恢复得不错。不用谢我,是你们的福气大,发现得早。多陪陪她,祝她早日康复。"

"孩子今年参加高考吧?你们孩子优秀,考北大、清华不成问题,不过也别给孩子太大压力。"

办公厅的干部凌寒乡基本认识,绝大多数都能叫出姓,经常接触的能叫出姓名,新来的也能记得住面孔。普通干部的名字被领导记住,他们有被看重的感觉,甚至会向好友炫耀,还会夸赞领导没有架子。官僚不官僚在普通干部那里就这么简单,他们对领导的好评往往来自一声声亲切的招呼。

出了电梯有人叫他:"秘书长,早上好。跟您请示一下,咱们支部准备组织一次集体学习,想请您能加,不知您什么时候有时间?"说话的是办公厅秘书处副处长陈燕影,兼任秘书处党支部书记,是办公厅最年轻的女处级干部。

凌寒乡的组织关系在秘书处,按要求须定期参加"三会一课"。他说:"你们先安排,如果时间不冲突我保证参加。"他走了两步,又转过身说:"这段时间筹备党代会比较紧张,你们要统筹考虑,处理好工、学矛盾。"

陈燕影那双清澈的眼睛始终没有离开他,答:"知道了,秘书长,我们会安排好的。"

前走没几步,一个人急速地从后面跑过,拉开小餐厅的门,向他敬了一个标准的军礼,底气十足地报告:"首长好!"

凌寒乡示意他把手放下,问:"志坚,转业到机关有三个月了吧?"

"报告首长,三个月零七天。"孙志坚回答。

凌寒乡把孙志坚举着的手拉下来。"那么从现在起把称呼改一改,地方不兴叫首长。"想了想他又说,"你负责后勤工作,要尽快适应领导的需要,该调整的随时调整。"说完这句话他感到很多余,因为大多数人并不知道新书记要来,孙志坚当然听不懂他的意思,就算说给自己的吧。

"请放心,首长。杨副主任经常教导我们,保证完成任务!"孙志坚依旧保持笔直的身姿,声音洪亮地向凌寒乡报告。部队训练的不光是技战术,精髓永远是一件事——服从。凌寒乡想,好品性养成不容易,叫首长就叫首长吧,不改也不是什么大事。

小餐厅由一个大间、两个单间组成。一个单间是常委专用,不规定座次,常委按照排序自动对号入座,并固定下来。另一个单间用来接待客人。大间摆了几张大圆桌,用餐的是各部门的负责人,也是按部门顺序自然划分的。次序就是规矩,领导干部清楚自己的位置,决不会在这上面出错。任何一个群居团体都讲究长幼尊卑,否则还不乱了套。

只要冯至胜不在,常委便去大间与本部门的下属进餐,不全是为了接近部下,主要是为了沟通情况和安排工作。凌寒乡一进大间便扫描到了张祖淦。张祖淦个头不高,满头白发,其实岁数并不大,他长期在组织系统工作,一年前从外市调入,干部工作经验丰富,轻车熟路,只是对本市的干部接触有限,人头不熟。凌寒乡想,看来,今后组织部部长等人选不会在本地产生。

凌寒乡要了一碗鸡蛋番茄挂面汤,攥了一个窝头、一块地瓜、一根油条、一点咸菜,坐到张祖淦旁边。他把明天去接新书记的安排简要地说了一下,介绍了随同前去迎接的人员,有办公厅分管接待和行政后勤的副主任杨立德、警卫处处长马金龙。他想确认省委组织部对召开全市领导干部会议的安排,张祖淦说,时间定在后天上午,省委副书记和省委常委、组织部部长出席会议。

他又想到一件事,问张祖淦:"新书记来时,安排谁去车站比较好?"

张祖淦眨了眨眼睛,却不回答。

凌寒乡怪自己有些随意,不该征求人家的意见,这无异于出难题。给新书记接站谁都想去,人多了场面太大,过于张扬,难免引出闲话。人少了显得冷清,这可是对新书记的态度问题。这种事够不上大事,但也决不是小事。类似的事天天有,伤脑筋,难拿捏,找谁商量都没用,只能自己掂量着办。都说秘书长是大总管,其实更像小媳妇。

上午差五分九点,凌寒乡来到市委大楼正门的高台阶,杨立德已在此等候。杨立德是从市公安局调入市委机关的,当年为了加强机关大院的安全管理,特地挑选了一名公安干部。市公安局推荐杨立德的理由是,话少、心灵、眼快、腿勤。据传,市公安局招录新人,面试时考官出了一道题,说特工在一本书的七至八页夹了一份情报,请你取来。第一位考生翻开桌上的书查找,第二位考生思考了半晌没给出答案,二人均被淘汰。到了杨立德,听完考题起身就走,说这个任务无法完成。考官问为什么。杨立德答,七至八页是一张纸,夹不了情报。杨立德虽然没上过大学,却满腹书生不屑一顾的风土人情杂学,属于情商高于智商的实用型人才。

凌寒乡招呼杨立德坐上自己的车,驶向绿岛宾馆。绿岛宾馆分前后两个院,前院是一幢大体量的高楼,对外经营,后院有几座独体别墅,专门接待中央和省上领导以及其他重要客人。经过多次扩建,这里成为全市最大的行政接待中心。绿岛宾馆归市委办公厅代管,由杨立德负责。

小车沿着宾馆内的柏油路奔驰,两侧灌木经过修剪,格外整齐,尽管寒气袭人,但遍布的长青树木似乎冬天不曾光顾这里。拐了几道弯,小车停在一幢小洋楼前。宾馆经理率一众服务员列队迎候,凌寒乡和他们亲切打招呼。在经理的引导下他逐一查看了会客室、餐厅、二楼的卧室,还试了试卫生间的冷热水,各种物品是新配的,一应俱全。看来昨晚他跟杨立德透露信息后,一干人马忙了一夜。挑不出什么毛病,他一直很欣赏杨立德的办事效率和能力。

来到会客室,凌寒乡强调了需要完善的几个环节:"周转公寓要重新装修,短时间很难入住,书记要在这里住上一段时间。要淡化宾馆的味道,添加小饰品,增加居家的氛围。"他对杨立德说:"向天顺市委负责后勤的同志了解一下新书记的生活习惯,包括饮食口味,多掌握点细节。可能的话了解书记夫人生活上的要求,比如洗漱品的牌子。准备一套女同志的生活用品,估计书记的爱人很快会过来。"周围的人频频点头,认真做着记录。

杨立德代表大伙表态:"我们抓紧落实。"

从绿岛宾馆出来,凌寒乡去检查给新书记准备的办公室。书柜里摆满马克思、恩格斯、列宁、斯大林和我党领导人的成套著作以及百科全书等各种工具书。一抹朝阳映红群山的大幅画作,占满了一面墙壁。两盆茂盛的绿植,每片叶子泛着光泽。

　　"都测过了?"凌寒乡拉开新家具柜门问杨立德。

　　"请环保局测的,完全达标。"杨立德答。

　　"库房里还有旧家具吗?"

　　"有。"

　　"选出一套,擦洗干净,备用。"

　　上午十点整,凌寒乡准时进入市委小会议室。屋里坐满了人,刚才还在叽叽喳喳,见凌寒乡进来,瞬间鸦雀无声。当领导的威严与平和这两样东西一样都不能少,只是在不同场合的配比不同而已。不管怎样,两者是融合的,不能截然分开。威严是底子,有威严的平和更有亲和力,否则平和就变成了随和。威严通过平和散发出来,领导者的能力和魅力将得到完美呈现。

　　小刘从提包中掏出凌寒乡开会用的所有物品,依次摆放在桌子上:笔记本摆在正中,左侧是参加会议的人员名单,右侧齐整地放着刚削好的红色和黑色四支铅笔,花镜从眼镜盒中取出,用绒布擦亮,摆在笔记本的下端,水杯放入几片绿茶沏好,杯盖翘起缝隙,便于排出热气。标准化作业,工序井井有条,从不干家务的大男人在单位评得上高级管家。

　　凌寒乡喝了口茶,戴上眼镜,打开笔记本,扫了一遍在座人员。办公厅分管文稿工作的副主任傅自华,分管会务、接待、值班工作的副主任崔天明与副主任杨立德,以及秘书处、一处、二处、会务处、值班室、接待处、档案室、行政处的正副处长……所有目光聚焦于他。

　　他静了片刻,有意把会议气氛调得庄重一些,让大家感到这次会议的重要性。"诸位可能听说了,市委主要领导同志将要调整,"稍加停顿,他继续说,"后天召开全市领导干部会议,宣布省委的决定。我们今天这个会,就是部署迎接新书记的准备工作。"说到这里他加快了语速,"准备工作涉及多个处室，只有一天半，时间紧迫，我直接布置任务。"

"老傅，"他对坐在左手边的傅自华说，"你们要突击几篇稿子，一篇是至胜书记在领导干部会议上的讲话，不要长。一篇是新书记在领导干部会议上的讲话，天顺市委的写作班子会给准备，我们的只是一个参考稿，对至胜书记的评价多加些笔墨。第三篇稿子，新书记第一站安排到白江新区调研，准备一篇调研座谈时的讲话稿。除了这三篇稿子，党代会报告不是有了个草稿吗？先不要报，拉出一个详细的提纲。至胜书记的讲话稿今天下午三点前给我，其他的明天上午八点前给我。"他换了口吻，带着歉意说："老傅，又是急活。"

傅自华负责市委主要领导的文字工作，包括讲话稿、致辞、主持词、演讲稿、信件、新闻报道稿等。所谓急活在他那里早已是常态，换句话说哪篇稿子不是急活。开始时接到急活他还真着急，现如今活再急人也不急了。他站起来刚想走，凌寒乡拦住了他。

"秘书处负责，与天顺市委办公厅的有关处室联系，要一下近五年全衡书记的讲话稿，档案室收集整理全衡书记的新闻报道稿，这些都交给自华主任和一处、二处。"凌寒乡补充道。

傅自华没说话，起身出去，一处、二处的同志紧跟其后。凌寒乡看着傅自华微驼的背影，不被察觉地叹了口气。他与傅自华大学时同住一室，傅自华在班里年龄最大，上学前已经结婚。毕业后分配到青云日报社，主笔《我说两句》专栏，以百姓的视角谈时政、论民生，用的是百姓的语言，说的是百姓身边的事，深受市民欢迎。那段时间，《青云日报》个人订报数量创历史新高。冯至胜多次批示肯定，非常欣赏他的文笔，认为词语生动而文思连贯，指点犀利而情理通达。按照冯至胜的指示，凌寒乡把傅自华调进市委办公厅，尽管他一百个不情愿，但终究拗不过强大的行政力量。市委办公厅原主任调离后，办公厅的工作由凌寒乡代管，他极力推荐傅自华接任主任，理由是傅自华是第一副主任，任副职时间远远早于其他副主任，更重要的是工作能力强，群众威信高。冯至胜批复原则同意，组织部门的考察顺利完成，就差上会研究这最后一道程序,而且已经定在本周五上市委常委会会议。就在这个节骨眼上,市委主要领导变更了,干部提拔自然冻结。就差这半步,哪怕某个步骤稍微紧一紧,事情也就圆满了。怪谁呢?或许这就是命吧。新书记来后,对前任拟提拔的干部是什么态度?继续使用还是另选他人?种种变数谁又能说得清呢?

青云市是副省级省会城市,四大机关的一把手为副部级,班子成员为正厅级,在本市则称为市级,各部门、各区的一把手为副厅级,各县的一把手为正处级。在市委和各部门之间还有一个领导层次,即市委副秘书长,为副厅级。上一轮机构改革时,为了减少领导干部职数,只保留一个副秘书长,兼办公厅主任。傅自华调到办公厅后,冯至胜对他的工作非常满意,大的文稿由傅自华牵头统领,重要报告、重要讲稿、重要公文多出其手,人称"燕许大手笔"。以傅自华的资历、能力和付出的辛苦及做出的贡献,在省上早已是副厅级,如果在国家部委升个正厅级也不是太难的事,但这里的天花板就这么高。傅自华还有不到两年就退休了,凌寒乡暗自说,无论如何都要帮他解决副厅级,这个职级傅自华受之无愧。不能让辛苦的人心苦,让老实人吃亏,可吃亏的往往是老实人。

接下来,凌寒乡逐一给其他处室布置任务。会务处联系省委办公厅,确定来参加会议的省领导和随同人员名单,做会议方案;做新书记入户看望正市级老领导的方案;做新书记到白江新区调研的方案,抓紧踩点踩线。接待处了解市长和其他常委后天的日程安排,做到车站接站的方案;做迎送省上领导和用餐的方案。行政处再清扫一遍新书记的办公室,配齐办公用品和日常用品。档案室把中央和省上领导有关青云市特别是对白江新区的讲话、指示、批示以及所有支持政策整理成册,加上市委组织部提供的领导干部花名册,今天印出来,明天一早在宾馆房间和办公室各放一套。凌寒乡布置任务历来干净利落,稍一啰唆,会议时间就会成倍增加。

"给至胜书记的所有文件照报不变。"凌寒乡想了想,没有什么遗漏的,"抓紧干活吧,既要快又要好,不能出差错。"

与会人员快速退出。凌寒乡叫住秘书处处长路雪桥。办公厅为副厅级单位，处室为正处级，属于小厅大处。

路雪桥大学毕业后分配到办公厅，在几个处流动过，一干就是三十年。秘书处老处长看中她，定向培养，专职审修文件。路雪桥在处长中是老资格，经历了不少位秘书长、厅主任，最钦佩的当数她的这位大学同窗。她总结凌寒乡与他人的不同之处在于：头脑清楚，作风干练，表达简明，说得清楚，听得明白。不像有些领导，十分钟能开完的会一定拖上半天，十句话能说清的事一定讲一个小时，就怕人家说他没水平，就怕人家听不懂。听会的人似乎在认真记录，但瞥眼一瞧，有的人在练字，有的人在画素描，有的人在默写英语单词，甚至有人在修改孩子的作文。讲话者却浑然不觉，自以为他的讲话深入人心，越讲越亢奋，临场发挥，滔滔不绝。会后再赶上捧臭脚的，更加得意扬扬。多年的机关工作，教会她许多东西，对领导的看法只停留于想法，不能流露，更不能表露。从哪个角度看，路雪桥都是标准的"老机关"。

凌寒乡问她："老妈的病情怎么样了？"

"还好，最近比较稳定。"她叹了口气说，"你知道，老年痴呆这种病没有办法，为了防止发生意外，我给她做了联系卡片，姓名、年龄、住址、电话号码、联系人都写上了，让她随身带着，她不干。想请个保姆，她也不要。我那口子的工作性质跟咱差不多，没个准点。我总担心哪天老太太走丢了，真的不敢多想。"

"工作上的事你让陈燕影多管管，我看这孩子不错，重点培养培养。家里有事你随时走，来不及不必请假。忙过这一段时间也许会好些。"凌寒乡尽可能地宽慰她。

"哪有个完呀。"路雪桥感到无助，"除非病倒了，退休了，出事了。"

"有件事跟你商量商量。你们处搞的青年干部读书会大家反响很好，我想能不能扩大范围，把它变成全厅干部读书会。时间上相对固定，形式上灵活一些，谁有空谁参加。不设召集人、主持人，类似于沙龙，介绍自己读过的书，谈谈心得体会，发表个人见解，主要是督促干部多看书、多学习。"凌寒乡说。

"我没意见。"路雪桥同意。

"那好,你是机关党委书记,具体由你操持吧,有时间我去听听。"他临走叮嘱她,"注意身体。"

"谢谢。"路雪桥说完,从包里拿出一副新的老花镜递给凌寒乡,"该换一换了。"

二

机关有一条不成文的规定,下午的会议和活动通常安排在三点,因为中午市领导多数到餐厅吃饭,边吃边谈工作,一些事项在饭桌上敲定,用餐时间长,人称工作午餐,午休时一般已经一点多了。

今天下午,凌寒乡计划办两件事:向冯至胜汇报工作,看望老书记李怀恩。

下午三点,他准时来到冯至胜办公室。给冯至胜当秘书长快五年了,他们之间在工作关系的基础上多了亲近的情感,闲暇之余聊聊家常,说些儿女情长的开心事或烦心事,偶尔也谈到对某人的看法。常委中,秘书长的角色最为特殊,既是领导干部又是工作人员,形象的说法,兵头将尾。好的秘书长,准确地说要干好秘书长,必须与主要领导建立起充分信任的关系,其中的学问几句话说不清,大的方面无非两条:政治上可靠、工作上得力。说起来容易做起来难,需要通过具体事磨合,悟性加知性,知领导欲知,想领导预想,做领导将做,从一个眼神中懂得意会,从不经意的举动中看出决断,让一把手处处感到得心应手。为冯至胜服务这五年,他称得上好秘书长。

敲了敲门,不必等应允,凌寒乡推门而进。

冯至胜坐在沙发上翻看笔记本,没有抬头,闷声闷气地说:"坐吧。"

秘书倒杯茶退了出去。凌寒乡把后天会议方案和讲话稿放在茶几上,安静地坐在一旁。

12

冯至胜沉着脸，用手指敲点笔记本，好像自言自语："听从组织安排，这是党性，我无条件服从。只是突然了一点，缺少心理准备。抓紧看看哪些工作需要交接，别误了事。"合上笔记本，"时间过得太快，一晃就是五年。回想起来真有些不舍，想做的事有的没来得及做，有的没做完，有的做得不够好。说实话，这时候想得最多的不是赞扬，而是少挨骂。"

冯至胜盯着对面墙上青云市地图，好一会儿没说话。凌寒乡觉得此时最好的回应就是倾听，任书记的心绪自然流淌。

冯至胜转过身，说道："上午，省委立国书记找我谈了，除了肯定的话，还谈了省委对这次人事调整的考虑。我在市里担任的职务都免去，省委常委暂时保留，等开省党代会时统一调整。这几个月让我兼任省扩大对外开放领导小组副组长，围绕扩大沿海、沿江开放搞些调研，白江新区是重点。"

"我从一处、二处抽两位同志给您服务。"凌寒乡说。

"不要抽正副处长，不能影响新书记的工作。"冯至胜说，"我和全衡同志没共过事，不太熟悉。全衡同志年轻有为，抓工作有魄力，是搞经济工作的好手，干过的几个地方经济增长都很快，省委派他来也有这方面的考虑。这几年青云经济发展慢了些，在全省的名次下滑。"冯至胜自责。

凌寒乡真诚地说："在您的带领下，这几年我们干了许多大事难事，道路建设、企业调整、开发开放白江新区，为今后发展打下了基础，创造了条件。我想各级干部看得清楚，省上领导也是有数的。"

冯至胜仰头长吁。"在台上时底下的人看你的脸色，顺着你，捧着你，搞得你都不好意思。很多话言不由衷，背后不知有多少难听的话，我心里有数。下台了，手中没了权力，人家不受你的左右，也就没了顾忌，这个时候才敢说真话，不骂你就等于恭维。工作没有做好，挨骂是应该的。封住口封不住心，其实口也封不住，只是不当面骂你罢了。"

凌寒乡想劝两句，冯至胜不想继续这个话题："你的情况我向立国书记做了介绍，他了解你，对你的印象很好。"这一级领导干部讲究原则

13

性，类似向上级举荐的话点到为止，多说就犯了自由主义。

凌寒乡心领神会，内心感谢。他报告说明天和张祖淦一起去接顾全衡。冯至胜交代，这两天没有特别急的事就不要给他签件了。

从冯至胜办公室出来，凌寒乡去李怀恩家。路上，他想起一件事：后天领导干部会议的报道，要刊登会议消息，还要刊登任免的两个决定，一个是新书记的任命，一个是原书记的免职和任职。涉及两位领导，报纸版面如何摆布？他一下子想不出好办法。

车驶进了一座幽静的院子。李怀恩担任过青云市委办公厅主任、市委秘书长，后升任市委书记、省委副书记、省长，在省政协主席的任上退休。凌寒乡大学毕业后分配到内蒙古，不久调回青云市，到隆泉县挂职，后来任县委书记。李怀恩到隆泉县调研时慧眼识才，把他调到市委办公厅，李怀恩对凌寒乡有知遇之恩。凌寒乡到李怀恩家，一是看望老领导，二是报告人事变动。尽管他知道李怀恩可能比他早些时候就得到了消息，但来与不来、当面报告还是电话报告意思大不相同。

临近李怀恩家门口时，一辆小车迎面驶了过去。领导干部的车窗都贴了深色车膜，看不清里面的人。凌寒乡迅速扫了一眼对方的车牌号，不是四大机关的号码。

李怀恩满脸堆笑在二堂迎候，这是老书记的一贯做法，凌寒乡每次来都有受宠若惊之感。他搀扶老书记在沙发上坐下，用余光瞥见了墙边条案上的奇石，大体猜到刚才曹小力来过。曹小力心思缜密，粗中有细，为避人耳目不坐自己的车，此时登门不单纯是问安。

李怀恩已经九十三岁了，在世的省级领导干部里他岁数最大，大家亲切地称呼他老爷子。老爷子稀疏的白发有序地背向脑后，面部饱满红润，撑开了本该有的皱纹。老爷子永恒的表情是笑口常开，从不震怒发火，和气待人，协商办事，工作方法柔软，却也没影响耽误工作。如此高龄，脑子极好使，说话有条有理，耳不聋，腿脚硬朗。

凌寒乡关切地问："听说您前些日子有点感冒？"

"着了点凉，不要紧，已经好了。"

"我请人给您配了代茶饮，宁夏枸杞、甘肃黄芪、山西党参，加上河北沧州小枣，补血养气，做成小包装，每次您冲一包。"凌寒乡把东西交给保姆。

电视里正放着什么片子，凌寒乡定睛看了看，是法国拍的纪录片《人类的起源》，据说当初在电视上播放时，近千万法国人观看，创下了极高的收视率。

"怀老，"凌寒乡始终用这一称呼表达对老领导的敬爱，"您什么时候开始关注人类的命运了？"

"谈不上关注，只是有点兴趣。有句话叫仰望星空，脚踏实地。在位时整天忙得抬不起头，脚不点地，没有空闲也没有心情看一眼天空。"老爷子拍着凌寒乡的手说，"你们总说，人走茶不凉，要照顾好退下来的老同志，我们心里热乎。可是让我说，人走了就得茶凉，而且要快点凉，一只手端不了两个茶碗。怎么才能快点凉呢？就两条：不干政，养身体。"

凌寒乡说："照顾好老领导是我们的责任，照顾不好是我们的失职。"

老爷子继续他的思路，说："当领导的指挥惯了，说三道四很难改。要想不干政必须转移注意力，琢磨点离现实远、跟未来关系也不大的事，虽然琢磨不明白，但觉得挺有意思。比如，人类究竟从哪里来的，有的说是鱼变的，因为人的眼泪发咸。还有的说来自火星，几十万亿年前，藏在火星岩石缝隙的细菌随着陨石一起坠落到地球上，高剂量的太阳电离辐射很难伤害它们，于是地球就有了生命。最近我还看到一种说法，人类不是进化来的，而是太空的高级物种，适者生存，人类却逆生长，本来应抵御寒冷反而褪光了毛，本来应更快奔跑却站立行走，不是没有道理。"老爷子开怀大笑："瞎扯，都是瞎扯。"

老爷子情绪高涨，继续说："哲学是很有乐趣的学问，人类对自然的认识、对自身的认识极为有限。石头是怎么形成的？科学界争论了两百年，有的说来自大洋深处的结晶和沉淀，有的说由岩浆形成。再有，飞机为什么能飞起来，滑冰为什么会那么快，都没有统一的定论。人确实太渺小了。我们能看到的宇宙,里面大约有三千五百亿个银河系那么大的星系,每个星系里有一万多颗太阳大小的恒星。有人比喻,太阳如果像篮球那么大,地球就是乒乓球,人连纤毫都够不上。所以啊,权要看淡,利要看轻,事要看开,只有这样,才是人间好时节。"老爷子说完又咯咯笑了起来:"我不是给你这个名牌大学的高才生上课,就是想找一个能听懂的人聊聊。有人陪你聊天是很幸福的事。"

老爷子真了不得,听上去是在谈天说地,其实是在论事说人,感觉好像不着边际,却深有用意。凌寒乡心想,怀老并非不关心现实,不是不了解当下发生的事情,却从不主动打听,从不发表意见。而且,怀老把他视为适合聊天的人,这看似不经意的一句话,让他深感荣幸。凌寒乡说:"明天我去接新书记。"

"你们又要做新调整,新领导新作为,要快点适应,相信你有这个能力和水平。"

老爷子站起来走到条案旁,指着那块奇石说:"小力刚来过,知道我有这个爱好。"

凌寒乡意识到,刚才他的那一瞥怀老一定注意到了。怀老主动提及,是不想让他和曹小力之间有亲疏之分的感觉。

老爷子说:"这确实是块好石,你看,上边淡淡白色的部分像不像雪岭?中间是绿色田野,下面有一条白线是奔流的白江。"

经老爷子指点,凌寒乡觉得这块石头的形状、色泽层次的确很奇特,高山流水芳草,青白渲染浸润,天然的一幅青云市山水画。为了寻找这块石头,想必曹小力下了大功夫。

老爷子说:"今明两年,对你和小力都很关键,希望你们能再进一步。明年如果解决不了,你就过了提名年限,小力还有空间。你是我调来的,小力给我当过秘书,你们俩又是大学同学,上进心都很强,骨子里都争强好胜,只是表现形式不同,你外圆内方,小力外方内圆,这没什么不好。还是那句话,看得淡,行得远。"

这就是走过风雨、拨云撩雾的老革命,这就是历经沉浮、掂轻称重的老前辈。虽然风轻云淡却字斟句酌,似乎天马行空却疏密有致。凌寒乡感慨万分,逢人不说人间事,便是人间无事人。

送凌寒乡到门口,老爷子说:"感谢你们经常来看我。有时我在想,如果我是一个普普通通的老头,还有这么多人来关心我,慰问我,是不是我的幸福感会更强些? 当然,这样比没任何意义,毕竟我不是普通的老大爷。"

告别了李怀恩,天已擦黑。凌寒乡直奔市第一医院。老妈去世后,他把老爸接到家里同自己住。老爸八十七岁,身体一直很好,几个月前做了全面体检,除了老年人退行性指标外其他都正常。大夫开玩笑说:"指标比你都好,哪像这个岁数的人,我打包票肯定过百岁。"但不知什么原因,老爸近来手和腿脚浮肿,初步检查贫血,医生怀疑体内长了东西,需要住院逐项排查。可是老爸强烈拒绝,坚决不住院,没办法,临时输了点白蛋白,浮肿消退了些。他利用这个时间,去医院接老爸回家。

华灯初上。经过一天的雨淋,城市散发着清新的气息和晶莹的光泽。夜幕下的城区,车流穿梭,行人匆匆,宾馆、商场光亮耀人,售卖小吃、杂物的摊亭占据了便道,夜的生活开始了。

凌寒乡望着家家户户灯光闪烁的窗口,他在想,此时应是吃过晚饭,主妇在收拾碗筷,学生在写作业,男人在浏览手机,年轻人在网购网游。那些窗口漆黑的人家呢? 加班未归? 出差在外? 料理生意? 在医院照看病人?千家万户,各有各的故事,苦辣酸甜飘散在天空,便是那布满苍穹的点点星星。

凌寒乡记不起上一次进商场是什么时候了,记不起上一次在哪家街头小馆喝的酒,记不起上一次为了什么事打车穿过闹市,世俗生活离他那么近又那么远,远得他自己都觉得超凡脱俗、不食人间烟火。一斤黄瓜多少钱? 桶装饮用水去哪儿买? 看病挂号要排多长时间队?家里水管漏水找谁修? 他一概不知,这些琐碎的小事不需要他去操心,他的全部精力都放在抓大事上。凌寒乡从未把自己视为高高在上的大人物,但不知从什么时候起好像过起了大人物的生活。领导干部要做到想群众之所想,办群众之所需,前提是必须生活在群众之中。不脱离群众,首要的是不脱离群众生活。

又是紧张忙碌的一天,晚上把带给新书记的稿子过一过,今天的任务就基本结束了。明天依旧,生活依旧。没有一个人的光芒不是用自身的暗淡陪衬的。

忽然,他想起一个人。女儿昨天告诉他近期要和男友登记结婚,无论如何他要尽快找准女婿正式谈一谈,不能轻而易举让他把宝贝闺女领走。

三

在青云市的领导干部中,如果选一位最有争议的人物非曹小力莫属。欣赏他的人夸他有头脑、懂经济、冲劲足、作风泼辣,是难得的开放型领导人才。否定他的人认为他爱出风头、好大喜功、作风浮躁浮夸。

截然不同的看法,与曹小力的个性有很大关系。他的着装决不混同于领导干部白衬衣搭黑夹克黑西裤的标配,合体的西服套装、立领长款风衣使他与众不同。或许是受老话"贵人不顶重发"的影响,曹小力留着领导干部少有的头型:顶层薄薄的短发,下面的头皮光亮青白。每周必刮一次头,据说有去火醒脑的功效。他曾搜遍全城找到一位会刮头的师傅,师傅打量一番不接此活,多加一倍钱也不干,理由是按照作业标准须自下而上、自上而下、自下而上刮三次,否则刮不透亮。曹小力的后脑勺有一条肉棱,手稍一哆嗦就会发生流血事件,下手重一点就有谋杀的嫌疑。曹小力为此时常批评青云服务业落后。市委新楼建成后,凌寒乡专门聘请一位老国营理发店的退休师傅,刮脸刮头手艺一流。从此曹小力办公在市政府,理发在市委。

身为市委常委、副市长,曹小力已经干了一届,不论是年龄还是资历都有明显的优势。去年,市委为加大白江新区开发开放力度,调整了管委会班子,实行高配,由他兼任管委会主任。开发开放白江新区,不仅是全市而且上升为全省的重大战略。此时受命挂帅，格外引人注目。

曹小力通过自己的渠道，较早地知道了市委人事变动的信息。凌寒乡特地打来电话，让他做好新书记到新区调研的准备，他用一下午的时间精心做了安排。傍晚，他来到江边，周子恒约他见面。

白江水面开阔，在沿岸灯光照射下波光粼粼，蜿蜒东流。曹小力土生土长于青云市，每当有接待任务，他总是带着感情、绘声绘色介绍青云的历史。

青云市位于登峰省的中东部，依山傍江。说起青云市名字的由来，有种种传说。流传最广的版本是，宋仁宗时期，本地出了一名岳姓进士，与苏轼、苏辙、曾巩、张载、程颢等同年登榜，入仕为官。有一唐姓同僚，家资殷实，富甲一方，其父在朝廷捐得一职，也算钱权两旺。但唐父苦于祖辈不曾出过文人高士，一心培养独子金榜题名，光宗耀祖。无奈公子娇生惯养，性情乖戾，不学无术。唐父另辟蹊径，使金用银攀附上了当朝宰相。为了防止作弊，宋朝的科举采取"糊名""誊录"等做法。制度是人定的，宰相自有高招，他把主考官叫到家里，却迟迟不出来相见。主考官在厅堂的茶桌上看见一篇文章，阅后脱口称赞，此文立论高远，文采飞扬。这时，管家出来禀告，皇上紧急召见，宰相说改日再见，并转告主考官不负皇恩。那年的考题与唐公子背熟的文章完全一样，结果如愿中榜。

唐公子对文章、奏疏一窍不通，但在讨好献媚上却无师自通。首辅膝下有女无子，他年高体衰，能力日下，绵延子嗣日益堪忧，尽管拼上老命，各房均不见动静，万贯家产眼看无人继承。唐公子四处打探得一偏方，于是派人捕猎海狗，取其睾丸，加入山野老参和鹿茸泡制，酿成补酒，献给首辅。首辅喝后阳元火旺，拼搏时日，终得一子。为了庆贺弄璋之喜，首辅大宴属下。唐公子设计了一道菜，将豆芽茎掏空，羊唇剁成肉末填入其中，蘸上用蟹蛋黄调制的面糊，逐根油炸成金黄色，组成一幅字"天赐石麟"。首辅赞不绝口，高喊一声："重赏！"

岳进士是一地道书生，不谙官场行事规则，节礼寿礼、冰敬炭敬之类一概不送不收。前去赴宴，他只送上亲手写的一幅字："叶落木犹在，草绿春又回。池浅不养龙，天高一鲲鹏。"唐公子谄媚主子，更希望别人把他当主子谄媚。岳进士胆敢蔑视他，他怀恨在心，便借机向首辅告状，说："这是变着花样骂您。叶落木犹在，说您脱发光头。草绿春又回，形容您喝了补酒又生新发。池浅不养龙，说您府上积德不深，出不了大人物。天高一鲲鹏，更不得了，把贵公子置于万岁之上，犯上作乱。"首辅对岳进士的清高劲早就看不惯，大喜之日他只送一幅字，加上旷日持久的新旧两党之争，首辅与岳进士分属两个阵营。于是，首辅向皇上奏了一本，把岳进士贬到蛮荒之地。

岳进士落脚在荒山的一座废旧寺庙里，自称白衣居士，写了一副对联悬挂于门房。上联：青山有志稳半步；下联：白云无欲游四方；横批：心有意无。白衣居士教授十里八乡的儿童学文识字，闲暇时在山上种植梨树。天长日久，梨树成林，每当春暖花开时，白色梨花漫山遍野，恰似皑皑白雪，由此当地人把这座山叫作雪岭。

雪岭脚下有一条江，由于常年泥沙沉淀，洪水频发，十年九淹，百姓深受其苦。白衣居士带领乡民治水，疏浚河道，根治了水患。伴随漕运的兴起，大量物资在此集散，渐渐形成了重要的集市。百姓为了表达对他的敬仰，取他的名号和题写的对联，将此江名为白江，将此地名为青云。

作为省会城市，青云资源密集，综合实力长期稳居省内各市之首，经济总量占全省半壁江山，地位无出其右，称雄傲视一个时代。青云市的干部群众历来有高人一等的优越感，以至于有人放出狂言，说什么"青云省、登峰市"。改革开放后，尤其是近些年，青云市开始走下坡路，被小兄弟城市一路狂追，多个城市高喊勇超青云。青云已丢掉省里老大的地位，在第一阵营中勉强保住末席，重振雄风成为全市上下的强烈愿望。就是在这样的背景下，经省上批准，在白江下游两岸设立开发开放新区，简称白江新区，大规模建设的幕布正在拉开。

曹小力沿着江岸来回踱步，思考如何给新书记一个漂亮的见面礼。一阵江风吹过，他拉紧了风衣领子，也许太过专注，竟不知周子恒何时

20

站在了他面前。两人不论是外形还是性情差异明显，一个壮硕张扬，一个瘦弱内敛。大学四年他们交往不多，工作后一个热衷为官从政，一个断然弃政经商，或许出于彼此需要，反倒热络起来，关系愈加密切。

周子恒戴一副金丝边眼镜，像斯文的学者。他对数字有浓厚兴趣，填报高考志愿只选经济系，保险起见填写了鹿鸣大学中文系，竟被中文系录取。分配到市委办公厅后，上班下班，开会学习，编辑简报，打印校对，刻板单调的生活日复一日、年复一年，他焦虑、烦躁，倍感煎熬，不想沿着科级、处级的官道走下去，机关不适合他，别糟蹋了事业。二十世纪八十年代末九十年代初，党政机关兴办"三产"，做生意创收，他第一个报名。处长挽留说大学生做买卖浪费人才，周子恒放出狠话："给我处长我都不当。"他打着市委机关的旗号，先后成立了出租车公司、广告公司，市委楼顶、院墙四周都是他拉来的广告。两年后，他又成立了房地产公司。机关干部职工的额外收入成倍增加，所有人见到周子恒送上感激的话语和佩服的目光，周子恒尊享普济众生的殊荣。分管"三产"的厅领导相当开明，重奖周子恒五千元，并公款为他安装一部家庭电话，那时处长都没有这样的待遇。周子恒确信，经商是他唯一正确的人生之路。中央禁止党政机关办"三产"后，他毅然辞职，成立了自己的房地产公司，利用积攒的人脉，攻城略地，生意越做越大，发展成青云市排名前十的民企集团——大德实业公司。公司名取自孔子："大德者必得其位，必得其禄，必得其名，必得其寿。"

周子恒说："看来市长今天不忙，早到了。想请你坐坐，向你祝贺。"

曹小力不解："祝贺啥？"

"白江新区上升为省级新区，你是首任长官。天降大任于斯人，一飞冲天于斯时斯地，这还不值得祝贺？"

曹小力给了他一拳，说："满脑子金币的家伙，还残留着文学的血红蛋白。官没升，担了倒是重了。"

周子恒冲他撇嘴，说："俗话讲，背心变乳罩，虽然是平调，位置很重要。不是逗你，你已经站到了舞台中央，成为焦点人物。"

曹小力扶着栏杆，看着半明半暗的江水说："今天，我去看怀恩书记，老书记跟我大谈天体，对我很有启发。四十四亿年前，太阳还很年轻，温度类似于现在地球上的春天，金星上河流纵横。太阳温度不断升高，金星与太阳相距太近，被烤成了现在的样子。地球之所以能有今天，是因为与太阳保持最恰当的距离，既没被烤死，又没被冻死。距离决定生死，通常最明亮的恒星寿命也最短。人又何尝不是如此。"

"这可不像你的脾气，言不由衷吧？"

"还是你了解我，人本来就是向死而生的，我喜欢挑战。"

一阵凉风吹过。周子恒指了指对面的"四月天"西餐吧："进去说。"

曹小力问："这是你的？"

"刚开业。"周子恒解释道，"你知道，米苔崇拜林徽因。我盘下'十间坊'时，她嫌名字太土，要改成'人间四月天'，还说咱们入学时是四月份，多美好的寓意。可那是涮火锅的地方，烧炭火，灌白酒，林徽因知道了还不活过来？我答应她再弄个西餐吧。"

曹小力最欣赏周子恒说了必做、做了定成的性格。周子恒与米苔大学谈恋爱时，米苔说爱吃"十间坊"的涮羊肉，他便说这家店将来是她的了。大伙嘲笑他，灌了他一大杯白酒。没人料到，十多年后，这家涮锅店真的姓了米。

周子恒把曹小力领入一个单间，说："米苔不在，和清如又去山里扶贫助学了。清如还说让我和他一起筹备毕业三十年的聚会，你们都忙，好像只有我们俩是闲人。"

曹小力拍拍周子恒的背："你有实力，清如有创意，别人还真指望不上。时间就不是给人过的，三十年啊说没就没了，留下了一群大妈大爷。应该好好聚聚，不会有第二个三十年了。"

曹小力打量着房间。正面墙上挂着一幅红木刻的字"修篱种菊"，又是林徽因的。靠左侧的一面墙，是通顶的玻璃柜，陈列着上百双高跟鞋，在射灯的照耀下，艳丽的色彩、奇巧的造型勾引着对玉足的联想。

周子恒说："米苔的收藏。这些时尚品最初是中世纪欧洲贵族男人穿的,他们怕弄脏衣服,或者为了增高,女人穿高跟鞋是后来的事。男人不像雄性动物靠华丽外表取悦雌性,而是靠力量征服。开疆拓土就是力量的象征,开发开放新区也是开疆拓土,不过是换了个说法。"

换了别人会观赏一番满柜子精品典藏,曹小力只扫了两眼。他除了干工作没什么爱好,与生俱来富有职业领导干部的特质,张嘴闭嘴谈工作,非要说上两条就是嗜好烟和酒。

服务生送来两杯咖啡。周子恒品了口说:"我刚才不全是开玩笑。今天找你来,不是闲得无聊吟月弄花,你我当初就跟文学青年不太沾边。开发开放白江新区对你是个大机遇。你有政治抱负,仕途上在班里是发展最好的。"

曹小力要插话,周子恒止住他:"寒乡年龄偏大,市政协主席已到龄,他最好的结果是接替这个位置。可你就不同了,常委、副市长干了一届,再加上新区这段领导经历,履历表太漂亮了。选干部首先看履历,至于能力,差别不大。明年市和省都要开两会,你有两个目标,一个是市长,一个是副省长,如果这一步能实现,后面还有上升的空间。"

曹小力让服务生换杯啤酒。他说:"茨威格在《滑铁卢的一分钟》里有段话,命运总是迎着强有力的人物和不可一世者走去,有时候把自己抛到一个平庸之辈的手中,有时候掌握在一个窝囊废手中。平庸之辈能抓住机缘使自己平步青云,谁错过了这一瞬间,它决不会再恩赐第二遍。我不是不可一世的人物,应当是能抓住机遇的平庸之辈。当然了,我们干工作不是为了个人的升迁,个人的事由组织考虑。"

周子恒明白,当领导的会本能地说一些讲原则的话,既是自我保护,也是常年养成的习惯,再熟的朋友也不可能不设防地讲私心话,也许根本找不到能讲私心话的人。

"你刚才谈到天体,"周子恒接着前面的话题说,"银河系不是因为地球而存在的,人类不过是银河系历史变迁中的副产品。白江新区不是为你而设立的,却能够成就你。新书记很快就到了,你总得亮个相吧,想好了要出什么牌?"

都说曹小力比较狂，不好接触，其实是很少遇到能与他碰撞思想的人。周子恒成为青云商界的一个大人物，说明他不仅懂生意也懂政治。成功的企业家不会从钱眼中观察政治，而是通过研究政治把钱眼串起来。曹小力想听听成功企业家的意见，就问："周老板有什么高见？"

周子恒成竹在胸，说道："一台好戏首先要有好剧本，其次要有好导演、好演员，影响中国影视水平的是缺少好本子。对新区来说好本子就是好规划，推翻原规划，重新调整修订，这样做会得罪一些人，但要有所作为，就必须冒这个风险，否则你终究是个平庸之辈。"

曹小力示意他讲下去。

见曹小力听进去了，周子恒继续说："你爱好哲学。人类的主要活动一是生活，一是生产，生活离不开生产，生产为了生活。按照这样的思路，必须对新区的发展布局做根本性调整，将白江南岸作为生产区，北岸作为生活区，南岸集中建设工业项目，集群发展，北岸重点发展高端商业和教育、医疗、养老产业。概括起来十个字：高质量发展，高品质生活。"说完怡然自得地放下咖啡杯。

曹小力觉得周子恒所说与自己的考虑基本一致，生产、生活截然分成两个区域，这个思路值得借鉴。他想了想说："你讲的很有道理。不过，新书记很快就来新区调研，今天市委办公厅已经踩点布线了，调整规划恐怕来不及。"

"按惯例，新书记来后要开一系列会议，拜访老领导，走访几大机关。据说，新书记的节奏很快，即使这样到新区也应该在三天以后。你可以集中精英，拿出一套想法，而不是整体规划。规划是重中之重，规划先行，一行百行。"周子恒毕竟在机关干过，对机关的运作方式了如指掌。他为最后的金句满意地笑了。

曹小力说："你小子不光有商业头脑，干企业有点屈才了。可是光有规划还不够，还得有人干，也就是你说的好演员。拿破仑的滑铁卢败局，与格鲁希将军的拘泥和固执有直接关系。"

周子恒扶了扶眼镜说："新区这台大戏，导演是市委、市政府，你是执行导演,要会用人、用能人。我就是你这台戏里的一名演员,前面的这条商业街改造,可以交给我干,我把它建成全国名吃一条街,十大火锅、十大烧鸡、十大烤鸭、十大面条、十大包子,把各地最有特色的名吃汇聚于此,岂有不火之理。街的名字都想好了,叫'口忙街',苏轼说'自笑平生为口忙'。"

曹小力哈哈一笑,说:"周老板,你真是无利不起早,跟我华山论剑,谈经论道,醉翁之意原来在此,在项目也,真是彻头彻尾的典型商人。"

周子恒抱拳回敬:"我不能不务正业,政是你的正业,商是我的正业,在商言商嘛。"

曹小力的秘书走了进来,凑近曹小力耳语了几句。曹小力看了看表说:"市委办公厅的同志在你的'十间坊'吃饭,我得过去见个面。"

周子恒恍然大悟,曹小力与他闲聊,是为了错后去"十间坊"的时间,那里宴请的是下级人员,晚到一点效果最好,让客人觉得你在百忙之中特地赶来敬酒,更有面子,自己也不跌份。如果宴请的是上级,则必须早早候驾,远接高迎。接待同级通常应早到,显得热情好客。处处有讲究,事事皆学问。

曹小力正要上车,周子恒拉住他说:"那边我已安排好了,包你满意。另外,今晚在'十间坊'还有一桌客人,其中一位叫易老师,是省委书记的侄子,手眼通天,能量大得很,帮过不少人。过些天,我安排一下,你跟他见一面,没什么坏处。"曹小力点了点头。

"十间坊"在商业街的另一头,是一家老店,由于缺少特色,生意不温不火。周子恒接手后改成专涮羊肉,铜锅炭火,精选盐池滩羊肉。生意火了后,他一反常规的做法,不扩大店面,不搞连锁经营,立志打造百年名店。每天只订十桌,物稀价贵,一桌难订。到"十间坊",吃的不是食物,吃的是本事,吃的是身份。

曹小力到达时,新区管委会办公室的何主任恭敬地在门前等候,之前他已从曹小力秘书那里得到了领导动身的准确信息,这是秘书或司机与办公室主任建立的工作约定。何主任拉开车门,一只手搭在车门上框。

曹小力问:"怎么样,都落实了?"

何主任报告:"没有,天明主任不同意。"

"为什么?"曹小力很不满意。

"天明主任说,几个点位相距太远,时间都用在了路上。"

"你没说是我的意见?"

"说了,天明主任说这是凌秘书长的要求,只给半天时间。"

"半天?半天能看个啥?什么秘书长的要求,就是他崔天明的意见。"曹小力气愤地说,"好事不痛快办,成心出难题。"

何主任惭愧地说:"是我们能力差,办事不力,让您着急。"

"不怪你们,他是在摆谱,等着我出面,要的就是这个劲儿。别听他的,一切安排照一天准备。"曹小力叫来秘书,"通知市发改委、规划局的同志明天一早到市政府开会,请鹿大规划研究院的专家、新区管委会班子成员和各部门负责同志参加,研究新区规划工作。"完全是市领导的威严,斩钉截铁,掷地有声。新区高配副市级的意义就在这里。

包间里的气氛格外热烈,崔天明面红耳赤,酒兴正酣。曹小力和每个人握手,对崔天明说:"天明主任,很抱歉,来晚了。"

何主任及时跟上,做重要补充:"省上领导来视察工作,我们以为市长无法脱身,没想到市长还是赶来了,天明主任面子真大。"办公室主任是个复杂的工种,脑、眼、耳、鼻、嘴灵活高效,手脚勤快,领导不便说的话巧妙垫上,没做圆满的事无缝补上,既不可超前也不能滞后,一切都恰到好处。所有领导对选配办公室主任格外用心。

"没办法,"曹小力说,"现在来新区的人越来越多,这是好事,累点忙点心里高兴。天明主任为了新区跑了一天,再忙也要过来敬一杯。何主任,你们要以市委办为标杆,学习天明主任的敬业精神和严谨作风。"

何主任连忙说:"是,是,我们一定认真学习,天明主任您要多多批评指教。"

曹小力并不急着说正事,而是扯起了闲话:"这家涮锅店远近闻名,一桌难求,知道为什么吗?"崔天明摇头。曹小力继续说:"其实秘诀就在羊肉上,宁夏盐池的滩羊,滩羊就是散养的羊,而且只取羊后腿的大三叉、元宝、磨裆、黄瓜条四个部位的肉,这部分肉最适合手切,肉质细嫩,入锅即熟,入口即化。吃的时候千万用筷子攥住,涮两三下即可。每天只订十桌,就是要保证肉质的纯正。当然了,价格高出很多,物有所值呀。吃完这里的涮羊肉,再去别的火锅店,只能叫煮羊肉。天明主任是场面上的人,经常陪大领导,见过吃过,怎么招待好天明主任可是让我们费了脑筋。"

曹小力话音刚落,何主任立马接上:"我们拿了几个方案,市长全给否了,指定就在这家,说请天明主任不是吃档次,而是吃讲究。可这家店一周前就订满了,市长亲自给老板打电话,告诉他有重要客人,无论如何给调剂出一桌。"

办公室主任总是在最恰当的时候说出让领导最舒服的话。订一桌饭何须劳驾市长亲自出面,假如这点小事都办不了,他早该回家了。话是说给客人听的,让对方感到被高看厚待。火锅店对外宣传只有十桌,实际上后院还有两间,编号○号、○○号,不对外,留作招待特殊的客人。何主任到店里一提曹市长就全办妥了,丝毫不费事,但说给崔天明听却费了不少事。

"好肉配好酒,"曹小力批评何主任,"看天明主任的状况,你们没陪好。前面喝的翻过一页,下面按照我的喝法,主人先喝三杯,主陪再喝四杯,客人随意。"

服务员给曹小力倒满了三小杯。曹小力说:"我们有的领导喝酒,服务员用两个酒壶,给领导倒的是水,给客人倒的是酒。我是看不惯的,很不好嘛,做人一定要实实在在。"曹小力本身就好喝两口,与做人实在不实在没多大关系。他依次干掉三杯酒,每一杯都有说道,第一杯是感谢酒,第二杯是朋友酒,第三杯是祝愿酒。

久经酒场的人,练就了一套陪酒的说辞。能喝不等于会喝,所谓会喝须会聊天、会沟通、会讲段子,甚至会吹牛,完美的酒局一定少不了会喝的人。古代骚人抚琴作诗、对酒当歌，当下的酒文化，以量为基础，以文为配饰，以段子为主料。文化不怕俗，助兴最重要。

何主任端酒站到崔天明面前，虔诚地说："激动的心颤抖的手，我敬主任一杯酒。"一仰脖干了。接着，他让服务员连倒三小杯，再折入一个大杯里，继续发挥："领导在上我在下，连喝三杯就提拔。"一仰脖又干了。大家使劲鼓掌，顿时掀起小高潮。

是时候了，曹小力开始转入正题："做好新区的工作需要全市的支持，也离不开天明主任的帮助。我单独敬天明主任一杯。"等服务员倒满酒，他继续说："新书记视察新区是大事，几个项目是我反复挑选的，投资大，科技含量高，距离是远了点，但给书记看拿得出手，不然好像我们什么都没干，那样的话会给新书记留下什么印象？寒乡秘书长知道了也不好交代。要不要我给寒乡打个电话，免得天明主任为难？"

崔天明当然知道曹小力和凌寒乡是大学同班同学，他本来也不敢否市长的意见，无非是不想答应基层太痛快了，一来显得自己缺少权威，二来缺失了领导的领情。他赶紧一边举杯还礼，一边说："请市长放心，我们一定按您的要求安排好。"

"半天的时间是不是太紧了？新书记还要做指示。"曹小力解决了一个问题，再解决第二个问题。

"市长说得对，我们重新做方案，向寒乡秘书长报告。"崔天明全盘接受。

何主任心里好气，他乞求般地商量，崔天明毫不理会，左一个不同意，右一个反对，市长一来他娘的全同意了。市长看得准，他成心出难题，生怕别人小瞧他。人说天不怕地不怕，就怕崔天明一句话。伺候不好崔天明，他的一句话够你折腾三天。

何主任被人急匆匆叫了出去，很快返回来，把曹小力请到外屋，急促地说："有人往管委会院里扔了个炸弹，人已经抓住，具体情况正在了解。"

曹小力吃了一惊，叫秘书通知新区公安局、信访办的负责人立即到他办公室。他回屋打个招呼:"省上领导有急事用红机子找我,何主任陪你们,一定要尽兴。"说完便火速去了管委会。

路上他分析,这是别有用心的人蓄意破坏,专挑新书记来的当口,不是炸管委会,而是炸他曹小力。

四

幸福同欲望成反比,欲望越大幸福感越小。幸福很简单,只需要满足小小的愿望。幸福又很难,小小的愿望总是得不到满足。

傅自华的愿望很小,只希望去幼儿园接一次孙女。孙女笑笑明年就要上学了,他的愿望迟迟没能实现。就在今天,天赐良机,他将如愿以偿。凌寒乡动身去接新书记前特意跟他说:"老兄,放你两天假,在家好好休息。"除了春节他全年从未休过假,哪怕是病假。新老交替时刻,原定的会议取消,稿子全部出手,高速运转的机器瞬间减速。虽然仅有两天,但对傅自华来说无异于长假。终于能接孙女了,他感到幸福,幸福的时光来自市委主要领导交接的缝隙,来自他二十余年中短暂的无事可做。

奶奶、姥姥抢着接笑笑,两家商定隔周轮换,不巧这周轮到了姥姥。傅自华与孩子姥姥商量能不能借用笑笑一次,姥姥逗他说,下周要加倍还上哟。傅自华以为来得很早,可眼前的情景让他大吃一惊:家长黑压压地堵在幼儿园大铁门前,随时准备冲进去。他有点后悔,难得有空闲,为什么不早点来,占据有利的位置,让孙女第一眼就能看见他? 他坐在路边的长椅上,望着色彩斑斓的幼儿园和翘首以盼的家长,不由得想起自己的童年和少年岁月。

傅自华出生在山村一户农民家庭,那时过年才能穿上一件新衣服,吃一顿白米饭。生活很苦,但天广地宽,无拘无束,有大山,有小河,上山摘果子,下河摸小鱼。除了穿得破、吃不饱,快乐程度不比城里孩子差。傅自华比同龄的村娃长得快,上中学时便鹤立鸡群。凭着身高,他代表公社参加了全县中学生篮球比赛。县体校教练看上了他，招进体校系统培训。村里顿时轰动了，老傅家出了个吃皇粮的，对于靠刨土吃食的农民来说相当于中了举。可是，傅自华缺少体育天赋，生性葸耎，弱不禁风，经常被撞得人仰马翻，矮一头的小个子竟然能盖他的帽。傅自华被退回村里，回到了原有的生活轨道。

有一人为傅自华点亮了一盏微弱的文学之灯，引领他走上了另一条人生之路。此人曾是国民党少将，率部起义，在解放战争中立有战功，加入了中国共产党。中华人民共和国成立后，他著书立说，出版了政治学专著《论权力》，洋洋洒洒，几十万字，系统地阐述权力的来源、权力的性质、权力的力量、权力的分配、权力的运用、权力的异化、权力的无度、权力的危害、权力的制衡、权力的消亡，结构恢宏，条分缕析，观点独到，成扛鼎之作。然而，随着政治气候的变化，这本书成了他反党、反社会主义、反无产阶级专政的罪证，他被定性为"历史反革命""现行反革命"和"美蒋特务"，判了二十年有期徒刑，因身患疾病，监外执行，投靠远房外甥，来到这个偏僻的山村。当地人叫他老古，傅自华叫他古爷爷。老古每天赶着羊群，逍遥于山林的安逸。文人的本性很难改掉，何况身在山水之间，于是又写起散文，经历了这场劫难，他只写景状物，决不涉庙堂之上，表忧君忧民之意。

傅自华是古爷爷唯一的听众，每天放学后陪他放羊，听他朗读散文。古爷爷给傅自华讲故事，教他写散文。他说，好散文看似无形实为有意，描写山水应心为田野，意走云端，心宽则见远，见远则意高。起承转合、关联逻辑、入题收笔，皆随心走意。心动则情生，情生则动人。唯有此，才能看到风的色彩，听到雨的忧伤，触到光的形状，到达云的故乡。

傅自华痴迷地听着，尽管他不全懂，但那些华丽的辞藻和优美的句子令他陶醉，年幼的心灵受到洗礼净化。古爷爷送他一本《新华字典》，在那个年代，这是他仅有的一本课外读物。傅自华从头背到尾，又从尾背到头，正背如流，倒背也如流，他过人的文字功底得益于对字典的学习。他没有辜负古爷爷，赶上了好时代，考上了大学，走出了大山。古爷爷早已作古,而今傅自华也当上了爷爷。

幼儿园的铁门哗啦啦地打开,家长们一拥而上。送孩子与接孩子完全是两种心情,傅自华缺少这种体验。送孩子好像丢了宝贝,总要逗留一段时间,抻长脖子往里瞧。接孩子如宝贝失而复得,连抱带亲迅速离去,多一分钟都不停留。

幼儿园放学按班级分先后顺序出来,傅自华孙女所在的班排在最后。笑笑头上别着五颜六色的发卡,宛如翻飞的彩蝶。她走在队伍的前面,把同学带给家长。她看见爷爷,露出惊喜的眼神但镇定自若,伸出小胖手,很有风度地与爷爷握手,说:"爷爷好。"

傅自华弯下身,轻拍她圆滚滚的小肚子说:"笑笑好。"

老师过来,上下打量傅自华,问:"从来没见过您,您是?"

"我是她爷爷。"

"您别介意,我头一次见您,要对孩子负责。"

"那怎么办?只能让笑笑做证。"

"我不是怀疑您的身份,而是担心您没协调好,今天应该是姥姥接,怕你们闹矛盾。"

"要不要打电话核实核实?"傅自华拿出手机。

笑笑说:"我给姥姥打电话。"

"不用了。爷爷一看就是大干部,连领导干部都信不过还信谁?"老师对傅自华说,"笑笑比班里的小朋友要成熟,打小就是当干部的料,应该是受了您的影响,随您。"

"能看出我是当官的?"傅自华疑惑地问。

"我干幼教二十多年了,凭眼力基本能断出孩子的家庭背景,准确率接近百分之百。"老师自信地说。

傅自华给人的印象确实不像当官的,头发蓬乱,身材高挑瘦削,西装套在单薄的身上松松垮垮,驼起的背部使得前襟比后摆长出许多,啥时候看上去都像村里的教书匠。傅自华叹了口气,想不到自己这副模样也打上了鲜明的官员烙印。芝兰之室,不闻其香。

傅自华问孙女想玩啥、想吃啥，让她尽管说。平日里奶奶、姥姥来接径直回家，不让玩，更不许吃零食。今天彻底放开，哪有这样的美事，孙女高兴得欢呼雀跃，亲了爷爷一口，说："还是爷爷好。"傅自华美滋滋的，带孙女来到游乐场。

当了爷爷后，傅自华的性格柔软了，累了烦了就想想孙女。一天，老伴摆了书、百元人民币还有漂亮的洋娃娃，让孙女抓周，测试未来的趣向。一岁多的孙女左看看、右看看，哪个都没抓，却爬向爷爷，口齿不清地说："抱。"傅自华瞬间涌出了老泪。上幼儿园时，傅自华问孙女几岁了，孙女答三岁。他又问爷爷几岁了，孙女答三岁。傅自华不明白，孙女说："您当了三年爷爷。"孙女带给他少有的快乐和难得的好心情。

游乐场铺满了橙黄的余晖，孩子欢快地滑滑梯、坐转椅，大人满目慈祥，享受天伦之乐。此时的傅自华眯起眼睛，放任多年未有过的轻松流遍全身。

许多人从事的工作都不是出于个人的喜爱，而是无奈的被动选择，但并不妨碍他们干得出色。当初，傅自华最瞧不起机关写稿的人，讥讽他们常用的字不超过一千个，句型完全范式，标题分一、二、三级，段落一是、二是、三是，没有起伏，干干巴巴，毫无文采，初中文字水平完全可以胜任。他爱上语文课，但讨厌命题作文。分配到报社后，他勤奋笔耕，激扬文字，针砭时弊，灵感所至，信笔由缰，写了大量随笔、散文，结集出版了几本书。命运天生是捉弄人的，想不到，他现在天天在写命题作文。题目是定好的，基调是定好的，篇幅也是定好的，这一干就是二十多年。冬去春来，朝朝暮暮，他切身感受到写稿人的辛苦。他们有思想、善思考，有学识、知哲理，有觉悟、不图名，以文辅政，以己奉公。他这样想，不是抬高自我，而是心痛那些与他有苦同当、默默无闻的同行。

他即将当上办公厅主任已不是什么传言，可以说是板上钉钉，干部职工对他比以前多了一层客气和敬畏，他也时常冒出主官的感觉，下意识思考起全厅的工作。不承想，局面突变。换届时冯至胜超龄，年龄是决定或上或下的卡尺。傅自华带领一处、二处的同志不待扬鞭自奋蹄，及早动手起草了党代会报告,把这五年的成绩总结好,对冯至胜、对历史有个交代。第一稿已经送审,等来的不是冯至胜的修改意见,而是换了报告人。于是,他还能不能当上办公厅主任成了最大的未知数。办公厅主任岗位特殊,主要领导格外看重,亲自挑选,必须忠诚可靠、知根知底。昨天上午开会时,凌寒乡欲言又止,流露出歉意,他从中得出结论,认定自己毫无希望。他和凌寒乡共事多年,虽是上下级关系,但凌寒乡敬他为老大哥,私下里称他为老兄,事事处处尊重他。他懂规矩、讲原则,摆正自己的位置。凌寒乡为他的事没少使劲,没有凌寒乡他也不会被提名。他感谢凌寒乡,有时自嘲:"本人姓傅,天生干副职的命。过去不想当官,现在顺其自然,不求尽如人意,但求无愧我心。再苦一苦,打道回府,尽享绕膝之欢。"

傅自华睁开眼却不见了孙女,一番寻找,发现孙女在侧面的足球训练场看足球比赛。足球踢到界外,刚好滚到她脚下。一个小伙子跑过来正要捡球,她抬脚把球踢了回去。小伙子轻抚她脑袋,说:"小姑娘,脚挺硬啊。"

傅自华轻松的表情瞬间紧绷起来,拉起孙女,二话不说往家走。

老伴正准备晚饭,见祖孙俩回来满脸乐开了花。发现傅自华一脸怒气,问孙女:"笑笑,你惹爷爷生气了?"

孙女嚼着爆米花说:"没有哇,爷爷好不容易来接我,我怎么敢气爷爷。"

老伴比傅自华大两岁,和傅自华是一个生产队的。傅自华上大学前,他们成了婚。傅自华大学毕业后,她随傅自华进了城,在街办企业找了个工作,后来转到街道,当上居委会主任,人称肖主任,两年前退休。老伴身材微胖,和善热情,被小区居民推选为业主委员会负责人。

老伴接过傅自华的外套,说:"今晚你回家吃饭,我把儿子叫回来了。他本来晚上有饭局,我让他改个日子。你一年难得在家吃晚饭,可不许跟儿子犯脾气。"见傅自华耷拉个脸,又说:"老傅,你就忍一忍,一家人好不容易凑一起吃个饭,我们可珍惜了。饭桌上别跟儿子提工作的事，你要保证，当领导的要亲民爱民，要有大局意识。"

傅自华接过老伴递的茶杯，坐到沙发上和孙女一起看动画片。平时，除了《新闻联播》和省上、市里的新闻频道，他没看过别的节目。

儿子回来了，瓮声瓮气叫了声："爸。"儿子叫傅强，又高又壮，在市民政局当副科长。

饭菜上桌后，老伴拿出两个酒盅和一个高脚杯，分别给傅自华和儿子倒上白酒，给自己倒上红酒，给孙女一瓶冰镇饮料，招呼爷仨吃饭。

笑笑见满桌子丰盛的菜肴兴奋异常，大声喊："奶奶，今天过年吗？"

奶奶亲了亲孙女，说："对，今天是咱家的春节，咱家今年过两个春节。不巧你妈妈出差了，少了一人，一会儿跟妈妈通电话时说，她回来奶奶给她接风。"她又说："老傅，咱家人口不多，一起吃顿晚饭比在广场开万人大会都难。你能和我们共进晚餐，这是领导对我们关怀，我们无比荣幸。下面请领导做重要讲话，大家热烈欢迎。"

笑笑使劲拍起小胖手，说："欢迎！欢迎！"

傅自华是典型的缺少情调的人，对老伴营造的温馨氛围无动于衷，他端起酒杯说："快了，快退休了，到时候天天在家吃晚饭。"说着"吱"的一声自己干了。

老伴性格开朗，从不跟傅自华拌嘴计较，处处让着他。老伴说："太好了，我的厨艺可派上用场了。我保证每周不重样，一定把你喂成胖老头。"

儿子双手举杯，向傅自华敬酒，也不多说，感觉像公事公办敬局领导，而后闷头吃饭。吃饭这会儿工夫，儿子接了好几个电话。傅自华看不惯，说："比我还忙。"

儿子也不理会，看了一下表，放下碗筷，把电视调到体育频道。体育频道正转播一场足球比赛，看到精彩处，儿子情不自禁地呼喊叫好。

傅自华仍然"吱、吱"地自斟自饮。老伴敏感地察觉到氛围的恶化，劝儿子把电视让给孙女。儿子根本不搭理，继续喊叫，球迷的狂热没人能阻挡。情绪被点燃的不仅是儿子，还有老子。傅自华把电视关了，儿子打开，老子再关上，儿子再打开。

"爸，我看电视哪儿不对了？又不碍您的事。"儿子发泄不满。

"有时间多看点书，心思要放在工作上，别不务正业，玩物丧志！"傅自华气哼哼地说。

"我热爱足球，想为中国足球做点事，这能叫不务正业？"儿子争辩。

"我再说一遍，你听好了，你想辞职参加什么足球俱乐部，我坚决不——同——意！"傅自华怒气冲天。

"已经定了，您同意也好不同意也罢我都要去！"儿子毫不退让。

老伴批评儿子："什么态度，怎么跟你爸说话？"又对傅自华说："有话好好说，发火解决不了问题。"

傅自华对老伴说："你不知道，笑笑不玩木马去看踢足球，一个小女孩学会了开大脚，是不是受他的影响？我看咱家快成足球之家了。"

老伴醒过味来，怪不得傅自华进门时赌气，原来如此。笑笑觉出气氛不对，悄悄溜进自己房间，奶奶跟了进去。

儿子关了电视机，坐到傅自华身边，说："爸，一直想找个机会跟您心平气和地谈谈。每次见您回来非常疲倦，我和妈心疼您，不忍让您心烦。"儿子挺直身子，继续说："爸，您别生气，有些问题不该问，可我还是想问您，您热爱写稿吗？假如能选择您还会写吗？您觉得写稿快乐吗？"

这些问题直戳傅自华的心，如果放在刚入行时，他的回答不会延迟一秒且斩钉截铁：不会！二十多年，掺杂了太多的成分，苦辣酸甜咸搅和在一起，说不出是什么味道，舍与得、得与失、失与成，相互搅拌，岂止是热爱与不热爱的简单选择。想当年也有过甜滋滋的感觉，那是自己写的稿子被领导一字不差念下来的时候，是自己的作品印成红头文件的时候，但很快，甜的味觉全然消退，稿子一篇连着一篇，又都是陌生的领域，写出来的东西不对领导心思，领导不满意，弃而不用，脱稿临场发挥。他备受打击，性情大变，长期处在焦虑烦躁之中。这个行当，老话叫"师爷"，现在叫"笔杆子"，傅自华自称"写手"。制定政策，推动落实，哪项工作离得开幕后写手？对文稿工作，他不能违心地说热爱，但也不允许他人轻视和作践,于公于私必须维护文稿工作的崇高性。

傅自华义正词严:"干工作哪能凭自己喜好,组织需要就是个人选择。别小瞧写稿的,能干的人没几个。"

"您别误会。我最了解您吃的苦受的累,最敬佩您和您的同事。我的意思是,那时您做不了自己的主,而现在我有这个机会,选择自己想干的事。"儿子有意证明自己爱读书,"有本论幸福的书,认为幸福是建立在快乐的基础上的。我觉得快乐做事能做得更好,幸福感更强。"

傅自华恶狠狠地说:"我看你是三分钟血热。中国足球,那么多人折腾了那么多年还不是老样子?你又有多大本事?要我说,我这辈子看不到中国足球翻身的那天,你也未必能看到。"

儿子说:"您说得对,一个人的能力有限,大家都出力情况就不一样。我看过您写的体育工作会议讲话稿,您举了足球的例子,说足球不是单一的体育项目,有哪项活动不需要官方组织就能聚集千百万人,有哪个体育项目能够带来巨大的经济和社会效益,只有足球,这话说得太好了。我国男足始终是屈辱的存在,花重金请了一个又一个洋教练,球员哪怕是坐冷板凳都拿高薪,结果除了失望还是失望。国人不乞求争多大脸,但也不能无底线地丢脸。国家需要一种力量,亿万人为之兴奋激动的精神力量。"

儿子阐述自己对足球的理解:"发展足球事业,不在于几场比赛的输赢。有一份资料介绍,八国联军入侵北京后,德国军医对十八至二十六岁的一百名中国男人按照德军入伍士兵标准体检,结果达标的占百分之九十五。德军统帅上奏德皇,倘若中国产生一位聪明而有魄力的杰出领袖,那么这个国家有无穷的希望,并劝德皇放弃瓜分中国的计划。"

儿子觉得这样讲打动不了老爸,又换了角度说:"咱们青云市,历史上是传统的足球强市,现在堕落到了二流队。全市上下盼望青云经济振兴,足球对提振士气有特殊的作用。我给您举个例子,那不勒斯球队是意大利南方产煤城市的球队,挣扎在意大利足坛的底层,马拉多纳加盟后,带领球队两次夺得意甲冠军,从此,那不勒斯为世人所熟知。"

傅自华听得挺有滋味，口气缓和了许多："道理我懂，可是你又能做什么呢？"

儿子说："振兴国足不能急功近利，领导提出要从青少年抓起，非常正确。我们要办一所高水平的足球学校，做基础性的工作，用十年、二十年或许更长时间，培养新一代有文化、有血性、有头脑、吃苦敬业的球员。我们还要呼吁和促进举办全国中学生足球联赛，吸引更多的青少年热爱足球。不这样，国足振兴只能是空想空话。"他停顿了一下，继续说："我已经联系周叔叔了，他同意资助足球学校。"

傅自华问："哪个周叔叔？"

儿子回答："就是您的老同学周子恒、周老板，他是超级球迷。"

傅自华说："你想过没有，放弃公务员身份成了体制外的人，生活靠什么保障？"

"想过，但没想那么多。我的许多同学还有朋友扔掉了铁饭碗，照样吃得饱，而且吃得很好。您和我妈生活有保障，我凭自己的努力能够养活小家。"儿子决心已定，"想得太多，什么都干不了。"

傅自华正要说什么，手机响了。凌寒乡打来电话说，书记的日程有调整，白江新区先不去了，明天全市领导干部会议后，召开市委常委会扩大会议，下午召开安全稳定工作会议，需要准备讲话稿。傅自华看了看表，已经晚上九点多了。他给邵尉和二处处长尚可打电话，通知两个处的同志马上去机关，特别叮嘱邵尉不要叫老燕。接着，傅自华打电话给市信访办主任、市安监局局长，请他们提供近期信访和安全生产信息及相关数据，尽快送到办公厅。

布置妥当后，傅自华对儿子说："我劝你不要冲动，这不是小事，决定你今后的命运，也影响你的家庭。"他来到孙女的床前，亲了亲熟睡的孙女后，跟老伴说："我加班去，今晚回不来了。"

老伴劝他："孩子大了，咱们管不了也管不动，由他们自己定吧。干点自己想干的事，挺好的。"老伴帮他穿上大衣，围上围脖，送他到楼下。傅自华有颈椎病，老伴嘱咐他："稿子你写得完吗？写一会儿就站起来活动活动,仰仰头,往远处望望。身体是自己的,病倒了还不得我伺候你。"
老伴目送汽车开出小区,她想过年该给老傅买条新围脖了。

傅自华到机关,见老燕的办公室亮着灯,他推开门进来,老燕一只手支着下巴,做苦思冥想状。

"我没让他们通知你,你怎么来了?"傅自华问。

老燕叫燕文正,工农兵大学生,年底到龄退休。他曾担任机关某科的科长,现在是正处调,属于公务员序列中的虚职,但大家习惯称他老科长。就年龄和在机关工作的年头来讲,老科长是办公厅的元老级人物,无人可比。他生活邋里邋遢,一件衬衣穿两个星期,正穿一个星期,反穿一个星期,有人取笑他,说标签贴在衣服袖口外面,是服装厂受老科长的启发。老婆嫌他窝囊,和他离了婚,女儿已成家,他独身单过。老科长做事认真,好钻牛角尖,把写讲话稿当作一项伟大而神圣的事业。他口齿不利索,一着急就结巴。

老科长伸了伸腰说:"我没……回家,回去也是一个人,冷冷清清的。吃食堂、睡办公室、看看书,多美,还省了不少水电费,占国家一点小……便宜。"

傅自华由老科长联想起儿子的提问。与当代年轻人相比,上代人或许缺少选择的机会和勇气,不曾认真思考什么是幸福和快乐。回首走过的路,工作挤占闲情,无暇多想对与错,想法少,快乐就多,快乐内化在一天天、一件件的工作中。每一代人都难以理解上一代人,当下一代人成为上一代人,早晚有一天他们对下一代人的不同理念同样地感到怪异和不可思议。

傅自华见老科长合上《共产党宣言》,问:"又在研究马列经典,琢磨国际大事还是国内大事?"

"我重读了宣言,有两个问题我百……思不得其解。为什么要把共产主义翻译成幽……灵?翻译成神灵不是更好吗?再一个,为什么中文第一版的题目会错印成"共党产宣言",这么重要的文献,没人把……关校对吗?一个人看不出来,那么多人都看不出来?"老科长陷入困扰和

38

纠结。

"思考后得出啥结论？"

"一共有两……点。第一，在什么条件下都要认真，共产党人最讲'认真'二字。第二，所有事物都不是完美的，不完……美也是一种美。"

"听起来自相矛盾嘛，只要认真了不就完美了吗？"

"认真只是实现完美的一个手段，单靠认真实现不了完美。"

"你说得也有道理，我们每天都在认真工作，可从来没有完美过。不完美也是美，是不完美的美。"

一处、二处的同志陆续到齐了，傅自华开始布置任务。

"把信访办、安监局的头叫来，让他们当面说说。"老科长建议。

"我给他们打电话要材料了。"傅自华说。

"材料是死的，新书记一来就开紧急会肯定有……情况。"

"你说得对，我这就叫他们来。这个活我带他们突击一下，你就不用上手了，好好练你的气功。"

老科长常年练功健身，说："你也要加强锻炼，身体是自己的。你没听说吗？咱们老厅主任患有严重的晕……眩症，脑袋离不开沙发，一动就天旋地转，十分痛苦。第一年领导去看望，第二年派秘书去，第三年没……人去了。"

"等我退了休拜你为师，学气功。对了，党代会报告的详细提纲你抓紧改出来给我，说不定新书记来了就要。"

说是一处、二处，其实每个处也就三四个人。市委书记原先设一正四副，领导体制改革只保留两位副书记，市长占一个，另一个是专职副书记，被减掉的两位副书记转为常委，级别、排序都不改变。但他们想不通，觉得被降格使用，找市委书记谈，甚至到省委反映，有的还流下了委屈的泪水。改革难，难就难在领导层，难在革自己的命。随着副书记职数的减少，办公厅三个编号处也相应调整，一处、二处为书记搞文稿服务，三处为专职副书记服务。一处负责经济建设，二处负责党的建设，这只是大致的分工，运转起来赶上谁是谁，忙起来一块干。

信访办主任、安监局局长火速赶来，介绍了情况。最近市里连续出了几起重大安全生产事故和集访事件，省上作为典型案例通报全省，要求全力抓好迎庆党的十八大的安全稳定工作。

傅自华做了任务分工，强调稿子要突出"为党的十八大胜利召开创造安全稳定环境"这个主题，明确提出几条刚性的要求，语气要重，内容要实。他对邵尉、尚可说："写完了随时叫我，我先眯一会儿。"

傅自华躺在沙发上，盖上大衣，合上眼，竭力想睡一小觉，但脑子闲不下来。他在想稿子从哪儿切入更好、能写出几句什么样带劲的话、新书记喜欢稿子长一点还是短一点。他翻了个身，强迫自己停止思考，结果又冒出谁当一处处长更适合的想法。同是为书记服务的处，一处排位靠前，人称"天子处"，地位和分量自不待言。邵尉有激情，手头麻利，但文字粗糙。尚可好琢磨，文字抠得细，出手较慢。前些天，周子恒打电话，让他多关照邵尉，言外之意他听得出来，可是他倾向于用尚可。翻了几个身，他怎么都睡不着，索性起来自己动手写两段。

又是一个不眠之夜。

五

一切都在计划之中，一切又在变化之中。机关工作看似刻板机械，重复不变，其实"变"是常态，只要会议没开、活动没完，参加人员、站位座次、议程内容随时在变。计划在变化中实施，应急应变是机关工作的基本能力。

临近中午，顾全衡乘坐的动车准时进站。市委副书记、常务副市长、宣传部部长、政法委书记在站台迎接，车站的正副站长全员到场。安排哪些市领导接站，凌寒乡大费周章，与新书记搭档的第一场测试从这里开始。迎接新书记，如此重要的时刻常委谁都不想缺席。因故缺席是个人原因，能出席而不让出席，这个账只会记在秘书长头上。秘书长的权力看似虚无实则有形，做好了理所应当，考虑不周便暗结怨气。秘书长既要服务好书记，也要兼顾各位常委。

凌寒乡首先明确了大前提——接站的人不能多。他通过会务处摸清了每位常委今天的日程安排，庆幸的是，有几位在外地开会或者陪同省上领导调研，他敲定了方案，在家的常委全部参加。对没能接站的，他代为向书记表达歉意，并及时反馈给缺席的常委。这些烦琐的细节断不可疏忽，身为秘书长必须心细如发，千思百虑，滴水不漏。智者千虑，不许一失。

接站方案报副书记侯家康审定后，凌寒乡在执行时对细节做了调整，原计划市长胡时捷去车站，改为在绿岛宾馆新书记下榻处单独迎候，凸显了市长的不同地位，也增添了家人般的亲热。接站由侯家康打头，突出了副书记的作用。大家相得益彰，人数规格恰到好处。

侯家康进市委班子晚于凌寒乡，排名在凌寒乡之后。他后来居上，晋升为市委副书记，据说与省上某位领导共过事，走动从未间断。侯家康当上副书记后，对凌寒乡礼让客气。凌寒乡正确对待，一切按规矩办，有些场合刻意突出一下侯家康副书记的身份，今天的安排便是如此。

胡时捷早已等候在宾馆，见顾全衡到来便大步迎上前，长时间热烈握手，诚恳地解释："上午有个会，我是想推掉的，到车站去接你，寒乡说你做事低调、不喜张扬，我只好服从秘书长的安排，在此恭候。"胡时捷的这番话，出于即兴发挥，既是对顾全衡的赞美，也是对凌寒乡的美言，算作对他关照的回报。

"大家都很忙，当市长的忙上加忙，我是深有体会的。我跟寒乡说了千万不要惊动市长。"顾全衡应对合拍贴切。

凌寒乡在一旁赔笑，被动应和："是，是。"是什么呢？他自己都莫名其妙，顾全衡并没有跟他说不要惊动市长，他也没跟胡时捷说顾全衡做事低调之类的话，大家什么都没说，但似乎又什么都说了。懵懵懂懂中，凌寒乡担当起了书记和市长搭建亲密关系的桥梁纽带。

顾全衡来到大餐厅，所有常委在门口列队迎候，胡时捷一一介绍。入座后，胡时捷发表简短而热情的讲话，提议大家举杯欢迎新班长。

饭桌上只有红酒,在安排欢迎宴时,凌寒乡特地要求撤掉白酒,但要备好待用。宾馆经理不明就里,凌寒乡也不解释。

顾全衡是山东人,方正脸庞,肤色微黑,眉毛粗密,双肩平展,颇有硬汉气质。他语速很快,带有浓重的胶东口音,话不多,无非是希望大家给予支持的常用客套话。顾全衡对经理说:"还是上点白酒。中午本想和同志们吃个便饭,被大家的热情所感动,不表示表示过意不去。"

此时经理才醒悟,同样是喝酒,事先斟好与领导亲点差异巨大,一个是例行公事,一个是真诚待人。新书记豪爽、热情、平实的印象在要求上白酒的细节中展现出来,并注入常委一班人的心中。经理向站在全衡书记身后的凌寒乡投去佩服的目光,有的细节需要服务人员去做,有的则须留给领导来做,要不人家怎么能当秘书长呢。

集体项目后,顾全衡分别给每位常委敬酒,亲热地聊上几句,看上去与大家是老熟人。凌寒乡临时动议将市委、市政府班子成员的简历直接带给顾全衡,现在看来比原计划摆放宾馆房间的效果要好。顾全衡昨晚定是做足了功课,对每个人的情况了然于心。

第二天,凌寒乡提前半小时晨跑,而后早早来到顾全衡的住处,陪同书记去市委机关。顾全衡的车停在市委大院门口,顾全衡从车里出来。凌寒乡的车跟在后面,他不知发生了什么,赶紧下车急步赶上去。

顾全衡说:"今天天气好,难得吸上几口新鲜空气,咱们下车走走。"

武警战士伸手拦住他们,要求出示证件。凌寒乡介绍这是新来的市委书记,武警战士表情木然,不予放行。凌寒乡的司机从后面跑上来,介绍凌寒乡是市委秘书长,武警战士仍举着手臂阻挡。司机掏出自己的证件,武警战士示意他可以进去。

凌寒乡正要给警卫连连长打电话,顾全衡止住了他,说:"小战士做得对,咱们还是坐车进去。"

餐厅单间的桌布全换成新的,增加了几盆绿植,绿植上挂有小串灯珠,烘托喜迎的氛围。这些不起眼的布置,心粗的人很难看出,凌寒乡看在眼里,这是杨立德的细心之处。

餐厅经理带着经典的微笑问候书记早上好。受过专业培训的服务员放好热毛巾,轻盈而有序地上齐早餐:一碟削皮切成薄片的苹果、一杯温度适中漂浮小块核桃仁的牛奶、一碗隐约可见去核小枣的小米粥、一枚水煮鸡蛋、半张山东大煎饼和一个周村烧饼。

顾全衡边吃苹果边对凌寒乡说:"工作很细嘛。我在天顺时的早点就这几样。"他转头对服务员说:"不过,典型的山东大煎饼应该夹葱蒜、抹酱。"

服务员不慌不忙地回答:"我们也准备了,早晨空腹吃葱蒜对胃口不好,所以给您上了夹蔬菜的煎饼。"

"你的建议很好,我到青云要改的第一件事是改口味。"顾全衡问服务员,"小姑娘,叫什么名字?"

"我姓才,叫才智,就是才智的才,才智的智。"服务员认真回答。

这个姓很少,怎么姓才?顾全衡琢磨才姓的来源。

"我爸爸姓才,我就姓才了。"小才不问自答。

服务员的单纯逗乐了顾全衡,扫去了进大门时的不快。他问:"你有什么理想吗?"

"我的理想可多了,可是一个都没有实现。"小才认真地说,"不过,我现在的理想就是干好本职工作,让各位领导吃得好,保证领导健康。营养专家说,人的病都是吃出来的,寿命是从嘴里省出来的。"

顾全衡说:"有道理,有道理,你懂得蛮多嘛。"

饭后,餐厅经理嫌小才的话太多,问要不要调换调换。凌寒乡说:"还好,领导也需要放松。不过要掌握好度,不能放得太开。"他又说:"热毛巾别再上了,书记不习惯用,改用消毒湿巾。鸡蛋连皮一起煮,书记来时现煮现上,书记不吃事先剥好的,不吃凉的。"

全市领导干部会议由冯至胜主持,省委常委、组织部部长宣读任免决定,省委副书记、冯至胜、顾全衡、胡时捷先后讲话。会前,冯至胜把傅自华起草的稿子删减到只剩下一页,主要表达两层意思:坚决拥护中央决定;希望青云在全衡书记的领导下发展得更快更好。凌寒乡觉得不妥，建议要多讲一些。冯至胜不同意，认为成绩自己说没意思，今后怎么干说了没意义。在凌寒乡的一再坚持下，恢复了原稿对青云情感的部分。

冯至胜说："从踏上青云这片热土起，整整五年时间、我走遍了青云的山山水水，到过所有的区县，能在美丽的青云工作是我的幸运，能与广大干部群众结下深厚情谊是我的福分，能为青云发展尽绵薄之力是我的荣光。离开了书记工作岗位，我人还在青云，心系青云，会始终关注和支持青云的发展。希望同志们像支持我一样支持全衡书记。"

掌声中，傅自华依稀听到身后有人说："我们也没怎么支持你。"傅自华认出是市发改委主任，坊间久已传言此人要升为副市长，结果仅仅是传言，他借机发怨气。

顾全衡首先表示坚决拥护中央决定，接着用足够的笔墨评价了冯至胜坚定的政治立场、丰富的领导经验、务实的工作作风、高超的驾驭能力、清正廉洁的品格，赞扬了冯至胜为青云发展倾注的心血、做出的贡献，并提议用最热烈的掌声向至胜书记致以衷心感谢和崇高敬意。最后，顾全衡郑重宣布廉洁自律的约法三章："我的亲属、我的老乡以及任何打着我的旗号找你们办事的人，一律不准接待，更不准办事。谁接待谁负责，谁办事我办谁。请全市干部和人民群众监督。"

顾全衡的话音刚落，掌声雷鸣般响起，持续再持续，顾全衡一直做着下压的手势，但掌声经久不息，主席台上的人迷惑不解又奈何不得。给冯至胜的掌声和给顾全衡的掌声形成了鲜明而强烈的对比，政声人去后，民意掌声中。对前者稀稀拉拉，既在欢更在送，盼望快点走。对后者震耳欲聋，既在欢更在迎，充满期待。过去五年的政绩不让人满意，经济增速逐年下滑，财政入不敷出，工资没涨，福利不增反降。执政一方，经济上不去，百姓不富裕，说什么都没用。

原定下午召开的安全稳定工作会议，提前到了领导干部会议结束后，参会范围由相关部门扩大到各区县一把手。顾全衡开门见山："这是我到青云市主持召开的第一个会议。今年是特殊之年，省委和市委要开党代会，特别是我们党要开十八大，这是全国人民政治生活中一件大事。稳定压倒一切，安全重于泰山，保持安全稳定意义特别重大。所以，常委会会议调到下午，先研究安全稳定工作。"

顾全衡声震堂宇："我来青云市的途中，接到了两起突发事件的紧急报告，一起是到省委集访，一起是火灾事故，而且同时发生在昨天。我刚看了今年以来我市进京到省集访的通报，批次和人数都在前三位，矛盾问题不少。有关部门说说具体情况。"

市信访办主任汇报，白江新区一百五十多名农民反映征用土地补偿标准过低，多次到市里上访，昨天围堵和冲击省政府，严重干扰正常的办公秩序，交通一度中断，省政府的一个重要外事活动被迫取消，造成恶劣的社会影响。他们扬言要进京上访。

市安监局局长汇报，正在施工的白江新区蓝天商业大厦附楼局部倒塌，截至目前，两人死亡，十一人受伤，其中三人伤势较重。

这时秘书进来报上一份材料，顾全衡看了后说："又接到一起，白江新区昨晚发生爆炸事件。老百姓讲三喜临门，我是三忧临门。昨天晚上发生的事，为什么现在才报来？"

曹小力赶紧站起来解释："我们想弄清情况再报。"

顾全衡做了个手势，让曹小力坐下，说："今后凡是突发事件一律即发即报，我这个市委书记不能比上面知道得晚。"

市公安局白江新区分局局长汇报爆炸案情况。犯罪嫌疑人是新区一家国企的中层干部，已被控制。企业改制时，厂长以极低的价格把企业卖给了外企，自己当上了合资企业的总经理，儿子也安排进外企担任区域总管。他素与厂长不和，被辞退下岗，按普通员工的待遇给予一次性安置补偿。他实名举报厂长贪污受贿，克扣职工安置费，造成国有资产严重流失。据分析，他听说来了新书记，自制手榴弹，在管委会门前引爆，以此引起关注，没有造成人员伤亡。

顾全衡脸色发青，腮骨棱起，说："据我了解，在座的同志工作年头都不短，安全稳定的重要性不用我重复了吧？你们可能比我讲得还好，但为什么会出这么多问题呢？说到底是重视不够，不是不够，是极不够！"

参会人员强烈地感受到新书记的盛怒，不铺垫，不绕弯子，单刀直入，直戳痛处，一亮相就使出杀威棒，亮明了铁面无情的态度。

三起突发事件都与白江新区有关，曹小力如坐针毡。这个丑陋的"见面礼"，丢了新区的脸，丢了青云市的脸，更丢了他的脸。谋划了再谋划，开局即是败局。顾全衡给他留面子，没点名批评他这位副市长，当下最好的挽救办法就是勇于承担责任。

不等顾全衡发话，曹小力争取主动："我向市委、向全衡书记检讨，三起事件造成了极坏的影响，给全市抹了黑，我负主要领导责任。昨天，新区管委会连夜开会，提出了确保安全稳定的十条措施，明确有关区及各部门的主要负责人为第一责任人，包事到人，确保不出大的问题。"曹小力脑子清醒，没把话说满，不出任何问题根本做不到，敢发这种誓，不是胡话就是谎话。

也许出于曹小力的主动检讨，或许顾及市级领导的颜面，顾全衡紧绷的脸松弛许多。他说："我同意小力同志的观点。新区代表青云的形象，影响全市的大局。新区是改革开放的主战场，也是安全稳定的主阵地，两者不可偏废。"

顾全衡的话另有含义，曹小力听出其中的批评和警诫味道，重锤砸棉包，声音不大力道不轻，今后必须谨慎行事，决不能让新区成为自己的"滑铁卢"。

顾全衡继续说："全市必须把安全稳定摆在更加突出的位置。经济要上去，信访要下来，稳定要稳住，这是总的方针。我要强调的是，稳定的主体责任在各区县及各部门，区县及部门的党政一把手负主责、负全责，出了问题，我们将铁面问责，决不手软。如果哪位不信，可以试试市委、市政府的决心。从现在起，用两个月的时间，在全市开展大排查、大起底，排查安全隐患，起底信访积案，集中解决突出问题。"

顾全衡补充道："排查要彻底，不留死角。举个例子，今天早晨，我想走进市委大院,因为没有证件,哨兵不肯放行,只好坐车进来。哨兵做得对,应该表扬。但反映出一个问题,不管什么人,只要坐机关车便畅行无阻。我要说的是,各个方面都要绷紧稳定这根弦,确保青云成为安全稳定最好的城市。"

顾全衡在宣布散会前,客气地问凌寒乡:"寒乡同志有说的吗?"

"我有个建议。"凌寒乡略显迟疑。

"说嘛,秘书长就是参谋长。"

"原来由市信访办、市安监局按季度通报信访和安全生产情况,可不可以改为以市委、市政府两厅名义按月通报?"

顾全衡一拍桌子,说道:"这个建议好,就这么定了。我加上一条,连续三个月排名前三位的,要向市委、市政府做书面检查,并给予组织处理。同时,建立全市安全稳定联席会议制度,由市委副书记召集,每月开一次例会。市信访办要加强与上级信访部门的联系,把工作做深做细。"

市信访办主任项仁群喜忧参半,喜的是责任压给了区县和部门,他略感轻松,忧的是与上级信访部门沟通联系,这里面的文章可就大了。怎么才能把数字压下来呢? 光靠封堵、拦截恐怕不成。

散会后,曹小力拉住凌寒乡,急切地问:"书记啥时去新区?"

凌寒乡说:"估计这两天排不上。"

曹小力央求道:"老兄多费心。定下来提前告知,我好有个准备,不能再有闪失了。"

凌寒乡意味深长地说:"书记很务实。"

凌寒乡心情不爽,新书记上任的第一天,曹小力丢了分,他也没得分。正常情况下,顾全衡应坐车进市委大院,但偏偏反常。顾全衡的所有证件已经做好,怎么好要求书记随身携带,又有哪位市领导进门需要出示证件? 甭说小战士,整个大院也没几个人认得新书记。三起突发事件惹得顾全衡大动肝火,进院被拦,不良的情绪会产生连锁反应,接下来的工作恐怕不会太顺当。

不出所料,下午市委常委会会议,在讨论通过加强市委常委会建设的若干意见后,顾全衡再次强调稳定问题:"当前最大的任务就是稳定、稳定,还是稳定。我不担心经济搞不上去,让我最放心不下的是稳定。经济增长一两个点,一个重大事故就冲淡了。青云要振兴,各项工作都不能拖后腿。三个月内,进京到省上访数量必须退出前十名。寒乡,你们办公厅要加大督查力度。"

晚上,秘书小刘的房间坐满了人。看完《新闻联播》,凌寒乡按响了叫铃。一堆事等着他,先易后难,难度小的排在前面。先进来的是杨立德和警卫连吴连长。

凌寒乡问:"书记进大院的事你们听说了吧?"

杨立德点头。

"有什么好办法?"

二人都不作声。

凌寒乡说:"书记批评得对,不能只认车不认人,认人比认车更重要,车牌可以造假,人不能换脸。立德你负责,把四大机关领导的照片给吴连长,吴连长你要训练战士过目不忘。"

"保证完成任务。"吴连长敬礼。

凌寒乡又说:"给各机关发通知,重申司机不得搭载闲杂人员,谁违反规定处理谁。重新核发进绿岛宾馆的车证,从严控制,社会车辆不得从宾馆内穿过,你们不要徇私情。"

"宾馆主楼对外经营,全衡书记不了解情况。"杨立德还要解释。

凌寒乡拦住他:"不要解释问题,要解决问题。在后院和前院之间加个哨位,禁止外来车辆和人员进出,今天落实到位。改进不足的最好办法就是快。"

小刘引领崔天明进来。崔天明汇报了去新区踩点情况,见凌寒乡审阅调研方案,他小心翼翼地说:"这个方案是按照小力市长的要求做的,'白云人家'这个点位是房地产项目。据我们了解,全衡书记在天顺市从来不看房地产项目,也不接见房地产老板,安排不安排我们拿不准。"

听起来是请示,实则是矛盾上交。也难怪,一头是顶头上司,一头是副市长，两人又是同学，哪头都得罪不起。"白云人家"是周子恒在新区北岸开发的高端养老地产项目，体量档次在全省都数得上。想来，那套运动护具是为此做的铺垫。高手下棋，提前布下一枚冷子，必要时用来接应。看破不必说破，包涵是不可缺少的修养，但原则问题不能含糊，不可能事事周全。"这个项目取消，"凌寒乡的语气不容商量，"再选一个制造业的项目。调研安排在大后天，上午看项目，下午座谈。"他又说："明天去看望正市级老同志，请祖淦部长一起陪同。"

最后进来的是傅自华和《青云日报》总编常文，商量明天的报纸如何排版。明天日报要刊登三条重要消息，一条是任命决定，一条是免职决定，一条是全市领导干部会议，不好处理的是任职和免职这两条如何编排。冯至胜被免去市委常委、市委书记职务，但还是省委常委，是省级领导，应排在顾全衡前面。从任免的角度讲，通常任职排在前、免职排在后。常总编提出可否将两条合并一条发。傅自华认为不妥，他倾向于按任免顺序，也就是先免后任，冯至胜排前，顾全衡排后。研究了一个多小时，比较了几种方案，凌寒乡最后决定：中央的会议报道发头条通栏，二条的左侧竖排任命决定，中间登全市领导干部会议消息，右侧竖排免职决定。

傅自华把修改后的《关于加强中共青云市委常委会建设的若干意见》《关于加强信访安全生产工作，确保全市大局稳定的通知》交给凌寒乡。但凡傅自华经手的文稿，凌寒乡直接签发给书记。

拜访正市级老同志，是所有新书记到任后的必选项、优先项，通常不会晚于到任后的三天。五位老同志都在青云市四大机关担任过正职。其中，李怀恩同时是省上领导，资历、年龄均排在首位，但看望顺序一般安排在末位，留出更多时间方便交谈。会务处处长辛志打前站，准备了一大束鲜花，并告知老书记："全衡书记特意嘱咐最后一站来看望您，想多听听您的意见。"这些话没人交代，是多年养成的工作习惯，谁听了都舒坦。

李怀恩在门口迎候。顾全衡小跑几步，双手握住李怀恩的手说："不敢当,不敢当,怎么好让您老等候,您要是着了凉,我没法向省委交代,也没法向中央交代。"只用了一句话便给李怀恩最高的尊重,彰显了李怀恩的地位。

新老书记落座后,顾全衡依然拉着李怀恩的手,十分谦逊地说:"派我到青云市工作是组织上的信任。我资历浅,经验少,战战兢兢,如履薄冰,担心干不好对不起党,对不起青云的干部群众,对不起你们老领导打下的好基础。"

"全衡书记过谦了,你在几个地方干得都非常出色。组织上选人是有眼光的,特别是对省会城市的书记更是优中选优,你一定比我们干得更好。"李怀恩和蔼慈祥。

"有你们老领导坐镇,我心里有底,做得不好的地方,您随时随地批评指正,重大事情我及时向您汇报请教。"顾全衡格外谦恭。

"历史总是螺旋式地发展,事业是一茬接着一茬干出来的,经济不可能直线上升,徘徊起伏很正常,说起来我们那一届的发展算慢的。"李怀恩并非自我反思,而是在为冯至胜说好话。"全市人民对你的期待很高啊,昨天的掌声很能说明问题。"李怀恩的消息相当灵通。

"您是青云市的老领导,威望、见识、阅历、经验令人敬仰,全市上下非常敬重您,有您把关定向,我们不会让您失望。"顾全衡走过几个地方,当地的老领导虽然职务退了但影响力仍在。想要立住脚、干得好,离不开老领导。

"言重了,言重了。我们的任务是养好身体,不得病不是唯物主义,少得病,得小病,少给组织添麻烦,多给国家减负担,这就是我们的贡献。"

"您的身体这么硬朗,每天做啥锻炼?"顾全衡问。

"坚持散步,其他什么爱好都没有。有时下两盘棋,就这点活动。"李怀恩说。

"抽空我陪您下两盘,跟您学几招。"

"相互切磋,咱们一言为定。"李怀恩出于客气,随口一说,有些话不必太当真。

看得出顾全衡对下棋兴趣浓厚,凌寒乡记在了心里。

一家一户拜访看望,新书记虚心请教,老同志热情鼓励,所说的话基本雷同。

傅自华总结过人这辈子常说的六种话:新鲜的老话、有用的废话、诚恳的虚话、严谨的套话、真实的空话、善意的假话。凌寒乡琢磨品味,大抵不差。能说好这六种话的人,应该是有本事的好人。

六

根据市委常委会的要求,成立了市第九次党代会筹备工作组,凌寒乡任组长,下设七个小组。起草组由傅自华负责;会务组由崔天明负责;文件组因分管秘书工作的副主任李强生借调省委办公厅筹备省党代会,由路雪桥负责;简报组由分管督查的副主任郑如实负责;宣传组由傅自华和宣传部一位副部长负责;后勤组由杨立德负责;保卫组由马金龙负责。

起草组的主体是办公厅、研究室的干部,同时从组织部、宣传部、发改委、统计局等部门抽调高手加入,算得上"豪华阵容"。按惯例,起草组入住绿岛宾馆。傅自华作为负责人,享用套间,客厅用来碰稿改稿。

行政处及时跟进,孙志坚送来水果、牛奶、方便面还有茶叶,他向傅自华敬军礼:"报告傅副主任,按照凌秘书长的指示,我们送来了食品,有什么指示您尽管吩咐,我们全力搞好服务。"

凌寒乡做事总是这样周到,使人处处感受到关心体贴。傅自华说:"别搞得太复杂,饭菜清淡一些,茶叶可以多点,提神。"

孙志坚说:"是!傅副主任,我马上落实。"

老科长把孙志坚拉到一旁,没好气地说:"老……老弟,副……主任、副……局长、副……书记的'副',在地方可以不发音。"孙志坚没听懂,含混地称是。孙志坚走后,老科长对傅自华说:"部队的习惯,没……

改过来。不改也好，副副为正。"

傅自华心想，升不升官与别人怎么称呼没有一根毛的关系，天天喊你总统，甭说这辈子就是后八辈子也不管用。"好好干活吧，不该想的甭想。"

起草组人员全部到齐，傅自华在会议室召开了第一次会议。他腹有诗书，但讲话发言是短项。每年他在正式场合的讲话不会超过两次，市委召开全委扩大会议前，通常由他就讲话稿和会议文件的起草过程做说明。用进废退，时间久了越发笨嘴拙舌。起草组第一次会议相当于开笔，类似于工程开工、剧组开机，总得有个仪式。

写稿这个活不同于其他工作，牵头人不仅要动脑动嘴，最后必须动手，亲自上手修改。名下无虚事，以其昏昏，使人昭昭，在写稿这个行当是绝对混不下去的。人多不一定力量大，关键看主笔，稿子的成败取决于牵头人的水平高度。

傅自华省去战前动员直接进入战术部署。他推翻第一稿，另起炉灶，重新设计了总体构思、框架结构、段落重点以及行文风格，强调多用数据和定性语言，特别要概括好今后五年的奋斗目标，上口好记。然后，他分派任务，明确了起草组的纪律："我主持起草过两次党代会报告，这次时间最短。起草党代会报告是我们的主要任务，但不是全部任务，日常大量的稿子也由我们承担，而且不存在大小稿之分，都要完成好。要严格保密，不经领导同意，报告一个字都不许露出去。从现在起到党代会闭幕，没有休息日，没有上下班的概念，有特殊情况直接向我请假。明天，各部分拿出详细的提纲。"

起草组增添了新鲜血液。去年，厅里招录了几名硕士研究生，多数分配给了一处、二处，充实文稿力量。新同志第一次参加集中写稿就赶上了大活，想要一展身手的激情荡漾在朝气蓬勃的脸上，惊喜的目光闪闪发亮，仿佛看到了通往成功之路的大门。傅自华清楚地记得自己第一次加入写作班子时一股激流涌遍全身，时至今日，他相信命运，但怀疑激情。

这段时间,办公厅收到大量来自各方面的信函和电报,祝贺顾全衡调任省会城市书记,寄语他红运当头、平步青云。此类信件多为客套话,发信人和收信人更看重形式而不是内容。办公厅代为复信,虽然工作量大,但难度不大,做一个模板,更换抬头和落款日期,内容微调,经济领先的地方就说实力雄厚,文化发达的地方就说底蕴厚重。因缺少技术含量,处里通常交给新人练手,处长签发即可。

但不可一概而论,少数私人信件需要特别处理。声名显赫的港商孟野平,委托其太太给顾全衡写来一封信,文言美辞、月章星句,感念世交之谊。傅自华通过顾全衡的秘书了解孟老太的背景,顾全衡一家与港商孟野平夫妇是世交,顾全衡在天顺市时,孟老板投资了几个大项目,对天顺市的快速发展起到了关键性作用。孟老太旧学根底深厚,善用典籍古语。

傅自华让邵尉起草回信,写了两稿,他都不满意,叫尚可重写,满篇仍然是公文用语,诸如组织信任、责任重大、不辜负人民期望,等等。傅自华只好亲自捉刀。

凌寒乡来看望起草组人员,推门进来,见傅自华在电脑上敲出:"孟老先生、孟老太勋鉴"几字,他问:"老兄,给哪位大德写信?"

傅自华伸个懒腰,说:"香港大老板的夫人给全衡书记来信,文言文,很多词都不用了。让他们写了几稿,全是公文语言,只好自己动手。"

"多亏有你,"凌寒乡说,"如果你退休了,上哪儿找合适的人?"

"地球上最不缺的就是人,没有谁是不可替代的。"傅自华说,"不过,现在这支队伍的确不乐观,能写的人少,能写其他文体的人更少。建设白江公园时,市里要在江边立一块碑,机关竟找不到能写碑文的人。那时我还在《青云日报》,办公厅请卓教授帮忙,卓教授让我代笔,最后他润色定稿。几年前我就跟你说过青黄不接,现在每况愈下。"

"咱们在全市物色,只要你看上就调来。"凌寒乡很有把握,傅自华就是例子。

"这个活好汉不愿干,懒汉干不了。借调了几个,用了一段时间都不合适,退回去了。自己培养只能撞大运,不光要肯干,关键要有悟性。"傅自华把"悟性"两个字说得很重,"没有悟性白耽误工夫,悟性是培养不出来的。"

"你说得对,现有的这些人都没悟性?"凌寒乡毕竟了解有限。

"说实话,真的没有,公文的稿子还凑合,其他体裁的写不了,出不了大手笔。"傅自华的话很直白。

"你不能期望太高,一个城市能出一两个大手笔就了不得了。"凌寒乡巧妙地夸赞了傅自华,"大战"之际需要鼓气。

"秘书处的小陈文笔不错,她在《机关通讯》上发过几篇稿子,很有文采,我觉得有培养潜力。"秘书处不归傅自华分管,他提出建议。

"没问题。要不把这封信交给她,试试手,行的话让她进起草组。"凌寒乡开玩笑地问,"她是咱们的小学妹,不怕人说你搞小圈子?"

"这个圈子受苦受累,没名没利,有几个傻帽愿意往里钻?"傅自华像是在说自己。

"坚持两条腿走路,外面调入,内部培养。我有个想法,在全厅搞一次业务培训,各位副主任结合自己分管的工作,每人讲一课,你讲文稿起草。"

"我不赞成搞什么讲座,特别是写稿,完全靠实战,听课不解决问题,听十遍不如写一稿。"也许只有傅自华敢直接反驳凌寒乡。

"讲一讲总是管点用,你讲第一讲。"凌寒乡不会因为老同学的反对而改变自己的决定。他似乎想起什么,说:"一处处长一直空缺,小邵、小尚谁更合适?"

邵尉任一处处长属于提拔,尚可到一处任处长,虽说是平调,但透露出予以重任的信号和下一步优先提拔的明示。办公厅十几个处室,由于各处室地位不同,处长在大家的心目中形成了高低轻重的级差。

傅自华避而不答,反问道:"你已经有了人选?"见凌寒乡摇头,他说:"两人的能力水平差别不太大,小尚相对稳重,文字更严谨。子恒没给你打电话?"

"没有。是不是给你打电话了？"

"是，他征求我对毕业三十年聚会有什么建议，顺便问了问小邵的情况，嘱咐我多关照。"傅自华毫不隐瞒，"听说你把'白云人家'的调研点位取消了？也许我不该问，但子恒好像不太高兴。"

"他的信息真够灵通的，知道得这么具体。"凌寒乡不便向傅自华多做解释。

陈燕影接到起草回信的任务，只用半天时间交稿。傅自华一看，正是他想要的东西，欣喜之情溢于言表，不住地夸赞，身为领导依然没有学会不露声色。

　　孟老夫人尊鉴：

　　　　承蒙惠赐朵云，甚感欣喜。老夫人饱读经笥，博古通今，学识卓荦，吾辈久怀慕蔺。

　　　　日月如梭，天顺一别，讵料契阔数年。回首畴昔，岁月绵邈，愈加缱绻牵挂。偶闻老先生贵体有恙，相隔千里，切切之心，拳拳在念。前日，友人赴港，粗备薄仪，以遣渴尘之情。祈福老先生、老夫人一切顺遂，椿年鹤寿。

　　　　组织青睐，领导鹗荐，得以履新省城。吾当布衣芒履，夕惕若厉，宵衣旰食，黾勉以赴，体恤黔黎，持正效党，定不负重托，亦无愧于心。

　　　　老先生、老夫人鸿轩凤翥，渊清玉洁，令人式瞻清懿，颙望景仰。诚邀抽暇来青，晚生延颈鹄望，以遂亲炙謦欬之愿。

　　专上

　　祗颂

春祺

　　　　　　　　　　　　　顾全衡谨书

傅自华边看边嘀咕起来，这封信不同于通常笔法，摛文揽藻，铺陈华丽,会不会有卖弄之嫌?与新书记风格是否相符?他从来没像今天这样怀疑自己,毕竟刚刚服务新书记,对新书记了解甚少,不像与冯至胜彼此建立起了默契。他听说顾全衡上任伊始因几起事件大为光火,搞不好这封信弄巧成拙,给凌寒乡惹是生非。他越想越心虚,觉得此事非同小可,就打电话给凌寒乡。

凌寒乡颇感奇怪,傅自华因稿子拿不准向他请示这可是头一次。傅自华对稿子向来自信,骂他可以,但随便改他的稿子不可以。有人形容他"请教但不虚心,兼收但不并蓄"。凌寒乡想,不就是一封回信嘛,书记不满意我来担就是了,不能让受累的人再受罪。他同意上报此稿。

正如傅自华所说,起草党代会报告只是起草组工作的一部分,日常大量的会议活动都需要提供讲话提纲和素材。其间,省委办公厅通知,省委书记将分片召开座谈会,听取各市党政一把手对起草省党代会报告的意见和建议,要求准备三千字以内的发言稿,按照规定格式,打印二十份,开会时交给工作人员。

处于换届之年,地方大员与省委书记面对面座谈,每个人心里都清楚,这不是参加会议,而是前去"会试"。顾全衡是换届时省委常委的推荐人选,比其他大员的标准自然加高一块,这场"对策"不会影响他的升迁,却能检验是否货真价实。

顾全衡把凌寒乡、傅自华叫到办公室,用半天时间精心研究揣摩,他要外敛内发,展示副部级干部的高度。

凌寒乡先谈了自己的想法,既然是听取对起草报告的建议而不是征求对报告稿的意见,那么重点应放在思路、构想、战略上,不必拘泥于谋篇布局。傅自华建议,把成绩总结充分,特别是提炼几条经验启示,对今后五年有指导作用。

顾全衡同意他们的想法,强调一定要站在省委书记的高度去研究问题,视野要宽,格局要大,要换位思考全省未来的发展。

就其字数来说这算小稿,就其内容来说绝对是大活。事关重大,时间紧迫,傅自华集中一处、二处的骨干力量奋力攻坚,顾全衡逐句逐段修改,并亲手写了两段文字,赞扬省委书记强立国驾驭全局的卓越领导能力。

傅自华历来认为,一篇好稿的大思路、独特见解和鲜活提法一定出自领导者本人,笔杆子很难代替,主要做润色文字、提供数据、举凡事例等辅助性工作,至于换位思考,不切合实际,不在其位,难谋其政。

连续奋战三夜,已是上午十点,起草组同志还在昏睡,宾馆经理几次想叫醒他们吃早点,却又不忍心。傅自华房间的电话铃急促地响起,是凌寒乡,语气万分焦急:"马上到全衡书记办公室,立刻!"

傅自华睡眼惺忪,不知发生了什么事,来不及洗漱急忙叫车,飞奔机关。见凌寒乡在顾全衡办公室门口等他,问:"什么事这么急?"

凌寒乡神情紧张地说:"我也不知道,书记亲自打电话,火气很大,估计出了大事。问秘书,他不肯说。"

秘书轻轻敲门报告,只听里面吼了一声:"进来!"

顾全衡不看凌寒乡、傅自华,盯着地面,快速踱步,时不时吐口粗气,一场风暴即将来临。他停在办公桌前,拿起一沓稿子用力挥舞两下,扔给傅自华,异常恼火地说:"你看看,好好看看,这就是你们干的活!"

傅自华接住一看,顿时呆了,这是顾全衡参加省委座谈会的发言稿,但不是顾全衡审改后的定稿,他也不清楚怎么会出现这种错误。

顾全衡努力控制情绪,火气依然旺盛,对凌寒乡说:"我正要去省委,走之前想再看一遍稿子,越看越觉得不对劲,这不是我改过的。如果我也粗心,把这样的稿子交上去,会产生什么后果?青云市委就是这个水平?我这个市委书记就以这样的态度对待省委?"

凌寒乡对文稿工作高度信任傅自华,不要说报错稿子,即便错行掉字都不曾有过。顾全衡如此发火是有道理的,座谈会的议题十分重大,其意义远远超出会议本身,发言稿既展现对省委的态度,更关联顾全衡的能力水平。凌寒乡主动承担责任,说道:"我的工作没做好,要不是您及时发现,将带来不可挽回的政治损失。主要责任在我,我接受组织处分。我们要认真查找原因,做深刻检查,切实加以改正。"

顾全衡打断凌寒乡的话,问:"你们在大机关工作了多年,经验比我丰富,这次会议有多重要还用我跟你们讲吗?你们一直是这样干工作的吗?你们也是这样服务至胜书记的吗?"

一连串的发问,像一根根利箭直射对面二人的心脏。凌寒乡挨过批评但如此尖锐还是第一次,工作出过差错但性质如此严重也是第一次。这三问涉及政治站位、工作作风,特别是厚此薄彼的为人品性,他哑口无言,无以应答。尽管对第三问难以认同,但错在自身,毫无解释和辩驳的余地。他们对所有领导,不论出自本地还是来自外地,一律尽心尽力搞好服务,出错不应该,但歪心思绝对没有。

顾全衡感觉话重了,他缓和了情绪和语气说:"你们熬了三夜,我也改了大半夜,都不容易,为了什么呀?还不是为了青云好。我是代表青云市委去发言的,水平高低不仅仅是我个人的事,更关系到省委、省委书记怎么看青云。青云要打翻身仗,必须从每一件事做起,各项工作都要争取最好,是一流的水平。文稿无小事,你们的工作与青云的荣辱息息相关。希望你们查清问题,严肃处理,下不为例。"

从顾全衡办公室出来,两人沉默不语。凌寒乡首先想到的是,傅自华当办公厅主任没戏了。

回到起草组,傅自华做了调查。稿子是邵尉出的,昨晚他家里有事请假,早晨回来后接到顾全衡秘书的电话,要求出两份大字稿和二十份标准规格的稿,马上送给他。邵尉见其他人都在睡觉,便从电脑中调出一份稿子,未经核对,送到秘书处打印,然后亲自交给顾全衡秘书。他咬定自己出的稿子是最终稿,那么问题只能出在秘书处。

凌寒乡向路雪桥了解情况,路雪桥承认是他们的问题,把过程稿当成了定稿。凌寒乡觉得蹊跷,秘书处怎么会有过程稿?他让小刘去找顾全衡的秘书要来稿子,与秘书处的打印稿对照比较,两份稿子完全一样,问题水落石出,邵尉说了谎,是他出错了稿子,却把责任推给了秘书处。他对路雪桥说:"不是你们的错。"

路雪桥说:"你知我知就行了,别再告诉老傅,他正处在关键阶段,

58

这么多年他干得够苦的,好不容易要熬到厅级,咱们帮他一把,这也是你的心病。"

凌寒乡能说什么呢?路雪桥写了检讨书,凌寒乡做了修改,淡化了出错的细节,加重了对问题性质的认识,侧重深挖管理不严、要求不高的根源并提出了改进措施。他个人承担全部责任,署上名字:凌寒乡。

七

春天又一次从黑色的土壤里冒了出来,叫不出名字的野草在不被察觉时露出了尖尖的绿叶,冰冻的大地变得松软潮湿,万物开始了新一年的轮回。

雪岭的梨花开了,洁白的花朵沿着山坡铺开,成片伸向天边。梨花白海久负盛名,每当这个时节,各地大批游人如期而至,观赏状如波浪的白色海洋。

周子恒陪易老师游山赏花,他们上一次看梨花美景是在七年前。今天有此闲情,除了消遣,还要办一件正事。

曹小力给周子恒打电话,说到两件事,一件是他建议将"白云人家"作为顾全衡到新区调研时的点位,但不知凌寒乡是否同意。无须多问,周子恒一点就透,这个项目被凌寒乡毙掉了。另一件是让他把易老师请来,曹小力要结识见教。易老师推托了两次,终于答应拨冗相见,只待半天,吃过午饭要去北京。

明年年初,省市人大、政府、政协换届,下半年,换届考察陆续开始。曹小力能否上位,将决定他的仕途能走多远。曹小力毫不隐讳自己的政治抱负,他认为,不想当将军的士兵不是好士兵,不想当领导的干部是没有进取心的干部。公正地讲,曹小力并非迷恋高官厚禄,但要想展示能力、施展抱负,没有权力什么都做不成。刚进机关时,他锋芒毕露。副处长修改他写的调研报告,他觉得狗屁不通,用橡皮全部涂掉。处长批评他,要尊重领导,说要不让他来当处长,他拍着胸脯说,甭说处长,当军长都没问题。曹小力对权力有自己的理解:所谓权力就是人能够合法达到目的的能力,职务越高权力越大,可以掌控、调配的资源就越多,达到目的的可能性就越大。秤能称多重的东西取决于砣有多重,权的原义就是砣。不错,每个岗位都能服务社会,但一名环卫工人想动员全市开展爱国卫生运动则是痴人说梦。而且,副职与正职虽只差半格,但实权相差巨大。副职的角色是配合、协助,讲话定不了调,开会定不了事,批文定不了性,提拔定不了人。

大学四年,曹小力看文学书籍仅限于课程的规定书目,课外大量阅读《资治通鉴》等治国理政的著述。《战国策》中苏秦的故事令他印象深刻,对他影响至今。苏秦四处游学游说,钱花光了,衣服破烂,形容枯槁,一事无成。回家后,妻子不给他做衣服,嫂子不给他做饭,父母不和他说话。后来,苏秦发迹了,嫂子像蛇一样地爬行,匍匐四拜。苏秦无比感慨:"人生世上,势位富贵,盖可忽乎哉!"

曹小力和傅自华在大学宿舍有过一场论辩,起因是苏轼的诗句:"治生不求富,读书不求官。"傅自华读到此句拊掌击节,称它改变了"书中自有黄金屋"的功利性诱导,对后世文人多元化的价值追求产生了千年影响,他说读书的最佳境界是苏轼所说的"譬如饮不醉,陶然有余欢"。曹小力的看法截然相反,他说古人苦苦攻读,青灯黄卷,断齑画粥,牛角挂书,不就是为了求得一官半职、走上仕途吗?唐朝时,通往长安的大道上,每年应考的士子有几千人。范仲淹、欧阳修、王安石等人,包括苏轼,无一不是通过科举成为官员,正所谓"满朝朱紫贵,尽是读书人"。即便是恃才傲物、从不参加科举考试的李白,也期盼着皇帝请他入宫。皇帝却只给他负责填写歌词的差事,他心有不甘,提出辞职。鹏抟鹍退,宦海浮沉,唐寅、蒲松龄等因官场不得志,才握铅抱椠,操觚染翰,钟情水墨。曹小力和傅自华争到大学毕业,谁也说服不了谁。

金字塔的职级结构,越向上位置越少。能力强的大有人在,升上去的少之又少。曹小力以他的个人经历得出一个结论:干部四化,还要加一"化"(话)——有人说话,而且是说话管用的人说话。认为干部完全凭个人努力晋升是幼稚可笑的。官场上流传这样一种说法,人称"晋升定律":个人努力成分,科级占百分之百,处级占百分之八十,厅级占百分之六十,部级占百分之二十。不论过去、现在还是将来,晋升永远离不开高人指点、贵人相助、要人提携。李怀恩爱惜部下,举贤不避亲,是曹小力的贵人和要人,但李怀恩卸任的年头太久,领导干部换了一茬又一茬,影响力远远不如从前。曹小力做了一番横向比较,他有机关工作阅历,有基层工作经历,有给领导当秘书的背景,现在又兼任新区管委会主任,有在改革开放前沿担任领导的经验,任正厅的时长加上年龄优势,综合条件可以甩掉一批竞争对手,组织部门理应把他纳入备选名单。若能如愿,还需要可依靠的强大力量,有管用的人为自己说话。于是,他想起周子恒提到的易老师,欲借易老师之力增加胜算的砝码。

曹小力试图通过不同渠道摸清易老师的底细,他了解到的信息片鳞只爪,没人叫得出易老师的尊姓大名,他是省委书记的亲侄子还是远房侄子,从事什么工作,居住在什么地方,一概不得而知。但有关易老师巨大能量的传闻却不绝于耳,令人格外惊奇。一位副市长,还有七天就过了换届提名年限,经易老师相助当上了市长;一位市委常委,在易老师的运作下异地升任市人大常委会主任;还有一位省直机关的处长,一路受到易老师的关照,先是交流地方任副局长,后任市长,过了三年提拔副省长。凡此种种,虽说颇具江湖传奇味道,令人怀疑,但上网查找,这些人真名实姓,他们的履历与传说贴合度极高。更何况,传说竟流传于党政机关领导干部之间,可信度不容置疑。有限的信息,无限的想象,使易老师越发充满了神秘的色彩和莫测的高深。

周子恒对易老师的情况同样知之甚少。据他耳闻,凡是接触过易老师的人都对他称赞有加,夸他一身正气,不搞歪门邪道。他抽烟喝酒,但决不收烟酒。他帮人解难,但决不收钱物。他喜好诗文笔墨,但拒收书画古玩。他言语不多,从不吹嘘炫耀,不品评领导,不议论政事,似乎有意疏远官场。他所做的一切都是为了交朋友,你把他当朋友,你的难处就是他的难处，有人与你为难，便是与他为难。他信奉人与人应互帮互助，一个人走得快，一群人走得远。钱不是万能的，但人是无所不能的。他帮人办事，只有一句话："成了不用谢，不成别埋怨。"当然，他不是无私奉献，对受益的人他会说："有一天会找你帮点小忙，也许这一天永远不会到来。"所谓一点小忙，不是为自己，而是帮助其他朋友。通过朋友结交新的朋友，以他为中心的朋友圈越来越大，他的朋友遍天下。

周子恒长于交际，三教九流都有朋友。他与易老师是在外省谈项目时的饭局上认识的，酒肉之交，除非利益相关，否则席散人散。周子恒则不同，他交友不图眼前利益，不讲相互利用，碰到投脾气的就主动联系，一直走下去，没有任何目的性，他与易老师的关系就是如此。有空约易老师品茶品酒，聊些文人雅事、笔墨春秋，从不涉及政治话题。与易老师交往数年，最大的破费是请几顿便饭，送几包茶叶，物质交往仅限于此，真正的君子之交。

今天是周日，来雪岭赏花的游人成倍增加。易老师不喜欢人杂喧闹，他们远离游人集中的石板路，走后山的土路。

易老师约莫五十岁，偏分发型，中等身材，外貌显得比实际年龄要小一些。如果猜职业，十有八九会认为他是中学的数理化老师。

易老师心情格外好，他走走停停，在一棵号称"树王"的梨树前，细致观察每朵梨花的些微差别。易老师双手叉腰，向山下望去，山峦好似银装素裹，又宛如飘浮白云之上，他富有韵律地吟诵道："昔去雪如花，今来花似雪。"

周子恒有感而发："我们整年奔波忙碌，错失了多少好风景。古人入仕不成，或者为官不顺，就钟情于山水，浪迹于天涯，不拘礼法，纵酒放歌，枕石漱流，逍遥自在。现代人活得比较累。"

易老师说："古代真正潇洒自如的不过几个文人，平民百姓为了生计苦挣苦扎。文人多愁善感，吟诗作赋是一种风雅，但不构成社会主流。如果都像那些文人归隐遁世，中华民族哪有今天的辉煌。我们还要奋斗，不奋斗就不会幸福，不会强大。"

周子恒心生敬佩，易老师从小受家族熏陶，一言一行无不显示正统的底版，政治底色融在了血液中。他应自我约束，说话不能随意，不能流露负面情绪，跟有格局的人打交道，对提升自我是有好处的。

两人边走边聊，探讨雪岭名字的来历和白江传说的真伪，不知不觉来到了山顶。易老师极目眺望，说道："我不止一次来过雪岭，今天才发现，此地紫气氤氲，水之北、山之南，皆为阳。青云市，平步青云，是个加官晋爵、登州进府的宝地。"

周子恒谦虚地说："请易老师指教。"

"春秋战国时期有本书叫《谷梁传》，其中写道'水北为阳，山南为阳'。"易老师进一步解释，"你想想，一些城市的得名，比如沈阳、衡阳、洛阳、襄阳等，要么位于水的北面，要么位于山的南面。咸阳则在渭水之北、九嵕山之南，山水都是阳，所以称为咸阳。"

易老师满腹经纶，深不可测，周子恒自愧弗如。

他们走进山顶的一座寺庙。寺庙名称"孤云寺"，因年久失修，建筑和院落尽显破败迹象，寺庙正门匾额上书四个大字"孤云独闲"。易老师说："这应是借用李白的诗'孤云独去闲'之意。云孤且悠闲，是云彩最好的样子。"

庙内的正堂大殿内供奉着一尊大肚弥勒佛，两侧的圆柱上刻有一副对联：不图一世尽如意，只求半日无烦心。

游人烧香磕头，闭目跪拜，嘴中念念有词。易老师颇为感慨："这些年，各地寺庙的香火越来越旺，朝拜供奉的人越来越多，可又有几人真的懂佛信佛。百姓拜佛不是信佛，而是求佛，求佛保佑生子、升学、升职、升官、发财、问医去病、消灾免祸、延年益寿。总之，劳驾佛祖，想得到什么就求什么，只为心想事成。俗话说心诚则灵，所以求佛的人个个顶礼膜拜，十分虔诚，偶有灵验的，把功劳全部归于佛祖，归于自己的心诚，并且现身说法，宣扬佛祖法力无边。佛祖哪来如此大的神通，对大多数人来说，不过是求个心理安慰罢了。与其求佛不如学佛，你看弥勒佛笑口常开，你再看观音菩萨、阿弥陀佛，低眉垂目、细眼微合，静如止水。学佛的本义是向善,乐观通达,心平气和,有好心,做好人,办好事,不能有功利的思想,这才是拜佛的真正意义,可是有多少人懂呢?"

周子恒说:"还是您悟得透,不求佛事,但通佛心。有一年,我去西藏旅游,见藏民常年摇经筒,拨佛珠,念佛经。我问老阿妈,你们希望得到什么? 老阿妈回答,不是希望得到,而是希望失去。"

"失去什么?"易老师问。

"不知道,老阿妈没说。"周子恒试着问,"要不要抽一签?"

易老师莞尔一笑:"你来吧,我无欲无求。"见周子恒也无意,又说:"要不你替小力市长抽一签?"

"代人抽恐怕不灵,抽不好小力会埋怨的。"

"什么灵不灵的,你还当真了。你们哥俩关系好,手气不会差太多,抽到上签就告诉他,抽到下签咱们就别言语了。"

周子恒用力摇晃签筒,一支竹签猛地蹦出来掉在地上,他拾起一看:中中签。打开签文,上面写着:久慕鹏程志凌霄,得失进退是函崤。鸿渐可待西南风,借力振翮欲扶摇。

周子恒拿给易老师看,易老师说:"签文不会有详细的解释,需要自行会意,要靠个人的悟性参透其中的玄机。"

"从字面上看,有凌霄之志,有扶摇之势,应是上上签,或者是上签,不该是中中签。"周子恒引导易老师解读。

"鹏程凌霄是主观愿望,扶摇直上是客观可能,愿望怎样才能实现? 可能怎样才能变成现实? 玄机就在二三句。"易老师点到为止。

周子恒想探个究竟:"'函'应当指函谷关,'崤'这个字不多见,指什么?"

"你说的不错,'函'就是指函谷关,'崤'指崤山。"

"这与小力有什么关系?"

"小力市长是河南人?"

"祖籍河南,父母是土生土长的河南人,他出生在本市。"

"这就对了。"

"我还是不明白,他老家的一关一山怎么能决定小力的前程?"

"我为什么强调'参透'?参透就是要读懂弄通字面背后的内容。函谷关是我国建置最早的雄关要塞之一,是东去洛阳、西达长安的咽喉要道,至今还保留着崤函古道石壕段遗址,杜甫在此夜宿,写下名篇《石壕吏》。崤山是古代军事战略重地,秦军曾兵败于此。小力市长官居白江新区要职,那是众人瞩目之地,也是是非功过之地,干不好断送前程,干好了会有两种结果,也许直上九霄,也许遭人妒忌,非议缠身,前程未卜。新区就是小力市长晋升的关卡要道,成于斯,或者毁于斯。我想,此签之所以为中中签,奥妙就在这里。"

周子恒似有所悟,说:"就是说小力现在占据要津,喜忧参半,或者过关斩将,或者兵败滑铁卢,若要成功,必须借力好风。那为什么要借西南风?"

"如果我记得不错的话,'西南风'应出自李商隐的'何处西南待好风'。至于为什么西南风是好风,我也解释不清楚,很可能是一种意象吧。"

"小力请您来,就是要借您的西南好风。"周子恒适时为曹小力做好铺垫。

"不敢当,不敢当。"易老师说着向寺庙外走去。

"签文可以给小力看吗?"

"但看无妨。同样的签文,不同的角度悟出来的东西可能南辕北辙。我身居其外,抱着与己无关的态度,理解起来相对中性。小力市长置身其中,看到的多是美好的词汇,可能想得比较积极乐观。"易老师指着众多香客说,"谁不想有个好结果呢,不然为何要来求佛?"

他们下山,去"四月天",曹小力在那里等易老师。

春风骀荡,雨润如酥,天地之间,轻纱幔帐,浓淡晕染,嫩花商量细细开。

周子恒触景生情,想起"雨后寒轻,风前香软,春在梨花"。

八

凌寒乡正式通知曹小力,书记、市长定于明天去新区调研,曹小力同时接到了市委办公厅经顾全衡圈阅同意的调研方案。市委、市政府半数领导参加此次调研,时间为一天,上午察看项目,举行合作签约仪式,下午召开座谈会,听取新区的工作汇报。

曹小力开局不利,一堆烂事搞得他十分狼狈。第一印象常常先入为主,好印象、坏印象同样深刻,想要扭转坏印象需付出数倍的努力。这几天,曹小力紧锣密鼓,力图在书记、市长来调研前打出一套组合拳,重整旗鼓,收复失地。错过了这次机会,他将一败涂地,他可不想成为斯蒂芬·茨威格笔下的窝囊废。

曹小力请来省上及市里规划部门和规划院的专家学者,讨论修改新区规划,完善南岸集中发展高端制造业、北岸集中发展高端服务业的总体布局,两岸功能分开,生产生活并举,宜业宜居共享。原版规划是在市长主持下、分管副市长具体负责完成的,与会人员大多是参与者,现在要推倒重来,他们的心血将付诸东流,何况他们也不清楚这是市里还是曹小力个人的意见,但碍于曹小力的身份,不敢直言,便集体沉默。

曹小力遭遇到了无声抵制,他要使出杀威棒,打破僵局:"新区要大发展,规划必须先行。调整完善新区规划,是市委、市政府的要求。我不分管规划,并不等于我说话不管用。老话说得好,点油不一定香,点醋一定酸。"

最后这句话颇有威慑作用。豆油、菜籽油、橄榄油的确没有香味,只有香油是香的,陈醋、白醋、米醋、香醋等所有醋都是酸的。好话十句未必管用,坏话一句可毁半生。没人敢尝试拿鸡蛋碰石头,他们急速转弯,出谋划策,在南岸规划了电子信息、装备制造、生物医药、新型材料、节能环保五大产业板块,在北岸规划了教育、医疗、养老三大片区。利用顾全衡会见外商的间隙,曹小力做了口头汇报。顾全衡首肯,但强调规划权在市里,新区要严格执行,确保规划的严肃性。曹小力这一拳出手有力。

曹小力的第二拳落在了抓项目上。他成立了新区重大项目建设领导小组，强化组织协调，围绕目标、责任和奖惩建立了量化的监督考核体系，抽调精兵强将，组建了庞大的招商团队。在第一次重大项目建设领导小组会议上，曹小力说："发展是硬道理，项目是硬通货。今天的项目就是明天的生产力，今天不抓，明天抓瞎。要做到五个盯紧：盯紧世界五百强，盯紧央企，盯紧大型国企和民企，盯紧国家大院大所，盯紧已投资企业的增资扩能，引进更多的国内外大公司的地区总部、研发机构和营销中心，引进更多投资大、水平高、带动性强的项目。要算大账，算长远账，让投资者有利可图、有钱可赚。"曹小力对一把手说："你们要带队跑项目，跑省进京，跑里跑外，跑来大项目的予以重奖。但千万要记住，到日子我这个账房先生是要算账的。"

就在昨天，新区举行了重大项目集中签约仪式，书记、市长出席见证。曹小力请许清如给予支持。即使曹小力不打招呼，书记、市长共同参加的活动许清如也不敢怠慢，何况全市正需要这针强心剂。她动用各种手段，大张旗鼓地宣传，在《青云新闻》黄金时段用六分钟重点报道，在《热点追踪》做了四十分钟的专题访谈。曹小力的这一记重拳赢得了喝彩。

今天上午，曹小力主持召开新区安全稳定工作会议。中午，他要到"四月天"，与易老师共进午餐。

会议地点设在管委会发生爆炸的现场。会场充满肃杀气氛，张榜公布集访次数排在前二十位的信访案件、三十件重大安全生产隐患，并挂牌督办，限期解决整改，整改不到位的予以通报批评，问题严重的给予党纪政纪处分。

曹小力打头，一行人登上主席台，还未坐定，意外发生了：曹小力的座椅开胶散架，他险些一屁股坐在地上，幸亏身手灵活，扶住桌子撑住了身体，与会人员惊愕之余忍不住发出窃窃笑声。工作人员吓坏了，迅速换了把椅子。曹小力并没发作，会议照常进行。

轮到曹小力讲话,他扫过会场,瞄准了目标:"何主任,今天是不是有中央领导来新区视察?"

靠边坐在第一排的何主任不知何意,慌忙站起来:"没有。"

"那就是来了省上的领导?"

"也没有。"

"都没有,那么你们一帮人在忙什么?忙着出错吗?!"曹小力怒火冲天。

何主任脸都白了,额头渗出了汗珠。

曹小力松开衣领讲道:"安全隐患无处不在,我们开安全稳定会,险些发生安全事故。同志们,你们想一想,如果今天坐在这里的是中央首长,后果是什么?性质是什么?影响又是什么?安全稳定有小事吗?后怕啊!我要郑重警告,今后谁那里出问题谁提头来见,别怪我翻脸不认人。你拿安全不当事,我就拿你当个事!"

曹小力再放狠话:"我们常讲事心双解,前提是解决事,事不解决心结能解吗?依我看,信访问题大多有合理成分,没有冤屈谁会长年累月告状,老百姓不容易啊。解决问题才能稳定民心,民心稳了社会就稳了。丑话说在前面,你拿百姓的事不当事,我就拿你当个事!"

他的话掷地有声,这一拳直击面门。

散会后,管委会的工作人员都不敢靠前,远远躲开曹小力,等着挨处分。谁都能躲,唯独何主任躲不了。他硬着头皮到曹小力办公室请罪。曹小力憋了一肚子恶气,正等着爆发。何主任鸡啄米似的认错认罪,恨不得抽自己几个耳光。曹小力死瞪着他,怒火即刻喷射。

何主任眼珠一转,计上心来。他说:"我们工作没做好,我们有错,您严惩严罚。不过,您消消气,我看这是好兆头。"

"好兆头?"曹小力气上加气,眼珠子瞪得更圆了。

"是个好兆头,说明青云市的椅子太小,托不住您,用不了多久您一定高升。"

经何主任这么一说,曹小力扑哧乐了,一肚子怒火变成了宽慰体恤：“我训你是为了给他们看，跟我最近的人我都不留情面，他们更得加倍小心。但也得批评你一句，你是老主任了，工作一定要细心，咱不能总干办公室主任，今后要担更重的担子。”

何主任感动得无以言表，不但没受到处分，好像还有要提拔他的意思。“我祖上积德，碰上好领导了。我发自内心地盼望您早日高升。”

“好好干，我心里有数。”曹小力看看表，时间差不多了，临走时交代，“我去见一个客商，你给市政府办公厅一处请假，下午时捷市长开的座谈会我就不参加了，我会给时捷市长打电话的。另外，给市委起草组送些水果，我去看看他们。”

曹小力比预定时间早一小时来到“四月天”。这种场合万万不可迟到，失礼事小，失去机会事大。等候时间不长，一辆商务车停在曹小力面前，易老师笑容可掬走下车来。曹小力观察到，易老师没有乘坐周子恒的名牌座驾，可见其事事谨慎低调。

虽然与易老师初次见面，但和曹小力想象的大体一致，易老师文静平和，彬彬有礼，丝毫没有趾高气扬的派头。

进入“四月天”，正面墙上画有葛饰北斋的《神奈川冲浪里》。易老师背着双手，倒退几步观赏。周子恒说：“这是请市美院画家的仿作。”

“高仿，也很有功力。”易老师从不同角度鉴赏画作，“你们看，画的视角和构图非常奇特，蓝色的巨大海浪像伸开的利爪要捏碎一切，又像张开的大口要吞噬一切，三条小船被抛入浪谷，远处的富士山那么矮小。它不同于惯常的构图，加上浮世绘的色彩和夸张的表现手法，形成了强烈的视觉冲击和情感共鸣。”

曹小力、周子恒专注地听着，不时点头以示有同感。易老师继续展示他的鉴赏功底：“这幅画在欧美的知名度要超过《蒙娜丽莎》，知道为什么吗？因为凡·高的好评。凡·高为了找到浮世绘中的明亮阳光，搬到了法国南部居住。”

听易老师如此专业的讲解，曹小力、周子恒自惭知识面太窄，有现代文盲的感觉。周子恒不安地问：“这幅画挂在这儿是否不妥？”

"非常好。进门第一眼看到它，注意力便被紧紧抓住，即使不懂画，但滔天的巨浪扑面而来，整个人刹那间被定住，躁动的心平静下来，忘却了世间烦恼，融入大自然的怀抱，如同置身于悬崖之上，震撼高耸峻峭；置身于沙漠之中，惊悚无边无际。这便是以动制静、忘却尘扰的神奇效果。"易老师周身散发着艺术家的气质。

受到易老师的肯定，周子恒不好意思地说："这是我夫人布置的，她是学外文的，喜欢洋玩意。"

曹小力来过两次"四月天"，每次从这幅画前走过从未被震撼到，即使易老师讲得神采飞扬，他也体会不到特别之处，甚至觉得如果画家在海边，下一秒钟就被海浪拍死了。也许自己缺乏艺术细胞，满脑子行政事务，实在拿不出一个神经元去玩高雅。他要把握主题，不能把宝贵的时间和机会浪费在无聊的闲情逸致上。

易老师悠然自得，对周子恒说："咱们简单吃点东西，不要搞得太烦琐。喝点红酒，来一份牛排，开胃酒、餐后酒都不要上。"

周子恒问："您要什么牛排？"他的店里有多种牛排，他有意试探易老师的西餐鉴赏水平。

"沙朗牛排，七分熟。"易老师很有心得地说，"七分熟的温度在六十五至七十摄氏度之间，此时牛肉中的碳水化合物和氨基酸会进行一系列复杂反应，产生酯类、醛类、酮类等众多物质，牛排表面呈现油润鲜亮的焦糖色，散发出果香、草香和花香的芬芳，牛排的口感最浓郁而富有层次。当然了，人与人的口感差别很大，这只是我的个人感受。"

曹小力对吃喝不讲究，从不在这上面费心思，吃得顺口就行。他最爱吃面条，纵然是山珍海味，对他来说也抵不过晒着太阳圙圙吞下的一碗烩面，那才叫人间美味。曹小力随便点了一份九成熟的牛排，要的是全熟，便于消化。

服务员拿来一瓶红酒，让易老师过目，然后给每人倒上一杯。只见易老师把鼻子凑近杯口，吸闻酒表面扩散出来的香气，然后端起酒杯，慢慢摇晃，再把杯子贴近鼻尖，辨识醒酒后充分释放的香型品种。闻香后，举起杯观察"酒泪"。做完这一步，他才轻啜一口，让酒缓缓经过舌尖、中间地带、后端，而后又啜了第二口，似乎在验证第一口的体验。

曹小力、周子恒也是场面上的人，但从没见过如此这般品酒的。他们就像坐在音乐厅，不懂交响乐又怕人瞧不起，貌似懂行地欣赏华美的表演。但他们懂常识——不要说话，不到某个章节结束的时候不要鼓掌。

易老师放下酒杯，回味着酒香，这才说："酒体浓郁，单宁强劲，酸甜清新有活力，整体感觉紧致绵密，酒的品质很高，价格不菲。"又说："提两点建议，倒酒不要高于杯肚，否则晃不开酒。可能的话，最好用男服务员，上点岁数的更有档次。"

曹小力是典型的务实派，自打当上副市长，工作狂的倾向一天比一天重。他舍不得把时间花在工作以外的事情上，但今天有求于人，由不得依他个性行事。他以极大的耐性，装作饶有兴趣地听易老师海阔天空地侃侃而谈，其实一句都没听进去。海阔他不会水，天高他不会飞，地上的事够他烦的，哪有闲心闲情去扯淡。他给周子恒使了个眼色，周子恒心领神会。

周子恒说："小力久闻您的大名，不瞒您说，他最近不顺。明年省市三套班子换届，他的年龄、资历还有政绩都拿得出手，唯一缺少的是贵人相助，只欠您的西南好风。他面皮薄，张不开口。"

易老师切下一小块牛肉，有滋有味地咀嚼，心满意足地下咽，然后说："你们都是正经八百的中文科班出身，学问比我大。不知你们研究过没有，汉字中的'朋'字很有意思，加个'木''念''棚'，可以遮风挡雨，加个'丝'念'绷'，或拉紧或裂开，加个'山'念'崩'，倒塌毁坏。我这个人不贪财不好权，只愿意多交朋友。君子之交淡如水，朋友之情重如木。我尽力为朋友多搭几处棚子，帮助他们在事业的旅程上一站接一站地走下去，直至到达高地。小力市长是周老板的朋友，周老板是我的朋友，那么周老板的朋友当然也是我的朋友，不知小力市长认不认我这个朋友？"

曹小力责怪自己愚钝，易老师之所以谈天说地，是怪他不通礼数，不主动表达求助的意愿，反倒端着市长的架子。尽管他搞不懂什么是西南好风，但猜测应是借东风的意思。他喊来服务员要了一瓶伏特加，倒上满满一大杯说："我的朋友不多，易老师才高品高，是我最尊敬的高朋，有易老师这样的朋友，我求之不得。我敬易老师一杯。"说罢一饮而尽。

易老师举杯回敬，说："青云市的情况我还是了解的，两个月前，我曾告诉周老板青云市的班子将要调整，可我不能不讲组织纪律，只好点到为止。"

周子恒极力回想，似乎有点模糊印象，当时易老师随口一说，听起来无关紧要，换届之年换的就是班子，领导干部调整变化比较密集，这是人所共知的常识，但很难从不着边际的提示中圈定出要调整书记，他当时一听而过。现在易老师求证于他，他只好说："怪我迟钝，没有想到要调换市委书记。"含糊其词的表达加之碍于情面的捧场，造就了一代又一代"江湖大师"。

易老师说："据我所知，市委、市政府领导班子中，小力市长年纪轻，应排在倒数第二，更准确一点是并列第二，年龄优势相当明显。凭小力市长的条件和能力水平，退休前当上副部级不成问题。小力市长不满足于此，有更大的抱负，是干大事的人。世事无常，如梦幻泡影，如露亦如电，转瞬即逝。假如明年能上个台阶，后面的天地会更加广阔。小力市长请我来的用意，既在当前，更在长远，不知我说的是否在理？"

"我是想为党和人民多做点事。"曹小力刻意回避。

易老师不理会曹小力的官样回答，他说："当官很辛苦，还是高危职业，但那么多人想当官，为什么？如果简单地归结为贪权贪财，未免太粗暴了。我认为他们是斗士，与天斗、与地斗、与人斗其乐无穷。我当不了斗士，我佩服他们，我会赠送他们锋利的宝剑。"

曹小力没有得到确切答复，心里不踏实，便换个角度说："听说您对风水五行深有研究，我的运势还请您赐教。"

易老师又切下一块牛肉，说："上午在独云寺，周老板替你抽了一签。"曹小力两眼放出热切的光芒。"是中中签。"见曹小力失望的表情，易老师以大师的口吻说，"是好签。上上为圆满，佛界讲，圆则寂。中签有缺憾可以弥补，有空间可以提升。八分为最好。二十四节气，有小暑、大暑，有小雪、大雪，有小寒、大寒，有小满，却没有人满，满则损，不能不佩服咱们祖先的智慧。"

经易老师点拨，曹小力心情大好，又干掉一杯伏特加。

易老师越发玄妙，吟了一句诗："岂有蛟龙愁失水，更无鹰隼与高秋。"曹小力听得出，这是比喻他如蛟龙和鹰隼，既能入海又能冲天。易老师主动提出："难得今天有空，方便的话不妨去你办公室看看。"

曹小力喜出望外，驱车带领易老师到他在市政府的办公室。从里间到外间，易老师仔细察看，望望窗外，问问楼层，边打量边说："风水五行是门科学，为什么叫买东西，为什么说上厕所、下厨房，都与金木水火土有关，中国人世世代代的生活至今没离开过风水五行。我们对大千世界的认知少之又少，大量自然现象我们无法解释，动不动把不懂的学说批判为迷信异端，这不符合唯物主义，唯物不能简单地等同于唯实。"

临上车前，易老师说："你的办公室前无遮挡，上无重压，是个通达之处，只是气势不足。在入门的地方摆一个屏风，东南方向的墙角摆一盆仙人掌，屏风可防漏气，仙人掌可防小人。"然后，他从衣服口袋掏出一个信封交给曹小力，告之等他走后再看。

送走易老师，曹小力打开信封，内有一张纸，上写："步步不离地，步步是登天。一寸不着力，一寸天相悬。亲到绝顶者，步步乃慎焉。"曹小力念了一遍又一遍，反复揣摩隐晦的含义。"步步是登天"，暗示他终将到达渴望的高度。"步步不离地"，告诫他要脚踏实地，着力攀登。"步步乃慎焉"，提醒他每一步都要慎之又慎，否则的话功亏一寸。果然是高人仙人，美好的前景驱散了多日笼罩在他心头的阴霾，他感谢生活，感谢帮助他的人。

正当曹小力喜不自禁的时候，听到身后有人喊他，回头一看，是傅自华,便问:"你怎么在这儿? 我还想去起草组看你。"

傅自华说:"市长召开座谈会,研究今后五年经济社会发展的主要指标,让我们过来听听。你怎么没参加会议?"

曹小力说:"陪客人,请假了。"

"就是刚才送走的那位?"

曹小力点头。

傅自华又问:"你跟他很熟?"

"不熟,今天刚认识。"

"他是咱们系友,工农兵学员。他没提这一段?"

"没有。你是怎么认识他的?"

傅自华说:"他当时是咱们系的团总支书记。雪桥创办'细雨'诗社时,他多次要求我履行团支书的责任,政治挂帅,取缔诗社,铲除封建主义的糟粕。"

"结果呢?"

"我没理他,诗社照办。他非常不满,向系党总支书记告状。毕业后,有一年清明节,我去陕西报道黄帝陵公祭活动,碰巧遇到他。他介绍自己在某个佛教研究会工作,据说他现在神通广大。"傅自华问,"你找他有事?"

"子恒介绍的,相互认识认识。"曹小力说,"我想去起草组找你聊聊党代会报告,请你给吹吹风,吃点偏饭。早一点知道书记的定调,我们好对标对表,别跑偏了。"

"稿子推翻重写,现在还没出。"

"给我们新区多写几句,写得越多,我们的干劲越足。"

"说反了,你们干得越好,我们才能写得越多。'在齐太史简,在晋董狐笔',尽管我不是史官,但也不能瞎写。"

"你呀,真是个老夫子,在官场混了半辈子,咋还一身学究气。我给你题一副对子吧。一介书生半个官,两袖清风满腹才。横批,学究天人。咋样?"

"还不错,'满腹才'不敢当。"

"今天没时间了,改日请你吃饭。"曹小力说完急匆匆走了。

有关易老师的种种传说,傅自华也有所耳闻。曹小力请假不参加市长召开的会议,竟然是为了忙乎自己的事,陪这位人物。望着曹小力远去,傅自华叹息,佛在心中,心外无佛。

九

一整天,顾全衡、胡时捷带领市委、市政府半数领导在白江新区调研,上午察看企业和项目建设工地,出席合资生产的第一辆汽车下线剪彩仪式、央企投资建设的生物制药企业开工奠基仪式、与省科学院共建的人工智能研发中心签约仪式,会见前来参加活动的宾客,下午原定的座谈会改为加快白江新区开发开放动员会。如此密集的活动安排释放出大发展的强烈信号。

中午如何宴请中外三拨客人成了一件棘手的事,书记、市长共同宴请规格最高,书记单独宴请次之,市长单独宴请又次之,客人对酒席上的规格档次清楚得很。崔天明一筹莫展,凌寒乡只好亲自出面协调,安排央企、省科学院的领导下午参观古镇老街,晚上书记、市长在绿岛宾馆一并宴请。中午,书记、市长在新区宴请外方客人,主客把酒言欢,共叙长期合作大计。下午两点半的会顺延到三点开。

各区县主要负责人、市级各部门主要负责人、新区中层以上领导干部、部分国企和民企代表参加会议。曹小力摆出低姿态,把自己的桌签从主席台拿到台下的第一排。崔天明不同意,说:"你是市领导。"曹小力口气强硬:"我现在的身份是管理会主任,不代表市政府。"低姿态在任何时候都会留下好印象,尤其是当着主要领导的面。

会议刚开始,小刘接到了市电视台副台长许清如的电话。许清如火急火燎地说:"有急事找秘书长,电话怎么都打不通。"

为了整顿会风,会场信号屏蔽。小刘问什么事,许清如说不便说。小刘很为难,凌寒乡明确要求,书记开会讲话时不要给他送文件、递纸条,更不要把他叫出去,这对书记极不尊重。但许清如说事关重大,万分紧急。小刘硬着头皮写了一张纸条,服务员刚倒完水出来,他建议给主席台上的领导换一次热毛巾,顺便把纸条递给秘书长。

凌寒乡见纸条上写着:"许台长电话,万分紧急!"他对小刘破坏规矩很不高兴,冷静一想,不是特殊情况许清如不会急着找他,小刘也是万不得已。可是会议刚进行,他不便离席。

许清如是青云市电视台第一副台长,主抓新闻部和文艺部,人称"电视一姐"。因工作关系,她经常跑市委、市政府,承担市里交给的重大报道任务,其中自然少不了老同学凌寒乡、傅自华、路雪桥的帮忙相助。想当年,她刚跑市委的时候,见到局级干部便紧张心慌,听到有人喊王局,她好奇地问,是什么局。人家回答,饭局。众人大笑,她闹了个大红脸。今非昔比,她成了市委、市政府领导的座上宾,对各大机关门清人熟。

不论以传统还是以现代的审美标准来看,许清如都算不上美女。她皮肤不白也不细腻,五官并不精致,但搭配恰当合理,用相貌平平、略有特点来形容比较中肯。与众不同的明显之处是凹陷的眼窝,睫毛从眼眶下弯曲出来,灵动的双眸闪现夜幕初上时海水波动的幽深光亮,披肩长发在拉直与卷曲中变化出不同的韵味,双腿笔直如筷。熟悉她的人不记得她穿过裙子,筒裤是一成不变的装束,衬托出风尘仆仆的飒爽英姿,抬升起勃勃向上的匀称身材。假如你从她身旁走过,不经意瞥了一眼,一定会补看第二眼,再次相遇,注定刻下一道心痕。

做自己喜欢做的事,爱自己欣赏的人。大四下半学期开学的第一天,站在学校主楼的楼顶,许清如选定了自己毕业后的人生路线。毕业分配她被分到效益最好的市教育出版社,许多人投去羡慕的目光。许清如却愁眉不展,她爱好文学,高考志愿全部填报中文系。然而,让她终身编辑中小学教材、辅导资料、课外读物,毕生咬文嚼字,规范段落格式,纠正数字标点的错误用法,是"善长"还是"擅长",是"长年"还是"常年",是"度过"还是"渡过",是"掺和"还是"掺合",是"爆发"还是"暴发","祇""祗""祉""祇"的正确读写,她不由得心生恐惧。她好动不好静,脑子、身子都要处于动态,整天佛像一般地静坐,她可不具备这样的耐心与耐性。太阳每天升起落下,但她的工作不能日复一日地雷同,要经常接触新事物、新面孔、新环境,只有这样才能保持活力,不至于随着时光的流逝而沉沦。有了自己想干的事,也才能碰到自己欣赏的人。于是,她费了一点周折,在辅导员女儿生日的那天,带上一套公主裙,敲开了辅导员的家门。分配单位做了调整,她如愿进了青云市电视台。

各单位把恢复高考后的第一届大学毕业生当成稀世珍宝,放到关键岗位,重点培养使用。许清如被分配到台长办公室,从事安排日程、起草讲话、整理纪要之类的文秘工作。台办的人离台长近,有优越感,进步也最快。许清如与众人的想法不同,她只遵从内心感受,凡是有违初心的就必须改变,顺从和忍耐不属于她。

许清如找到新闻部鞠部长,提出想调到新闻部。前不久,新闻部拍的一条新闻获得省台大奖,鞠部长心情格外好。许清如从台办老大姐那里学了一招,找领导谈个人事情要把握好三个时机:一是领导心情好,二是领导相对空闲,三是没有外人在场。心情好通常不会拒绝,有空闲能聊透,没有外人便于直接表白。有一点至关重要,提个人要求,务必开门见山,千万别不好意思,含糊其词。

鞠部长问:"在台办多好呀?守着台长,很多人都想去呢。"

"我想干业务,端茶倒水不适合我。"

"干新闻很苦,我说的不是这儿,而是这儿。"鞠部长先拍拍自己的腿,又指了指许清如的脑袋,再捶捶自己胸,"累脑累心。"

"我不怕,喜欢干。"

"想干什么?"

"新闻调查,热点访谈。"

鞠部长一直在寻求新闻节目的突破点,许清如的想法正合他意。"你的事我说了不算,跟你们洪主任说了吗?"

"他不同意，在台里他只买您的账。"

"干新闻，什么最重要？"鞠部长测试她。

"责任，社会责任。"

鞠部长目光如炬，说："不错，责任就是我们的信仰，什么时候都别忘了。"

不久，许清如调入新闻部。鞠部长要求她，不许穿裙子，二十四小时待命。

干上了自己喜欢的工作，许清如激情四射，她第一时间接近"非典"病房，第一时间抵达地震现场，第一时间曝光学生食物中毒事件……她围绕农村贫困家庭搞了一组深度调查，因病致贫是这些家庭的共性。一位老汉得了绝症无力支付高额医疗费用，无奈放弃治疗。孩子患上肾上腺脑白质退化症，逐渐丧失行动和语言能力，四处求医，债台高筑，家庭一贫如洗。孩子患上小胖威利症，永远吃不饱，生生把家吃穷了。这个调查在《所见所闻》播出后，引起极大社会反响，领导层高度重视，加大了扶贫力度，各方面共同发力，力争消除绝对贫困。

许清如携手周子恒和米苔共同帮扶最困难的家庭，负担自费部分的医疗费用，资助孩子上学。许清如和米苔每年去一次山里，坚持了十五年，先后帮扶了十几个困难家庭。孩子们管许清如叫许妈妈，管瘦小的米苔叫米姐姐。

由于工作出色，台里委以重任，许清如很快得到提拔。她经常说，当记者的必须有犬的嗅觉、鹰的目力、豹的敏捷，一旦失去好奇心，见怪不怪，麻木不仁，趁早走人。新闻就在你眼前，关键取决于你观察细节的敏锐性，哪怕邻居家丢了一只"英短蓝"，你都要想一想是否出现了偷盗名贵猫的社会现象。

不是受家庭影响，也讲不出什么理由，某一天许清如遏制不住想喝咖啡，不加糖，不加牛奶，一来二去竟成了她人到中年更改不掉的生活习惯。苦涩在口腔表面产生的抓力，驱走了睡意蒙眬的慵懒，咖啡因作用于交感神经，一下子唤醒了活力，兴奋和敏感占据大脑。她在新闻部设了一间咖啡屋,鼓励大家闲聊,沟通交换信息。前几日,一名记者说,在白江新区偶遇省电视台的记者,对方说来做节目。她从咖啡的浓香中嗅出了异味,省台做节目,通常会请他们协助,这一次不打招呼,只来两个人,显然是搞暗访,避人耳目通常不是什么好事。她让新闻部把之前涉及新区未发的负面报道捋了一遍,筛出几个高热度的词条。眼下春耕在即,以她的职业敏感当即锁定假种子、假化肥问题。为了核实情况,她犹豫再三拨通了在省台负责《聚光》栏目的丈夫叶一舟的电话,开口就问,节目今晚是否播出,直接把对方逼到死角,挑明她已得到信息,只要对方支支吾吾,那就确定无疑。不出所料,对方不置可否,她认定节目将在晚七点半播出。

许清如看了看表,距离播出还有四个小时,必须尽快上报这一重要信息,至于阻止播出,她则力所不能及。她第一时间向顶头上司——市委宣传部副部长兼青云市电视台台长尹长谱报告。

尹长谱觉得此事非同小可,急速搜寻解决问题的途径。市委常委、宣传部部长梁正声今天出国,估计这会儿正在飞机上,无法请示汇报。于是,他给省电视台台长打电话,台长推托说,节目已经上线,如果撤下将打乱整个节目播出,而且这则报道是省委宣传部直接抓的,他做不了主,必须请示部里,并劝他要正确对待。想找省委宣传部部长,他的级别太低,说不上话。分管内外宣的副部长三周前刚提拔,他不太熟悉。时间飞快流逝,尹长谱焦急万分,抓耳挠腮,原地打转。许清如建议向市委报告,尹长谱不想将矛盾上交,显得自己无能。时间不等人,见尹长谱束手无策,许清如便直接联系凌寒乡,但凌寒乡久不接电话。

此时,会议进入发言阶段,周子恒作为企业家代表发言,表示要加大投资力度,支持新区开发开放。

曹小力的发言排在最后,他着重汇报了调整新区发展规划的设想以及抓项目建设的情况,特别提出年底新区经济总量要占全市的半壁江山。发言时间不长,充满踔厉竞进、奋勇争先的豪情。顾全衡不时用红铅笔在曹小力的发言材料上画杠杠,看得出说到了他心里。

凌寒乡掐算时间,发言结束后市长讲话,此时是最佳时机。他走出会场,接通了许清如的电话。

"信息可靠吗?"他不该这样问,给人不信任感,但又不能不这样问,好在许清如不是外人。

"绝对可靠。"

"向长谱台长报告了吗?"

"报告了。"

"他怎么说?"

"他找了省台台长,不管用。"

凌寒乡觉得应该找具体负责人,他知道许清如的丈夫负责这个栏目,想让她疏通疏通,但话到嘴边又咽了下去。许清如与叶一舟的关系若即若离,许清如不是小女人,如果能说上话她会主动做的。

凌寒乡的大脑快速运转起来。正值春耕备播之际,此时曝光假种子、假化肥应时应事,对搞好春播乃至全年农业生产的现实意义不言而喻。省台一定早就盯上了,下了大功夫,并作为重点新闻推出,一经播出必将产生强烈的社会反响,不出意外还会获得好新闻奖。若要紧急按下停播键,除非省委宣传部领导发话。

事态非常严重,全衡书记刚到任,接连出了几件事,还没消停又要在全省曝光,影响太坏了。刻不容缓,必须直通省委宣传部,假如他做不到,只得再搬出全衡书记,凌寒乡不希望事情办到这一步。想到这儿,他问:"省委宣传部由谁分管?"

"马部长,原来是省委宣传部的新闻处处长,最近刚提起来。"

凌寒乡说:"我认识,老宣传部的,咱们搞招商引资推介会他帮了不少忙,我留了他的电话号码,后面的事我来办。我代表全衡书记感谢你。"后边这句话用在别人身上是必要的,用在老同学身上未免太官化,没办法,习惯,顺口溜了出来。

凌寒乡让小刘调出电话,不多时,马部长的电话接通了:"喂,哪位?"小刘刚刚通报过。听到凌寒乡应答,马部长说:"噢,是凌秘书长,有什么事吗？"

凌寒乡走进隔壁会客室，用热毛巾擦了把脸，待服务员退出去，说起客套话："马部长，恭喜您高升，本应登门当面祝贺，新书记刚到，最近忙了点，失礼了。这两天一起坐坐。"

马部长客气有加："哪里哪里，怎么好惊动大秘书长，您很快就是省部级领导了，今后还要仰仗您多加关照，苟富贵勿相忘嘛。"

凌寒乡说："都是瞎传。我们有做得不到位的地方，还请马部长及时提醒，我们一定认真改进。"

"岂敢岂敢。非常抱歉，我还有个会，咱们改日再聊。"马部长说着就要挂电话。大家心里都清楚，在位的时候，没有一个电话不是出于某种目的打进来的，没有一次寒暄不是夹带着现实的需要表达的。马部长对凌寒乡此时来电的用意再清楚不过，他佯装不知，虽然任副部长时间短，但见得多，运用拿捏技巧得心应手。

凌寒乡急忙拦住他："马部长，占用您一点时间，有一件难事向您汇报，请您务必帮忙。"

马部长讪讪地问："什么事呀？我一个小人物能帮上什么忙？"

凌寒乡听出马部长的话外之音，霎时，一件旧事被勾起，犹如一道闪电划过他眼前。他当县委书记时，县里发生一起煤矿事故，《登峰日报》计划用整版篇幅重点报道。有人提出请省委宣传部新闻处主持工作的副处长，也就是现在的马部长帮忙，淡化处理，凌寒乡却觉得副处长的级别主不了这么大事。不知怎么此话传进了马部长的耳朵，而且留在了他心里，存活至今，瞬间便钻了出来。结交一个人可能要用一辈子时间，但伤一个人只需一句话。

凌寒乡是个细心的人，做事不洒汤、不漏水，但这件事是个例外，他列之为事故，时时引以为戒。原则不能交易，人格不能扭曲，今天的协调不能与当年的疏忽挂钩。他郑重表态："出现假种子、假化肥的问题，我们市委、市政府有不可推卸的责任，一定彻查严办，决不手软。希望马部长从有利于青云发展的大局着眼，稳妥处理。我代表全衡书记、时捷市

81

长感谢您,我本人感谢您,不会忘记您的支持。"

马部长经历过太多此类事情了,只要曝光负面新闻,求情撤下的电话迅疾打过来,地方或部门的主要领导亲自出马,实在够不上的通过各种渠道做工作。求情的理由五花八门,诸如该区正在创建全国精神文明城区,一旦曝光,前功尽弃;县委书记已入选全省优秀县委书记,要避免造成不良的政治影响;这项工作是市长亲自抓的,市长即将任副省长,得罪了省领导今后没法干了……说来说去,好像错在宣传部门。新闻监督难搞,都说宣传部门只会唱赞歌,不是不想批评,是批不动,批多了会出问题。其实赞歌也不好唱,批评有人求情,表扬也有人求情。

马部长对找上门的通常做柔性处理。对方话说到这份上,搬出了书记、市长,给了台阶,表了态度,他若固执己见,很快他们就会请出更高一级领导,与其由顶头上司下令,不如自己顺水推舟。"支持地方工作是我们的职责,曝光不是目的,而是为了改进工作,促进发展。既然秘书长亲自打来电话,市里这么重视,我们没有理由抓住不放。大秘书长,欠我一个人情,开句玩笑,不要搞得那么紧张嘛。"

"处理结果,我们会给省委宣传部和马部长您写报告。"凌寒乡要把事情办完整。

凌寒乡回到会议室时,胡时捷刚好讲完。顾全衡的开场白主要是肯定市长的讲话和会议的发言,这是常规的铺垫,通用件。这部分一般脱稿讲,给电视摄像创造条件,便于拍摄最佳的形象和状态。

服务好领导,必须适应领导,而适应领导,必须了解领导。傅自华通过服务多位领导体会到,某位领导干部换了岗位、职务、环境和工作内容有了变化,但思想观点、逻辑思维不会突变,常用提法、习惯用语一以贯之,并且具有超强的连续性和稳定性,无非添加一些履新地的特色。每当来了新领导,傅自华首先做的基础工作是学习和对比该领导以往的讲话文本,找出规律性的东西,然后运用到实践,果然屡试不爽。这是迅速适应新领导的成功技法,只不过多数人不下这个苦功夫。

傅自华调阅了顾全衡在天顺市的全部讲话稿,并深入细致研读,他从中发现一个特点,顾全衡喜用数字"三",题目用"三"来设立,思路用"三"来概括,措施用"三"来提出,要求用"三"来明确。于是傅自华尝试着以"三"统揽全篇,几篇稿子顺利通过。

顾全衡全面阐述了加快白江新区开发开放的一系列重大问题。新区的目标是,做到"三个率先":率先优化经济结构、率先构建发展新模式,率先形成一流营商环境。新区的定位是,形成"三个标志区":改革创新先导区、先进制造业和高新技术产业聚集区、宜居宜业新城区。新区的功能是,发挥"三个作用":发展引擎作用、引领示范作用、服务辐射作用。新区的任务是,增强"三个能力":创新创造能力、带动驱动能力、国际竞争能力。

明确了新区发展的战略问题,再阐述新区发展的战术问题。新区要打好"三大战役":一是项目建设主攻战,外资内资国资民资,只要是好项目,都要全力争取、全力引进,形成开工建设、投产达标、储备报批紧密衔接、源源不断的项目建设体系;二是结构调整攻坚战,大力发展一批优势支柱产业、一批大型企业集团、一批知名品牌,严把技术水平关、资源消耗关、环境保护关,实现可持续发展;三是安全稳定歼灭战,下更大的决心,采取更实的措施,集中解决信访多发、安全隐患较多的问题,使新区成为经济发展的标兵、安全稳定的标兵、全市各项工作的标兵。

顾全衡放下稿子说道:"同志们,机遇不常有,就在我们眼前,抓住了,我们是历史的见证人,错过了,我们是历史的罪人。逆水行舟,不进则退,小进、慢进也是退。我们要抢抓机遇,迎难而上,决不能让全市人民失望!"

会议宣布,市委、市政府成立加快白江新区开发开放领导小组,强化统一领导,研究解决重大问题。由顾全衡任组长,胡时捷任第一副组长,曹小力任常务副组长,领导小组办公室设在新区管委会。每两个月开一次会议,第一次会议修订通过新区发展规划。

会议开到晚上八点。

周子恒在会场门口等候凌寒乡,小声对他说:"我那个外甥给你惹了麻烦,我狠狠训了他。多亏你,保了他。"

"你应该谢雪桥,是她替小邵背的锅。"

"到底是老同学。"周子恒又说,"'白云人家'是个好项目,安排书记去看看,谢啦!"

凌寒乡笑而不答。他转身拉住曹小力,示意他有事向全衡书记报告,他要把话说在当面,免得留下打小报告的嫌疑。凌寒乡向顾全衡汇报了假种子、假化肥事件的来龙去脉和处理结果。

顾全衡连说了三个"好",说:"这件事处理及时,果断稳妥,避免了负面影响。"他又对曹小力说:"这个企业在新区,你要依法严查,该吊销执照的坚决吊销。那些'散乱污'企业要尽快迁出新区,不符合新区发展规划。"

曹小力感觉自己掉进了问题堆里,赶紧说:"这就落实,坚决取缔。"

"处理报告出两份,我签给兴文部长和马部长。"顾全衡对善后工作格外周全。

凌寒乡满含歉意地说:"全衡书记,我要检讨。"顾全衡疑惑地看着他。凌寒乡说:"未经您同意,打了您的旗号,不合规矩。"

顾全衡爽朗地笑道:"任何时候秘书长都可以代表我。"

十

许清如帮助市委解决了一件麻烦事,却给自己惹上了麻烦。

台长办公室主任通知她,尹长谱晚上在绿岛宾馆设宴,答谢省委宣传部、省电视台的领导,请她参加。许清如原计划晚上找凌寒乡商量大学毕业三十年聚会的事,毕竟他是班长,现在只得改日。她在班里是个热心人,把别人的事当成自己的事。毕业三十年,同学们散落各地,每个人的发展情况、生活状况她都说得上一二。有位同学得了癌症,许清如跑前跑后,请医送药,发动全班同学捐款。有位女生身怀六甲,要去探望在新疆工作的丈夫,许清如不放心,请自己在新疆的朋友接待照顾。大家都忙着自己的事,如果没有许清如,彼此早就断了联系,更不会有人张罗费神费力的聚会。

自打顾全衡上任后,来青云市的人明显增多,拜访的、谈项目的、学习考察的熙来攘往。绿岛宾馆人头攒动,车水马龙,一派繁荣昌盛的景象,往日门可罗雀的萧条一扫而光。老百姓说,来的人多,说明有人待见,青云重振雄风有盼头。

台长请客,许清如懂得礼数,她第一个到场,并把自己安排在主陪的座位。

原计划晚宴请马部长,马部长推托有会。省电视台台长、分管副台长等人应邀光临,他们与尹长谱非常熟悉,但依旧摆出上下有别的架势。

依许清如对官场的认知,在座的应该有叶一舟,他是要闻部负责人,又是这条新闻的主要策划者和实施者。如今有一种说法叫"处长经济",设想、方案以及取舍意见的提出,处长起主导作用,被否决的情况只是个案。尹长谱不会疏忽大意,遗忘了叶一舟。叶一舟缺席,肯定嫌她多管闲事,精心设计而且注定能产生轰动效应的重头报道让她给搅黄了,心里定是充满了怨气和怒气。

上半场轮不到许清如,她像替补队员安心等待。主宾之间你来我往,彼此称兄道弟,你举高我一寸,我抬升你一尺,赞美的话语连珠成串,随同美酒吐出来又灌下去。

尹长谱的圆脸像打了蜡的苹果,他搂着省台台长的肩膀说:"干咱们这行的,我概括为六个字,上头条、下焦点。我们集中精兵强将,主攻这一上一下的工作,领导对我们最不满意的就是上不去下不来,难啊!省台关爱我们,呵护我们,为我们遮风挡雨,帮我们架桥渡河,没有你们哪有青云的今天。就说假种子、假化肥的事,要不是你们果断采取措施,青云的形象将一落千丈,青云的发展会倒退几年,不论我们使多大的劲,付出多大的成本,都难以挽回。"

听了这番话,许清如不由得同情起叶一舟,都是干这行的,做一个片子多难呀,前期采访,后期制作,有时还会遇到危险,一关一关地审,好不容易通过了,却被一个电话毙掉了。他们为了什么呀?他们又有什么错啊?他们哪有那么大的本事让青云一落千丈、跌落倒退?她很矛盾,她想起了鞠部长的话,责任是新闻人的信仰。是应该维护地方的利益,还是应该坚守媒体的责任?她不知道,也找不到答案。转念一想,心情又好了些,尹长谱不像在奉承,倒有几分含沙射影,反话正说。酒喝到八分醉,好话赖话谁能分得清。

下半场到了,尹长谱怎么可能冷落了许清如。他发话:"各位,我们清如是美女台长,也是宣传系统的美女领导干部。清如不仅长得漂亮,尤为可贵的是她有一颗强烈的事业心,工作能力超强。她夫君是你们省台的主力干将,清如可是我们市台的台柱子,她一人撑起半边天。有这样一位才貌双全的副将,多大的福分啊,这样的福分你们各位不一定有哇。"

"长谱台长有大福,福如东海。"省台台长说,"我们一直想挖她,你割爱,调她到我们省台。"

"这我可舍不得,这种玩笑也开不得,是要出大事的。"尹长谱用力与省台台长碰杯,"不要动邪念哟。"

几个人笑作一团,道:"我们哪敢,你还不跟我们拼老命。"

"玩笑归玩笑",尹长谱说,"清如在我们这儿是有大空间的,她很快将肩负重任,大展身手,拜托各位省台领导多支持我们清如的工作。"

几个人起哄:"许台长要高升了,我们举杯相庆。许台长年轻貌美,大有作为。"

尹长谱说:"你们说清如年轻貌美,要是能猜准清如的年龄,我喝三杯,给你们三次机会,如果猜不准,罚酒三杯。"

几个人相互看看,交换意见:"四十五?""不会,四十二。""高了,最多四十。"商量来商量去,其中一人说:"综合各位的意见,四十三,估计是猜高了。"尹长谱得意地笑着,指了指酒杯,省台推出一人作为代表甘愿受罚。

出于安全的考虑,许清如很早就给自己设置了护身符,到处散播自己患有心脏病,先天性心瓣缺损。至于世界上是否有这种病她才不管,没听过的怪病多着呢,越没听过越可信。舆论的作用在于反复传播,一次两次不信,多说几次就信了。鲁迅先生说过,世上本没有路,走的人多了便成了路。道理是相通的,假话说一遍,都认为是假话,假话说一百遍,连说假话的人都信以为真。时间一久,酒桌上没人敢劝她喝,心脏病不是小病,谁愿冒这个险。许清如之所以想出此招,源于她遭遇的一次伤害。

　　那年,她随洪主任去外地开会。晚宴后,洪主任叫她到房间聊天。她没多想,想正好借此机会提出调动工作的事。

　　"一直想找时间和你单独聊聊,听听你对我的意见。"洪主任给许清如冲了一杯速溶咖啡。

　　"您对我非常关照,只有感谢,没有意见。"许清如猜测洪主任可能知道了她想调动工作的想法。

　　"听说你想去新闻部,是不是嫌我这个主任水平太低?或者嫌我对你不够好?"

　　"不是不是,真的不是。我非常珍惜在您身边工作的机会,跟您学到了很多学校学不到的东西。"许清如并不慌乱。

　　"你应该能感觉到,我很喜欢你,知道为什么吗?"

　　许清如摇头,脸颊发热。

　　"我喜欢你的性格,开朗大方,热情奔放,有头脑有思想,能谈国事,也能聊家常,不像有些女孩子,扭扭捏捏,羞羞答答,让人感觉不舒服。"洪主任酒劲上涌,醉意渐浓。

　　"您过奖了,是我遇到了您这样的好领导。"许清如开始警觉。

　　"别左一个领导右一个主任的,如果不介意,你就把我当亲大哥,我把你当亲小妹,有什么难处直接找我。"洪主任边说边拉过许清如的手,"新闻部就不要去了,跟着我进步快。"

　　许清如使劲抽手没抽动。"我想干业务,希望您能理解,还是让我去吧。"

洪主任揉捏着许清如的手，说："都说你的腿漂亮，我更喜爱你的手，光亮有弹性，手指葱根样的笔直，指尖微微上翘，看不到指关节，手掌柔软无骨。古人形容美女，首先夸的是玉手，说手如柔荑，皇上见了无心理政，早早退朝。"洪主任把许清如的手贴在了自己的嘴边。

美味的诱饵已经布好，等待猎物上钩。升官发财，得名获利，几人不想，得之则难。人类社会的大部分年代都是男重女轻，政界、商界，即使文学艺术界，始终被男人牢牢把持着，在洪主任眼中，这并不表明有子宫的人天分不足，而是社会分工使然。他认为女人也有天然的资本，只要肯献出男人世代贪婪的姿色，进阶的通道就会轻而易举地打开。于是，某个女人升迁快了一点，背后肯定飘着一堆斜眼白眼，跟上司睡过，是领导的小蜜，各种绯闻描绘得有声有色，动人心弦。女人成就事业要比男人练就更强大的内心。

此类引诱许清如不止一次遇到，也许是出于许清如火辣直爽的性格、流畅紧致的身材，还有灵动摄魂的双眸，一些人视许清如为开放型的女性，在两性关系上放得开，并以各种方式进行表达和试探。许清如稍微想开一点，放松一下，肯定会得到额外的关照和实际利益。但许清如就是他们口中的想不开，就是封建保守，就是守身如玉。她可以与人热情拥抱，可以和你称兄道弟，但决不能肌肤相亲，与没有情感甚至反感的人做男欢女不爱的事，她觉得脏。

有一定级别的干部习惯于讲究身份，他们表白相对含蓄，层层试探渗透，为的是给自己留退身之步，以防进退失据。暗示变成了明示，进则是对方投怀送抱，退则显自己正人君子，当然，刚刚言之凿凿做出的许愿和承诺随即废止。

此时，许清如表现出少有的镇定，瞬间想出应对之策。她"哕"了一声，鼓起腮帮，迅猛起身往卫生间跑。洪主任扶住她，顺势使劲捏住许清如的乳房。许清如感到一阵疼痛，她奋力挣脱，反锁上卫生间的门，坐在浴缸边沿，定了定神，被捏过的地方还在疼。她把浴缸和手盆的水龙头开到最大,咆哮般发出令人毛骨悚然的呕吐声,歇斯底里地模仿影视中良家妇女惨遭暴徒凌辱踩躏时哀号的音效,一遍遍冲马桶,不停地漱口,演技尽管相当拙劣,但非常实用,可以护身。

洪主任使劲敲门,带着哭腔不住地呼喊:"清如,清如,你没事吧?开开门,急死我了。"门终于开了一条缝,洪主任猛地推开门,猝不及防地扑上去,把许清如紧紧裹在怀里,十指叉开,死死扣住许清如,嘴里反复念叨:"心痛死我了,清如,还好吧?去床上躺一会儿。"他把许清如拥到床边,用力推倒在床上,整个身子压了上去。

许清如看到这张丑陋污秽的嘴脸,闻着扑面而来的热烘烘腥臭的口气,一阵阵反胃,这次她真的想吐了,要不是出于礼节的强力克制,她真的能把尚待消化的酒水和固体混合物一股脑地喷向臃肿淫荡的脸上。她咬紧牙关,用尽全身力气,推开光秃的脑袋,痛苦万分地捂着自己的胸口说:"大哥,我太难受了,可能是心脏病犯了,我要是死在您的怀里,可就把您毁了。我死了事小,但不能害了您。听小妹的好吗,大哥?"

听许清如说"把您毁了",洪主任的雄性激素迅速退潮,仿佛一瓢冰冷的井水泼下,全身瘫软下来。有什么比大半辈子拼来的官位更重要呢,难办的是,欲望充斥头脑时根本想不起利弊得失,顾不得名声地位。但庆幸的是洪主任想到了,或者准确地说是许清如帮他想到了。洪主任松开了许清如,不知是精神垮了还是身体本来就不强壮,虚弱地靠在床头捯气,连说句话的力气都没有,任许清如独自离去。

从那以后,许清如有心脏病、不能喝酒的说法广为人知,这一招保她酒桌上清醒,半生安好。

许清如咽不下这口气,将此事原原本本告诉了路雪桥,她要向台领导举报。路雪桥说她手头没有证据,很难告倒他,弄不好给自己惹一身腥。许清如不愿委曲求全,她说丑恶必须铲除,如果忍气吞声,便是协助作恶的帮凶。她毅然向台领导如实反映了情况。

后来她才知道,鞠部长说话之所以灵,是因为洪主任猥亵女编辑的时候被鞠部长撞见了。许清如调到新闻部后不久,洪主任因生活作风问题受到党纪政纪处分。

今天这个场面"抱病"不喝不太合适,至于尹长谱暗示提拔的话,鬼才信!最可信的话在酒桌上,最不可信的话也在酒桌上,问题在于酒桌上可信的话少之又少。

许清如装出无可奈何的样子说:"长谱台长最了解我,我身体残缺,不能喝酒。省台的各位领导为我们青云操了那么大心,费了那么大劲,作为青云的子民感恩不尽。今天我破个例,以命相敬。"

许清如叫服务员上一个直杯,倒了大半杯白酒。尹长谱连连劝阻:"不可不可,清如你不属于你自己。"

许清如的这一异常举动,着实让尹长谱吃惊不小,从不沾酒的部下端起大杯,他脸上有光。权威就是权威,美女斗得过野兽,但也得屈服于权威。尹长谱调正肉墩墩的身躯,一改开席以来谦卑的低姿态,粗短肉团的双手摊在圆滚的肚皮上,恰似媒体大佬俯瞰酒席的进展和麾下的巨献。

到处宣扬不能喝酒是自保,特定的条件破例豪饮也是自保,懂得自保的女人是不可战胜的。许清如以赴死的神情说:"酒喝到这会儿,我就不——敬了。这杯下去,如果不省人事责任自负,只求各位领导一如既往地关心支持青云的工作。"说罢,咕咚咕咚喝干,然后便是极其痛苦状,狂咳不止,服务员端来热手巾、白开水前后伺候。所有人无不为之动容,怜香惜玉般唏嘘不已。

送走客人后,尹长谱吩咐服务员扶许清如到会客室休息。他削了个苹果,切开一半递给许清如,不无关心地说:"你没看出来吗,我一直在保护你,知道你心脏不好,不想让你沾酒,你怎么逞上能了?"

许清如把苹果放在茶几上,有上气没下气地说:"应该的,为了工作。"

尹长谱问:"《再创辉煌》拍得顺利吗?"

拍摄专题片《再创辉煌》是迎接市党代会整体安排的一部分,由许清如具体负责。许清如说:"采访和取景已经完成,但原脚本的解说词需要调整,特别是涉及政治的部分,需要您来把关。"

"你定就可以了,我相信你。"尹长谱话题一转,"和你爱人的关系怎么样了？"

"今天晚饭的气氛不错。"许清如岔开话题。

尹长谱顺着自己的话说:"婚姻不能勉强,凑合来凑合去,相互折磨,都很痛苦。你们赶上了好时候,不合就离,习以为常,我们就没这个福分。"

许清如明知故问:"有什么不可以？您同样有选择的权利。"

"哪有你说的这么简单,离婚是要向组织报告的,会引起不小的震动,代价和成本太高,得不偿失。再者说,都这把年纪了,折腾不起啊。"尹长谱说的是实话。

许清如起身告辞,尹长谱说:"不急嘛。刚才在酒桌上的话我可不是随便说说的,我准备向部里建议,不再兼任台长,腾出位置让你上,给你提供更大的舞台。这个想法只有你知道,心里有数就行了。"

"感谢您的关心,我的能力有限,还要靠您。"许清如随口应付。

尹长谱递给她一杯水,说:"不是我夸你,你确实不像这个岁数的人,每次讨论干部都说你还年轻,吃了不少亏。"

"我考虑问题比较简单。"许清如不忘说几句善意的假话,"今天的事,要不是您出面很难摆平,没法向全衡书记交代,难事面前显示出您驾驭复杂局面的能力。"

尹长谱并不谦让:"都是咱们应该做的事,为市委、市政府分忧嘛。首功记在你的头上,我要嘉奖你。不过,清如,我也要批评你,这件事我完全有能力解决,即便需要向市委报告也应该由我报告,效果会更好。我知道,你和寒乡秘书长是老同学,他对你很关照,我和寒乡秘书长也是好朋友。但工作是工作,自己能解决的问题就不要麻烦领导。这算不上批评,算是咱俩说说私心话,你别往心里去。今后你的责任更大了,考虑问题要全面,这样才不至于跌跟头,行稳才能至远嘛。"

尹长谱的轻描淡写,让许清如倒吸一口凉气。尹长谱提到了凌寒乡,说明他对她直接向凌寒乡报告的做法非常不满。一方面许愿提拔,一方面及时敲打,无非是想彻底降服她,使她成为听从摆布、温顺可心的羔羊。领导都喜欢手下能干的人,但如果能量太大,大到了手眼通天未必是好事,提防和戒备在所难免。

目送尹长谱的车驶离,许清如心说,不是长了一头鬃毛就能成为狮王。在一楼卫生间,她补了补妆,整理好衣服,从正面侧面观赏镜中的自己,嘀咕道:"老娘从来不知道什么叫醉。"然后,她甩了甩飘逸的长发,哼着《斯卡布罗集市》,迈开长腿,消失在熙熙攘攘、灯光璀璨的街区。

十一

起草组增加了新成员,陈燕影作为办公厅有史以来加入写作班子的第一位女性,一时成为办公厅和研究室的热门话题。她写的半文半白复信,顾全衡一字未改,圈批同意。傅自华甚感欣慰,想来领导很有文学素养,抑或有海纳百川的宽广胸怀。

陈燕影向傅自华报到,竟不知怎么称呼更恰当,叫主任太官气,叫师叔喊老了,叫师兄不够尊重,管他呢,就叫师兄,既亲切又显年轻。"师兄,"她看见傅自华流露出兄长般的和蔼目光,"谢谢您,给我这么好的学习机会,请您多多教诲。"说罢鞠躬致礼。

"又不是什么好事,受苦受累还受罪,你真的乐意干?"傅自华放下手中的笔。

"乐意,苦点累点不怕,办公厅哪有轻松活,学点本事是真的。"陈燕影发自内心地说。

"这个活经常加班加点,不大适合女孩子。"

"我一个人,没啥负担。"

"练练文字总没坏处,到哪儿都用得着。"傅自华给她鼓劲。

起草组晚饭时以饮料代酒,搞了个小型欢迎会。邵尉叫陈燕影影姐,尚可喊燕妹,新来的人规规矩矩称陈处。研究室财经处处长隆兴说:

"我是鹿大经济系的,咱们是校友,你该叫我隆兄。"老科长听出其谐音,含蓄又易于联想,拉过陈燕影,指着大伙说:"这帮臭小子没……好东西。丫头,谁欺负你,我收拾他。"

起草组历来气氛沉闷,增加了异性,气氛活泼起来,男女搭配,干活果然不累。傅自华可不轻松,他接到凌寒乡的电话,要求两天内交稿,他制止了欢快的情绪:"晚上八点在会议室过稿。"

傅自华翻看报告稿,这是按新的框架结构出的第二稿。第一稿没有修改的基础,退回各部分重写,指望这一稿有明显提升,他好上手改一道,报给凌寒乡。看前几页时,表情平淡,看着看着翻篇的速度加快,一屋子的人目不转睛盯着傅自华。随着他的手指快速翻动,会议室乌云聚集密布,不祥事件即刻爆发。

还剩下几页,傅自华停止了翻动,把稿子往桌上一扔,身子后仰,头枕在椅背上,双目紧闭,会议室悄无声息。"啊去!"爆裂的声音从傅自华的口腔和鼻腔喷出,接着又是三声,"啊去!啊去!啊去!"全屋的人吓坏了,用惊恐的眼神瞅着傅自华,不知出了什么意外。只有老科长心里有数:完了,完了,又是废稿。

傅自华在报社做专栏记者时,写什么、怎么写完全由自己决定。挫败感来自第一次写领导讲话稿,那是庆祝"八一"建军节的讲话,定稿仅保留了原稿的题目、起始句"同志们"和"人民军队"等专用词,残留的字数总计不到一百个,堂堂的报社主笔挨了一闷棍。接着又参与了市委全会讲话稿的起草,几个人各分一块。那个年代没有电脑,写稿改稿用统一的格纸,领导改后退回抄清,几个人相互比较,改得少的沾沾自喜,改得多的垂头丧气。每次领导退稿,傅自华神经紧张,不由自主地打喷嚏,"阿嚏、阿嚏",一声高过一声,难以控制。后来上了道,进而成了主笔,找回了自信,喷嚏不再打了,但见到基础太差的稿子还会引起生理反应,只不过变成了"啊去、啊去"。暌违多年,老科长再次听到这个声音,如同吹响了警笛,深感大事不妙。

傅自华睁开眼睛,挥动稿子说:"你们觉得拿得出手吗?一句新话没有,一句提神的话没有,没有观点,没有提炼,没有高度,大拼盘,大杂烩,大路货!我们反复议了三次,每一部分掰开揉碎地讲,就差我自己动手了。日常的稿子我自己弄,保证你们集中精力,你们给我的却是废品。寒乡秘书长是筹备组组长,对咱们不薄,提职、去外地参观、出国考察,你们个人的事,能办的都办了,活干不好,说得过去吗?"他把稿子扔到会议桌中间,说:"明天午饭前再出一稿,哪部分不清楚随时问我。"

大家像受惊的兔子逃出会议室。傅自华叫住陈燕影,语气温和,与刚才判若两人:"这两天我在思考,报告要增加一部分市情分析,从历史文化、经济基础、产业结构、体制机制、资源禀赋、科技教育等方面阐述面临的机遇和挑战,这样写可以摆脱从国际看、从国内看的常用套路,给人留下印象。我找了些资料,你试试看,不要写具体,要有宏观视野。"

陈燕影说:"我尽力,您别抱太大希望,我争取不让您失望。"

按照文稿起草的流程,大稿子分块操作,老科长统筹修改,合成后报给傅自华。交上来一部分,老科长过一部分,起草的同志按照老科长的口述当场修改。老科长烟不离手,逐句逐字推敲,时常陷入苦思冥想,宛如闭目坐禅。足足有一根烟的工夫,说了一句:"另起一段。"

天已放亮,尚有三分之一的稿子未过完,有人小声嘀咕:"差不多就行了。"

老科长掐灭烟头说:"啥叫差不多就……行了,千年的文字会说话,我们要对市……委负责,对青云负责。"

经过一夜加半天的奋战,第三稿出笼了。这一稿傅自华比较满意,他上手修改,经过研磨润饰,稿子明显升华。诸如:经过五年或更长的时间,基本建成经济强市、科教强市、文化强市,使青云成为创新之城、宜居之城、美丽之城;实施七大战略:高端产业发展战略、优秀人才会集战略、基础设施完善战略、文化事业繁荣战略、民生保障改善战略、市容市貌美化战略、生态环境保护战略。

陈燕影写的市情分析,傅自华大为满意。这应该是报告的华彩部分:青云是一个地处全省中东部、具有连接海内外战略优势的城市,长期以来担负着加快发展的龙头作用,受多种因素影响,近年来综合实力下降,辐射和带动能力弱化;青云是一个历史悠久、传统文化积淀深厚的城市,开风气之先,聚八方之粹,既受欧风美雨的熏染,又受小富即安思想的影响;青云是一个工业部门齐全、国有资本雄厚的城市,由于体制机制转换较慢,产业结构偏重偏旧,资产负债率较高,改革调整的任务艰巨;青云是一个人力资源密集、留下许多名人足迹的城市,高等院校、科研院所数量位居全省首位,但政策制约因素明显,缺乏创新活力,人才流失的现象较为严重……

傅自华扬扬得意,冲着陈燕影竖起大拇指,摇头晃脑唱道:"我本是卧龙岗散淡的人……"

随着傅自华心情的好转,起草组全体人员如释重负。集体过稿时,民主讨论十分热烈。挑自己的毛病难,看别人的问题准,文人自古相轻,始终较着劲,尤其当着领导的面,处长之间总要比个高低,谁也不服谁,这不仅关系个人的脸面,也关系全处的荣誉。

邵尉说:"加强党的建设部分,有两处表述不准。调动各方面积极性,达到一加一大于二的效果。一加一等于二,大于二违反科学,建议改掉。还有反腐倡廉那段,要对反腐重灾区进行集中治理,这话说反了,是腐败重灾区,反腐怎么会造成重灾?"

傅自华觉得,一加一大于二是比喻,强调倍增效果,予以保留。反腐重灾区不妥,改为腐败重灾区。

尚可比邵尉大五岁,更沉稳些,他迟迟不发表意见。稿子全部过完后,傅自华再次征求大家的意见,尚可这才说话:"安全稳定部分,拧紧安全阀的提法值得商榷。安全阀是一种特殊的自动阀,没有用来拧动的转轮,通常处于关闭状态,当容器中的压力超过规定数值时,即自动开启,放出一部分流体,使压力下降。如果真的能拧紧开不了的话,反而影响了正常排压,带来危险。"

傅自华认为有道理,让邵尉换个说法。两个处一比一战平。

一番鏖战,按计划完成了任务,晚饭后进入大战后的短暂休整。有的看《新闻联播》,有的玩扑克牌。老科长在自己房间练气功,赵理等几个年轻人跟着学站桩,吸气呼气。赵理说:"燕处,早听说您功力强大,积蓄了天地之间的精华,能防病治病。这几天我们几个累得颈椎痛,求您传点真气,给我们治治呗。"

"精……气珍贵,积蓄不……易,不宜传人,请自行修炼。"老科长闭目摇头。

"您德高望重,大名远扬,我们仰慕已久,今日借大师一点精气,调养修补,待我们身体强壮,修炼有成,一定加倍偿还。"赵理软磨硬泡。

老科长收了功,一脸无奈状,说:"我的功夫是独……门绝技,从不外传。念你们为事业操劳,身心俱疲,传送些许,但不许偷看。"他命令几个人面壁而坐,两掌扶膝,双目微合,摒弃杂念,意守丹田,敛藏元气,从赵理开始,逐一给每人发功。不大一会儿工夫,赵理觉得后脖子发热,灼烫感越来越强,实在难以忍受,猛地回头一看,老科长正举着开水瓶,冲着他的脖颈吹热气。见此情景,几个人笑得人仰马翻。

笑声惊动了隔壁打牌的尚可、邵尉,他们跑过来,听后笑弯了腰、笑岔了气。尚可说:"燕处,您这叫吹气神功,可以向联合国申报特别的非遗项目。"

"申报哪一类?"老科长一本正经地问。

"非人类非物质非文化遗产。"

"好,就这么定了,交给你办。"

不知谁的括约肌失控,放了一个闷屁。老科长说:"英雄脚臭,好汉屁多,这是哪……位好汉?听口音,不……像本地人。"

"土匪黑话,您不懂。难道您对屁也有研究?"邵尉问。

"当然了。"老科长从抽屉里找出笔记本,翻到一页刚要念,赵理抢过来说:"燕处,我帮您念吧。"他抑扬顿挫地念道:"屁是可燃气体,成分有四百多种,百分之七是甲烷,氢气占百分之二十,屁达到一定浓度,一点火星就能引爆。美国在实施'阿波罗'登月计划时,专门研究航天员吃什么食物能减少放屁,避免火灾隐患。放屁也有好处,可以扩张血管,预防高血压。"

尚可说:"在人员密集的场所打出标语,不许放屁,防止火灾。"

邵尉说:"医院的标语是,多放屁,降血压。"

笑声此起彼伏,大伙说:"有老科长就没有愁事,苦累并快乐着。"

老科长说:"鱼儿离不开……开水,你们离不开我。"

赵理说:"有了您,我们就被烫死了。"

尚可看到字台上有一张纸,毛笔楷书写着:一支秃笔,两眼无神,三餐无味,四季不分,五更不眠,六亲不顾,妻儿埋怨,八方挑错,久不重用,十分上瘾。

"燕处,这是您写的?"尚可问。老科长笑而不答。"概括得太好了,尤其是后两句,重不重用是组织的事,我就有这个瘾,不求升官,只图过瘾,一直写到死,这就叫事业心。"

邵尉说:"燕处的十字歌比较文雅,我听过一套通俗的,喝浓茶,尿黄尿,省老婆,费灯泡。"

尚可说:"我听一位老领导讲过,世上有三种人最难受,第一种是罪犯,要毙没毙的时候难受,第二种是孕妇,要生没生的时候难受,第三种是笔杆子,让写又写不出来的时候难受。要我说,咱们还不如孕妇,孕妇肚里有东西,咱们一肚子下水。"

赵理插话:"燕处,听说以前集中写稿,一进绿岛宾馆您就腿抽筋,写不出来的时候,恨不得拿馒头噎死自己,有这事吗?"

老科长亦真亦假地说:"有,有,我这口……条就是吓得。"

尚可说:"我想起《肖申克的救赎》中的台词,意思是,监狱里的高墙实在很有趣,刚入狱的时候你痛恨它,慢慢习惯了它,最终发现不得不依靠它。我觉得写作班子有点相似,刚来的时候不情愿,渐渐地觉得很有趣,到后来什么都不会,只能写稿。"

老科长点头赞许。

"您一肚子杂七杂八的学问,退休后可以写书,就写咱们写作班子的故事,保证有人看。"尚可建议。

"写不了。"老科长说。

"您经历了那么多事,文笔又好。全世界还没有写这类小说的,您这本书将填补文学史的空白,您将名垂竹帛。"邵尉帮腔。

老科长不搭理他们,又开始练功。

"成书后,我们哥几个联名奏请寒乡秘书长,封您谥号'文正',从此您荫泽子孙,世袭罔替。"邵尉进一步鼓动。

"你说得不对,谥号是百年之后封的。燕处的大号叫文正,历史上称得上文正公的没几人,燕门一族是簪缨世家。"赵理起哄。

老科长收了功,说:"你们这帮小崽子,没一个好东西,拿我老……头子寻开心。我要写,就把你们都写进去。"

尚可说:"他们净瞎逗,但这本书值得一写,我们负责打字、校对。"

"那也写不了。"

"为什么?"尚可问。

"《报任安书》怎么说的?"老科长盘腿坐在床上。

赵理张口背了出来:"盖文王拘而演《周易》;仲尼厄而作《春秋》;屈原放逐,乃赋《离骚》;左丘失明,厥有《国语》;孙子膑脚,《兵法》修列;不韦迁蜀,世传《吕览》;韩非囚秦,《说难》《孤愤》;《诗》三百篇,大底圣贤发愤之所为作也。"

"不错,小赵不愧是名牌大学的高才生。大抵发愤之……所为作,可是我发不了愤,我只会发……功。"老科长说完后哈哈大笑。

欢声笑语缓解了连日来的疲倦。傅自华脸上绽放出少见的笑容,他在稿子上注明"(初稿)",签给凌寒乡。

晚饭时,傅自华自带两瓶白酒,庆祝一下。他说:"你们说我脾气不好,动不动就发火,每次给我送稿怕挨训,几个人组团来。我有那么狰狞吗?巴顿说过,战争就是杀人的活,斯斯文文的人玩不起。我看写稿也一样,若是对自己不狠,对手下的人不狠,根本玩不转。等有一天我不干了,准是一个慈祥可亲的傅爷爷。"

报告稿报给顾全衡,一天后退回,顾全衡用软笔批示"很好",并将

"初稿"改为"征求意见稿",同时在目标战略部分写了几行小字:跨越发展与持续发展并进,经济增长与安全稳定并重,对外开放与对内搞活并举,增强实力与增加收入并取,物质文明与精神文明并行。

以书面形式征求意见的同时,召开了若十个座谈会,听取老同志、民主党派、专家学者、区县和部门负责人、基层干部群众的意见,一切都在按部就班地进行,但区县党政主要负责人的座谈会却出了岔子。

凌寒乡提前一刻钟来到会场,他发现会场的布置与方案不一样,"口"字形的座位分成里外两圈,区县委书记坐里圈,区县长坐外圈。他听见有的区县长说起怪话:"让我们与书记分坐,这是要搞党政分开呀。"还有的说:"有主有次嘛,书记是主角,咱们是配角,充其量是主配,主要听书记的,明摆着不让咱们发言。"

凌寒乡叫来崔天明。崔天明辩解,如果按方案摆,"口"字形太大,不好看。凌寒乡说:"要的是好用,即使需要改你也不能不请示。立即改回来,十分钟之内摆好。"

凌寒乡翻了翻会议发言材料,问崔天明:"材料是你们印的?为什么有的带题目,有的不带题目?"

崔天明说:"为了保持原样。"

凌寒乡说:"重新排版,全部重印,统一题目,叫'座谈会发言材料'。"

崔天明说:"怕时间来不及。"

凌寒乡说:"按发言顺序,先印前边的,后边的随印随送。"

座谈会开始时比较平稳,进行到一多半时掀起了波澜。春水区的区长发言:"这个报告政治色彩不浓,党味不够,部署工作太具体,不像党的报告,倒像政府工作报告。我认为,总结五年的成绩要精练概括,多用定性的话,少用定量的数。讲问题宜粗不宜细,点到为止。后五年的奋斗目标和主要任务,不要出量化的指标,大的项目也可不写,这些都放到政府工作报告里。党代会报告要突出政治性、思想性、战略性,所以我建议,要大改。"

这完全是颠覆性的意见,傅自华头一次遇到,他坐在后排,无法看见顾全衡的表情，只见顾全衡低头批阅文件，对春水区区长的发言未做表态。

如果说春水区区长的否定是原则性的，那么丽水区委书记的否定则是具体的。他说："接到会议通知后，我琢磨了一宿，拿不准该不该提。本着对事业负责的精神，我斗胆重新草拟了一个党代会报告的提纲，包括大标题、小标题，还写了一些主要观点和重点段落。开头我是这样写的，我们有一个共同的感觉，这就是我们的工作将写在人类的历史上，这是借用了中国人民政治协商会议第一届全体会议的开幕词。我就不占用大家的宝贵时间了。"说着，他把十几页纸交给辛志。

傅自华仿佛被冻结，身体瞬间僵硬，他怀疑起自己，难道报告写得真的那么糟吗？他再次转向顾全衡，顾全衡的背影一动不动，继续批阅文件。傅自华担心，真的要推翻重来，那可是一场灾难，且不说时间来不及，即便时间充裕，重起炉灶、写出全新的报告，他也万万做不到。他已绞尽脑汁，才思枯竭，能使上的劲都使上了。

与会人员全部发言完毕，顾全衡这才抬起头，对大家提出的意见给予肯定，要求起草组认真研究吸纳，充实完善报告稿，至于具体吸收哪些，不着一字，然后部署起当前几项重点工作。

"报告怎么改？"傅自华问凌寒乡。

"该怎么改就怎么改。"凌寒乡似答非答。

"书记是什么意思？要推倒重来？"傅自华还是没底。

"你觉得呢？"凌寒乡用反问的语气给了肯定的回答。

傅自华说："这些人不是第一次参加这样的会议，为什么今天如此反常？抛开报告稿，搞突然袭击。"

"你怎么不明白呢，跟全衡书记座谈可是第一次，机会难得，谁不想给书记留下好印象，可以理解嘛。"

汇总上来的修改意见有几百条，各方面评价很高。但有些肯定的评语实在太低级，算不上赞扬，诸如：思路清晰，重点突出，结构合理，内容丰富，表述准确。傅自华对此不屑一顾，这些都是小学生写作文的要求，如果连这些都做不到，报告稿就要不得了，但人们常说常新，说惯了不过脑子的套话。

对不同的意见，傅自华比较慎重。来自基层的较好处理，适宜的就吸收，属于重复的、部门的具体工作不予采纳，至于颠覆性的意见直接过滤掉。棘手的是市领导提出的意见，几乎每个人对自己分管的领域都增加了内容，嫌肯定成绩不充分，嫌部署任务不具体，如果照单全收，至少要膨胀四分之一的篇幅。傅自华亲自上手，逐条筛选，尽最大可能吸收，实在吸收不了的，逐一电话解释，希望得到理解。这样做，对确保报告顺利通过至关重要。

进入最后程序，市委常委会再次开会讨论，会议原则同意后，报告稿将提交党代会讨论。稿子经过顾全衡审改，会前又一次书面征求了常委的意见，今天的会议是最后一个步骤，只需表态发言，走完全部流程。常委依排位从后向前发言，都不再提新的修改意见。一切顺利，完全是预想的样子，傅自华长舒一口气，大功告成。

轮到曹小力发言，他一反常规，提出了一个焦点性的问题：如何确定今后五年的发展目标？他说："未来五年青云要建成什么样？是四平八稳，还是跨越式发展？为此，我做了些功课，把青云与省内其他城市做了比较，越比越坐不住。"他列举了十一个数据，逐一对比，得出以下结论：经济总量、经济增速、财政收入、人均收入、社零额等主要指标，居前三名的皆为零，绝大多数排在四五位，完败于本省各主要城市。

曹小力的桌面上摊开几张数据表。他说："数据最有说服力。我们总说深蹲起跳，到了该跳一跳的时候，再蹲下去，两腿发麻，站都站不起来。恕我直言，现在的目标过于保守。我的意见是，五年后生产总值要突破一万亿元，力争达到一点二万亿元。"

此语一出，四座震惊。常委面面相觑，齐刷刷转向顾全衡，等待书记表态。凌寒乡这才注意到，顾全衡、胡时捷的面前也摊着几张数据表，说明曹小力会前直接报给了书记、市长。

顾全衡要求把这几张表马上印发给每位常委，接着说："小力同志提的问题很重要,这是关系全市发展的大事,咱们集中讨论一下,大家都要明确表态。"

胡时捷赞成:"确实是大事,市委定了调子,我们好研究明年和今后五年的发展盘子,纲举才能目张。"

凌寒乡用眼神示意,辛志弯着腰过来。凌寒乡把几张表交给他,小声说:"今天的会议纪要不能按常规写,要原话记下每个人的表态发言。"

大家默不作声,都在揣摩书记的意图。顾全衡看出了这份心思,他说:"党内民主是党的生命,重大问题集体研究讨论,这是民主集中制的重要原则。统一全市干部群众的思想,首先要统一常委一班人的思想。正确的决策来自集体智慧,如果顾虑这个顾虑那个,随声附和,语焉不详,仅凭一两个人的想法,这样的决策是十分危险的。"

辛志用最短的时间把统计表发给常委。顾全衡给常委留出一定的阅读时间,过了会儿说:"问题不议不透,事理不理不清。既然是讨论,就没有对错之分,所有意见都是正确决策的必要保证。"

常委开始新一轮发言,大体分成三种情况:一种是赞成,认为今后五年是青云振兴的窗口期,万万不能错过;一种是不赞成,认为缺少支撑条件和增长点;再一种是介于两者之间,希望发展快一点,但应留有余地。凌寒乡的意见接近第三种,他也算了一笔账,去年全市经济总量不到六千亿,如果突破一万亿,今后五年年均增速接近百分之十一,甚至要再高一点。他建议用"力争突破一万亿"的提法,有了"力争"这两个字,既积极又稳妥。

胡时捷也是交流来的干部,在青云干了三年市长。他接手时,全市经济处在急速下滑的轨道上,几家大型国企资不抵债,银行停贷惜贷,资金链有随时断裂的危险。三年来,他的政绩主要体现在化解风险上,经济仍然负增长,只是降幅减小,统计公报叫降幅收窄、降幅企稳,意思是一样的,但用语不同,感觉不同。

过去五年连降五位,糟糕的成绩是多年积弊所致,他胡时捷也难辞其咎。换届后他能否继续当市长尚不明朗，如果继续干，指标定高了，倘若完不成则无法交代。中速增长比较稳妥，却有违民心。他思来想去，还是以进为上，说："振兴青云，民心所向，形势所迫，这是我们考虑问题的大前提。我同意全衡书记的观点，不进则退，小进慢进也是退。我们要制定一个跳一跳够得着的目标，苦干实干拼他五年，突破一万亿。不敢想怎么谈得上敢干。"

胡时捷的发言破解了凌寒乡的一个疑团，曹小力点响的这一炮不是一时鲁莽，而是精心布局，契合顾全衡的心思，经胡时捷默许，否则他不会擅自点燃引信。

该顾全衡定音定调了，他首先肯定了会风："今天的会开得好，研究问题的风气、民主讨论的风气很浓，这才叫集体决策。民主不是形式，在纠错机制还不健全的情况下，确保决策的正确尤为重要。失误的决策一旦启动，调动起大量的人力、财力、物力，损失和危害极大。班子团结不等于一团和气，事事异口同声、众说一词是不正常的。我决不会因为某位同志的意见与我不一致而抱有成见，相反，我要感谢他开阔了看问题的角度。共产党人是光明磊落的。"

他撇开制定目标这个具体问题发表感慨："我们所做的一切工作，都是为了照顾好人民。我们不仅要有爱民之心，更要有富民之力，有心无力干不了事，这个'力'就是财力、实力。发展是第一要务，是解决一切问题的关键，不发展哪来的财力，不快点发展哪来的更多财力。经济发展上不去，最终倒霉的是老百姓，什么缩小贫富差距，什么过上小康生活，都是画饼充饥。望梅止渴还有梅，屠门大嚼还有肉，画饼充饥连饼都没有。在座的各位衣食无忧，福利待遇有保障，经济掉下来对我们没有太大影响，可老百姓行吗？我们常说同甘共苦，不是说让领导干部去受苦受难，而是让大家时刻想到还有群众没有摆脱贫困。同甘不易，共苦更难。忠诚党的事业，必须把经济搞上去，让老百姓过上好日子，否则就是对党的最大不忠。照顾不好人民，民心就要凉，江山就坐不稳。发展是硬道理，硬就硬在这里。"

顾全衡最后亮明态度："我完全同意时捷市长的意见,爱拼才会赢。我们不是头脑发热,好大喜功。青云有良好的基础可利用,有巨大的潜力可挖掘,我们完全能够做到一年一变样,五年大变样。我们有信心,全市人民才有希望。"

顾全衡的讲话引起了共鸣,常委连同后排的工作人员都鼓起掌来。

散会后,曹小力凑到顾全衡跟前,想听听书记对他发言的评语。顾全衡却说："全市看新区,别忘了你的承诺,支撑起青云的半壁江山。"

傅自华没有马上离去,他在等待修改稿子的指令。顾全衡的指令既简单又具体："还是用'力争'比较好。"

要的就是这句话。抓大事、把方向、管全局,就体现在节骨眼上。

十二

市第九次党代会召开在即,筹备工作进入倒计时。市委各部门开足马力,加班加点,文件制发、会务组织、选举安排、舆论宣传、安全保卫、后勤保障,一切都在紧张而有序地推进。入夜,整座市委大楼灯火通明,彻夜不熄,途经这里的群众不由得赞叹,当领导的也不容易。

凌寒乡忙得天昏地暗,吃住在机关。身为筹备组负责人,承上启下,协调左右,联系各方,大事小情排着队等他研究落实,事无巨细,必须一管到底,不敢有半点差池。白天,他陪同顾全衡出席会议,参加活动,会见宾客,晚上十点,召开筹备组会议。

这天晚上,顾全衡在绿岛宾馆宴请来青云市考察的民营企业家。其中一些老板追随顾全衡,他调任到哪里,资金就投入哪里。顾全衡频频敬酒却并不下咽,由凌寒乡代劳。气氛渐入佳境,顾全衡提议,成立民营企业家青云论坛,众人一致响应,情绪亢奋,有人喊出要打造中国的"达沃斯"。当场决定成立工作小组,推出市领导曹小力、企业家周子恒协调落实。顾全衡特别声明,需要他出面的事情由寒乡秘书长负责。工作小组的三位成员走马上任,表示定不辱使命。

凌寒乡的酒量在五两左右,他的好酒量不传承于基因,而是饿出来的。他父亲在"五七"干校劳动时,腰被撞伤,按照老中医的方子,制成药酒,日服三次。在那个食不果腹的年代,凌寒乡每天放学回来,饿得心慌,家里找不到任何可食之物,只有一瓶父亲治病的药酒。他每天偷喝一小杯,借酒充饥,肚子没填饱,酒量却练出来了。参加工作后,他给自己设定了饮酒高度,不超过四两,留有一两的余地,坚决做到"四不":不逞能、不吐酒、不失态、不误事。酒桌上的英雄豪杰让别人去当吧。

回到办公室,小刘给他泡了一杯浓茶,洗手盆放满了凉水。他憋足气将脸浸入水中,冷却提神,不能让酒精扰乱他的思路。振奋一下精神,他这才去了会议室,听取各小组负责人的汇报。

崔天明首先汇报会议安排情况。初步统计,党代会期间需要召开的各类会议大约二十个,这期间还要召开常委会会议和临时性会议。

凌寒乡对崔天明的汇报很不满意,干了十几年的会务工作,每次汇报一团乱麻,理不出头绪,靠年头熬上来的干部在机关里不是个别人。"我说过多少次,是常委会会议,不是常委会议,常委是指人,常委会是指机构,你们的会议方案经常出错。"

崔天明站起来:"您批评得对,我们说顺口了,口误,下次注意。"

凌寒乡有酒后抽烟的习惯,傅自华给了他一支烟。凌寒乡说:"已经开过的会就不要再讲了,重点是大会期间的主席团和常务主席团会议,还有市委十届一次全会。连夜拉出清单,与组织部对接,确定时间和议程。另外,全衡书记编在新区团,你们征求其他市领导的意见,抓紧编制代表团的分团方案。"

根据总体安排,大会闭幕的当天下午,全体代表参观整修后的革命烈士纪念馆。"听说时捷市长去看了?"凌寒乡问。

"是,昨天去的。"崔天明回答。

"为什么不报告?"崔天明不作声。

"警备区的同志要发稿,我给压下了。明天安排全衡书记去,你们抓紧踩点,书记和市长发一篇稿子。你们要随时掌握各方面动态,主动提出建议,这才叫参谋助手。还有,这个活动方案你看了没有?"

"看了。"

"没看出问题?"

崔天明不敢回答。

"是向革命烈士献花篮,不是向纪念碑献花篮。"凌寒乡挥了挥手,崔天明红着脸坐下。

杨立德汇报,证件、住宿、就餐、用车、纪念邮册均已落实,与往届不同的是,市领导不统一住宿绿岛宾馆,而是随所在团安排房间。

郑如实汇报,大会简报做了改进,每个团每天出一期,几位主要领导的发言单发,其他领导综合发,快报反映大会动态和意见建议。

市委宣传部副部长汇报了会前、会中、会后整体宣传报道的安排,全程报道大会讨论发言情况。

市公安局副局长汇报了警力配置情况和安保措施。

路雪桥汇报了文件印制、文件袋和本、笔的准备情况。

傅自华汇报了稿件起草进度,除了已经讲完的会前八篇稿子,会中和会后还有十六篇稿子,包括召集人会议、预备会议、两次全体会议、六次主席团会议、两次主席团常务会议以及市委十届一次全会的稿子。他希望会务组和组织组给予配合,早一点提供会议方案和讲话素材。

傅自华一直对会议的安排有意见,一天一个会,有时半天一个会,根本不给写稿留空隙,好像写稿很容易,抄来抄去简单得很。写稿的不如搞会务、接待的风光,他多次呼吁向写稿倾斜,否则断档的情况将更加严重。凌寒乡采取了一些措施,但其他副主任对凌寒乡有了偏心偏向的微词。

凌寒乡对筹备工作总体满意,要求各组排出任务图、进度表,挂图作战,搞好衔接,相互补台,尤其是会务组,处在龙头地位,要多为后道工序着想。

已是第二天凌晨,凌寒乡做了一组哑铃,草草洗漱后,倒头睡去。一觉醒来,红机转进梁正声的电话,请他一同审查青云市五年发展成就展和电视专题片《再创辉煌》。

凌寒乡昨天空出半天时间,安排顾全衡审看。顾全衡说,换届人事安排,有几个人需要他谈话,请正声同志把关。梁正声拉上凌寒乡,一来因为他是筹备组负责人,二来通过他向书记汇报更方便。凌寒乡不想推辞,多介入一件事就多一份责任,好在上午有时间,多了解点情况也有必要,免得顾全衡问起来无从应答。在书记看来,秘书长就应眼观六路、耳听八方。

成就展设在青云会展中心的一楼大厅,共分五个部分:领导关怀、实力壮大、民生改善、社会和谐、党建引领,运用数据、图片、实物、沙盘以及声光电等多媒体手段,全方位、立体化地展示过去五年青云各方面取得的巨大成就、发生的巨大变化。

审看过半,顾全衡的秘书来电,告知书记要亲自审查。每一部分顾全衡都看得非常仔细,其中一幅照片,是他率天顺市党政代表团到青云市学习考察时座谈交流的场面。顾全衡对凌寒乡和梁正声说:"你们两个当时也在场,谁能想到咱们成了一个班子的人。那时候跟你们争项目,早知如此,应该给自己留一手。"

梁正声说:"天顺在您的领导下,经济跃升全省第一。您到了青云,他们该坐不住了。"话到位了听起来热乎,天顺因为有一位好书记而跃升,好书记现在到了青云,实现振兴指日可待。

顾全衡说:"一个人的能力终究有限,做好工作还得靠大家。屁股指挥脑袋,我现在是青云人,吃的是青云饭,当然要为青云说话,为青云干事。我也希望天顺发展得更好。"

梁正声意识到自己的话不够严谨,补充道:"青云、天顺是一家,比翼齐飞。"

顾全衡指示,组织党代表、全市干部群众参观成就展,增强振兴青云的信心。

《再创辉煌》专题片由"回望青云""今望青云""展望青云"三个板块组成。顾全衡称赞片名起得好,他说:"好就好在这个'再'字,怀恩老书记说事业是一茬接一茬干出来的,所以我们要正确对待历史,对过去的成绩不要轻描淡写,更不能说得一无是处,这不是历史唯物主义。"

参加审片的各方面负责人都给予好评,提出的意见主要在技术处理上。一般情况下,不是自己分管的工作凌寒乡不发表意见,今天的情况不同,片子是许清如牵头组织的,他要为老同学点赞。"这部片子镜头语言独特、资料翔实、说服力强,展示了青云发展的美好前景,给人以鼓舞和信心。我有个建议,把片子发给各单位,组织观看,进行一次形势教育。"

顾全衡表示同意。

顺利过关,所有参与制作的人员松了口气,绷紧的神经松弛下来。就在此时,尹长谱发了话:"刚才听了全衡书记的重要讲话,我深受教育。全衡书记尊重历史、尊重前任,体现了宽广的胸怀和无私的境界。本着好上加好的原则,我觉得'回望青云'部分要压缩,青云的地位在下降,成绩不宜讲得太多。重点放在'今望青云'部分,差距要讲够,问题要分析透。差距就是潜力,就是空间,只有把这个问题讲清楚了,才能增强全市干部群众的危机意识、忧患意识、赶超意识。"

在场的人都很惊讶,尹长谱的做法不合常理,即便有意见也不应当着书记的面揭自家的丑。最感震惊的是许清如,片子拍好后第一个送尹长谱审查,他没提任何意见。当着书记、秘书长、宣传部部长,还有宣传系统大小领导的面搞突然袭击,合理的解释只能有一个——对她实施强力打压。

凌寒乡对尹长谱的做法感到不可思议,书记很满意了,干吗要跟自己过不去呢?他能想到的理由是尹长谱借此机会在书记面前表现自己,但无论怎样他都难以与假种子、假化肥问题联系起来。许清如直到离开市电视台都没向凌寒乡透露一个字,不是不能说,是实在太无聊。

顾全衡不置可否。梁正声说:"那就辛苦一下,再修改一版,不要做大的改动。"

党代会的准备工作一切就绪。开幕前一天的下午,凌寒乡陪同顾全衡看会场,试话筒。辛志之前向凌寒乡报告,他从天顺市委办公厅会务处了解到,全衡书记当厂长时,为了抢救工人一条腿被砸伤,不能长久站立。凌寒乡让行政处特制了一把高凳,以备倚靠之用。顾全衡要求,调低话筒音量,撤掉报告桌下的脚垫。

凌寒乡请示:"报告需两个小时,我们准备了一个高凳。"他没有提到腿伤。

顾全衡马上猜到了用意,说:"不用了,问题不大。"又拍拍凌寒乡的肩膀,说:"是个好秘书长。"

从会场出来,凌寒乡给胡时捷打电话,告知顾全衡腿疾的情况,如果书记做完报告走向侧台,说明腿疾犯了,请他主持会议时随机掌握。

辛志组织会务处同志布置大会主席台。他搞了一项小发明,按照主席台桌面的尺寸制作模板,等距离挖出水杯及桌签底足槽孔,将水杯和桌签摆上,水杯把朝一个方向,不用吊线,齐齐整整,不差分毫,工作效率大大提高。报告桌的话筒,按照顾全衡试好的位置和角度,将尺寸量好记录,万一有人动过好快速复原。训练给主席台倒水的服务员,以第一排为基准,用余光向右观测取齐,平行向前移动,每步为三十厘米,即使不倒水,也要压住阵脚,折腾一个多小时,终于有了几分仪仗队的风姿。一切布置妥当,警卫处的战士牵来军犬,里外搜查一遍,然后将会场封闭。

两个小时的报告,顾全衡不降音调,不喝一口水,声音洪亮,底气十足,一气呵成。会务处统计,全场鼓掌二十一次,单次最长达三十秒。顾全衡向代表鞠躬,掌声持续热烈,他返场再次鞠躬。回到座位后,他再无力站起,但始终面带笑容,可想而知,他以怎样的毅力忍受着钻心的疼痛。直至代表散去,他难以克制地露出了痛苦的表情。

凌寒乡叫来等候在一旁的医生。"不用了,老毛病,休息休息就好了。下午,我晚一点去团里参加讨论。"顾全衡又问,"自华当副主任多久了?"

"快十年了。"凌寒乡答。

"你有什么考虑？"顾全衡问。

"他有机关工作经验，文字水平很高，担任市委办公厅主任比较合适。"凌寒乡省略了之前考察过的情况。

"你代我问候自华和起草组的同志，向他们表示感谢。"顾全衡叫秘书请来张祖淦，又补充，"大会刚刚开始，你们要盯紧，每个环节都不能出问题，特别是选举，要确保省委确定的出席省党代会代表候选人和市委、市纪委换届人选高票当选。"

大会开幕的第二天，顾全衡从天顺市带来的两位笔杆子返回，表明顾全衡对现写作班子高度认可。

傅自华的晋升问题出现重大转机，凌寒乡涌起少有的喜悦，甚至超过了自己被提拔时的激动。好心情转瞬即逝，凌寒乡接过小刘送来的大会快报，发现分管城建的副市长韩奇宝已连续两天缺席。昨天，秘书替韩奇宝请假，说他闹肚子，不能参加大会开幕式。今天再次请假，没去参加团里的讨论。凌寒乡叫辛志联系韩奇宝的秘书，秘书慌忙检讨："对不起秘书长，我撒谎了，这两天我没跟韩市长在一起，不知道他在哪儿。"

凌寒乡脑子闪过一丝不祥之兆，他叫杨立德、马金龙分头去韩奇宝家和办公室，两人很快回复，说韩奇宝家里人说他昨天上午回家一趟，就再也没回去，这两天公务班没人见过韩市长，他的办公室整齐干净。凌寒乡感到更加不安，吩咐再去韩奇宝住的宾馆看一看。

杨立德、马金龙急速赶到宾馆。韩奇宝的房间在顶层的尽头，是一个套间，门把手上挂着"请勿打扰"的纸牌。杨立德叫来服务员，她说："牌子从昨天一直挂着，我们不敢进去。"杨立德意识到问题的严重性，说："把钥匙留下，你可以走了。"

杨立德让其他人待在楼道，他和马金龙打开房门，屋内弥漫着烟酒混杂的刺鼻味道，卫生间的门反锁上了。打开卫生间，韩奇宝赤裸地躺在盛满水的浴缸里，垂在浴缸外的左臂下有一摊血迹。杨立德急促地向凌寒乡报告："韩市长出事了，在驻地宾馆。"

凌寒乡火速赶到现场，他的第一反应是封闭房间，封控消息。他通知市公安局严局长,派刑侦人员到宾馆。看了看表,代表们正在讨论,距离吃晚饭时间还有两个多小时。他命令马金龙配合公安人员封锁整个楼层,严禁任何人进入。"还有没有空余的客房?"他问宾馆经理。

"A座全满了,B座还有,但要走廊桥。"经理回答。

凌寒乡说:"召集全部服务员,两个人负责一个房间,将这一层代表的衣物搬到B座,一个半小时内搬完。跟代表解释,就说顶层管道漏水。散会后安排专人,引导代表去B座。"

他对杨立德说:"你去找天明,以会务组的名义打印一份简要说明,理由就是我刚才说的,请代表谅解,讨论休息时发给他们。真实情况只限咱们几个知道。"

布置完这一切,他打通了顾全衡的电话。顾全衡很快赶到,听了凌寒乡的简要汇报,他完全同意凌寒乡采取的应急处置办法。顾全衡通过红机向强立国做了汇报,并请省公安厅、安全厅派人勘察。强立国指示,务必把负面影响降到最低,保证大会顺利进行。顾全衡又分别向胡时捷和侯家康通报了情况。

也就过了一夜,各种传言不等天亮就迅速散播开来。有的说,前些天韩奇宝被省纪委叫去谈话,回来后精神恍惚,讲话时把"以实际行动迎接党的十八大"念成了"十七大"。有的说,与韩奇宝交往密切的周姓老板被省纪委带走,韩奇宝血压升到二百,在医院住了一个星期,死于脑出血。有的说,韩奇宝死的前一天晚上,在花园里散步,一个小孩交给他一张纸条,上面只有三个字:要动手。有的说,韩奇宝血糖高,吃了过量降糖药,死于低血糖。有的说,韩奇宝死在家里,是因为晚上心脏病犯了,再加上夫妻感情不和,老婆不给他服硝酸甘油。有的说,韩奇宝患有严重的抑郁症,服了大量安眠药自杀,还留有遗书,就写了四个字:痛苦万分。

凌寒乡听了这些不同版本的传言,都没有触到割腕这个真相,说明手下的人口风很严,日常的教育管理经受住了实际检验。

事情瞒是瞒不住的,经请示省委同意,第二天在青云网上发布了一条消息:青云市副市长韩奇宝同志突发疾病,抢救无效,不幸离世,享年五十七岁。

副市长死亡事件的热度维持了两天,便淡出议论的话题。看透门道的只有极少数人,虽然称其为同志,成立了治丧领导小组,却不叫治丧委员会,没有在党报上刊登讣告,介绍生平简历,用词是"离世"而不是"去世",由此可以断定,韩奇宝是非正常死亡。

顾全衡临时主持召开各代表团团长会议,简要通报了情况,要求各团召开会议,传达省委要求,严格遵守党的政治纪律,不传谣,不信谣,集中精力开好会议。

党代会的议事程序逐项进行,到了大会选举环节,这也是最关键、最难掌控的部分。各代表团预选出席省党代会代表,顾全衡丢了三票,在所有候选人里是较多的。主席团会议听取预选结果的报告时,顾全衡不动声色。

张祖淦自责工作没做好,他留下各团团长,气愤地说:"怎么会出现这种情况?不同意市委书记出席省党代会,让谁去?民主不是自主,党代表的第一身份是共产党员,第一义务是履行党的决定。作为党员没有权利违背上级党委的决定,过去没有,现在没有,今后也决不允许有!不能把个人的情绪带到大会上来,这是组织纪律,必须遵守。"

尽管各位团长义正词严地做了工作,正式选举时,顾全衡还是丢了一票,没有达到预期的全票。

大会闭幕后,组织全体代表参观了革命烈士纪念馆,接受革命传统学习和警示教育,永葆共产党人的先进性和纯洁性。

大会通过了好报告,选出了好班子,胜利闭幕。新选出的十届市委常委会增补了两位常委,原常务副市长和分管科技教育的常委到龄,分别转任市人大和市政协。曹小力递进常务副市长的位置。其实,在领导序列里不存在"常务"这个职级,上级组织的任命中从未出现这个字眼。傅自华和写作班子的同志探讨,哪位副市长不分管日常事务?市长更是全面负责日常事务,除了日常事务难道还有别的事务? 只是约定俗成,用来显示这个位置有别于其他副市长。曹小力虽没提拔晋升,却收到了众人的祝贺,他对自己下一步的发展充满信心。

总算闭幕了。用"总算"这个词带有"熬"的意味,但对于办会的人来说实在找不出更贴切的词来形容如释重负的心情。

顾全衡原想亲自答谢大会秘书处的工作人员,因强立国找他,改由凌寒乡代劳。凌寒乡在绿岛宾馆大餐厅宴请为大会服务的相关人员,包括新闻记者,人数几乎同等于正式代表。忙完这一切,凌寒乡终于回家了。

凌寒乡二十多天没见到老爸,每天只是通个电话,问候几句。保姆向凌寒乡汇报这些天的情况,她说:"最近老爷子饭量明显减少,腿脚浮肿时好时坏,今天说想吃烤肉,我烤了两片,他说要吃韩式的,非得让您带他去。"

老爸已经躺下,一只脚露在被子外面,趾甲又厚又长。凌寒乡用热毛巾焐软,轻轻修剪,安顿老爸睡了。他守在旁边,轻抚老爸塌陷的脸颊,梳理零乱稀少的白发。凌寒乡一阵伤感,对得起职务,对得起良心,却对不起父母,有心无力啊。

十三

在凌寒乡的提议下,秘书处的青年干部读书会更名为干部读书会,扩展到办公厅和研究室的全体干部,厅室一家,都归秘书长分管。读书会原则上两周一次,自愿参加,来去自由,是半组织的、松散的学习交流平台,由路雪桥负责。

凌寒乡对路雪桥说,他有空一定参加,但只旁听,或以普通干部的身份交流体会,不发表讲话。扩容后的第一次读书会,开始时参加人数不多,后来听说秘书长去了,纷纷往会议室跑,不多时便座无虚席,后到的只好站着,呈现空前"盛况"。

既然是第一次,总得有人讲几句。路雪桥请凌寒乡做学习动员,凌寒乡恪守诺言。路雪桥向耳后捋了捋短发，只好自己开场："今天这个场景，使我想起了三十年前的一幕。当时的办公厅主任也就是怀恩老书记，他倡导在新进机关的大学生中举办青年读书会，我们秘书处的读书会就是继承了这个好传统。说实话，那时的读书风气很浓，不需要组织动员，大家踊跃参加，甚至觉得一周一次太少。发言争先恐后，介绍自己读的新书，谈观点和见解。老书记每次端着大茶缸，坐在一旁静静地听，与我们平等交流，不时做着笔记。他的笔记本扉页上写着'学习的敌人是自己的满足，如果要使自己适应新的形势就得学习'。市委老楼附近有一家新华书店，我们经常去，每周必买几本书。那时我们刚上班，任务不重。一天上午我溜了出去，回来时不巧碰到了老书记，吓得我说不出话来。他要过我手中的书翻看，我清楚地记得那天买了三本书，一本是《情爱论》，一本是《金蔷薇》，一本是《这里的黎明静悄悄》。出乎意料，老书记没有批评我，指着《情爱论》笑盈盈地说，觉得自己爱得不够？他还说要多看书，勤思考，不要把好习惯丢了。"

路雪桥的话非常得体，通过讲述老书记的故事，强调了学习的重要性，介绍了二十世纪八十年代机关青年人的读书热情，称颂领导对读书学习的支持鼓励。她历来严谨，说："上班时间出去买书是不对的，我仅此一次。"她拿出一本《浅薄》，说："这本书是美国一位科技作家写的，最近我又看了一遍。书的副标题'互联网如何毒化了我们的大脑'就是本书的核心内容。作者认为，互联网极大地改变了人类社会的生产生活，与此同时，它使我们正在丧失专注能力、沉思能力和反省能力。从纸面转到屏幕，把我们带回了彻头彻尾的精力分散的天然状态，把我们的专注和思考能力撕成碎片。作者的结论是：互联网吸引我们的注意力，只是为了分散我们的注意力。建议大家读一读，避免大脑空洞浅薄，'思维深度不超过一百四十个字'。"

秘书处的同志带头发言。有的介绍《穷查理宝典》，引用书中的话："我这辈子遇到的聪明人，没有不每天阅读的——一个都没有。"有的介绍《巨流河》，无比崇敬八十岁高龄的作者齐邦媛，尤其感叹作者所说的："我希望我死的时候，是个读书人的样子。"有的介绍张潮《幽梦影》，抑扬顿挫地诵读："有工夫读书谓之福……"有的介绍第九次和第十次《全国国民阅读调查》："二〇一一年，我国人均读书四点三本，是最少的国家之一，最多的是犹太人人六十四本，我国人均上网时间已经接近读书和读报所花时间的总和。"

初次参加读书会的人对这种形式很不适应，他们参加过的所有会议，包括学习交流会，无一不是精心组织安排的，发言人、发言顺序、发言稿都是挑选指定的，重点听领导讲话，因此，他们根本没做发言的准备，何况秘书长在场，大家比较拘谨，读书会一度冷场。

见此情形，凌寒乡说："我发个言，讲个故事。古希腊哲学家芝诺总是怀疑自己，学生十分不理解，为什么他那么大的学问还如此缺少自信？芝诺画了一大一小两个圆，说大的圆相当于他的知识面，小的圆相当于学生的知识面，圆圈外面是未知的世界。大圆的周长长，接触的未知范围大，所以他怀疑的东西就更多。我理解，芝诺的意思是，知道得越多，越能发现自己的无知。正如苏格拉底所说，我比别人多知道的那一点，就是知道自己无知。党政机关干部是治理国家和社会的团队，必须具备较高的知识水平和工作能力。学习能力是唯一不可缺少的、保持竞争优势的能力，如果有人比你进步快，千万不要往别处找原因，他一定比你注重学习。学习不是为了领导，而是为了自己，应主动而不是被动地学习。市委机关不会埋没人才。"

读书会办了两期，路雪桥发现了问题，发言时各说各的，缺少交流、探讨和碰撞，显现出关注点分散、兴奋度趋淡的迹象。她出了个题目，作为下一期读书会讨论的重点：中国如何强大？

前些年，南方一些地方的家长振振有词地训诫孩子，不好好学习当不了大老板，只能去当公务员，凌寒乡对这种扭曲的价值观深恶痛绝。跨进省市机关大门的哪一个不是学习优秀的孩子，经过基层实践锻炼，通过公务员笔试、面试，称得上过五关斩六将。刚进机关时，他们朝气蓬勃、壮志凌云，几年下来，变得谨小慎微，给人以少年老成的印象，这或许是社会美誉度不高的一个原因。李怀恩在与青年干部座谈时说："慢慢磨，磨呀磨，把棱角磨掉了，磨圆了，你们就成熟了。"多年后的今天，凌寒乡对这句话记忆犹新，这或许是"机关定律"。

老成不必老气。读书会让青年干部格外兴奋，他们仿佛穿越时空回到了大学校园，当年为了参加辩论会、主题班会，查资料、翻图书，不为学分，不为奖学金，只为验证一个观点，弄清安邦济民的道理。人人都有潜能，正如人人都有惰性。这就好比一对情侣迎着旭日优雅地慢跑，时速相当于散步，假如被一只灰狼狂追，将跑出逼近奥运百米的纪录。人需要塑造也需要改造，打铁没样，越打越像，关键在于不断锤打，不锤打，惰性上升，潜能堕落为低能和无能。今天，他们又可以像当年那样指点江山，挥斥方遒，比起大学时代，他们的发言多了些厚重，更贴近现实，更忧国忧民。当然，所谈观点仁者见仁。

路雪桥担心把握不住，读书会变成"自由论坛"。凌寒乡说："我们的目的是鼓励学习，启发思考，只要不违反政治原则，提倡直抒己见，不必千篇一律。没有什么可担心的，这又不是写工作报告、写领导讲话，必须有出处、有依据。"

凌寒乡要求安排专人整理发言，摘录主要观点，送他阅读。路雪桥把任务交给了陈燕影，陈燕影保留原汁原味，增加了小题目。整理后的发言记录长达一万多字，主要观点如下：

赵理：国强必须教育发达。中央电视台拍摄了一部电视纪录片《大国崛起》，并出版了一套图书。书中介绍，美国立国后不久，就颁布了《全民教育法案》，规定每个公民都要接受教育。美国第三任总统托马斯·杰弗逊在遗嘱里写道："下列碑文，不得增添一字。《独立宣言》的起草者，弗吉尼亚宗教自由法案的起草者，弗吉尼亚大学的创办者。"他没有提到总统的身份，在他看来，创办弗吉尼亚大学可以与一个国家的独立相提并论，是比作为总统更值得纪念的光荣。美国钢铁大王卡耐基捐献出绝大部分财富，建设大学、图书馆、音乐厅,他说:"带着这么多钱进棺材,是很不光彩的。"哈佛大学校长在三百五十周年校庆时说,哈佛最引以为自豪的不是培养了六位总统、三十六位诺贝尔奖获奖者,最重要的是给予每个学生以充分的选择机会和发展空间,让每一颗金子都闪闪发光。

隆兴:国强必须科技领先。历史上我国的落后与不重视科技直接相关。欧美发达国家早在十七世纪就成立了科学院、研究院,日本成立科学院比较晚,在十九世纪。而我国的学子还在苦练八股文,直到二十世纪初科举制度才废除。强科技应当重视基础研究。美国普林斯顿高等研究院院长弗莱克斯纳,邀请爱因斯坦来院工作,爱因斯坦提出年薪三千美元,弗莱克斯纳说太少了,最后定为一点六万美元。爱因斯坦整天端着咖啡与一些科学家"闲聊",很多人对此提出疑问。弗莱克斯纳回答:"我相信爱因斯坦会把咖啡转化为数学定理。"未来会证明,这些定理将拓展人类认知的疆界,促进一代代人灵魂和精神的解放。企业是科技创新的主体,目前全世界百分之七十的发明专利、三分之二的研发经费出自企业。有两百多年历史的杜邦公司,曾启动一项基础科研项目,被聘请的博士提出三个条件:建立新的实验室、研究课题不受限制、年薪提高百分之四十。杜邦公司照单全收。该项目用了七年的时间,发现了"尼龙六六"的分子,投入商业开发后,为杜邦公司带来巨大的财富。美国一位记者出版了一本畅销书《离开中国制造的一年》,结尾写道:"我们与中国关系密切。"实际上,我国生产的低价日用品美国都能生产,而美国的一些高科技产品,我们想买都买不到。

邵尉:国强必须企业兴旺。《福布斯》杂志曾评选出二○○九年全球最有权力的人物,前十名中有五位出自公司。有学者说:"我们找不到一个公司制度不发达而国家经济可以发达的例子。""胡润百富榜"最古老的一百家企业中,有十七个国家上榜。上榜的前六个国家刚好是七大工业国成员,占榜单总数的百分之八十。日本有十家企业,居榜单第六位,是唯一的亚洲国家,榜单前两家都

117

是日本企业，分别有一千四百多年和一千两百多年的历史。在德国，没有哪家企业是一夜暴富的，全国八千万人口，却制造出了两千多个世界名牌。德国的企业家和员工都苛求极致，修补一条公路要花六年时间，但可以用一百年。

尚可：国强必须政治昌明。经济强国家才能强，事实并非一概如此。乾隆末年，当时中国的经济总量居世界第一，马克思判断，一个人口几乎占人类三分之一的大帝国，不顾时势，安于现状，注定最后要在一场殊死的决斗中被打败。第一次鸦片战争，中国战败于英国。当时中国的经济总量约占世界三分之一，而英、法、德等八国的经济总量只占百分之十二，日本占百分之三，美国占百分之一点八。国家要强大，有两条最关键：有人民拥护的政党、有属于人民的政权。中国古代王朝的平均寿命六十六年，外敌入侵的因素只占百分之二十，主要是政治混乱，官逼民反。朱元璋是中国古代历史上反腐决心最大的皇帝，用"剥皮揎草""凌迟"等残忍手段惩罚贪官，人头落地的贪官达十多万。官员早晨去上班，不知晚上还能不能回来，但腐败禁而不止。我们党之所以能够夺得政权，一靠群众，二靠党员。据《郏县县志》记载，解放军要攻打县城，老百姓第一天拿出全部粮食，第二天割了田里所有青苗，第三天杀了村里的羊和驴。此役之后，全县三年不见羊和驴。杨靖宇牺牲后，日军解剖他的尸体发现，胃里只有草根和棉絮。日军头目说，中国有这样的铁血军人一定不会亡。长征途中，在翻越最高的雪山党岭时，很多人因缺氧和劳累被埋在积雪下，有一只紧握拳头的胳膊从雪堆里伸出，掰开一看，是党证和一块银圆。全国有二十九万多座无名烈士墓，安葬了七百八十多万无名烈士。打天下如此，守天下同样离不开民心、党心。

燕文正：国强必须国策正确。早在一九三八年，我们党首次提出实事求是，指出只有实事求是，才能完成确定的任务。时隔十年，一九四八年，我们党针对"土改"出现的"左"的错误，提出政策和策略是党的生命，告诫全党，顺利的时候要防止犯"左"的错误，挫折的时候要防止犯右的错误。时隔三十年，一九七八年，我们党提出解放思想，实事求是，拉开了改革开放的大幕，工作重心转移到经济建设上来。虽然我们取得了举世瞩目的伟大成就，但在我国，任何一个数乘以十三亿都是很大的数，任何一个数除以十三亿都是很小的数。我们既要解决绝对贫困问题，还将长期解决相对贫困问题。我们必须始终把发展作为第一要务，不自卑，不自大，而要自信，一步一个脚印朝前走，只有这样，实现国家强盛的路才能走得顺当。

　　凌寒乡从头到尾认真学习了两遍。纵横天下，论古谈今，举凡中外，涉猎之广泛，胪陈之生动，臧否之深邃，让凌寒乡分外喜悦，他从中看到了市委机关干部的高度政治意识、厚实文化素养和广阔宏观视野，倘若再丰富实践经验，假以时日定会大有作为。关键在于引导，既要脚踏实地，也要仰望星空。兴奋之余，凌寒乡做出如下批示：雪桥，这种形式很好。只有学习不退化，思想才不会僵化，队伍才不会老化。读书会一定要坚持办下去，使机关看书学习的风气更浓一些，研究问题的风气更浓一些，学干结合的风气更浓一些。

　　路雪桥正在琢磨是印发凌寒乡的批示还是在读书会上口头传达时，手机的铃声响了，社区居委会的同志在电话里说，小区的大妈打架，她妈妈晕倒了。凌寒乡给过她特许，老太太有事不必请假，但她还是跟凌寒乡打了招呼，把着急办的事情交代给了陈燕影，急忙往家赶。

　　路雪桥的妈妈不是亲妈，说起来有一段悲痛心酸的往事。路雪桥的爸爸曾是省文化厅副处长，负责基层文化工作，擅长创作歌词，一些作品被谱成歌曲在群众中传唱。他一门心思搞业务，白框眼镜和中分发型勾勒出典型知识分子的形象。"反右"时，他所在的处还差一个指标没完成任务，处长心急如焚，一次次发动处员揭发检举，否则全处过不了关。终于有人举报路处，反映他在培训基层宣传员时宣扬到什么山头说什么话,上什么山头唱什么歌,这是搞山头主义,与党分庭抗礼,破坏党的团结统一。还说路处曾梦见马克思坐在马车上看群众演出,这是贬低伟人的高大形象。路处分辩,他的本意是增强宣传的针对性,梦中所见反映了他对伟人的崇敬。路处被打成右派,押送甘肃一个农场劳动改造。

路雪桥的妈妈带她去探亲,千里迢迢,一路颠簸,终于到达了劳改农场。农场四周光秃秃的,离农场不远便是不见尽头的大沙漠。娘俩钻进漆黑的地窝子,砖头支起的木板上躺着两个人,其中一人吃力地坐起来,得知娘俩的来意,指了指木板另一头的铺盖卷说,老路走了三天了,收工时倒在路上,再也没起来,然后从草垫下摸出一块手表,说这是他唯一的遗物。妈妈目光僵直,要去爸爸的坟墓。那人说,这两天风沙大,刮平了,找不到。妈妈执意要去,求他指认个地方。趴在不知是不是爸爸坟墓的沙堆上,妈妈号啕大哭,昏厥过去。

返回途中,因山体滑坡,车被堵在山路上,妈妈让路雪桥下车玩一会儿。也就是一转眼的工夫,一块巨石滚落下来,砸在妈妈坐的车上,车体被砸扁。一位叔叔撸下妈妈手腕上的表交给她,她没哭一声,没落一滴泪,从那以后她甚至没出过汗,医学上称这种症状为心肺树枝断裂。那时路雪桥五岁,妈妈的好心同事收养了她,也就是现在的妈妈。考上大学后,她带上那块男表,直到今天,表盘发黄,走走停停。很多人好奇,她只跟凌寒乡说过表的来历。这块表爸妈都带过,虽说阴阳两隔,但嘀嗒的指针转动声使她听到了来自天上的低语。

童年的不幸造就了路雪桥静如湖水的性格。她的皮肤因缺少血色而淡白,单眼皮下的双眸水汽氤氲,笼罩着难尽的心事,鼻梁右侧一颗淡淡的黑斑静候着内心安然,齐肩的短发始终陪伴素颜,从不化妆,不佩戴饰品,中性的着装未超过蓝白灰三色。任何时候她都波澜不惊,斜咬嘴唇是偶尔能捕捉到的唯一表情。她走在后面,你察觉不到身后有人,她坐在身旁,时间一久你忘了有人挨你而坐。她没训过人,没发过火,不与人争辩,轻声细语,端庄娴静,在办公厅赢得了极好的声誉,大家更愿意称呼她"雪姐"。

路雪桥一进小区就看见了壮观的场面，三十多位大妈分成两大阵营相互指责，南腔北调的声讨一浪高过一浪，冲在前面的几位大妈面红耳赤，手指捅到了对方的鼻尖。路雪桥问过保安，弄清了事情原委。小区有一个开阔的小广场，两拨大妈跳广场舞的音乐相互干扰，你调最大音量，我放最大分贝，两边舞步全乱了套。

其实两支舞队原为一体。雪桥妈曾是部队文工团的舞蹈演员，退休后受小区大妈的盛情邀请，担任了大妈舞蹈队队长兼教练。副队长是冷阿姨，姓冷但心肠热络。她不住这个小区，与雪桥妈是在公交车上认识的。一次，雪桥妈想去区文化宫，怕坐错了线路，站在车下向司机问路，司机冰冷地说，没有这站。车上的冷阿姨说，坐到田野花园站，走六七分钟就到了。雪桥妈上车后说："太谢谢您了，您真是个热心人。"冷阿姨说："您的听力真好，我那么小的声音您都听得清。"雪桥妈说："我耳朵有点背，您的声音清脆。"冷阿姨说："我原来在纺织厂上班，大声说话习惯了，自己不觉得。"两人交谈甚欢，仅仅五站地便成了相见恨晚的好姐妹。雪桥妈下车时，冷阿姨送上大大的拥抱，彼此格外珍视暮年迟来的缘分。

冷阿姨兴高采烈地加入了雪桥妈的舞蹈队，她热情张罗，置办了服装、舞扇，队伍发展壮大。听到市里要举办广场舞大赛的消息，冷阿姨提出挑选身材好、基础好的人组成一队，单独训练，迎接大赛，其他人为二队。落选的大妈觉得低人一等，各种闲话不断吹进雪桥妈的耳朵里，一致指责冷阿姨，她一个外来人有什么资格管她们的事。雪桥妈不赞成冷阿姨的做法，跳舞是为了锻炼身体，参加不参加比赛并不重要，坚决不同意一分为二。好姐妹有了矛盾，又互不退让，冷阿姨另立门户，成立了红嫂舞蹈队。两支队伍势不两立，红嫂舞蹈队人员整齐，舞姿优美，风头强劲，大妈舞蹈队便用大功率音箱进行压制。每天队员聚集在一起只做一件事，研究如何打压和折磨对方。双方忍了又忍，冷战逐渐变成了热战，这一天终于全面爆发。

雪桥妈没有参加"战斗",一个人坐在喷泉的池台上急促地喘气。路雪桥搀扶她起来,正想送她回家,只听红嫂舞蹈队有人喊:"你们有什么了不起的,不就是市委有人吗?我们省里还有人呢,谁怕谁呀。"

"放屁,这个地方本来就是我们的,"大妈舞蹈队马上回应,指着冷阿姨,"没有你,我们好好的,打你一来全都搅乱了,你就是个搅屎棍。"

"你骂谁放屁?"

"骂你,就骂你,你一肚子屁泡,排着队往外放。"

"你是屁王,比别人多一个排屁管,双屁管,大排量,豪华型的。"

"你是喷气式,一屁冲天,屁母娘娘。"

"嘴是用来吃饭的,不是用来放屁的,净吃狗屎,一嘴臭烘烘的。"

"你才吃狗屎呢,脏了屁眼。"

"脏了你屁眼,脏了你屁眼。"

有人讥笑:"她吃狗屎,脏了别人屁眼,缺心眼。"

越吵越不像话,保安大哥实在听不下去跑过来劝架:"别吵了,都闭嘴。咱们是文明小区,各位大妈求求你们,请你们文明点,什么屁呀、屎呀,多难听啊。"

大妈舞蹈队的队员一拥而上,拉住保安大哥:"你给评评理,她一个外人凭什么到咱这儿指手画脚、横行霸道。"

"你们保安是干什么吃的,什么人都往里放,哪还有安全感,我们白交物业费了。"

"你跟上级反映反映,要加强保安力量,严禁外人进入。"

保安大哥抱拳作揖:"各位大妈,各位大娘,各位奶奶,各位姥姥,请你们放心,我一定把你们的要求反映给上级领导。不过,我说句实话,我认识的最大官就是我们保安队队长。你们最好去找刚才坐在那儿的大妈,她闺女是市委大官。"

众人静下来再去寻找,路雪桥娘俩早已回家了。

路雪桥给老妈量了量血压,偏高,又摸了摸脉搏,略快。她看见桌子上堆了不少钱,问:"妈,这是干吗?"

122

"大伙集的钱,"雪桥妈无力地说,"准备换个更大功率的音箱。"

"妈,咱不当队长了,舞也不跳了,咱不为这个生气,早晚气出病来。"路雪桥劝道。

"我早就不想干了,可她们死活不同意。"雪桥妈把钱收进包里。

一只花猫跳上床,路雪桥抱过来,放到老妈的怀里,说:"大咪,哄哄姥姥,姥姥生气了。"花猫伸出小爪,搭在姥姥的脸上。老太太嘴角露出了笑容。

花猫是只流浪猫,常年在小区里游荡。不知哪位好心居民买了袋猫粮,放在楼栋口,邻居路过时随手喂点。雪桥妈经常买火腿肠给它,花猫越吃越馋,对猫粮不屑一顾,天天等着雪桥妈喂好吃的,后来竟认识了路雪桥的家门,爬上楼梯,蹲在门口不走了。雪桥妈打开门放它进来,特意买了猫爬架,让它安家落户,给它起名大咪。雪桥妈多了一个心事,想给大咪找只公猫,过上夫妻生活,为这事,她跟路雪桥念叨了好多次。路雪桥四处打听,家猫都阉割过,比给人找对象都难。路雪桥不放弃,不为猫而为人。人退休了,总得找点事做,老得会慢些。

舞蹈队打架的事传到了居委会,居委会收到了许多居民的投诉,于是一声令下,严禁在小区内跳舞,两支队伍各奔东西,开辟新的战场。

路雪桥担忧老妈的病,一接到陌生电话神经就高度紧张。她安顿好老妈后刚回到办公室,手机就响了,又是陌生电话。

十四

许清如分别给几位老同学打电话,约定星期天商量筹备毕业三十年聚会的具体事项。傅自华请假,老伴身体不好,陪她去看病。曹小力正带队在南方招商引资,但态度十分积极,需要他出力的尽管分派任务。

许清如用座机打给路雪桥,路雪桥运了一口气拿起听筒,耳边传来许清如矫揉造作的声音。"雪儿,"许清如总是甜腻腻地称呼她,"周日上午有空吗?一块儿碰碰毕业三十年聚会的事呗。"

"你怎么不用手机打？"路雪桥问。

"我的座机里有你的手机号，按一个键就行，方便。"许清如说。

"你倒是方便了，吓了我一跳。我刚从家里回来，以为老妈又出事了。"路雪桥说，"我现在一见到陌生号码就紧张哆嗦。"

"咱妈咋了？"许清如一直不叫阿姨而叫妈。

"没大事，小区的老太太打架。"

"需要人手不？我找几个哥们儿，看她们谁敢欺负咱妈。"

"去你的，没正形。"

"你能不能去？"

"你应该先问问寒乡。"

"问了，他有时间。"

"你倒分得清主次，先问好秘书长再来通知我，我这个小人物无关紧要。"路雪桥故作嗔怪。

"对我来说，这个城市没谁都行，没雪儿可不行，一天都不行。"

"别贫了。寒乡都有时间，我还能比他忙？"

"就这么定了，周日早晨我开车接你，去子恒的'十间坊'。"

中午，四个人坐在了"十间坊"后院○号房间的土炕上。这个单间是周子恒按照知青点的农舍装修的，一铺大炕占了半间屋子，炕桌、炕柜、椅子都是从乡下收购来的老物件，炕墙上贴着知青劳动、生活的一组照片，炕对面的墙上挂有草帽、镰刀、玉米棒、高粱穗，正对着门的那面墙是一幅红底黑字楷书大字"人"。

周子恒和凌寒乡插队在一个知青点，是真正的患难兄弟。周子恒装修"十间坊"时听取了凌寒乡的建议，拿出一间屋复制了知青宿舍。那幅字是凌寒乡的书法，左侧写有两行行书小字：若不撇开终是苦，各能捺住始成名。

四个人盘腿坐在炕上，大号铜火锅热浪翻滚，细白的啤酒泡沫涌出杯口。正要举杯开席，许清如发了话："周老板，能不能上点辣酒？"周子恒没明白。许清如补充："土话，就是高度白酒。"

凌寒乡问："你不是有心脏病不能喝酒吗？"

"有没有病还不都听我的，高兴了就没病，不高兴就犯病，女人没这两下子早就不是人了。"许清如神气十足。

"那么你今天是高兴啊还是不高兴？"周子恒逗她，"我猜你八成被夫君抛弃了，借酒浇愁。"

"她才不会呢，"路雪桥说，"只有她甩别人，想甩她的人不死也得残。"

"我在你们心目中就是这副德行？"许清如说，"今天见到你们几个人格外亲，想聊聊天，没酒怎么聊？干聊啊？"

"喝什么？"周子恒让许清如点酒。

"喝啥都行，粮食酿的、酒精勾兑的，看着上呗，都不是外人。"许清如一甩长发，"周老板，不是我挑理，大秘书长来了，周夫人面都不露，合适吗？"

"她去看儿媳了，生了个大孙子。"周子恒解释。

"哎哟，周家添人进口，喜得贵孙，薪火相传，这可是大事，更得好好庆贺了。不过我提醒你，子恒你要当孙子喽。"

"怎么讲？"

"孙子才是你们家的爷。"许清如咯咯地笑起来。

周子恒把一坛酒端上桌，指着许清如说："喝死你，酒鬼。自己倒，没人伺候你。"

"哟，这是窖藏的老酒，有年头了，让周老板破费了。当了爷爷也不通知我们，啥礼物都没带，实在不好意思。这样吧，我代表他们二位赐给大孙子一个乳名。"许清如装出深思的样子，"叫蓬蓬吧。"

"有什么讲究？"周子恒问。

"老傅的孙女叫笑笑，你的孙子叫蓬蓬，连起来是'仰天大笑出门去，我辈岂是蓬蒿人'。"

"等你当姥姥了，留着自己用，我们用不起！"周子恒要来四个大碗。

许清如倒满三碗，分别给凌寒乡和周子恒，说："你们俩一人照半斤喝,剩下的归我,喝不了我带走。雪儿,你要不要也来点?"见路雪桥摇头,许清如又说:"雪儿,不是我说你,酒你不喝,妆你不化,衣服就那几件,你都快成中世纪的老修女了。"

周子恒说:"你这张嘴真够损的,不光是修女,还是老修女,是中世纪的老修女,嫌别的世纪不够黑暗是吧?"

"那当然了,现在的修女都比她强。"许清如说,"雪儿,下周学车去,我给你找个教练,费用你甭管。学会了咱俩开车,去塞外草原天路,自驾游。"

凌寒乡说:"你还是拉倒吧,她连自行车都骑不稳。还有你那辆越野车,除了你,我见的都是老爷们儿开的。"

许清如搂着路雪桥的脖子娇滴滴地说:"雪儿,我好羡慕、好嫉妒啊,男人怎么都护着你,我怎么就没人可怜、没人爱呢?"

周子恒说:"谁说没有,有两个,一个被你吓死了,一个在娘肚子里,他娘吓得难产死了。"

"少废话,一会儿给老娘找个代驾。"

凌寒乡首先端起碗,郑重地说:"清如,上次的事你帮了大忙,全衡书记让我转告正声部长好好表扬你。这碗酒是我谢你的。"见路雪桥、周子恒发愣,凌寒乡简要讲了事情经过。

"好心未必能有好报。我这个人就是招欠,多一事不如少一事,心里明白可就是做不到,这辈子是没救了。不过,有书记这句话就够了。"许清如喝了半碗。

"是不是有人不高兴了?"凌寒乡问。

"爱高兴不高兴,管他呢。"许清如话外有音,"我是泥人不改土姓,从不为做过的事后悔。"

"你不姓土,你姓水。"路雪桥说,"问渠那得清如许,为有源头活水来。我们清如是一池清水,永远清澈见底。"

凌寒乡还是不放心,又问:"真的没事?"

许清如又喝了一口,说:"小妹我最近不顺,连着写了两份检查。上个月,市里举办汽车交易及进口配件博览会,新闻频道报道说,交配会盛况空前,中外嘉宾达万人,三千多人参加现场交配。会的简称用交易会、博览会都行,偏偏用交配会,脑子是不是进水了!还有,外省某台要采访市长,和市电视台一起草拟了采访提纲,一问一答,'记者问:……胡说:……'。政府办公厅一处把稿子退了回来,一处处长电话直接打给我们台长,说左一个'胡说',右一个'胡说',问我们想干什么?处长还说稿子他压下来了,说我们知道报给市长会是什么后果。宣传部把这两件事上升为重大事故,我是分管台长,负领导责任,扣了我四千块钱,还做了检讨。你们说说,这种错成心犯都犯不了,长个猪脑子,猪脑子都比他们强,起码还有胆固醇。"许清如越说越气,喝了一大口。

"算了,不说了,咱们商量正事。"许清如说,"按理说,寒乡你是班长,老傅是团支书,轮不到我,我净瞎操心。"

凌寒乡身为班长不是没想过此事,但又真没时间多想,多亏有许清如这样爱操心的人。他说:"今年是咱们毕业三十年,也是建校九十年。我听鹿大校长说,要以学校的名义邀请咱们这一届毕业生参加校庆,校方还将专门为咱们举办活动。至于咱班的活动咋搞,这事只能靠清如。"

路雪桥说:"我提议,成立一个筹备小组,清如任组长。"

许清如赶紧拒绝道:"千万不可,活我可以干,组长我不当。我的意思,寒乡当组长,我和子恒具体操持,老傅岁数大,雪儿照顾老妈,小力指望不上,他们三个给个名分,就算顾问吧。"

大家都没意见。路雪桥说:"我这个顾问提个建议,别咱几个闭门造车,也征求征求其他同学的意见。"

周子恒说:"这个主意好,问题是兄弟姐妹失散了多年,怎么联系?"

路雪桥说:"有难事,找清如。兄弟姐妹流落何处、被谁收留了、在哪儿成了仙,这么说吧,谁养了猫养了狗、猫狗叫什么名字,清如全清楚。王胖子养了一只柴犬,你们知道叫什么名?清如你自己说吧。"

许清如故弄玄虚,把筷子往桌上一拍,说道:"说来话长。"周子恒给了她一巴掌:"要说就好好说。"许清如继续说:"这只狗叫柴总。为什么叫柴总？王胖子公司的老总姓柴，给小蜜注册了一家公司，把公司的业务转给小蜜做，公司破产了，王胖子失业了，没钱还房贷。王胖子一肚子气，给纪委写信，实名举报。他给自家的狗改了名，叫柴总。平日牵着柴总专往人多的地方遛，大声训练柴总，柴总趴下，柴总跪下，不听话就棍棒伺候，以解心头之恨。"

周子恒接着说："王胖子还是不解气，他让我帮他雇几个杀手。我问他杀谁，他说要杀柴总，开价两百块。我说你搞没搞错，这是杀人，不是杀猪，这点钱买猪后座还差不多。他说柴总猪狗不如，一口价，想干就干，不干拉倒。"

"王胖子告状告到省里，还让清如找人打听处理意见。"路雪桥说，"所以我再提个建议，任命清如为常务副组长。"

许清如掐了下路雪桥，说："不愧是亲姐妹，为我争来个二把手。我当仁不让，走马上任。你们说我是不是有病、官迷心窍呀？"

凌寒乡问："阮芳怎么样了？"

许清如说："最近我去了她家，把同学的捐款送给她。她特别感动，一再说还是老同学亲。看上去精神头不错，大夫说她只有半年时间，现在已经过了一年半，但愿她能撑住。"

路雪桥说："她孩子在国外，父母年龄大了，将来可咋办？"

许清如说："她写了个剧本《大山的呼唤》，讲述大山里一对农民夫妇，培养了四个大学生，其中一个读到了博士。四个孩子学成后都回到了山里，服务乡亲，振兴乡村。我们台电视剧制作中心买下了版权，正在筹拍。阮芳特别高兴，他爱人说她最近病情明显好转。好心情能战胜病魔。"

送走了两位女士，凌寒乡和周子恒回到房间，他一直想找机会和周子恒单独聊聊。他们的关系非同一般，两人同一年下乡，插队同一个生产队，睡同一铺炕，又同一年考上同一所大学的同一个系同一个班。插队四年、大学四年，前后八年同吃同住，同学习同劳动，用周子恒的话讲亲兄弟也不过如此。凌寒乡像兄长关照周子恒，周子恒像亲弟弟支持凌寒乡。兄弟俩参加工作后走上了不同的道路,一个为政,一个经商,各自忙碌,联系日渐稀少。问题的症结另有原因。周子恒创业之初有两个项目希望凌寒乡出面帮忙,凌寒乡说按规矩办,倒是曹小力促成了项目。周子恒说:"想当官就得靠上官,靠上官得靠钱,我挣了钱助你一臂之力。"凌寒乡却说:"官当多大算大,钱挣多少算多?花钱买官,有人做得来,我嫌麻烦。"周子恒觉得凌寒乡太古板,关系趋向公务化,远不如与曹小力往来密切。

凌寒乡坚持他的做人原则,尽管生意上没帮过周子恒,但牵涉周子恒的事仍然十分上心。领导干部普遍具有极强的保密观念或自保意识,有些事电话里说不方便,今天是个机会。他低声问:"社会上传说韩奇宝的死与你有关,沸沸扬扬,是真的吗?"

"你信吗?"周子恒反问。

"我不信,所以希望你亲口告诉我。"凌寒乡等待回答。

"你了解我,我爱财,但决不贪财,更不贪不义之财。"周子恒分别给两人碗里倒满酒,"记得在知青点时,我管钱,那时候一毛钱就能填饱肚子,你是点长,你最清楚,我没贪过一分钱。钱这个东西有时叫钱,有时叫贱。现在这个环境想办成事哪有空手去的,不花钱挣不来钱,只有花大钱才能挣大钱,这条潜规则大家心照不宣,光凭实力和信誉想拿到项目太天真了。谁愿意低三下四去求人,干自己都瞧不起的下贱事?我们也不愿意搞歪门邪道,可公平公正、依法依规地竞争,堂堂正正地赚钱,行得通吗?办得到吗?没办法啊,社会风气如此。搞坏社会风气的不是我们商人,是那些手握实权的贪心官员。"

凌寒乡指着那幅字说:"'人'字最简单,没有繁体、异体,最好写也最难写,像在行走又像在站立,行得稳、立得正即为人。"

"你说的是个体的人,可你别忘了,人是群体动物。这颗星球上,人是最残忍的,所有动物的天敌只有一个,那就是人。人不仅吞食动物,还摧残动物。人类禁止近亲通婚,但为了动物血统的纯正,却强制动物近亲繁殖。人进化到今天,人的天敌只有人。资源是有限的,你要生活得更好，就必须战胜和超越更多的人，所以，我们不得不每天与同类竞争。"周子恒拍着大字，"'人'字好写，做起来难。"

凌寒乡说："人类的确不完美，从这个角度讲，人类的进化永远没有完结，我们应该努力去实现完美。"

周子恒说："我有做人的底线。在挣到钱的第一天，我给自己立了两条戒律，一不赌博，二不嫖娼。赌败家，嫖毁名，赌徒、嫖客是最令我恶心的两种人。"

"这点我完全相信，我希望你做正派的商人，挣干净的钱。"

"凌大秘书长，看来你是超凡脱俗了。"周子恒意识到了自己的刻薄，"我是说你太理想主义了。在这样的大环境下，我说一句最透底的话，我们不是在经商而是在经官，不是在做市场而是在做官场，不是在谈项目而是谈交易，这些占了我们很大的精力和财务成本，我们并非心甘情愿，可哪有第二种选择？适者生存，否则我们早成了穷光蛋。不过，你放心，我有底线。我请韩市长吃过两次饭，打过几场高尔夫，那些开房、找小姐、洗鸳鸯浴、送卡送钱之类的龌龊事我才懒得做。至于手下人干了什么，我从不过问，让人家凭三寸之舌拿下项目太不讲理了，这就好比与虎谋皮，总得带上肉或者麻醉药。省纪委确实找过我，我真的一无所知。可能我们的做法与别人不太一样，我们做的是长线投资，不是短线套利，说白了，就是选择蓝筹股，前期入手，增进感情，培育相互信任而不是相互利用的良好关系。我们的投入不与某个具体项目挂钩，不求即时获利兑现，不给对方心理压力。越是这样，对方的压力就越大，从而调动起内在的主动性。韩市长给了我的下属企业一个小项目，蝇头小利，回报与我们的投入明显不成正比，我们也没有因为他帮这点忙而有所表示。经商就是如此，哪有不冒风险的，哪有只赚不赔的？"

"我想不明白，领导干部不愁吃，不愁穿，不缺钱，为什么还不知足？"

"我觉得，钱对他们的意义更多的是获得心理满足，受人尊崇，一呼百应，无所不能。古代有进贡，送钱就是表示感恩和臣服。收钱的人拿我

130

们当他的子民,那种诸侯的感觉,食髓知味,甘之如饴,不知餍足,上瘾啊。你不送,别人送,能把钱送上去也不容易,人家收你的钱是瞧得起你,拿你不当外人,谁让咱们离不开人家呢。"

凌寒乡不知说什么好,一条直线变成了弯向不同方向的两根曲线。"一起吃过苦的和一起享过福的,感情是不一样的。咱们吃过苦,所以知道什么是福。我希望你好,希望我们都好,毕竟我们上有老下有小。"凌寒乡又说,"'白云人家'项目我会安排人去专门调研。"

周子恒没有忘记兄弟情分,他说:"多谢老兄。我的朋友不少,称得上真心朋友的不多。"

凌寒乡说:"哪里有人喜欢孤独,只不过不乱交朋友罢了。这是村上春树说的。"

"问一句也许意义不大的话,你对自己下一步发展有什么打算?"

"谁不想进步?我当然想升一格,成为副部,说不想那是假话。但事不由己,顺其自然吧,如愿则春风得意,不成也心无怨言,我就抱这么个心态。"凌寒乡坦诚地说。

"事在人为,你不争取争取?"周子恒说。

"怀恩书记、至胜书记为我的事做了不少工作。"凌寒乡说,"说实话,我的空间不大,快到龄了。小力比我有优势。"

"省委组织部一位副部长是咱们的学弟,我跟他比较熟,可以请他帮忙。"

"真的不必,你还不了解我吗?有一次常委开组织生活会,主题是'严肃政治纪律,反对圈子文化'。我实话实说,我想进圈子,羡慕圈子里的人,相互帮衬,彼此借力。但为什么没进去呢?客观上讲,进圈子不能空手,我没有硬通货,两手空空怎么进?主观上我多少有点清高,看不起勾肩搭背,不会削尖脑袋往里钻。问题在于,如果有了敲门砖,进还是不进?这倒是个考验。我说的够实在吧?如果组织生活会都讲冠冕堂皇的虚话,那就太可怕了。参加工作时,我连当处长都不敢想,干到今天这个位置很知足了。"

"人各有志,自在就好。"周子恒说,"前些时候我让米苔去了一趟兴盛村,也代表你看望丽姐。兴盛村的变化不小,咱们帮助搞的项目已经见到效果,家家户户都发了一笔小财。老乡们说,活了一辈子没见过这么多钱。"

兴盛村是凌寒乡和周子恒插队的地方,属于贫困村,年年靠国家救济。凌寒乡协调市扶贫办,下拨了一笔专项资金,又联系市农科院的专家给予指导,周子恒联络几位企业家投资,农民自己出一点,每户建了两个大棚,有种蔬菜的,有种草莓的,生活水平得到显著改善,村容村貌有了大变样。

凌寒乡说:"我闺女快结婚了,过些日子我带她回去,看看她丽娘。丽姐带过她,孩子重感情。"

周子恒说:"听米苔讲,丽姐老了许多,不过身体还好。田大海在市里的一个建筑工地打工,丽姐不让他告诉咱们,怕给咱们找麻烦。"

丽姐叫古云丽,比他们早插队三年,是知青点的点长,泼辣能干,人称"铁姑娘"。后来与当地青年田大海结婚,成为全公社第一个扎根农村的知青,被树为邢燕子式的先进人物。凌寒乡在县委挂职的时候,无力照看闺女,把她寄放在古云丽家,凌寒乡的闺女认古云丽为娘。不管多忙,凌寒乡每年都抽时间回一次兴盛村,从未间断。今年回去,他要带上闺女,还有女婿。

十五

学习宣传、贯彻落实市第九次党代会精神,是全市当前首要的政治任务,市委办公厅承担组织推动、督促检查的主要工作。党代会闭幕当天,凌寒乡召集厅室班子成员和相关处室负责同志开会,连夜安排部署,发出学习贯彻通知,组成宣讲团深入基层宣讲,撰写社论和评论员文章,加强信息报送反馈,学习宣传贯彻的热潮迅速兴起。

到先进省市取经是解决自身问题的好方法。市委、市政府决定,组织党政代表团赴上海、浙江、广东、重庆学习考察,各区县党政主要负责同志及市级有关部门的主要负责同志参加。

如此大规模的外出学习考察,在青云市还是头一次,需要做大量的准备工作。办公厅会务处、接待处全员上阵,逐一与相关省市对接,商定行程、活动内容、食宿安排,头绪相当繁杂。两个星期内,崔天明主持召开协调会三十多个,每次变换不同角度大讲重要性和方法原则,从下午开到晚上八九点。一些单位的办公室主任苦不堪言,万般无奈,他们想出应对之策,派三拨人轮换参加,每拨人两个小时。崔天明毫无倦意,始终精神饱满,声音高亢,字正腔圆,车轱辘话让他讲得振振有词。见到凌寒乡,他及时汇报自己的勤奋工作和敬业精神。曾有人问他:"长时间讲话一口水不喝,不渴吗?"他说:"我的音道好。"事后有人在背后用这句话嘲笑他。

晚上十点多,凌寒乡催要代表团出行安排的总体方案,打电话给崔天明,没接,让总机找,话务员打了三次无人接听。凌寒乡只好自己下楼到会务处。

会务处设在会议楼的一层,除了处长办公室,处员集中在一间大屋办公。会务处与一处、二处的不同之处在于,后者需要独处静思,互不干扰,前者恰恰相反,必须集体碰头,多人会商。一张拼接起来的超大桌子占据中间,墨绿色的台布上堆放着方案、名单、乘机座位图、会场座位图、合影座位图以及青云市的简介和所去省市的概况,桌子中间有三个粗大的笔筒,插满了拇指粗的红笔、蓝笔及 2B 铅笔。如果墙上挂几张两军交战态势图,颇像前线指挥所。

会务处的同志都在忙着敲打键盘,没人注意到秘书长进来。凌寒乡也不声张,坐在大桌子前翻阅总体方案,他越看越不满意,不禁说道:"这是怎么搞的?"

大伙这才发现秘书长,赶紧站起打招呼。有人跑到隔壁叫来辛志。凌寒乡问:"这个方案是你们研究的?"

辛志点头称是。

133

"天明主任看过了？"

辛志点头称是。

"天明主任去哪儿了？"

辛志摇头称不知道。

"给天明主任打电话。"凌寒乡说。

辛志拨了三次手机依然无人接听。

"对这个方案你有什么想法？"凌寒乡问。

当着处里同志的面有些话不好说，辛志说："秘书长，请您到我办公室。"

辛志把门关上，说："我不太赞同这个方案。"见凌寒乡等他的下文，他继续说："我是这样想的，代表团人数较多，我们应当包机，虽说费用高些，但便于安排活动，可以缩短行程，这是其一。其二，每个地方学习考察结束时，开一次会议小结，过于烦琐。与当地领导的座谈也可不搞，占的时间太多，应尽量多走多看。其三，应制作和佩戴统一徽章，方便对方接待人员识别。其四，除主要领导外，其他领导不带秘书，由我们处和接待处的同志负责照顾，可以减少随行人员。这是我的建议，不知对不对。"

"为什么不向天明主任提出？"凌寒乡问。

"提了。"辛志说，"天明主任不同意，认为增加开支，加大处里的工作量，还说小结会是给领导提供讲话的机会，不能取消。"

"按照你说的把方案改一下，座谈交流要保留，但时间压缩。我在这儿等着。"凌寒乡坐在辛志旁边，看着他修改。辛志以倚马可待的速度，熟练地操作电脑，打字、复制、粘贴、删除，不多时打印出新的方案。凌寒乡对个别处做了完善，然后让辛志再给崔天明打电话。

终于有人接听，语气十分粗暴，口齿含糊不清："不知道我正忙着吗？打起来没完了，什么急事，不能等我回去再说？"

辛志怕崔天明说出过格的话，赶紧打断他："秘书长找您。"

凌寒乡接过电话并不说话，对方像换了个人说道："秘书长，实在对不起,不知您亲自深入基层,没有候驾,罪过罪过。加班晚了,我请合作交流办的同志吃个便饭,落实外出学习考察任务。我这就回去,马上就到。"

当着下属的面,凌寒乡给他留面子,说:"你忙你的,方案我改过了,照这个方案抓紧准备。大家都在忙,你少喝点,给同志们做个好样子。"凌寒乡没提这是辛志的建议,辛志应该能体会到领导保护干部的良苦用心。

放下电话凌寒乡特别强调,安全是第一位的,党政一把手一同出行非同小可,决不能有闪失。大家要绷紧安全这根弦,把可能存在的不安全因素想充分,哪怕少看一个项目、少去一个地方也要确保绝对安全。他要亲自联系航空公司,选最好的机长和最可靠的机型。

崔天明醉醺醺地回到会务处,推开门骂骂咧咧地嚷道:"把秘书长改的方案给我。"他刚翻了两页便指着辛志,说:"方案我他妈的不是审定了吗?汇报应该我去,轮不到你。"

"秘书长一直在找您,找不到您才来处里,我还给您发了短信。"辛志打开手机给他看。

"这不都是你的主意吗?"崔天明一眼就看破了,指着修改后的方案气呼呼地说,"你可以有自己的想法,采纳不采纳决定权在我,这叫民主基础上的集中。既然我不同意你干吗还跟秘书长嘀瑟,显你呀?馒头不能大过屉,隔着锅台上炕,不懂规矩。这叫僭越,是要杀头的。"

辛志认为自己的想法是有道理的,方案没敲定前他有权向领导提出,这不违反民主集中制原则,不存在表现自我的动机,根本谈不上冒犯崔天明。如果一事当前,先考虑个人得失,权衡利益关系,岂不成了投机取巧的滑头。他见崔天明酒气冲天,意识混乱,明白任何解释只能火上浇油。

机关默化出干部的隐忍品格,心里不服嘴上不说,瞧不起不影响服从,而且服从不打折扣,鲜有斗胆当面顶撞领导的。面对习惯服从的下属,在机关当不好领导,难以想象还能干什么。

崔天明发了一通火，意犹未尽，仗着酒劲，说："不行，我找秘书长去。"

辛志拦住他，把他拉回沙发上，说："主任，现在不是时候，秘书长可能正在锻炼，再说您今天喝的量不小，秘书长见了会生气，反倒对您不好。您最好明早八点在餐厅等他。"

崔天明斜靠在沙发上，一会儿工夫鼾声大震。

经过精心准备，青云市党政代表团乘坐包机如期出行。代表团行程紧凑，下了飞机直奔考察点位，平均一个省市只待一天半，利用一切机会，抓紧一切时间，多走多看多学。当地党政主要领导会见座谈，陪同考察，代表团所到之处受到了高规格接待，全体同志格外荣光。

代表团重点学习浦东新区和深圳经济特区开发开放、体制机制创新的做法，考察各地城市规划建设、高新技术产业、大型游乐主题公园、环境和生态保护、城市灯光夜景、养老服务和社区治理等。

代表团临时增加了一个项目，参观重庆谈判旧址和周公馆。一张张照片、一件件物品，锁住了风云人物的音容笑貌，定格了拨动时局和影响国运的历史瞬间。在回返的大巴车上，大家无不感慨。

"滚滚长江东逝水，浪花淘尽英雄。"有人哼起了歌。

"斗转星移，换了人间；沧海桑田，不变青山。"有人临场作诗。

"抗战胜利后，国民党军队五百万人，清一色美式装备，掌控全国资源，共产党军队号称一百二十七万人，其中包括民兵，而且民兵的武器还处在冷兵器时代，实力相差悬殊，但短短三年时间就变了样。"有人提出问题。

"腐败，还是腐败。国民党高级军官每人随身带着一个箱子，装的通通是金条。共产党的干部牺牲时身上只有两个兜，一个装着笔和本，一个装着烟袋锅。"有人回应。

"国民党中的许多人当初也是热血青年，立志救国救民。汪精卫刺杀摄政王被捕后写了一首诗，'引刀成一快，不负少年头'，后来怎么都变了味？"有人不解。

"政党烂了,体制烂了,深陷其中的人岂能不烂?"有人下了结论。

"给你们讲一个故事。沙皇尼古拉一世发誓要铁腕治腐,他召见警察头子。警察头子说,陛下,请您告诉我您想留下哪些人。"有人诙谐地说。

全车人大笑,笑声止后陷入沉思。

凌寒乡此行另有侧重。顾全衡说,接待无小事,小接待大学问。凌寒乡带上杨立德和绿岛宾馆经理,专题学习如何搞好接待服务,包括餐厅格调、餐具样式、餐桌布置、菜品搭配、佐餐小菜、服务员的服饰等等。他们拍照、请教、品尝、做笔记,不放过任何一个细节。他们很快提交了改进餐饮接待的方案,申请用于装修和购置物品的专项经费,并建议绿岛宾馆财务单独核算,接待费用实报实销。凌寒乡批给市财政局局长,请他研究落实。

每到一地,告别晚餐隆重而热烈,地方名菜倾情奉上。主宾频频敬酒,双方摆起擂台,曹小力冲锋在前,战无不胜,最次也打成平手。

为了学到真经,杨立德单独请对方同行副主任喝酒。转过天,杨立德与他商量派人专程来学习,那位副主任瞪大了布满血丝的眼睛疑惑地问:"你是谁呀?怎么没见过你。"杨立德不是一般人物,决不能丢面子,他玩起黑色幽默,真诚地道歉:"兄弟,实在对不起,我认错人了,把你当成了我们村的傻柱。"真不知该感谢还是诅咒第一个酿酒的人,只在水里添加了点东西,就弄出多少悲剧喜剧闹剧滑稽剧。

凌寒乡注意到,有的省市在每辆车上安排一位相貌清秀、训练有素的讲解员,沿途介绍城市景观、历史建筑、风土人情,既扩展了宣介内容,又活跃了车内氛围。凌寒乡要求崔天明照此改进,招募人员,强化培训,并录制青云市情和经济社会发展成就视频,以便接待时在车上播放。

代表团抵达广州,只住一宿。傅自华提出晚上去看望阮芳,凌寒乡晚上要开协调会,曹小力晚上要与广州一家企业签订合同。三人商定,利用中午两小时的休息时间去阮芳家。

阮芳的爱人在楼下等候,他头发蓬乱,满脸疲倦,见到阮芳的老同学声音颤抖:"接到电话,我没告诉她你们要来,她什么人都不见,不愿意让人看到她现在的模样。她是想你们的,昨天捧着毕业照看了一上午,不住地流泪。这是她得病后我第二次见她落泪,第一次是看着她妈妈送煲汤后离去的背影。"

阮芳在班里个子最小,身体黑瘦,留着男孩子的短发,宽大的眼镜遮盖了大半张脸。她每天蹦蹦跳跳去上课,蹦蹦跳跳去吃饭,同学叫她"小兔子"。她毕业后回到广州,在一家出版社做编辑。一次单位组织体检,查出肺癌,已是晚期。

她爱人说,已经骨转移,脑子里也有了。为了年迈的父母,她没有放弃,坚持治疗,化疗的副作用使她每天呕吐十多次,震动肋骨和胸腔剧痛,有时痛到晕厥,下嘴唇咬出了血印,但她从未喊过一声。她表面上乐观坚强,但心思很重,总是一个人坐在阳台上,一坐就是半天,呆呆望着远方。她不希望别人安慰她,每次安慰好像都在提醒她将不久于人世。

广州的气温已有夏意。阮芳紧裹着毛毯坐在藤椅里,一动不动地盯着楼前不远处的一棵大榕树。

三个人轻手轻脚站在她身后。粗大的榕树正对着她的阳台,宽大的树冠遮挡出一片绿荫,条条须根随风摇曳。

阮芳的爱人搬来几把椅子,阮芳这才发现三位老同学,露出异常惊喜的眼神。她爱人扶她站起来,她和每个人长时间拥抱,说不出话,满眼泪水止不住滚落下来。

阮芳越发瘦小,新长出的头发未作修剪,毛茸茸的像娃娃头。她强迫自己露出久违的笑容。"不知你们来,病恹恹的,太不礼貌了,没吓到你们吧?要不我去拾掇一下再来接见你们。"

"打认识你就没见你抹过粉。"曹小力扶她坐下。

"三位大人物组团千里迢迢来看我,小女子担待不起。"阮芳尽力让气氛轻松一点。

"我们出差,他们俩是领导,我是给他们服务的。"傅自华说,"清如跟我们说了你的情况，大家都很惦记你。"

阮芳拿起镶在镜框里的毕业照，声音细弱地说："认识你们是我这辈子最幸运的事。你们给我捐款，帮我找医生，给我寄补品，很多同学来看我，这份情下辈子还吧。"

"养好病就不欠大家的了。"凌寒乡帮她盖好毛毯。

三个人没有勇气与阮芳探讨死亡问题，傅自华拿出两样东西。阮芳打开纸袋，一本是油印《细雨》诗刊，一本是班志。

傅自华说："诗刊是雪桥收藏的，特地送给你。班志是我们从辅导员手中借来复印的，上面有你写的日志。"

刊物褪色发黄，油印字多处模糊不清。"雪桥心细，这应该是孤本。"阮芳说，"创办诗刊时我和雪桥有过争执，我提议叫《梧桐》，她坚持用《细雨》，还一口气举出了李清照十多句带有雨的诗句，什么'梧桐更兼细雨'，什么'细风吹雨弄轻阴'，还有'萧条庭院，又斜风细雨'。后来听说姓易的团总支书记想取缔，多亏傅大哥给顶住了。"

曹小力脸上掠过一丝不自然的表情。

阮芳翻开第一页，是路雪桥为创刊而作的《故乡》：

> 随云而来，
> 伴风而去。
> 流入大海看见远方，
> 化作轻纱飘在雾里。
> 云是雨的故乡，
> 雨游走在高高的白色土地。

阮芳再翻下去，是她自己写的《日子》：

> 被泪水浸湿，
> 又被岁月烘干。

是吹不散的沙，

是流不动的雪，

是托起大山的田野，

是梧桐细雨飘落的残月。

又见古刹屋檐下的风铃，

一篙诗愁穿越千年，

那一片云彩还在天边，

何以作别。

　　阮芳合上诗刊，抱在胸前，说："没想到三十年前就给自己写好了别离诗，能不信命吗？何以作别，难以作别。生死常相依，百年谁与期。有时我在想，天上有多少颗星，地上就有多少个人，哪一颗是我呢？我这颗星最终会飘落到哪个星系？多愁善感，学中文有什么好的。"

　　他们不知该如何安慰眼前正在枯萎的生命，最好的话题就是聊大学四年，往昔快乐的校园生活可暂时冲淡生命的沉痛。

　　凌寒乡说："国庆节咱班搞毕业三十年聚会，我们等你。"

　　"我能撑住。"阮芳说，"其实老天对我挺好的，癌症是最好的死法，它给了我缓冲的时间，可以做一些最想做的事。"

　　他们与日渐枯萎的生命拥抱，相约十月母校再见。谁都不忍说破，这可能是诀别。

　　阮芳苍白的脸上泛出了红润，她说："我舍不得你们。"

　　车开动后，坐在后排的傅自华从后窗望去，阮芳在阳台上挥手，他们渐行渐远，那个瘦弱的身影慢慢模糊起来，直至消失在天边。

　　三人沉默不语，他们望着不同方向的窗外，没有人知道此时各自在想什么，或许在想"世事一场大梦，人生几度秋凉"。人生来向死，只是不知死神何时站在你的面前，也许突然降临，也许迟迟不见，安然快乐地度过每一天吧，别糟蹋了或长或短的人生。或许在想，寿终正寝是一件很了不起的事情，当生命进入倒计时，悟出些许活着的道理，曾经以为最重要的东西竟一文不值,但为时太晚,走到尽头方才明白,明白了已在尽头。或许在想,生命的意义不在于生命的长短,正如莎士比亚所说"人的一生是短的,但如果卑劣地过这一生,就太长了"。当回首漫漫人生之旅,那充实而闪光的路段,将是陪伴余生的美好回忆。不管怎样,有一点可以肯定,此时此刻三个人最想做的就是沉默不语。

在深圳,代表团向位于莲花山山顶的改革开放总设计师的塑像敬献花篮,之后参观考察一家电子科技公司。

生命中总有几个人是你躲不开、忘不掉的,忘掉伤害过你的人或者彼此伤害过的人,比起记住有恩于你的人要难得多,即使经年累月未见,从来也不曾想起,但在某个寻常的日子,在人头攒动的场所,只需一眼就能认出那个人,这一刻告诉你,过去的并没有过去。

在电子科技公司,一位女士借助大屏幕介绍公司的发展历程和高端产品。凌寒乡一进入大厅就惊奇地发现那是他前妻,那个曾经狂热地追求过他又决绝地离开他的女人。对方报来的接待人员名单中并没有前妻的名字,她怎么会出现在这里,而且还是主陪人员?离婚后,他断绝了与前妻的所有联系,不承想今天误入她的创业领地。多年来凌寒乡有个习惯,陪同主要领导考察调研时,有意识地退后几步,突出主要领导,侧后方是最佳位置,远了不好,近了不好,不远不近领导看得见最好。今天这个位置还有一个好处,能避开前妻的视线。

晚饭后,凌寒乡召集工作班子碰头,过一遍明天的行程安排。他正说着,前妻的电话打了进来。离婚后她也没再给他打过电话,他也并未删除她的号码,应该不是出于割舍不下的旧情,也不应该为了铭记那段不堪回首的往事,那是为了什么呢?可能缺少真正的恨或者彻底的烦。"我在楼下咖啡厅等你。"只一句,前妻就断了电话,根本不问他有没有时间,也不管他愿意不愿意,反正她会一直等着。

凌寒乡心想,江山易改,本性难移,还是那副德行。凌寒乡不急不忙地把所有细节敲定,一个小时后才缓步下楼,见到前妻成心不说"让你久等了"之类的客套话。

"不知你什么口味,要了两杯摩卡咖啡。"前妻对凌寒乡的失礼并不介意,既然没给人家选择的余地,对方只要不回绝她就领先了一分。"到了深圳不想跟我联系?心眼太小了吧?一日夫妻百日恩,没恩也不至于有仇哇。"

凌寒乡在接前妻电话时并没有问对方姓名,这是他的疏忽,暴露了漏洞——电话号码依然保留着。"没有这个必要。"他生硬地说。

"你不是绝情的人,就是太古板。本来我们老总要亲自接待,但他在国外,航班晚点了,我这个副总只好勉为其难。至于你,用不着看名单就知道少不了你这个大秘,除非发生意外。"前妻说,"别介意,开个玩笑。"

前妻传递给他两个信息,她是公司的二把手,前妻对他的官职非常清楚,这个不难,只需上网查询,耐人寻味之处是她一直在关注。凌寒乡多少有点好奇,公司老总是不是那个与她比翼齐飞、南下寻梦的男友?他如果事先得知这种情况,在安排行程时可能做出调整,深圳最不缺的就是高新技术企业,不必非选这家。在两性问题上,男人的心眼小于女人,包容男人出轨的女人远远多于包容女人出轨的男人。他要显出男人的大气,想办法向前妻表明,他真的把她放下了。

有一个问题盘桓凌寒乡心头多年,让他百思不得其解,总想在某一天、某个场合、某个时机当面问问前妻,其实也就是一句话:"我错在哪儿了?"婚姻破裂后的最初几年,他不住地自我诘问,深挖自身的原因,加班多、工资少、没情调,这些够不上缺点。他忠诚家庭、礼让妻子、疼爱女儿,到底犯了什么错?当这一天到来的时候,又是如此适合聊天的场合,面对前妻,他嘲笑自己的想法多么幼稚愚蠢。世上没有一对夫妻是天造地设的般配,一切婚姻都是在试错,试验的结果多半靠运气,离婚证是错搭的鉴定书,至于那些没有分手但形同陌路的,说明不想试第二次。

尘归尘,土归土。往日衾枕,今朝路人。凌寒乡神情肃穆,不知前妻找他何事。

"好久不见,我还漂亮吗?"前妻一脸无邪地问。

凌寒乡非常惊诧，前妻竟说出如此亲昵、在他看来显得轻佻的问话，是游历于社交场合接近异性的惯用伎俩，还是既往共同生活残存的一丝亲切？是对异地他乡孤单的遮掩，还是对无情无义抉择的歉疚？当婚姻被她亲手摧毁，再叙温情就是暴力。

"漂亮。"凌寒乡实话实说。前妻变化的确不大，眼神依然摄人心魄，上翘的嘴角带着天然的可人笑容，只是脖子松弛的横纹暴露了真实的年龄，这部分是女人最难隐藏的秘密。

前妻问："还恨我吧？"

"为什么要恨你？"凌寒乡反问，"只是不知妞妞恨不恨你，当年她那么小你就离开了她。"

"你是知道的，我不喜欢孩子，不想生孩子，我也带不了孩子。"前妻说。当初，她与前男友交往时，首先亮明不要孩子的立场，结果两人分手。认识凌寒乡后，她思虑再三，不想放弃这段恋情，为此打消了做丁克夫妻的冒险想法。

"跟我结婚让你付出这么大的牺牲。"凌寒乡带有一丝挖苦的语气。

"因为了解你和你在一起，因为太了解你离开你，这话很有哲理吧，但事实确实如此。我逼你下海不仅仅为了钱，我跑到深圳来也不全是为了钱，我实在过不了那种循环往复、单调枯燥的生活。离婚之前，我绝对没有外遇，没有做对不起你的事，信不信由你。"这是前妻第一次郑重地打消他的猜疑，"据我对你的了解，你很优秀，适合很多行业，包括经商，唯独当官不适合你。商场算计钱，官场算计人。如果你听我的话，今天有极大的可能身家过亿。我之所以说你不适合做官，理由是你不够坏。别误解，我说的坏是带引号的。仕途并不宽广，越走越窄，人挤人，越往上就要挤掉更多的人。你这人太规矩，太本分，太要脸，缺少心机和计谋，所以你只能被别人挤掉，你当不了大官。《聊斋志异》说，仕途乃迷途，几人不糊涂，待到清醒时，已踏黄泉路。"

"不要把领导干部想得那么坏，好像我们都是专门玩弄权术的阴谋家。"凌寒乡懒得与她讨论，与道不同的人说这些毫无意义。

143

"说实话,你无根无叶,没有家庭背景,凭一己之力,坐到今天的位置非常了不起,称得上草民成功的范例。"前妻很认真地说,又自我调侃,"有时我在想,当初忍一忍,今天就是官太太,过上吆五喝六的生活,让所有女人妒忌我,我真该后悔。"

"我也替你惋惜,看来这些年你过得不容易。劝你一句,别再后悔了,好好过日子,留给你选择的机会真的不多。"凌寒乡忍不住奚落。

"至今我还没做过后悔的事。你有今天的成就,是不是离婚刺激了你,你发誓要干出样子,给所有人特别是给我看?换句话说,离婚激发了你的潜能,这也算老天对你的补偿。"前妻很招人喜欢,相貌好只是一方面,善于聊天才是她吸引男性的特有魅力。有的话你听上去不舒服,但也不反感,相反可能启发你去思考。凌寒乡能和她走到一起,恰恰是聊出来的,觉得她有见解,她不迎合,也不与你作对,不知不觉你接受了她的观点。

整个离婚过程,他都处在被动、接受的位置,更像婚姻失败的受害者。以他的性情,如果不是前妻铁了心,他完全可以隐忍,毕竟没有发现前妻劈腿插足的证据,他们之间连打架吵闹都没有,性生活也说得过去,只不过生活观念不同而已。前妻劝他辞职下海,脱离官场进入商场,这涉及人生的重新规划,他缺少魄力和胆量,决不认同,前妻没能说服他。离婚的原因就是这么单一,又是这么不可思议。

时隔多年,前妻一如既往地自我感觉良好,不知是先天遗传还是后天修炼,难得的个性,他决心给予必要的打击:"你猜猜办完离婚手续,我干什么去了?"

"干什么去了? 总不会找个地方偷偷抹眼泪吧,八成去小酒馆喝闷酒了。"

"我回单位参加迎新春桥牌比赛,状态相当不错,超水平发挥,拿了第二名。"前妻听明白了凌寒乡的意思,她不是自我想象的那么可爱,他并没有使劲挽留婚姻,离婚对他的影响微乎其微。凌寒乡轻而易举地剥夺了前妻固有的优越感。

"听姐姐说,你还是一个人。"前妻什么事都放得下,看得开,"姐姐大了,你该再找一个了,对你来说这不是难事。有人说,女人不一定喜欢漂亮的男人,但喜欢拥有过漂亮女人的男人。"前妻为自己的幽默抑制不住地笑了起来。

"还有别的事吗?"凌寒乡冷冷地问。

"不是夫妻就不能开心地聊聊?何必总是这么死板。"前妻说,"这是我不喜欢你的地方,不够洒脱。我和你一样也没结婚,但我有男友,我只要幸福,不要婚姻。"

凌寒乡站起来要走。前妻拦住他,说:"有正事跟你商量。姐姐要结婚了,我想在青云市给她买套房子,你有意见吗?"

"只要姐姐接受,我没意见。"凌寒乡说,"不过,一套房子弥补不了你的欠债。"

前妻并不接茬,又问:"姐姐结婚时,我能去参加婚礼吗?"

"姐姐同意,我不反对。我还有事。"凌寒乡说完转身走了。

前妻又要了杯带有焦苦味道的炭烧咖啡,独自一人望着窗外。

许清如早就看出凌寒乡两口子不是一路人。在凌寒乡的婚礼上,她快人快语,对路雪桥说:"这两个人根本不属于一个物种,一个是沙漠里的骆驼,一个是雨林中的金刚鹦鹉。"

路雪桥不解地问:"那两个人怎么凑到一起了?"

"要么是金刚鹦鹉飞进了沙漠,要么是骆驼走进了雨林,很难适应。"许清如调皮地一笑。

"人家大喜的日子别瞎说,积点口德。"路雪桥拍了她一下。

许清如伸出纤细的食指警告她:"咱姐俩说的话,不许你告诉寒乡,我知道你们俩好,但你不能出卖亲姐妹。"

"去你的,别瞎说。"路雪桥推了她一把,"都是过去的事了,再说我们之间也没出格。"

"看把你吓得,"许清如得意地笑了,"我不会告诉凌夫人的。话说回来,告诉又怎么样?你在先,她在后,你们俩要是成了,哪有她的事。再说了,我敢肯定,凌寒乡决不是她的初恋。咱们太传统了,先恋爱再结婚,有爱才结婚,把感情看得比什么都重。"

学习考察结束回到青云的第二天,代表团全体成员交流收获和体会。大家一致认为,所见所闻让人备受震撼,深受触动。兄弟省市发展视野宽,工作标准高,改革力度大,开放步伐快,体制机制活,创新招法多,加快发展的势头强劲,抢占制高点的态势逼人。大家纷纷表示,尖兵就是标兵,对手就是老师,要取各地之长,补青云之短,创青云之新。

顾全衡强调:"要做到'三个坚持',坚持海纳百川,学习借鉴兄弟省市的先进理念、灵活机制和胆识魄力;坚持消化吸收再创新,创造性地开展工作;坚持自己行之有效的做法,不断发扬光大。"顾全衡讲话从不重复,但第三个坚持重复了三次,他的话很快会传到老同志的耳朵里。

顾全衡三三制的讲话,虽说有些死板,但确有冲击力。"反对形式主义,必须从学习的形式主义反起。不学不行,学而不思不行,学而不动不行,学而不改更不行。我和时捷、家康同志商量,今年搞一次拉练检查活动,到各区县实地检查学习的效果,看看是不是真学了,真动了,真改了。"

各区县及各部门负责人的神色顿时紧张起来,这是要动真格的。同样紧张的还有凌寒乡,又是一个从没干过的大活。

十六

傅自华因为三件事与凌寒乡发生了争执。傅自华顶撞领导称得上奇闻逸事,连他自己都感到惊讶,更何况顶撞的是有特殊关系的领导。

第一件事与报告有关。

顾全衡提出,将赴外地学习考察情况以党政代表团的名义给市委、市政府打报告。

傅自华认为应该写总结而不是报告,主要领导都是代表团成员,给市委、市政府报告,相当于自己向自己报告。

"市委、市政府不是只有主要领导,大部分班子成员没有参加代表团,报告就是通报。"凌寒乡第一次给傅自华派任务遭到抵触。

"后天常委会会议的议题就是报告学习考察情况,而且扩大到人大、政府、政协领导班子成员,再搞一个报告,多此一举,还占了一个文号,关键是根本没人看。"傅自华坚持自己的想法。

"写总结与写报告只是叫法不同,没有本质区别。"凌寒乡不想多解释,"既然书记提出来了,又不是大的原则问题,照办就是了。"

"这是文牍主义,"傅自华有点激动,"现在形式主义的东西还少吗?一边喊减少文山会海,一边制造文山会海,浪费了大量人力、物力、财力。战争时期的嘉奖电只有两行,放到现在,没有两页下不来。我们有条件、有时间搞形式主义了?"

"老傅,扯远了。"凌寒乡觉得一向谨言慎语的傅自华有点反常,"怎么这么激动?有些事不是你我左右得了的,参谋助手,参谋的余地不大,重点当好助手。建议不可总提,无关大碍的建议不提比提要好。"

争执的结果是,傅自华报告照写,凌寒乡在会上做汇报。

第二件事与调研有关。

围绕党代会确定的目标任务,市领导集中开展调查研究。以往的做法,常委结合自己分工,选定一两个题目,下去跑一跑,工作班子查资料、负责起草,形成调研报告,市委常委会召开一次调研成果交流会,市委办公厅整理装订《调研成果汇编》,这项工作就算完成。至于调研成果的运用,通常不见下文。

傅自华认为这种调研形式大于内容,调和研都不够,起不到啥作用。他建议应着眼事关全市当前和长远发展的重大问题,确定一两个重点课题,由主要领导牵头,集中力量深入研究,推动落实,抓一件成一件。

凌寒乡觉得这种做法年年搞,大家已经习惯,一旦改变恐怕很难适应。

傅自华争辩:"适应了的不一定正确,只要是正确的就必须去适应。那些毫无意义的事,不干比干强,少干比多干强。"

凌寒乡接受了傅自华的建议,请示顾全衡后,由市委研究室提出题目,最终确定了创新白江新区管理体制、加快构建现代产业链、大力发展养老服务三个课题,书记、市长和副书记分别牵头,其他常委参加。凌寒乡要求研究室将"白云人家"作为机构养老的典型案例深入了解。

第三件事与督查有关。

重大会议和工作部署后开展集中督查,是常规的做法。与以往不同,对党代会贯彻落实情况的督查做了重大改进。

去年,市委常委搞调研时,凌寒乡的调研题目是《关于加强和改进党委督查工作的几点思考》,中心思想是建立以决策督查为重点、统筹党委政府督查力量、职能部门共同参与的大督查工作格局,推动督查由侧重办理领导批示件向促进重大决策部署有效实施转变,由侧重总结经验向注重发现问题、提出对策转变。凌寒乡把他的调研成果付诸贯彻落实党代会精神的督查实践,经顾全衡同意,开展大督查,提升督查层级,首次成立若干个市委督查组,党政职能部门的领导担任组长。

大督查由市委办公厅牵头。凌寒乡要求,除分管行政的副主任,其他副主任都要带领一个组,一处、二处的同志也要编到各组中。傅自华对此持反对意见,他不想带队,也不同意一处、二处的同志参加。

傅自华来到凌寒乡办公室,凌寒乡正在审阅督查方案,示意他坐下。郑如实把多备的督查方案递给傅自华,他顺手放在茶几上,根本不想看。

凌寒乡抬起头对郑如实说:"这次督查是新的尝试,下去之前要开一次会,进行动员和集中培训,你对方案做个说明,请自华主任就党代会报告的重点内容进行辅导,最后我提要求。方案修改后报我,我签给全衡书记。"

等郑如实出了门,傅自华表明态度:"这次督查抽了那么多人,不差我们几个。再说,日常还有大量文稿,不能种了人家的田,荒了自家的地。"

凌寒乡打开柜门,拿出两包茶叶,说:"朋友送的,明前龙井,给你留的。知道你们干得苦，我原想党代会后安排你们到雪岭度假村休息几天，可是哪有喘息的时间。"

"既然如此，就不要再加码了，我们还是干好自己的事，"

"你总说机关形式主义的东西多，要我说，官僚主义的东西也不少。多数同志两点一线，活动半径在机关与家庭之间，远离实际。"凌寒乡毫不隐讳，"在我看来，最应该多下基层的是一处、二处，特别是年轻的同志，从校门到校门，从书本到书本，只会讲标准话，不会说群众语言，对基层情况还不如领导了解得多，这种状况怎么能写好稿子?让你们参与督查，也是为了改进文稿工作。"

"我也想多往下面跑一跑，哪有时间啊?我们不仅缺实践课，还缺理论课。我到机关这么多年，安排我参加学习培训只有一次，二十天的培训班只参加了十天，便被召回。只出不进，已经抽干了。"傅自华指了指自己的脑袋。

傅自华说的是实话，那些不太忙的人，或者重点培养的人，多次被安排去学习深造，短则数月，长则一两年，有人戏言是养养神，认识认识人，记住几个词。而像他这样的人，难有学习充实的机会，美其名曰领导离不开。

"正因为如此，才给你们提供机会，下去跑一跑，多接触实际。"凌寒乡说。

"你以为参加督查就能了解实情? "傅自华反驳道，"按理说督查不归我管，我不该多嘴。你知道下面的人怎么说吗?督查只督不查，听一次汇报，要一份材料，跑一个单位，喝一顿小酒，写一篇简报。所谓深入基层，无非从办公厅到办公室，那些汇报材料都是笔杆子写的，督查来督查去督查的还是文字，对我们来说没有任何意义。"

"不全是这样，督查工作的成效还是有的，书记也表扬过。"凌寒乡纠正他。

"我还少说了一条，带一些土特产，这种督查除了说好话谁还好意思去批评。所以，我不参加。一处、二处的同志也不参加。"傅自华少有的固执。

"督查安排全衡书记已经同意。你是厅领导,在班子里资格最老,要带头讲组织纪律。"凌寒乡严肃地说。

"我的态度很明确,如果你强行安排,我也只能服从,但我不情愿、不痛快。"傅自华拎起茶叶,出门时说了句"谢谢"。

凌寒乡退了一步,安排傅自华带一个组只督查一个区,其他组一托二、一托三,一处、二处各处抽一个人。尽管傅自华发牢骚,但说的在理,"六个一"的督查状况必须改变。

路雪桥听傅自华说他与凌寒乡发生争执,劝他:"何必呢,不是什么是非原则问题,别太较真。"

"你不觉得寒乡有变化吗?"傅自华问。

"没看出来,怎么变了?"

"他现在一切求稳,不像以前有锐气,敢说话,讲真话。当然了,我能理解,这段时间对他来说很关键。"傅自华说。

"你想多了,"路雪桥劝他,"寒乡不是那种人。他所处的位置与咱们不一样,遇到的难事比咱们多。再说了,人哪有不变的,你也在变,变得急躁固执,只是你自己不觉得。你知道别人说你什么吗?说你没当成厅主任心烦。"

"胡说八道!"傅自华意识到自己又急了,不好意思地说,"可能上岁数了吧,爱发脾气。可你就没变。"

"我变得早,少年老成,早定型了。"路雪桥说。

凌寒乡主持召开会议,部署大督查工作。他借用傅自华的归纳,严厉批评了"六个一"的做法:"督查组是市委的督查组,不是市委办公厅更不是市委督查处的督查组,是代表市委去检查工作,要对市委负责,真督实查,敢督敢查,决不能简单走一走,转一转,看一看。"他还提出了具体要求:督查报告反映问题的篇幅要占三分之二以上,不打招呼,微服私访,一般不在下面用餐,路途远的用工作餐,不准喝酒,不准收土特产品。对违反纪律的,将严肃处理。

提出正确要求是一回事,有效执行又是一回事。郑如实是一名老督查,从一般干部升到厅副主任,业务熟练,却在这次大督查中被"反查"。他严格落实深入基层、不打招呼暗访、真督敢督的要求,带队直接来到一个乡镇。他向镇党委书记连珠炮地发问:"党代会报告确定的今后五年奋斗目标是什么?总体思路是什么?有几大战略举措?对做好'三农'工作有哪些要求?"

党委书记事前没有接到任何通知,从天而降的市委督查组打了他一个措手不及,他张口结舌,呆若木鸡。

郑如实不留情面地指出:"你们对贯彻落实党代会精神不重视,抓得不紧,工作不实,满足于开了会,念了文件,没入脑入心落地。"

面对劈头盖脸的指责,党委书记半晌没缓过神。

郑如实增强了批评的针对性:"你作为党委书记,一问三不知,说明政治站位不高、大局意识不强、执行能力差,这是对党的事业不负责的表现。"

党委书记憋红了脸,指着郑如实,说出令督查组也令在场其他人震惊的话:"你是市委来的,水平高,学得比我深,学得比我好,你把刚才你提的问题给我背一背。"

干了多年的督查,头一次被反问,郑如实就像被点了穴,愣住了。他不可能背,实际上也背不出来,即便是起草组的主要成员,能背上来十句二十句就相当不错,好一点的能记住几大奋斗目标、几个必须坚持的原则、几项战略举措、几条改革措施,至于这些数字里面的具体内容则无人说得出,包括傅自华。

党委书记一通反问:"你批评我们贯彻不力,我们有时间去贯彻吗?一个星期我接待了八个检查组,有查经济的,有查民生的,有查稳定的,有查安全的,有查信访的,有查党建的,有查村容村貌的,有查精神文明的。市里查,部门查,县里查,都得我出面,亲自汇报、亲自陪同、亲自迎送,工作好坏且不说,起码态度好,安排副职接待,哪个领导能高兴?换作你,能痛快吗?嘴上不说,心里别扭,检查结果上找齐。这么短的时间,你们要进展，要成效，我就是瞎编也得给我时间吧？一天两三个汇报，手下的人写什么我只能念什么，你给我算算，我有时间抓落实吗？话说回来，我什么都不干，把你说的什么目标、思路、举措背熟了，落实就抓好了？难道你每天举着报告、喊着口号抓工作？我能力差，水平低，你来试试。我不怕你向上级反映，如果这样干工作，我不会干，也干不了！"

郑如实无言以对，草草收场。返回的路上，他一再要求组里所有人，决不能将今天发生的事说给任何人。可他万万想不到，他刚走不久，凌寒乡就知道了事情的全部经过。

凌寒乡当县委书记时，这位镇党委书记是县委办公室副主任，后来下放任镇长，很快转为镇党委书记。他与凌寒乡朝夕相处，晚上没事的时候，陪凌寒乡喝家里酿的土酒，谈天说地，亲如兄弟。他在电话里抱怨："基层工作太难了，一个人干，三个人看，六个人查。市里开一个会，到我们这一层至少开三个会，同样的话少说要听三次。市里发一个文，我们接到十几个文。你们来一天，我们要忙乎三五天。我在基层却下不了基层，我有两个月没出镇机关的院子了。我们整天赔笑脸，说好话，弯腰迎客，点头称是，来的都是活祖宗，谁也得罪不起，都得亲自到场。我们的干部说，不怕苦不怕累，就怕上面总开会。"

凌寒乡劝了他几句，安抚他的激动情绪。凌寒乡也有同感，形式主义、官僚主义的确是两大顽疾。土地革命时期，我们党成立不到十年，就提出要反对形式主义、官僚主义，现在这个问题依然没能很好地解决，而且常常以形式主义反对形式主义。改进督查方式，本意是减少形式主义，执行起来却走了样。机关干部有许多优点，但也存在明显不足，就是循规蹈矩。在机关待久了，思维方式容易固定化，行为模式容易程序化。

马克思说得对，批判的武器当然不能代替武器的批判。

十七

晨跑既健身又健脑，凌寒乡利用这一个小时思考和谋划工作，思路格外清晰,还冲淡了运动的枯燥。民营企业家论坛、办公厅处室和人员调整、拉练检查活动、顾全衡出国考察,事情一个连着一个,尤其前两项更急迫一些。

市委大院的后门通向郊野公园,园内野草丛生,芦苇哗哗作响,叫不出名的水鸟在湖面上漂浮,一派原生态景象,唯一出自人工的是环湖跑道。

城市尚未苏醒,凌寒乡迈开双腿,大脑随之轰然启动。据他了解,开展拉练检查活动,是顾全衡在天顺市每年的常规做法,查看内容多,路途远,时间长,组织难度可想而知,应当派人去天顺市专门学习。由谁来具体牵头?崔天明难当此任,必须抓紧调整干部。急需调整的是一处和会务处,这两块工作服务书记最直接,影响也最大,关键是选好处长。处长的作用承上启下,担负接受任务、组织实施、抓管理、带队伍的责任,处长强则全处强,厅领导省心省力。调整干部是细致活,需要与各位副主任沟通,争取最大公约数。首先要征求傅自华的意见,确定一处处长人选。

天边露出光亮。凌寒乡隐约听到身后传来跑步声,回头看去,是陈燕影,马尾辫有节奏地舞动。

凌寒乡放慢速度,等陈燕影跟上来。只见她面色潮红,额头流淌汗水。"已经跑了一会儿了?"凌寒乡问。

"是,五公里。"

"这么说你一直跟在我后面?"

陈燕影点头。

"啥时开始跑的?"

"两个多月了。"

"每天都跑?"

陈燕影点头。

"一直跟着我跑?"

陈燕影点头。

"怎么想起跑步了？减肥？你够苗条的。防老？你还早着呢。晨练的都是老年人，哪有你们年轻人。"

"啥都不为，就是向您学习，养成良好的生活习惯。"陈燕影擦了擦额头的汗水。

凌寒乡说："好身体是三十多岁时打下的底子，你现在锻炼正是时候。跑步很简单，谁都会，但坚持下来不容易。"

"您是怎么坚持的？"

"我每天都跟自己较劲，没有一天不想放弃，甚至盼着下大雨、刮大风、下暴雪，好给偷懒找个理由。每当这时我就想起科比，有人问他怎样能成为篮球巨星，科比反问，你知道洛杉矶凌晨四点的样子吗？所以，我的每一天坚持都是放弃'放弃'的结果。"

"您说得真好，我要把它记下来，有多少次坚持就有多少次放弃，太有哲理了。"

"跑步能锻炼身体，还能释放压力。跑时很枯燥、很痛苦，跑完感到舒服，不经受痛苦就不知道什么叫舒服。"

"所以，我要坚持，锻炼身体，磨炼意志。"陈燕影信誓旦旦地说，"以后您带我一起跑吧，自己跑我怕坚持不下来。"

"我跑得慢，影响你的速度。"

"我不想跑得快，只想跑得长。有您带，我能坚持下去。"

两个人跑比起一个人跑要轻松，不知不觉跑了十公里，达到了每天预定的目标。面向湖水，他们开始做拉伸放松活动。凌寒乡看着眼前充满活力的小小师妹，感叹自己已近暮年。

"坚持跑步的人特别可爱，自律、顽强、生活有规律。"陈燕影的心声是，坚持跑步的男人值得去爱，"大家都说您身体特棒，从不感冒。"

"有点夸张，倒是很少感冒。好身体是一天天攒出来的，我现在也可以问你，你知道青云凌晨五点是什么样的吗？"

"最近才知道。"

"好身体金不给、银不换。干好咱们的工作，没脑力不成，没体力也不成。跑步可以增强心肺功能，提高抗压能力，不光是身体上的，还有精神上的。"凌寒乡说。

"我最佩服的就是您的毅力，工作最忙，坚持得最好。"

"要坚持必须做到'三不要'——不要急功近利，不要宽容自己，不要争强好胜。"凌寒乡冲她微笑，"这里面有很多内容，算给你留的作业，可答可不答。"

"我当场作文，现在就回答您。"陈燕影说，"您的'三不要'是说，不要指望速成，十天半个月成不了体育健将。不要给自己找理由，什么天冷天热、加班累了，生命不息，跑步不止。不要比速度，踩着不变的节奏，日复一日跑下去。"

陈燕影聪明开朗，招人喜欢，凌寒乡由此想起傅自华常说的一个词——悟性。他说："光有这些不够，还要讲究科学，跑步姿势正确，加强肌肉训练，学会调节呼吸，外加一双好鞋。"

陈燕影说："从今天开始，您就是我的教练，我一定当个好学生。"

凌寒乡想起干部调整，问："自华主任很欣赏你的文笔，调你去写稿怎么样？"

"我愿意干，就怕干不好。"陈燕影边压腿边说。

凌寒乡看出她并不拒绝，说："要有思想准备，这可是个苦差事。"

陈燕影三十六岁，至今单身一人。凌寒乡关心地问："有男朋友吗？"

"有过。"陈燕影表达的重点是现在没有。

"你条件好，长得漂亮，工作、职务都让人高看一眼，但也别太挑了。有人说，所有的婚姻都是错的，这话有点绝对，我的意思是梦想与现实总有差距。"凌寒乡说。

"我没那么挑剔，"陈燕影自嘲，"每次见面，好像总是别人在挑我，都是对方先不同意，不想继续走，看不上我，也可能觉得攀不上我。现代男人一点都不现代，非得男高女低。"

"你们这代人的观念大不一样，不婚好像成了一种时尚，就像那些野草，天然自在地活着。你爸妈不着急吗？"

"怎么不急,火急火燎的,亲自出马,到处给我相亲,每星期去一趟公园相亲角,就像要把我清仓处理。他们急有什么用,我不能为了他们而委屈自己,您说是吧?"陈燕影一副自得的样子。

"有什么标准?我帮你物色物色。"

"没有具体标准,合适就行。"

"什么叫合适?太抽象了。"

"合适就是舒服,是一种感觉,无法形容。"陈燕影似乎进入了一种状态,"哪怕两个人相对不语,都会从里到外地舒坦。我跟别人的想法不一样,结婚是为了舒服,不能为了婚姻而放弃舒服。"

凌寒乡觉得,女人容易变老,但不容易长大。陈燕影三十六岁,心无皱纹,坚守对爱情的信仰,应归于珍稀科目。他听许清如讲过一件事:一个女青年带着孩子和三个男人做亲子鉴定,三个男人亲如兄弟,彼此敬烟递火。看了鉴定结果,不是孩子父亲的两个男人向另一个男人道喜,然后离去。女青年没有一丝别扭,三个男人也不觉得尴尬。时代在变,最大的变化就是观念的变化。

凌寒乡特别想劝她,爱情其实是很世俗的情感,可能就是下雨时的一把伞,天凉时的一件外套,苦闷时的一杯热茶,无助时的一句话,发烧时有人摸你的头,散步时有人牵你的手,远行时有人久久目送,这与幻想中的浪漫相去甚远,可是当你步入暮年回头想一想,能记起的不就是这些日常生活的琐碎之事吗?美好的婚姻都是平淡无奇的,世俗爱情是踏踏实实过好每一天。不食人间烟火的爱情是演给别人看的,千万别上轰轰烈烈爱情故事的当。爱情只有通过草堂才能进入殿堂。

这番话,凌寒乡实在说不出口。幻想也是一种幸福,世俗生活离不开幻想。生活千姿百态,只要自己过得好,日子就是舒服的,世界就是美丽的。

朝霞冉冉升起,光芒铺满大地,在夜晚与清晨交替之际,是世界最安静平和的一段时光。

凌寒乡吃过早点,刚回到办公室,红机响了,话务员报告:"市公安局严局长找您。"接通电话,严局长问:"办公厅是不是有个邵处长?"

凌寒乡说:"有,出了什么事?"

严局长说:"邵处长的车与另外一辆车剐蹭,两人争执起来,他用一把仿真刀威胁对方。本来邵处长占理,但对方报案,说有人持刀行凶。"

凌寒乡问:"他在哪儿?"

"在派出所。所里的同志听说是办公厅的处长,比较慎重,马上报告了市局。"严局长说。

"谢谢你。"凌寒乡说,"这件事要冷处理,我立即派人过去。"放下电话,他叫来杨立德,简单地讲了事情经过,说:"你马上去派出所,告诉邵尉主动道歉,别提办公厅,别得理不让人,车损自己承担,就说这是我的要求,让他坚决照办。尽快把人带回来,结果及时报我。"

真不让人省心啊,凌寒乡觉得当务之急是解决厅里问题,于是打通了傅自华电话。傅自华说,他正在雪岭。凌寒乡疑惑他去雪岭干什么,傅自华说,礼拜天,散散心。凌寒乡这才想起今天是周日。

傅自华接凌寒乡电话时,刚登上去雪岭的公交车。傅自华活得很累,累就累在和自己过不去,表面上无欲无求,暗地里跟自己较劲,经他手的稿子一定是最好的,而不是之一。他心目中的好稿不是简单地以领导满意为标准,而是禁得住时间的检验,若干年后依然有看头。他年终搞一次自检,达标的寥寥无几,令人沮丧。

路雪桥说他急躁易怒,诊断为"精神感冒"。起初他不以为然,冷静一想变化还是明显的。耳顺之年听什么都不顺耳,看什么都不顺眼,想什么都不顺心,当年笔尖上的愤世嫉俗,现在转为舌尖上的直言无忌。机关工作这么多年,文稿以外的工作他从不想更不问,厅主任开会他极少发表意见。凌寒乡批评他,要多关心全厅的工作。他温和谦逊、古板无趣,有"老夫子"美誉。平辈称他老傅,晚生称他傅主任,搞文字的称他傅老师,或尊称傅老。也有小伙子叫他傅大爷,简称大爷。傅自华也不恼,嘿嘿一笑,说:"等我腾出空,把你们迁到我家的户口本上。"

有些人猜测他因晋升无望而懊恼发泄,或者患上了六十岁焦虑症,他怒斥纯粹扯淡。当初他不愿意调入市委机关，理由非常简单，就是不想当官。他自认不是当官的料，可一旦身在官场，很难超然物外。比他晚来的、资历浅的、年龄小的纷纷超过他，加官晋职，而他原地踏步。升为办公厅主任的传言盛极一时，如今杳如黄鹤，议论和推断随之而来，领导不满意啦，出现重大失误啦，只会写字干不了别的啦，好像他犯了大错，即使修炼到了超凡脱俗，也难做到若无其事。假如再不提拔，他真的没脸见人，对不起众人的期盼。快退休了，该放下的还是要放下，尽人事，听天命，随遇而安。"我和谁都不争，和谁争我都不屑"，英国诗人兰德的诗道出了傅自华的心声。

真正影响傅自华性情的是失眠，每当起草重要讲话稿他的失眠会从中度达到重度。为了编出提神的金句，傅自华漏夜不眠，瞪着干涩的眼珠苦思冥想，好不容易合上眼，常常猛地醒来，大脑仿佛接通了电源，瞬间高速运转。"群众的真心话最宝贵""最可怕的是听不到、听不进群众的声音""与群众的一致性越多，群众的信任度就越高""贻误发展良机是对人民的犯罪"，这些句子易于背诵，便于引用。偶得佳句，怡然自得，他可睡一阵安稳觉。

党代会开完了，他的失眠症却不见减轻。整夜做梦，一闭上眼持续不断上演魔幻神剧，认识的不认识的、见过的未谋面的、活着的死去的，各色人物你来我往，情节生动逼真，惊险、刺激、离奇。俗话说日有所思，夜有所梦，他梦见的都不是他所思的，他所思的从未梦过。他每每被惊醒，感觉像是加了一夜班，头昏脑涨，坐在床边，掐掐大腿，证明确实活着，揉揉老眼，看到了晨曦，说明又赚了一天。他对安眠药的依赖与日加重，任其发展下去或将达到轻生的剂量。凌寒乡劝他加强体育锻炼，通过体乏实现脑乏。他试过，但缺少毅力，不见效果。

又是一个辗转反侧之夜，怕影响老伴，他想去小区遛遛，却按错了电梯键，到了地下车库。儿子的车糊满了泥巴，他拎来一桶水擦洗。车子干净了，他也累了，靠在后座休息，竟一觉睡到天亮。此后，每当难以入睡，他便来擦车，累了就在车上睡。一次，随市委领导调研，他坐在车后排闭目养神,美美睡了一小觉。打那以后,他祈盼随同领导调研,渐渐练就了上车就睡、车停即醒的奇异功能。他发现汽车座椅可以治疗失眠,便尝试闲暇之时乘坐公交,效果出奇好。休息日,他选择去最远郊县的公交,往返可睡两个多小时。私家车、公务车、公交车二车交替互补,极大地改善了睡眠状况,褶皱的脸上有了一丝红晕,"精神感冒"有望痊愈。

这个星期天,他又上了公交车,眯起眼睛,正准备入睡。有人拍他的肩膀,扭头一看,后排坐着一位老者,揉了揉眼才看清,是鹿鸣大学教授、他的毕业论文导师卓达峰。卓达峰是研究鲁迅的著名学者,风骨峭峻,言谈风趣,潇洒倜傥。傅自华时常去看望导师,近些年因工作忙去得少了,想不到竟在公交车上偶遇。

岁月将学界大家的魏晋风采消磨殆尽,当年过耳的卷发已经覆盖不住头顶,几条宽厚的皱纹切割额头,衣着也不似在校园里那般讲究,但如圭如璋的风骨清晰可见。

傅自华赶紧坐到卓达峰身边,激动地说:"没想到在这儿见到您,身体还好吗?"

卓达峰见到得意门生同样格外高兴,答:"还好,没大毛病,能对付一阵子。这么大的干部坐公交车可是少有,是体验生活还是微服私访?"

"啥大干部,就是个刀笔吏。今天休息,出来转转。"傅自华无法向卓达峰解释乘坐公交的真实原因。他问:"您这是要去哪儿?"

卓达峰说:"老伴又去旅游了,在外的时间比在家还长,儿子在外地,女儿在国外,家里就我一个人。我在'白云人家'租了一间房,一日三餐有人管,衣服有人洗,这里还有几位鹿大教授,聊天有共同语言。周五回一趟家,周日回来。"

"师母一个人在家行吗?"傅自华问。

"好得很,她好动,我好静,我们互不干扰,各美其美,美美与共。"教授对这样的生活方式感到相当惬意。

这路公交车的终点站是"白云人家"。下了车,傅自华搀扶教授沿着山坡走了约一里地,只见两棵壮硕的槐树搭连成天然的植物大门,一条小溪从山上汩汩流下,穿过木桥,奔向山脚。放眼远望,群山环抱,树林郁郁葱葱,一排排白墙红顶的建筑掩映其中,山顶巨石上雕刻的红漆大字分外醒目:白云人家。

早听说周子恒计划投资二十亿开发建设高端养老项目,占地两百三十亩,今日一见,果然名不虚传。与传统养老模式不同,这家养老院建立了由三甲医院托管、以老年医学为主、专家名医领衔的综合性医院,康养结合,医养结合,饮食、保健、护理、娱乐等实行个性化服务,深受社会欢迎。养老院有单人间、双人间和套间,可租可售,一期入住率达到百分之九十,被评为"全省养老示范项目"。

卓达峰租的是单人间,装修简约,里面的各种设施适合老年人起居。房租每月三千元,管理中心定期免费体检并组织各类文体活动,吃饭、洗衣等另外付费。

傅自华说:"费用不低,退休金够用吗?"

"足够了,我和老伴各花各的,存款不多,勉强算财务自由。"卓达峰说,"往多了算,还有几年活头,再不给自己花就花不上了。"

"这家养老院是咱班同学建的,他可能不知道您来,我跟他说,他会关照您的。"傅自华说。

"我知道,他叫周子恒,千万不要麻烦他,我这辈子最不愿做的事就是求人,年轻时欠了人情有机会还,这把岁数了拿啥还。"

"您不像这个岁数的人,看上去比我都年轻。"

"老不老的不在外表,零部件不行了。"卓达峰说,"想当年牙如铁,生吃牛排不用切,现如今只能吃豆腐和猪血;想当年腿如铁,百里千里不用歇,现如今出门就得小车接。"卓达峰一如从前幽默诙谐。

"人这一生从无到有、从少到多,再从多到少、从有到无。"

"年轻时不怕老,到了这个岁数有了恐惧感,一年不如一年,无可奈何,人生易老天难老。"

"我也到了该恐惧的阶段,人有天大的本事,什么都可以不服,就是不能不服岁数。"傅自华深有同感。

"人生就是一出悲喜剧。叔本华说:'整体上看人生是悲剧,细节上看是喜剧。'尼采认为:'悲剧是短促的,喜剧是永恒的。'"

"比起动物人会哭会笑,悲喜交加,悲欢离合。"

"依我看,活得好无非两条:睡到自然醒,活到自然亡。"

"您说得有道理,少忧少虑,活得长,死得快,人生之大福。"傅自华问,"您还写书吗?"

"我正在整理以前写的东西,准备出个集子。这件事做完,无牵无挂,万事大吉,就像禅宗说的,过去不忆,未来不想,当下不执着。"卓达峰边说边走向阳台,望着大山和蓝天白云,满眼空灵。

凌寒乡参加市领导集体植树回来,直接去了傅自华的办公室,傅自华刚好进屋。一年多没来,傅自华办公室的景象让凌寒乡吃惊不小。字台、茶几、柜顶、窗台,到处都是成摞的报纸、杂志、书籍,书柜塞得不留缝隙,横板压弯变形,单人沙发占据了一个,床上堆满了一半,到处是垒起的书墙,名副其实的故纸堆。

"有何重要指示?"傅自华擦了一把脸。

凌寒乡不急着说事:"把这些报纸、杂志清理一下,都是过期的,没什么参考价值。"

"多年养成的习惯,自己存资料找起来方便。外人看着乱,我觉得舒服,没办法,怪癖。"

"去雪岭干什么?"

"卓教授在'白云人家'。"傅自华没说全部,"我正琢磨该不该跟子恒说,让他照顾照顾。"

"这是他该尽的情分。"凌寒乡说到邵尉,"耀武扬威,以势压人,逞强斗勇,太不像话!万一舆论炒作起来,影响多么恶劣。抓住这件事,办公厅搞一次教育整顿,制定行为准则,你觉得有必要吗?"

"完全同意。以领导身边的人自居,把自己说成领导的心腹、文胆、秘书,这不是个别现象,早该整治。"

"好,制定准则我交给雪桥。"凌寒乡说,"我要跟你商量的是一处处长的人选,谁当更适合?"

"你已经有了人选,咱俩想的应该是一个人。要不要学诸葛亮和周瑜,分别在手上写出赤壁之战的战法?"傅自华点着一支烟,"我想听听你怎么安排小邵,他死盯着一处处长的位置,加上他舅舅的关系,认为十拿九稳。"

凌寒乡说:"小邵实在不合适,咱们一直扶持他,可他就是不争气。上次弄错稿子的事,要不是咱们担着,肯定给他个处分。"

"主要是你和雪桥承担,不然我也要受责罚。"傅自华说。

"全衡书记要求加强督查力量,准备增加一个处,把决策督查和批示件办理分开。"凌寒乡说,"我想安排小邵去决策督查处主持工作。"

傅自华还是有顾虑:"怎么也得给子恒一个解释。"

"解释什么?"凌寒乡坚持原则,"说我们包庇他外甥,让他感谢我们?说眼下的安排是缓兵之计,很快会提拔?办公厅的干部如果知道了实情,还不说咱们任人唯亲,谁还会好好工作。乱用一人,伤心一片。子恒不是小家子气的人。"

凌寒乡正要出门,傅自华喊住了他,神色紧张地说:"有件事不该跟你说,但我又不能瞒你。全衡书记的秘书昨天找我,跟我核实情况。至胜书记在白江新区简报上批示,取消管委会,建立行政区,此事应慎重,需深入研究,不可草率决策。"

"那期简报发的什么内容?"凌寒乡没觉得有什么不对头。

"是新区一季度经济数据,不涉及管理体制改革。"傅自华眉头紧锁。

"这有什么奇怪的,新区是至胜书记亲自抓的,现在他又是省扩大对外开放领导小组副组长,关注新区,做出批示,这很正常。"凌寒乡还是不明白出了什么问题。

"你别急,听我往下说。"傅自华搓着手,"记得上次在全衡书记办公室研究新区工作时,全衡书记提到新区要建立行政区,当时只有咱们三个人在场,这么快至胜书记就知道了,除了咱俩传话还能有谁。全衡书记的秘书问是不是我说的,还再三要求千万别告诉你。"

凌寒乡这才听出门道,看似寻常小事,实则性质严重。顾全衡怀疑有人实时向冯至胜汇报他的一举一动,不管报信人出于什么动机,即使并非居心不良,不是存心在新老领导之间拨弄是非,只是感激老领导的多年提携,表达老部下始终不渝的忠诚,但有一点可以断定,此人不讲规矩,不靠近你这一边,靠不住,也不能靠。古人讲,一朝天子一朝臣,不是说旧臣的德行有多差,而是他们念旧的心理过重,一时转不过弯,不如起用新人有更高的忠诚度。

凌寒乡希望顾全衡亲自找他了解情况,通常来看,鲜有领导这样做,一来问不出结果,不论是否通风报信都不会承认;二来纠缠鸡毛蒜皮的小事,显得心胸过于狭窄,纯粹自损人格。顾全衡也不会让秘书来问他的,他毕竟是市领导,不能用对待傅自华的方式来对待他,那样做太不成体统。但秘书核实傅自华一定经过顾全衡同意,说明顾全衡非常在意此事。怀疑对象只剩下他,如果他贸然去澄清,不是此地无银,就是把书记往歪处想,搞不好还会把傅自华搭进去。

凌寒乡从政多年,行为端正,秉公办事,善待他人,不会也从不搞小动作、耍手腕,游刃于领导之间,制造矛盾,从中获利,否则早被踢出局了。凌寒乡顾虑的是,顾全衡非常生气和恼火,却佯装宽宏大度。质疑人品相当于置人于死地,特别是工作关系最紧密的主要领导,如果心存芥蒂,等同于丧失了不可或缺的信任,不要说工作难做,连相处都别扭。

世间的事情本不复杂,复杂的是人的心理。当面能搞清楚的非得躲闪回避,一两句话能问明白的就是窝藏心底,于是人与人之间便滋生隔阂。他无愧于心,企盼顾全衡直接问他,这不全是为了洗清自己,而是想看到一个透明、直爽、大度、坦诚的市委书记,这样的概率确实不高,因而尤为珍贵。他相信顾全衡会的,但很快又怀疑起来,会吗?

人这一辈子,只要别和自己过不去,一切都过得去。

163

十八

接到傅自华的电话,听完卓教授住在"白云人家"的情况,周子恒只说一个字"办"就把电话挂了。周子恒嫌老夫子愚昧,不减租金搞增值服务,还不让教授察觉,怎么可能?这点事对他来说小意思,他曾许诺给几位老同学每人留一间,将来集体养老。许清如说他太抠,每人一套还差不多。周子恒又说了一个字"办",带情人还是配偶自便。

傅自华有所不知,周子恒匆忙挂断他的电话,并不是不耐烦,而是这段时间实在太忙了,他在为举办首届民营企业家青云论坛做最后的准备。

全国知名民营企业家金德仁被推举为论坛主席,周子恒被推举为论坛执行主席。以周子恒的资产总量、企业规模和在业内的影响,称不上民企大佬,但他在民企老板中的良好口碑和深厚人脉却无人可比。顾全衡提出举办青云论坛仅两个多月,筹备工作就绪,论坛开幕在即,称得上神速。若不是周子恒联络动员,参会的老板至少减一半,尤其是几位在商界呼风唤雨的头面人物,除非国际级、国家级活动,否则决不肯屈尊。当下,各地举办的投资会、洽谈会、交易会、推介会,以及名目繁多的论坛、峰会比比皆是,印制精美的邀请函雪片般飞来,秘书或者助理不拆封便随手丢进纸篓。这些人肯赏光出席青云论坛,完全出于与周子恒的交情,难驳老朋友的面子。周子恒之所以能荣膺论坛执行主席,地主的身份只占一小部分,更为要紧的是,他的操持是重量级人物到会的可靠保证,否则,论坛难称盛会。

论坛开幕前的晚上,市领导会见前来参会的民企老板。凌寒乡、曹小力代表顾全衡、胡时捷在宾馆门前迎接,礼仪小组送上灿烂的笑容和艳丽的鲜花。与会老板齐聚会客厅,容光焕发,气宇轩昂,个个彰显雄视一方的派头,许多人在各自的行业中称得上全国"大王",或者地区"大王"。周子恒身为东道主第一个到来,他与这些"大王"保持着良好的私人关系,有些是往来密切的至交,有几位在创业之初或在濒临绝境之际,受益于周子恒的相助乃至相救。老板——与周子恒热烈拥抱,表达最真挚的友谊和诚挚的敬意。

受过正规高等教育的人,与凭着蛮劲发财暴富的土豪相比,眼界和见识更有跨时代的洞穿力。周子恒赚到第一桶金时,便限定自己的财富积累只能以"桶"作为计量单位,而不是"库",金库属于国家,不属于个人。任何一个国家,即便是私有制占主导的资本主义国家,也决不允许私人资本野蛮生长、无限扩张,强到富可敌国的地步。美国总统山上的四位总统,华盛顿、杰弗逊、林肯功高盖世,声名显赫,西奥多·罗斯福比起他们略为逊色,他之所以能与之比肩,一项伟大的功绩就在于打击托拉斯,反对垄断,鼓励自由竞争,因而被称为"现代美国之父"。周子恒认为,与其把钞票存在自己的账户里,不如去帮助那些可信赖的朋友,这是一笔零存整取的长线投入,回报不是用利率来计算的。如果一个人只会用金钱去度量事物,用利益去权衡人际关系,那么即使富埒陶白,也不足挂齿,充其量具有满足食欲的捕猎能力,而不具备领略生活的品位能力。

接待处掌握时间的准确性值得称道。老板们刚刚到齐,顾全衡、胡时捷恰到好处地进入了会见大厅,凌寒乡、曹小力等人紧随其后。

来宾一侧坐在主座的是金德仁,次席是周子恒。挨着周子恒右手坐的人称"零售大王",他衣着考究,暗格灰白色瘦型西装、宝石蓝丝绸质感衬衣、白色印花领带,背头乌黑油亮,举手投足俨然好莱坞当红影星面对众多拥趸时的做派。他的零售帝国起步于街头巷尾的便利小店,薄利多销,不断蚕食,尽管占据了半个市区,但依旧在商圈底层小打小闹。雄心伴随财富同步增长,发展大型超市志在必得。他相中了全市最贵楼盘的一处底商,开发商是大德公司。几轮谈判都卡在了高额的租金上,对方黑着脸无半点商量余地。经朋友介绍,他有了与周子恒见面的机会。周子恒对他发展高端会员制商店、提供尊享购物环境的策略颇感兴趣,当即给出另外一个方案,超市面积扩容一倍,原定租金不变,租金入股,收入三七分成,但附加一个条件,店名加上"大德分店"。他大喜过望,紧紧握着周子恒的手说不出话,频频鞠躬致谢,视周子恒为人生中的贵人。接着他又与周子恒开发的多处黄金地段商铺联营,横扫苟延残喘的中小超市,绘就了高端零售帝国的今日版图,而比财富增长更快的是他那自命不凡的气度。

坐在第四位的人称"钢铁大王"。他身材矮胖敦实,头颅硕大,鼻翼肥厚,穿着注重舒适性,着棕色西装、白色 T 恤、驼色休闲裤,手上的大号方形祖母绿戒指格外耀眼。他在北方钢铁行业的霸主地位,完全是周子恒舍命相救的结果。很难想象他当年挣扎在温饱线上,靠捡拾废品勉强糊口。他不甘心走街串巷,拿出全部积蓄在城乡接合部租了一个院子,设立了专门收购废钢铁的集散点,供给附近的一家村办钢铁企业。他爱动脑,发现创办小钢铁企业并非高难的技术动作,于是说通本村干部,从地条钢、盘条做起,赶上那几年市场大好,钱袋极速膨胀。两家村办企业产品雷同,规模相当,打起价格战,他的企业处于被挤压的劣势。他背水一战,冒出吞并对手的野心。虽说有控制原料的渠道,但缺少资金,由于没有抵押物,银行不予贷款。他久闻周子恒乐于助人的好名声,莽撞地找到周子恒,请求为自己担保。周子恒听了他的创业故事,感动于他的质朴和实实在在办企业的品德,冒着极大的风险,不提任何条件答应了他的要求。这笔资金不但救了他的命,而且助他强身健体,一通拳打脚踢,打出了如今的天地。他知恩图报,变换各种方式答谢周子恒,都被回绝。直到周子恒为兴盛村建蔬菜种植大棚,让他做点贡献,他免费提供了所需的全部钢材,但这点小意思无法抵销欠下的巨大人情。当他听到周子恒的召唤,便缩短行程连夜从国外赶了回来。

坐在第五位的人称"润滑油大王"。他的外表缺乏大老板的气场,举止特征介于副经理和总经理助理之间,其创业经历与周子恒有几分相似。他大学毕业后分配到市政府机关,晚周子恒几年下海,不同的是周子恒白手起家,他则投奔家族企业,被委以开拓北方市场的重任。润滑油市场早被国内国外几家大鳄瓜分完毕,连揩油的机会都不给。在机关工作时,他与周子恒有过几面之交。同为书生创业,求助起来更像谈工作。他出示了技监部门鉴定书,本家族产品的各项指标完全符合标准,并提出了明显低于其他企业的售价。周子恒找到正给李怀恩当大秘的曹小力,曹小力把他引荐给市直机关事务管理局局长。周子恒了解到这位局长正为孩子的学习成绩犯愁,便高薪聘请本市最好的数学、外语老师一对一家教,孩子如愿考上重点高中。管理局下文,规定市级党政机关公务车必须统一使用指定的润滑油品牌,此举可节省费用五分之一。产品挤进了润滑油市场,两人关系也得到了充分润滑。他们有许多共同的话题,涉及经济、社会、哲学乃至政治,有的话题相当敏感,谈论起来敞开心扉,滔滔不绝,但决不会有第三人在场。

顾全衡的兴奋之情溢于言表,他一改领导干部黑夹克的标配装束,穿了一件浅灰色休闲西装。凌寒乡有些意外,一定是顾全衡临时动议,秘书或司机来不及通报,否则他会在第一时间通知参加活动的领导,与书记的着装保持一致。

顾全衡请胡时捷先讲,这是常规的客套,胡时捷摆了摆手。顾全衡在表达了欢迎和感谢之意后,大手一挥说:"各位老板,看一看这间会客厅,这里原来是茶歇室,我们只用了二十多天改建成现在的样子。"

老板们只顾相互寒暄,并未注意会客厅有何不同,经顾全衡介绍才四周打量。会客厅经过扩建,形成半圆形的结构,通体白色,四壁瓷砖富有大理石质感,硕大的水晶吸顶灯炫目耀眼,墨绿色的地毯白玉兰盛开,两侧落地窗外竹影婆娑,翠绿欲滴,一改传统的公务风格。

顾全衡说:"晚宴请各位老板品尝西餐,宴会厅我们用一个月进行了装修改造,今天第一次使用。各位老板吃过见过,请你们剪彩验收。我说这些的意思有两个,一个是青云的发展开始驶入快车道,各项工作全面提速,我们正在创造青云速度。第二个是企业家在青云将受到特别的尊重,青云的干部要当好店小二。我们要让企业家在青云图大利、赚大钱、有大的发展,青云是企业家兴业的热土、展业的高地、乐业的家园,一句话,青云是老板之家。"

顾全衡的话颇有感染力,老板们用力鼓掌,后排有人高声叫好。

轮到金德仁讲话，他头发花白，眼泡肿大，用手撑直瘫软在沙发里的肥胖上身，将大颗佛珠手串向上撸了撸，说道："我想我和诸位的心情一样，无比振奋。书记的话让我们对青云有信心，领导的态度就是投资的风向标，发展越快的地方对资本的吸引力越大。青云是一座投资的富矿，矿主发话了，我们还犹豫什么，大胆地投资、玩命地挖矿就是了，投得越多赚得越多，各位老板你们说是不是？"

众人热烈响应，大有抢金夺银之势。在工作人员的引导下，他们来到宴会大厅。大厅木质墙板镶着金色边框，四周欧式古典风格的壁灯点缀着柔软和迷幻，营造出宫廷典雅的氛围。大厅正中是一张三十米长的餐桌，一排高高的烛火欢快地跳跃。男服务生打着黑色领结，微微昂起帅气俊秀的脸庞列队左右。

这是杨立德外出学习考察后消化吸收再创新的结果。为了烘托西餐晚宴的氛围，他请音乐学院教授精选十余首西方古典弦乐四重奏，请青云乐园的乐手席间演奏。

周子恒代表民企老板致辞，他不吝溢美之词，大加赞赏顾全衡主政青云后展现的新气象，表达了助力青云再创辉煌的积极态度。他说："资本是逐利的，但企业家是有责任心的。企业发展离不开政府支持和良好环境，毫无疑问，青云是我们最好的选择，我们愿与青云共同走向繁荣。"

胡时捷代表市委、市政府诚挚欢迎企业家来青云投资发展。他说："我们在白江新区规划建设了民企产业园，凡是外地有的优惠政策我们更优惠，凡是外地提供的便利我们更便利。市政府将设立专门机构，负责协调解决老板遇到的各种问题。希望各位老板把你们的总部或者地区总部、结算中心、设计研发中心落户青云，事实必将证明，投资青云是最具有战略眼光的选择。"他举起倒满白酒的酒杯，说："喝红酒气氛不够，我提议，喝白酒，吃牛排，中西合璧，怎么痛快怎么来。"他高喊："Cheers（干杯）！"

凌寒乡、曹小力随同顾全衡、胡时捷向老板逐一敬酒，首先敬金德仁。顾全衡说："金老板，你出任论坛主席，论坛的含金成色十足啊。我有个想法,聘请一些有影响力的企业家作为市政府招商引资顾问。时捷市长,你觉得呢?"

"非常好,我完全赞同。聘请金老板为首席顾问。"胡时捷说。

"不知金老板意下如何?"顾全衡问。

金德仁抱拳说:"承蒙各位领导抬举,金某敢不承命?"

"小力同志你具体负责,尽快列出名单,论坛闭幕会上我们搞个隆重仪式,郑重宣布。"顾全衡说,"我还有一个想法,想听听金老板的意见。"

"书记尽管讲,我照办就是了。"

"这个论坛可不可以作为永久性论坛,每两年举办一次?"

金德仁迟疑片刻,说:"我个人同意,再听听其他老板的意见,我想问题不大。"

顾全衡说:"那就请金老板多多费心。"

"金某不才,能挣点钱,就一条,认准好领导。没有领导的支持,甭说做生意,啥事都干不成。领导对咱好,还不是为了把地方经济搞上去。我在天顺市的企业,去年给市里交了十个亿。"金德仁端起酒杯说,"聘我当顾问,还是首席,我不能不顾不问。这样吧,我正在着手对北方的企业进行财务并表,下一步把地区结算中心放到青云,算我这个顾问的一点小意思吧。"

胡时捷兴奋地说:"这可是大礼厚礼,金老板给咱们搬来了一座金山。有金老板,我这个市长就不愁了。换大杯,我敬金老板。"

顾全衡对众人说:"你们不知道吧,金老板人财两旺。去年,金老板六十五岁喜得贵子,老当益壮啊。"

金德仁再次抱拳:"见笑,见笑。今天是犬子一周岁生日,我把他带来了。"

凌寒乡对顾全衡耳语:"金夫人带孩子在隔壁房间。"

"那就请过来吧,咱们一块给公子过个生日。"顾全衡说。

凌寒乡向站在大厅门口的杨立德挥了挥手,杨立德引领年轻貌美的金夫人抱着孩子进来。顾全衡说："太仓促，没有准备。"

顾全衡的话音未落，杨立德说："书记，按照您的要求，我们特制了一个蛋糕。"宾馆服务员把蛋糕推到跟前，点燃了蜡烛。所有人聚拢过来，举杯向金老板祝贺。

金德仁抱过孩子说："这么多领导、老板给犬子过生日，我金某太有面子了。顾书记，我有一事相求。"

"请说，有求必应。"顾全衡说。

"犬子至今没有大号，可否请哪位领导赐一个？"

"好哇，我们有大秀才。寒乡，这个光荣的任务非你莫属。"

凌寒乡颇不情愿，又不好推托。他灵机一动，想起曹禺话剧《原野》里的人物金子，可那是个女的。大家都在等他，容不得他多想，再说了现在知道《原野》这部剧的人比金子都金贵，有几人说得清金子是男是女。于是他说道："时间太急，来不及琢磨，临时想起一个名字——金子，不知金老板是否可意？"

"金子，金子，好，好，太好了，含义深刻啊。一是说是我金某的儿子，二是说这小子一生不缺金少银，好叫好写好记，就是它了。请了那么多人，花了不少钱，起了一大把的名字，都不合我的意。秘书长不愧是大秀才，得来全不费工夫，去了我一块大心病。"金德仁又连说几个好，然后一手抱着儿子，一手搂着夫人留影。

小高潮过后，市领导继续敬酒。在与周子恒碰杯时，顾全衡说："你为论坛的举办立了大功。你是青云人，要多出力，多献计。听寒乡说，你做了一个养老项目，水平很高，这是好事。养老是我国必须解决好的大问题，青云已进入老龄化城市，今年，市里将开展专题调研。你知道，我从来不看房地产项目，但这个项目我要去看看。近期安排一次。今后有什么事需要我出面，你就找寒乡秘书长。"他扭头对凌寒乡说："寒乡，你要与周老板多联系，他的能量可不小。"

顾全衡并不了解凌寒乡、曹小力、周子恒之间的同学关系，说明三人有高度默契，谁都不去宣扬。紧密关系具有双面效应，既可借势成事，也能引起他人的警觉戒备。三人都对官场的玄妙有深刻的认识，紧密的关系无须宣示，否则无异于呼唤众人小心防范。

周子恒向凌寒乡投来感谢的目光。上次安排顾全衡到白江新区调研时"白云人家"项目被毙掉，他知道后很不高兴，嘴上不说，心里埋怨凌寒乡不讲情义。今天听顾全衡亲口说，他觉得误解了凌寒乡，看人不在台前而在台后，不在人前而在人后，不在事前而在事后，是他的格局小了。

这时，绿岛宾馆经理过来，对凌寒乡说："赵秘书找您。"

"赵秘书？"凌寒乡一时对不上号。

"就是全衡书记的秘书，他说有文件送给您。"经理说。

凌寒乡对所有市领导的秘书都能叫上名字，包括待在办公室收发件、极少露面的二秘，从没听说有姓赵的秘书，更不用说是顾全衡的秘书，哪怕是新换的也绕不过他这个环节。他示意经理把人带来，原来是赵理。

"傅主任让我送给您，"赵理说，"是市委、市政府与民营企业家协会建立合作联盟的协议，明天要用，傅主任修改过了，送您审签。"

凌寒乡告诉傅自华最好宴会结束前将文件送给他，趁书记、市长都在，直接签发，省去文件运转的烦琐过程。但赵理何时成了赵秘书？等赵理离开后他问经理。

经理说："前几天，有个单位在宾馆请客，大家称呼坐在主座的人赵秘书。请客的人跟我很熟，他说这是全衡书记的大秘，所有稿子都经他的手，不然书记不放心，全衡书记的日程也由他安排，他还答应近期安排全衡书记去请客的单位视察。"

"胡扯！"凌寒乡异常气愤。

宴会结束后，杨立德汇报："金老板送给每位领导电子产品三件套，如何处理？"

"什么三件套？"凌寒乡问。

"笔记本电脑、平板电脑、手机，俗称三件套。"杨立德诧异凌寒乡没听说过三件套。

"退还金老板。"凌寒乡感到自己落伍。

民营企业家青云论坛盛大开幕。傅自华组织了三篇评论员文章在《青云日报》刊发,许清如拉出主力阵容,全方位、纵深式报道主论坛、分论坛、项目签约的盛况以及人物专访,论坛新闻连续数日充溢荧屏。许清如策划了一个特别节目——"白江之夜",顾全衡等市领导与几位重量级民企老板无主题漫谈,品咖啡,听音乐,展现青云市领导人现代、开放的形象。她让凌寒乡请示协调。

凌寒乡说:"就你鬼点子多,哪来的这么大精神头。"

许清如说:"我这个人,不怕累着就怕闲着,不怕累脑就怕累心。抽空把这两句话用书法写一下?我挂在办公室。"

"我给你写两个字,嘚瑟。"凌寒乡又说,"你这个设计太前卫了吧?我试试,估计同意的可能性不大。"

出乎意料,顾全衡赞成这个想法,但提出地点别设在会客厅,不能给人的感觉还是会见。凌寒乡完善了细节,论坛的最后一天,请与会老板夜游白江。顾全衡说:"好!"

节目录制前,顾全衡握着许清如的手说:"我知道你,假种子、假化肥的事你帮了大忙,立了大功。好好干,青云会让你的才华大放异彩。"

顾全衡到任后把综合开发改造白江提上了议事日程,经过整修、堤岸、两岸建筑、灯光夜景全面提升,白江像一条美丽的玉带,蜿蜒舒展。

晚风习习,甲板上谈笑风生,其乐融融,众人陶醉于轻松迷人的夜晚。顾全衡介绍青云市的来历、雪岭的传说、白江的故事,侃侃而谈,挥洒自如,俨然土生土长的青云人。凌寒乡敬佩顾全衡的用心用情,短短两个多月对青云的历史如数家珍,就连本地干部也未必说得清,这只能说明一个问题,事业心的差距才是最大的差距。

老板们见过世面,但受到如此别具一格的接待却不多。他们懂得商道,更熟悉官场,这是一个善解世事风情、努力提升品位的特殊群体。老板们说,七大洲、五大洋他们溜达了不少地方,毫不夸张地讲,白江是中国的塞纳河。这个评语，作为同期声在青云市电视台新闻频道头条播出。"中国的塞纳河"，赫然打在省电视台黄金时段的广告上，印在了《青云风光》的宣传册上。

论坛十分圆满，出席人数、老板分量以及签订的投资数额，还有各方给予的高度关注和好评，都大大超出预期。

人散夜静，江平水阔。凌寒乡凭栏临风，无思无绪。

许清如端来两杯啤酒，说道："忙完了？"

"哪有个完啊。"凌寒乡显出倦容。

许清如凝望江水，说："除非退了、病了、出事了，还有辞职不干了。"

"雪桥也说过同样的话。"凌寒乡侧脸看许清如。

"言由心生，都是同样的活法。"江风吹动许清如的长发。

十九

仔细观察，每天上班进入市委大院的人，个个腰板挺直，目视前方，内敛中透出踌躇满志。其中有干部，也有后勤人员，不论从事什么工作都有挥之不去的特殊气质。冯至胜曾对机关的同志说："区县、部委的一把手想见我都不如你们容易。"此话不假，老百姓想见市委书记，这辈子不一定有机会，机关工作人员不仅经常见到，而且近在咫尺。仅凭这一点，就不可比拟。

邵尉自视身居要职，虽然竭力低调收敛，但高人一等的气息实在难以掩饰。一处在厅里的排序并不靠前，秘书处才是真正从未改变的第一处。然而，一处是市委书记的工作处，在人们心目中居各处室之首。同为处长，一处处长的分量要重很多，是办公厅副主任的准后备人选。邵尉早把一处处长视为囊中之物，心理优势格外强大。

杨立德带孙志坚以最快的速度赶到派出所，传达了凌寒乡的具体要求。邵尉火气正旺，表示决不退让："我没有错，是他蹭了我的车，还骂我，他必须道歉、赔偿，否则没完！"

"人家告你手持刀具行凶,威胁他的生命。"杨立德说。

"放狗屁!那是玩具,给孩子玩的,能要他的命?"邵尉瞪圆了眼睛。

杨立德做了个压低声音的手势,说:"老弟,你学问比我大,知道什么最可怕?人的舌头!吵到网上,说你横行霸道,仗势欺人,你有几张嘴?"不等邵尉回答,他又说:"你跟我一个人说得清,跟所有人都说得清吗?换句话,我信你,所有的人都信你吗?舌头能扒人的皮,也能要人的命。"

"我咽不下这口气,惹到了老子,怪他运气不好。"邵尉气哼哼地说。

"看来老弟一直吃顺口饭,没吃过亏。识时务者,别争一时之气,要争一辈子气。今天我做把主,逼你吃一次亏,一切听我的。"杨立德把邵尉按在椅子上,让孙志坚守着,自己去找所长。

所长见过的人形形色色,经手的事千奇百怪,他说:"你们有了态度就好办,人你带走,其他的事交给我。"

路雪桥也遇到了类似的事,但完全是另一种处理方式。

省委办公厅催要材料,总结推广青云市大抓安全稳定、为迎接党的十八大营造良好环境的做法。督查处起草的稿子报到秘书处审修,路雪桥不满意稿子质量,正琢磨如何修改,一个陌生电话打了进来,是冷阿姨,她心里咯噔一下,担心老妈她们又打架出事了。

冷阿姨声音震耳:"小桥啊,民警给我打电话,说你妈妈走丢了。"

"我妈妈在哪儿?"路雪桥慌了神。

"你别急,我和你妈妈在一起,我们在派出所。"冷阿姨当过厂办主任,遇事有经验。

路雪桥回想起来,冷阿姨曾留过她的电话号码,但这么多年从没打过。可是,民警怎么把电话打给冷阿姨呢?她给陈燕影留了张纸条,骑车匆忙赶到派出所。

冷阿姨正在给老妈梳理散乱的头发,老妈两眼无神,没有认出路雪桥。民警说:"一位好心的路人发现老太太站在马路中央,不知躲让来往的车辆,问她去哪儿、家在哪儿,她啥都不知道,只好交给我们。她身上什么都没带,我们在她的外衣口袋里发现了一张皱巴巴的纸条,上面模模糊糊有一个电话号码。"

冷阿姨说:"那是我和你妈刚认识的时候留的。"

民警埋怨:"你们也不给她做个联络牌,身边又没有人,多危险啊!"

"做了,不止一个,挂在脖子上的、别在腰带上的、放在口袋里的,她不认头,说自己没病,还不让请保姆。"路雪桥非常生气,为这事没少跟老妈着急。

她和冷阿姨一起把老妈接回家。自从两支舞蹈队闹矛盾后,路雪桥以为两个老太太不再往来,可眼前的冷阿姨却一如既往地热情,甚至比先前更加亲热,就好像从没闹过别扭。她说:"别管你妈愿意不愿意,必须请个保姆,不能顺着她,听我的没错。"

路雪桥一时忙乱,此时才想起来,还没谢谢冷阿姨,赶忙说:"多亏了您,不然还不把我急死。"

"不用跟我客气,我和你妈有缘。你是大处长,快忙去吧,我今天没事,你妈交给我。"冷阿姨边说边脱掉外套,准备做午饭。

趴在窗台上晒太阳的大咪伸了伸腰,钻进老太太的怀里。老太太认出大咪,露出了笑容,轻轻地捧在脸上摩挲。

见此情形,冷阿姨兴奋异常,好像发现了不为人知的秘密。她说:"小桥,我有个想法。记得你妈妈说过要给大咪成亲,这事巧了。我儿子家有一只公猫,没做绝育,这两天闹得可凶了。如果你妈妈同意,我们家猫倒插门,过两天举办个仪式,让它们结为夫妻,再生一窝小猫。你妈妈有事干,就不会往外跑,你觉得咋样?"

路雪桥求之不得,她说:"我妈妈肯定高兴,选个日子咱们两家一起吃个饭,就算把事办了。"

冷阿姨催促路雪桥快回单位,路雪桥正要下楼,冷阿姨叫住她:"小桥,信得过阿姨的话,给我留一把你们家的钥匙,我离这儿很近,每天过来看看。"

路雪桥感动得眼泪都快流出来了,从钥匙包上卸下一把钥匙,双手交给冷阿姨。她感到自己既不幸又有幸,似乎世上的好人、热心人都让她碰上了。阳光照不到的地方,人心会送去温暖。

路雪桥不会开车,家附近没有地铁,挤公交车时间难保证,只好骑车上下班。她边骑车边想着老妈的病,丈夫每天做好几台手术,女儿在外地读研,谁都指望不上。保姆很难请,人家担不起这份责任。最好的办法就是她调换单位,否则既影响工作,又无法照顾老妈。她反复比较,决定去市档案局。

调动工作的想法不止一次冒出来,她每次话到嘴边又咽了回去。工作三十年,路雪桥真正做到了组织叫干啥就干啥,绝对没有向组织提出过任何要求。老妈的病情在发展,她愈加担忧和焦虑。她尽了最大努力兼顾工作和家庭,但越来越感到分身乏术,弄不好哪头都顾不上,她没有别的选择。原打算等市委换完届,不承想新书记来了,办公厅正在磨合适应,她实在张不开口。但老妈今天出的状况,迫使她下定决心,无论如何要向凌寒乡提出来,这是第一次,也许是唯一的一次。

骑到十字路口,一辆右转的出租车猛地撞在她的后轮上,路雪桥毫无防备,重重摔了出去。出租车司机上了些年纪,慌张地想扶她起来。路雪桥试了试,感觉左腿胯骨疼痛难忍,一点也动不了。路人围拢上来,七嘴八舌,说这下撞得不轻,弄不好要换股骨头,司机摊上大事了,少说得赔几万。交警走了过来,察看事故现场,拍照记录,了解事情经过,认定司机负全责。交警征求路雪桥的意见,要不要叫急救车去医院做检查。

路雪桥定了定神,把手伸给交警,在交警的搀扶下咬紧牙关用力站了起来。她试探着迈出左腿,慢慢向前挪动,艰难地走了一小步,停下来,调整呼吸,又迈出一小步。就这样在原地反复试了几次,她判断股骨头应该不会有问题,否则根本动不了。但膝盖火辣辣地疼,她撩起裤腿,只见皮肤严重擦伤,渗出了大片血丝。

司机要拉路雪桥去医院,她摆了摆手。司机把身上的钱都找了出来,凑了一百五十多元,说今天活少,手头只有这点现钱,让她别嫌少。路雪桥摆摆手说,自行车放进后备厢,把她送到单位,别的不用管了。司机不敢相信,以为听错了。交警反复确认,双方和解,不再追究责任。临走,交警说司机有福气,碰上了好人。司机把路雪桥送到市委大门前,要帮她把车修好。路雪桥说让自己同事去。司机千恩万谢,把钱夹在车把上,说这是修车钱,并留下电话号码,有事随时找他,鞠个躬开车走了。

路雪桥一瘸一拐回到办公室,陈燕影吓了一跳,扶她坐下,问:"这是咋了?"路雪桥简单说了事情经过。陈燕影要给医务室打电话,路雪桥拦住她,说人家正休息,别去打扰,陈燕影不理她。医生很快来了,熟练地处理创面,叮嘱她不要沾水,每天换一次药,建议去医院拍片,检查有没有骨裂。

处理完伤口,陈燕影端来一盒包子,说:"估计您没吃饭,从食堂打的,还温乎。"她拉开办公桌的柜门,拿出两个鸡蛋,磕进碗里,撒上一点鸡精,搅拌均匀,用热水冲开,端给路雪桥。路雪桥边吃边改给省厅的材料。

听说处长被车撞了,全处同志从各自房间聚拢过来。路雪桥对小霍说:"你去帮我把车子修修,车子在大门口。这是人家给的修车钱,应该够了。"

老汤听说只赔了一百多块,声音提高了八度:"只给修车的钱,撞伤一分没赔呀,这不是白撞嘛,便宜他了。路处,您就是太厚道,赶上我,起步价八百,我扒他两层皮。太欺负人了,打发要饭的,您没提是市委的?"

小马说:"老汤,现在跟以前不同了,以前提市委管点用,现在最好别提,越提越反感,说当官的以势压人,有理也变成没理了。如果赶上好热闹的拍几张照片发到网上,说市领导碰瓷,上了头条,越炒越热,官方出面辟谣,老百姓压根不信,准说咱们官官相护。"

施姐说:"小马说的还算好的,炒来炒去炒出重大舆情,引起市领导重视,批给有关部门调查,调出摄像视频,说咱们有闯红灯的嫌疑,弄不好路处赔礼道歉,退回修车款。本来是好人,结果却成了恶人。"

老张说:"像路处这样的人太少,一分钱不要,跟谁说谁都不信,反倒像咱们理亏。下一届评选青云好人,我第一个推荐您。"

陈燕影见大家七嘴八舌，便说："你们都是好意，是替路处着想。我觉得路处这样做是对的，做人还是厚道点好，尤其是机关干部，公道自在人心。路处手头有材料急着出手，下午处里还要开会，大家抓紧休息一会儿。"她对路雪桥说："这几天上下班您坐我的车。"

　　下午一上班，路雪桥给凌寒乡送材料，凌寒乡见她一瘸一拐，问出了啥事，路雪桥轻描淡写地说自己不小心摔伤了。凌寒乡要安排公车接送她，路雪桥说她搭燕子的车。

　　凌寒乡看过材料皱起眉头："这个材料太浅，像流水账，简单罗列情况，看不出市委、市政府做了哪些工作，比如，全衡书记上任第一天就召开安全稳定工作会议，比如开展大检查、大起底，这些都一笔带过。"

　　"秘书长，"在机关路雪桥从来都称呼凌寒乡的职务，只有与同学在一起时才叫寒乡，"我们提出过修改建议，督查处说这是按省厅要求写的。"

　　"太教条了，重写，交给陈燕影，写好后你把一道。"凌寒乡给路雪桥倒了杯热水，"有个事想跟你商量，厅里准备进行处室和人员调整，我想把陈燕影调到一处。征求过老傅的意见，他同意，你有啥想法？"

　　路雪桥原本的打算是她调走后，让陈燕影接替她，工作不会受影响。调陈燕影去一处，打乱了她的计划，今天又无法张口了。"平调还是提拔？提拔我同意，平调的话不如不动。"她问。

　　"提拔，当处长。"

　　陈燕影在青年干部中比较优秀，中文科班出身，文字功底扎实，手头快，肯吃苦，用傅自华的话说，若她不是小女子早把她收归麾下，写稿就缺她这样的人。

　　"小邵怎么安排？"路雪桥在为陈燕影着想，不能给人留下陈燕影挤走邵尉的话把。

　　"调邵尉去督查处，先主持工作。"

　　路雪桥想了想说："提个建议，不如把小邵调到秘书处，他有文字基础，适合搞文件审修。督查处对外打交道多，我担心他把持不住自己。"

路雪桥给自己留了退路,重新选定了接班人。

凌寒乡哪里知道路雪桥的小算盘,觉得她说得有道理,配备硬一点的帮手,也能减轻她的压力。他计划,下一步提拔路雪桥为厅副主任,空出秘书处处长的位置,到时能不能安排邵尉,取决于他能否经受住组织的考验。

这次干部调整提拔,涉及厅班子成员以及为书记服务比较直接的处长。凌寒乡专门向顾全衡做了汇报。

"你熟悉办公厅的同志,办公厅的事完全由你负责。"顾全衡风趣地说,"你办事我放心。"

凌寒乡听出顾全衡话中的深义,这一段时间的磨合书记是满意的,对他是信任的。

按照干部选拔任用工作条例,通过沟通、推荐、考察、会议讨论、任前公示、任职谈话等严格的组织程序,办公厅处室和人员做了调整。增设督查一处负责决策督查,党刊处并入秘书处,信息处与档案室合并,改为信息综合处。崔天明平调市直机关工委任副书记,会务处由杨立德协助秘书长代管,陈燕影任一处处长,原信息综合处处长任督查一处处长,原档案室主任任信息综合处处长,邵尉任秘书处副处长,孙志坚任副处级秘书。还有两位负责处里内勤工作的老大姐,再过两年该退休了,提为副处调,属于照顾性安排。同时,规范了市委和办公厅文件,《青办通报》改为《讲话摘编》,《信息动态》改为《当日要情》,《内部参阅》改为《决策参考》。

每次干部调整都会引起波动,这次也不例外。焦点在三个人,陈燕影、邵尉、孙志坚。陈燕影跨处提职不同寻常,其能力当副处长完全称职,但到一处扛旗感觉欠火候。邵尉平调不可思议,也许还有下一步,无论怎样无法与一处相提并论。"地下组织部部长"的人事安排方案与实际结果相差甚远。

孙志坚之所以挑动了人们的神经,是因为他很不起眼,以至于许多人听说他被提拔、给顾全衡当秘书方才知道办公厅还有这么一个人。孙志坚入伍武警部队,刻苦好学,考上军校,提干后分配到支队办公室,转业前任办公室主任。他被顾全衡选中,不是由于他善于表现,相反他太不引人注意。顾全衡率党政代表团去外省市学习考察、到省上或北京开会,孙志坚负责后勤服务。他总是躲在后面,从不主动与顾全衡打招呼,甚至在部队养成的"报告首长"之类的惯用语也没用过。但是,当顾全衡出行时他一定停好电梯,顾全衡上车前他一定守候在打开的车门前,顾全衡临时外出,他联系机场或火车站,随时保证领导出行,决不会因为票务影响领导的行程。

真正引起顾全衡对他关注的是另外一件事。顾全衡在省上开经济工作座谈会,晚间看文件累了在楼道里散步,活动腿脚,见一扇房门开着,他走进去。孙志坚正在电脑前打字,仔细一瞧是经济数据表格,有全省的、本市的、其他地市的。顾全衡说,这不是他的职责。孙志坚说,积累一些资料,方便领导随时调用。顾全衡特地向凌寒乡了解孙志坚的情况,得知他和他爱人都是外地人,爱人在一所中学任教,本市没有亲戚,他与厅里同志极少交往。顾全衡让凌寒乡考察一下。凌寒乡已物色了几位秘书人选,孙志坚并不在范围之内,顾全衡的亲点让他颇感意外,顾全衡看中了凌寒乡所忽略的东西——无瓜无葛、不事声张。清爽的社会关系和看似有缺陷的性格,使孙志坚无声无息地一跃而起,成为大秘,原秘书回天顺市,许多人为此目瞪口呆。没有一个机遇不是自己创造的,努力了也许会遇上,但不努力绝对遇不上。

反应最强烈的是邵尉,干部调整的结果完全出乎他的预想,也出乎民意的猜想。他觉得颜面扫地,羞于见人,中午饭都没吃,忍无可忍,直奔傅自华办公室,推门便进。他曾动过找凌寒乡理论的念头,但一闪而过。凌寒乡极少发火,语气平和,像慈祥的长辈待他,可他就是心虚发怵。凌寒乡的不怒自威,使他不敢造次。

傅自华正打瞌睡,邵尉惊醒了他,刚有的睡意被驱散,换了别人他会恼火。但对邵尉的到来他早有准备,眯着眼等着邵尉咆哮。

果不其然,邵尉怒气冲天地吼道:"您这样做太不公平了。"他本想说"你们"，好在脑子没乱，没敢捎上凌寒乡。"她陈燕影凭什么呀，写了一封谁也看不懂的破信，写了一部分花里胡哨的党代会报告，就当上了处长，那我这些年的付出算什么？我写的东西摞起来比她都高，论功劳论苦劳哪一点她比得了？干的不如看的，多干的不如少干的。很多人问我出了什么事，以为我犯了错误。我勤勤恳恳、没日没夜地干，却是这么个下场，太让人心寒了！"

傅自华低眉垂目，等着他说痛快。见傅自华不理睬他，邵尉泄了一半火："我跟您干了这么多年，是您一手栽培的，别人不了解我，您还不了解我？"邵尉一语双关，既流露了对凌寒乡的不满，又埋怨傅自华没给他使劲，或者暗指傅自华放弃了他。"您替我想想，今后我在办公厅怎么混？前两年有个单位要我，早知如此，不如调走，早当上处长了。"

傅自华还是不接茬，低头翻起稿子，等了好一会儿听不到邵尉的声音，这才抬起头，说："说完了？没说够继续说。"又等了一会儿，他说："你说够了轮到我说。先说功劳。一处的稿子质量很好，但你最清楚谁的贡献最大。为什么把老燕调到一处，就是要带一带你，交给我的稿子过没过老燕的手一眼就能看出来。陈燕影写稿数量不如你多，但她能写的东西你写不了。我把话再说明白点，你心不静，缺少悟性，才气不足，写不了大稿子。"

邵尉要插话，傅自华制止他："你说的时候我没打断你，现在你也不能打断我，这叫讲规矩。再说苦劳。不可否认，你们处加班是多些，秘书处也天天加班，不能只看自己不看别人。"傅自华站起，指着邵尉说："你本事长得不快，膨胀的速度倒挺快。在外面耀武扬威，舞枪弄棒，无法无天，真觉得自己了不起了？我一直等你来检讨，而你根本就没当回事。你不应该叫'少尉'，应该叫'少将'！"

傅自华越说火气越大："说你多少次了，不要把我们跟你舅舅的关系当成资本，不要自以为是、盛气凌人，你舅舅的本事再大不是你的。上次弄错稿子的事，要不是秘书长和路处长给你兜着，你今天不可能站在这里。听过吃鸡蛋的故事吗？有人用筷子搛不起来，恼火，把鸡蛋扔到地上，见鸡蛋转圈，更火，用脚去踩，踩不着，火冒三丈，抓起鸡蛋咬碎，吐在地上，其中的道理回去好好想想。五心不净，输得干干净净。到秘书处好好跟路处长学。"

邵尉刚出门，赵理随后进来。这次干部调整与他不相干，不知他为哪般。赵理不拐弯抹角，直来直去："傅主任，我要辞职。"

傅自华为冒充领导秘书的事正要找他谈谈，想不到他竟不想干了，问："为什么？"

"来办公厅快两年了，我的理想没有实现，而且看不到能实现的希望。"赵理极认真地说。

"你的理想是什么？"傅自华摸不着头脑，心想，两年能实现的理想该不该叫理想？

"我要给书记当秘书。可是两年了，除了开会，我没有近距离接触过书记，书记根本不认识我。书记选了新秘书，我彻底没戏了。"赵理满脸绝望。

傅自华听过想升官的，听过想挣钱的，但从没听过一心要给领导当秘书的，他不知如何回应。

赵理把辞职报告放在傅自华的桌子上，共两行字："出于个人原因，辞去市委办公厅工作，请予以批准。"

傅自华问："是有单位挖你，还是自己去创业？"

"都不是，就是不想干了。"赵理态度决绝。

"工作没了，今后咋办？"

"有合适的单位再考呗。"

赵理没给自己留后路，找工作对他来说算不上难事，不是单位选择他，而是他选择单位，想考哪儿准能考上，他充满自信。傅自华感叹，时代确实变了，代沟越来越宽。他们那一代人绝对没有这种舍我其谁的底气和自断生路的魄力，不像现在年轻人敢作敢为，只管当下，以后的事以后再说。

傅自华让他坐下，说："辞职的事好办，只要你铁了心，领导批不批都没关系,你可以抬腿走人。我儿子的年龄都比你大,咱爷俩聊聊。"傅自华采取了不同于邵尉的做法,他说:"你的理想是给领导当秘书,你进办公厅就是为了实现这个理想,对吧?"

赵理点头。傅自华接着说:"听说当年省委办公厅也录取了你,为什么没去?给省领导当秘书不是更厉害吗?"

"省委的衙门太大,显不出我。"赵理说,"这里鹿大博士生就我一个,首屈一指。"

"为什么非要当秘书?干别的工作同样进步。"傅自华探究他的真实想法。

"当秘书接触领导多,见世面大,受人尊重,办事方便,而且提拔快。"赵理坦言。

"这么说能不能当秘书将影响你的人生,你对外称自己是全衡书记的秘书,为的是让人高看你一眼。"赵理不回答。傅自华忽然拔高声音说:"这是冒充,是欺骗!"

"我没欺骗,"赵理迅速反驳,"每天给书记写稿子,干的就是秘书的活。"

"领导秘书在机关是特指的,不是泛指的。"傅自华说。

"您说得不对。中办刊物叫《秘书工作》,为什么不叫《机关人员工作》?"赵理奋力辩驳。

"你跟我抬杠,如果不想聊你现在走人。"傅自华有些生气,"你想当的是专门服务书记的秘书,别跟我玩文字游戏!"

赵理低头,不再吭声。

傅自华以长辈的口吻说:"依我看,你的所谓理想是想出人头地。给领导当秘书,在领导身边工作,耳濡目染能学到别的岗位学不到的东西,相比较进步要快一些,这个不假。正因为如此,领导选秘书才格外慎重,可以说千挑万选。你知道领导选秘书最看重什么?人品、德行,然后才是能力水平。参加工作两年就想当秘书,你去了解了解有吗?至于孙志坚,进机关的时间确实不长,但经过部队的长期历练,他的特质是许多人不具备的。"

"您说的条件我都具备,唯一缺少的是没人举荐。"赵理抱怨怀才不遇,"古诗说,'时人不识凌云木',如果把我放在那个位置上,我肯定比孙志坚干得更好。"

"你可能是块好材料,问题是怎么让领导认同你,这需要时间,也需要你付出更多的努力。"傅自华从书架上抽出《人类的故事》,"我估计这本书你没看过。你知道人类为了站立行走付出了多么大的代价吗?颈椎病、腰椎病、膝盖关节病等,这些病痛其他动物是没有的,女人的骨盆变小了,孩子都是早产儿,否则个头太大会难产。要想得到首先要付出,凌云之木是一点点长高的。我不客气地说,你现在不是凌云之木,你现在的状态也成不了凌云之木。"

赵理歪着头,不服地看着傅自华。傅自华说:"我听说燕处安排你加班,你顶撞他,说什么上班时他不让你谈恋爱,下班后他也别跟你说工作,有这事吧?"赵理不吱声。

"燕处干了一辈子文稿,到年底就退休了。他表面上乐乐呵呵,无忧无愁,但一身都是病,血压高、血糖高。燕处为了写出满意的句子,设计十几种写法,裁成纸条,贴在墙上,反复斟酌,这样的老同志不值得你尊重、不值得你学习吗?"傅自华加重语气,"上班时间不能谈恋爱这是纪律,下班时间干工作这是责任。如果连这一点你都做不到,辞职是最好的选择,不然的话将来可能被开除。"

傅自华观察赵理的承受能力,说:"伤心要早,成名要晚。中国最不缺的是人,最缺的是人才,是有真才实学、乐于奉献的人才。你在这里干不好,我相信,换个地方也干不好,因为你急功近利,好高骛远。是走是留你自己定,留下欢迎,想走不留。但无论走到哪儿都要记住,忘记鹿大,从头学起;记住鹿大,别给鹿大丢脸。我期待你成为凌云之木,到那时我把杜荀鹤的后半句诗接上,'直待凌云始道高'。"

赵理耷拉脑袋,无精打采。原想领导爱惜他的学识,好言相劝,竭力挽留,对他的发展前途给些明示或者暗示,然而这一切都没有,他第一次认识到自己不是不可或缺的人物。他需要掂量一下,像他这样草率辞职的人,别的单位真的欢迎吗?

傅自华送给赵理一本《沉思录》,劝他每天睡觉前翻两页。在走廊尽头,赵理打开书,傅自华在扉页上写道:树是向两头长的,向上能长多高,取决于向下能扎多深。他翻到序言部分,有一句话的下面用红笔画了波浪线:不能改变现实,就改变你对现实的态度。

二十

厅主任会议决定,召开全厅干部职工大会。这种规模的会不是每年都开,通常开正副处长会议,总结上一年,部署下一年。凌寒乡之所以提议开大会,主要是针对人员和机构调整引起的思想波动。会前,他逐一听取了各处室汇报,侧重找差距、提意见,鼓励批评厅里的工作。

凌寒乡一贯主张,成绩应该肯定,但找差距更为紧要。讲成绩长篇大论,讲问题三言两语;讲成绩具体详细,讲问题笼统抽象,这不利于改进工作。如果查找差距浮皮潦草,那么改进工作的措施就是应付差事;如果指出不足只是出于行文需要,那么所有的表态都是毫无意义的空话;如果列举的问题年年相同,那么之前所做的工作很难称得上成绩。

顾全衡圈阅同意办公厅召开干部职工大会的请示,并做出批示:办公厅是核心要害部门、运转枢纽部门、辅助施政部门、服务保障部门。要发扬优良传统,适应新的形势,全面提高水平,努力建设政治机关、服务机关、创新机关、效能机关、廉洁机关,成为机关建设的表率,为全市改革发展稳定做出更大贡献。

傅自华主持会议,他首先传达了顾全衡的批示。三个处做典型发言。

由于特殊的工作性质,凌寒乡每年只在全市党委系统办公室主任会议上讲话,如果有厅主任,今天的会他顶多做个批示。凌寒乡身体力行开短会,说有用的话,而不是无用的短话。会前,他把成绩部分以书面形式印发,讲话稿浓缩为一段。

凌寒乡的嗓音很有磁性,这与他上中学时模仿上海译制片厂邱岳峰、毕克、尚华、童自荣的配音有直接关系,那个年代,听收音机是获取新闻和欣赏文艺的主要方式,《追捕》中杜丘、《尼罗河惨案》中波洛的台词,他可以整段背诵,不知不觉,平时讲话也带了点"洋味"。许清如取笑他应该弃政,从事配音事业。

凌寒乡开宗明义:"我今天就讲一个问题,关于办公厅的政治建设。办公厅是政治机关,我们的工作没有一项是脱离政治的纯业务工作,这是做好工作的政治定位。讲政治,最根本的就是要同党中央保持高度一致,这是全厅干部必备的首要品质。具体到我们办公厅,就是要服务好市委,服务好基层,服务好人民群众,这是我们工作的主题和主线。"

凌寒乡扫视全场,说:"我认真看了每个处室的总结。秘书处对新一届市委的工作特点做了概括,决策层次高、研究问题深、措施招法实、工作节奏快、落实力度大,这几句话比较准确。最近,我们调整了部分处室职责和人员,为的是适应市委工作的需要,尽快改进不适应的方面。一些同志闹情绪,发牢骚,个别同志还出现了违反纪律的问题,为此,我们制定了'十条戒律',已经发给每位同志,下面请如实主任宣读。"

郑如实一字一句宣读:"决不允许散布与党的方针政策相违背的言论,决不允许对党和国家领导人评头品足,决不允许打着领导旗号办私事,决不允许借市委机关之名以势压人,决不允许从事有损于机关干部形象的各种活动……"

凌寒乡接着说:"路线是王道,纪律是霸道。办公厅不是真空地带,存在隐性权力,不可能与不正之风形成天然屏障。我们的干部不具备天然免疫力和抗体,要更谦虚、更自律、更艰苦,体现市委机关干部的风范。"

会场响起了手机铃声,全场人员的目光转向一个方向。凌寒乡批评道:"我们是办会的,难道自己开会也要宣布会议纪律吗?是不是还要搞屏蔽?从这一点也可以看出,我们的纪律性大有加强的必要。"

小刘进来,递上一张纸条:全衡书记请您和自华主任会后去小会议室。凌寒乡摘下手表,放在桌子上,他争取用五分钟结束讲话。

"有的同志对自己没被提拔有这样那样的想法,也很正常。办公厅没有腿,出口小,向外提拔交流少,这是客观事实,我们会积极争取,给大家创造更大的成长进步空间。但也要看到我们自身的不足,比如知识退化、缺少创新、脱离实际等等。我们干工作、研究问题习惯找老办法,搬老说法,用老套路,以规范装饰僵化,以稳妥替代改进,守成有余而开拓不足,传承有余而突破不足,谨慎有余而闯劲不足。"凌寒乡收起手表,说道,"我最后强调一点,办公厅决不搞论资排辈、平衡照顾,处长空缺不一定非从本处递补,副处长不一定自然而然晋升为处长,同一批次的不一定同步提拔。我希望每位同志主动长本事,不让重要事项在自己的环节延误,不让疏漏差错在自己的身上发生,不让整体水平因自己而受到影响。"

会议开了不到四十分钟,凌寒乡的简短讲话令人耳目一新。傅自华要求各处室拿出半天时间学习讨论,特别要查找差距和不足,着力从涉及全厅工作的问题中反思本处室的问题,从共性问题中反思自身存在的个性问题,从日常工作的问题中反思思想作风的问题,从干部身上出现的问题中反思领导管理上的问题,边查边改,即见成效。

会一散,凌寒乡和傅自华急忙赶到小会议室。

大事开小会,小事开大会。重大决策是在小会上敲定的,是在大会上公布的。会议正在进行,凌寒乡和傅自华分别坐到预留的座位上。凌寒乡快速扫了一遍参加会议的人员,胡时捷、曹小力、张祖淦,还有市委研究室主任程明建以及编办、白江新区、社科院等方面的人员。凌寒乡对顾全衡一周的日程安排熟记于心,他之所以选定今天上午召开全厅干部职工大会,也是利用顾全衡集中阅批文件的时机。这个小会是临时安排的,从参会人员不难猜出研究的事项与白江新区有关,但为什么增加了这个会议?

程明建正在汇报。最近,他带领市委课题组的成员去外地学习调研,了解新区管理体制和开发建设模式。他介绍，目前新区管理体制大体有三种：一是政府建制，重新调整行政区划，对辖区行使全面管理职能；二是上级政府派出机构，主要承担经济职能，社会管理职能由所在的行政区负责；三是派出机构与政府合署办公，开发建设区域与行政区域完全重合，实行"一套人马、两块牌子"。程明建归纳道："从我市的情况看，前两种类型对我们有借鉴意义，供领导参考。以上汇报是寒乡秘书长与我们一起研究的。"

最后这句貌似补充的话决不是客套，尤其分管领导在场，万万不可疏忽，哪怕是分管领导没有一起研究过也必须提及。不是所有的规则都有条文，但做事必须熟稔和自觉运用不成文的规则。

见凌寒乡来了，顾全衡解释说："前几天，至胜同志就新区管理体制做了批示，上午我有点时间，找几位同志议一议，好给至胜同志一个回复。大家都谈谈，今天主要是务虚。"

因为不明了主要领导的意图，部门和新区同志的发言模棱两可，简单列举了不同管理模式的利与弊，至于采取哪种模式没有明确态度。社科院研究员建议继续实行管委会模式，"小政府、大社会"有利于提高行政效能。顾全衡让傅自华发言，傅自华推托缺少研究，他清楚让他来听会，是让他多了解情况，便于起草文稿。

轮到市领导发言，张祖淦表示不讲，依照顺序该曹小力讲。

曹小力习惯性地摸了两下刚刮过的头。他的观点非常明确，成立一级政府，副厅级建制，党政主要负责人由市领导兼任，赋予新区政府完整的行政管理权限，将规划权、财政权、干部管理权下放给新区。这样做的好处是增强政令的权威性、执行的高效性，有利于项目统一布局，基础设施统一建设，资源集约高效利用。曹小力鲜明地站在顾全衡一边，他总能与主要领导保持一致，并率先表明立场，起到导向作用。

接下来该凌寒乡发言。通常在讨论某项工作时，他会选择中性的角度，不触及问题的实质，诸如书记高度重视、多次研究、提出重要要求等，这与圆滑世故无关，因为不是自己分管的工作，换作其他人也会三缄其口，书记让他发言主要是礼节性的。但今天的情况大不相同，是非A既B的必选题，他非常清楚顾全衡拟建立一级政府的想法，而胡时捷则坚持现行派出机构的做法，党政主要领导人的观点不一致，下面的人左右为难，在两难的情况下，一般选择书记的后遗症最小。另一个重要的变量他不能不考虑，是谁把顾全衡的想法透露给了冯至胜，他仍然是被怀疑的首要对象。那么，临时增开的会议，会不会有当面测试的设计？

处理复杂事情的最好办法就是简单化。凌寒乡放下顾虑，自己怎么做是自己的事，别人怎么想是别人的事。心底无私天地宽，人到无求品自高。他说："明建同志很辛苦，跑了几个地方，做了大量研究，理清了各种管理模式，工作很有成效。"当着主要领导的面表扬部下同样不可省略，良好的上下级关系离不开相互美言。

他继续说："新区之新，在于体制之新。综合几种模式的长处，我建议坚持领导小组下的管委会管理体制，领导小组负责研究、协调、决定新区开发开放的重大事项，管委会负责组织新区的开发建设，享有市一级管理权限，层次少，效率高，有利于集中精力抓发展，新区范围内的社会事务职能由原行政区负责。"

两种不同的观点都亮明了，会场出现短暂静默。

该胡时捷表态了，他的切入很讲究："这是个老课题，至胜同志主持市委工作时多次研究过，意见很不统一。前些天，他专门打电话给我，再次谈了他的意见。今年，市委把改革白江新区管理体制列为重点调研课题，我认为非常必要。客观地说，没有一种模式完美无缺，能够解决所有的问题。搞政府建制，相应地要建立党委、人大、政协一整套领导体系，架构大调整，人员大调配，统一管辖便利了，但行政效率低下的老弊端也将同步出现，'小政府、大社会'喊了多年，根本做不到。成立区政府，表面上增强了权威性，实际上弱化了管理经济的职能。"胡时捷的发言留有一定弹性，他接着说："当然了，任何一种模式都有长有短，可以再听听各方面的意见。"

实行管委会模式的意见占了上风，顾全衡并不感到意外。务虚会的好处在于议而不决，通过务虚顾全衡的疑惑有了答案。虽然胡时捷不像凌寒乡那样直接亮明观点，但他的取向清晰明了，用探讨的口吻表明了一贯的态度——反对搞政府建制，与冯至胜的意见完全一致。顾全衡了解到这一点就足够了，他断定冯至胜的批示是在与胡时捷沟通之后做出的，凌寒乡也好，傅自华也好，在这个问题搞小动作得不偿失，也起不到什么作用，他无须再去搞清事情的原委。

顾全衡做了会议小结，他没有谈论不同管理模式的优劣，更没有流露选择倾向。面对市长的态度，即使他决定搞政府建制也不可操之过急。他肯定了市委研究室前期调研的成果，肯定了大家的讨论发言，强调了改革白江新区管理体制的重要性，要求市委研究室深化调研，他本人还将专门听取专家学者、有关方面的意见和建议。

就在顾全衡讲话的时候，凌寒乡的手机连续强烈振动，是市卫生局郝局长打来电话和发来短信，向他报告冯至胜突发脑出血，正在第一医院抢救。凌寒乡兼市干部保健委副主任，市级领导同志住院治疗必须第一时间向他报告。会议一结束，凌寒乡马上向顾全衡报告了情况。

顾全衡说："现在就去医院。"他看了一下表，已经中午十二点半，他说："下午的市委理论学习中心组学习后延一个小时。"

凌寒乡给马金龙打电话，让他安排一辆警车带道，又吩咐小刘通知辛志下午的学习推迟。

市卫生局局长、医院院长和副院长早已在医院门口等候。副院长是路雪桥的爱人，脑外科专家，在高干病房的会议室，他指着CT影像图汇报病情。冯至胜长期患有高血压，近来血压极不稳定。今天上午十一点左右发病，从目前诊断的情况看，出血面积较大，出血部位在脑干，病情比较严重，需尽快安排手术。

副院长说："冯老的出血位置比较深，神经密集，出血量较大，手术难度相当大，有下不了手术台的风险。"

"还有别的办法吗？"顾全衡问。

"没有，必须手术。"副院长回答。

"既然没有第二种选择，那就抓紧手术。"

"我们没有把握，担心发生意外，无法向市委交代，也无法向家属交代。"

"你们的意思是请北京的专家？来得及吗？"无人应答。顾全衡说："现在最重要的是抢时间，你们要放下思想包袱，别把冯书记当冯老，要当作老冯，尽你们最大的努力保住至胜同志的生命。只要你们尽力了，家属是会理解的。有任何要求随时提出来，我们全力支持，具体由寒乡秘书长负责协调解决。"

世事难料，升官不易，下台也难。无官一身轻不过是无奈的自我安慰，台上与台下的巨大反差无处不在，位子越高落差感越强。晋升是仕途的高光时刻，卸任则是人生的高危时光。调整心态，放得下，想得开，看得淡，方可安享晚年。

冯至胜住院抢救后，有人说顾全衡的命硬，他施政青云从此可以放开手脚地干了。

二十一

女儿告诉爸爸她明天去领结婚证。凌寒乡责怪自己，整天忙于工作，把早想做的事一拖再拖。早晨跑完步，凌寒乡给准女婿打电话，通知他中午一点半到市委对面的钓闲茶馆等他。

四月三十日，全市将召开庆祝"五一"国际劳动节大会，顾全衡已向省委请假，会后回天顺市，"五一"期间处理一些私事。凌寒乡计划利用这个时间为女儿举办婚礼，然后带一对新人去兴盛村，看望古云丽。

古云丽对他有恩，在他最难的时候帮助过他而且救过他女儿的命。

恢复高考后的首届大学毕业生，堪称天之骄子，那时国家实行统一分配，各行各业争夺宝贵的人才资源。青云市委办公厅近水楼台，抢先内定了几名优秀学生，凌寒乡位列其中。学校分配给中文系一个内蒙古的名额，可班里没有来自内蒙古的学生。辅导员动员同学们到祖国最需要的地方去,到艰苦的地方去,谱写壮丽的青春诗章。几天过去了,无人响应,辅导员犯起愁来,凌寒乡身为班长主动报名,学校把他树立为新一代青年支援边疆建设的典型,安排他在学校大礼堂为毕业年级全体学生做报告。他婉言推辞,说自己没想太多,在城市生活久了想换个地方,去看看苍茫草原,学学弯弓射大雕,说自己是革命英雄主义加革命浪漫主义。

凌寒乡被分配到新华社内蒙古分社,在那里工作了两年多。初到草原,放眼望去,再放眼望去,满眼都是绿的草、绿的原,无边无际,无拘无束,无可阻拦,向天边肆意蔓延,他情不自禁地高声朗诵:"天苍苍、野茫茫,风吹草低见牛羊。"他随同林业专家,驱车一千多公里,调查大兴安岭的生态状况。他骑马驰骋在呼伦贝尔大草原上,跟随牧民放牧,弯弓射箭,喝酒吃肉,唱长调民歌,躺在草地上仰望繁星满天。辽阔的草原任他随性放纵,杳无人烟不觉荒凉,冰天雪地倍感暖意。工作之余,他写散文,写随笔,词句流淌的全是对自然的赞美,笔笔皆是心灵的安逸。如今回想起来,那两年当是他此生最畅快、最率真的一段时光。

因社内定期轮岗的人事规定,凌寒乡被交流到新华社登峰省分社。这期间,他认识了前妻,并结成连理。选派干部到贫困地区工作时,他被调到隆泉县挂职任县委副书记,后来被提拔为县委书记。李怀恩到隆泉县调研,发现了凌寒乡这个人才,把他调到青云市委办公厅。

凌寒乡的婚姻进入第四个年头走不下去了。他的夫人是搞音乐的,衣着打扮、举止气质无不透出艺术家的灵动和优雅的格调。她每周两次去西餐厅喝下午茶,这在多数国人尚未解决温饱的年代的确太奢侈了,即使对大城市的人来说也是超前的时尚。见到漂亮的手帕成沓成批购买,每次喝下午茶更换一条,决不重样。夫妻二人离多聚少,微薄的死工资每月入不敷出,月底前的两三天分毫不剩,嗷嗷待哺般等着下个月的工资接续。

深圳特区的开发建设引起了全国人民的瞩目,创业热情被前所未有地激发出来。妻子郑重要求凌寒乡辞职,到深圳拼搏一番。此类话题之前谈过三次,凌寒乡全当闲聊,一听而过。这一次不像商量,更像最后通牒。

他说:"我天生不是经商的料。"

妻说:"有音乐胎教,没听说商业胎教,哪有天生就会的。"

他说:"我对赚钱没兴趣。"

妻说:"你安于现状,有小农意识。"

他说:"我好静不好动。"

妻说:"你贪图安逸,循规蹈矩。"

他说:"人和人不同,安逸有什么不好?"

妻说:"我最看不上你的就是缺少冒险精神。"

他说:"挣钱就是敢冒险?钱真的那么重要?"

妻说:"我和你讨论的是活法。"

他说:"我就想过平淡的小日子,挣些小钱,当个小官,干点小事。"

妻说:"我不想,我受不了,这样的日子一天也受不了! 如果你不改变,我就改变,孩子你带,咱们各奔东西。"

他说:"你不替妞妞想想?"

妻说:"正因为我替她着想所以才要改变,大人受苦,孩子受罪。"

他说:"妞妞还小,离不开你。"

妻说:"我没有抛弃她,只是换一种照顾的方式。"

他说:"妞妞需要母爱。"

妻说:"将来我会补偿的。"

他说:"用钱?补得上吗?"

妻说:"她还小,大了会理解的。"

他说:"我代替不了你。"

妻说:"你比我有耐心。"

凌寒乡在男女事情上出奇地古板,从一而终的婚姻观念深植心中,某种程度上不亚于封建社会烈女对贞操的坚守。这与教育无关,与家庭影响无关,只有他知道缘于自己古怪可笑的一个想法。男女结婚合床,一丝不挂裸露肉身,净身贴抱合为一体,把一切交给了对方。离婚后偶然相遇,脑海里忽然冒出那些一起制造激情的夜晚以及身上某个特别位置长有的黑色斑点或者鲜明的胎记,哪怕是一闪而过,都会让他羞臊得要死,满脸肯定火烧火燎一直红到脖根。怎么可能离婚呢?太难为情了!再进一步,无法想象,哪里好意思与另外的异性相拥结合。然而,主动权不在他手上,这些挽救不了婚姻,他只能被动接受。

命运总是无情无义,几经努力无果,婚姻走到了尽头,他最难以理解的事竟发生在了自己的身上。妻子净身出户,本来也没有什么家产可以分割,无须咬牙舍弃。房子是从单位借用的十多平方米临建,一台十四英寸的彩电,一组开了胶的家具,没有存折,没有余钱。唯一的宝贝女儿是羁绊离婚的难题。与绝大多数夫妻离异不同,他们的分手格外顺畅。妻子为了实现对美好生活的向往,主动提出把女儿留给他,只带走了一册女儿的影集,并承诺准时寄送抚养费,每年会随物价上涨同步增加,直至女儿大学毕业。而后,她义无反顾地与喝下午茶认识的新男友,满怀改变人生、再造命运的梦想,携手奔向深圳淘金的狂热大潮之中。

闺女二十六岁的生命中,有二十三年是由凌寒乡独自抚养带大的。他称呼闺女为妞妞,他想,即使闺女做了母亲他还是要叫她妞妞。一个男人带孩子,可想而知有诸多不便。没有母乳,他深更半夜数次爬起冲奶粉。那个年代没有纸尿裤,他一盆接一盆洗尿布,冬天烧热水等不及,冰凉的水冻得手指钻心地疼,每到秋冬时节,手都会裂开口子。偶尔想起这些,他不由得怨恨前妻。忘记一个人并不是不曾想起,只是偶尔想起不再心动,前妻之于他即是如此。

让他焦头烂额的不是做饭不好吃,也不是睡眠严重不足,而是到了接孩子的时候他无法脱身。日子过得不轻松,但有妞妞在身边也不感到多难过。看着小姑娘一天天长大,他觉得一切付出都值得。只要星期天不加班,他都会带妞妞去公园玩,他的兴奋劲甚至超过妞妞。抱妞妞坐在腿上,抚摸她梳得整齐光滑的头发,观赏柳枝拂过湖面留下的波纹,此生此世,万事万物,他唯一舍不得的只有妞妞,妞妞是他的第二条命。

挂职县委副书记要经常下乡,去一次偏远山区往返至少要五天。如何安置好姐姐成了一大难题,老爸老妈没有余力照顾,同事帮忙不是长久之计,他束手无策,思来想去想到了知青点的古云丽。他插队的兴盛村属于隆泉县,距县城五十多里。知青习惯叫古云丽为丽姐,丽姐不怕吃苦,不惜力气,脏活重活抢着干,在一次玉米脱粒时,一只手被卷进脱粒机,被切掉了三个手指。后来,她嫁给了大队党支书的儿子田大海。知青大返城时,田大海是农村人,落不了城市户口,他同意离婚,但孩子绝对不能带走。丽姐舍不得孩子,再一想,像她这样半个废人回城又能干什么?因为伤残,她这个城里人嫁给了农村人,应该说是在她危难之时人家接纳了她。她的婆婆从不让她干重活,生了女孩也不嫌弃她,对她像亲闺女一样好。做人要讲良心,她决定这辈子死心塌地扎根农村。凌寒乡每年回兴盛村看望丽姐一家人,丽姐一家人把凌寒乡当成自家的兄弟。实在没有别的办法,他试探着请丽姐帮他照看女儿。丽姐有些犹豫,说生活上尽管放心,吃穿住都不是问题,两个女孩正好有个伴,主要担心影响孩子的学习,怕耽误她的前程。凌寒乡感激不尽,说孩子健康成长比什么都重要。

凌寒乡咬牙把姐姐送到丽姐家,姐姐眼里充满了恐惧,他抚摸姐姐的头说:"不怕,不怕。"此后,每当遇到大事,他都用这句话安慰姐姐。直到姐姐长成大姑娘,他也不曾改变。姐姐在他心中没有长大的那一天。

姐姐大学毕业后留校任教,在职攻读硕士。未婚夫是她硕士研究生班的同学,凌寒乡见过几面,总体印象是本分的书生。姐姐每次带男朋友来家,都期待老爸的评价,他却不发一言,在他的观念中,两个人谈得拢是前提,那些郎才女貌的外在条件、门当户对的家庭背景只能作为附件参考,品质上没问题其他都算不上问题。

一个男人和一个女人相恋是非常偶然的事件,夸张一点形容,就如同宇宙中两颗星球的碰撞。古今中外谈婚论嫁的标准相差无几,恋爱的萌动来自性的冲动,在激素的作用下很难理性研判,挑来拣去最终确定的人选与最初设定的条件有相当大的出入。对那些谈过若干次恋爱的人来说,他们所做的努力就是尝试不同风格的异性,实际上是在测试自己可以容忍的类型。不论什么风格的人,只要不是出于功利的目的,其最终选择一定基于原始的择偶理想。导致婚姻变故的根本原因,是有一方改变了初衷。在大多数人那里,普遍可以忍受的是最后那段婚姻。到了一定的年龄,双方都在谦让或者退让,挑来拣去同样要过吃喝拉撒睡的琐碎生活,彼此都没有更多的本钱去争你强我胜了。

凌寒乡力争使姐姐只有初恋和初婚,天下父母恐怕都有同样的愿望,但他的做法大相径庭,不是面试,而是约谈。

准女婿早早等候在预订的包间,见凌寒乡进来,略显慌乱地迎上去,小幅度鞠躬,叫声"叔叔好"。待凌寒乡坐定后,他很在行地给未来岳父斟茶。准女婿表面镇定,但内心忐忑。市委秘书长在青云市绝对是响当当的"高干",工人家庭的孩子与"高干"的女儿结亲,左邻右舍无不羡慕攀上了高枝。

未来岳父心里的滋味并不好受,再过一天姐姐就在法律上成为对面这小子的妻子了。嫁女儿不是不情愿,但怎么也不痛快。怀着这样的心情,凌寒乡第一次以父亲的身份开始了如下谈话。

"很早就想找你聊聊,实在抽不开身。明天你们要去领证,时间太紧,所以也没问你有没有空就叫你过来,有些欠妥。"领导干部在任何情况下都会保持应有的风度,尤其是在细节处理上,一面不可抗拒地发号施令,一面以长者的慈祥礼贤下士。

"有空,有空。"准女婿忙不迭回应。

凌寒乡语气冰冷:"我历来认为,作为一个男人有两件难事,一件是碰上好领导,一件是找到好老婆。碰上好领导,你会有好前程,但这是可遇而不可求的,由不得自己,要看你的运气。找到好老婆,你会有好生活。找什么样的老婆决定权在自己,老婆没找好,怪不得别人。领了证意味着你有了老婆,当然还要办一场婚礼,但那不过是形式,形式也非常必要。与西方人到教堂向上帝发誓不同,咱们向爱人、家人和友人发誓。誓言管得了一时,无法保证管长久。真正的誓言是无声的,发自内心。你与姐姐相处很久了，我相信你对她有较深的了解。找你来，就是从父亲的角度谈谈我闺女，帮你加深对她的了解，这对你过好婚姻生活大有益处。"

这一段点明了谈话的主题，接下来分层次展开。"好老婆的标准，古往今来只有四个字——贤妻良母。先说说贤妻。婚姻是爱情的坟墓还是爱情的保鲜库，取决于处理日常生活的能力。热恋时看对方，怎么看怎么顺眼，坚信此生不会正眼看第二个女人。结婚后，慢慢地看不顺眼了，为什么呢？大量的生活琐事杂事、抚养孩子、照顾老人以及工作中的不顺心，天天纠缠着你，生活和心情一团糟。你渴望有人懂你，宽慰你，就像歌里唱的'航船停泊在港湾'。家庭安好来自妻子静好。我闺女不算优秀，但有一点十分难得，她性情温和，不会发火暴躁，总是替别人着想，这一点你或许有同感。尽管她也有揪心事和烦恼不快，但会自行化解，决不会把压力传递给你，增加你的精神负担。既然难事无力解决，再制造恶劣的情绪，是双倍的损失。"表面上在夸姐姐，附带着警示对方。

凌寒乡算不上善谈的人，身为幕僚，口拙心秀，今天如同大坝决堤，一泻千里。"再说说良母。养儿育女母亲为大，知识靠传授，品行靠影响，性格、习惯、爱好、品位、涵养，属于情商的部分与母亲的言传身教直接相关，不论多么高级的教育，都抵不过母亲影响孩子的力量。质朴善良是我闺女最可贵的品格。她妈妈在她很小的时候就离开了，有几年她生活在一位知青家里。姐姐可能跟你讲过这段经历。那个年代的知识青年，其实没学到多少知识，但她教会了姐姐勤劳、能吃苦、助人、和善。从某种程度上说，这些品质比知识重要。母亲携带的基因能传给下一代，我闺女一定是好母亲。"

准女婿想说什么，凌寒乡抬手制止他，说："你不要做任何表态，我今天不是来听你表决心的。姐姐胆小、脆弱，承事能力差。到今天，我没吼过她一声，没动过她一根手指头。下面的话请你记住。"

根本不像长辈在托付晚辈，反倒像在机关办公室上级对下级宣布戒律。"婚后生活磕磕碰碰是家常便饭，有了意见和不满要直截了当说出来,要讲道理,不要憋在心里,积攒成堆。说粗话、骂大街,这个不可以。两人在商量事时,特别是涉及你父母和你本人的重要事情时,有什么想法,希望妞妞怎么做,要直接提出来,不要让对方猜谜。一旦没猜对你的心思,便谴责她不善解人意,从此对她不理不睬,搞冷暴力,这个不可以。夫妻吵架是难免的,男人嘛都有控制不住情绪的时候,赶在气头上说几句过头的话,在外喝点闷酒,可以理解,但彻夜不归,把妞妞一个人留在家里,这个不可以。"

整个谈话,凌寒乡都像在跟谁赌气。准女婿又没做错什么,劈头盖脸地倾泻一通,他也不知因为啥,即使这样,心里还是不痛快。领导也是人,领导又不同于普通人,不论从哪个角度讲,控制情绪是基本功。今天的谈话涉及妞妞下半辈子幸福,他自控欠佳,也只能如此。

准女婿原本就紧张,始终不敢直视准岳父。准岳父激昂的言辞和一气呵成的节奏,大大出乎他心目中对"高干"居高临下、慢言细语、哼哈哼哈的想象。他手足无措,欲言又止。

既能放又能收,在充分表达了父爱和父亲的威严后,传递长辈的宽厚和安抚是必不可少的,更何况不管你有多别扭,你的闺女都要跟人家走。应当帮准女婿减轻压力,拉近感情,增添"一家人"的意识。

凌寒乡喝了口茶,说:"你和妞妞相处以来,我从未发表任何意见,因为我相信妞妞,她看准的人差不了。你给我的印象是朴实、文气、有上进心。让我尤为看重的是,你不浮躁,是个踏实过日子、干事情的人,这一点很难得。刚才的一番话,是一位父亲的肺腑之言,像我这样的父亲不多。相依相伴了二十多年的闺女,你把她领走了,这种心情或许有一天你能体会到。我相信,你会成为好丈夫、好父亲。不要让我失望。"

坐车回机关的路上,凌寒乡觉得好笑。夸夸其谈,头头是道,自己的婚姻是失败的,有什么资本去训导别人,但愿准女婿不要这样想。

婚礼如期举行。凌寒乡为官多年,处处谨小慎微。女儿要举办婚礼,他口头向顾全衡做了报告,对其他人闭口不提,而且严令秘书和司机不得透露半个字。他也没有告知老同学，但有一人除外——路雪桥。他实在分不开身，妞妞出嫁是大事，他纵然父爱如山，也无从着手。妞妞小的时候，路雪桥没少带她。妞妞与路雪桥天然地亲近，心里话只跟路雪桥说。凌寒乡和亲家商量，与其说商量不如说要求——决不能大操大办。尽管亲家不情愿，但也只好照办，仅置办了三桌酒席，宾客大部分是男方的亲戚好友。

婚礼选择西式，凌寒乡不干预年轻人的喜好，何况还省去了中式婚礼新人向双方父母鞠躬拜谢的场面。他另有打算——回到兴盛村再办一个简单的中式婚礼。

凌寒乡将一个精致的木盒交给妞妞，那是他请人用檀香木精心制作的，内饰是妞妞偏爱的紫色丝绒，里面是他写给妞妞的信，共二十六封，有一封是昨天晚上写的。他告诉妞妞："爸爸永远陪着你。"妞妞打开，看见满满一盒的信，她从未听老爸说起，眼含热泪，把木盒紧紧抱在怀里，感觉胸口被重重地撞击。

婚礼按照标准化流程依次进行，凌寒乡轻拍妞妞头顶，说："不怕，不怕。"他把妞妞的手交给女婿，告诫新人："从今天开始，彼此要拉紧对方的手，即使长满毛刺，青筋暴跳，干涩褶皱，也不再松开。"

路雪桥附在凌寒乡耳边告诉他，妞妞的妈妈来了，在餐厅门口。凌寒乡本能地感到前妻会到场，他没问妞妞，妞妞也没主动说。多年来，前妻以各种方式经常看女儿，偶尔妞妞会告诉他，多数情况他是通过多了新玩具、新衣服还有小甜点做出的判断。妞妞很懂事，从来不在他面前提到妈妈。前妻以隐身的方式出现在婚礼现场，一定是妞妞的主意，目的是不想伤到他。血缘关系谁也割不断，孩提时对母亲或父亲的怨恨伴随着年龄的增长多半会消融。在这个问题上，凌寒乡想得开。

凌寒乡带女儿、女婿回到了他当年插队的地方。尽管他年年回来，但每次踏上这块土地都不由自主地心潮涌动。想当初，他们在这里洒过汗水、泪水和血水，留下了最热的心、最纯的情、最宝贵的韶华，有的人留下了后半生，更多的人回城后因为没有文凭而被时代的潮流淘汰，为生计艰辛操劳。凌寒乡每年回来的一个目的，就是用这种方式自我教育，不要忘记艰难的岁月，不要忘记帮助过他的父老乡亲。他是幸运的，恢复高考给了他改变命运的机会，不然的话也许他和知青点的许多同学一样下岗失业，在马路边摆摊售卖，在工厂看大门，或者在家吃低保。他知足，命运对他不薄，他珍惜拥有的一切。

二十二

好过的日子不好记住，难过的日子总是难以忘记。那些刻骨铭心的往事，一定是影响至深的别样岁月。

二十世纪六十年代末七十年代初，一场席卷全国的知识青年上山下乡运动轰轰烈烈展开。稚气未消的学生积极响应号召，意气风发、争先恐后地奔赴农村，去接受贫下中农的再教育。家长泪眼相送，学生兴高采烈。

凌寒乡和同龄人一样热血沸腾，来到了东北农村。未等卡车停稳，他们急不可待地跳下去，顾不上卸行李，像一群欢快的猴子顺着梯子蹿上知青点的房顶。眼前是从未见过的景象，没有成排的楼房，没有高耸的烟囱，环顾四周，满眼葱绿的玉米地、火红的高粱地，一望无际，二望无际，三望无际。农村确实是广阔天地，接下来就看自己能不能大有作为了。

知青点晚上开欢迎会。七十多位知青有"老三届"的，多数是近几年来的，炕上地下、里屋外屋坐满了人。点长古云丽代表老知青讲话："知识青年到农村接受贫下中农再教育，很有必要。我们要为共产主义奋斗终身，就必须树立马克思主义世界观，在灵魂深处来一场脱胎换骨的彻底改造，坚决铲除资产阶级腐朽落后的思想。农村的确艰苦，不吃苦就不了解无产阶级，就站不到人民大众的一边。我们要一不怕苦，二不怕死，将革命进行到底，永远做无产阶级革命事业的接班人！"点长使劲挥动瘦弱的臂膀。

新同学群情激昂,纷纷表达立志农村、扎根农村、献身农村的决心。有的说:"我们也有两只手,不在城里吃闲饭。"有的激动得热泪滚滚,举起拳头发誓:"不但我要在农村干一辈子,我的儿子、孙子世世代代都当农民。"有的胸怀天下:"世界上还有千千万万的劳苦大众生活在水深火热之中,全世界无产者要联合起来。"有的引用革命先辈的话:"孩儿立志出乡关,学不成名誓不还。"旁边的人捅他,说:"不对,用反了,咱们不是出乡关,是进乡关。"

凌寒乡没来得及发言,但他默默立下誓言:身在农村,心在农村,在农村干一辈子革命!

靠在炕头的一位老知青,跷着二郎腿,叼着用报纸卷的又粗又长的旱烟,喷云吐雾,嘴角一咧,骂道:"哼,想回城,回你娘个屁,净想美事,你爹你娘有权有势,你他妈的就不来了。"

刚插队时正值农闲时节,知青每天迎着初升的太阳,扛着崭新的工具,万丈豪情去战天斗地,披着粉红的晚霞,满带胜利者的喜悦,结束一天的战斗。晚饭后,坐在大柳树下,吹口琴,弹吉他,唱革命歌曲,革命人永远是年轻的。暮色里的田园风光酥软了少男少女的精神和躯体,完全不一样的生活,城市的生活多么无聊,农村并不像听说的那般穷困贫苦,一切的一切都是如此新鲜,在农村革命一辈子是多么美妙的人生啊!

知青从事的劳动,无非是打扫场院,为即将到来的秋收做好准备,或者铡饲料,喂牲畜。难忍的是清理马圈、牛圈、猪圈,粪便的臊臭熏得知青捂紧鼻子和嘴巴,谁都不愿靠前。

生产队队长背着手问:"都看啥呢?咋不干活呢?"

知青回答:"不会干。"

生产队队长扯开嗓门训斥:"你们说啥?不会干?妈的,生孩子谁教你们啦,你们咋个个都会干?"

女生的脸腾地红了。再教育的第一堂课就这样活生生地开始了。

知青点条件极为简陋,两排土坯房,前排住女生,后排住男生。为了多住人,每间屋子砌有南北两铺炕,南炕朝阳,老知青住,北炕背阴,新知青住。凌寒乡和其他四名知青按年龄大小分配睡觉的位置,凌寒乡年龄最大睡炕头,周子恒年龄最小睡炕尾。夏天差别不大,到了冬天炕头炕尾的温度相差明显,炕头热得烫手,炕尾却冰凉。凌寒乡二话没说,和瘦弱的周子恒调换了位置,自己睡炕尾。新来的五位知青约定,相互之间以兄弟相称,从大哥排到五弟。

知青白天劳动,晚上批林批孔。老知青批了好几轮,词早就用光了,新知青成为批判的主力。大家认真准备批判稿,凌寒乡练过毛笔字,负责办墙报。批判会上,每个人都满腔怒火,义愤填膺,批林彪反党集团,批孔家店,说到高潮时,振臂高呼:"打倒林彪!打倒孔老二!"众人群起响应,呼喊声震耳欲聋。刚出校门的学生,搞不清批林彪、批孔子的重大意义,他们不是一个朝代的人,无法串联勾结,为什么要捆在一块批?知青出于无产阶级的朴素感情,确信他们肯定不是好人,压迫穷苦百姓,破坏无产阶级专政,阻挡历史车轮滚滚向前。

批判稿相互抄袭,千篇一律,用词来源无外乎《人民日报》《解放军报》《红旗》"两报一刊"。开头:"凡是反动的东西,你不打,他就不倒。""金猴奋起千钧棒,玉宇澄清万里埃。"结尾:"要扫除一切害人虫,全无敌。""雄关漫道真如铁,而今迈步从头越。"

凌寒乡的发言与众不同,他讲了一段历史故事。孔子周游列国,想找信任他的国王给个官做。他曾经被捕过两次,挨饿了七天,一群人流离失所。在郑国,孔子和弟子走散了,孔子一个人在城门旁傻等,弟子到处寻找。有人告诉子贡,说东城门有个人,他的前额像帝尧,脖子像皋陶,肩膀像子产,但是腰部以下和大禹差三寸,那副又累又饿的样子,就像一条丧家之狗。知青并没有听懂,但记住了"丧家狗",于是高喊:"痛打丧家狗。"

古云丽认为这个小伙子发言有水平,不空喊口号,用典故批判,生动形象,有深度,有杀伤力,是个有发展前途的好苗子,要重点培养。批判会结束前,按照惯例,由点长带领大家齐声高喊:"与天斗其乐无穷!

与地斗其乐无穷！与人斗其乐无穷！"批判会在高潮中结束。

凌寒乡这间屋子共住十个人，睡在南炕炕头的便是那天叼着长长旱烟的人。此人是知青点里的老大，人称"八哥"，据说在城南有一号。相传城北老三抢走了他的女友，他拉起一帮弟兄与对方火拼，舍命夺美人，后背被砍了两刀，留下两道又宽又长的暗红色刀疤，从此人称"疤哥"，叫顺了就成了"八哥"，给人的印象他是老八，感觉这个团伙势力很大。八哥手握知青点的实权，学习开会这些虚活由点长张罗，其他的事都要看他的脸色。八哥担任伙食长，掌管钱款粮票，负责食品和生活用品的采购，会计出纳一人兼。每年县里有极少的招工、参军、推荐上大学的指标，一般是定向戴帽下达到公社，公社再下达到生产队，没有相当硬的门路，普通知青想都不要想。据凌寒乡所知，在他们之前的老知青中，没有一人通过参军、上大学离开农村。极个别的时候上面会甩给知青点一个招工指标，属于街道工厂一类的"烂单位"，够条件的知青个个急红了眼，只要能回城，干啥都行，哪怕去当淘粪的清洁工。生产队大队长怕得罪人，把决定权交给知青点，由全体知青民主推荐，举手表决。幕后操纵选举结果的是八哥。

八哥不用去生产队干活，整天待在知青点，困了睡，醒了吃，养得肥头大耳。知青点晚上除开会学习没有任何娱乐活动，知青早早上炕休息。八哥白天养足了精神头，晚上两眼放出鬼火般的绿光。他说："俺们这儿有条规矩，晚上睡觉前讲段子，每晚一个人，至少讲一段，排好班，轮着来。你们几个是新来的，今晚我带头，给你们打个样。"

周子恒说："我们从没听过什么段子，更不会讲了。"

八哥瞪圆眼说："没听过可以自己编，学好费劲，学坏一个比一个来劲。讲好讲坏，讲长讲短，讲多讲少，都无所谓，但不能不讲，谁要是不讲就罚一盒烟。"

八哥率先垂范，小兄弟帮他卷好烟，他开始讲道："一对亲兄弟，哥俩同一年娶老婆，哥哥一口气连着得了三个大小子，弟弟忙乎好几年媳妇肚子就是搞不大。弟弟去看村里的老中医，老中医诊断他的精子太少,而且半死不活的,游不到子宫就累死了。老中医给他开了药,告诉他要多存点精子。弟弟嫌吃药效果太慢,找了个腌咸菜的罐子,每天面对画报上的明星美女,想象着×她们,费好大劲,鼓捣出精液,好不容易存了大半罐,准备在老婆排卵时一下子灌进去。一天,他嫂子看见灶台边有一个陶罐,里面白花花的东西像是猪油,抓出一勺,炝锅炒豆芽。弟弟刚好进门,顿时火冒三丈,破口大骂'他妈的,拿你孩子当孩子,拿俺孩子炒豆芽'。"

南炕的哥五个都讲过了,轮到北炕的哥五个。周子恒自告奋勇,他二话不说,从兜里掏出一盒烟扔给八哥。又过了一天,该老四讲。老四编了一段:"爷爷问孙子,怎么才能把蚯蚓放进洞里。孙子说,刷清漆。第二天早晨,爷爷给了孙子两块钱,说这是奶奶奖励的。"南炕的五个人觉得没劲,太文。老二、老三既没钱,又编不出来,害怕挨打。凌寒乡说:"别怕,我先来。"

凌寒乡对八哥说:"我讲个故事,提一个问题,给你三天时间,如果答对了,以后我们照你说的做,如果答不上来,我们不再讲段子。"八哥默许。凌寒乡说:"从前有个国王,瞎一只眼,瘸一条腿。他找画家给他画像。第一个画家把他画成健全的人,不瞎不瘸,结果被砍头。第二个画家照实画,又瞎又瘸,也被砍头。请问,第三个画家怎样才能保住性命?"

南炕五个人想了三天,猜了几个答案都不对。凌寒乡告诉他们,第三个画家画国王正在打猎,瘸腿踩在石头上,瞎眼闭上瞄准,国王大喜,重赏画家。凌寒乡对八哥说:"谁都有不擅长的,咱们扯平了。"

轻松的日子转眼即逝,农村最繁忙的时节——秋收到来了。知青和村民一样,每天凌晨四点起床,顶着星星收割庄稼。露水打湿了衣服,秋风吹过,浑身冰冷打寒战。细嫩的手被秸秆划出了血道,镰刀砍在小腿上鲜血涌流。东北的庄稼地,长的近千米。笔直的垄沟不再是绿色的五线谱,玉米花和高粱穗不再是田野奏鸣曲跳动的音符。

为了加快进度,由身强体壮的村民打头,干多干少、干快干慢都以他为标准。知青腰酸腿疼,眼巴巴地往前望去,一眼望不到头,再望还是不到头。苦挣苦扎终于割到了地头,村民抽足烟歇够了,知青刚坐下喘口气,村民便往回割。

早饭和午饭都在地头吃,以便节省时间。凌寒乡中午饭吃了半个饼子,瘫在土坡上休息。旁边有人捅他,说:"卷一袋,解解乏。"

是打头人田大海。凌寒乡卷了平生第一支烟,抽第一口时又呛又辣,再抽几口,似乎有点飘的感觉。凌寒乡说:"你干得太快,我们跟不上。"

田大海身材不高,肩膀宽厚,胸肌突起,脖子像公牛般粗壮。他说:"为了照顾你们,才使了一半的劲。要是跟不上,你们少干点,别挣整劳力的分。"话里夹着瞧不起和不满。田大海不光干活是打头的,还是村里年轻人的领头。村民打心里不欢迎知青,那么点地,可怜的收成,忙乎一年挣不了几个钱,勉强糊口。知青来了,无异于夺他们的饭碗,抢他们的钱袋。村里人老实,不言不语,田大海决不逆来顺受,他处处为难知青。秋收是打击知青嚣张气焰的最佳时机,身体上击倒,精神上击垮,最终把他们赶回城里去。

白天收割,晚上脱粒,连轴转,每天只睡三四个小时,生产队队长豪迈地称为"放卫星"。没过几天,田大海的预谋得逞了。新来的知青累垮的、受伤的成批倒下,男生提出要干小工的活,挣三四个工分也认。女生全体抱病不出工,生产队队长问什么理由,她们一致说来了月经。在那个不开放的年代,月经属于一级私密,若有办法,怎么好意思向农村老汉说自己私处的事,想要命就要不得脸。生产队队长纳闷,一块下乡的咋月经也一块来?而且一个月来两三次,城里人跟农村人长得不一样?那还叫啥月经,叫周经。他无法检查月经纸、月经带,难以验证真假,嘟囔道:"不在城里待着,跑这儿干啥来。"

凌寒乡和少数知青咬牙坚持。大队人马收工了,他拼尽全力也要完成当天的任务,然后再去帮助周子恒。丽姐夸凌寒乡真能耐。凌寒乡原以为能耐是指有本领,丽姐的用法或许是这个词的原意,即有耐力。

周子恒的体力到了极限,双手磨出厚厚的茧子,贴满了胶布,手指僵硬,关节变大,丑陋无比,这双曾用来拉小提琴、弹吉他的手,不再细长柔软,长此以往,拉不了琴只能拉锯。

劳动强度加大,知青的伙食却得不到改善,顿顿玉米饼子加清汤。周子恒拉拢几个人,半夜去伙房偷大油,抹饼子吃。在大家的强烈抗议下,八哥同意包一次包子。周子恒一顿吃了二十二个,撑得他一宿没睡着。他下定决心,必须改变现状,萌生了要抢班夺权、当伙食长的念头。

这天晚上,场院里灯火辉煌,机器轰鸣。女人把玉米棒子倒入脱粒机,男人把玉米粒拉到场院晾晒。古云丽经过几年的捧打,早已适应了超强体力的劳作,被农村妇女选为她们干活的打头人。她面容黑红,皮肤粗糙,两只手短粗有力,如果不特别介绍,没人猜得出她是知青。她站在机器旁,一簸箕一簸箕不停地倒入玉米棒,遇到卡壳,用木棍捅一捅,这样的动作不知重复了多少次。然而,就是这一次出事了。一根玉米棒卡在滚轴上,她用木棍捅不动,于是想下手抓出来重新放入。一念之差,右手被卷进滚轴,中指、无名指、小拇指被切掉,机器的噪声淹没了古云丽的惨叫。

凌寒乡第一个发现古云丽疼痛倒地,他迅速解下腰间的麻绳,用力捆紧丽姐的手腕,然后拉断电闸,声嘶力竭喊生产队队长,队长不在,喊拖拉机手,也不在。他喊来周子恒,拉上他向停放手扶拖拉机的棚子飞奔,说:"你不是喜欢汽车吗?"

周子恒说:"我没开过。"

"比汽车简单,"凌寒乡拿起摇把打着火,冲周子恒吼,"开!"

两人拉上古云丽,一路颠簸先去赤脚医生家,做了简单包扎,再拉上赤脚医生直奔公社医院。

周子恒驾车救人的壮举被广为称颂,渺小的形象一下子壮硕。事后,周子恒越想越怕,连车都没碰过,拉三个人在黑幕般的土路上狂奔,一旦有闪失,就不是救人,而是肇事害命。经过了那个惊心动魄的夜晚,周子恒从中悟出点道理:人的潜力是无限的,但需要强力触发。

生产队向公社知青办上报了古云丽的事迹,古云丽受到了通报表扬,特批回城休养一个月。八哥任代理点长,全面主持知青点的工作。

八哥大权独揽,他游手好闲,白天从村头遛到村尾,随手掏出两块糖豆扔给水塘边的村娃,有时到地头观看火热的秋收场面,活像个村霸巡视着自己的领地。晚上聚拢几个小兄弟,传看手抄本《少女之心》,沉湎于对少女身体和性欲的描写。他对知青们要求改善伙食的呼声置之不理,对挑选瘦弱女生去伙房做饭的建议充耳不闻。

周子恒单薄的身板里跳动着一颗不屈服的心,对八哥横行霸道的愤怒日益滋长。凭什么大伙出工分养着这么一个壮汉,不起早不贪黑,不受苦不受累,就凭他后背有两道刀疤?周子恒“改朝换代”的冲动一日胜过一日,他耐住性子等待时机。

挨着周子恒睡的老二累病了,连日低烧,于是请假回城。几天没好好吃东西,实在太饿了,老二在路边的地头点起火烤大豆吃,被邻村的知青发现,拳打脚踢,抢走了军帽和军衣。军帽和军衣是那个年代的时尚品,是身份的象征,花钱买不到,抢军帽是当年突出的社会治安问题之一。老二找到八哥,请他出面摆平此事。八哥一脸不屑:“一帮小地痞,欠收拾。”

据说八哥去邻村知青点走了一趟,东西没要回来,带回一句话:“都是自家兄弟,不是什么大事,别撕破了脸。”

老二跟周子恒提起此事,周子恒愤愤不平。他的大脑飞速运转起来,八哥只身去平事,他应该没有单枪匹马的胆量,很有可能去公社逛了一圈。他还想起,天热时撞见八哥在河里洗澡,肥白的后背上并没有两道刀疤。周子恒请病假回城,摸摸八哥的底细。知情人说,八哥犯强奸罪坐牢四年,灭掉城北老三纯属虚构。果然是个冒牌货,靠编造故事树立了黑道老大的形象。周子恒找在市革委会当副主任的叔叔要了一顶军帽和一个军挎包,顺带反映了知青点的财务问题。从城里回来后,他对老二说了个字“办”,意思是“你的事我来管”,从此“办”便成了他的口头语。

周子恒独自去了邻村的知青点,向那里的老大说明来意,提出用正品军帽和军挎包换被抢走的假货，然后用极为谦逊的口吻说："咱们都是讲究人，劳您驾，过两天去我们点道个歉，就算给我个面子，多个朋友总比多个仇人好，是吧？"有那么一会儿，屋里的人都愣住了，这是谁呀？一个小白脸在他们面前指手画脚，发号施令，这些靠挥舞拳头打天下的人哪受过这种气，若不是老大发善心，三两下就能揉碎这把小骨头架。不等对方缓过神，周子恒径直走出门外，浑身觳觫战栗，冷汗溻透了内衣，他长长舒了口气。院门口一条凶猛的狼狗狂叫，挣扎着要冲开锁链扑向他。身后传来阵阵狂笑："哪来的小瘪犊子，他妈的活腻了，找死！"

一星期后，邻村知青点的老大带几位弟兄上门，扬言要见周子恒。知青吓得都躲了起来，八哥也不见了踪影。老大带来两瓶酒，倒满两大碗，递给周子恒一碗，自己端起一碗，仰脖干掉，说："过去的事，对不住。往后咱们就是亲哥们，用得着的招呼一声，事上见。"临走留下了周子恒送去的军帽、军挎包还有被抢走的假货。

此事震惊十里八乡，周子恒名声大噪。一个瘦小干枯的人独闯虎穴，大获全胜，令人不可思议。各种版本的传奇满天飞，把他描述成智取威虎山、奇袭白虎团的孤胆英雄，有的说他爸爸是公安局局长，有的说他哥哥和公安局局长是拜把子兄弟，地痞流氓也怕警察，传来传去，周子恒摇身一变成了远近闻名的老大。凌寒乡问过周子恒，他嘿嘿一笑，啥都没说。直到大学毕业吃散伙饭时，周子恒才说了实情。那天夜晚，他独自潜入邻村知青点，扔给狼狗一只泡过安眠药的鸡腿。等狗昏睡后，他用带来的菜刀剁掉狗头，挂在知青点的院门上。后来听说，邻村知青点的核心成员琢磨了两天，晕头涨脑，理不出头绪，他们祖上压根没有吃玩脑子这碗饭的人，传到他们这一辈只擅长耍枪弄棒。他们分析，一个干瘦的小瘪犊子，提了两个条件，撂下话大模大样地走了。砍掉狗头只是第一步，还会有后续的手段，难道要取人头？小瘪犊子不说粗话，文质彬彬，但心狠手辣，不给第二次机会，这样的打法见所未见。他们战战兢兢地下了结论：此人的后台够硬，惹不起。

八哥的地位一落千丈，身边的几个小兄弟暗中投靠了周子恒。对八哥的打击接踵而至,公社知青办来人查账,结论是账目混乱,收支不清,八哥有贪污嫌疑,撤销八哥伙食长和代理点长的职务。周子恒拍拍八哥的后背,拿出老大的口气:"想开点,别嘚瑟。"安慰中带有警告。

知青点民主选举新一任伙食长,周子恒全票当选,八哥反复掂量没敢投反对票。周子恒采取了一系列改革措施,撤换男炊事员,由体弱的女生轮流做饭。会计、出纳分开,定期公开账目。他传承了家庭经商的基因,改变了以往到集市上采买农副产品的做法,直接在村里收购,既减少了支出,又增加了村民的收入。逢年过节,他用节省下来的钱慰问村干部,说服村干部把知青点贫瘠的菜地调换为肥地,蔬菜产量成倍增加,留足自用的,富余的拿到集市上去卖。知青点的伙食得到了极大改善,每周能吃上一顿细粮和炖肉。他本人也获益不小,大队长得了好处,同意他当上大队通讯员,每天坐在大队部接听电话,有重要通知及时向大队长报告。他兼顾伙食长的工作,但只挣通讯员的工分,相当于生产队半个劳力的收入,不再让同学为他分摊,深受大家的拥戴。

艰苦的日子每天都很漫长,但岁月的脚步一点都不慢。一晃两年过去了,又来了两批新知青,队伍进一步壮大,凌寒乡那批知青以前辈的身份享受着来自新生的尊崇,他和周子恒风头正劲,掌控了知青点的大局。

经过两年的风吹雨打、日晒霜冻,文弱的白面书生磨炼成了地道的青年农民。男生面色黑红,骨架宽大,头发枯黄,脸上长满暗红的粉刺。他们熟练地掌握了全部农活,扛起一百多斤的麻包,踩着颤悠悠的跳板,将公粮倒入高高的粮囤。他们抡起十八磅大锤,砸开冻土,兴修河渠,迎着凛冽的寒风,啃着硬邦邦的玉米饼子。他们能吃能喝能抽能睡,炊事员不再用巴掌而是用胳膊贴饼子,开饭时高喊要多大号的,回答四十二号、四十三号、四十六号。他们多数成了烟民,烟叶袋、卷烟纸是随身的必带品,用面口袋从城里背回大烟叶。女生扎上了农村妇女标配的红色或绿色头巾,干活与农村妇女齐头并进。

两年里,知青点发生了许多大事。头号大事就是丽姐嫁给了大队党支书的儿子田大海,全体知青都高兴不起来。古云丽从城里回来后,基本失去了劳动能力。生产队安排她记工分、给修河渠的民工送饭等力所能及的活,周子恒想把大队通讯员的工作让给她。古云丽天性好强,她做不到在怜悯中过日子。田大海早就喜欢上了古云丽,古云丽也懂田大海的心思,但城乡差别的压力遏制他们产生更多的想法。田大海的妈妈常拉古云丽到家里,给她做好吃的,说:"知青点条件不好,那些孩子自己都顾不了更不会疼人,你们女孩子一个人在外,父母不在身边,你田大爷让我多照顾你,你可不能见外。"田大爷一家具备中国农民所有的优秀品质,他们不多说只去做,待古云丽像自家孩子。田大海一如既往地喜欢古云丽,想跟她好的心情更加强烈,却惶恐于不知如何表达,怕人家说他乘人之危,怕伤着古云丽的自尊心。古云丽不再心高气傲,她冷静地分析了自己的处境和未来的可能:赖在城里,只能靠父母养活,她不能拖垮父母;待在农村,挣不了整工分,养活自己都难。思前想后,古云丽说出了一句震惊自己也震惊田大海的话:"大海,收留我吧,我跟你过。"

大家感叹丽姐苦命,更知她心苦,合计给丽姐办一场红火的婚礼。他们打破当地习俗,把婚礼主场设在知青点,扎红灯,贴喜字,挂彩条,放鞭炮,要求田大海到知青点单跪求婚,用四马之车接丽姐去婆家。

在丽姐的力荐下,凌寒乡任点长。更换点长本身算不上大事,点长没啥实权,同样靠出工挣工分,但知青点的面貌从此发生了历史性巨变。凌寒乡上任后,多次跑公社、去县城,动用周子恒叔叔的关系,申请到了专项经费,盖起两排砖瓦房,砌起一人高的大院子,知青住上了全村最好的新房。女生尤为欣喜,原来土墙围成的半截茅房,变成了带顶棚的砖墙厕所,省去了多少担惊受怕和说不出的苦恼。在凌寒乡的带领下,知青开垦了两大块菜地,养了三头肥猪,吃炖肉、吃包子的次数明显增加,赶上节日还有酒喝,偷猪油抹饼子吃的历史成了教导新知青艰苦奋斗的生动素材。

落实县委的指示,公社大力培养选拔优秀知青干部,发展知青党员。凌寒乡担任了第一小队生产队队长，他郑重地向党组织递交了入党申请书。上任后他给队里办的第一件实事，就是通过父亲老同事的关系，联系到了赤峰市畜牧局局长，以优惠的价格为生产队买了几匹好马。他回到了草原，激动的心情亦如初见草原时难以抑制。祖国的大好河山，更加坚定了他为共产主义奋斗终身的理想。

对知青来说，经常盼望的不是过年过节，而是下雨，赶上阴雨连天，如同过大年般喜庆。知青接受了贫下中农的再教育，却没有完全过上贫下中农的生活，因而也难以与贫下中农共命运。农民盼风调雨顺，怕久下不停，土地湿黏，春天无法播种，夏天无法除草，秋天无法收割，误了一季农时，断了一年收成。知青则少有这些担忧，收成不好少挣点钱，赶上坏年景甚至不挣钱，这都没大关系，顶多骂街抱怨，城里有老爹老娘，不影响吃喝。

老天给知青放了雨假，睡懒觉、洗澡是他们最美的享受。早饭后，炊事员把三口大铁锅刷干净，源源不断地供应热水。男生两人一组，相互搓掉几个月积攒的汗泥。换下来的脏衣服放些碱面用开水烫，一会儿便漂起一层虱子的尸体。前排女生宿舍香皂和雪花膏的浓郁芳香，弥漫了整个院子，带着雨水的湿气钻进了男生的鼻腔胸腔，激发起雄性昂扬的强烈冲动。

国家的几个重大事件发生在一九七六年。九月九日，听到伟大领袖逝世的噩耗，所有知青抱头痛哭。那一天，恰巧知青点包包子，两天内竟然没人动一口，个个形销骨立，痛不欲生。随着"四人帮"的倒台，上级下达指示，停止在知青中突击提干、突击入党。凌寒乡第一小队生产队长的职务被撤掉，他的入党申请报到公社党委被废止。这是大队党总支第二次讨论凌寒乡的入党问题，第一次讨论时，十名党员七人反对，没过半数。时隔半年，党总支再次讨论，全票通过，然而错过了时节。

凌寒乡曾问老支书："他们为什么不同意？我哪儿做得不好？"

老支书摇头说："他们没讲因为啥，只说再考验考验。"见凌寒乡受到沉重打击，老支书帮他分析原因。论工作能力、劳动表现、群众评价他都挑不出毛病，也没听到负面反映。老支书凭着对乡里乡亲的了解，认定了"公报私仇"的性质。

事件的起因在那年买马。同行的有生产队会计等五人。第一天晚饭，点了一桌鸡鸭鱼、白酒二斤、卷烟两盒。凌寒乡欲制止，再一想颠簸了一千公里，喝点酒解乏，便压下了。不承想，接下来的两天都是如此，凌寒乡忍不住了，严厉批评他们糟蹋乡亲的血汗钱，并限定晚饭不能超过三个菜，烟酒一律不上。年轻人的正气，镇住了所有人。出门在外，吃点喝点历来如此，不然谁出来受这份罪。虽然心里不满，当面却没人敢反对。然而，不满的种子长成了带刺的玫瑰，十位党员中七人与会计沾亲带故，会前私下议定了否决凌寒乡入党的结局。

"我错哪儿了？"凌寒乡感到委屈。

"错不在你。"老支书建议他登门入户，当面征求七个人的意见，求得理解，人都好面子。

凌寒乡犯了脾气，一口回绝："我不去，我没有错。他们是不是党员？还讲不讲是非原则？"

老支书语重心长地说："这就是基层的现状，想改变现状首先要适应现状。"老支书的点拨使凌寒乡顿悟，翻遍教科书找不到如此实用的经典指南。

凌寒乡一户一户地拜访，诚恳征求意见，虚心接受批评。六位党员不知说啥好，缩在炕头，像是做了亏心事，不停地说："没意见，真的没意见。"到了会计家，情况完全不同。会计指使老婆沏茶倒水，抓了两把花生，得意的笑容从宽厚的皱纹里渗出。他说："乡下人觉悟低，水平差，我的工作没做好，回头我找他们谈谈，尽管放心。是人就有缺点，对年轻人要多鼓励，你要敢抓敢管，我支持你的工作。"看来只会拨算盘珠子是当不上会计的。

这一课对凌寒乡具有深远的启蒙意义，竹子没节长不高长不直。

进入一九七七年，形势加剧演变，知青政策开始松动。有的接替父母回城上班，有的请长假留城不归，暂时坚守的不再按时出工，三五成群打扑克牌,谁输了谁去偷老乡家的鸡鸭,当作下酒菜,到处呈现知青溃散的迹象。

周子恒诡秘地告诉凌寒乡:"我要回城了。"

"走你叔叔的后门?"凌寒乡问。

"不是,他被打倒了。别问了,走之前我再告诉你。"周子恒挤了挤眼。

果然,大队接到公社下来的招工录取通知,大国有企业——市轴承厂点名招录周子恒。

临走前,周子恒在火车站的小酒馆请凌寒乡喝酒,兑现了揭秘的诺言。有一天,他接到电话,通知大队长到公社参加紧急会议。他跑遍了三个小队找不到人,最后奔向大队长的家。他见大队长正压在一个女知青的身上,一起一伏,呼哧呼哧地喘着粗气。那个年代的青年性成熟较晚,他第一次碰上这种状况,搞不懂发生了什么事,不明白队长在忙乎啥,紧贴门缝想看仔细一些,不小心弄出了声响。大队长猛然发现了他,披件上衣,光着腿追了出来,威胁他:"跟谁都不许说,你敢说出去,我弄死你。只要你闭紧嘴,我保证让你回城。"

知识青年是离知识越来越远的一代青年。中央高层决定恢复高考,平民百姓子女获得了出人头地的平等机会。知青点沸腾了,人人亢奋不已,填写志愿时竞相挑选名牌大学,清华、北大、复旦、南开一个不落,以此炫耀自己的远大志向,似乎只要他们敢报名学校就敢录取。有位知青开了一年手扶拖拉机,报考上海交通大学,准备继续深造。有位知青的母亲在街道工厂做地球教学仪器,他立志考入地球物理系,光大母亲的事业。极少数人有自知之明,主动放弃机会,更多的人卷起铺盖回城补课复习,从此诀别广阔天地,哪怕回头多看一眼都会后悔半年。

知青点只剩下凌寒乡一人,他主动提出留守,照看这份家当。空荡荡的知青点毫无生气,倒是个复习备考的好场所。丽姐每天给他送一次饭,够他一天吃的,节省他大量的时间。那一年的冬天,下了一场当地有气象记载以来最大的雪,村里上岁数的人也是第一次见到鹅毛大的雪花,鹅毛大雪飞舞了一天一夜。凌寒乡一觉醒来,四周漆黑不见一点光亮。推推门又推推窗,纹丝不动,不知被什么东西顶死了。他心慌,莫不是大雪封门?真如此,残留的空气支撑不了多久。他无计可施,一切听天由命。当生命之火渐渐熄灭的时候,一束刺眼的光亮照了进来。老支书、田大海奋力铲出一条雪道,打开了生命之门。田大爷一家对他有救命之恩。

凌寒乡如愿考上了大学。他泪眼朦胧告别田大爷一家,作别广袤无垠的黑土地,深情地说:"我忘不了这里,每年都会回来的。"

这一次,凌寒乡一家三口回来了。田大爷已病逝,田大海在城里打工,古云丽的女儿出嫁,随丈夫住在县城,家里只剩下田大娘和古云丽。

妞妞一见到古云丽喊了声"娘"就扑了上去。云丽娘头发花白稀疏,身躯佝偻矮小,看上去比同龄的城里人要老十多岁。妞妞住在古云丽家的那几年,感受到了家庭的温暖和父母般的疼爱,是一段幸福快乐的时光。古云丽的女儿牵着小妹妹坐马车,追兔子,爬树掏鸟蛋。田大海要来两只小狗,又养了两只羊,哄孩子玩。如果把城市和农村的孩子相比,前者属于圈养,后者属于散养,散养更符合孩子的天性,以至于凌寒乡接妞妞回城时,她大哭大闹不肯跟他走。

有一年闹水灾,洪水猛涨,瞬间涌进屋里,漫过了炕沿。古云丽找来大木盆,把妞妞放进去,顶着暴雨,一手推着木盆,一手抱起自己的女儿往高处走。古云丽想倒下手,一把没抓住,女儿掉进水里。她先把大木盆绑在树上,回过身去救女儿,洪水已没过女儿的头顶,只露出两只小手拼命扑腾,再晚一步女儿就被洪水冲走了。娘仨再次相聚后,妞妞紧紧搂住古云丽的脖子哭喊着:"娘!娘!娘!"

当年的知青点如今是村委会。凌寒乡自掏腰包,委托原县委的老同事在村委会置办了四桌酒席,请来了村里长辈和现任村干部。凌寒乡带着一对新人来到田大爷墓地,点燃了三炷香,磕了三个头。回到村委会,婚礼正式开始,按照当地习俗,新人向田大娘和云丽娘跪拜。古云丽拉住妞妞的手久久不松开,像亲闺女出嫁般不舍。

古云丽对凌寒乡说:"知青点是我的娘家,你们当年就是从这里把我送出去的。一眨眼,姐姐都嫁人了,日子不禁过啊。"

凌寒乡说:"那些年虽然很苦,但也很快乐,令人难忘。"

古云丽说:"真羡慕你们,都出息了,你当了人官,子恒发了大财。你们帮我们搞的大棚,村民都脱了贫。"

"你有两个闺女,两个闺女都孝敬你。"

"我给娘养老。"妞妞紧贴着古云丽的脸。

坐在旁边的老会计指着凌寒乡,颤颤巍巍地对老少爷们说:"我早就看出他是当大官的料,知道为啥不? 能屈能伸,以柔克刚,忍辱负重,能干大事。我敢说,他还得升,最少也得当巡抚。"

古云丽的女儿与妞妞又搂又抱,亲如一奶同胞,把新郎晾在一边,完全不顾他的感受。

一个电话打了进来,古云丽女儿接听电话,脸唰地白了,不等对方说完,带着哭腔对古云丽说:"我爹出事了,腿被车轧断,正在市医院抢救。"古云丽张大嘴说不出话。

凌寒乡抓过古云丽女儿手中的电话,询问了情况。他又打通医院院长的电话,要求他们务必全力救治。他对古云丽说:"我们马上去医院。"古云丽要回家带些钱,凌寒乡说:"这些事你就甭管了。"他托付村干部照顾好田大娘,当即带着古云丽娘俩和妞妞、女婿连夜返回青云市。

路上,凌寒乡拨了周子恒的电话,想让他先去医院,顾全衡的电话顶了进来,询问"五一"全市安全稳定的情况。凌寒乡报告,总体比较平稳,发生两起事故:一起交通事故,死一人,伤一人;一起火灾,未造成人员伤亡。

每个假期结束前,凌寒乡都要向书记报告节日期间全市的重要情况,即便无事也要报平安,有了情况随时报告。这是当秘书长的职责,尽管条文没有规定,但身为大管家有责任让书记随时掌握管辖地面上发生的大事小情。不同领导的工作习惯差异很大,有的要求每天必报,有的要求无事不报,有的要求非特急、特提件一律不报。因突发情况,凌寒乡这次迟报了一会儿。

二十三

人机分离,周子恒没接到凌寒乡从兴盛村打来的电话,他正和米苔看望老师卓达峰。

说起与卓达峰的关系,周子恒无法与傅自华相比。他只听过卓达峰一个学期的必修课,而且成绩勉强及格。得知卓达峰住进"白云人家",周子恒不管傅自华所说的隐形关照、不露痕迹那一套,不容分说,当即吩咐手下将卓达峰搬到顶层的套间。这套房间在最东侧,东南两面是宽大的落地窗,放眼望去满目的青山白云,露台撑着大号遮阳伞,藤桌藤椅泛出油润的光泽。房间配置了台式电脑和打印机,对卓达峰的日常起居做了个性化安排:每天更换一束鲜花,上午时令水果和点心,午睡后一杯现榨的蔬菜汁,入寝前一杯温热的鲜牛奶,租金和费用按照原单间的价格,一分不加。重情重义是周子恒的优秀品质,他的声誉比生意要大得多。

卓达峰对周子恒几乎没有印象,只是耳闻他教过的学生中出了一位大老板,"白云人家"是他学生的项目。甭说周子恒与他是一般的师生关系,即使换了傅自华,他也决不会为了优惠照顾而开口求人。对周子恒给予的特殊关照,卓达峰坚辞不受,执拗地住在原屋。

米苔多次劝说无果,卓达峰甚至埋怨傅自华:"不让说非得说,置我于不仁不义之地。"

忙完民营企业家论坛,周子恒登门拜见,说:"我听过您讲的现代文学课,我的学习成绩不好,但记住了您引用的鲁迅先生的话,看见别人得到幸福生活也是舒服的。同样道理,我们看到您安享晚年,过上幸福生活,才能舒服。我们现在做的,正是您当年教导的。知是行之始,行是知之成,看到我们知行合一您应该高兴才对。"

见卓达峰仍面带愠色,周子恒进一步劝说:"我记得您还讲过,人的一生中要感恩三种人,含辛茹苦养育你成人的父母、无私救助你摆脱困厄的亲朋、悉心传授道理学识的老师。我们知恩图报,而且有条件报恩,您如果不接受,岂不让我们背上了忘恩负义的恶名。"

周子恒说得有情有理,卓达峰接不上话,他退了一步:"我搬,但该交多少就交多少。"

"您就放心吧,一分都不少。"终于说通了卓达峰,周子恒介绍米苔,"我夫人是咱校七七级外文系的学生,她负责'白云人家'的管理,您今后的生活由她专门负责。"

服务员送来泡好的茶水。卓达峰说:"我教过的学生下海经商的不多,真正干出点名堂的也就两三个,看来做买卖比做学问要难啊。"

"您夸奖了。做学问我才气不足,做官员我耐性不够。"周子恒说,"您熟悉咱们国家的历史,有重农抑商的传统,工农兵学商,商是排在最后的,我干别的不成,最后只好去经商。"

"我国几千年的封建社会有两大弊端,一个是政权世袭,一个是抑商轻贸。如今时代不同了,发展摆到了第一要务的位置。其实,革命先辈不少出身于殷实之家,没有经济基础什么都干不成。"卓达峰指着窗外面的一幢幢小楼,"我这个搞上层建筑的,到头来还得住在你这片经济基础之上。"

"经您这么一说,经商事关国运,我有了使命感。"周子恒哄教授高兴。

"有个成语叫'齐纨鲁缟'。"卓达峰从周子恒的眼神中看出他没听过这个成语。"齐鲁两国都生产丝绸,分别叫齐纨和鲁缟。为了削弱鲁国的实力,齐桓公听取管仲的建议,下令齐人只用鲁缟,鲁缟价格暴涨,鲁国百姓不种粮食,都去生产丝绸,粮食产量锐减。一年后,齐桓公又下令,齐人不得用鲁国的丝绸,鲁缟大量积压,鲁国闹粮荒,经济近乎崩溃。还有一个成语'买鹿制楚',用的也是此计。现在是和平时期,没有战火硝烟,但商战每时每刻都烽火连天,以商强国,以商富民,以商克敌。这个成语比较生僻,说的应该是最早的商战。"卓达峰笑了起来,"我怎么给你讲起政治经济学了。"

米苔为卓达峰续上茶水，说："您就别夸他了，他哪有那么大本事。他们家族世代经商，结局都挺惨，有的被没收了财产，有的被批斗致死，他赶上了好时候。以后您写书累了，我过来陪您聊天。别的我不懂，养生还略知一二。"

"好哇，太好了，"卓达峰说，"养生是老朽余生最要紧的事。人缺啥想啥，人老了，想要的东西越来越少，我最想要的就是多凑合几年。"

米苔貌似严肃地说："那咱们说定了，从今以后您得听我的。养生说起来也简单，就两条，吃得少，吃得好，吃得太多，产生过多的氧自由基，加速细胞衰老。您看我还挺专业的吧？您安心写书，我包您健康。"

师生兴致正浓，米苔的手机响了，是凌寒乡打来的。周子恒的手机无人接听，他只好打给米苔。周子恒安顿好卓达峰，迅速赶去青云骨科医院，并让手下在医院附近为古云丽订了一间客房。

田大海在建筑工地干活时，被一辆翻斗卡车撞倒，车的后轮从腿上碾过，一条腿粉碎性骨折，需要截肢，当务之急是尽快手术，否则危及生命，但需要家属签字。周子恒向古云丽告知了情况，他代替家属签了字。凌寒乡和古云丽赶到医院时，手术正在进行。

古云丽两口子都成了残疾人，失去了基本的劳动能力，难以在农村生活。凌寒乡和周子恒商量，在城里给他们找间房子，把田大娘接过来，再帮丽姐找个能干的活，有一定的收入。周子恒说，房子他来办，他就是干这个的。凌寒乡说，事故鉴定和责任赔偿比较麻烦，解决得好，可以减轻经济负担，这个由他来处理。妞妞不同意让娘和姥姥住宾馆，坚持要接到她家里，由她照顾。

手术进行得比较顺利，几个小时后田大海被推了出来，健壮汉子的一条腿只剩下了半截。古云丽扑了上去，晕倒在地上，两个女儿把她搀扶起来。大夫说，田大海自始至终非常镇静，他甚至和医生探讨手术方案。见到凌寒乡和周子恒，田大海伸出两只手，分别握住他俩，以此表示感谢。手劲很大，不减当年，他俩感到了疼痛。

凌寒乡委托杨立德协调处理车祸的赔偿事宜。据杨立德了解，肇事司机是农民工，二手翻斗车是他借钱买的。司机负全责，交管局已将他控制，他认罚认判，可是他家庭贫困，只有三间土房和这辆车，再没有值钱的东西，初步评估，这辆车最高卖不到三万元。田大海的医疗费、住院费、赔偿费以及安装假肢的费用，合计起来不是小数目，司机根本无力赔付。如果走司法程序，时间较长，裁定的数额也不会太高。

凌寒乡进一步了解到，这个工程由市建工集团二公司承建。他想到了一个办法，把市城建委的高主任请到办公室。高主任听明白了凌寒乡的意思，当即表态，二公司作为工程的承包方负有连带责任。这样一来，事情变得简单了，由二公司承担绝大部分费用，提供最好的假肢，并负责日后的维护和更换。但协调的过程并非一帆风顺，阻力来自二公司。公司与每位司机签订了免责协议，车辆维修保养、交通违章、经交管部门认定本人负有责任的交通事故，产生的一切费用由本人负担，二公司拒不承担连带责任。经过反复协商，最终二公司以工伤的名义和关爱农民工的社会责任感，给田大海以巨额捐助。

周子恒得知事故处理结果，颇为感慨，事情都是人办的，关键看谁来办，给谁办。只有当成自己的事，就一定能办成。

凌寒乡在处理车祸善后的同时，着手布置拉练检查活动的准备工作。他完全赞成顾全衡搞拉练检查活动的决定，这是抓落实的有益尝试。市委每年开两次全会，每五年开一次党代会，部署当年或五年的工作，制定工作要点，做出重要决议，文件辛苦起草出来，认真讨论通过，成套印发下去，怎么落实的以及落实的成效不再是关注的重点。那些会议文件，好像只适用于会议，很快束之高阁，成了历史文献。

拉练检查活动的组织工作涉及两大块，一块是会务，一块是文稿，分别由杨立德和傅自华负责，真正扛活的则是辛志和陈燕影。

政治路线确定之后，干部就是决定的因素。领导者的一大能力就是用干部，这是门大学问。用干部既要善用其长，还要用在其时。干部的成长进步如同一条抛物线，在上弦处提拔使用，本人的获得感最大，感激

219

之心最强,产生的效应最突出。在顶点处提拔使用,本人会觉得理所当然,喜悦之情微小而短暂,一切平淡如常。在下弦处提拔使用,本人只会视为出于照顾,自认为早该如此,偶尔表示感谢也绝对是违心的话。辛志、陈燕影正处在上弦处,领导的赏识和器重使他们的能量开始了最大限度的释放。

与陈燕影不同,辛志并未得到提拔,但他心里有数,崔天明调走后,由杨立德协助秘书长代管而不是分管,等于给他留了空间,秘书长要直接检验他的实战能力,他感到了无形的压力和巨大的动力。

毕竟是第一次,缺少组织经验,辛志受凌寒乡委派去天顺市学习取经,他将拉练检查活动的特点概括为"两大两多":地域跨度大,时间跨度大,参加人数多,检查内容多。粗略计算,全市十三个区县跑下来,需要十天以上,与会同志加上工作人员近百人,乘车、用餐、住宿、几十个点位的查看、各条线路的选择,千头万绪,是庞大的系统工程。

这段时间,辛志的电话整天响个不停,找他的大部分是各区县委办公室主任,也有的区县委书记或副书记亲自出马,所有人都客气有加,约他出来坐一坐,说要当面请示汇报。更有意思的是,有的以老乡、同学、父亲老同事的名义,甚至孩子学校的老师都出动了,真心实意邀请他哪怕一起吃早点、喝早茶,并信誓旦旦保证没有任何事情相托。他们深知,若想顺利通过拉练检查,必须从会务安排抓起,在点位确定、时间安排上请辛志给予关照,把最好的一面展示给市委、市政府领导。举一个例子,白江新区的面积大,有几个好项目,但相距较远,为了节省时间势必砍掉一两个,办公室主任想方设法请会务处保留,否则无法向领导交代。

凌寒乡说过,办公厅没有财权、物权,但有隐性的权力、变相的权力,辛志真切地体会到了。若懂权,需掌权,有了权才懂得它的威力和魅力。区县委的办公室都留有他的电话号码,但之前极少有人联络他。他无意中听到一位办公室主任说,这个电话号码不用存,处长主不了事,没啥用。今非昔比,尽管他还是处长,由于没有分管主任,他的地位和作用凸显,成了求见不得的关键人物。崔天明酒局不断,求他的人多,还不是因为他能参加书记办公会议、市委常委会会议,了解一些内部情况,安排会议活动,他有权提出所去单位和发言人员的建议,而且他的建议一旦被采纳,将给某个单位或某些人带来难以估量的效应。可以肯定,崔天明转岗市直机关工委后,每天都回家吃饭了。

辛志对所有来电都礼貌相待,不论多忙不会流露半点不耐烦。但有一条坚定不移——婉拒一切宴请。他心里清楚,世上没有免费的午餐,也没有免费的晚餐和早点。

辛志一改崔天明的工作方法,组织全处同志共同研究讨论,要求每个人提出设想,然后集众人之长制定方案。处里同志的积极性被调动起来,这个说,路线选择应由远及近,先难后易;那个说,中心城区一天可安排三个,压缩整体时间;还有的说,经济项目过多,可适当增加文化和社会事业项目。

讨论的焦点集中在对察看项目的点评上,是请市领导即兴点评、有感而发,还是事先分派任务、有备而来,两种做法各有利弊,前者现场感强,后者可避免冷场。辛志心里没底,综合比较,他倾向于稳妥,尽可能减少不可控环节。现场点评请顾全衡主持,会务处提出每个点位点评领导的建议名单,并将项目的有关情况提前报给分管领导,把随机性和主动性结合起来。

几经推敲,最终形成了开展拉练检查活动的总方案和各区县的分方案。辛志为活动起了个名字,叫"两查两看",查干劲、查项目,看进展、看变化。杨立德不熟悉会务工作,他履行协管手续,批示拟同意,报给凌寒乡。凌寒乡将"两查两看"的内容改为:查发展、查稳定,看增效、看增收。

为充分发挥陈燕影的作用,减少中间环节,傅自华给燕文正另外分派了任务。顾全衡初步定于七月出访,凌寒乡将傅自华列入代表团工作人员的名单,傅自华主动提出更换为燕文正。燕文正在机关工作了一辈子,只因公去过几个外省市,港澳台地区也没去过,更未踏出过国门。年底他就退休了，仅这一次机会。燕文正与市外办梁主任对接，抓紧起草与外国政要、外商会见会谈时的讲话稿、签约仪式及宴会上的致辞以及整理到访国家和城市的简介。

陈燕影上任一处处长后接手的几个活完成得比较好，用她的话说起码没听到傅主任"啊去！啊去！"。拉练检查活动的讲话稿难度系数不高但数量大，她让赵理拉了份清单，动员讲话、总结讲话、点评讲话，加一起有四十多个。为了避免盲人摸象，增强点评的针对性，她向凌寒乡建议，跟会务处一起跑点位、看现场。白天她带赵理下去跑，晚上回到办公室写。

正如凌寒乡所说，处长什么风格，这个处就是什么风格。新处长带来了新变化，陈燕影把全处的办公室做了重新布置，为每位同志配置了文件收纳架，每间屋子添置了造型各异的插花和精巧的盆景，自备了速溶咖啡、巧克力和小点心，加班时提供给大家醒脑充饥。她给自己新买了微型鞋架，摆放高跟鞋、平底鞋和跑步鞋，适应不同场合的需要。办公室生机盎然，整齐洁净，氛围温馨宽松。

除了环境的变化，工作方式也有了改变。陈燕影在改稿时反复切磋，平等交流，虚心探讨，不训人，也不轻视人，全处的工作量增加了，大家反倒没觉得累。处长性格好只是一个原因，更重要的是她事先好腹稿，成竹在胸，布置任务重点明确、思路清晰，便于理解和操作。

四十多篇稿子，堪称一场"马拉松"，天天加班，全处同志的精力体力消耗极大。陈燕影想起凌寒乡说的话"咱们这行既是脑力活，也是体力活"。到了后半夜，个个蔫头耷脑。陈燕影招呼大家中场休息，为每人冲了一杯咖啡，舒缓一下紧张的神经和疲劳的身体。

赵理的变化尤为明显，傅自华的一席话使他深受触动，他变得多思、勤奋、务实、钻研，有时为了一个词与老科长争论不休，非要分出子丑寅卯。

"有一位学政大人不满考生质量，对前三名做了批语，'放狗屁''狗放屁''放屁狗'，您说这三者有啥区别？"赵理问老科长。

老科长不屑一顾:"就是一条狗放了三次屁。"

赵理反驳:"不对。'放狗屁'指的是人。'狗放屁'指的是狗。'放屁狗'是说这条狗只会放屁。总而言之,前三名狗屁不如。"

"这是你说的吗?是梁启超的解释吧?想挑战我,你还嫩点。"

赵理承担了大部分点评稿的起草任务,他跟着陈燕影跑区县,每到一个点位,尽量多搜集资料,认真听取情况介绍,详细做着笔记,回来后再加工整理,转化为顾全衡的点评讲话。

陈燕影心疼他,说:"你歇着吧,剩下的我来写。"

"不累。"赵理说,"陈处,说实话,跟您干心里痛快,累点也不觉得。"

"为啥?因为有好吃的?因为我脾气好?"陈燕影待他像姐姐待弟弟。

"您有亲和感,没有官架子。"赵理说,"陈处,我挺佩服您的,您说稿子特别清楚,不啰唆,改稿子手头快、效率高,不像有的领导磨磨叽叽。"

"每个人的干法不同,慢工出细活。"陈燕影说。

"陈处,我觉得不是这样,有的人慢是心里没底。燕处推稿,抽了半支烟才说一句话。"赵理说,"您别误会,我很尊重燕处。"

"燕处的细致是出了名的,过他手的稿子你挑不出毛病。"陈燕影说,"我刚进机关时,在燕处手下干。一次他骑车去看住院的女儿,那天下大雨,通信也不方便,一会儿他又回来了,只为了把'长年'改成'常年'。这件事对我的教育很大,我们应该学习燕处一丝不苟的工作态度。"

"陈处,您觉得我适合在机关干吗?"赵理问。

"别一口一个陈处、您您的。如果你愿意,以后就叫我姐。"陈燕影把椅子拉近了些,"我刚来机关的时候跟你的想法一样,觉得自己适应不了机关。第一次进市委大楼,房间黑乎乎的,见到的人都不苟言笑,给我一种从未有的压抑感和沉重感,我难以想象在这样的环境下怎么工作。我没报到,扭头回老家看爸妈去了。"

"后来呢?"赵理急着问。

"从家里回来后,我去了人事处,想打个招呼走人。你猜我遇见了谁?"陈燕影很神秘地说,"是雪姐,那时她是人事处的副处长。她微笑但严肃地说,你错过了报到时间,失去了报到资格。我一下子蒙了,不是我要辞职,而是办公厅要辞退我。雪姐问,为什么不按时报到?我一时答不上来。雪姐又问,想好去哪儿了吗?我慌乱无语。雪姐再问,还想在这儿干吗?我就像抓住了救命稻草,赶紧回答想。雪姐从抽屉里拿出几张表格说,我替你请了假,说你家里有事晚回来两天,手续帮你办好了,去秘书处报到。好好干,小妹妹。"

陈燕影回忆起当年的情形,泪盈眼眶。赵理递给她两张纸巾,说:"路处真好。"

陈燕影平复了情绪,说:"有一部电影叫《莫斯科不相信眼泪》,唉,世界上哪有相信眼泪的地方。听说你提出辞职,为什么?"

赵理毫无保留地说出自己的苦恼:"姐,我不是个官迷,立志要当什么三品四品大员,我是想让人高看一眼,改善我的生存状况。"

"你比我务实,不过我要提醒你,除非你去体制外,否则其他机关不会要你,理由就是你工作不安心。"

"我找傅主任谈,他训了我一通,一点挽留的意思都没有。"赵理现在想起来仍觉得备受打击。

"人参杀人无过,大黄救人无功。"陈燕影解释说,"人参大补,用不对会死人的,但因为珍贵无人责怪。大黄属于泻药,不值钱,可去毒败火,却无人说好。你阳气旺盛,傅主任给你用大黄,对症下药。"

"姐,不是我俗气。说实话,我们这代人承受的不是生活压力,而是生活压迫。"赵理皱起眉头,"我和女朋友谈了五年恋爱,想结婚买不起房,助学贷款刚还完,爸爸在县城排水站当工人,妈妈没有工作,还有爷爷奶奶要赡养,家里帮不了我。凌秘书长说,他们那一代挨过饿,下过乡,吃过苦,下过岗,但那个年代都穷。再说了,那时毕业包分配,结婚单位还分房,看病不花钱,生老病死有人管,现在全靠自己,我想清高、想超脱,生活不允许啊,不务实行吗?姐,你觉得我说的是不是实话?"

"是实话,但你们遇到的压力是高品质生活的压力,各种家电不在话下,还要有房有车,以前有自行车就算大户人家。"陈燕影说,"你只看到了凌秘书长他们现在的风光,他们也是苦过来的。凌秘书长结婚时,借了一间小平房,做饭取暖都用蜂窝煤炉子。两口子鼓捣一个小时也点不着,他爱人埋怨他没本事。凌秘书长却即兴赋诗,我们青年人,就像蜂窝煤,尽管千疮百孔,但每个眼里都能喷出火来。这些是听雪姐说的。"

正聊着,赵理的手机响了,是他的女朋友,约他明天去看房,赵理说明天还要跑点,不好请假。陈燕影听到了,给他假,让他明天看房去。

挂断电话,赵理说:"看上一处房,在城区边上,离地铁站不远,开发商只打一个点的折。如果有人认识开发商,就能多打几个点。"

陈燕影问清了开发商,说:"这件事别人办不了,我试试请凌秘书长帮忙,但有一条你务必保证,千万不能跟第二个人说。"

"我保证。"

"姐再问你一句,还想走吗?"

赵理用力摇了摇头。

二十四

业务学习培训讲座正式开讲,傅自华第一讲。会议室布置成授课形式,正前方的讲桌旁有两把椅子。傅自华进来时凌寒乡已经落座,把正座留给主讲人。

傅自华执意不坐,问凌寒乡:"你来干吗?"

"主持讲座。"

"上级给下级主持,我好大的面子。"

"别自作多情了,又不是单给你主持。办讲座是我提出的,当然要抓落实。"秘书长到场本身就是动员,将有力保证听课率。

"担心我有情绪,不好好讲,应付差事?"

"怎么会呢,你老傅提出反对意见坚决,执行正确决定同样坚决。"凌寒乡并不在意傅自华对举办讲座的抵触。

傅自华靠近些说:"你保证每位主任讲课都能到场? 别让人觉得你厚此薄彼。再说了,你坐在旁边像个监察,我浑身不自在,反倒影响讲课效果。"

凌寒乡无奈只好离席,他掐好时间,两个小时后回来收尾。

类似的讲座办公厅搞过多次,讲课内容与《秘书工作》等教科书的内容大体相同,有的讲课人甚至整章整节地照搬照念,枯燥乏味至极,听课人昏昏欲睡,来参加听课完全是被迫或者换一种休息方式。傅自华多次听过形势报告、理论宣讲、专题培训,最大的收获是了解了一些他不掌握的数据。专家学者的学问是一流的,口才是一流的,口若悬河,高谈阔论,傅自华却觉得不解渴,毛病在于讲课版本通用,不管在什么地方、面对什么受众,千篇一律,不因地制宜、因人制宜、因时制宜。遇到这种情况,傅自华就在笔记本上胡乱涂抹:天将降大任于是人也,必先苦其心志,劳其筋骨……

凌寒乡的露面,号召力惊人,办公厅、研究室的同志蜂拥而至,表现出求知长进的强烈愿望。

设身处地地烦他人之所烦,傅自华不愿强人所难,搞生硬灌输,他要做的首先是调动听众的积极性。"说实话,我知道你们不愿意听,我也不愿意讲。靠听课能写好讲话稿,纯粹是自欺欺人。社会上办文秘培训班的多了,让他们来写一写,我敢说连你们的一半都不如。想写稿只能靠实践,在干中学。如果你们听我的课就都能成笔杆子,我天天讲。我的意思是,听了白听,讲了白讲。没办法,寒乡秘书长下令,不从就是抗命,在战场上立马枪毙。我不能不讲,你们不能不听,那么我们换一种方式,你们提问我来答。你们有兴趣提,我就有兴趣讲。"

面对别具一格的开场,听众不知所措。机关干部久已习惯听领导讲,极少有下级提问、领导解答的操作,偶尔出现必定经过彩排。傅自华颇有耐心,随便翻看手头的材料,不引导也不催促,好像讲座能不能进行下去与他无关。他做好了静默两个小时的准备,如果到时还没人提问,将宣布讲座结束。

打破尴尬场面的是行政处负责车辆管理的副科长。他说:"在办公厅好像写稿最重要,干后勤的总觉得低人一等。我们都去学写稿,后勤谁来干?"

这种带有挑衅性的问题令傅自华兴奋。他说:"有一点你说得对,写稿是办公厅工作的一部分,但后勤工作同样重要,不可缺少,甚至作用更特殊。比如,你没按时派车,车子在路上出了故障,耽误了领导的工作,这个错误恐怕比稿子没写好还要大。有一点你说得不对,不是每个人都能写稿,我多次说过,要看两条:一条是悟性,看有没有天赋;一条是勤奋,看是不是刻苦好学。"

一位新来的大学生问:"我们参加厅里组织的岗前培训,学习了顾书记的许多讲话。有人说,领导讲话只有两种人看,一个是讲的人,一个是写的人,领导讲话真的那么重要吗?"

"你提的问题很有现实针对性,文稿到底有没有用,有多大用,确实值得思考。"傅自华说,"现在上上下下都反映会议多,领导讲话多,下力量整治也不见少,为什么呀?因为这是施政的手段,说明我们还没有找到比开会讲话更好的办法。不开会、不讲话上级指示怎么贯彻?政策措施怎么部署?换作你当领导恐怕也得照此办理。会不开不行,话不讲不行,重要的不是会多会少、话长话短,而是讲的话有用管用。不是所有的讲话都能推动工作,特别是那些空洞无物的讲话。什么是有用管用的讲话?就是有的放矢,能够解决思想问题和实际问题,这样的讲话可以产生精神力量和推动力量。"

机要交通处副处长问:"厅里向写稿倾斜,不会写稿的是不是不受待见?"

"我重申一下,"傅自华说,"办公厅工作不分三六九等,但寒乡秘书长为什么强调向文稿工作倾斜呢?原因有两个,一个是这个活不好干,给别人写,突击写,反复写,男人女人、好人坏人、中国人外国人、健康人残疾人、老人小孩,什么都写,不是自己想怎么写就怎么写。另一个是能干这活的人太少,既要愿意干而且有能力干,可遇而不可求,十年八年能培养一个就算是速成了。你也知道,办公厅很多岗位搞干部交流,唯有一处、二处的人员相对稳定,就是因为缺少能写的人。"

人事处的主任科员反驳:"像我们管工资的别把数弄错就行了,会不会写稿无所谓。"

傅自华说:"也许我过分强调了写稿,对厅里的大多数同志来说,更准确的叫法是文字训练。不论你干什么工作,不论你在哪个岗位,都离不开文字。忙乎了一年,工作总结写不好,辛辛苦苦取得的成绩可能就被淹没了。具体到你的工作,工资政策调整,你要写个说明,怎么让大家看得明白,还得靠文字。再给你举个大一点的例子。日本在描述广岛原子弹爆炸遗址时是这样写的:它不仅是人类历史上创造的最具毁灭性力量的象征,而且体现了全世界人民追求和平、最终全面销毁核武器的愿望。如此一来,日本成了战争的受害者、和平的追求者。大到一个国家,小到一个人,都不能忽视文字的力量。"

研究室社会处处长站起来说:"傅主任,您是大笔杆子,干了一辈子,最辛苦,是我们的标杆。说句难听的话,我们从您身上看到了笔杆子的命运,干得越好越动不了,官当不大,一岗定终身。我们不想走这条路,不是有野心,只是希望能多元发展。借用别人的话,世界那么大,我想去看看。"

这个问题超出了讲课范畴。一处、二处的同志经常发牢骚,希望调换岗位,说写来写去都写傻了。傅自华与凌寒乡交换过看法,只要有机会,该外放的就外放,人员过于稳定,会形成错误的导向:进来了就出不去。人挪活,树挪死,现在大树都能挪活,何况人乎?挪一人活一群,死水一潭,早晚枯竭。前些年,厅里招录一批新人,由傅自华优先挑选,笔试、面试排在前三名的都说自己不想写稿,坐不住,愿意干接触社会、经常往外跑的工作。轮到后面的,他只问一句话:"坐得住不? 坐得住,就留下。"他对燕文正说:"都不愿意来,有啥挑的,不是咱挑人家,而是人家挑咱。"

傅自华在干部使用上只有建议权,没有决定权,涉及写稿人员的长远发展,他只能做正面引导。"我始终认为,文稿工作值得干,但不可久干。各单位最缺的是能写的人,能写的到哪儿都受欢迎。写稿是综合训练,人都有惰性,写稿能促使你学习,比如中央文件,至少要看三遍,如果不写稿,顶多粗略翻一翻。写稿能养成动脑的习惯,拓宽你的知识面,提高观察事物、研究问题的能力。如果你知道马克思、恩格斯全集使用'文明'一词达两千六百多次,如果你会用'虹雨'形容落花,用'寒酥'形容飞雪,你在他人的眼中就是一个有学问、有品位、有情调的人。"

凌寒乡回到了会议室,傅自华看了看手表,时间过去两个多小时了,他主动收场:"最后,我要格外提醒诸位的是,想写稿还应具备两项基本素质。其一,心脏必须强大。医学上把运动员和产妇的心脏称为心功能一级,写稿子也要有一级的心功能。让领导满意的好稿很少,多数勉强过关,领导批评多于表扬,因此脸皮要厚一点,禁得住批评。其二,善于独立思考。要有个人见解,有批判精神,不能人云亦云。比方说,有句名言,给我一个支点,我能撬动地球。你动脑子想一想,地球悬浮在宇宙中,支点放在哪儿,需要多长的杠杆,有本事你给我撬个试试。我今天讲的,如果对你有启发的话,我感到欣慰。如果你不认同,我感到更加欣慰,因为你有了自己的想法。"

凌寒乡从会场的气氛、听众的表情和对傅自华的了解,判断出这堂课别开生面。"看起来大家意犹未尽。"他顺势而变,"如果我没猜错的话,今天不像讲课,更像讨论。请自华主任讲课可不容易,不是他架子大,是他不喜欢照本宣科,喜欢启发式教学。一堂课能使我们有所感悟,去思考一些问题,这就是了不起的收获。接下来还安排了几讲,每位领导的讲课方式不同,希望大家积极参加,向前辈学习是最好的学习,他们的经验包括教训将为我们的成长进步开辟正确的途径。"

"这里我还要强调一点,"凌寒乡说,"读书是学习,使用也是学习,而且是更为重要的学习。我们机关干部的一大通病是,下不了高楼,出不了大院,接不着地气,机关以外的地方都是远方。希望大家多到基层去,到群众中去,学用结合,学以致用,这样才能学有所成。"

凌寒乡让傅自华留下。他拿出两份稿子,题目完全一样,《顾全衡同志在白江新区领导小组第二次会议上的讲话》,但其中一份题目下有标注,括号内除了注明日期,还标明"根据记录整理",旁边有曹小力写给顾全衡的请示:"我们对您的讲话做了整理,拟在全区组织传达学习,全力抓好贯彻落实。妥否,请指示。"另一份是二处尚可整理的讲话稿,经过傅自华的审改报给顾全衡。两份稿子的区别在于,前者增加了大量的插话和脱稿讲的全部内容,后者在原稿的基础上适当补充了即席讲话内容。

　　"全衡书记同时接到两份稿子,什么都没批,退给了我。"凌寒乡说,"小力报的稿子涉及新区管理体制改革的问题,全衡书记出了题目,只在内部讨论,并没有定论。如果把小力整理的稿子发下去,是不是合适?"

　　"上次务虚会,全衡书记的倾向很明显。"傅自华说,"小力是聪明人,发这个讲话就是要在更大的范围吹吹风,更广泛地参透书记的意图。即使下发,也不能有言必录。"

　　"务虚会上你没发言,你对新区管理体制改革怎么看?"凌寒乡觉得这么重大的决策事项,傅自华不可能没想法。

　　"据我了解,已经实行了政府建制的效果并不好,"傅自华有一说一,"我们的干部不善于用市场经济的手段,惯于行政指挥,发号施令,一呼百应,总觉得人不够用、机构少,几经扩充,不过是新区的外壳、老体制的内瓤。"

　　两人想法一致,凌寒乡说:"这样吧,以你们稿子为基础,适当吸收一些他们稿子的内容,然后我签给书记,建议用你们的稿子。"

　　已到午餐时间,平常凌寒乡要陪同顾全衡去餐厅,顾全衡今天去省委参加党建工作座谈会,凌寒乡和傅自华便径直去用餐,远远地看见市政府秘书长卢海泉等在餐厅门口。

　　"卢大秘书长是稀客,今天怎么得闲过来?"凌寒乡热情地与他打招呼。四大家秘书长中,市委、市政府两家秘书长打交道最频繁,党政主要领导的每周会议活动安排彼此要提前通气,临时调整要随时沟通。

"遇到了难事,特意拜见老兄,请老兄指点相助。"卢海泉半年前从工商部门调市政府任秘书长,成为市政府党组成员,列入市领导出席会议活动的见报名单,平级调动但属于重用,不假时日极有可能晋升为副市长。

凌寒乡把卢海泉拉进餐厅,说:"天大的事也得吃饭。老话说每遇大事有静气,该吃饭吃饭,该睡觉睡觉。"

今天在餐厅吃饭的常委不多,只有侯家康和分管教育的常委,市纪委书记栗广炎在纪委大楼办公和用餐,张祖淦随顾全衡去省委开会,梁正声宴请来青云采风的国务院文史馆馆员,政法委书记在市公安局调研,统战部部长走访各民主党派,为换届做准备。卢海泉到市里工作时间不长,与市委领导不太熟悉,不大好意思坐到常委的饭桌旁,凌寒乡把他按在自己的座位上。

侯家康问凌寒乡:"至胜同志恢复得怎么样了?一直想去看看。"

"比预想的要好,神志清醒,但说不了话,一侧身体恢复了知觉。"凌寒乡说,"您不用跑了,我已经把您的问候带到了。"

"至胜同志就是累的,累惯了,突然一下子闲下来不习惯,"他指了指自己的心脏,"心情的问题。对了,全衡书记说要听听'三农'和民营经济的工作汇报,你抓紧安排一下。"

"这两块都是您分管的工作,我们有个初步的想法,"凌寒乡说,"'三农'可以搞一天调研,重点察看设施农业的情况,民营经济开个座谈会,听一听民企老板的意见和建议。"

"先开座谈会吧,我让他们抓紧准备。"侯家康喝了一口芹菜汁,"最辛苦的就是你们,没白没黑,一定要多注意身体。"两句平实而充满关怀的话,自然而然拉近了副书记与常委的关系。

吃完饭,凌寒乡和卢海泉回到办公室。卢海泉没等坐下就急着说:"出大事了。您记得十天前,天顺市的王书记给全衡书记写过一封信,天顺市将举办第三届国际贸易投资洽谈会,邀请全衡书记、时捷市长出席开幕式，全衡书记批示请一位副市长参加。分管的陆市长要去上海开会，时间冲突，其他副市长届时有没有时间一时定不下来了，我想等两天再协调，结果一忙就把这事忘了。今天时捷市长问我安排谁去了，我突然想起来，一查，洽谈会昨天已经开幕。您知道，全衡书记在天顺当书记时，王书记是市长，两人关系特别好。洽谈会这么大的事，王书记亲自写信邀请，咱们一个人都没去，让王书记怎么想？如果捅到全衡书记那儿，麻烦就大了。老兄，您有什么法子，帮老弟一把。"

这是不小的麻烦，而且是低级错误。凌寒乡心里说。

比起市委秘书长，市政府秘书长需要协调的事务更琐碎一些，这与常委和副市长分管工作的领域有关。常委按条条分工，与上级主管部门一对一，副市长按块块分工，每个人分管的工作要对应上级五六个部门，需要同一时间出场的事经常发生，摆布不开又分身乏术，只得请其他副市长代劳填坑，谁也不愿意替身补台，尽管自己也会遇到这种情况。难题交给秘书长，对老资格的秘书长，副市长不好意思驳面子。卢海泉初来乍到，每次笑脸相陪，好言相求，就像亏欠了人家。副市长有的和善，有的面冷，秘书长要综合平衡，不能总照好说话的下手。万不得已，只能请市长拍板，这是最后的一招，使用不宜超过两次，显得自己无能不说，被拍到的副市长会心生不满。

协调副市长是卢海泉最伤脑筋的工作，他首先要物色好人选，再挖空心思找理由，最后要选准恰当的时机。有一次，水利部在北京召开流域防汛工作会议，分管副市长正在外省参加生态林业建设研讨会，只有分管工业的副市长有空当。他费尽心思想了个点子，建议这位副市长代替开会，顺便看看住在北京的儿子。副市长露出少有的笑容，欣然同意，并破天荒地感谢年轻的秘书长。这次，卢海泉觉得时间尚早，有许多变量，临近时总能找到恰当的人选和理由，结果大意失了荆州。

卢海泉刚上任时登门拜访过凌寒乡，请他指点关照。凌寒乡只传授了一条："在部门你是老大，都围着你转，等你拍板，不拍板是失职。到市里你是大头兵，多请示，勤汇报，拍板是失误。"可是凌寒乡少说了一条，好脑子不如烂笔头,记事本要随身带随时记。以前都是卢海泉动嘴别人记,习惯一时没改过来。

出此差错与凌寒乡毫无关系,换作别人顶多不痛不痒地宽慰两句,多一事不如少一事,不可能管也管不了,弄不好给自己惹麻烦。凌寒乡曾出过同样的错,他当市委副秘书长时,冯至胜召开一个小范围的会,他少通知了一个人,向当时的秘书长汇报,希望得到帮助,那位秘书长冰冷地说:"是你的错,我帮不了。"他挨了冯至胜的严厉批评,这怪不得别人,只能怪自己粗心。打那以后,每当看见那位秘书长笑容可掬的面庞凌寒乡都有反胃的感觉,内心距离远远拉开了。卢海泉来求他,这是一个人最无助的时候,能帮尽可能帮,他不想让人反胃。

"洽谈会开几天?"凌寒乡问。他思忖,天顺市的王书记对青云市没派市领导来参会,心中不快,但决不会去询问顾全衡。洽谈会结束后,天顺市会给青云市发来感谢信,感谢贵市派市领导某某同志参加,给予大力支持。如果感谢信中没有提到派人,顾全衡就会打个问号,随便一查就会露馅,到那时无论有多少理由、多么诚恳地承认过错都于事无补,补救须在当下。

"开三天,明天闭幕,闭幕不再搞任何仪式。"卢海泉痛苦绝望,他曾设想协调一位副市长去参加闭幕式,也算有领导到会,这最后的希望也破灭了。

凌寒乡给参加洽谈会的市商业局局长打电话,问了问情况。然后他问卢海泉:"陆市长的会啥时结束?"

"今天。"

"能接通陆市长的电话吗?"

"我试试。"此时正是午休的时间,卢海泉顾不了许多。

电话通了,听筒里传来厌烦的语气,懒洋洋地问:"谁呀?"百分之百地可以肯定,陆市长的手机上显示的是卢海泉的名字。

凌寒乡要过手机说道:"陆市长,我是寒乡,抱歉打扰您休息了。"

对方立刻换了一种声调,精神振作起来:"不打扰,不打扰,我没有午睡的习惯。秘书长有何指示尽管吩咐。"陆市长是届中调整上来的,副市长里他年纪最轻,比曹小力还小两岁,资历与凌寒乡相比差了近两届。

凌寒乡简要地讲了洽谈会的情况,说:"全衡书记与王书记是老搭档,他要求去一位副市长参加活动,以示支持,不巧赶上您在北京开会,错过了开幕式。你们的会今天结束,我和海泉商量,您能不能直接去趟天顺市,考察一下洽谈会? 市商业局的同志在会上接触了几位外商,他们有投资意向,您亲自出马,高层推进,一定会促成项目。"

"我已订了返青的机票。"陆市长有些为难。

"我会向全衡书记报告的。"凌寒乡说。报告什么? 是陆市长参加了洽谈会,还是陆市长亲自洽谈投资项目? 只有凌寒乡自己知道。语义含糊,效果显著。

陆市长不再犹豫,连忙说:"不要紧,我让他们改签,就照秘书长说的办。"

"打乱了您的行程,实在不好意思。从天顺市回来时,咱们通个电话。谢谢啦! 凌寒乡又拿起红机子,拨通了天顺市委秘书长的电话,请他转达全衡书记对王书记的问候,对市领导没能出席开幕式做了合理的解释,务请王书记海涵,邀请王书记方便的时候来青云考察指导工作,并告知陆市长今天到贵市,参加洽谈会。

这一连串行云流水般的动作,卢海泉看得眼花缭乱。这堂现场教学课,如果不做必要的解读,卢海泉未必参得透。论辈分,陆市长属小字辈,凌寒乡始终用"您"而不是"你"的敬称,不以老自居,礼让谦逊,对方受到如此尊重再难的事也不好推辞。凌寒乡不提卢海泉工作上的疏漏,而是说因陆市长赴沪开会撞了车,巧妙地遮挡了卢海泉的过失,这对卢海泉今后的工作和发展有利。凌寒乡特别强调陆市长回来后与他通个电话,他要及时了解情况,赶在陆市长之前向顾全衡汇报,既回应了书记关心的事情,也可为陆市长美言几句,顾全衡定会在某个场合表扬陆市长,陆市长的感激之情永留于心,这是密切同事关系的黏合剂。凌寒乡打给天顺市委秘书长的电话则为化解问题添上了重重的一笔,以秘

234

书长的身份专门解释,分量自然不轻,消除了王书记的疑惑和误解。凌寒乡可以预见,几天后将接到一封言真意切的感谢信。卢海泉是个有心和用心的人,但要做到凌寒乡这一步,他缺少的不是努力,而是资历和资本,这需要时间帮忙。

问题得到化解,卢海泉这一辈子都将感恩戴德。真正的问题不在问题本身,工作上的失误充其量做个深刻检查,不会受到任何处分,然而顾全衡对他的责任心和工作能力的评估将扣分不少,由此带来的不利影响无法说得清。假如晚提拔三四年,年龄优势将不复存在,换届时生辰是决定进退留转的首要铁杠。卢海泉为此千恩万谢,他发自肺腑地表示,有需要他效力的地方,他定肝脑涂地。

凌寒乡一直惦记着丽姐一家人。两口子丧失了务农的能力,他和周子恒能给予的照顾仅是权宜之计,帮他们在市里安家,把她女儿从县城调到市里来,方是长远之策。卢海泉曾在工商部门任职多年,请他帮忙给丽姐的女儿在市里安排一个好单位应该不是难事。凌寒乡心里有了谱,但今天不能提,有即时兑现回报的味道,等一等再说吧。

凌寒乡送卢海泉下楼,卢海泉的秘书说车停在地库里,问他要不要直接去负一层。卢海泉眼睛一瞪,秘书慌忙打电话,叫司机赶紧把车开到地面上来。

见此情形,凌寒乡哑然一笑,诸侯的派头。

二十五

现行的四季划分标准大致有天文、习惯、物候三种,近些年气候变化异常,人们发现哪种标准都不太适用。

刚刚入夏,青云的气温骤升,持续数日在三十摄氏度以上,高温多雨,如同伏天溽热难耐。日落之后,温度缓慢回降,树叶无力摇动,热气尚未去,潮湿又缠裹全身。

傍晚,凌寒乡和杨立德在顾全衡住处前的甬路上散步,他们在等候顾全衡回来。

历时五天的省党代会继往开来、催人奋进,审议通过了各项大会文件,选举产生了新一届省委和省纪委,胜利落下帷幕。

顾全衡高票当选省委常委。冯至胜不再担任省委常委,由于身体原因没有出席大会。在省人大会议上,冯至胜当选为省人大常委会副主任。

顾全衡当上省委常委,级别仍为副部,但入列省委领导班子,擢升省委领导,随之而来的最大变化是政治待遇的变化,阅读文件、参加会议、座次排位、见报顺序以及出行接待规格等等。变化虽不巨大,却有显著不同。省委办公厅的办事效率堪称一流,党代会刚闭幕,所有待遇保障旋即到位。官和位是紧密联系的,有官才有位,有位方显官。

身为秘书长,凌寒乡必须考虑以什么样的方式向顾全衡表示祝贺,仪式是不可少的,但要自然而不能刻意、热烈而不能隆重,最好介于官方与非官方之间。凌寒乡从孙志坚那里问准顾全衡返回的时间,党代会闭幕后,顾全衡有一系列活动要参加,诸如新当选的省委班子成员与媒体见面,参加省委常委会会议,省委书记与他谈话,省委办公厅主任请他验收新办公室,大约晚七点半,顾全衡才能离开省委大院,返回绿岛宾馆。

凌寒乡决定在顾全衡的住处举行一个简朴的迎庆仪式,他和杨立德提前过来做必要的布置。顾全衡的爱人已从天顺市对口调到青云市,她刚好下班回来,凌寒乡说明了来意,顾全衡的爱人体胖面善,像邻家大嫂,她对家外的事从不过问,客气几句,便上楼去了。杨立德招了招手,一辆箱式小货车开了过来,在他的指挥下,很快布置停当。门厅悬挂两只中号红灯笼,楼梯拐角处添置了一盆龙须树,客厅和书房的花架上分别更换了桃红色一品蝴蝶兰和新修剪的迎客松。

时间还早,他们在甬路上徜徉。凌寒乡问:"全衡书记的住房装修好了吧?"

"刚完工。"杨立德打开手机,调出几张图片,"全衡书记看过了,没

236

提什么意见。家具是按照阿姨的要求摆放的。昨天请人测了测，空气质量达标。阿姨说再放一放，不急着搬。"

"听说要换保姆？"凌寒乡问。

"我正为这事犯愁呢，"杨立德踢开一颗小石子，"带来的保姆最近身体不好，阿姨让咱们帮忙找一个。物色了几个都不理想，知根知底，又合心意的人实在难找。"

两人正聊着，看见远处驶来两辆小车，是胡时捷和侯家康，他们也参加了省党代会，提前回到市里。

杨立德紧跑几步，先后打开胡时捷、侯家康的车门。胡时捷下车活动一下腰身，说："开会是个累人的差事啊。"他问凌寒乡，"今天只有我和家康来吗？"

"您二位重量级人物都代表了。"搞这个小仪式，凌寒乡提前征求了胡时捷的意见，他不倾向来的人太多，水多了有稀释的作用，人多了也是如此。

侯家康语气怪怪地说："我们是专门来祝贺好呢，还是借请示汇报工作的理由顺便祝贺好？我的意思是说，全衡同志比较低调，会不会反感？搞不好我们弄巧成拙。"

胡时捷双手叉腰，不以为然地说："我们又不是弹冠相庆，没啥不妥的。一班之长成为省领导，对青云的发展大有好处，我们总得有个表示。都是市委书记，是不是省委常委差别大了。如果是省领导，而且还在上升期，有人主动给你送项目来，相反的话，磨破嘴皮也弄不来投资。势利势利，有势则有利，我们的工作今后要好干一些。我同意寒乡的提议，尤其是咱们几位，属于工作的紧密层，如果不来祝贺，倒显得不正常了。"

正说着，顾全衡的车驶近了。顾全衡见胡时捷、侯家康在家门口等候，面露疑惑。凌寒乡赶紧解释："时捷市长、家康书记专程迎候您，向您表示祝贺。"

顾全衡与胡时捷、侯家康握手，感谢他们的美意，说："都是老朋友了，天天见面，用不着这么客气。我嘛，还是原来的我，主要精力放在青云。当然了，省委常委也是一种资源，有利于青云的发展。"

他对凌寒乡说："今后我参加本市会议活动，新闻报道要把握好三点，一是会谈会见，一律不挂省委常委的头衔。咱们是受中央和省委的委派在地方工作，是组织信任，把地方工作干好了是我们分内的职责。二是要按照中央和省委的规定，严格掌握报道数量和报道长度，能不报的就不报，减少一般性的报道。三是不要突出我个人，我和市长是平等的。"

胡时捷觉得不妥，赶紧表态："全衡书记是省委领导，不可和我们混为一谈，不成体统嘛。寒乡，在大是大非的问题上你可不能糊涂，犯政治错误。"

凌寒乡含笑称是，领导有态度，他有尺度，处理主次关系他心中有数。顾全衡的三点要求是在省委领导的定位上提出来的，并不像胡时捷所说的混为一谈，报道方式上完全延续先前的做法，不用做任何改变，唯一不同是，除特殊场合省略省委常委的职务。省略不等于忽略，省委领导的身份不会因为新闻报道的淡化而被淡忘。

一位服务员带着甜美的笑容向顾全衡献上一束鲜花，代表宾馆经理和全体工作人员表示热烈祝贺。

顾全衡接过鲜花交给孙志坚，对站在旁边的几位服务员说："你们辛苦了。"他转过身对凌寒乡说："场面有点大。"凌寒乡听得出顾全衡的口气不是批评，而是充满喜悦。

顾全衡招呼三人到客厅，说："正好你们都在，咱们碰个头，有几件事一起商量商量。省委决定，将开展新一届巡视工作，五年内全覆盖。咱们市是第一批，明天上午开个小会专门研究一下，提前做好准备，请广炎、祖淦、正声同志参加。"

服务员给几位领导送来热毛巾。顾全衡继续说："我来青云几个月了，城市农村、大街小巷走了不少地方，脏乱差的现象比较严重，绿化水平太低，满街道都是冬青和针叶松，我问市容委主任，他说好打理。我想在全市开展市容环境整治，大干一百天，使城市面貌有一个明显的变化,你们认为怎么样?"

侯家康抢先表示赞成,他说:"是该下力量整一整,老百姓中流传一个笑话,说敌机轰炸,飞到青云上空,飞行员往下一看,向指挥部报告,此地刚炸过。"

胡时捷说:"虽然是段子,但反映了民意。我看可以叫'整治脏乱差,迎接十八大'。"

胡时捷、侯家康告辞后,凌寒乡报告了近几天的活动安排。明天上午,全市召开信访稳定工作表彰会,请顾全衡会见先进集体和先进个人,即席发表讲话。省发改委王主任今天下午来调研,了解上半年经济运行情况,为向省政府汇报做准备,明天上午召开有关部门和企业负责人座谈会,请胡时捷参加,中午,请顾全衡、胡时捷与王主任一起吃个饭。

顾全衡抬手看了看表,快晚上八点了,问:"晚餐谁陪王主任?"

凌寒乡说:"他有私事,自行安排。"

"也好,明天我陪他吃早点。今天难得有空,陪老伴吃顿饭。还有,省委要安排我的住房,我表态还是住市里。"

接到王主任来调研的值班报告,凌寒乡理了理与王主任比较熟悉的人,他和曹小力与王主任一起参加过优秀青年干部集中培训,省委程副秘书长高中时与他是同学,卢海泉是他的老乡,正在市发改委挂职的武副主任是他的部下。他通知曹小力,今晚在"十间坊"宴请王主任,曹小力逐一落实赴宴人员,所有人都爽快答应。

到青云市够一定级别的领导,不论公事还是私事,不论走哪个渠道,都要报给市委值班室,这是四家秘书长联席会议明确的一项规定。对特殊的、重要的人物,除公务安排之外,同学、老乡、部下或共过事的朋友也会尽地主之谊,再忙也要露个面,敬两杯酒,吃饭不是主要的,重在加深印象,增进感情,拉近关系,涵养宝贵的人脉资源。这是凌寒乡工作之外的副业,该通知的人千万不能遗漏,人情社会不可能不讲人情。

离早餐时间还有四十分钟,凌寒乡来到王主任下榻的二号楼,出乎他的意料,顾全衡已经到了,与王主任正在湖边散步。凌寒乡从王主任的随行人员那里得知,王主任有早起散步的习惯。顾全衡这个时间来,应该是与王主任约好的,看来他与王主任的关系非常熟。

共进早餐时,顾全衡着重汇报了在白江新区建立新能源汽车产业园的想法。王主任说:"这是省上重点发展的新兴产业,各市竞争十分激烈。全衡书记是省委领导,我们一定落实好。"他建议,市委、市政府正式写个请示,他全力帮助争取。

用完早餐,凌寒乡坐顾全衡的车一同去机关。顾全衡说:"王主任想多跑几家企业,座谈定在上午十点结束。早晨我和时捷、家康同志通了电话,信访工作表彰会我们俩都参加,让时捷同志主持,家康同志宣读表彰决定,最后我讲话。表彰会推迟到上午十点半开,研究巡视工作的会安排到下午。"

凌寒乡的第一反应是赶紧通知傅自华起草讲话稿,只有两个小时,时间相当紧迫,会场也要重新布置。

尚可每天送孩子上学,上午八点以前到机关。他刚打开办公室的门,座机响了。傅自华打座机的目的是谁在办公室就把活派给谁。处里同志还有半个小时才能到,尚可打开电脑动手起草。

令傅自华惊讶的是,尚可只用了一个小时十分钟,给傅自华留出了比较充裕的改稿时间。傅自华把稿子放一边,问:"没吃早点?"

尚可说:"不是每天都吃。"

傅自华从抽屉里拿出一桶方便面,热水泡上,说:"坐这儿吃吧。"

一处、二处把领导讲话稿分成三类,一类是素材,提供基本情况和要点,供领导参考,比如会见、接见、会谈等,领导不会照稿念。一类是例行讲话,应时应事,比如庆"五一""七一""八一""十一"等,内容适当更新,但结构基本不变。这两类稿子做到条理清晰、文通字顺即可。还有一类是重头讲话,比如党代会、市委全会以及重大决策部署的稿子,必须投入全部力量和精力,出精品力作。除此之外,最令人恐怖的是急就章,时效性极强,冷手抓热馒头,不给一点构思和准备的时间,信访表彰会的稿子就属此类。一处、二处的同志很不理解，领导安排会议为什么不给写稿留出必要的时间，会不会以为稿子不是一个字一个字想出来的，而是一页一页码出来的？

急就章的稿子不算多，一旦遇上考验的是应急能力。尚可与邵尉的差别不在文字水平的绝对高低，而是接受任务时的表态不同。邵尉亢奋而爽快，斗志昂扬，表示保证按时完成任务。尚可木讷消沉，时常流露一点畏难的表情。邵尉给人的印象干劲十足，尚可显得多了几分惰性，这也是没有调他到一处任处长的原因。把活交给邵尉时效有保证，质量糙一些，交给尚可手头要慢，但文字抠得细。这一次尚可的速度让傅自华吃惊不小。

尚可坐在沙发上吃方便面，傅自华动手改稿子。大约过了二十分钟，傅自华说："稿子很好，抓紧清稿，送给我。"傅自华没做大的改动，只在迎接党的十八大的部分增加了些内容，提出了"三个确保"的目标要求：确保进京到省零上访，确保不出现大规模群体性事件，确保不发生重特大安全生产事故。

尚可转身要走，傅自华说："叫处里的同志清稿，你坐下。"尚可叫人取走稿子。

"一直想找你聊聊。对这次厅里干部调整你有什么想法？"傅自华认为没安排尚可任一处处长，他心里肯定别扭，这是人之常情。

"您了解我，我不是那种争强好胜的人，我手头慢，思维不够活跃，文字细一点，但缺少文采，我觉得小陈到一处比我更合适，我拥护厅里的安排，这是我的心里话。"尚可擦干净茶几，把方便面空桶扔进纸篓。

傅自华打心里喜欢尚可的性格，不浮躁，不张扬，心静心细，与自己有几分相近之处。前年，傅自华在修改《中共青云市委关于制定国民经济和社会发展第十二个五年规划的建议》时，有意留了一处差错，请一处、二处的所有同志认真修改，只有尚可挑出了毛病。文中写到"要对青云近期、中期、近期发展前景做出描绘"，第二个"近期"应为"远期"。机关需要此类心无旁骛的人才，也在不断地塑造此类人才。"听说你搞了一套快速写稿法,用来培训处里的同志。"傅自华说。

"那是为了应急,雕虫小技,投机取巧,不登大雅之堂。"尚可四十岁出头,已经谢顶,语速缓慢,配上褪色发白的眼镜框,尤显几成老气。

"跟我具体说一说,如果可行的话推而广之。"见尚可不愿意说,傅自华也不强求,"独门秘籍,传内不传外,不难为你。"

其实傅自华早就听说了尚可的所谓技巧。尚可下大功夫,把近五年来中央和省委领导及顾全衡的所有重要讲话,分门别类进行整理摘编,共二十大类,每一大类下再划分若干小类,形成了比较系统的语录文库,还输入了大量常用词汇和排比句,诸如:理论性、全局性、前瞻性、战略性,找准出发点、抓住切入点、把握着力点,思想达到新境界、能力达到新水平、发展开创新局面,等等。写稿子时,将相关内容调出,按重大意义、目标举措、加强领导三大块拼装整合,搭起主体框架,结合当前实际和讲话人的习惯,灵活加以运用。

傅自华对此不反对也不支持,信息化改变一切,大量技能性的工作由电脑替代不是太遥远的现实。尚可对写稿方式所做的探索有实用价值,起码可以保证基本要件的完整和有效应对急就章,但写稿终究不是生产同型号的产品,不能搞标准化的流水作业,那样写不出活的灵魂和思想的深邃。傅自华说:"这些只是手段,要防止弱化了创造性思维。"

尚可不赞成所有的稿子都平均使用力量,认为对那些应景式的讲话稿没必要下太大的功夫,完全可以采用标准化的作业,既省时又省力,效果同样好。他并不反驳,只是心里嘟囔:您的"三个确保"不也是排比句吗?

尚可不善于表达却善于思考,讲话稿整理好送走后,他说:"主任,有个问题想向您请教。"

傅自华看时间允许,示意他讲下去。

"信访工作对老上访户好吃好喝地照顾,有的还安排旅游,我认为这种做法只顾眼前不顾长远,一个问题解决了又牵扯出了其他问题。"

尚可扶正了眼镜。

"就是要压力传递,压实地方责任,促使问题解决。"傅自华问,"不这样还有什么好法子?"

"要叫我说,对经过确认不合理的问题,到哪儿上访都不理睬,不通报、不督办,否则的话就形成了小闹小解决,大闹大解决,不闹不解决。"

"什么叫合理?由谁来界定?咱们的很多规定都是弹性的,比如'不得随意''一般不要','不得'和'一般'就不是限定词,有很大的弹性,留出了灵活掌握的空间。信访是咱们工作的一个特色,也许有一天各方面制度完善了,信访也就消失了。"傅自华要去参加表彰会,"要引导处里的同志多思考,多琢磨事,不是为了写稿,是为了自己厚重一点。"

尚可少言持重并非他的天性。刚进机关的时候,他言多语快,冲劲十足。一次,处里开民主生活会,处长带头做自我批评,诚恳欢迎大家对他大胆批评。轮到尚可发言,他说:"我对改进处里的工作有很多想法,几次想给处长提,但又不敢,怕提错了处长批评。"他还没说完,副处长打断他,说:"小尚,你这样说是不对的,咱们处长非常民主,从善如流,特别是对年轻同志格外爱护,鼓励你们敢说敢做,敢闯敢试。能跟这样的处长工作,是你们的福气,要百倍珍惜。"给处长的意见没提成,尚可自己却挨了批评。从那以后,他说的每句话都掂量再掂量,想不好决不出口。时间一长,话少了,语迟了。

表彰会非常隆重,受表彰人员身披绶带,胸戴红花,与市领导合影,开会时坐在前两排。市信访办主任项仁群喜不自禁,身着正装,脸上泛着红光和汗珠。他被安排第一个发言,总结了全市进京和到省上的信访量由前三名直落倒数第三名的十条经验:市委及市政府正确领导、各方面高度重视、领导承包"钉子案""骨头案"、建立有效的督办机制、充分利用信息化手段、多部门联防联控、强大的财力物力保障、依法处置非法上访、积极争取上级部门支持、层层压实责任等。

项仁群发言后回到座位,松了松扎得过紧的领带。

傅自华把毛巾向前推了推,让他擦擦汗,说:"老弟,全场就你一个着正装,太郑重了吧。"

项仁群拿起小毛巾使劲抹了两下。"傅大主任,你高高在上,哪里知道我们下级的苦衷。别人拉的屎,盆子扣在我们脑袋上,我们背锅,我们挨板子。干信访一不出成绩,二不出干部。你捋一捋,市领导里有干过信访的吗?这么隆重地表扬信访工作没几次,你说我能不高兴吗?"

"完全理解,确实不容易。"傅自华拍了拍项仁群的手背以示安慰,"几个月的时间,由前三变后三,老弟你使了什么绝招?"

"全在我刚才讲的十条里,够全面的吧?"项仁群仰了仰下巴,"本来想请你这个大笔杆子给把把关,拔拔高,没好意思叨扰你。"

"你说的都是官面上的,说说私下里的绝活。"傅自华相信他一定用了特殊的手段。

"都是粗活,写不进稿子,拿不上台面,说了对你毫无用处。功夫在诗外,诗外见功夫,只要结果不问过程,后面这句话你可以用进稿子。"项仁群重新扎紧领带。

顾全衡首先传达了强立国在青云市做好安全稳定经验材料上的批示。批示指出,青云市抓安全生产和信访工作,摆位高,动手早,措施实,上下联动,标本兼治,成效十分显著。要认真总结和宣传推广青云市的经验做法,全力做好全省安全稳定工作,为党的十八大胜利召开创造和谐稳定的社会环境。

顾全衡在讲话中说:"我们提出的'三个确保',不是管一时的而是管长远的,不是管局部的而是管全局的。全市各级领导干部既要重视信访稳定工作,又要亲自上手做信访稳定工作。我有个提议,今后提拔干部,都要先到信访部门、安全生产部门工作一段时间,增强做群众工作和处理复杂问题的本领。"

傅自华捅了捅项仁群,说:"老弟,你大有希望。"

"前途是光明的,道路是曲折的。领导那是客气,老老实实干活,不求有功,但求无过,不该想的别想,想多了得病。"项仁群坐直身体。

散会后,顾全衡走进会场侧面的休息室,问凌寒乡:"建立新能源汽车产业园这件事,要不要给立国书记报告?"

"应该报告。"凌寒乡秒答。重大事项请示汇报这是规矩,顾全衡并不是在征求意见,是讲民主的习惯表现。

果然,顾全衡从文件包里拿出几张纸,说:"我给立国书记写了一个请示,你看看合适不合适。"

这是顾全衡亲笔写的,意思是市委、市政府专门向省发改委打过报告,争取新能源汽车产业园建在白江新区,恳请立国书记给予支持。

凌寒乡看后说:"没有意见。"沉默片刻,他又说:"给省发改委报过材料,是不是可以不提?"

顾全衡说:"你如果没有意见,就派机交处直接送到省厅,你给立国书记的秘书打电话,说明情况。"

凌寒乡当即落实。顾全衡向餐厅走去,他说:"安全稳定的报告写得很好,是自华同志写的?"

凌寒乡说:"不是,是路雪桥,秘书处处长。"

"就是上次弄错稿子的那个处长?"凌寒乡刚要解释,顾全衡说,"谁都有犯错误的时候,不干事才不会出错,不洗碗就不会摔碎碗。不能因为出了一次错就全盘否定,一棍子打死,该用还是要用的,我们就是要用那些能干事的干部。"

事情过去了几个月,顾全衡竟能随时随地瞬间勾连起来,足见这一错情的影响多么深远。凌寒乡庆幸的是,顾全衡既记牢了此事,又原谅了此事,这为下一步提拔路雪桥亮了绿灯。

顾全衡盛好饭菜正要吃,扭头问:"你刚才说,报立国书记的请示可以不提给省发改委报过材料,为什么?"

凌寒乡说过的话自己都没往心里去,顾全衡猛然提起来,他愣了片刻,回答:"我觉得可提可不提,不提为好,一旦立国书记做出批示,省发改委会认为咱们有意见,给他们施压。"

"你说得有道理,既然可提可不提就不提。"顾全衡招手叫来站在门口的孙志坚,让他追回机交处刚刚取走的请示,他要重写一份。

凌寒乡惊讶顾全衡的思虑如此缜密和精细,他不过是顺口一说,的确无关紧要,而且顾全衡好像也是随耳一听,并未往心里去。过了一段时间,其间还说了许多事,忽然郑重地把他不经意说的话捡了回来,重新验证,这该是怎样的大脑,时刻高速过滤着接收到的每一个音节和字符,甚至还有复检的功能,或许这就是领导能力的差别所在。此时,他的大脑也加速转了两圈,顾全衡怎么会与王主任如此熟悉?这里一定有他不知道的背景。

二十六

顾全衡在多种场合对领导干部强调最多的就是快节奏,跟上市委的步伐,一天当两天过,一年当两年干,一步跟不上步步跟不上。他找干部谈话一般不超过二十分钟,半天可以安排两个会,走起路来虎虎生风,后面的人只得小跑跟随。

容不得各区县做好充分准备,拉练检查活动全面展开。活动起点设在市委大楼的前厅,宽敞的大厅摆满了展板,展示近五年和今年一季度各区县经济社会发展的主要指标,包括生产总值、财政收入、固定资产投入、利用外资内资、城乡居民可支配收入、安全生产、赴京进省到市上访等数据。展板用绿、黄、红三种颜色划分出三大阵营,先进的为绿色,中间的为黄色,较差的为红色。

胡时捷站在展板的中央,手握无线话筒,做动员讲话:"我把这次活动的核心内容概括为两个字:查和看。我们要到实际中去,查一查是真干还是假干,干到了什么程度,看一看发展是不是上去了,老百姓的收入是不是上去了。"他指着身后的展板,说:"这些是激励牌、警示牌,更是督战牌,希望在红区的区县知耻而后勇,不甘落后,奋起直追,为百姓幸福而战,为青云未来而战,决战决胜。"

浩浩荡荡的车队出发了。市委书记、市长、市人大常委会主任、市政协主席,加上市委常委坐一号车,副市长坐二号车,区县委书记、区县长

246

坐三四号车,市有关部门主要负责人坐五六号车,七号车坐的是领导同志的秘书、工作人员、新闻记者。第一站去最远的隆泉县,也就是凌寒乡曾经担任过县委书记的地方。

杨立德借鉴外地的经验并加以创新完善。他从职业技术学院模特专业招录了七名即将毕业的学生,身高一米八,相貌姣好。凌寒乡当即否定,太高了,几个人站成一排像一堵墙,领导会有压抑之感。杨立德迅速调整,把身高降到一米六六左右,集中二十天强化培训,熟记青云市和各区县及点位的基本情况,身着统一定制的服装,梳着发髻,戴上耳麦,上车全程做讲解和引导。

傅自华被安排坐在一号车,便于记录一路上书记言谈中的鲜活观点。由于是第一天,市委常委悉数参加,一号车座位满员,只有傅自华不是市委领导。他浑身不自在,主动上了三号车,那里的氛围比较宽松,也好趁长途远行补上一觉。

傅自华刚上车,秀水区委书记立马起身,把第一排带有小桌子的座位让出来,说:"市领导与我们打成一片,与民同乐,我们热烈欢迎。"起哄的掌声随之响起。芳水区委书记说:"我们这车可都是粗人,大秀才别介意啊。"

青云市由十三个区县构成,包括五个中心城区、四个郊区、三个县和白江新区,中心城区和郊区多以"水"字命名。据学者考证,这一现象既与青云的地理环境有关,也与民间传说有关。

青云地势低洼,水系发达,淀塘星罗棋布。相传当地一官员,盘剥百姓,胡作非为,民愤极大。他连遭不幸,先是儿子暴病而亡,后是宅院失火。他请术士驱鬼避邪,术士掐指默算,说他命中缺水,指点他若想消灾免祸,必须对周边以水命名的村庄减免捐役。告示一出,各村庄都更换成带"水"的名字,许多名字沿用至今。

傅自华懊悔自己的失策,真不该换车,跟各路诸侯在一车,补觉是不可能的,不拿自己开涮就不错了,不过倒有一个好处,可以听到街谈巷议,愉悦心情。

这些地方大员平日各忙一方，彼此见面的机会不多，开会碰头也不过打个招呼。今天难得凑到一起，大家平起平坐，彼此又相当熟悉，相互之间用不着装模作样，放下了在区里刻意端的领导架子。

正如傅自华所担心的，车子一启动，开涮同步开始。讲解员刚背完开场白，春水区委书记马上打断她："小姑娘，你背的这点事都在我们肚子里。老哥几个好久不见，挺不容易的，我们随便聊聊，宽宽心。你好好歇着，傅主任不敢批评你，他要是批评你，我们决不答应。"讲解员只好坐到司机侧面的座位上，不再说话。

天水区委书记掏出一包烟发了一圈，亲自给傅自华点着，说："要说不容易，老傅最不容易，过去叫师爷，现在叫文胆，相当于陈布雷、田家英的角色。为他人作嫁衣裳，这碗饭一般人吃不了，像老傅这样的二般人吃得了，但吃不香。"

春水区委书记打断他："会不会说话？瞧你举的例子，这两个人没一个有好下场。话说回来，人家老傅干得真不错，书记换了几任，老傅稳如泰山，岿然不动，这叫本事。知道啥原因不？名字起得好，傅自华。不是瞧不起你们，没人知道出处。我告诉你们吧，出自苏轼的诗，腹有诗书气自华。不信？你们问问老傅。"

天水区委书记不服气："你是鲁班门前耍大斧，关公门前耍大刀，孔子门前卖字画。我给你出个题目，清朝中兴四大名臣谁的学问最大？"见全车的人大眼瞪小眼，他又说："老傅准知道。"

傅自华耍了大半辈子笔杆，正史、野史看了不少，他不想卖弄，似是而非地说："应该是胡林翼，曾国藩说他的才华比自己高十倍。"

"怎么样，难不住，老傅果然才高八斗，学富五车，名不虚传。"天水区委书记说。

"我也给你们出道题。"秀水区委书记说，"印度有一位公主，不仅貌美而且知识渊博，天上地下无所不知，求婚者络绎不绝。公主只有一个条件，谁能提出一个她答不上来的问题她就嫁给谁。最终一位王子娶到了公主，你们猜王子提的什么问题？"

一车人七嘴八舌猜了十多个答案,都不对,便向傅自华请教。傅自华等到全车人不耐烦了才说:"王子问的是,能难倒你的问题是什么。"

丽水区委书记使劲拍脑门:"俺的亲娘啊,你咋没给咱弄个好脑子。这不是咱们的长项,哥几个捆一块不顶老傅一个。换个频道,我给你们说个真事。前些时候,一位省领导视察我区的菜市场,在肉摊前问,生意咋样?摊主答,平时还好,今天一斤没卖。领导问,为啥?答,因为你来了,不让顾客进。领导说,这不是有顾客吗?答,是社区干部。领导说,我买二斤。答,不卖。领导问,为啥?答,因为你来了,不让带刀。领导说,那就来一整块。答,那也不能卖。领导问,为啥?答,因为你来了,卖一斤亏十块。领导说,我按原价买。答,卖不了。领导问,为啥?答,我不是摊主,我是警察。领导说,把你们局长叫来。答,来不了,局长在门口卖海鲜。省领导大发雷霆,训斥我糊弄他,欺上瞒下。我骂下面的人,保证领导安全是对的,但要做得巧妙,要自然,装样子都不会,还能干啥,一群废物。老傅,你没在下面干过,不了解我们的苦衷,难啊。"

芳水区委书记说:"纯粹是瞎编,要是真事,早把你撸了。我讲个本人的经历。去年春节,我去一家安定医院慰问,在一楼轻症区,我热情打招呼,春节好!病人齐声回答,领导好!到了二楼中症区,我亲切问候,春节好!病人稀稀拉拉地回答,领导好!到了三楼重症区,我衷心祝福,大家春节好!病人没有回应,呆傻地看着我,一个病人说,别理他,新来的。我去看病人,倒成了精神病!"

车里人狂笑,连讲解员都止不住咯咯地乐出了声。

芳水区委书记煞有介事地告诫傅自华:"你可要提醒领导,视察时不要轻易问候。"

"当领导难啊,不知哪句话说不对就给自己惹祸。"春水区委书记说,"有一次我去街道检查工作,表扬街道书记经过多岗位锻炼,说街道书记都干过街道主任,谁知女街道主任不高兴了,她说,书记都是主任升的。我脑子笨,当时没反应过来。后来秘书跟我说,是她想歪了。你们说说,我冤不冤啊!"

丽水区委书记说："这可说不好，备不住你这就是个谐音梗，成心的，拿女同志开心找乐。"

"去你的，我就那么没品位？"春水区委书记狠狠捶了一拳丽水区委书记。

一路上你说我逗，在嘻嘻哈哈中到了第一站隆泉县。第一个点位是稻米加工厂，收购当地生产的水稻，加工成小袋包装，贴上东北某品牌的商标，进入市场。第二个点位是农家乐，全村做农家乐的有三分之一，开始富裕起来。第三个点位是设施农业，大棚种植蔬菜和菌菇，运用先进技术，反季节销售。每到一个点位，县委书记和县长分别介绍情况，顾全衡、胡时捷插话提问。在智能化大棚里，开始了集中点评。

顾全衡说："寒乡，你在这个县当过书记，你来讲吧。"

凌寒乡接过辛志递来的话筒，先肯定了隆泉县的发展成绩，再指出存在的不足："隆泉县在全市发展相对滞后，底子薄、条件差，这是客观原因，大家都清楚。但从主观上讲，全县上下不服输的劲头不够足，最大的问题就是农业结构调整比较慢，传统农业占的比重过大，生产方式粗放，产品加工初级，经营模式单一，这些都制约了隆泉县的发展。建议在调整结构上下更大的功夫，通过结构优化带动农业效益提高、农民收入增加、农村实力增强。"

分管农业的侯家康点评，与凌寒乡讲的大同小异："希望县委、县政府一班人振奋精神，迎难而上，后来居上，打一个漂亮的翻身仗。"

顾全衡指着一个洗衣盆大的南瓜说："同志们，以前我们能想象南瓜长成这个样子吗？恐怕神话故事里也没有，但它现在就摆在我们面前，这就是科技的力量，是结构调整的力量。家康、寒乡同志讲得都很好，敢于直面问题。我们这次活动，就是要挑毛病、找问题。各区县给我们看的都是千挑万选的好东西，但我们要吹毛求疵，鸡蛋里面挑骨头，所以，你们要有心理准备，不会听到顺耳好听的话。"

顾全衡的话题转回到隆泉县，说："寒乡同志作为县里的老书记，说话比较含蓄，是留了情面的，要叫我说，你们不服输的劲头不是不够足，而是太不足了,你们的结构调整不是比较慢,而是太慢了。今天看的这三个项目,我的评价是,太低、太散、太小。我们青云的水稻、黄瓜、香梨是很有名气的,但有品质无品牌,有名声无市场,市场占有率太低。农家乐没有特色,经营完全雷同,相当于大车店的水平,缺乏组织引导,一家一户经营太散。大棚种植更像盆景,只在少数几个村搞出点模样,整体规模太小。我说过,青云要打翻身仗,农村就是一个大战场。搞农业一定要讲效益,我们要明确一个方向,大力发展现代都市型农业,调整、调整还是调整,调高一产,调强二产,调大三产,让农民尽快富裕起来。"

众人发现,隆泉县委书记和县长的白衬衣全都湿透了,他们不是热的,而是紧张所致。

午休时,几位有心的区委书记、区长悄悄溜进隆泉县书记或县长的房间,打探情况,求教取经,为接下来的应考做准备。下午又查看了一个区,回返途中,车内气氛与来的时候完全两样,无声无息,区委书记个个心事重重。

丽水区委书记说:"看来这次拉练检查是巡视,是考试,据我了解,一号车就是考场,书记、市长就是考官,啥都问,专问那些蹊跷的问题,细极了,有些情况咱们都很少过问。上了一号车的没有不紧张的,一身身地冒冷汗。隆泉县路途最远,隆泉县委书记与县长被问的时间最长,差点虚脱了。我劝诸位,今晚回家好好备课吧。"

春水区委书记说:"以我的经验,碰到不清楚的问题千万不要慌,拿出胸有成竹的样子,张口就来,别含糊,别犹豫,更不能说不知道,领导又不去核实,答了就有分,不答就交了白卷。"

各位书记感到了压力,纷纷给自己的办公室主任打电话,通知晚上加班,完善迎检方案。

傅自华一路被涮,见这些人打蔫,觉得是反击的时候了。他说:"回答领导提问,要实事求是,不能连蒙带唬。"

春水区委书记说:"老傅,你是站着说话不腰疼,饱汉子不知饿汉子饥。"

"那好吧,我给你们讲个故事,兴许对你们有启发。"傅自华提起精神。

春水区委书记招呼:"各位,振作振作,老傅是书记身边的人,给咱们出招,这可是锦囊妙计。"见傅自华不急不忙,又道:"老傅,都是老朋友,别拿一把,快说。"

"明代有位大臣叫解缙,"傅自华装腔作势、拿腔拿调,"主编过《永乐大典》。永乐皇帝有一天对他说,昨夜宫中有喜事,你吟首诗吧。解缙猜想可能是皇后生了龙子,便吟道,君王昨夜降金龙。岂料皇帝却说,是女孩。解缙马上接续,化作嫦娥下九重,将生男改为生女。皇帝故意叹气说,可惜夭折了。解缙脱口应道,料是人间留不住。皇帝又说,尸体已扔到池塘里了。解缙转口又吟,翻身跳入水晶宫。皇帝本想为难解缙,解缙巧妙应对,成功化解。"

丽水区委书记大失所望:"这算什么妙计,不过是哄皇帝高兴。"

春水区委书记说:"能把皇帝哄乐了还不算本事?领导痛快了咱们才能痛快,怪不得你小子连个菜市场都摆不平。老傅的意思是要举一反三,见机行事,以变应变,不能一问三不知。"

"这可不是我的本意。你们知道解大人是怎么死的吗?被诬陷扔在雪地里冻死的。他很有才,说话直,不是阿谀奉承的小人,却因为这件事留下了巧言令色的一笔。所以,劝诸位有一说一,知之为知之,不知为不知。"

丽水区委书记说:"绕了一大圈,不就是让我们做老实人,说老实话嘛。"

"我就是这个意思,可我要是直接说了你们哪一个愿意听?不听老人言,吃亏在眼前。"傅自华合眼养神。

春水区委书记说:"嘿,大不了几岁,你倒卖起老了。傅大爷,您老歇着吧,不打扰您了。"

为了能顺利过关,区县委书记下了大功夫,亲自上手修改汇报稿,点位介绍烂熟于心,即使如此,项目不过硬照样挨批,只是轻重程度不同。

被批最狠的是丽水区委书记。在一家塑料加工厂，被批道："你就给我们看这样的项目？靠卖塑料盆、塑料鞋能挣几个钱？"在街心花园，被批道："一个二级河道修什么亲水平台，没钱搞发展，有钱搞景观，面子工程。"第二天见到丽水区委书记，满嘴起泡。他接手这个区才半年，底子太差，拿不出过硬的东西，这怪不得他，要怪也得怪上一任书记，没干成事还吃空了家底，抬腿到市里部门任职去了，板子只能打在现任领导的屁股上。他一肚子委屈，又不是孙猴子，说变就能变出一堆好项目。他愤愤地说："经济发展也要追责问责。"

拉练检查活动过半，凌寒乡发现在"两看"之外多了"一看"。每到一个区县再上车时，座位旁放有礼品袋，除了区情县情的宣传册，还有食品、生活用品和小礼品，前几天是脆枣、手指蕉、小西红柿、甜黄瓜，过两天是西点、咖啡、果汁、小瓶威士忌，再过两天是折扇、折叠伞、血压仪、纪念邮册、数码收音机，小礼品的档次越来越高。午餐不断变换花样，土洋结合，品种繁多，酒不敢上，但鲜榨汁有七八种。房间里备有可带走的高档拖鞋、男女款整套洗漱用品。各区县在暗中较劲，比接待水平，看谁更有特色，更有创意，更上档次，各区县餐饮和赠送的物品决不重样，实在避不开就在精细和品牌上下功夫，这种状况逐日升级，大有愈演愈烈之势。

这天活动结束后，凌寒乡在办公室与杨立德、辛志研究如何刹住这股不正之风。杨立德认为，适当有点土特产和小食品是可以的，但要严加控制。辛志认为，要么不管，要管就一刀切，一律取消，矫枉必须过正。

凌寒乡说："各区县相互攀比，花大心思搞接待，你增一寸，我长一分，每天空手去，大包小包满载而归，成了市委大院的一景。虽然没有贵重东西，但影响不好。此风不可长，必须坚决刹住。"

凌寒乡口述，辛志执笔，起草了关于切实搞好拉练检查活动的补充通知，明令不得赠送一切食品物品，规定了午餐的标准。由会务处口头通知后面的区县，严格执行。

拉练检查活动的最后一天的最后一站是白江新区。曹小力亲自上阵汇报项目建设的最新进展。六个项目中有两个与周子恒有关。

在新能源汽车产业园建设工地，曹小力站在巨大的规划示意板前，手举长长的教鞭，做详细介绍。他说："这是全衡书记亲自引来的大项目、好项目，将成为青云发展新的支柱产业，我们力争年内建成投产。我们的要求是：星期六保证不休息，星期天休息不保证。我们的目标是：青云之车，跑遍世界。我们的追求是：青云速度，青云效益。"

曹小力的话音刚落，顾全衡转身面向众人，情绪饱满地说："小力同志讲得好，青云速度，青云效益，还要加上一句，青云精神。自华同志来了吗？"

"来了。"傅自华从人群后排挤到第一排。

"这三句话要用在我们的讲话中、文件中，要在全市叫响。"在阳光的照耀下，顾全衡刚毅的面庞映射出枣红色，"围棋中有本手、俗手、妙手，本手本分，俗手平庸，妙手妙在抢先、妙在谋势。新能源汽车产业园就是我们加快发展的妙手，别人正在干的我们要干得更好，别人准备干的我们要快干，别人还没干的我们要早干。我们就是要下先手棋，下一招制胜的妙手棋。"

按照北岸生活区的规划，一批重大生活设施同步加快推进。周子恒如愿拿下了口忙街的建设项目，工程全面完工，部分商铺已开张营业。口忙街的形状如同综合体育场的环形跑道，中间是人工开挖的景观花园，蜿蜒曲折的廊庑，钟灵毓秀，收风雅之韵与烟火之气于其中。

正如当初周子恒的建议，曹小力着力引进百家全国各地的名小吃，打出的口号是：走一街吃全国。整条街长三千多米，按名面、名饺、名鸡、名鸭等分成若干特色区域，每个区域冠以特色名称，诸如面面俱到、斤斤计饺、鸡不择食、鸭口无言。

参加拉练检查活动的各级领导难得有闲暇逛街，吃小吃。临近中午，大队人马来到面面俱到一条街，兰州牛肉面、武汉热干面、上海阳春面、四川担担面、山西刀削面、北京炸酱面、河南烩面、陕西臊子面、杭州片儿川、新疆拉条子……各地名面应有尽有。当街摆好了桌椅，桌子上配有多种小菜。曹小力安排众人入座，招呼服务员点面，如果肩上搭条白毛巾，活脱脱一个店小二。每人点的面各不相同，有的人同时点了三种面。吃面声响成一片，只见一张张嘴忙得不亦乐乎。

傅自华拉住曹小力，说："亏你想得出，这么多领导干部吃大排档，全国独此一景。"

"老兄，这你就不懂了，这些人什么好东西没吃过，酒桌宴席那是家常便饭，不常吃的东西才是大餐。"曹小力做了一个鬼脸，"项目好不好，关键看吃得好不好。古希腊一位哲学家说过，所有美好的事情都与满足口腹之欲有关。"

"街的名字也是你起的？"傅自华问。

"我可没这么大学问，"曹小力指着周子恒，"是他的杰作。"说完赶紧去陪顾全衡、胡时捷。

傅自华对周子恒说："你的学问都用在生意上了，名字起得很特别。"

周子恒扬扬自得："苏轼的诗'自笑平生为口忙'是在被贬的时候写的。人不论高低贵贱，不论得意失宠，都离不开一件事——吃。人之所以能从猿进化为现代人，就是从吃开始的，因为学会了加工，把食物烤熟了吃，食物快速消化，减轻了内脏负担。你知道吗？人的内脏只有哺乳动物的一半大，脑容量则大两到三倍，蛋白质多数被大脑吸收，大脑只占全身比例的百分之二，消耗的摄入量却占百分之二十。于是乎，猿变成了人，人成了地球上最聪明的动物。"

傅自华说："中国人讲究吃，万事万物都离不开'吃'字，吃亏、吃惊、吃力，学文件还叫吃透精神。眼前这一幕，倒让我想起苏轼的另一句诗'老夫聊发少年狂'。难得一见的饕餮盛况，看来小力又拿分了。"

"小力的脑容量不仅比动物大，而且比咱们都大，"周子恒说，"这个主意他想了好长时间，吃面既简朴又省力，与众不同，还脍炙人口。"

"有件事，一直想跟你解释，觉得还是当面说好。"傅自华说。

"是我外甥的事吧？不用解释，既然交给你们了，怎么调教是你们的事。"周子恒不想过问。

"这次没提拔小邵，是我的意见，跟寒乡没关系，我们也是为孩子好。希望你能理解。"傅自华还是觉得过意不去。

"老傅，咱们是老同学吧？是老朋友吧？"周子恒拍着傅自华的肩膀说，"我和寒乡在一起的时间更长，咱们的情义比什么都重，怎么可能因为小崽子受到影响，孰轻孰重我都分不清就甭混了。你们对他够客气的了。我当舅舅的管得了一时，管不了一世。"他把筷子递给傅自华，说："吃面吃面，面面俱到。"

拉练检查活动的最后一个点位是"白云人家"。曹小力把展现的机会让给了周子恒。周子恒着重介绍了他发展康养产业的长远构想：二期项目共三大板块，建设生命工程研究中心、建立益生菌保健产品研发生产基地、生产老年人用品及装备。他说："健康产业是一个大产业，我们要为应对老龄化社会做出贡献，让老年人有尊严地老去。"

顾全衡点将："家康同志，养老课题是你负责的，你来说说。"

侯家康做了精心准备。他说："我国用几十年的时间走完了西方发达国家上百年工业化道路，却用几十年的时间达到了西方发达国家上百年才达到的老龄化程度。养老问题不仅是民生问题，而且是社会问题、政治问题。"侯家康站位确实高，三言两语阐明了养老问题的本质。"我市已进入中度老龄化城市行列，面对庞大的老年人群体，必须聚焦重点，高效施策。通过调研，我们把老年人分成身心健康、体质较弱、多病体衰三类，养老的重点应放在第三类上，即失能、半失能、失智老人，城市的空巢老人以及农村的留守老人。我市同全国一样，百分之九十以上的老人居家养老，但社区养老服务供给能力明显不足，养老机构服务供给总量短缺，公立养老院一床难求，排队排到了三年以后。我们建议，坚持政府主导、社区主建、机构主管，政府在规划、税费、补贴方面给予支持，社区提供场地用房，养老机构负责运营，逐步建立起比较完善的养老服务体系。"

顾全衡高喊："明建同志来了吗？"

程明建站在前排，他应声"到"。

"你们研究室不能只调不研，要运用大数据技术，对全市老年人状况做系统分析，科学界定养老服务重点人群，厘清养老服务供给重点，研究如何布局全市养老服务设施，如何设置社区养老服务站，根据财力分批次逐年实施。"

"我同意。"胡时捷说，"要组织编制全市养老服务业发展规划，在此基础上制定行动方案，首先解决社区养老机构建设问题。"

顾全衡对周子恒说："你的想法很有气魄，放手大胆地干，市里全力支持你。我要给你提个醒，这里住的都是老年人，务必重视安全，尤其是防火安全，杜绝发生安全事故。记住，我说的是杜绝。"

趁着众人在楼下参观，傅自华跑上楼看望卓达峰。卓达峰的房间门窗紧闭，傅自华敲了好一会儿门才打开。

卓达峰说："原来是你，我以为是来参观的人，不想让他们进来。"

"市领导来考察，发展养老事业。"傅自华扶卓达峰坐下。

"怪不得呢，马咽车阗，人声迭喧，严加警跸，这阵仗果然是大人物，就差净水泼街、黄土垫道。养老院需要安静，人喧马啸，也不问问老人欢迎不欢迎。"

"今天是大检查，区县还有部门的领导都来参观学习，借鉴'白云人家'的做法，这是好事。"傅自华说。

"抓工作就像搞运动，轰轰烈烈的。为了迎接你们，小米她们折腾好些天，打扫卫生，美化环境，我们的伙食也改善了。你们办公厅的人来过两次，专挑毛病，看哪儿都不顺眼。小米想安排我和市领导交谈，我坚决不去，也不让她把人带到我这儿。我就不明白，这套东西怎么就不能改一改，大张旗鼓，兴师动众，有必要吗？"

"您就别生这份气了，您的任务是编书、养老，安享晚年。"傅自华劝他。

卓达峰站起来，一边拄着拐杖向露台走去，一边说："我在想，这本书编完了还能干什么，无事可干，除了吃饭就是睡觉，日出日落，天天如此，多么可怕，好像在迎接死亡。闻鸡不起舞，不如早入土。"

"您太悲观了。"傅自华跟了出来，"今年是您九十寿辰，我们还要为您祝嘏祈祚。"

"我用的词是'迎接'，是积极乐观的心态。"卓达峰用拐杖点了点地，"到了我这个岁数，死亡一天天地近了。人们对老的恐惧，实际上是对死亡的恐惧，最初是惊慌，然后是被迫接受，再后来随它去吧。乐观派说，死是生的开始，可谁又会为了新生而欢呼死亡。在奔向死亡的路上，没有谁能停下来，哪怕一分一秒，区别在于，年轻时不去想，年老了总是想。找点事做是迎接死亡，什么都不做是等待死亡。所以人不能闲下来，从这个角度说，他们折腾也有道理，也是对待死亡的积极态度。"

听到楼下汽车轰轰发动的声音，傅自华知道大部队要出发了。他说："您把身体保养好，等我退休了，陪您一起迎接死亡。"他边下楼边琢磨卓达峰的话，关于死亡，他真没想过，说明自己还不老，离死亡远着呢。

历时九天的拉练检查活动顺利结束。总结会上，三个先进区县谈经验，三个后进区县做检讨。

会后，曹小力在电梯口拉住凌寒乡说："新区够给力的吧，全衡书记满意吗？"曹小力是想让凌寒乡透露点顾全衡私下里的评价。

凌寒乡直言相告："到目前为止，我听到的都是对你的表扬，书记夸你能干会干。书记还说，这个活动要年年搞，一年好不等于年年好，越往后越能看出水平。"

"把新能源汽车产业园摆在新区这可是件大事，王主任没少使劲。他和全衡书记的关系不一般。"曹小力很神秘的样子。

"怎么不一般？"这正是凌寒乡疑惑的问题。

"王主任的岳父岳母住在天顺市，"曹小力小声说，"逢年过节全衡书记派工作人员去慰问，有时亲自登门看望。"

"你是怎么知道的？"凌寒乡觉得奇怪。

"那天吃完饭,我们又去了'四月天',王主任喝高了,自己说的。"

原来如此。凌寒乡的脑子里闪出几个成语,滴水穿石,得先有水,水到渠成,得先有渠。做与不做、做与怎么做,结果云泥之别。用心做好每一件事的人和无所用心做事的人,终将得到不同的生活配给。

晚上,为了庆祝拉练检查活动圆满结束,参加活动的全体同志在绿岛宾馆用餐,办公厅通知非特殊情况不得请假。用餐前,顾全衡要求办公厅安排著名保健专家讲夏季如何保健养生,他说,有好身体才能干好工作,干好工作必须有好身体。保健专家用中医理论传授如何调节情绪、调节饮食、调节作息,听讲的人不感兴趣,道理都懂,情绪难控制。几个人嘀咕:"那边搞大检查,弄得我们心火旺盛,伤肝损肺,这边告诉我们忌燥热、养津气,这不是自相矛盾吗?保健?能保命就不错了。按专家讲的,咱们最好歇着,不着急,不上火,长命百岁。"

晚饭后安排一个小型联欢会。顾全衡、胡时捷提前离开,出席高端医疗设备生产基地落户的签约仪式,会见外商。

党政主官一走,气氛立刻热烈起来。有人提议,边吃边演,得到齐声应和。

第一个表演节目的是芳水区委书记,演唱《父亲》,吐字清晰,声情并茂,高音部分并不显得吃力。他唱道:"我的老父亲,我最疼爱的人,这辈子做你的儿女,我没做够,央求你呀下辈子,还做我的父亲。"下面不知是谁找乐,喊道:"好说好说,做你爹我也没做够,就这么定了。"

接下来上台的是近水区委书记,自己报幕,献上一支钢琴曲《找朋友》。只见他双手放于膝上,吸气运气,然后高高举起一根短粗的食指,在空中停留片刻,像是摆造型,再向下用力戳去,一个琴键一个琴键地夯击,音符与音符之间互不关联,和弦更谈不上。他合上眼睛,陶醉飘然,身子前后左右摇晃,台下鼓起倒掌,他丝毫不受干扰,沉浸在自我营造的音乐王国里。曲子过短,他又弹了一遍。有人喊:"见过一指禅武功,没见过一指禅钢琴。"他不为所动,聚精会神敲完最后一个键。他并不急着站起来,而是把双手放回到膝盖上,调节一下气息,这才起身,面向台下观众,鞠了个一百二十度的躬。台下有人骂:"这哪是弹钢琴,是演小品,逗咱们玩呢。"

顾全衡见结束后,看时间还早,他对凌寒乡说:"一起走走吧。"凌寒乡汇报了近期几项大的活动安排:庆"七一"将在全市评选先进党组织和优秀共产党,召开一个座谈会;出国访问的请示已经批准,准备洽谈和签约的项目基本落实,需要会见的外商还在逐一对接。

对这些安排,顾全衡都同意。他提出了另外一个问题:"寒乡,你觉得这次拉练检查活动搞得怎么样?"

在下午召开的总结会上,顾全衡对活动的评价部分是脱稿讲的,有感而发,热情洋溢,比原稿的肯定抬高了一大截,从各区县的工作成效到整体活动的组织协调,都给予了极高的评价,并且顶格用了表扬词语,诸如出色、杰出、高标准、高水平、高境界。现在,冷不丁被质问活动的效果,凌寒乡无从回答。他猜想是不是组织工作出了严重纰漏,而他却没有发现,于是说:"我们第一次组织这么大的活动,有很多地方安排得不细,考虑得不周。"

"我说的不是这个,"顾全衡打断他,"你有没有发现有的区县做表面文章,摆花架子,弄虚作假?"

凌寒乡当然察觉到了,也听到了反映。有的区提前三天封闭文化主题公园,对市民说为了喷药杀虫。有的区为了让领导俯瞰总部楼宇群的壮观场景,花三十万元搭建了观礼台。有的县为了车队驶进施工现场,连夜突击铺了一条柏油路。这些情况都未经核实,他不能听风便是雨,不负责任地报给顾全衡,即使确有其事,也应权当瑕不掩瑜的个别现象,为此奏上一本,与整体氛围和顾全衡的勃勃兴致极不符合,是典型的不识大体。顾全衡在总结会上对活动中存在的问题只字未提,凌寒乡不禁问:"可是,您在会上并没有批评……"

"嘴上不批评不等于心里没数。"顾全衡说,"你没注意到工地上的推土机,挨得那么近,像阅兵的方阵,能干活吗?花园水池里的水比纯净水都干净,那些鱼肯定是刚放进去的,过不了两天就会变臭。还有,咱们临时提出要看一个项目，车队沿原路返回，刚才还在施工的人都不见了。你是想问，我为什么不在会上批评他们，对吧？"

凌寒乡点头。

顾全衡指着湖水说："想让水面动起来就得鼓风，想让人动起来就要鼓劲。有时候为了做成一些事，不得不容忍一些事，两害相权取其轻。比如说，要补充维生素 D，需多吃三文鱼、蘑菇，那么嘌呤就会增高。要补充铁，需多吃动物肝脏，但胆固醇就会增加。我们现在最需要的是让各级干部都动起来，把劲鼓起来。泄劲容易鼓劲难，如果不分主次地痛批一通，刚点着的火苗就会熄灭。不批评不等于容忍，不点破不等于没看破。你让督查处搞一次'回头看'，挑几个重点区县进行暗访，千万不要声张，结果只报给我，我们心里要有数。再有，督查处的力量还要加强，我考虑成立督查室，副厅级，增强督查的权威性。我跟祖凇同志说一下，你们具体商量着办。"

凌寒乡回到办公室，亲自打印了一份"回头看"名单，叫来郑如实，让他亲自带两三个人，带上照相、摄像设备，按照名单，逐个暗中察访，把真实情况记录下来。要严格保密，调查过程和结果不得告诉任何人。

安排好这件事，凌寒乡想给保姆打电话问问老父亲的情况，快深夜十一点了，估计保姆已经休息，不好打扰。他拎起哑铃开始锻炼，脑子却闲不下来。他隐约记起看过一本书，讲的是错视觉，列举了黑林错觉、艾宾浩斯错觉、缪勒莱耶错觉、贾斯特罗错觉、冯特错觉、波根多夫错觉、佐尔拉错觉，运用线条、模块、色彩巧妙构图，平面宛如立体，上下变换方位，形状难辨方圆，亦真亦假，视觉错乱。那本书颠覆了眼见为实的说法。不仅纸面上如此，现实也是如此，眼见不一定为实。

凌寒乡在当天的工作日志上写道：作假费心省力，作真费力省心。

二十七

"七一"就要到了，全市各单位组织参观红色教育基地，举办书画展、主题演讲、歌咏比赛等一系列活动,庆祝建党九十一周年。市委召开庆"七一"加强基层党建工作座谈会,张祖凎主持,顾全衡出席讲话。市委办公厅机关党委被评为先进基层党组织;路雪桥被评为优秀党务工作者,并在会上做了发言。

座谈会结束后,凌寒乡陪顾全衡去看望长征时期入党的老党员,他叫路雪桥午饭后到他的办公室。

"发言很有水平。"凌寒乡把路雪桥让进办公室,夸她一句。

"咱们还用得着这样吗?"路雪桥很不好意思。

"这是全衡书记说的,又不是我夸你。"

"是不是因为弄错稿子书记记住我了?"

"是,记住你了,还记住你给省厅的材料写得好。"凌寒乡说,"找你来是有一件事交给你。全衡书记提出,'七一'前他要以党员的身份参加所在支部的组织生活会,具体怎么搞,你跟小陈商量一下。你是机关党委书记,你也参加。"

顾全衡的组织关系落在一处,凌寒乡自然把自己的组织关系从秘书处调到一处。

"这可是大事,我们先做个方案,最后你把关。"

"厅室庆'七一'活动落实得怎么样了?"凌寒乡问。

市委办公厅、市委研究室联合举办庆"七一"活动,包括举行新党员入党宣誓,与青云足球学校进行一场友谊赛,举办一台文艺演出。

"文艺演出由陈燕影负责,足球比赛由邵尉负责,都在抓紧进行。"路雪桥汇报,"我提出让厅领导班子出个节目,几位主任不积极,需要你下个令。"

凌寒乡笑着说:"你真是爱犊子的好领导,以前是陈燕影,现在又加上邵尉,凡是你的部下,想方设法给他们创造展示的机会。"

"我的部下不也是你的部下吗?我这是为了谁,还不是为了工作,都像我这样,心气给理顺了,你们当领导的省了多少心。"

"厅主任演出的事我现在就落实。"凌寒乡说完便给傅自华打电话,只听傅自华在电话里说:"我们几个都是土老帽,要嗓子没嗓子,要五官没五官,就别丢人现眼了,糟蹋了办公厅的形象。"

凌寒乡说:"不会唱就吼,丑星也是星,压轴节目留给你们。"

全衡书记要到处里参加组织生活会,陈燕影既兴奋又紧张,而且全身心紧张。上大学时,团市委举办全市大学生演讲比赛,代表鹿大参赛的选手临场怯阵,浑身战栗,发不出声。校团委书记找到陈燕影,请她救场,并下死命令,鹿大作为全市高校的领头羊决不能缺席,必须拿到名次。陈燕影临危受命,临阵磨枪,凭着日常积累,以打动人心的演讲一举拿下第一名。当年面对千人听众,她镇定自如,如今面对一位市委书记,她却紧张得心神不定。是因为年龄大了?锐气减了?顾虑多了?也许多种因素都有。

比陈燕影更紧张的是赵理。他曾因为没有近距离接触过市委书记而苦闷,由此怀疑工作的价值。当听说顾书记要与他们一起开组织生活会,他窒息得快喘不上气来。他将与至今所能见到的最大领导隔桌而坐,与顾书记面对面交流,近在咫尺,气息相闻,太不可思议了,他将是家族中面见省部级高官的第一人,怎么能不欣喜若狂。"不能改变现实,就改变你对现实的态度。"他想起《沉思录》上的话,不错,态度变了,现实可能随之而变。

"姐,我能发言吗?"赵理主动报名。

"当然了,不但你要发言,全处其他同志也都要发言。"陈燕影说,"这次组织生活会的主题是'怎样做一名合格的共产党员'。你要好好准备。"

"我讲什么呢?"

"结合自身实际情况,谈谈对党的认识,说心里话,说大实话,越真诚、朴实越好,不要讲大道理,千万别给书记上课。"

"我写成稿子念行吗?我怕到时候一紧张磕磕巴巴。"

"最好不念稿,怎么想的就怎么说,向书记汇报自己的真实思想,用不着太紧张。"陈燕影半是劝人半是劝己。

"姐,房子我买下了,便宜了好多,太谢谢你了。"

"别谢我,我哪有这么大能耐,要谢就谢凌秘书长。这事他没跟你提过？"

"没有,我碰见过他几次,他一个字都没说,连请谁去办还是你告诉我的。我想表达谢意,送钱不合适,送东西又不知买什么好,头一次做这种事,愁了好些天,你帮我出出主意。"

"你不用特意去感谢,千万别买东西,更不能送钱,你会挨骂的。"陈燕影眼睛一转,"他来处里参加组织生活会,你借机会表达一下。他准说,不用谢,好好工作,干出点样子。"

这是顾全衡任青云市委书记后第一次参加所在支部的组织生活会。《青云日报》、青云市电视台接到办公厅通知,要求派记者参加,发消息。路雪桥和陈燕影多次研究,从谁来迎候到开场和结束语怎么说,是否请书记与大家合影,所有细节反复打磨,并逐字审阅了每个人的发言稿,新闻报道稿提前拟好。

组织生活会设在陈燕影的办公室,从行政处搬来几张长条案几,拼成会议桌,每个人座位前放了一本《中国共产党章程》,墙上悬挂崭新的党旗和新制作的入党誓词匾牌。

路雪桥和陈燕影在电梯口迎候。尽管顾全衡认识她俩,凌寒乡仍做了介绍。顾全衡说:"办公厅的女将很能干, 她们的文笔很厉害,天顺市写稿子的就没有女同志。全市女干部还是太少, 要加大培养力度。"

组织生活会开始前,全体党员面向党旗肃然站立,举起右拳,陈燕影带头宣读入党誓词:"我志愿加入中国共产党,拥护党的纲领……"

陈燕影作为党支部书记第一个发言:"全衡书记今天和我们一起过组织生活,庆祝党的生日,使我们再一次感受到了我们党内生活的优良传统。我不禁想起看过的一篇文章,一名外国记者在延安发现,红军司令与普通士兵的军装完全一样,唯一的区别是上衣胸前口袋插了一支钢笔。在大礼堂观看演出,大家随意就座,没有特殊席位。这些具体的细小的事情,反映出我们党与其他政党的不同之处,这就是上下级之间是平等的同志式的关系。我们党成立之初是一个没有人看好的小党,从两百多个党派中脱颖而出,最终执掌全国政权,一个重要原因就是组织上团结统一,思想行动高度一致。作为一名党员,我要始终同党中央保持高度一致,永远忠于党,为党的事业奋斗终身。"

赵理一直低着头,偶尔快速扫一眼对面的顾全衡。处里同志都发了言,只剩下他。他深呼了一口气,眼睛盯着桌面,声音颤抖地说:"我父亲是工人,没有文化,也讲不出什么道理,他跟我说,想要做事就要入党,因为共产党是为老百姓做事的。我入了党,但我觉得党员与领导干部发挥的作用是不一样的。不怕领导笑话,"赵理双手在桌下死死按住两条大腿,竭力控制它们不由自主的抖动,"前一段时间,我一门心思想给顾书记当秘书,觉得跟着领导进步快,后来感到没希望了,心灰意冷。厅领导批评后,我进行了反省,身边许多同志特别是老同志默默无闻地奉献,给了我很大的教育。党员是细胞,细胞有活力,党的肌体才能健康。我要不断改造自己,兢兢业业为党工作。"

凌寒乡从理论层面谈了对党的先进性认识:"我们党之所以具有先进性,就在于思想理论与时俱进,始终同人民群众保持血肉联系。党的先进性要靠每一位党员,特别是党员领导干部来体现,几千万党员都合格,将是一股无往而不胜的伟大力量。"

顾全衡认真听取发言,不时在笔记本上写着什么。他放下笔说道:"讲得好,每位同志讲的是真心话,表达的是真实感情。刚才,我们宣读了入党誓词。誓词共十二句八十个字。我们党成立九十多年来,入党誓词在不同的历史时期多次做过修改,但'纪律'两个字始终保留。纪律是刚性的,必须遵守。正是有了铁一样的纪律,我们党才日益坚强,才赢得了人民群众的拥护。

"今年是我们党执政六十三周年,实现长期执政,关键一条就是不能脱离群众。为了防止变色,我们党制定了大量的纪律规定,不可谓不全面,但纪律规定总有覆盖不到的地方。领导干部既不能做违反纪律的事情,也不能做纪律没规定但老百姓看不惯、不满意的事情。不可否认,现

265

在,群众看不惯、不满意的事情不少。三大纪律、八项注意,最初是六项注意,都是具体小事,包括不拿红薯、还门板等。小事不注意,积攒起来就会出大事,老百姓就会与党离心离德,老百姓不是天生跟着我们走的。忧党忧国首先要忧民。民心即天下,民心即江山。领导干部一定要把人民服务好,把人民照顾好。只有永远站在人民群众一边,我们党才会长盛不衰。

"刚才小陈在发言中说,要始终同党中央保持高度一致,这一条非常重要,是政治纪律,是管根本的、第一位的。中央提倡的我们坚决做好,中央反对的我们坚决不做。现在有一个不正常的现象,领导讲话结尾时,刚说到让我们紧密团结在党中央周围,台下便开始收包,这不仅反映会风不正,更是政治意识淡薄的表现。在'七一'座谈会上,我着重点了这个问题,必须坚决纠正。

"再过两天就是党的九十一岁生日。党员有两个生日,一个是自然生命的生日,一个是政治生命的生日。我们要给党员过政治生日,强化党的意识,坚定理想信念。机关党委的雪桥同志也在,我提议从办公厅做起,每位党员的入党日,机关党委要送一张党日贺卡,封皮印上'为人民服务',里面印上入党誓词。这要作为一条制度,长期坚持下去。市直机关也要做,全市各单位都要做。寒乡,你觉得呢?"

"这是党性教育常态化的好方法。"凌寒乡说,"全衡书记的提议给我们出了一个课题,对党员教育要探索多种形式,渗入党员的工作和生活中。我们以市直机关工委的名义下发通知,要求各级党组织建立为党员过政治生日的制度。"

全处同志快速记录顾全衡的讲话,生怕落掉一个字。陈燕影在组织生活会结束时说:"书记的重要讲话内涵丰富,语言朴实,情真意切,给我们上了一堂生动的党课。书记给我们吃了偏饭,我们将铭记在心,落实在行动上。我们要争创优秀党支部,争做优秀共产党员,为党尽心尽力尽责。"

陈燕影提议,请书记与大家合影。

顾全衡愉快地答应，说："小陈，你是这个支部的领导，你站C位（网络用语，意为中心位置），我和秘书长站边上，同志之间是平等的。"

这下子陈燕影着急了，后悔发言举的例子不合时宜，但她脑瓜灵活，说："排座次是讲规矩，规矩是不成文的纪律。您说了，纪律是刚性的，必须遵守，所以您应该站中间。"

顾全衡冲着凌寒乡说："原来只知道小陈笔头厉害，想不到嘴头也这么厉害。我和秘书长年龄大、党龄长，站在你的两侧，这样可以了吧？"

陈燕影颇感惊奇，全衡书记脱口而出"C位"，太潮了，这种时尚词，她这个年龄段的人都很少用，不能用老眼光看待现在的领导干部。姜终究是老的辣，辣在嘴上，暖在胃里。

大家找好位置，摄影记者拍了一张，正要拍第二张，顾全衡叫停："等一下，小赵到我身边来。"

赵理脑袋"嗡"了一下，不知所措。路雪桥推他，说："书记叫你，快点过去。"

赵理满脸通红，用力屏住呼吸。他与书记贴得如此近，右臂紧挨着书记的左臂，清晰地听到书记平和的喘息声，嗅到书记身上特有的焦土气味，感受到书记的体温。书记记住了他的名字，而且主动叫他到身边，这种荣耀全厅可能极少数人，甚至只有他一人有过，在年轻干部中他绝对是空前的。消息一旦传开，将引来多少羡慕的目光。他要把这张照片放大，镶在高档镜框里，摆在办公桌上，从此以后，每天上班的太阳都是明亮的。他要在第一时间让女朋友看到这张照片，与她分享光彩耀眼的风光时刻，他在女朋友心中的形象将高大起来，女朋友一定会送上一个超长的热吻，源自仰慕的爱才会根深蒂固，才会天作永恒。他特别要把照片寄给远在县城的父母，父母那布满皱纹和愁云的脸上将绽放自豪的笑容，他们的儿子跟全市最大的领导合影，整条胡同都会轰动。他所生活的片区从来没住过科长以上的干部，他爸爸单位的领导相当于科级，只来过家里一次，因为他爸爸负了工伤，周围邻居为此羡慕不已。这一切迷幻的想象，宛如水汽折射的彩虹高悬在他的眼前，但在其他人的眼里没啥了不得,根本不当回事。与他擦肩而过的同志也许眼皮都不会抬一下,女朋友也许只瞥了一眼照片便专心研究起《装修大全》,年迈的父母也许指着照片上的儿子说瘦了,紧锁起眉头商量如何帮儿子筹点购房款。

但赵理受到的鼓舞是实实在在的,只有在大机关才能接触到高层领导,才能真实地感受到他们的厚度和温度。社会上一些人的偏见源于他们无法近距离了解领导,其实领导严肃的外表下流淌着普通人的血液,繁忙的政务没有留给他们展现温情的机会。这天的组织生活会让赵理终生难忘,他拨正了人生航向,要做一个脱离低级趣味的人。

送走了顾全衡,赵理追上凌寒乡,说:"秘书长,谢谢您,帮了我大忙,房价优惠了好多。"

"不用谢,好好工作,干出点样子。"凌寒乡的话与陈燕影学的竟然一字不差。

赵理像换了个人,充满青春活力。他申请参加了办公厅足球队,与青云足球学校的学员进行一场友谊赛。一帮青壮年拼尽体力,却被十多岁孩子组成的球队秋风扫落叶,十一比一狂胜,赢的那一分是对方发扬体育风格友情赠送的,为了给叔叔、哥哥留点颜面。

邵尉上大学时是学校足球队队长,与各高校比赛几无败绩。办公厅足球队是他组建的,在市直机关比赛中非冠军即亚军,几座金光闪闪的奖杯至今陈列在工会的荣誉柜中。十几年过去,队员调走的调走,结婚的结婚,大多忙于加班、接送孩子,午休要抓紧补觉,周六日偶尔休息要陪家人,球队停止了训练。为了这场比赛,邵尉勉强拼凑起一支球队,队员个个大腹便便,跑两步便气喘吁吁,摇摇晃晃,活像一群相扑手。勉强撑到下半场,全部退守自家球门前,构筑起密集的人体防御屏障。临近终场,邵尉为了办公厅的声誉,咬紧牙关做最后一搏,对方几名后卫默契地让出一条通道,邵尉如入无人之地,临门一脚,门将意外滑倒,皮球慢慢滚入网袋,总算没剃光头。

校长傅强请办公厅队员喝啤酒。单身时的邵尉隔三岔五约几个哥们踢球,然后狂饮狂欢。邵尉不仅对久违的大排档感到陌生,而且对现在的自己也模糊不清。

傅强端起一扎冰啤,与邵尉碰杯,他说:"小孩子不懂得礼让,对不起啦。"

"输给了一帮孩子,还输得这么难看,怎么向秘书长交代。"邵尉一副羞愧状。

"你应该高兴才对,如果连你们都踢不过,我这所学校就该关门了。"傅强说,"我以前见过你,开民政工作会议,一帮人前呼后拥,说是给书记写稿的大笔杆子。你那时威风八面,我们靠不上前,低人一等。"

"得了吧,"邵尉回碰一杯,"我就是一个小喽啰。我倒很佩服你,卸官辞职,扔掉铁饭碗,非常人所能。图啥呢?多挣点钱?自由自在?"

"都不是。说到钱,我现在朝不保夕,勉强糊口,说到自在,比以前还累。"傅强说真心话,"我是想为振兴足球事业做点事。有人说我虚伪,沽名钓誉,刻意炒作。让我最难受的是家人不理解,最大的阻力来自我老爸。他是你们单位的,老革命,观念正统,跟咱们不一样。"

"不会是傅主任吧?"

"就是他,只知道写讲话稿。"傅强嚼着羊肉串,"我辞职后,四个月他跟我说的话没超过四句。"

"他们那代人,生长在计划经济年代,一切都是有组织有计划的,没有自己的选择,更不习惯自己做选择。"邵尉叹息,"我们这一代则不同了,先是经历了有计划的市场经济,又经历了市场经济,选择的机会多了,也增加了选择的烦恼。学校靠什么支撑?"

"两大难题,一是经费,一是生源。经费主要靠社会资助,最大的股东是大德公司的周老板,他是董事长。招生不太理想,但会好起来的。"

"知道董事长是谁吗?他是我舅舅,亲舅舅。"

"是吗?"傅强十分惊讶,"你舅舅出资我爸是知道的,你舅舅没跟你说过学校的事?我爸也没跟你提过?"

"他们那代人的思维跟咱们不是一个系统,过于烦琐复杂。在他们眼里,咱们幼稚浅薄,不是咱们不想跟他们沟通,是他们不屑与咱们交流。我舅舅支持你干事业,你爸爸整天跟我横眉冷对,我怀疑,"邵尉做出怪样子,"会不会因为我舅舅资助你走上'歪门邪道',他感到不满,这股邪火撒在我身上了?"

"不管怎么说,咱哥俩太有缘。"傅强招呼服务员上酒,"我爸反对我,你舅舅支持我。你舅舅是我的老板,我爸是你的老板。我爸是保守型的,我却跳到了体制外,你舅舅是开放型的,你却坚守在体制内,咱俩分别是他们的叛逆者。为了缘分干一杯。"

"不说他们了,资金有保障吗?"

"压力不小,处处精打细算,管理层的工资和聘请教练的年薪都比较低。"

"给钱太少,好教练不愿意来。"

"这就是我们学校的特别之处,薪金不高,但标准决不降低,水平低的坚决不要。"傅强充满自信,"我们聘用教练按照德才兼备的标准,以德为先,首先要真心热爱足球事业,其次才看执教能力。"

"全是选拔干部的词,一套一套的。"邵尉调侃他,"你怎么衡量德,搞足球哪有不喜欢足球的?"

"喜欢与热爱不一样,喜欢是当职业,热爱是当事业。"傅强拍了拍胸脯,"比如我,就是热爱,不图钱财,不图名利。聘任教练由我负责,如果开口就谈年薪,让他玩去。"

"这个做法恐怕行不通。"邵尉替他担忧,"光讲奉献请不来好教练,没有好教练,学校办不长。"

"听说过孟庆余这个人吗?"傅强问,"他是我国一大批短道速滑冠军的启蒙教练,在黑龙江小城七台河成立了一支业余少年速滑队,没有资金找人借,没有冰场在冻水洼上练。出自七台河的运动员,获得了一百多块世界级比赛的金牌。孟庆余死于车祸,有人说他不是英雄,而我认为,他是个大英雄。孟庆余不过是业余体校的一名普通教练,他为中国短道速滑做出的贡献无人能比。我们太需要这样的英雄了,我们的学校就是招募英雄的学校。"

"干脆学校改名为'青云市英雄足球学校'。"

"好主意,就这么定了。培养优秀足球运动员的最佳年龄在七到十二岁之间,掌握技艺只是一方面,要给他们注入英雄的基因,培养无畏的精神、狂放的性格、团队的意识,教育他们为事业而不是为挣大钱来踢球。"傅强说,"一所学校能起的作用太有限,我们正在做一件事,不知你能不能帮忙?"

"什么事?"

"我们倡议举办全市中学生足球联赛,市体育局大力支持,市教委态度积极,但至今没有实质性进展。你身居市委高层,离大领导近,帮助呼吁呼吁。"

"这个动作可不小,必须有充分的理由,否则没人敢拍板。"

"理由很简单。我国乒乓球之所以世代不衰,就在于有庞大的青少年群体,全国练乒乓球的孩子太多了,哪个国家也比不了。"傅强指了指办公厅的队员,"你们是给领导写材料的,领导总说要从娃娃抓起,实际上缺少耐心,恨不得速成。通过举办联赛,让更多的孩子参与进来,振兴足球就有希望。"

邵尉想到了办公厅新创办的刊物《建议》,专报书记、市长、副书记。全厅干部都可以提,为市委、市政府出主意,篇幅长短不限,但要保证质量,宁缺毋滥,每篇稿子须经傅自华签发。邵尉有点为难,说:"厅里有个刊物挺适合,但需要你老爸同意,他如果知道此事与你有关,肯定刀起头落,毙掉。你找我舅舅,你的大老板,让他疏通你老爸。"

傅强说:"如果全市联赛能搞起来,下一步就推动全省搞。想干的事情太多,要不你辞职,咱俩一块干。你舅舅是个开明的人,他准支持你。"

邵尉从没想过离开官场,尽管受挫失落,但要公转民非同小可,便说:"我可不如你,敢作敢为。"

"没什么敢不敢的,前提是你要弄清一个问题,你适合干什么?如果不适合千万别就乎,耽误自己,也耽误工作。"傅强举起杯,"我不劝你

271

了，你是搞仕途的。"

"扯淡，无仕更无途。最理想的职业是既能挣钱又能当官。"

"有你舅舅你还能缺钱？"

"即使亲爹也不好意思伸手，何况是舅舅。我们家的收入一多半花在孩子身上，上这个班，补那个课，机关这点收入只能维持基本开销，一旦碰上大事就不好说了。"

傅强的话在邵尉的心中激起了巨浪。他的仕途走得并不顺利，不甘于平庸又才气不足，想干一番事业却找不到发力的方向。在机关熬下去，他缺少尚可的耐性，长年累月与文字打交道，他撑不了多久。舅舅当年辞职估计也有同样的苦恼，是不是应该征求舅舅的意见？家族的不安分基因，使他动了心，他要重新规划自己的人生，但眼前的时机不好，领导会以为他没被提拔闹情绪。有一条他想清楚了，干自己想干也适合干的事，成就自己的同时成就事业，英雄就是这样诞生的。

邵尉胆怯地向凌寒乡汇报了友谊赛的战况，说是友谊赛但谁不想赢。

凌寒乡听说办公厅足球队被对方绞杀，指着邵尉说："当初你号称'足球王子''机关的贝利'，看看你现在，裤腰带都系在肚子下面了。"

"您批评得对，从明天开始锻炼，坚决甩掉这堆肥肉。"邵尉掐了掐自己肚皮。

凌寒乡决心抓一抓厅室干部的身体素质，他说："工会现在没有主席，由你临时负责，组建足球队、羽毛球队、乒乓球队、篮球队，每天上午十点半，下午四点，以处室为单位做广播体操，经费从工会会费出。"

邵尉振作起来，他表示一定办好。趁着热乎劲，他打破成规，直接汇报了傅强的建议。

凌寒乡觉得此事可行，说："目标不要太大，全衡书记作为地方领导管不了全省的事。青云曾经是国内足坛霸主，侧重点放在建设青云足球强市上，你可以从这个角度提出建议。"

秘书长就是秘书长，一下子就抓到了问题的要害。有了尚方宝剑，傅自华这一关轻而易举地越了过去。他要尽快联系傅强，按照凌寒乡的定位，提出一个切实可行的建议。他开始热爱"联赛"了。

七月一日晚，办公厅、研究室自编自导自演的庆"七一"文艺演出在大会议室举行。舞台背景中央是一面巨大的鲜红色党旗，四周铺满金色的麦穗，台口一丛丛花朵盛开。由于顾全衡出席，没有公务活动的市委常委悉数到场。一个部门的活动，出席领导的阵容堪称豪华，只有办公厅能独享此殊荣。新闻媒体闻讯而动，他们接到通知不发消息，留存资料。许清如也带人来了，这种业余水平的单位演出用不着她出马，她感兴趣的是她的老同学有这般能量，全市性大型活动的规格也不过如此。她悄无声息地坐在最后一排，等待欣赏老同学的演出。

凌寒乡代表办公厅、研究室致辞，感谢各位领导给予厅室工作的有力指导和关心支持，表示要进一步提高"三服务"水平，把厅室建成市委的坚强前哨和巩固后院。

陈燕影既是导演又是演员，还兼主持。她和邵尉飒爽登场，气宇轩昂地讲着主持词："党是一盏明灯，照亮我们前进的方向；党是伟大的母亲，哺育中华儿女茁壮成长；党是一轮红日，普照华夏大地金光灿烂；党是奔涌不息的海洋，承载民族复兴的巨轮驶向远方。"许清如心中点评：开场没有创意，但富有激情。

第一个节目是厅室干部大合唱，《没有共产党就没有新中国》《党啊，亲爱的妈妈》《今天是你的生日，我的中国》，声音洪亮，气势恢宏，男生红色衬衣、白色长裤，女生白色衬衣、红色短裙，一展机关干部青春勃发、昂扬向上的风貌。

女声小合唱《相逢是首歌》《听妈妈讲那过去的事情》《蓝蓝的天空银河里》，深情而甜美，分声部各自展示又统一和谐，和声宛如山泉涓涓流淌。陈燕影和五位女青年胸前佩戴小红花，洁白的长裙曳地，身子随着音乐优雅摆动。她们为唱好这几首歌，每晚加班后九点开始排练，请音乐学院老师现场指导，辛勤的耕耘换来被赞美的喜悦。许清如频频颔首，业余中的高水平，有一定底子。

尚可演唱的蒙古族长调《牧歌》惊艳全场。他从未展露过近于专业的唱功，正如他的闪光之处因内敛而被遮掩。歌声深沉幽远、婉转舒展、空灵悠长，使人如同置身辽阔旷达的草原。在听众的一再欢迎下，他返场唱了《草原上升起不落的太阳》。许清如想：以他的天资，当初弃政从艺应该有唱红的可能。

研究室的隆兴演奏了二胡独奏《赛马》，技法娴熟，只是一把琴显得单薄，如能加点配器效果会好得多，但机关器乐人才稀少，又不愿意请专业团体相助。

路雪桥和邵尉表演配乐诗朗诵《有这样一面旗》，这是路雪桥为这次演出专门创作的。"有这样一面旗，她在南湖的小船上升起，迎着艰难困苦，披着凄风苦雨，劈波斩浪向辽阔的海洋驶去，她就是指引前进方向的党旗。有这样一面旗，她飘扬在南昌的上空，她穿行在井冈山的密林里，翻过人迹罕见的雪山，穿越沼泽密布的草地，枪林弹雨使她千疮百孔，烽火连天她始终巍然屹立，她就是再造山河天地的党旗。有这样一面旗，从不屈服外辱列强，荡涤一切污泥浊水，开天辟地建立崭新的制度，社会主义中国全面崛起，神州大地充满生机，她就是实现国强民富的党旗。在她的引领下，我们挺直了弯曲的背脊，我们创造了天翻地覆的奇迹，我们看到了民族复兴的希望，我们整齐列队，向她，亿万人民景仰的党旗，庄严地献向我们的敬礼！"许清如打了个"OK"的手势，心想如果雪儿穿上旗袍，围上红色围巾，一定是年轻漂亮的江姐。

督查处自编了一段三句半《青云新变化》。"党代会上绘蓝图，重振雄风不服输，上下干劲怎么样？足！国内国外到处跑，好的项目我全要，书记见了啥表情？笑！拉练检查重实际，精神速度和效益，指标落后怎么办？急！五加二来白加黑，为了事业不后悔，青云五年啥样子？美！"

辛志组织会务处创作了小品《快乐的县长》，选取了几件趣事，表现县长讲究派头而又质朴可亲的形象。陈燕影在审看节目时，有两点拿不准，一个是山东口音，另一个是小品的素材有的取自顾全衡在基层工作时的往事，那是辛志在与天顺市委办公厅会务处对口学习时了解到的。

274

陈燕影建议改成河南或四川口音，素材尽管做了加工处理但仍留有痕迹。辛志死活不同意，他说，据天顺市委办的同志介绍，全衡书记工作时不苟言笑，平时非常随和，时常跟处里同志开几句玩笑。用山东口音，全衡书记会感到亲切，有的桥段也会勾起他对过往生活的美好回忆。陈燕影请示路雪桥，路雪桥不敢拍板，请示凌寒乡。凌寒乡说："演，不要把事情想得太复杂，领导越平民越可亲。"

辛志扮演县长，他父亲是山东人，受父亲的影响能说几句山东话，为了演出他跟父亲苦学苦练，口音接近纯正。县长是土生土长的农村干部，他怕别人把他当成土包子，刻意端起架子，身披棉军大衣，挂着长长的花格围脖。一天，他站在电梯前一动不动，县政府工作人员不知出了什么事，大家窃窃私语，以为县长在专注思考全县发展大计，谁也不敢打扰。县长站了约半个小时，无人敢问。一个新来的小同志不认识县长，上前问："领导，您是要上电梯吗？"县长动了动眼皮，原来县长在等人给他按电梯。县长见这个小同志很机灵，便问："你怎么看出来我是领导？"小同志说："小官一般把手放在肚子上，大官背在屁股上，您是背着手的，肯定是大官。"县长下乡检查工作，进入会议室，双肩一抖，军大衣掉在地上，沾满了土。往常都是秘书紧随其后双手接住，可是他忘了，那天他安排秘书办别的事没跟来。事后，他批评秘书："工作要细心，你不来要安排别人接嘛，大衣脏了事小，影响领导形象事大。"县长老婆要回村里，县长听说县里刚好有车路过他老家，便对后勤科科长说："给我捎回去一百来斤肉成不？"后勤科科长连忙答应："成、成，肉在哪儿？"县长指旁边的老婆说："这不。"县长的老父亲从老家来看他，不巧他去市里开会，交代给政府办主任，说是自己的亲戚，让他好好照顾。主任把老爷子安排在招待所，好吃好喝地伺候。三天后县长回来了，主任殷勤汇报："这老爷子好酒量，真能哈（喝），俺天天陪他，一天哈三顿，每次都把他撂倒，现在还没醒。"县长一听就急了，骂道："你个浑球，那是俺爹，俺亲爹！"

全场笑声不断，顾全衡笑得最开心，抑制不住地说："小品编得好，演得也好，山东话说得还挺像，办公厅有人才。"

邵尉报幕："下一个节目，傅自华主任代表厅领导班子演唱《唱支山歌给党听》。"全场掌声雷动。筹备演出时，凌寒乡要求厅主任出一个节目，哥几个面面相觑，大眼瞪小眼，最终确认不但自己不堪大任，谁都不是这块料。可是秘书长发了话，总得落实，于是，一致推举老傅履行第一副主任的第一责任。傅自华说："咱们一块上，互相壮壮胆。"大伙说："可你一个人造吧，别把班子整体形象都毁了。"傅自华无奈，只好硬着头皮试唱了两遍，没一句在调上，他不是在唱，更像在念。路雪桥说："不要伴奏带，让尚可用吉他给他伴奏。"傅自华累得满头大汗还是合不上拍。路雪桥说："干脆，什么都不用，老傅你就自由发挥，想怎么唱就怎么唱，怎么能抒发就怎么唱。"

傅自华活到今天，第一次登台表演。他一改往日黑裤子白上衣的标配着装，路雪桥为他搭配了黑色 T 恤和卡其色休闲裤，使劲捶他的后腰，让他挺直腰板，头发新做了修剪，一番捯饬，塑造了一个不折不扣的帅老头。傅自华一只手紧握麦克风，另一只手不知如何安放。由于紧张，他忘说了事先准备的几句话，直愣愣地吼出了第一句："唱支山歌给党听。""歌"字拖长了四个节拍。第二句忽然转为低沉深吟，好像憋住半个嗓子挤出来的。第三句与第二句超长的间隔，以近似于念白的方式吐出，第四句趋于平缓的部分他生生地高挑上去。

傅自华进入了忘我境地，没有曲调，没有节奏，没有韵律，有的只是深情的述说。他的目光投向了远方，隐约看到了家乡冰雪覆盖的大山。那一年，在古爷爷的激励和辅导下，他报考了大学。古爷爷借来生产队的驴车，凌晨四点拉着他去公社的考点。前一夜，山里下了场大雪，山路崎岖，坡陡路滑，古爷爷紧紧拽住缰绳防止驴车跑偏。在下山的拐弯处，车轮撞在了一块大石头上，古爷爷摔倒在地，毛驴和车顺着山坡滚落下去。傅自华抓住了山崖上的一棵小树，古爷爷死死拉住他的手，傅自华艰难地爬了上来，捡回一条命。他搀扶起古爷爷，爷俩往山脚下跑，终于跑到了公路上。天蒙蒙亮，路上不见人影，这里距考点还有三十里。古爷爷倒在路边,上气不接下气地说:"我不行了,实在跑不动了,孩子,你不要管我,继续往前跑,前面是你的命,如果你现在不跑,就再也出不去了。"傅自华留下带来的干粮,脱下身上的棉袄盖在古爷爷身上。他顶着寒风,拼命往前跑啊跑。他没有表,不知道还剩下多少时间,两条腿越来越沉。一辆吉普车从他身边开过,他挥了挥手,车子飞驰而过,他绝望了。忽然,那辆吉普车倒了回来,停在他旁边,下来一位穿军大衣的人,问了问情况,叫他上车,把他送到了考点。规定入场的时间已过,工作人员禁止他入场。穿军大衣的人自我介绍:"我是副县长,专门来检查高考情况。这孩子跑了几十里的路,刚过两分钟,现在还没开考,让他进去,出了问题我负责。"副县长把自己的军大衣披在傅自华身上,从兜里掏出五块钱,说:"今天别回去了,找个地方住下,祝你成功。"

傅自华没有辜负古爷爷,没有辜负副县长,他如愿考上了大学。可是古爷爷没有等到喜讯,送他考试后便一病不起,不久后就去世了。副县长也没有得到喜讯,傅自华连副县长姓什么都不知道。去大学报到前,他买了两瓶白酒,一瓶洒在古爷爷坟上,另一瓶自己一口气喝下大半,躺在古爷爷身边,直勾勾地盯了大半宿的夜空。他还去了县城,到县政府打听一位管考试的副县长。看门的保安问:"你是他亲戚?"傅自华答:"不是。"保安问:"你找他干啥?"傅自华答:"告诉他我考上了大学。"保安往外推搡他,说:"少来这一套,就你这样的我见得多了,你就是上访的,有问题去信访办。没考好明年再考,找县长管个屁用,学校又不是他开的。"傅自华被轰了出来。

傅自华越唱越动情,声音越来越高亢,他把副歌部分唱了三遍。他看见了古爷爷,没有古爷爷他没有改变命运的资本。他看见了副县长,没有副县长他没有改变命运的资格。

听傅自华唱到最后一句,许清如浑身一阵阵发紧。她组织过无数大大小小的演唱会,听惯了直冲云霄的高音,听惯了华美无比的高难度花腔,听惯了字正腔圆的标准范式,听惯了时尚流行的气声运用,除了品评各级别大腕明显炫技水平的高低,她没有任何触动。傅自华苍凉的吟唱、沙哑的低吼直抵她的内心。老傅无技可炫，没有音调音阶音色，有的却是浓浓的对恩人的思念，他为这首歌注入了自己的灵魂，他是在歌颂，更是在感恩。许清如抹去流过脸颊的泪水，她忽然冒出一个奇怪的想法：如果在新年音乐会上请老傅演唱这首歌会是什么效果？

傅自华唱罢，有几秒钟台下没有反应，而后掌声响起，一直停不下来。

全场起立，高唱《我们走在大路上》，文艺演出在雄壮的歌声中达到高潮，全体干部职工共同祝愿伟大、光荣、正确的中国共产党万岁！

二十八

关于性命有一种解释，说性和命是两件事情但合为一体，两性相悦则寿命延长。夫妻离异常说性格不合，其实是性生活不合，与格局无关，只是难以启齿，以此为托词罢了。此说法也不尽然，皇帝妻妾成群，有更多的机会达到性和谐，但长寿的并不多。动物则不同，强壮的雄性独享统配权，定时发情，繁衍生息，与寿命长短无关。

星期天，大咪的婚礼隆重举行，两只宠物的性命由此关联在一起。它们有此缘分，受益于双方家长的慈悲仁爱，不忍心给公猫母猫做绝育手术，期许它们拥有完整的生命体验，不枉为猫一生。而今天，两家人考虑的不是猫的性命，而是人的寿命。

路雪桥的妈妈终身未嫁，谈过的几个对象都嫌她带一个孩子。路雪桥并不喜爱宠物，她有严重的洁癖，家里任何时候都一尘不染，哪怕三九天也要隔两天擦一次窗户，每件物品有固定的位置，不许轻易挪动。大咪刚进家门的时候，她厌恶猫排泄的怪味，掉毛沾满了衣服、床单、沙发套。为了老妈，她忍自己之最难忍。日久生情，当她走近家门，能听到门里迎接她的喵喵呼唤，她情绪低落时，有一只毛茸茸的小家伙钻进她的怀里。她理解了以前不可理喻的一些事情，邻居一女孩泪流满面，挨家挨户寻找走失的布偶猫，并出两万元作为酬谢。一男子因自家名犬被误认为是野狗,差点动手打人。还有一户为患癌而死的狗举行追思会,全家老小悲痛欲绝。物哄人,人宠物,宠物缝补了人情的缺损。路雪桥促成大咪婚事,只为哄老妈高兴。

路雪桥妈妈、路雪桥大妈、冷阿姨、冷阿姨的儿子和儿媳,双方亲属出席典礼,陈燕影受邀主持仪式。

陈燕影每次来路雪桥家,都对家门口摆放四五双男鞋感到好奇。她问路雪桥这是为何,路雪桥说是老妈早年留下的习惯,母女俩住不安全,多放几双男人的鞋子用来吓唬生人和小偷。路雪桥还继承了老妈的另一个习惯,乘电梯除了自家楼层再多按一个楼层,以防坏人盯梢。路雪桥嫁给医生,也是听了老妈的话,家里一定要有个大夫,可以救命保命。陈燕影怜悯雪姐,她太缺乏安全感了。

为猫举行婚礼,听起来滑稽可笑,但对宠物的家长来说是儿女婚嫁的大事,宠物就是家人,亲如子女。路雪桥把储藏室腾出来作为婚房,猫树、猫舍、猫砂、餐具都是新购置的,门上张贴喜字,餐厅正面是一幅红底金粉的大字:路府于归。

路雪桥把陈燕影拉到一边,责怪说:"你怎么贴上这几个字,这是路府吗? 我那口子该不高兴了,好像人家是上门女婿。"

"我姐夫姓什么呀?"陈燕影明知故问,"姓窦,窦府,念白了豆腐。再说了,你给大咪办婚事,姐夫本来就不情愿,还不是顺着你,再以他的姓办婚宴,人家更不痛快了。"

"你出嫁时写陈府于归,陈腐就好听啊? 你那夫君能高兴? 话说回来,找一个能降住你的人也难。"

"那就看我乐意不乐意了,乐意了,我主动臣服。"陈燕影调皮地一笑。

"是不是有人了? "

陈燕影笑而不答。路雪桥想:估计有了,至少心里有了。

一切准备就绪,陈燕影请雪桥妈就座。雪桥妈正伏在写字台上记着什么:这个月的水电费已交,下班后顺便到小卖部买瓶酱油,今天有雨,出门别忘关窗户,饭菜都做好了,热一热就能吃,订的书柜明天送来……

"老妈,婚礼马上开始,就等您啦。"陈燕影把雪桥妈扶到正座上。她翻看卷了边的记事本问路雪桥:"这是什么呀?"

"习惯,怕忘了就写在本上。得病后,记得更仔细,有事没事都记,写满了好几本。"

婚礼参照人类的仪式一板一眼地进行。陈燕影郑重其事地主持道:"情深深意浓浓,彩云飘花正红。两只猫咪到了适娶适嫁的年龄,经双方家长红线相牵,得以喜结连理。今天,我们举行大典,亲朋好友同贺一对猫天成良缘。下面,请新郎新娘入场。"

路雪桥的爱人和冷阿姨的儿子分别抱着自家的猫咪,款款而行。待他们站好,陈燕影继续走程序:"一拜天地,二拜高堂,夫妻对拜。"两个大男人各自摆弄着自家猫咪的小脑袋瓜,忽而向上,忽而朝下,弄得两个小家伙晕头转向。陈燕影高喊:"请新郎新娘举杯,行合卺之礼。"双方家长各自举杯,代为行礼。陈燕影继续高喊:"欢送新猫入洞房。"伴随着欢快的乐曲,双方家长把两只猫抱入新房。

新娘大咪看到满屋子的新家具和新物品,喜不自禁,上蹿下跳。新郎对陌生的环境感到不适,见到新娘还有几分胆怯,不肯进去。大咪伸爪抚慰夫君,温柔地贴脸亲热。新郎受了惊吓,躲在墙角缩成一团。冷阿姨的儿子拍它的脑袋,说:"没出息,在家闹得欢,动真格的就尿了。"

路雪桥展示自己的厨艺,做了一桌佳肴,色香味不逊于高档酒店的大餐。婚宴开始,两家人举杯相互致喜,第一杯祝一对猫白头偕老,第二杯祝它们早生贵子,第三杯祝亲家健康长寿。

陈燕影抱着雪桥妈的胳膊说:"老妈,您要当姥姥了。"

雪桥妈点着陈燕影的额头说:"你啥时候让我当姥姥?"

"我会努力的。"陈燕影欣慰地说,"老妈的状态还不错。"

"时好时坏,好的时候越来越少,忘性越来越大。"路雪桥一脸愁绪,"今天是个例外,难得这么明白。"

"老妈气色不太好。"

"这两天闹肚子，可能着凉了。"

"这个季节别让她坐外面的木椅，"陈燕影颇有经验地说，"老话讲，夏不坐木，冬不坐石。夏天的木头潮湿，坐久了容易着凉。"

"年纪轻轻知道的老例还不少。"路雪桥拉陈燕影到厨房，"老太太的病情发展太快，很多时候认识大咪不认识我。请的保姆只干了一个月，人家不是嫌钱少，是怕人走丢了担不起责任。"

"要不送养老院吧。"

"我放心不下，养老院再好也不如家里。"路雪桥说出了自己的想法，"我想调工作，去档案局。"

"寒乡秘书长不会同意的。"

"他必须同意，我今天就跟他说。"路雪桥语气坚定，"我还得去机关，巡视组要来了，我们自查五年的发文情况，该补发的抓紧补发，工作量太大了，小邵他们正在加班。"

"天要下雨，我开车送你。"陈燕影进屋去拿包。

"我骑车去，你帮忙收拾收拾。"路雪桥向冷阿姨一家说明情况，拿起雨衣出了门。

天灰暗阴郁，厚重的黑云翻卷而来。不多时，黄豆大的雨滴密集地砸了下来，马路上漂起成串的水泡，向低洼处流去。车辆和行人稀少，若不是急着去加班，路雪桥真想蹚水游荡在水雾迷漫的空旷大街上。她默念着村上春树《弃猫》中的金句："我们不过是无数滴落向宽阔大地的雨滴中寂寂无闻的一滴，固然是真实存在的，却也是可以被替代的一滴。但在这滴雨水中，有它独一无二的记忆。"

大雨如注。今年的雨水格外勤，入夏以来的降水量超过了往年同期。市委大院已经积水，路雪桥挽起裤腿，拎着鞋，赤脚走在雨水中，想起了童年短暂的欢乐。

为了迎接省委巡视，顾全衡要求办公厅、纪检委、组织部、宣传部对照上一轮巡视反馈意见，对各自工作进行一次"回头看"，落实不到位的尽快落实,存在纰漏的抓紧弥补,新发现的问题立即整改。

凌寒乡召集相关厅主任和处长专题研究,涉及办公厅的主要是文件和会议这两块。他要求秘书处和会务处全面梳理,对需要补发的文件、补开的会议列出清单,督促有关部门限时完成。

邵尉领着全处同志把五年来中央和省委下发的文件重新审阅一遍,重点查看有没有"请各地结合实际制定具体的贯彻落实意见"的表述,如果有则必须制文。查看结果,多数文件要求"请各地认真贯彻落实",是否发文没有明确规定。从各部门自查情况的报告看,对这类文件只是通过会议传达学习。如果全都补发的话,工作量极大,短时间也难以补齐。如果不补的话,一旦被认定为问题,谁来承担责任?

邵尉见路雪桥披着雨衣、赤着脚进来,递过一条新毛巾,说:"下这么大的雨,您就别来了。"

"活没干完,在家待着也不踏实。"路雪桥擦去脸上的雨水,"怎么样,进展顺利吗?"

"关键是拿不准,原来说可发可不发的文件就不发,但哪些可发,哪些可不发,谁来界定?"邵尉感到无从下手。

路雪桥经历过巡视,贯彻落实上级指示精神是否有力,主要检查发文和开会情况,该发的文件没发,该开的会议没开,那就是领导不重视,工作不到位。事情常常这么矛盾,有时文件多、会议多,有时文件少、会议少。

路雪桥提出处理原则,能补的尽量补,宜多不宜少,即使来不及补完,起码也有个解释——文件正在制定中。她拿着反复推敲后需补发的文件清单去找凌寒乡,同时下定决心,无论如何提出调动工作的请求。

小刘把她让进自己办公室,告诉她秘书长正和市外办梁主任还有燕处研究书记出国的准备工作。

郑如实也在等着向秘书长汇报,见到路雪桥客气地说:"路处辛苦,给省厅的材料经你的手就是不一样,省委书记都做了批示。老傅说得对,干什么都离不开文字,文字不行,说不清楚,写不明白。"

"如实主任过奖了,没有你们了解到的真实情况,妙笔也难生花。督查处和秘书处可以搞业务交流,你们介绍实际情况,我们谈谈对文件的理解。"

"好主意。"郑如实还要往下说,凌寒乡办公室的门开了。只听凌寒乡说,"洽谈和签约的项目还是少了点,我找小力市长,你找几大委局,再挖一挖潜力,出访成效主要看这一块,必要时咱们开个协调会。"梁主任匆忙去落实。凌寒乡让小刘请郑如实进来。

针对拉练检查活动中的作假问题,郑如实带领一位处长和两位同志,按照凌寒乡提供的名单,逐个深入现场,暗访群众和干部职工,摸清了真实情况,他把报告和录像、录音、照片全部交给凌寒乡。

报告显示,白江新区一个项目当时正在争取,目前已落户外省,给领导看的是平整土地的场面。商务中心项目还在论证,至今停留在沙盘模型上。丽水区花三十万元搭建的观礼台,第二天全部拆除。隆泉县突击铺设的柏油路长出了荒草。近水区文化主题公园的水体已发黑变臭。

凌寒乡说:"这套材料给我两份,你要以党性保证,绝对保密。"

顾全衡当天下午就看了全套材料,没批一个字,后来也没再提起。

处理完这些事,凌寒乡按响叫铃,让小刘问一下路处长在不在机关,小刘说就在隔壁。

以工作为重,在机关不是说说而已,而是以单位为家,早出晚归,周六日偶尔休息也处在待命状态,只要有事,随叫随到。

"星期天没好意思打扰你,想让你在家歇一歇,照顾照顾老太太,没想到你不请自到。下这么大雨,怎么又来了?"

"你要真心疼我们就少派点活,一边压活,一边让休息,好话让你说了,好人让你当了。"路雪桥把凌寒乡当成了同学。

"我不也没歇嘛。"

"你给我们树立了光辉榜样,领导都加班,我们怎么好意思待在家里?"路雪桥打开凌寒乡办公室的窗户,"多么凉爽的天气,听听雨,润润肺。"

"看来活还是太少，既有闲情又有逸致。还写诗吗？"凌寒乡问。

"每天咬文嚼字，哪的来的闲情。春暖花不开，面朝无大海，有海也是文山会海。"路雪桥把需要补发文件的清单交给凌寒乡，后面附了一张补发的说明。

凌寒乡仔细察看清单，拿起笔说："我这就签给全衡书记。量不小，尽可能完成。"

"工作上的事你放心，我有件私事跟你说，请你帮忙。"路雪桥嗫嚅道。

依凌寒乡对路雪桥的了解，她未因私事开过口，他也没有给过特殊关照，既然有事相求，一定经过再三思虑、下决心做出的决定。

"说吧，"凌寒乡说，"难得帮你一次。"

"我想调动工作，"路雪桥观察凌寒乡的反应，凌寒乡端着水杯的手轻微抖了一下，"老太太的状况越来越差，你也了解我，实在没有更好的办法。保姆请不到，没有兄弟姐妹帮忙，想来想去只能换个工作强度不太大的单位。"

"我没猜错的话，工作单位你已经选好了。如果我还没猜错的话，你想去档案局。"凌寒乡对路雪桥想走的心思早有察觉。

不愧是关系密切的老同学，心有灵犀，莫逆于心。路雪桥为自己第一次向组织上提出要求感到难为情。"档案局离我们家只隔一个路口。我没有别的条件，平调就行。"

凌寒乡自然不会轻易放人。路雪桥在机关干了三十年，在一个单位待久了没有不磕磕碰碰的，路雪桥却清一色的好评。凌寒乡计划近期提拔一批厅领导，名单已拟好，其中，拟提拔傅自华为办公厅主任，拟提拔路雪桥为办公厅副主任、副巡视员。这两天他将向顾全衡汇报，顾全衡对他们是认可的。档案局局长明年年初退休，安排路雪桥去接任。这些考虑，他没法跟路雪桥说，也不应该说。

"我理解你的难处，不是万不得已你不会张口。"凌寒乡说，"调动工作不是小事，容我想一想。找你来有另外一件事跟你商量，本来跟工作无关,现在就有关了。"

路雪桥面带狐疑。凌寒乡说:"我为老太太找了一位保姆,是我和子恒插队时知青点的点长。"凌寒乡详细介绍了古云丽的情况。"大海的义肢已经做好,子恒为他们安排了住处。丽姐想找点活干,让她去你那儿,既可帮你照顾老太太,又可让她增加一份收入,是两全其美的好事。丽姐心细,会疼人,她带过姐姐。老太太交给她,你一百个放心,这也算帮我一个忙。"

凌寒乡用心用情帮人,你的难处他记在心里,但很少听他说同情安慰的暖心话,不了解他的人难免产生误解,以为他冷漠。说得多不一定做得多,有的人格外热情,句句温暖热乎,却只有嘴动没有行动,不出于真心,做也是做样子。就好比看病,一位大夫医术高超但态度生冷,另一位大夫医术一般但态度热情,两者兼而有之是最好的,但假如只能取其一呢?凌寒乡类似于第一种大夫,做得好说得少,所以对他的好评是滞后的。

凌寒乡帮人不让你有压力,帮你是他应该做的,不是你求他的,你不欠他的,更用不着用物质和金钱回报。请丽姐做保姆,他说这是帮他的忙,不让路雪桥有心理负担,路雪桥想拒绝都难。

"子恒说了,保姆费他出,不用你管。"路雪桥第一反应是拒绝,凌寒乡说,"这件事没商量,不是钱的事,是他对丽姐的一片心意,你就成全他吧,也算帮他一个忙。插队时丽姐处处帮我们,在那样困难的情况下,一点点温暖能热乎一辈子。"

路雪桥心里想,人家出钱帮我请保姆,反倒成了我帮人家的忙,而且还帮了两个人,不是这么个理呀。她后悔提工作调动的事,不该让老同学费心,不该给组织添麻烦,可是她没有更好的办法。这个保姆用起来并不心安理得,自己的事自己扛,亏欠他人她难以安宁。

帮助别人是情义,接受别人帮助也是情义。路雪桥说:"保姆费还是我出,不然我心里不舒坦。"

"你先试用一段时间,合适了再和子恒商量。都是老同学,这件事就

285

这么定了，有个保姆能帮你一把。工作调动先放一放，我心里有数。"凌寒乡了解路雪桥，她去意已决。办公厅的优秀处长，平调档案局，从组织安排的角度说不通。凌寒乡开始加紧运作。

二十九

出访前的工作紧锣密鼓地进行，必开的会议和必搞的活动挤压在一周之内。最重头的是省委巡视组巡视青云市工作动员会，会议强调，青云市被列为首轮巡视单位，体现了省委对青云工作的高度重视，要坚决支持、积极配合巡视组工作，自觉接受全面体检，促进党风廉政建设、领导班子和干部队伍建设，推动改革发展稳定各项工作。

经过精心准备和周密安排，以顾全衡为团长的青云市经贸代表团正式出访尼泊尔、菲律宾、越南，途经马尔代夫。市领导凌寒乡、曹小力陪同。

老科长有生以来第一次踏出国门，激动的心情难以抑制。与此同时，还有一件让他激动的事，他领到了办公厅机关党委发的党日贺卡，这是全厅也可能是全市的第一张，上面印有他的入党日时间、入党介绍人、入党申请书部分影印件。他心情激动，面对党旗，举起右拳，咬字清晰，一字不差地背诵入党誓词。

老科长把出国当成喜事，买了两条领带，一条是砖红色的，一条是紫红色的，西装干洗熨烫平整，整个人喜气洋洋。此次出国，在完成工作任务之外他要办好两件事，头一件是给女儿代购包。女儿的一大爱好，是收藏世界大品牌限量款的名包，对年代、款式、行情深有研究，她把喜好与投资融为一体，买入后再加价出手，以包养包，时尚与赚钱兼得，业内称之为"玩包"。女儿给他列了一个单子，用外文写明了牌子、年份和式样，告诉他不会外语不要紧，把这张纸条给外国售货员就可以了，国外不兴砍价，并给了他一张数额不菲的银行卡。即便如此，他心里还是嘀咕，怕把事情搞砸了，女儿的暴脾气他是领教过的，他求梁主任务必帮这个忙。

另一件是给傅自华买礼物以表达感激之情。傅自华把出国的机会让给他，使得他这双昏花的老眼得以第一次目睹外面花花绿绿的世界，有此行，这辈子在机关也算没白干。他没给人送过礼，更不会买礼品。他咨询女儿，女儿说男士的礼品无非皮带、领带、皮夹，随便买一样就行。他觉得不能随便，要买一件有寓意的礼物。伤透了脑筋他也没想出来，于是直接去问傅自华："你需要什么？"傅自华差点笑出声来，说："你比我还迂腐，怎么能直接问受礼的呢？可见咱们的关系好到了不是一般的程度。"傅自华再三推让，老科长苦苦央求。傅自华见劝说不动，便出个主意："菲律宾的红木不错，可以买两个小一点的大肚弥勒佛雕件，咱俩一人一个，退休后看着它，笑口常开，岂不快哉。"老科长一拍大腿，说："太好了。"傅自华提醒他："你血压高，出国并不轻松，一定要注意身体，毕竟是一把岁数的人了。"

第一站飞尼泊尔加德满都，在拉萨机场短暂停留。拉萨机场海拔高度三千六百多米。代表团成员沿飞机廊桥到机场贵宾室休息，拉萨市有关领导在廊桥口迎接，反复叮嘱一定要慢走、慢走。老科长过于兴奋，大步流星走下飞机，显示身体的强壮。他看啥都新奇，向当地的同志问这问那。几架战机呼啸而过，他问是不是有战事。对方回答说不是，是在震慑。听介绍海拔五千多米的高山上还有哨所，他问连鸟都飞不过去设哨所干啥。对方回答说为了宣示主权。

坐在前排的凌寒乡扭过头笑着说："老燕，你说话怎么利索了？"

老科长嘿嘿一笑，道："海拔高，适合说空话。"

返回飞机时老科长的身体出了症状，呼吸急促，心率加速，嘴唇发紫。他双手死死抓住廊桥的栏杆，缓慢向前移动。他想喊人救助，但出访刚开始，还没迈出国门，什么活都没干就倒下了，又没有人顶替，实在说不过去。他悔不该不听老傅的话，忘记了自己的一把岁数。他咬紧牙关，艰难地挪动双脚，一步一步又一步，坚持坚持再坚持，终于进入了机舱，贪婪地大口吸进氧气，终于挺过来了，感觉就像死而复生。老傅说得对，出国并不轻松,不可得意忘形。

　　尼泊尔与中国山水相连,中、尼两国世代友好。听说中国一个代表团来访,尼泊尔几大政党——联合尼泊尔共产党(毛主义)、尼泊尔大会党、尼泊尔共产党(联合马列)都想密切与中国共产党的关系,得到更多的支持,提出要会见代表团。作为地方代表团以经贸活动为主,没有政治任务。外交无小事,市外办紧急报告中国驻尼大使馆。大使馆向上级请示后答复,可以会见,但要以谈文化交流和经贸合作为主,特别要感谢尼方在涉藏问题上给予我国的坚定支持。

　　突发情况打了老科长一个措手不及,前期毫无准备,涉外表述又十分敏感,说错了话可能影响邦交。他请梁主任联系大使馆,按照大使馆给的统一口径,连夜起草了三份会见谈话提纲。这是他第一次出国的第一天,在喜马拉雅山南麓的高山之国度过了不眠之夜,以一包烟和两片降压药为代价,完成了临时任务,当然,也看到了加德满都太阳升起的样子。出访岂止是不轻松,更是相当紧张,老科长别无选择,单打独斗,老当益壮。

　　顾全衡把政治会谈的时间压缩到最短,着重交流文化、增进感情。他综合多位长寿老人的养生之法,自创了一套"顾氏养生操",向对方领导人传授健身养生之道。四十分钟后,宾主面色红润,汗津津携手而出。顾全衡赠送了一套自己备用的新练操服,双方紧紧拥抱,亲如手足。

　　三场政要会见占去了一天时间,代表团在尼泊尔的日程不得不进行调整,削减了部分文化考察项目。为了让领导多休息一会儿,早餐推迟一小时。老科长珍惜余生公款出国的机会,不想把宝贵的时光消耗在睡床上。天不亮他就在院子里溜达,要不是有外事纪律他真想去街道上走一走,多看看异国的风情,因为这辈子和下几辈子都很难再来了。院子不大,实在没啥看的,他第一个来到餐厅。他吃不惯西餐,侦察了一圈可吃的东西不多。他胃口不好,想喝热牛奶,又不懂外文,用手摸摸盛牛奶的玻璃罐,凉的。他招呼服务员,用英语说"耗特,耗特"。女服务员一脸茫然,不住地摇头。他把两只手先扣在乳房的部位,再伸出两个食指举在头顶，"哞哞"连叫两声，又说"耗特，耗特"，女服务员露出了恐惧惊悚的表情，脚步开始后退。老科长彻底绝望，心说悟性太差，素质太低，不适合在国宾馆工作。看见有煎鸡蛋，他心中一喜，终于有符合口味的食物。但已煎好的鸡蛋流淌着稀汤蛋黄，他希望两面煎，煎老一点，于是伸出两根手指对厨师说"吐，吐"。厨师听懂了，煎了两个流汤的鸡蛋放进他举着的盘子里。老科长再一次绝望了，自言自语："出国有啥好的，出洋相受洋罪，下次请我来都不来。"哪还有下次啊？

曹小力去过的国家有四十多个，对他而言，除了时差需做适当调整，国外与国内生活没什么两样，外国的饮食更对他的胃口，他的外语水平应付日常会话绰绰有余，出国等于出差。他随身带一副网球拍，早晨和梁主任打了一场球，洗漱后换上休闲装，来到餐厅。见凌寒乡陪顾全衡正在用早餐，便端了一大盘煎培根凑了过来。

顾全衡身板硬朗，但饭量不大，餐盘中有两片西红柿、少许土豆泥、两片面包、一个煮鸡蛋，外加一杯酸奶。

"书记吃得不多，"曹小力问，"是吃不惯吗？外办的同志带了方便面和榨菜。"

"我的饭量不大。"顾全衡说，"还是小力年轻，满满的一盘子肉，吃得多，还没肚子，身材管理得这么好，让人羡慕。有什么秘诀吗？"

"啥秘诀也没有，就是锻炼，多吃多消耗。"曹小力将切下来的半条培根塞进嘴里，大口嚼着，"我是食肉动物，只吃肉不吃菜。您问我为什么吃肉还不胖，有一种理论叫'瘦狼理论'，狼吃肉不吃素，却没有肥肉，因为它不断地奔跑。还有一种理论叫'肥猪理论'，猪吃糠咽菜，但全身都是肥肉，因为它吃饱就睡。"

凌寒乡踢了踢曹小力的腿，曹小力低头看了看，不明所以。

顾全衡吃了块西红柿说："能吃是福，辛弃疾不是问尚能饭否？小力有啥运动？"

"打网球，每周两次，早晨和梁主任打了一场。"

"听说梁主任刚离了婚？"顾全衡问。

"出来之前刚办完手续。两口子是大学同学,他爱人在外企当助理,跟洋老板走了。离婚不能全怪女方,梁主任刻板,缺少情调。"曹小力喝了一大口橙汁,忽然意识到说走了嘴,凌寒乡也离了婚,而且死板少情调,好在是老同学,他不会计较的。

"上半年新区的数据出来了,"曹小力欣喜地汇报,"GDP 增长百分之十八,财政收入增长百分之二十,全社会固定资产投资和实际直接利用外资都增长百分之三十以上,各项指标大幅度超额完成预定目标。"

顾全衡喜形于色,说:"我前天看到了快报,形势相当喜人,小力同志不愧是一员猛将,小力的力可不小啊,应该叫大力,力拔山兮。"

"书记鼓励,"曹小力双手合十,"都是书记正确领导的结果。您在领导小组会上的几次讲话,新区干部群众受到极大鼓舞。地还是那些地,人还是那些人,思路一变天地变,青云一定会重振雄风。"

愿意听恭维的话是人类的天性,对奇丑无比的人,你夸对方貌比潘安或是美若天仙,对方明知是假话也会美三天。忠言逆耳并不确切,恭维只要出于真心、说的是实话,也属于忠言,但决不逆耳。只有批评,哪怕是温和的批评才是逆耳的。口是心非的谎言最可怕,居心叵测却格外真诚,听起来尤为顺耳合意。

曹小力的颂扬是真诚的,下级每当被表扬须归功于上级,类似于条件反射,虽是套话也算实话,不这样做就有居功自傲之嫌。

顾全衡更重实效,说:"这仅仅是一个好的开端,全市的工业项目主要集中在新区,新区对全市发展有举足轻重的作用,新区强则全市强,新区好则全市好,你们要再上层楼。"

"出来前,我们开了全区领导干部会议,总结上半年,部署下半年,"曹小力说,"我们提出要一月高于一月,一季高于一季,超额完成全年任务,支撑全市的发展。"

"很好。大家的积极性调动起来了,要注意保护和引导,实打实地干,拿出实实在在的成绩。"顾全衡话中有话,凌寒乡听出了弦外之音,是针对新区拉练检查中虚假项目的敲打。

曹小力同样听出顾全衡话有所指,他说:"我们一定注意,坚决防止弄虚作假。我们每天搞'夜总会',每月搞'广交会'。"

顾全衡眉毛一挑,问:"什么'夜总会''广交会'?"

"您别误会。"曹小力解释道,"我们每天晚上九点开会,汇总一天重大项目的进度,大家戏称'夜总会'。每个月我们将需要解决的重点问题集中起来,与市有关部门的负责同志广泛交换意见,沟通协调,这叫'广交会'。"

"好!"顾全衡说,"你们超额完成全年任务,我们开庆功会、联欢会。"

多么惬意的早餐会,曹小力受到书记表扬,身心愉悦,他对每一步、每件事都很用心。送顾全衡回房间后,曹小力下意识想起一个细节,他问凌寒乡:"刚才你踢我是啥意思?"

"你真不知道?"

"知道什么?"

"全衡书记吃素。"

曹小力的脸唰地白了,他骂自己不该如此粗心,信口开河,把全衡书记比喻成了猪。更为麻烦的是他无法去解释,不解释则说者无意,解释则越描越黑,但愿全衡书记大人有大量。

晚饭后,顾全衡约凌寒乡去室外游泳池游泳。顾全衡生长在海边,练就了一身好水性,他一个猛子扎进水里。凌寒乡也跟着跳了下去,游了两百米就爬了上来。顾全衡一口气游了一千米,气息平稳地回到池边。

凌寒乡递给顾全衡一条浴巾,只见顾全衡上身呈扇子面,腹部平坦,这个岁数这个级别的领导干部少有这样的体形,便说:"您的水性太好了。"

顾全衡靠在躺椅上,说:"小时候天天泡在海里,父母从不担心。好水性只有在海里才能练出来,会当水击三千里,现在没有下海的机会了。"

老科长送来尼泊尔站的报道稿，请凌寒乡审定。凌寒乡看后对顾全衡说："只提了会见政要的名字，不涉及会谈内容。稿子报使馆审过了，他们同意。"

顾全衡说："明天见报。"待燕文正走后，他说："自华是个好同志，发扬风格。文正同志也不错，年龄不小了。你说过要提拔几名干部，回国后把名单给我，我批给祖淦同志。"

凌寒乡说："谢谢书记对办公厅同志的关心。"

顾全衡说："要谢就谢自己，组织培养是一方面，关键还要靠自己。"

"您说得对，自己不上进谁也帮不上，自己犯了错谁也救不了。"

"是啊，就像韩奇宝，自己走上了邪路，谁说话也不管用。"顾全衡左右看看，"初步核实，他受贿行贿，数额特别巨大，副市长是买来的。他察觉到省纪委正在调查，走上了绝路。天狂必有雨，人狂必有祸。他一出事，老婆得了癌症，女儿严重抑郁，人财两空，家破人亡，都是名利惹的祸。"

凌寒乡说："传说乾隆皇帝问法磐禅师，长江每天有多少船。法磐回答只有两条，一条为名，一条为利。"

外办工作人员让服务员送上两杯饮料，顾全衡喝了一口，说："从古至今，名利观最难摆正，名利苦最难解脱。"

"都说名利是身外之物，其实名和利本身并不是坏东西，凡人谁都离不开，但不能不择手段追名逐利。"

"你说得很实在，正当的名利也是一种激励，关键是不能颠倒了。有的领导干部办公室、家里挂着淡泊名利的字幅，却把名利看得比什么都重。所以我说，生老病死四苦之外，还应再加一苦——贪。"

"不忘初心，方得始终。人生在世就是修行，坚守初心才能圆满。"凌寒乡说。

"我们讲党性修养，修的是品行，修的是官德。红尘无处不在，人生处处道场。看淡名利，心中无尘。"顾全衡从另一角度阐述对党性修养的理解。

"解决名利问题要靠修养,但从根本上说要靠制度,修养是自我约束,制度是对众人管束。制度是笼子,不把私欲关进笼子,就把人关进笼子。"

顾全衡说:"制度总有缝隙,何况制度要靠执行,执行离不开监督。'窑洞对'回答了谁来监督的问题,实事求是地讲,监督很难,难就难在对一把手的监督,有人说,上级监督太远、同级监督太软、群众监督太难,不是没有道理。"

"我们确实不大习惯在监督下行使权力,我觉得有一个认识应该澄清,"凌寒乡说,"监督是对权力的监督,不是对哪个人的监督,不管是张三还是李四,只要你坐在那个位置上,你就要被监督,权力越大受到的监督就越多。监督不应该是单向的,不能只是上对下。"

"你就应该时刻监督我,"顾全衡指着凌寒乡说,"你离我最近,接触我最多,最有条件也最方便监督我。咱们搭伙半年了,你一次都没监督过,不是我做得不好,就是你做得不好,或者我们俩做得都不好。那么现在,请你对我进行监督,给我提批评意见。"

凌寒乡毫无准备,不知如何回应。顾全衡主政青云的这段时间,经济快速增长,市容市貌发生显著变化,全省目光再次聚焦青云,各方面高度认可,好评如潮。干部群众对主要领导的评价很直观,经济发展快不快,收入有没有增加,否则说啥他们都不信。短短半年的时间,青云发生如此明显的变化,凌寒乡发自内心佩服顾全衡的领导能力,他确实无意见可提。另外,他也不习惯给上级挑毛病,民主生活会上提的所谓意见,大都冠以"希望"二字,所提意见看似不留情面,敢于揭短亮丑,更像表扬的翻版,被提意见的同志身心舒畅,诚恳接受。再说,他与顾全衡共事时间还不长,虽然相处顺畅,但还没深到心照神交的地步。

顾全衡见凌寒乡不说话,便说:"你看,我主动接受监督,你却不敢监督。不光是领导缺少被监督的习惯,干部群众也缺少勇于监督的习惯。我今天给你出个难题,请你行使监督的权力,指出我的不足,帮助我保持清醒的头脑。"他见凌寒乡依然不开口,说:"古代朝廷设有'言官'

一职,言官之所以胆大,是因为不会被杀头。干部群众不敢提意见,主要是顾虑太多。如果你有顾虑,我承诺一条,决不给你小鞋穿。"说完,他大笑起来。

凌寒乡被顾全衡的情绪所感染,止不住笑着说:"您承诺的条件太低,应该保证不株连九族。"

"即使我想株连,你们家都凑不齐九族。"顾全衡心情大好,"你给我提意见,对我好,对全市都好,我感谢你。小品怎么说的,'我感谢你八辈祖宗'。"

两人一同大笑,好一会儿才停下来。

凌寒乡想,既然顾全衡如此信任,不可敷衍,他说道:"实话实说,确实没有听到对您的负面反映,各方面对您的赞扬不是虚假的,是发自内心的。如果非得挑毛病,我就当一把言官。您在大会小会上总爱说,我和时捷市长都是外地人,不信我们两个搞不好青云市。您的意思我懂,当好青云人,办好青云事。可是青云的干部听了心里不舒服,他们会觉得自己无能,低人一等,被人瞧不起。我说得不一定对,供您参考。"

顾全衡的笑容瞬间消失了,他面色凝重,连连说:"你说得对,提醒得好。这是个严重的失误,不是口误,是心误。把自己当成救世主,摆在干部群众之上,趾高气扬,不可一世,打击了一大片。真得感谢你,如果你不说,别人根本不会说,结果自我感觉良好,然后不断膨胀,非常危险。"

他们换好衣服,来到客厅。"寒乡,"顾全衡语气中有一种亲近感,"说起来我比你还小一点,抛开工作关系,你是可以交心做朋友的人,这一点我从你对怀恩书记、对至胜书记的态度上看得很明显,退与不退都一个样,甚至对退下来的老同志更关心,关系更密切,在一些原则问题上你不去迎合现任的领导,这不是什么人都能做到的。有的人热衷于现任而冷淡前任,对这样的人就要小心点。"

"人和人不一样,我没太多的想法,动作就不复杂,自己也不会太累。"

"明年三大班子换届,许多同志找我,咱俩天天见面,你从不提任何要求,这也是我对你另眼相看的地方。"顾全衡说。

"要说没想法那是假话。您在天顺市用干部有口皆碑,跑官、要官的一概不用。做好自己该做的,组织上的事组织上会考虑,我对厅里同志是这样要求的,自己也要这样做。"凌寒乡表达很得体。

"我说话比较直,你的优点是谨慎,缺点是慎之又慎。"顾全衡说,"我希望我们之间除了工作关系,还应该成为朋友。你熟悉青云,知道的情况多,要经常给我提醒,特别是反对的意见,不管多么尖锐,多么刺耳,哪怕是骂我,你都要如实反馈,至于谁说的不用告诉我,我也不听,你就是我的言官。这不是上级对下级的要求,而是朋友之间的帮助,不仅仅为了我,更是为了工作。总听好话,就该变傻了,我可不想当傻子,敢听骂声才是真的自信。"

外办工作人员请示,要不要准备夜宵。顾全衡说:"先开个碰头会,请小力市长和梁主任过来,叫文正同志也参加,碰一下后两站的招商工作。"

顾全衡对将要签约的项目数量和投资数额感到满意,这些项目有引进来的,也有走出去的。后两站要会见的外商较多,梁主任提出是否可以搞集体会见。顾全衡否定这种做法,他说:"出来一趟不容易,我们辛苦一点不要紧,要一个一个谈,表达我们的诚意。出访结束后在《青云日报》上发一篇综述,报道招商引资取得的成果。梁主任负责,把我们谈的项目逐个建档,办公厅负责督办落实,回去后,开一个招商引资推动会,推动更多项目落地。"

各地领导干部出国访问,无不把与外商签订的投资额作为亮点和成效加以展示,然而是协议额不是合同额,协议只是意向,似有实无,把协议变成合同才有实际意义,这是顾全衡抓督办落实的原因所在。

晚上本该放松一下,不承想闲聊竟拐入了重大话题。凌寒乡回想了自己所谈的观点,大体上没有出格过头的,提出的建议完全出于同志间的诚意。言官难当,提意见的时机、场合、方式、分寸都要恰到好处,言无不尽不一定有好效果和好结果。

顾全衡说把他当成朋友，这是对他的信任。在官场难度系数最大的就是交朋友，要成为真正的朋友，必须符合这样的条件：彼此不存在等级落差、心理落差、认知落差，秉性相同，脾气相投，没有利益关系，没有目的性。上对下可以称为朋友，下对上不可自不量力。

回到房间，放满热水，凌寒乡瘫软在浴缸中。他想起萧琛，萧琛与梁武帝是发小，是亲如手足的至交。一次席间，梁武帝投了一个红枣打在萧琛脸上，萧琛投了一个栗子正中梁武帝面门。梁武帝变了脸，萧琛吓得赶紧赔罪，说"陛下投臣以红枣赤心，臣须报以战栗"，这才躲过一劫。凌寒乡想起范仲淹的诗句："是非不入耳，名利本无心"。范仲淹志向高洁又随遇而安，被朱熹誉为"天地间气""第一流人物"。

热气升腾，凌寒乡不再多想，只享受泡澡带来的轻松。大千世界，任它千变万化，守住初心，不改本性，则是人生之大福，天地之乐事。

招商引资活动集中在菲律宾和越南。曹小力代表青云市政府和白江新区政府与外方签署了一个又一个经贸合作协议。曹小力签字速度飞快，动作潇洒帅气。签名是一个人的脸面，反映文化素养，领导干部普遍重视，私下里勤学苦练，以求沾染书家风范。曹小力更为看重，请人专门设计了花体签名，三个字他刻苦模仿上百遍，日久天长，渐入佳境。每当签字时，他高悬腕肘，运斤成风，一笔挥就，漂亮的签名为他赢得了额外的赞美。

代表团满载而归。在返航的飞机上，老科长将《长风破浪在今时——青云市经贸代表团成果丰硕》的纪实报道稿交给了凌寒乡，洋洋洒洒近万字。

凌寒乡指着作者的名字问："时伟岩，这是你们的笔名？"

"是的，"老科长说，"老傅定的规……矩。"

傅自华规定，凡是一处、二处起草的社论、评论以及各类综述性的文稿，一律用统一的笔名，"时伟岩"——市委的言论。

"这是篇通讯，不属于政论性的稿子。"凌寒乡想了想说，"我记得你曾用过一个笔名,叫'长空',对吧?"

"我都忘了,您还记得。"老科长深受感动。他以前用"长空"的笔名发表过随笔、散文、诗歌,在机关小有影响。每当收到稿费,他就请处里的同志撮一顿,兴之所至,给大家背诵他的作品,并自立规则,背错一字罚酒一杯。每次大家都绝望,他一字不差,口齿伶俐,决不口吃。

凌寒乡接过老科长手中的笔,说:"'长空',鹰击长空,鱼翔浅底,有气魄。"他划掉"时伟岩"三个字,写上"本报特约记者燕长空"。

老科长使劲搓手,说:"这个不合适。"

"没啥不合适的。全市都知道时伟岩是市委的官方文字,这次以记者的身份来报道,会有不同的效果。"凌寒乡把稿子交给老科长,"干了一辈子文字,人躲在幕后,名字也躲在幕后,我们又不是搞'两弹一星',该露把脸了。回去后,抓紧给省委写一份出访情况的报告。"

老科长正要返回座位,凌寒乡又要回稿子,把会见尼泊尔政要、途经马尔代夫的部分删除,纪实不是全部实记,取舍之间表达的是需要的真实。

"长空"的名字早些年只出现在报纸的副刊,这次将赫然登上头版,若是在十几年前,老科长该是何等的兴奋与激动。大学时,他的作品在一家小报上变成了铅字,他欢天喜地,举着那一页报纸对着校园里的路灯,仰头看了一遍又一遍,终于确认这是真实的存在。转天,他去学校办公楼和各系办公室,收集了能收集到的那一天报纸,发给班里的同学,并请同宿舍的同学海吃了一顿,为此他节食了半个月。现如今,他对此麻木不觉,但他感谢凌寒乡,秘书长读懂了他年轻时的远大志向。燕雀安知鸿鹄之志,鸿鹄又安知燕雀之力。燕子飞行的速度比其他鸟类快几倍,长途飞行可达几千千米。燕子飞翔,不是出于娱乐,而是为了生存。

老科长出国的公差和私事都圆满完成。梁主任专门安排外办的女同志帮他买到了女儿下单的名包,他给傅自华买了一个大号的红木大肚弥勒佛,给自己买了一个展翅飞翔的黑燕。

鹰击高空,燕翔长空。

三十

路雪桥那代人进市委机关是组织分配,现在逢进必考,公务员考试持续火爆,一些热门岗位录取率只有几千分之一。与二十世纪八十年代初不同,那时商品不丰富,机关逢年过节发鱼虾蛋等年货,能买到市面上没有的紧俏商品,诸如过滤嘴香烟和八大名酒,且红色塑料皮工作证可带来种种便利,机关工作令人向往。现今党政机关的特权不复存在,社会学家分析,其超高热度主要来自机关福利待遇的稳定性,而且随着职务晋升差别愈加明显:到达厅局级,单间办公室,小食堂就餐,车接车送;到达副部级,医疗、住房等由财政保障。机关级别越高,职数越多,如果在县里,升到科级便是了不起的仕途辉煌。

市委办公厅召开副处级以上领导干部会议,民主推荐干部,凌寒乡主持,市委组织部副部长做动员讲话。推荐人选的条件除通用标准,另有特定指向,划出了被推荐人选的具体范围,有的精准到某个人。会前,拟提拔的几位人选早已广为人知,参加推荐的人员,接到选票不等主持人念完注意事项就动笔填写,这是俗称的"票推",之后,在各自办公室保持相对静止,组织部的同志逐一进行谈话推荐,俗称"谈推"。半天时间,所有程序快速、流畅、顺利走完。

副部长拿着推荐结果来找凌寒乡。他说:"票推、谈推的人选都比较集中,得票率都在百分之九十以上,这在别的部门不多见,说明办公厅的风气正,寒乡秘书长领导有方。"

凌寒乡对推荐结果并不意外,这几个人群众基础好,公认度高,应该再早一点提拔。票数之所以集中,还有一个原因,办公厅干部提拔慢、交流少,大家希望多提、快提,提拔一个人,受益一条线。心齐也是一种情绪。

凌寒乡说:"不是我领导有方,机关干部整体素质比较高。这批同志的年龄都不小,五十多岁,有的快退休了。办公厅下边没有腿,往外安排困难,流动性差,压了一批人。"

"这次提拔力度不小,全衡书记对办公厅格外偏爱。"副部长说。

"你可能不知道,到年底办公厅的退休干部将超过百人,老化现象相当严重,还请部长多提供一些交流机会。"凌寒乡羡慕组织部只有少量的内退干部。

副部长汇报说:"得票最低的是自华同志,谈推的时候有的同志提出了不同意见。"

"什么意见?"在凌寒乡看来,傅自华的得票应该是最高的,因为他付出的辛苦最多,而且只分管一处、二处,整天闭门与文字较劲,与其他处室不发生横向联系,接触少,了解就少,反对意见自然也少。

"有的同志反映他骂人。"

"骂人,骂什么?"凌寒乡想,能提意见的人,不外乎熟悉的人、身边的人、心怀不满的人,还有糊里糊涂的人。对傅自华的意见,应该来自一处、二处。

"我学不上来,也不太明白。"副部长打开笔记本,翻了几页,"什么'三纸无驴',骂同志是驴。还有'泥丸',骂同志笨,形容同志的脑袋是泥球。"

凌寒乡心说,这个老傅,有话为什么不能直说,咬文嚼字,弄些典故生词,谁听得懂!四字成语人家只记住了一个字"驴","泥丸"误以为是泥捏的弹子球,把人的脑袋比喻成泥丸,绕着弯数落人。

凌寒乡解释道:"自华同志书读多了,简单的事不简单说,把事情搞复杂了。他用的是典故,一个书生家里买了一头驴,需要写一份买卖契约,他自视学问大,写了三张纸还没有写到'驴'字。'三纸无驴'形容写文章不得要领,废话连篇。'泥丸'是道家用语,道家用神的名字称人体的各个部位,脑神的名字叫'精根',字'泥丸',后人把头叫作'泥丸'。我替自华同志说句公道话,他不是骂人,充其量批评方法不当,批评的效果不但没达到,反而产生了副作用。"

"原来是这样,"副部长说,"是我们学习不够,差点冤枉了好同志。

还有的同志反映,自华同志改稿子时总是'啊去!啊去!',据说他用的是韩语,相当于'他妈的'。这涉及外语,我实在搞不懂。"

"牵强附会。"凌寒乡觉得好笑,"我了解自华同志,他除了国文,对外国东西一窍不通,甭说韩语,连英语拜拜都说不顺溜。自华同志早年写稿时压力一大、精神紧张就打嚏喷,生理反应,条件反射,留下了后遗症,现在好多了。"

"对自华同志的意见就这几条,这样说来,其实不能叫意见。是自华同志学问太大,常人不好理解。"副部长谦虚地说,"这给我们提了个醒,组工干部既要熟悉干部政策,还要拓宽知识面。"

凌寒乡同样谦虚地说:"组织部同志心细严谨,政治素质高,把关严格,值得我们好好学习。"

副部长表示,尽快上部务会,争取下周上市委常委会会议。

"聪明深察而近于死者,好议人者也。博辩广大危其身者,发人之恶者也。"聪明但不外露,渊博但不显现,方为通文理、通事理。傅自华得票低,怪不得同志提出意见,只怪他自己勤于业而不精于事。幸亏有凌寒乡,换成不擅文章的上司,误解恐怕真的难解。

市委常委会会议讨论通过,经过公示,市委任命文件正式下发,市委决定:傅自华同志任青云市委副秘书长、办公厅主任,郑如实同志任青云市委督查室主任(兼),路雪桥同志任青云市委办公厅副主任、副巡视员,辛志同志任青云市委办公厅副主任,杨立德同志任青云市直机关事务管理局局长,燕文正同志任副巡视员,免去李强生同志青云市委办公厅副主任。成立市委督查室,副厅级,下设督查一处、督查二处。

这是近几年市委办公厅领导班子调整较大的一次。傅自华负责全面工作。杨立德解决了副厅级职务,负责管理局的全面工作,兼办公厅副主任便于接待工作衔接,不在厅内分工。郑如实分管督查、组织人事、机要交通工作。路雪桥分管秘书、信息、老干部、机关党委、工会工作。辛志分管会务、值班、接待、行政后勤工作。燕文正分管文稿工作。李强生调任省委办公厅,拟提拔为厅副主任。办公厅决定,免去路雪桥秘书处处长,邵尉任秘书处处长。

柳暗花明,正果修成。所有人见到傅自华的第一句话都是祝贺,一些市领导言辞恳切地说:"早该提拔了,我多次向书记推荐你。"厅里的同志遇到他,远远肃立,待傅自华走近尊敬地称呼主任,"傅"字从此在口语中被永久删除。外单位有打电话的,有发短信的,还有约请吃饭的,有的说天道酬勤,有的说实至名归,有的说鹏程万里,有的说宏图大展,纷纷以不同方式及时表达庆贺荣升的美意。

如此盛况让傅自华始料不及,不知所措,距上次受到贺喜已经久远了,此番道喜又这般猛烈,他极为不适。在他看来,晋升一级,任单位的一把手,是领导的关怀,他的辛苦没白费,而以他的年龄,则是老骥伏枥,落日余晖,暮色苍茫,很快告老还家,何谈鹏程万里?何谈宏图大展?傅自华听人聊起过,三种人不可得罪:直接管你的人、与领导关系密切的人、领导身边的人。办公厅主任的位置太特殊,作为市委书记身边的要员,职级虽与各部门一把手平级,但决不可等而视之。各方面的热情祝贺属常规性动作,虽是客套的虚话却有实际效用。若不是傅自华行将到站,祝贺的热烈程度将成倍高涨。

发生在傅自华身上的变化不只是官升一级,而是全方位的。第一个变化是办公地点高高在上,办公室搬到九楼,与常委办公区在同一楼层,这间屋子空闲多日,紧邻凌寒乡的办公室。第二个变化是工作内容全面拓宽,由管文稿到管人、管文、管事、管会、管财、管物,需要签发、报批的文件,待审定的方案和事项成批成堆摞在他的办公桌上,厅务秘书按轻重缓急将其分门别类放在不同的文件夹里,外皮贴上急办件、待办件、传阅件。之前,敲他办公室门的只有一处、二处的人,现在各处室的人在门口排成队,挨着个等候请示汇报,让他难以招架,一把手和副职的一个显著区别就是无人替你挡事。第三个变化是精神面貌焕然一新,一厅之长,发号施令,言出即动,威风八面,不在其位焉知其尊,投来的敬畏目光和顺耳的敬重话语,怎能不让人美滋滋的。他套用清代画家金农的诗"近来老丑无人赏,耻向春风开好花",给自己刻了枚闲章"耻向春"。

上任伊始，麻烦事接踵而至，傅自华的好心情荡然无存。行政处处长向他报告，每年"十一"要给干部职工发钱，每人一千元，春节每人两千元，两项加一起不是小数目，需要提前筹划。新领导要有新变化、新气象，今年应当高于往年，留下大有作为的好印象。

"以前是怎么解决的？"傅自华问。

"各种渠道都有，主要是变着法找市财政要。"

"今年怎么办？"

"我们琢磨了个题目，全市正在搞市容环境整治，咱可借此东风，对市委大院及周边环境进行提升改造，以崭新的面貌迎接党的十八大。这是我们给市财政局起草的报告，请您过目。"

傅自华重点看了数额，共四十万元。他提笔签上：拟同意，请寒乡秘书长批示。

"不可，不可，"处长动作慢了半拍没拦住，慌忙说，"涉及花钱要钱的事，秘书长从来不签字，以前都是立德主任直接找市财政局。"

"还有别的办法吗？"

"没有，咱们不像有的部门找下属单位要，有的单位有领导专项资金，咱们只能依赖财政。"

傅自华操起红机，打通市财政局盛局长的电话，不等他开口，对方无比热情地说："大主任，再次向你表示祝贺，今后还要仰仗老兄在书记面前美言关照。大主任找我没别的事，肯定是要钱，你们那点钱都是小钱。老办法，你们立个项目，打个报告，我们上局务会，'三重一大'嘛，程序还是要走的。不过老兄你得答应我一件事，下周我组个局，你务必赏光，参加的人你都认识，他们都想巴结巴结你，就这么定了。"

一个电话，四十万元解决了，多么神奇，傅自华一时没缓过神。在重新打印的报告上，他直接签给了盛局长。凌寒乡不批钱，想来财务问题非同小可，其中的玄妙和风险是他所不知的，因未经关键岗位的历练而造成的欠缺由此可见。也难怪，查账是发现违规违纪问题的有效手段，签字人就是责任人。他补上了重要一课，涉及资金须格外小心，有必要建立分级管理的财务制度。

钱的事动动嘴就解决了，说不难也难，说难也不难，难与不难不在事而在权，人定胜不了天，但能办成事。但跟着又来了一件麻烦事。

登峰省委办公厅刊物《登峰通报》分两期刊登了天顺市、通达市学习贯彻落实省党代会精神的综合情况，顾全衡在上面批示：请寒乡、自华同志阅。凌寒乡批示：请自华、雪桥同志阅处。

傅自华提起笔拟批给路雪桥，又觉得不妥。顾全衡的批示耐人寻味，既没有批评的意思，指责为什么见不到我们的信息，又没有明确的指示，要求务必单发一篇。但既然批示了，就不是简单地让他们传阅学习，潜台词是在省厅刊物上要有青云的声音，这是不言自明的无声指令。

傅自华叫来路雪桥。看了顾全衡的批示，路雪桥以高度的敏锐性说："书记是在批评，这不是发一期简报的问题，而是关系新晋省委常委的政治态度问题，书记考虑我们上任时间短，给我们留点面子。"

"信息综合处没上报过材料？"

"报过，这几天我把上报省厅的所有信息都看了一遍，有关贯彻落实省党代会精神的信息闭幕当天就报了，而且每天都报，不光有动态的，还有综合的。"路雪桥让信息综合处马上把上报的信息全部送到主任办公室，有一尺多高。

傅自华重点翻阅综合信息，材料质量很高，有行动、认识，有措施，还有新的进展，水平只在天顺市、通达市的稿件之上。不是材料本身问题，那会是什么问题？他问："跟省厅信息处熟吗？能不能侧面了解一下？"

很快，信息综合处处长跑来报告，初步了解，省厅信息处把这两个市的稿件作为重头单发，不是他们的意见，是有关领导特批过来的。至于哪位领导，他们不便说。

傅自华想起调到省厅的李强生，他应该掌握内部情况，或许能帮上忙。电话接通后，对方同样热情四射地祝贺："老兄，我刚到新岗位，忙得一塌糊涂,祝贺迟到了,但一直惦记着,老兄千万不要怪罪,老弟我发自内心为老兄高兴。"

"哪里哪里,你现在是省领导了,盼望你深入基层,回市里考察指导。"傅自华这段时间接了无数个此类电话,重复了无数次相同的回应,越说越顺嘴,完全不用过脑子,这或许就是他曾概括的不得不说的、有用的废话。人的适应能力超出自我认知。

傅自华说明了打电话的真实意图,特别表达了落实全衡书记批示的沉重压力。李强生深表理解,说:"咱们一起工作了这么长时间,用同甘共苦形容最恰当不过。老兄的难处就是我的难处,老兄的要求就是我必须执行的军令。我刚来,不是推托,我还没有发言权,更不要说拍板权。我拿红机打给你。"

出于保密的考虑,他们换了电话。李强生继续说:"《登峰通报》发各市的经验材料有严格规定,每年不超过十五篇,宁缺毋滥,确保质量。据我所知,通达市的稿子是省委副书记发了话,他是通达市的老领导。天顺市的稿子是省委秘书长转来的,天顺市新任书记与他是兵团的老战友。这些情况只有两三个人知道,也就是你,换个人打死我都不说,谁愿意给自己惹麻烦。"

通过李强生,傅自华搞清楚了基本情况,同时也增添了一分烦恼,如此高的层次介入像一座大山横在他面前,他无力攀登和翻越。他搜肠刮肚能想到的省厅熟人也是耍笔杆子的,而且从不往来。在党委办公室系统,省厅每年对口召开各种工作会、研讨会,为同行提供相互认识、交流学习的机会,秘书、督查、信息、机要、党刊、接待甚至行政后勤五行八作都有自己的例会,各市抢着办、轮流办,唯独没有文稿工作的对口会议,兴许文稿的专属性太强,可资借鉴的东西太少,因此,笔杆子老死不相往来。

路雪桥刚接手信息工作,自然也没有可用资源,两个人犯起愁来。路雪桥建议,找寒乡秘书长,让他出面。

傅自华想起筹集过节资金的事,觉得不能事事都上交,显得能力太差。"还是自己想办法,动不动就找寒乡不太合适,不能总麻烦领导。"

"咱们干的就是麻烦事,还怕麻烦人?麻烦都是人找的,不麻烦人就解决不了麻烦事。我也不愿麻烦人,可咱不是没有别的办法吗?再说,寒乡秘书长不是外人,全衡书记也批给他了,他还能不管?"路雪桥露出了少有的执拗。

凌寒乡听了两个人的汇报,眉头微微皱起。省委领导中他比较熟的只有省委秘书长,可人家已经为天顺市说过话,再找人家明摆着强人所难。一番搜索筛出一个人,省委程副秘书长。前不久,省发改委王主任来调研时,他们一起吃过饭,平时偶有电话联系,走动不勤,可实在找不到更熟的人。他从通讯录里调出电话号码,电话通了对方却挂了。正当凌寒乡感到无望时,发来了一条短信:"稍等。"

凌寒乡心里没底,但再难也要想办法,如果你对书记的批示没有回音,无异于自我宣告无能。他对路雪桥说:"稿子再改一改,落脚点放在贯彻落实省党代会精神青云的新变化、新亮点上,拉练检查、市容环境综合整治、出国招商引资,这些内容都要写进去。"正说着,程秘书长的电话来了,回话速度之快出乎意料。

程秘书长非常客气地说:"刚才,立国书记给我们布置任务,不便接电话,抱歉了。"

凌寒乡没有直接说事:"不好意思打扰了,今晚我和小力请您喝咖啡,不知程秘书长是否有空?"

对方爽快答应。凌寒乡对路雪桥说:"稿子改好后下班前给我,老傅,晚上你也参加。"

在"四月天"的雅间"修篱种菊",几人慢品咖啡,谈天说地,相互交换信息。凌寒乡提起正事,程秘书长举杯说:"有句老话,酒逢知己千杯少,我略加改造,酒逢千杯知己少。难得遇上知己知彼的好朋友,帮朋友就是帮自己,咱们以咖啡代酒。"

程秘书长给强立国当过大秘,接触面宽,熟悉人多,又有省委书记信任的背景,各方面都买账。他的级别为正厅,但无形的影响力比起副部级并不逊色。很快《登峰通报》给青云市单发了一期,篇幅是最长的。能量的大小与级别的高低不能简单地画等号,台风的最大风力在台风眼的周围。一桩麻烦事就这样解决了。

顾全衡看到这一期《登峰通报》,批了两个字:很好。

傅自华上任后,鼓励各处室勇于创新。他在听取会务工作汇报时批评:"一些例行的会议、活动年年搞,你们不能把上一次方案拿出来,简单复制。以前我就发现过你们的错误,连日期都是上一年的。同样的活动不能千年不变,比如,到烈士陵园祭扫,可不可以用小号吹奏《思念曲》,每人手持一枝菊花?"他还打起官腔:"我没做过会务工作,你们比我有经验。"

"八一"建军节前走访慰问部队是每年的惯例。辛志落实傅自华的要求,提出了一个创新方案。往年进营房与部队首长座谈,与战士交谈,送慰问品,今年观摩部队实弹射击演练,为装修后的部队礼堂安装一套多媒体会议系统。对辛志的创新,傅自华积极支持,强调实弹射击务必保证领导安全。

在去部队的路上,顾全衡问市民政局局长:"蔡局长,我们这样空手去不太合适吧?"

"已经跟部队协商好了,"蔡局长是位女同志,泼辣能干,心直口快,"LED 大屏、音响器材明天就送到。咱们出手不能太小气,这次绝对是重礼。"

"我来青云后第一次慰问部队,总得有个见面礼吧。"顾全衡善于引导。

凌寒乡见蔡局长迟疑困惑,点拨她:"给部队一些资金支持。"

蔡局长小声说:"没有准备呀?"

凌寒乡说:"不需要准备,你就说个数吧。"

蔡局长凑近凌寒乡试探着问:"两万?"

顾全衡听到了,说:"蔡局长是个会过日子的人,手紧得很啊。"

蔡局长冲凌寒乡打了个"六"的手势,见凌寒乡笑而不答,又打了个

"八"的手势,凌寒乡还是不表态,她终于喊了出来:"书记,十万,中不?"

顾全衡忍不住笑了起来,道:"看看,把蔡局长心疼得,家乡话都挤出来了。"

傅自华叫坐在后排的辛志,让他马上与部队的同志联系,准备一个大纸板,粘上红纸,用毛笔写上十万的数额,军地领导见面时由蔡局长交给部队首长。

顾全衡与部队首长寒暄后,来到正在准备演练的战士中间,他询问战士的情况:"老家哪儿的?"战士回答:"报告首长,我是天顺人。"问第二个战士,战士回答:"报告首长,我是青岛人。"问第三个战士,战士回答:"报告首长,我是蓬莱人。"顾全衡回头对凌寒乡别有意味地说:"都是老乡嘛。"

傅自华心说:这个辛志,找的都是书记老家和工作过地方的战士,不自然,太假了。

实弹射击演练开始了,市领导和部队首长坐在主席台上,用望远镜观看。战士威猛无比,个个神枪手,子弹打在钢靶上当当作响,主席台不时响起阵阵掌声。

演练十分精彩,领导走下主席台,向官兵表示祝贺。顾全衡说:"我们国家有了中国共产党,国家的命运、民族的命运发生了根本性的巨变,我们党有了人民的军队,才有能力去摧毁一个旧世界,保卫一个新世界。所以说,没有'七一'就没有'八一',没有'八一'就没有'十一'。我们要大力支持国防和军队建设,做好优抚安置工作,切实解决广大官兵转业复员的后路问题、子女入学的后代问题、家属工作的后院问题。青云要成为崇尚军队、爱戴军人的城市。"

参谋长是山东人,与顾全衡的老家同一个县。他以与顾全衡同乡为荣,大胆提议:"顾书记要不要试试身手?"

顾全衡兴致高涨,欣然同意,脱下夹克,卷起衬衣袖子。战士迅速抱来几块垫子,码好沙袋,检查弹夹,讲解射击要领,做示范动作。顾全衡趴在垫子上,设置连发模式,瞄准目标,手指一勾,一梭子子弹都打了出去。

参谋长不拿自己当外人，开玩笑地说："顾书记，您这是一撸到底啊。"

说者无心，听者别扭，顾全衡的脸色阴了下来，打靶草草结束。后来傅自华听辛志说，全衡书记走后，部队首长使劲踹了参谋长两脚，骂道："他妈的，你小子说话怎么不过脑子，脖子上顶的是大尿壶啊！"

一次别具一格的活动，就差这一点没圆满。傅自华颇感遗憾，谋事在人，成事也在人。他接手办公厅主任后，经手的事没有一件是顺心顺当的。不在其位怎知其难，难事天天有，解决一个还有一堆，永无完结。一个副厅级单位尚且如此，由此联想到市里省上，每天有多少难事，权力越大遇到的难事就越多，当领导实属不易，但没有畏葸退缩的，有了这样无所畏惧的骨干力量，什么困难都难不倒我们。

接连不断的烦心事，使傅自华产生了"官晕"，一个出思路的人怎么可以纠缠这些杂乱不堪的琐事？他一度心生畏难情绪，怀疑自己的办事能力，也许只适合爬格子，摆弄摆弄方块字。随着几件事一一摆平，傅自华发现自己居然还有纵横捭阖的才能，于是，陡然升起睥睨天下的主官自信。

春风得意，闲庭信步，傅自华放开手脚大胆施政，驾驭轻松自如，一切走上正轨。办公厅为外地考入的新同志提供单身宿舍，他大笔一挥免去房租，节省了新同志近三分之一的月工资支出，新同志组团来感谢，几近感激涕零。全厅同志几乎天天加班，常常赶不上去食堂吃饭，傅自华提出给每位同志每年发两千元业务经费，放在处里统一使用，行政处当天落实。因工作需要，许多同志电话费激增，他要求从下月起，每人每月增加五十元话费，直接打到电话卡上。以往国庆节每人发一千元，今年提高到一千五百元。干部职工过生日，从每人发一张三百元的蛋糕卡，增加到六百元，六六大顺嘛。干行政工作的成就感来得更简单、更直接，一件又一件利民惠民的举措，迅速地、极大地提升了傅自华的威望，全厅上下一片叫好，一致认为，这样的干部早该提拔。一处、二处包括研究室的同志扬眉吐气,事实证明能写好字的确实能干好事。

人逢喜事精神爽,是人就脱不了俗。内在变化表现于外在,傅自华自己不觉得,但周围的人看得清楚。头发一丝不苟,弯曲的后背有意识地挺直,两只手习惯地背在身后,碰到部下会稍微抬起一只手摆动两下,表达领导的亲切问候。黑夹克平整无褶,面料挺括上档次。白衬衣的领口宽大直立,绝没有水渍的痕迹。从容自若的感觉只有上了位才能体会到,无人可交流,全靠自我实践。

三十一

进入"七下八上"的主汛期,本市气温偏高,平均降水量较常年同期多三成以上。气象专家分析,受台风登陆点北移的影响,今年易触发雷雨大风、局地暴雨等强对流天气,可能出现流域上游洪水与本市强降水叠加,引发洪涝灾害。

顾全衡出访前专门开会,研究部署防汛工作,强调要立足防大汛、抗大洪、抢大险、救大灾,从严从细从实抓好各项准备工作,强化物资准备,充实抢险救援队伍,加强实战演练,补齐防汛设施短板,提高应急保障能力,全力守护人民群众生命财产安全,确保安全度汛。

顾全衡出访回来后主持召开的市委常委会第一次会议,把研究防汛工作列为议题,听取情况汇报和下一步安排。会议开始前,顾全衡看了一下会务处报告的请假人员名单,曹小力请假,陪同副省长检查白江新区防汛工作,警备区司令员请假,陪同军区首长视察部队。副省长、军区首长到青云市检查视察工作,顾全衡竟没有得到任何信息,如果不是两位常委请假,他仍一无所知。问题的严重性和恶劣性在于,上级领导来过青云市,而他却不露面、不陪同、不汇报工作,升了常委,架子大了,傲慢无礼,不把别人放在眼里,跟人家解释不知道你们来,谁会相信,市委书记主政一方的掌控能力何在?到青云视察的领导也许宽宏大量,淡然地说:"一把手非常忙,咱们轻车简从,不要打扰人家,影响基层和地

309

方的工作很不好嘛。"嘴上这么说,心里别有一番滋味,被轻视,受冷落,悄无声息走了一遭,个人没面子,连随行人员都感到脸上无光。

不仅是顾全衡,其他地方和部门的主官也决不容忍出现此类问题。缺位失礼,影响的是工作,损失的是资源,还会带来说不清的、无形的、持久的副作用,可能短时感受不到,但它真切地存在着,某个时候你总觉得不顺,很有可能与你早先的一次失礼有关。

不知情是你治理无能,顾全衡每到一个地方任职,三令五申,重要信息不得迟报漏报,想不到他最不可原谅的问题还是发生了。他异常恼火,问胡时捷,胡时捷不清楚,问凌寒乡,凌寒乡也不知道。市长不知道副省长来,部队和省上领导到了青云市,市委机关的大管家一概不知,咄咄怪事,不可饶恕!此事非同小可,顾全衡怒不可遏,当着全屋的人吼道:"这是一起重大的工作责任事故,必须严查,一查到底,对责任人严肃处理。党办系统、政办系统要进行集中教育整顿,堵塞漏洞,决不允许再出现此类问题,决不允许!"

会议为此耽搁了半个多小时,散会时已是下午一点。凌寒乡、傅自华顾不上吃午饭,叫来卢海泉、辛志和市委值班室主任周心源,研究补救措施。副省长中午在新区用餐,餐后回省里。副省长曾担任过省民族宗教事务委主任,凌寒乡亲自给副省长打电话,时捷市长下午陪他去雪岭,考察指导摩崖石刻的保护工作,晚上全衡书记、时捷市长请他用工作餐,从副省长半推半就的口气中,可以感受到期盼多时的喜悦心情。军区首长在市区有三天时间,凌寒乡与警备区司令员沟通,明天全衡书记陪同军区首长视察预备役部队,中午全衡书记、时捷市长和首长一起用餐。

一切协调停当,接下来要倒查重要信息漏报的问题。以凌寒乡的经验,处理此事宜快不宜慢,快是一种态度。他要求,傅自华负责市委办公厅,卢海泉负责市政府办公厅,查明原因,分清责任,速查严办。

问题并不难查,电话记录、承办建议、批示意见、审批流程,时间、签字、相关办理人员,白纸黑字,运转有序,一目了然。看得清楚但不一定说得清楚。

部队首长视察部队，明令不要惊动地方，警备区司令员斟酌再三，认为不妥，安排好首长休息后他向市委报告。市委值班室提出拟办意见，辛志签发傅自华，傅自华圈批同意已是晚上十一点五十分。周心源怕打扰市领导，要求转天上午常委会会议前报凌寒乡。值班室副主任耽搁了三分钟，会议已经开上，值班报告送不进去。

副省长检查防汛工作是临时安排，省政府办公厅五处晚七点直接通知市水利局，市水利局晚八点报给市政府分管水利的副市长工作处，处里提出的拟办意见是请分管副市长陪同。检查的第一站在白江新区，分管副市长改为请小力同志主陪。此件又转到市政府办公厅二处，服务曹小力的政府副秘书长在电话里请示，曹小力提出要报给书记、市长。二处重新提出拟办意见，副秘书长圈阅同意，二处副处长将此件放在了曹小力的办公桌上，等他批示。副省长一大早直接去了白江新区，曹小力在白江新区等候，自然没有见到市政府办公桌上的待批件。

来龙去脉一清二楚，看上去每个人都做了该做的，尽到了应尽的责任，各个环节无缝衔接，来来往往的每一步完全符合程序，整个工作无可挑剔，完美呈现大机关严谨条理的风范，但问题就是出现了。出了问题就是失职，失职了就要追究处理，不能化小化了，不了了之，否则，无法向顾全衡交代。

傅自华高姿态，承担全部责任，请求给予处分。凌寒乡认为这样处理过于简单，不是解决问题的办法，不符合全衡书记提出的堵塞漏洞的要求。问题的症结在于，紧急事项办理制度没有落实，急事不急办，怕影响领导休息不是理由，不能成为迁就的借口。他的意见是，周心源免职；给予值班室副主任严重警告处分；辛志负有直接领导责任，诫勉谈话；傅自华负有管理教育不严的责任，做书面检查，在厅领导班子会议上做深刻检讨。傅自华替周心源说情，免职处分太重了。凌寒乡说："免职是组织处理，不是纪律处分，咱们都被免过职，有免有任，他表现得好可以重新任命。追责问责千万不能拖，不能软，要从快从重，拖来拖去，小事拖成了大事。"

有了市委办公厅的处理意见,凌寒乡想等一等市政府办公厅的处理结果一并上报。卢海泉说他们还在研究。凌寒乡不再等,当即签发出去。顾全衡批示:要深刻吸取教训,下不为例。这一关等于过了。

傅自华写了平生第一份书面检查,他组织修订完善了值班制度,要求对紧急信息和重大情况按特提件处理,二十四小时即收即报,责成辛志召开全市党办系统值班工作会议,把制度要求落实到各单位。

过了半个月,迟迟不见市政府办公厅的处理意见。

这天,顾全衡、胡时捷会见来青云参加科技创新合作洽谈会的代表。会见前,顾全衡问凌寒乡:"政府办公厅为什么拖这么久?"

凌寒乡拉住一同参加会见的卢海泉。卢海泉说:"事情正在处理,大家意见不一致,思想不统一。我已经开了三个会,主动做了检讨,带头做自我批评。"

卢海泉说的这些早就通过其他渠道传进了凌寒乡的耳朵里。在市政府办公厅领导班子和全厅副处级以上干部会议上,卢海泉起身向大家鞠躬致歉,红着眼圈检讨自己的过失,之所以发生如此严重的错误,主要因为他来的时间短,情况不熟悉,工作没做好,让大家受牵连,态度十分诚恳,说到动情处,声音哽咽,落下了眼泪。尽管他主动担责,但没能赢得干部的同情,反倒增加了一些轻蔑,说"慈不掌兵,善不为官,当严不严,心慈手软,妇人之仁,带不了队伍"。

凌寒乡提醒他:"全衡书记过问了,拖不是办法,当断则断。"

"很难办,"卢海泉一副愁容,"二处副处长的爱人生病,他急着去医院,把件报给了小力市长,就没再过问。"

"责任不是很清楚吗?"

"副处长不认为是他的责任,已经半夜,他怎么可能催促领导批件。小力市长不批示,他无法报件。"

"太教条了,"凌寒乡说,"小力口头有了意见,可以注明业经小力市长同意,连夜报政府值班室,再报市委值班室,不就没你责任了吗?"

"谁说不是呢。我对他进行了批评教育,想给他警告处分,征求小力市长意见,小力市长说了他很多优点,兢兢业业、没黑没白,要综合考虑他的平时表现,不能一棍子把人打死。市长的意见不能不听。"卢海泉摊开双手,做出无奈状。

"你们想怎么处理?"

"让人头痛。市长说情是一方面,另一方面正要提拔他为处长,厅主任会已经研究同意,准备上秘书长会讨论通过,最近事太多,几位秘书长凑不齐,结果给耽搁了。如果给他一个警告处分,提拔会受到影响。"卢海泉陷于两难。

凌寒乡听明白了卢海泉的意思,卡在了干部提拔上。他说:"政府的事我不好多嘴,不过,我建议你,这件事情必须抓紧办、严肃办,敷衍肯定过不去。该处分就得处分,越拖麻烦越大。相关领导也有责任,应该受到处理。"

"我们再研究一下,五天之内一定把处理意见报给您。"

"不是报给我,是报给时捷市长。五天太慢了吧?"

"三天,不,两天,就两天!"卢海泉有了精神头。

"对了,有一件事想你帮个忙。"凌寒乡提起把古云丽的女儿调到市区工作的事,向他说明了调动工作的原因。

"小事一桩,包在我身上,回头让我的秘书跟您的秘书联系,百分之百安排好。"卢海泉不仅满口答应,而且说一办二,当天派人去了古云丽家,送去三千块钱,还有米面、菜、肉、水果。当得好部门的一把手,不一定干得好秘书长,前者是主官,听你的,后者是主参,听领导的。

两天后,经胡时捷圈阅同意的处理意见作为急件报给顾全衡。顾全衡看后问凌寒乡:"这个报告你看了吗?

凌寒乡说没有。他之所以不让卢海泉将处理意见报给他,是因为他判断顾全衡肯定不满意卢海泉的处理意见,拖了这么久,只这一条就过不去。他如果接手了,怎么做都难,夹在中间,左右不是。

"你看看,写的什么!爱人病了,急着去医院,这叫什么理由?倒像咱们不近人情。十页纸，有八页讲他卢海泉怎么开会，搞什么'三个反思、三个深究'，这哪像检讨，更像自我表扬！要我说'一个反思、一个深究'就够了，反思工作作风实不实，深究责任心强不强。退给卢海泉，让他好好琢磨琢磨。"顾全衡的"琢磨琢磨"大有深意。

凌寒乡不可能把顾全衡的原话照搬给卢海泉，但问题的严重性可以通过语气和用词传递出去："全衡书记没有签，让我退给你。"

"书记不满意？"卢海泉问。

不签就是不同意，不同意就是不满意，这还用问？卢海泉确实缺少机关工作经验。凌寒乡说："咱们不是外人，我有话直说。你们的处理意见要重新研究，'三个反思、三个深究'是改进工作的措施，有两句足够了，不要强调客观，多从主观上找原因。"

又过了两天，处理意见报了上来，十页纸变成了三页纸，客观理由的表述全部删掉，相关人员的处分提升一格。给予副处长记过处分，给予副秘书长警告处分，卢海泉对问题的严重性缺乏认识，对机关管理失之于严、失之于软，做书面检查，并在全厅处级以上领导干部会议上做自我批评。胡时捷批示：要以此为戒，举一反三，切实加强政府机关建设。海泉同志要敢抓敢管，严抓严管。顾全衡圈阅同意。

快刀斩乱麻从来都是解决复杂问题的最佳选择，钝刀子割肉割不出血，亚历山大大帝一剑砍断无人能解的绳结。原本出于好心要爱惜干部，结果加重了处分，只需处理一人却牵连多人。对卢海泉来说，一次证明自己能力的机会，反倒在主要领导那里留下了是非不明、优柔寡断、能力不足的印象。在领导身边工作难，优点看得见，缺点被放大。

周心源被免职后仍留在值班室，由副主任代行主任职责。周心源正确对待处分，把自己摆在一般干部的位置，自觉编入干部排班序列，接电话，起草值班报告，有情况及时向副主任汇报。副主任深感愧疚，错不在主任，是他处理不及时，主任替他顶雷，背了处分。所以，他对周心源的称呼不改，工作流程不改，凡事都请示主任。周心源不是主任却操主任的心，该提醒的提醒，该点拨的点拨，只是不站在前台。

314

进入主汛期,全市党政机关强化了值班值守。傅自华接受周心源的建议,要求采取突击和随机的方式,对全市党政机关值班情况进行大检查。结果很不理想,值班电话首次接听率只有百分之六十,半数单位的带班领导脱岗,应急预案多数是复制去年的。

周心源将值班检查报告呈送凌寒乡。凌寒乡翻看领导带班情况,问:"市城建委的高主任不是没在岗吗?"

"他迟到了二十分钟,说跟您是好朋友,还要给您打电话。"周心源谨慎地回答。

"加上,列入通报批评名单,那些脱岗的领导向市委做书面检查。"凌寒乡说。他会回报高主任帮过的忙,但不是这次。

据气象部门预报,明天傍晚开始,本市将有暴雨、局地大暴雨,全市平均降水量五十至八十毫米,局地一百至一百五十毫米,并伴有短时强降雨,最大小时降水量四十至七十毫米。

顾全衡临时调整日程,检查防汛工作。他深入部分低洼易涝地区、排涝泵站和防汛物资储备点,了解排水设施运行和物资储备等情况,然后到市气象局召开会议,研究应对措施。

气象局局长对未来三天的雨情做了分析研判;水利局局长汇报了排水准备情况;物资局局长汇报了防汛物资准备情况;商业局局长汇报了保证市场供应情况。

分管副市长讲话后,顾全衡对各部门的汇报未做评价。他说:"今天的会议是战前部署会,我把会议地点由水利局改到了气象局,因为这里是前线指挥部。这场战役能不能打赢,取决于情报准不准,我们所有的战略战术都是依据天气预报制定的。"他指着气象局局长说:"我这个指挥官是要听你情报官的,没有情报打不了仗,情报不准打不了胜仗。"

顾全衡挽起衬衣袖口,说:"我要强调的是,天气预报要提高精准性,雨量报低了可能形成灾害,报高了会造成严重浪费。我在天顺市就遇到过这种情况,为应对大暴雨,实施了Ⅱ级应急响应,结果只是中雨的雨量。天有不测风云,我们不能苛求天气预报百分之百的准确,但应做到基本准确。要做好应对强降雨的准备,有备无患,不可麻痹大意,掉以轻心,宁可备而不用,不可用而无备。"

按照会议要求,气象、水利、物资、交通、交管、商业、通信、电力、卫生加紧完善防范措施,全力应对即将到来的汛情。

曹小力的动作尤为迅速,当天下午他对白江新区的防汛工作做出部署,强调必须坚决贯彻市委、市政府的要求,落实全衡书记科学防汛、精准防汛的指示,统筹防汛与经济发展,最大限度减少洪水造成的损失。

白江流域多年降水少、旱情重,年年喊防汛,年年平安无事。城建部门在分析了近十年的雨情汛情后,对白江堤岸进行了美化改造,形成了景观带,白江的泄洪功能弱化了。

预警信号升为红色,市防汛指挥部实施Ⅰ级应急响应,特大暴雨如期而至。傍晚,乌云压城,狂风大作,大树被吹弯腰折,雨水迅疾倾盆而下,马路上升腾起白色水汽,水流纵横,不多时汪洋一片,一个小时的降水量达到了一百六十毫米。强降雨持续了三天,累计平均降水量三百七十九毫米,三天降水量接近往年年平均降水量,降水强度历史罕见。极端暴雨导致严重的城市内涝、河流洪水灾害,大批房屋损坏,农作物受灾严重,有五人失踪。

抢险救灾全力推进,以最快速度排净城区积水,恢复道路交通,受灾群众得到妥善安置。市委、市政府再次开会,重点研究遇难人员的善后以及受灾群众的财产损失补偿和灾后重建工作。

会议正在进行,辛志递给凌寒乡一份傅自华签过的值班报告,右上角写有"特急",并加注三个惊叹号。报告的内容是,接省委办公厅通知,省委副书记林健要来青云调查农业受灾情况,今天上午十一时到本市。只剩下两个小时,必须马上报告顾全衡。凌寒乡拿起笔正要签发,忽然感觉哪儿不对劲。

他示意傅自华到会议室外,问:"信息核实了吗?"

傅自华说:"核对了两次,不会有误。"

"省委副书记亲自带队调查,规格是不是太高了?"凌寒乡像是在自语。

"可能这次水灾损失太大,省上格外重视。"傅自华分析道。

凌寒乡摸着下巴,又看了两遍值班报告,越想越坚定自己的怀疑,不大可能,这是调查,又不是调研,一定搞错了。他说:"让周心源亲自核对,结果速报。"

很快,周心源报告听差了,值班员把副书记要求,听成了副书记要来。

"不是核对过了吗?"凌寒乡压制火气。

"值班员打过两次电话,接电话的是同一位同志,他口音很重,值班员听不大清楚。"

"到底是什么情况?"

"副书记要求青云调查农业受灾情况。"

"十一点谁来?"

"省农业厅厅长,厅长的名字叫林建,与副书记同姓,名字同音,副书记是健康的'健,'厅长是建设的'建'。"周心源解释,"我们工作不细,我们检讨。"

"老傅,"凌寒乡控制了一下情绪,"你知道这个错误会造成什么样后果?如果我报给书记、市长,他们就得中断会议,去迎接和陪同副书记。"

"我只想到了其一,却没想到其二,还是你有经验,幸亏发现及时,不然又惹了大祸。"傅自华头一次遇到凌寒乡对他发火。

"我不是全怪你,"凌寒乡缓和了一下语气,"机关运转比较琐碎,你不太熟悉。写稿子不容易,保证运转也不容易,一不小心就出问题。辛志用心不够,应该受到批评。要狠狠抓一抓机关内部建设,不然迟早出事。"

极端暴雨导致的特别重大自然灾害,造成了重大人员伤亡和财产损失,也暴露出各级领导干部风险意识不强、防范准备不足、应对措施

317

不力等问题。市委、市政府分析了产生问题的五个方面原因,总结了五个方面教训,提出了五项改进措施,向省委、省政府做检查。分管副市长受到政务记大过处分,市水利局局长受到党内严重警告、政务降级处分。白江新区作为泄洪排涝的主区域,二级河道水位没有降到规定的标准,小型水库及塘坝没有空库,造成洪水下泄预留调蓄空间严重不足。为此,给予白江新区水利局局长撤销党内职务、政务降职处分,另有二十多位相关责任人受到党纪政务处分。

坊间议论纷纷,为白江新区水利局局长打抱不平。有的说,曹小力在新区防汛动员会的讲话,大讲浪费是极大的犯罪,要珍惜人民的血汗,按照市里要求精准防汛。他的讲话容易产生误导,应该承担相应责任。追责不能官越大责越小,官越小责越大,区水利局局长刚从物资局交流过来两个星期,水流与物流风马牛不相及,啥都没整明白,稀里糊涂被降了级。

此事反映到省有关部门,省上来人调阅了会议纪要、顾全衡讲话、曹小力讲话。顾全衡讲的精准是对气象部门的要求,所举的例子是为了说明准确预报的重要性,他也强调了要全力防汛,做到有备无患。曹小力的讲话与市里的要求完全一致,如果说不足,就是对防汛措施讲得不够充分,不存在误导的问题,是下面误读误解。基层同志从中吸取了教训,该做的事领导不说也要做,不该做的事领导说了也不做,这是对工作负责,也是对自己负责。

傅自华当上办公厅主任以来,经历了许多以前不曾经历的事情,既领略了权力的威力,也体验了权力的风险,他的思想渐渐发生了变化,不求出成绩,只求不出错。然而越怕什么越来什么。

市委、市政府对在抗洪抢险救灾中涌现出的先进个人和单位进行表彰,两厅印发了表彰决定和受表彰人员及单位的名单,并在《青云日报》上登载。见报的第二天,傅自华接到一位退休多年的市委副秘书长打来的电话,指出文中"医护人员白衣执甲,奋不顾身,救护受伤群众"的说法有误,"白衣执甲"用词不当,执是拿、握的意思,医护人员身穿白大褂,把白大褂作为铠甲,披挂上阵,而不是手拿或手握白大褂,应改为"白衣为甲"或"白衣披甲"。这位老秘书长在职时,只司文件审修,从未出过差错。老秘书长说,他先给报社打电话,以为编辑粗心,报社说市委文件就是这样写的。老秘书长肝火旺盛,批评傅自华,市委文件出这样的问题太不应该,有损市委的威望,说他们那会儿出手的文件绝对挑不出毛病,建议收回文件重印,在报上做重要更正。

傅自华如实向凌寒乡汇报。凌寒乡说:"确实有毛病,可是大家都习惯这么说,约定俗成,没人觉得有错。你和雪桥都没看出来?"

"怪不得雪桥,她那天带老妈去看病。"傅自华把责任揽过来,路雪桥不在的理由是他随口说的,"怪我基础不扎实,缺乏老领导的功底。玩了一辈子文字,最终被文字玩了,惭愧,惭愧。"

凌寒乡考虑了一下说:"这件事这样处理吧,文件不要收回来,不是什么原则性的错误,主要是用词不准,重印是一笔不小的费用。本来各单位没人注意,收回反倒引起无端的猜测。在报纸第三版做个更正,你再给老秘书长解释一下,诚恳接受批评,欢迎他继续监督指导。"

"都说头版只有两种人看,一种是讲话的人,一种是写讲话的人,看来不是这样。"傅自华愧疚地说,"最近出了不少错,有我工作不细不严的问题,也有文稿压力大的问题,精力太分散。能不能把文稿转到研究室?办公厅负责日常运转,常委会会议和书记日常的稿子留在办公厅,大多数省市的文稿工作都放在研究室,研究与文稿相结合是通常的做法。"

"文稿一直是办公厅的强项和优势,拿走之后办公厅的作用可能会削弱。"凌寒乡比较慎重。

"我明年就到点了,老燕今年年底退休,厅里一时找不出能扛旗的,我也是为长远着想。"傅自华说。

"让我再考虑考虑,"凌寒乡说,"现在还不是时候,全衡书记离不开你。我跟老燕说一下,日常稿子由他负责,大稿子你还得上手。真要调整也得等你到点,谁知道那时会有什么变化。"

凌寒乡说得不错,一切都在变化,唯有变化才是永恒的不变。

三十二

人生而迷茫,要么在迷茫中生活,要么在生活中迷茫。

凌寒乡照例每天早晨五点起床。或许是受李怀恩的影响,凌寒乡习惯站在窗前遥望浩瀚的宇宙,无端思考一些与现实生活不着边际的问题。群星闪耀的苍穹令人莫名的迷茫,两万亿个星系,每个星系里有数千亿颗恒星,还有数不清的行星。在这如此庞大无垠的宇宙中,地球存在的意义是什么?人类又是多么脆弱和孤独,一个微不足道的颗粒般的星球承载着七十亿个高级动物,无依无靠地飘浮在暗无天日的宇宙之中。天空明亮起来的那一刻,金色的光芒镀满了楼宇,繁华喧闹的都市如同远古乡村般的安宁,人们睡得格外香甜。同样是原子构成的地球动物,人类居然飞得更高,跑得更快,行得更远,能够进化出复杂发达的大脑,去思索、去谋划、去创造乃至去算计。思考是无目的的,于工作无益,但会换来或短时或长久的平和的心境。

省委换届考察工作组即将进驻青云市,对明年市人大、市政府、市政协换届人选进行推荐考察。市委成立了换届工作领导小组,顾全衡任组长,侯家康任第一副组长,张祖淦任常务副组长。

换届考察的消息搅动了一池静水。吃早点时,凌寒乡接到周子恒的电话,问他周日晚上是否有空,省委组织部的沈副部长去"白云人家"看他父母,周子恒请他吃饭,希望凌寒乡参加,凌寒乡顺嘴答应了下来。这么多年,他除了公务需要少有私人交往,特别是缺少与要害部门领导的走动。周子恒不止一次责备他,干了两届秘书长,放在全国也是老资格了,吃亏就亏在缺少官脉和僚友。吃过早点,凌寒乡又改了主意。这位沈部长分管青云市,据周子恒说,他很有可能负责青云市的换届考察。在这个节骨眼上请沈部长吃饭,有为晋升运作之嫌,还是算了吧,别迷失了自我。

由于特殊的工作性质,沈部长格外谨慎,但凡与他职权相关联的人员一律避而不见。周子恒怪自己欠考虑,幸好凌寒乡推辞,他顺势编了个理由,沈部长临时有事,不来了。两个人知道的事叫秘密,三个人知道的秘密就是信息,谁也信不过谁。

沈部长是鹿大七八级历史系毕业生,他的父母在"白云人家"养老,他周末有空就来看望。周子恒始终与他保持联系,有时请他到"十间坊"吃个便饭。

走进〇号房间,沈部长被迎面墙上硕大的"人"字书法吸引,轻声地念着旁边的两行小字:"若不撇开终是苦,各能捺住始成名。"他双手抱肩,说:"字好,意思也好,不知是谁的笔墨?"

"是市委常委、秘书长凌寒乡写的。"沈部长分管青云市的干部工作,当然了解凌寒乡。周子恒有意把职务说全,类似于在句子下面加注了重点符号。

"你跟他很熟嘛。"沈部长说得很随意,实则是在探测他们之间的真实关系。

周子恒并不躲闪,坦率地说:"很熟,我们一起插队四年,又是大学同学,但平时来往不多。他这个人做事小心谨慎,你也看到了,写幅字连个款子都不肯落,过于低调,生怕让人说三道四。"周子恒巧妙地推介凌寒乡。

"我对他还是了解的。"沈部长用词留有相当大的余地。

"他这个人有点清高,很少与人交往。"

"大家对他的反映还不错。"沈部长含蓄地表达了对凌寒乡的认同,算是对周子恒的回应。

这个话题就此打住,周子恒点到为止,再多说就会适得其反。聪明人与聪明人交往的聪明之道就是装傻。

周子恒在工厂学徒时,身边有两位师傅,一位细高,一位矮胖。细高师傅能言善讲,古今中外、天上地下无所不知,侃侃而谈,喋喋不休。矮胖师傅寡言少语,一天说不了几句话。班组长问周子恒:"你认为这两位师傅谁最精?"周子恒选细高师傅,班组长选矮胖师傅,他说:"细高师傅精在表面,大家都防着他,不是真精,矮胖师傅精在内里,没人把他放在眼里,这才是真精。"果不其然,晋级、涨工资、分房,所有福利矮胖师傅一个不落,细高师傅一无所获。周子恒悟出一个道理:精明的人善于隐藏精明。让别人把你当成傻子的人,才是绝顶精明的人。

这是周子恒第一次为凌寒乡帮忙,似说非说,说了什么?什么都没说,真的没说吗?似乎又说了。这是对凌寒乡的保护,他没有跑官要官;也是对沈部长的保护,他没有违反组织原则。

周子恒不去为曹小力做工作,不大合情理,当初下海如果没有曹小力的相助恐怕不会有今天的周子恒。周子恒把凌寒乡和曹小力做过比较,曹小力善于运用资源,他对每一步都会精打细算,自打结识易老师后,他独自与易老师频繁来往,周子恒装作不知。凌寒乡缺少这份热情和主动,一切顺其自然,然而他的年龄只留下这一次机会,过了年龄硬杠,不再提名。周子恒自知能力有限,帮了忙不一定有用,但他尽了心,这也是从凌寒乡身上学到的待人之道。

凌寒乡并不知道周子恒在为他用力,即便知道了也无可指责,周子恒做事从不强人所难。临近下班的时候,他打电话找傅自华,办公室没人接,手机没人接,问厅务秘书,也不知去向。傅自华历来随找随在,失去联络,这可是绝无仅有的现象。大约过了半个小时,傅自华的电话打了过来,说他在外面有事,一会儿就回去。

一个小时后,傅自华带着酒气回来了。凌寒乡感到诧异,傅自华极少有应酬,当了主任后性情改变了?

"是小力请客,在河南会馆。"傅自华说。

"新区有活动?"

"没有,就我们俩。"

凌寒乡更觉得奇怪,但又不好多问。

傅自华说:"我也纳闷,这么多年他从未单独请过我,后来弄明白了,换届考察马上开始,让我推荐他。"

曹小力祖籍河南。青云有个河南同乡会,有一定级别的河南人和河南籍人都在其中。凌寒乡耳闻曹小力近来活动频繁,看来在为推荐票奔忙。

"小力单独请你,说明你是重量级人物。"凌寒乡不无揶揄地说。

"要不你也请请我,你也到了决定命运的时刻,吃美了我帮你拉点票。"

"老兄你别忘了,你还欠我们一顿,升官了装傻。清如来过两次电话,问你什么时候请客。她说就去你们家,吃嫂子做的余白肉。"

"这不能怪我,要怪就怪你,你得给我时间。这个星期天行吗?"

"你看行吗?"凌寒乡把会议活动安排表给他,"刚才找不到你,我让辛志列了一张表。"

傅自华接过表,从明天到周日全部排满:周二招商引资推动会,周三市委理论学习中心组集体学习,周四与天顺市党政代表团座谈,周五市容环境整治总结表彰大会,周六省委巡视组巡视情况通报会,周日研究组建报业集团工作。

"招商引资推动会,书记不是说不讲了吗?"傅自华说,"昨天书记征求我的意见,说他最近讲话多了些,让市长讲,他不讲了。我说这样也好。"

"今天书记问我,他还讲吗?我说还是讲讲好,加大推动力度。书记说,听你的,但不讲长话,"凌寒乡说着把一张纸交给傅自华,"这是书记要讲的三个问题,他亲自写的。"

顾全衡的本意是要讲话,傅自华却不明就里。他自嘲岁数不小了,心智并不老道,在官场干了大半辈子,一些简单的事都没搞明白,体会不到征求意见与发表意见之间的本质差别,反映出熟悉领导秉性和领会真实意图的可怕差距。他大悟,看清了自己的短处,对领导心思的揣摩远不如凌寒乡,再次确认自己只适合跟可以随意摆弄、没有心眼的方块字打交道。

招商引资推动会通报了出访洽谈项目的情况,并将需要跟进的项目落实到相关部门。市政府招商引资顾问金德仁、周子恒、"零售大王"、

"钢铁大王"、"润滑油大王"出席了会议,借助他们以商招商,增资扩能。

顾全衡言出必行,只讲了二十分钟,现场教学什么是独狼式招商,什么是群狼式招商。所谓独狼式,就是单打独斗,盯死目标,千里奔袭,穷追不舍,比较适合中小项目。所谓群狼式,就是群体围攻,相互配合,前后夹击,让它无路可逃,一般用于大项目。顾全衡说:"总之一句话,项目坐等是等不来的,签几份协议、吃两次饭也是不够的,一定要走出去,副市长带队,区县一把手带队。你们外出招商市里开会不必请假,不需要市领导批准,自动生效。我们不怕唱空城计,今后再开会的时候,如果由副职代替,我和市长比今天看到一把手全坐在下面更高兴。需要我和市长出面见的客商,寒乡、海泉你们要优先安排。"

天顺市党政代表团由市委书记、市长、市人大常委会主任、市政协主席带队,区县和部门主要领导参加,到青云市学习考察,重点学习招商引资和市容环境整治的经验做法,另一层深意是前来拜会老书记。代表团来自顾全衡工作过的地方,除了参加省委会议的半天,顾全衡全程陪同。

天顺市的同志惊叹青云市的巨变,到处是工地,一派繁忙施工的景象。城市色调由灰暗变成清新亮丽,高楼顶部的广告牌全部拆除,展露出优美的天际线。沿街店铺门脸统一整修,主要街道的老旧居民楼进行了"穿鞋戴帽"式的改造美化,加装了斜坡顶和空调罩,窗沿及墙面做了装饰,平板楼变成了洋房。马路中间隔离带种植了造型各异的低矮树木,路灯更换成白色高挑的简约风格,主干道两旁分层次种植五排颜色不一、高矮错落的树木,蓊郁泅润,状如森林。通过学习考察,更多的人认识了曾经的青云,也对今日的青云刮目相看。

学习考察结束前的晚餐,既是尾声,更是高潮。欢快的乐曲烘托出喜气洋洋的热烈氛围,觥筹交错诉说情谊,溢美之词不绝于耳。

身为办公厅主任,傅自华代表的不是个人,而是省会城市党委办公厅的形象。他告诫自己不能总是窝于一隅,并竭力自我改造,主动与各方人物交往,加强横向纵向联系,尽快补齐短板,更好地履职尽责,再遇上棘手问题,有能力独自处理化解。

　　傅自华被安排在第二桌主陪的位置，坐在主宾位置的是天顺市委办公厅潘主任,两人交谈甚欢。傅自华利用这个机会,通过潘主任深入了解顾全衡的工作和生活习惯,以便增强做好服务工作的主动性。潘主任比傅自华年轻五岁,任职办公厅主任却早了五年,他是顾全衡任天顺市委书记时亲自挑选任命的。

　　潘主任搂着傅自华的肩膀说:"老兄,你是大器晚成,大音希声,不鸣则已,一鸣冲天。"

　　傅自华也以兄弟相称,说:"老弟,大凡物不得其平则鸣,我倒没觉得受到什么不公的待遇,所以就不鸣了。倒是老弟风华正茂,前程一片光明。"

　　"一朝天子一朝臣。不瞒老兄,跟你说实话,我这个位置可能坐不长,领导都愿意用自己的人。这很正常,人在官场不过是一枚棋子,其价值与能力没有太大关系,而是取决于棋手行棋的需要。棋手换了,棋路变了,你就成了闲子、冷子,甚至是弃子。你老兄命好,遇到了好领导。老兄有福气,青云人民有福气。"潘主任重重拍了拍傅自华的手背。

　　"老弟,这话犯忌,让你们现任书记听见了可不是小事,祸从口出。"傅自华煞有介事地说。

　　"我这个人性子直,心里怎么想就怎么说。"潘主任拉起傅自华,"走,咱们新老主任一起去给全衡书记敬一杯。"

　　到主桌表达敬意的人里外围了两层,老书记长老书记短,情深意长。称呼老书记并不是因为年老,而是下属对前任领导的尊敬表达,同时标注了近亲血缘的工作关系。众多老部下围拢在顾全衡身边,追述往事,颂扬辉煌政绩,表达感恩之心,开心的笑容堆满了顾全衡的脸庞。

　　潘主任并不着急,他在耐心等待。傅自华发现潘主任不是等着众人退去,而是等着天顺市委书记离席。当天顺市委书记去其他桌时,他急忙挤上前去,亲自给顾全衡倒了一杯茶,满含深情地说:"老书记,天天想着来看您，今天终于如愿。您走后，我每天都看青云新闻，我爱人跟我说，顾书记累瘦了，她说天顺百姓想念您，舍不得您，说着说着眼圈就红了。"

傅自华的嘴巴不自主地半张，哇，这么动情的表白，这是怎样的一种情感，太感人了。

潘主任继续说："您的党代会报告，我看了不下三遍，太精彩了，特别是对青云市情的分析，既有历史深度，又有时代高度，鞭辟入里，入木三分，青云的过去、现在和未来都给说透了，这是引领青云腾飞的导航图。"

傅自华感谢潘主任，无意之中替他美言了几句。他要把潘主任的好评转达给陈燕影，增强她的自信心。

潘主任直抒胸臆，一吐为快："老书记，有一件事我得向您如实汇报，因为您我最近挨了批评。"顾全衡饶有兴趣地在听。"前不久，省委检查组检查我们市直机关党建工作，我是市直机关工委第一副书记，由我去汇报。我讲了成绩也讲了问题，组长听后十分不满意，说我没讲到点子上，差距找得不准，让我回去好好想想，下次再谈。我组织了一帮人做了认真准备，第二次汇报时组长还是不满意，批评我作风不实，对分管工作不熟悉，所谈问题没有针对性，说我存在形式主义、官僚主义的问题，要求我重点讲一讲党建中存在的问题，写成文字，交到检查组。我们加了一夜的班，形成了书面材料，组长看后失望地叹了口气，从包里拿出一份材料放在我面前，说这是你们老书记一年前写的调研报告，你谈的不及十分之一。我痛恨自己跟您干了这么多年，没有好好跟您学，荒废了最好的长进机会，这样的机会今后不会再有了。我自罚三杯，一杯感恩，一杯悔恨，一杯改正。"说罢，给自己的高脚杯倒满了红酒，一饮而尽。

傅自华笨嘴拙舌，不知说啥好，嗓子眼挤出一句："谢谢书记。"喝了一小杯。

傅自华与潘主任相比，形成了鲜明而巨大的反差。两人都是办公厅主任,都服务于地方主要领导,一个头脑灵光,喙长三尺,另一个愚钝口拙,不谙世事。这两种人的存在都是合理的,领导都需要,都离不开,各有所长,各有所用。

回到座位上,天顺市委研究室主任对潘主任说:"我刚才站在你身后,听你提到那份调研报告,那不是你写的吗?"

"是吗?"潘主任像是在追忆,"记不太清了,但大思路、主要观点、框架结构都是全衡书记的,我就是做了文字整理。"

傅自华长了见识,同行身体力行,以教官示范的方式给他上了一堂生动而直观的职场课。傅自华迷茫,一个自称直性子的人难道就是如此逢迎?赢得好感和信任需要表白,表白需要技巧,运用技巧需要别不好意思。傅自华绝望,这辈子没戏了,他没有时间从头学,没有天资学得会,只能怪自己异禀不足。他喝了一杯茶水,咂摸滋味,清淡爽口。

市容环境整治总结表彰大会开得热烈红火,清洁街道、清理河道、清整社区取得显著成效,下一步将向里巷胡同延伸,向农村延伸,面子里子都要整洁漂亮。按照会议要求,两厅发出通知,以喜迎党的十八大、欢度国庆、看青云新变化为主题,各单位组织干部群众参观游览市容。办公厅提前设计了几条游览路线,印制了宣传册子。

顾全衡特别要求,组织李怀恩、冯至胜等老领导检查验收,听取老领导的意见。傅自华把这项任务交给老干部处和行政处,请老领导的老伴或子女一同参加,市第一医院派两名医护人员随同,沿途增设了临时休息场所。冯至胜坐轮椅,专门为他安排了一辆商务车,方便上下。傅自华要求老干部处注意收集老领导的反映,整理一份情况报告,呈送顾全衡。

傅自华全天陪同老领导参观游览。冯至胜出院后,傅自华去家里看望过,时隔两个月再见到冯书记,气色明显改善,但头发掉了不少,眼袋沉重下垂,目光凝滞,认得出熟人,说不出话。半年的光景,冯至胜变成了两个人,在位时威震一方,一言既出,上下即动,一人既动,众人相随,那是一种怎样的气概和气魄,现在有话说不出,有腿行不动。傅自华心生悲凉,好身体是最大的本钱,没有本钱何谈本事。

冯至胜认得出傅自华,呆滞的双眼一直盯着他,枯干的双手紧紧抓住傅自华不放,是对傅自华付出的辛苦表示感谢?还是在位时没能解决他的职务而表示歉意?傅自华全程陪在冯至胜的身边,握着的手久久不曾分开。一个曾经说了那么多话现在说不出话的人,一个不擅长说话而努力学着会说话的人,靠相互握在一起的手,理解了彼此的心意。

如果人与人之间一定要寻求平等的话,也许只有在病魔面前,病魔能够让所有人拥有平等的生命价值。不论伟大与卑微,不论富有与贫困,当被病魔摧毁之时同样地哀怜无助。

三十三

巡视情况通报会会场座无虚席,黑压压一片,气氛紧张肃穆。省委巡视组组长照稿通报,首先肯定了近年来特别是市委换届以来青云市各项工作取得的成绩,着重指出了存在的突出问题:政治意识不强,理论学习不深不透,经济发展与城市地位还不相称,基层群众反映会议多、活动多、新闻报道多,"三重一大"制度落实不到位,城建、金融领域腐败风险防范缺失,党建工作抓而不实。巡视组还收到反映一些领导干部的问题线索,已按有关规定转省纪委、省委组织部等有关方面处理。

组长念完通报稿,摘下老花镜,神色凝重地说:"刚才的稿子是经过审定的,我一字不落。我们在青云的巡视工作到今天就结束了,临别前我想说一点个人的感想。你们不要记录,寒乡秘书长,你告诉办公厅不要录音。我要说的不代表巡视组,是以一个老党员的身份和大家交换看法。"

会议议程没有这一项,顾全衡已调好话筒的高度正准备代表市委表态,组长突然要即席讲话,全场人员都很意外,神经绷了起来,带着复杂的心情和悬疑的眼神注视着组长。

组长长期在纪检系统工作,担任了一届省纪委常务副书记,后升任省政协副主席,今年刚到退休年龄。他眉头紧锁,心情格外沉重,说:"我出生在共和国诞生那年,我父亲是那年在监狱中被杀害的。我没有见过我父亲,我父亲没有见到国旗的升起。六十多年,我们走过的路起伏不平,曲折坎坷,有天灾有人祸,不论多苦多难,有一点我始终没变,这就是对未来的信心,信心来自我们党是先进的、纯洁的、有战斗力的。可是今天我不得不说,我越来越担忧、困惑和迷茫,腐败问题比我们所听到的、所看到的要严重得多。有一些现象大家熟视无睹,习以为常,却可以折射出党风、政风的现状。为什么文玩市场那么火爆?稍有点名气的画家,随便一幅作品动辄几十万甚至几百万元,难道全民的文化品位高速提升、热衷于投资收藏吗?为什么名酒还有所谓的珍品香烟价格暴涨?许多党政机关动用各种关系购买名酒,一条烟几千元甚至上万元,一条烟够一个贫困学生一个学期的学费,难道全国人民已经富裕到了如此高消费的地步?为什么高档酒店饭店夜夜爆满,上万元一桌的饭菜算是家常便饭?难道全国贫困人口的吃饭问题已经解决,开始过上山珍海味的生活?这些烟谁抽了?酒谁喝了?字画谁收了?还不是领导干部。领导干部靠工资抽得起、喝得起、收得起吗?一位省领导到高校与学生座谈,学生问这位领导,你抽的珍品烟是自己买的吗?造成这些怪现象的背后推手是谁?是企业老板。老板一掷千金为了谁?为了领导干部。领导干部为什么被捧着供着?因为领导干部手里有权力。权力能起什么作用?能给老板带来利益。我们有些领导干部,白天主持会议,晚上主持宴席;台上讲原则,台下讲交易;嘴上说做党的人,实际上做老板的人。大家千万不要小看了这些现象,这只是冰山的一角。长此以往,党旗还能不能飘扬?"

一连串的问题,像一颗颗重磅炸弹,投在了每个人的心里,轰隆隆地炸响。会场静寂无声,连轻微的呼吸声都变得那么刺耳。

组长涨红的脸颊映衬着银白的短发,正气凛然,令人敬畏。他说:"这些年,我的心情很不好,我为我们的党担忧,我觉得我们党不应该是现在这个样子。一个政权的倒台不是瞬间发生的，一个政党的腐烂不是外部造成的。我希望在座的每位同志都能认真想一想，哪些是该做的，哪些是不该做的，现在改正还来得及。积重难返之时，就是亡党亡国之日！"

组长讲完了，没响起掌声，除追悼会仅有此次。傅自华听到后排有人小声议论："这都什么年代了，吃点喝点还算个事？不吃不喝经济怎么繁荣？""老革命，老脑筋，跟不上形势。""还是小心点好，便宜不会白占的。"

组长的一席话虽说是个人感言，不代表组织，但阐述的是事关国家兴亡的大问题。顾全衡念完稿子上的内容，对组长的即席讲话做出回应："组长是老领导、老党员、老前辈，忧党忧国之心天地可鉴。我们要向老领导学习，位卑不敢忘忧国，深刻反思，廉洁自律，坚决抵制歪风邪气，永远做党的人。"

落实巡视整改意见的工作由侯家康负责，减少文山会海的任务理所当然地落在了办公厅。侯家康说："办公厅有责任搬文山，填会海，让领导干部从文山会海中真正解脱出来。"

傅自华组织秘书处、会务处、信息综合处的同志研究如何整改，大家七嘴八舌抱怨起来。

"会议多、文件多这两条回回有，年年有，上面查的问题有这两条，自己找的不足有这两条，下边提的意见有这两条，就像两块胎记长在肌肤里了，永远去不掉。"

"办公厅成了制造文山会海的罪魁祸首，哪一个会议不是领导要开的？哪一个文件不是领导让发的？冤枉啊。"

"对天发誓，没有比咱们更希望减少会议文件的了，整天累得要死，到头来还成了罪过。"

傅自华止住大家发牢骚。他说："我记得一九八五年的时候召开了全国秘书长、办公厅主任座谈会，我到办公厅工作后，专门找出会议材料，认真学习了两遍。会议提出四个转变，核心是要当好参谋助手，会议还把文山会海定性为两大公害。当年我市制定了解决文山会海的意见，此后每隔几年就下发一个类似的文件，内容大同小异。为了减少文件，我们增发了不少文件，为了减少会议，我们增开了不少会议。这种情况说明，文山会海不仅是公害，而且是顽疾。实施领导离不开会议文件，又不能受制于会议文件。办公厅的责任是什么呢？无非两条，一条是提建议，哪些文件可不发，哪些会议可以合并开。我们要敢提，要会提，供领导参考。另一条是科学管理，有些文件发文规格和密级都太高，动不动就机密、绝密。有的会就是碰碰头，算不上会议。信息简报可以合并，减少数量。我的意思是，抱怨解决不了问题，在科学管理上想办法、找出路。"

领导定了方向，活就好干了。辛志对近几年市委、市政府召开的会议进行了分析，全市性的大会并不多，而且都是必须开的。下边反映的问题主要集中在市政府，进一步分析，副市长每天都开会，最多时一天三四个，研究具体事，叫不上会议。他提出了控制会议的措施。对会议实行分类管理，一类全市性会议，须经市委、市政府主要领导批准；二类行业会议，分管市领导批准，报市委或市政府主要领导同意；三类各部门会议，部门主要领导批准。除一类会议，不得请区县、部门主要负责人参加。

傅自华做了个别修改，删除了每周三为无会日的规定。一天不开会，一开好几个，毫无意义。他与卢海泉沟通，建议副市长不要把日常研究工作叫作会议，这样可以减少一大块。

信息综合处合并了两个刊物，要求各单位只保留一份上报刊物，禁止不经过办公厅擅自给市领导报送信息简报，刊发各市经验做法的简报全年不超过十五篇。

减少文件要复杂得多。会议数量由自己统计，会议可以换个叫法，可是文件不行，红头黑字明摆在那儿，没有变通的可能。路雪桥与秘书处的同志研究了多次，大家绞尽脑汁，想出的措施不能让人满意。路雪桥说："这些年，咱们想的法子可不少，什么前置审核，什么相似度审核，什么层级审核,收效甚微。爱因斯坦说过,不能用导致问题的思维去解决问题,我们应当换个思路。"

邵尉说:"本来今年的文件已经减少了,现在又补发了一批,堵上了一个漏洞,带出了新问题,怎么做都有毛病。"

老汤说:"这叫受累又受罪。叫我说,至少有一半的文件可以不发,上下一般粗,尤其是指导思想、总体要求、主要原则完全照抄上级文件,相似度高达百分之九十以上,纯粹做无用功,劳民伤财耗费精力。"

施姐说:"不这样做不行啊,缺少指导思想、原则要求,那可是要出大问题的。打我干这项工作那天起,这些内容绝对不能少,当然也是最好写的,别抄错就行。"

小马说:"所以说,搬文山的责任不在下边,应当重点检查落实情况而不是发文情况,文件发了不落实有什么用。"

大家你一嘴我一嘴,把劲使在了揭批文件多的根源上,只有吉翔坐在墙角一言不发。他黑瘦单薄,眼睛小得只有一条缝。调到秘书处前,他是厅务秘书,专职为厅主任、副主任取报纸、送文件,厅领导的一些个人事情也交给他办。他格外细心,每位主任交代的事情一笔一笔记在本子上,更多的是记在心里。某位主任记不清自己批示过的内容,他张嘴就能复述,哪位主任吃什么降压药、降糖药他记得一清二楚,到了该取药的时候准时把药放在领导的办公桌上。给一位领导当秘书不容易,他负责五位厅主任更不容易,每位主任对他称赞有加。路雪桥选中他,不仅因为主任一致满意,更看中他心静如水,特别适合搞文件审修。她向傅自华要人,傅自华哪里好意思不同意。

吉翔工作岗位调整后,向每一位主任当面报告,并将所有事项详细交代给继任。这个举动,前面的厅务秘书都没做过,工作交流很正常,用不着向所有主任逐一报告。但吉翔不同,不仅做而且认真做,真诚感谢主任给予的关心关照,就好像受到了提拔重用。

事情有大有小,大事做不好就成了坏事,小事做好了一定是好事。干一辈子也赶不上一件急难险重的大事,真的遇到大事轮不到小人物上场。如果能把细微的小事做到精致，便是给自己填写了一份有口皆碑的活档案。领导往往从末梢细节考察挑选人员。

路雪桥问："小吉，你有什么想法？"

"没太想好。"吉翔在本上写着什么。

"没关系，有什么说什么，大家一起讨论。"

"我在省委办公厅有一个同学，他是管档案的，我从他那儿了解了省委文件的种类。这两天，我还翻阅了两年来市委发的文件。通过对比，我提个建议，概括地说叫'一并一减一增'。"吉翔收住话，静观反应。

老汤第一个不同意："我们要做的是减法，不是加法，只能减不能增，你反其道而行之，下猛药，是以毒攻毒吗？"

小马应声说："你这个想法好奇特，这倒让我想起解决交通拥堵的办法。有的专家建议，不要限购限号，完全放开，堵到一定程度就没人开车了，路也就不堵了。按照你的这个思路，我们发文太少了，多到一定程度，文件看不过来，就没人再发了。"

路雪桥对他们的讽刺挖苦看不下去，严肃地说："咱们是在研究工作，不是聊天闲扯，让小吉把话说完。"

吉翔不受闲话影响，心平气和地说："我的建议是这样的，一是合并一块，'青党'与'青党发'这两个文件的职能交叉重叠，可以合二为一，保留'青党发'。二是削减一块，《讲话摘编》只刊发书记的讲话，不再发其他常委的讲话，常委的讲话可发在本系统的文件上，同一个会议上书记和常委的讲话合发一期。三是增发'白头'文件，有些领导讲话和'青党办'文件可以用'白头'形式下发，'白头'不在统计范围之内。这样算下来，总量可减少四分之一。"

路雪桥反复思量，认为这个办法可行。她征求其他人的意见，谁都提不出更好的办法。路雪桥明确表示，按照这个思路，制定一个减少文件的若干措施，并把这个任务直接交给了吉翔。她暗自说，果然选对了人，心无旁骛，静若安然，钻得进，理得出，这样的年轻干部可遇不可求。她要向傅自华举荐吉翔，像当年办公厅培养她那样，定向重点培养，专职审修文件，假以时日，吉翔定是一位优秀的专业人才，这也算她离开前为办公厅做的一个有利长远的贡献。

人还没走，她就莫名地感到于心有愧，心里总是皱巴巴的，看中和推荐一位难得人才，可以起到熨平人心的疗效。路雪桥自谑，真是有病，而且还不轻。

三十四

民间判断立秋后天气的冷热有一个土方法：早立秋晚立秋，公立秋母立秋，睁眼秋闭眼秋，穿衣秋脱衣秋。今年的立秋算早立秋、公立秋、睁眼秋，但天气并不凉快，气温居高不下，人们仍着夏装。

中秋节就要到了。从放假的天数可以看出，中秋节算不上大节，但国人的偏爱程度仅次于春节。这或许与古代文人墨客有关，数量众多的中秋咏月诗文传诵了几千年，思人怀乡、忧古抚今的情感被系于这一天的月圆之时。

这个节日市里通常不搞大型活动，市容环境也不做特殊装扮，然而，道路上的车辆却明显增多，堵车现象尤为严重，都在忙于采买和走动。

中秋节的前三天，最后一批组织老同志游览市容的活动圆满结束。凌寒乡向顾全衡汇报时，顾全衡说："咱们也没个机会集中见一见老同志，当面听听他们的意见。"

"明天是中秋节，下午把老领导请来，"凌寒乡建议，"在市老干部活动中心打打牌，下下棋，晚上您请大家吃饭，边赏月，边听意见。"

顾全衡说："好。明天下午新区开发开放领导小组第三次会议，你就不要参加了，主要涉及新区管理体制的问题，现行的管委会体制暂不变，新区部分同志有不同的想法，借这个会统一一下思想。会不长，散会后我就赶过去。把老同志的老伴也请来。"

顾全衡之所以放弃了新区实行政府建制的打算，是因为听取了李怀恩的建议。顾全衡曾登门征求意见，李怀恩不谈两种体制的利与弊，只谈改革的时机。他说,现在上上下下的积极性调动起来了,大家心齐气盛,此时最需要的就是一鼓作气。动体制势必要动人,人一动心就容易散,改革难就难在人的安置上。即使下决心要改,也要再等一等,何况也不是到了非改不可的时候。细细品味李怀恩的话,他是不赞成搞政府建制的,如果直接表达意见则有干政之嫌,如果与现任领导的想法相左,将使顾全衡进退两难,他的意见不论采纳与否都有损无益。

老同志有午睡的习惯,赏月活动从下午四点开始。凌寒乡和傅自华三点半就在市老干部活动中心的门口迎候。每人两盒月饼、两瓶红酒、一个果篮,放到车上。另外,每人一个一千元的红包,由凌寒乡亲自交给老同志,特别说明这是书记、市长的一份心意。老同志接过红包有的揣进自己口袋,有的转手交给老伴,有的老伴抢先接了过去。

时间无所不能,它曾带给你的青春、野心、欲望、财富,终有一天都将收回,给予越多,回收越多,最终连同自己一无所剩全部交回,绝无例外。人老了之所以变得真实乃至可爱,只因为除了想多活几年再无他求。曾经风光无限的领导,抹去官衔后你不觉得他有多高大,至少心里不存在落差,在你的眼里,他们不过是普通的凡人、风烛残年的长者。

李怀恩是最后一个到的,虽说他资历最老,但从不摆架子。他与傅自华并不熟悉,却像老熟人一样亲热。"自华主任干得不错,文武双全,起用晚了点。"如此高龄的人,还有如此好的记忆,多么不简单。李怀恩直奔休息室,秘书交给他一个信封便退了出去,屋里只有他和凌寒乡。

李怀恩让凌寒乡坐到自己身旁来,收起笑容问:"巡视反馈意见批评了小力?"

这就是李怀恩晚到一步的目的,他有话要单独跟凌寒乡说。凌寒乡回答:"只点了事,没点人。"

"大家都知道指的就是他,报上差不多每天都有他的消息,有时候一天发两条,比书记、市长发得都多,他怎么不知深浅呢?"李怀恩很生气,"一点规矩都不讲。"

"工作需要吧。"

"需什么要！他是做给换届考察组看。智者不争，这个道理他应该懂。你和他是老同学，你要多提醒他。"

"我提醒过，他说这不是宣传他个人，是宣传新区，而且全衡书记是鼓励的。"

"欲速则不达，他就是把持不住自己，缺少你身上的静气。"李怀恩从信封里抽出一张折叠的宣纸，"这是我给他写的字，你转给他，让他好好琢磨琢磨。"

凌寒乡铺展开，只见四个楷书大字"始简毕巨"。他没看懂其中的意思，又不好问李怀恩，只说："我一定尽快转给小力，他会明白的。"

李怀恩调转话锋："我还得说说你。你们组织老同志看市容，安排《青云日报》的记者采访，发了一篇报道，其中有我一段话，还有至胜同志一段话，而且很长。至胜同志说，青云变得越来越美，展现出国际大都市的风采。这话讲得很好，表达了我们的心意。可是，至胜同志连话都说不出来，让他说，说什么！老百姓不知道怎么回事，我们这些人都清楚，大家嘴上不说，心里反感。这样的虚假宣传，影响很不好！"

凌寒乡一时哑口无言，安排记者的事他不知情，应该是傅自华负责组织的，但也怪不着傅自华，据他所知，顾全衡曾明确要求，重点报道李怀恩、冯至胜。

见凌寒乡面露难色，李怀恩是何等人物，他善于见微知著，通过一个表情、一个手势便可透析事理。他说："我知道，责任不在你，但落实领导要求不能教条，不能机械。什么叫参谋，参谋就是出主意，什么叫助手，助手就是把事情办圆满。所以说，你还是有责任，说你也不冤枉。"

凌寒乡虚心接受："您批评得对，您要不说我还没意识到，我的工作不细，让您着急了。"

"这些话我只跟你说，不能出这个屋。"

凌寒乡说："一定，一定。"李怀恩要求他不能跟任何人说，最关键的是不能跟顾全衡说。

出了休息室，李怀恩恢复笑容，频频与人打招呼。

等候在门口的傅自华见凌寒乡脸色不大对劲，便问："聊的时间够长的。老书记不高兴了？"

凌寒乡想把李怀恩对新闻报道的批评告诉傅自华，犹豫了一下，到嘴边的话又咽了下去。他已经为傅自华担了责，再告诉傅自华毫无意义，反倒把一个人的不快变成了两个人的不快。他把信封里的字递给傅自华，说："打开看看，怀老写给小力的。"

傅自华说："老书记的字老辣稳健、刚劲有力，寓意也好。"

"我没看懂，是什么意思？"

"《庄子》里的一句话，'其作始也简，其将毕也必巨'。意思是做事开始的时候要简单，结果要成效卓著。老书记有所指，是劝诫小力。"

"噢，是这个意思，但愿小力能明白。"

"小力是聪明人，他不会不明白。我倒是有不同的看法，咱们领导干部中缺少有个性的人物，类似《亮剑》中李云龙那样的血性汉子，应该鼓励干部有棱有角，敢于冒尖。"

"那毕竟是文学作品，小说中李云龙的结局很惨。小心谨慎总没坏处，好比高空走钢丝，每一步都格外小心，怕摔死。走在平地上不担心掉下去，大步流星，却可能被车撞死。"

顾全衡到来时老同志正玩得开心，有打牌的，有下棋的，有打台球的，有写字画画的，有唱歌的，有喝茶聊天的。顾全衡向每位老同志亲切问候，绝大多数人他都不认识，但不妨碍与他们亲热攀谈，仿佛相交甚深的故友，特别对身体和生活起居，问得格外详细，不是简单地客套敷衍。全部问候下来，用了半个多小时。

顾全衡最后拉住了李怀恩的手，问："老书记，记得我们第一次见面时的约定吗？"

"当然记得，"李怀恩额头泛着光亮，"你不是说咱俩要下两盘吗？我以为你忙起来早忘了。你们在一线的同志事太多，能来看看我们心里已经很高兴了。你赶紧忙你的，我们都是过来的人，都能理解。"

"今天我哪儿也不去，专门陪您下两盘，晚上我和老同志们一起赏月。"

傅自华早已让人摆好棋盘,沏好茶水。顾全衡与李怀思推让一番,最后还是李怀恩先行。李怀恩以仙人指路开局,试探顾全衡的招法。顾全衡以当头炮应对,摆开了进攻的架势。李怀恩不慌不忙飞象上马,打通车道,稳固后防。顾全衡挺起中卒,双马盘踏,意欲从中路突破。行棋进入中盘,双方势均力敌。顾全衡大兵压上,多吃对方两个卒,占有优势。李怀恩见顾全衡左侧防御空虚,便一炮换双士,将另一炮沉底,又舍弃一车,驱马飞奔,形成车马炮直逼中宫的态势。顾全衡意识到战局突变,紧急调动兵力回防,然而大势已去,在一旁观棋的人都看得出来,不出三步,老将必定被擒。顾全衡眉头紧锁,苦苦寻求挽救危局之策,约三分钟没有落子。

李怀恩抬起头来,端茶杯的瞬间瞥了一眼凌寒乡。凌寒乡心领神会,叫来辛志耳语几句。辛志凑近李怀恩说:"老书记,时候不早了,咱们先吃饭,吃饱了继续战斗。"

"好啊,全衡书记,听人劝吃饱饭。这盘棋难分高下,要决出胜负,至少还得十个八个回合,今天就算打了平手,来日再战。"话没说完,李怀恩已经站了起来。

顾全衡说:"老书记棋高一筹,绵里藏针,以守为攻,我甘拜下风。"

"全衡书记礼让了,你攻杀凌厉,我只有招架之功,处于被动挨打的局面。"

晚宴设在二楼的大餐厅。顾全衡代表胡时捷、市人大常委会主任、市政协主席讲话,例行的开场白之后,他说:"青云能有现在的变化,基础是老领导打下的,后劲是老领导积攒的,动力是老领导提供的。老领导为我们培育了沃土,拓宽了道路,架设了桥梁。正因为如此,我们才能大踏步地前进。老领导既是我们的主心骨,又是我们的坚强后盾,有了老领导的指点和支持,我们可以少走弯路,少费周折,少受干扰。所以,老领导是宝贵的财富,这决不是空话,是智慧的财富,是经验的财富,是凝心聚力的财富。"

让傅自华十分佩服的是,顾全衡有着极强的即席讲话能力,而且总能另辟新颖的角度,语言丰富而灵动,完全听得出不是笔杆子写的标准话。这一段时间,随着对全市情况的深度熟悉,顾全衡明确提出,除了全市性的大会以及常委会会议上涉及敏感性的内容,其他场合不用准备稿子,这省了傅自华不少精力。

顾全衡继续说:"刚才,我和怀恩书记下了一盘棋,怀恩书记进退有度,攻守兼备,一展决胜千里的大帅风采。我虽然不是怀恩书记的对手,但我格外高兴,因为我看到了老书记思维敏捷,身体硬朗,心情舒畅。我们最大的心愿,就是保障老领导健康长寿。值此良辰美景,我向各位老领导献上一句诗词:好时节,愿得年年,常见中秋月。"

傅自华被惊到了,顾全衡竟然引用了一句不常用的诗词,并且恰到好处,极为熨帖。他联想到了那封给孟老夫人半文半白的回信,现在想来,顾全衡完全看得懂,深解其意,文学功底如此厚重,却深藏不露。

李怀恩代表老同志讲话:"今天是中秋节,我们这些老家伙聚在一起实在难得。书记、市长、人大主任、政协主席和我们一起过节,还给我们发了红包。在位的时候,我们红红火火,人老了最怕的就是寂寞。我们老伙计的心情是一样的,就是两个字——高兴。我们为青云的变化高兴,你们比我们干得好。刚才,我和全衡书记下了一盘棋,全衡书记的行棋风格是进取型的,人行棋,棋如人,全衡书记有魄力,勇于攻坚克难,有这样一个好带头人,我们感到高兴。我们这些人,都曾为青云发展做了些工作,虽然退休了,但我们的责任没有退休。如果有人唱衰青云、抹黑青云,我们是不高兴的。如果有人泄劲、干扰青云的发展,我们是不答应的。我们干不了具体事,但可以站脚助威。现在,全市上下团结一心,干事创业,这样的良好氛围让我们感到高兴。照这样干下去,全市人民都会高兴的,我们也会高高兴兴度过晚年。"

吃过饭后,市领导和老同志来到二楼露台,一同赏月。桌子上摆了月饼、水果、茶水,民族乐团的琴师演奏乐曲。今晚的月亮以圆满的身姿把太阳光芒折射到地球上,没有了热度却柔软了人心。天地间若明若暗,人世间有悲有欢。

凌寒乡与傅自华坐在一起,他说:"还记得咱们第一次一起赏月是什么时候吗？"

"怎么不记得,"傅自华说,"那是大一,全班在校园里过的中秋节,大家坐在草地上,背诵中秋咏月的诗词。女生很伤感,尤其是外地的同学想家,想爸妈。"

"是啊,那个时候多么清纯,多看一会儿月亮就能流出眼泪。"凌寒乡说,"后来我们唱起歌,唱《听妈妈讲那过去的事情》《让我们荡起双桨》《小白船》。"

傅自华说:"这些歌我头一次听到,当时我自惭形秽,觉得自己是刚进城的农村大爷,是第一次进大观园的刘姥姥,和你们不是一个时代的人,少说落后了两个时代。"

"工作后我们还一起赏过月,那时我在新华社登峰省分社,你在《青云日报》,市委宣传部中秋慰问中央和地方新闻媒体。"

"后来还有过几次,但都没留下什么印象。年年岁岁月相似,岁岁年年人不同。"

"时间过得多快呀,三十年说没就没了。"凌寒乡不禁伤感,"听妈妈讲过去的事情,听着听着就当了妈妈。让我们荡起双桨,荡着荡着就荡不动了。蓝蓝的天空银河里,飘呀飘呀只剩我和你。"

傅自华侧身盯着凌寒乡,好像在看一个陌生人,说:"你是不是受全衡书记的影响？这么有诗意。"

"毕竟受过专业熏陶,文学素养还是有的,融入了骨子和血液里。不过,"凌寒乡剥了个橘子给傅自华,"已经很少回想过去了,甚至也不去想未来,精力和心思都淹没在眼前的事务堆里。偶尔凌晨仰望夜空,让自己神游一会儿,也迷茫也清醒,仅此而已。"

"说实话,我还是很佩服你的。古井无波,逆旅行人。像你这个级别的干部,能做到欲淡气清的不多。"

"我没你说的那么高尚,只是不想太为难自己。"

"以前我一直觉得你是个当官的料,沉稳、内敛、和气、不温不火、不急不躁、心思缜密。最近我发现,你比我似乎好不了多少,不是个官坯子,只不过你多了些克制力。"

"老傅,跟你说心里话,我常常把自己跟其他领导比较,说实话相互之间的差别并不大,特别优秀的和特别笨的都很少,换句话说,在一个岗位上适应几年都能干得不错。但在有的领导面前,一对比就显出了自己的缺欠。"凌寒乡的眼光投向中间的桌子,"比如,今天这两位领导的讲话,你觉得哪个更有味道?"

"你是说我更欣赏谁的讲话?"傅自华见凌寒乡点了点头,"我觉得全衡书记的讲话更有条理,更有文采,也更全面,该说的都说到了,你认为呢?"

"我觉得怀老的讲话用意更深。"凌寒乡把椅子靠近傅自华,"他的话听起来很散,不知道在哪儿用力,絮絮叨叨像聊天,但里面全是板和眼。他说,老家伙聚在一起难得,人老了最怕寂寞,是在批评这几年对老同志的关照不够。他说,我们这些人都曾为青云发展做过工作,这既是为老同志说话,也是提醒现任不能忽略历史。他说,我们的责任没有退休,可以站脚助威,是在表明这些老同志依然有影响力。他说,全市上下团结一心的氛围让人感到高兴,这是说给另外三位领导听的,希望几大班子齐心协力。你仔细琢磨,随风潜入夜,润物细无声。"

"听你这么一解析好像有点道理。老书记也许是随便说说,是你把问题想复杂了。"

"这就是咱俩之间的差别,这也是我与他们之间的差别。"凌寒乡吁了一口气,"为官之要,要在用心。你是不在这上面用心,我是用了心但心力不足,所以我比你强不了多少。"

"这就不是实话了,我跟你没法比,现阶段你是市领导,下一步你就是部级领导,房子、医疗国家免费提供,一步之差,天壤之别。"

"别乱说,哪有的事。"

"听说这次推荐你的票是最高的。"

"都是小道消息，不可靠。但有一点我坚信，如果只得一票，这一票一定是你投的。"

傅自华用力握了握凌寒乡的手，说："好好赏月吧，难得有今天的清闲。'此生此夜不长好，明月明年何处看。'"

小刘急匆匆跑来，贴近凌寒乡说："医院来电话，您父亲病危，正在抢救。"

凌寒乡唰地站了起来，见顾全衡与李怀恩聊得正欢，便对傅自华说："老爸的情况不好，我赶紧去医院。一会儿你跟全衡书记说一下，我家里有事先走了。"

"老爷子不是一直很好吗？怎么突然不行了？"

"最近病情恶化，上星期我把他送进医院。我先走了，回头再说。"

傅自华望着凌寒乡慌忙离去的背影，又望向月亮。人们只能看到明月光亮的一面，却无法看到暗淡无光的另一面。

汽车向医院飞驰，中秋之夜路上行人稀少，司机顾不上太多，连闯两个红灯。凌寒乡无神地望着窗外，他强烈地感到老爸闯不过这一关。

十天前，保姆给他打来电话，说老爷子在小区里突然摔倒，头磕破出了血，失去了知觉，是邻居发现的。他急忙赶回家，老爸的头只是擦破了皮，头脑清醒，并无大事。又过了两天，保姆说老爷子吃不下饭，腿脚肿得越发厉害，大小便失禁。这几天不论多晚，他都要回家给老爸清洗干净。这一次，他不管老爸愿意不愿意，安排他住进了第一医院。路雪桥的爱人亲自给他做了检查，从初步检查结果判断，老人极有可能患上脑瘤，是原发还是转移需做进一步检查，他建议这么大岁数，过度检查没有意义，最好保守治疗。凌寒乡每天都去一趟医院，老爸的状况还算稳定。今天中午，护士长告诉他，老人的情况不好，呼吸困难，神志不清，他想等活动一结束马上去医院。

凌寒乡赶到医院时，老爸已经去世。那年，老妈患脑出血被送进医院抢救，他从县里连夜往家赶，没能见到老妈的最后一面。这一次，和老爸就住在同一个城市，医院离市老干部活动中心只隔一个街区，他还是

342

没能见到老爸的最后一面。

姐姐守在爷爷身边。他问女儿："爷爷去世前说了什么？"

"爷爷举起手，冲我做了个八字的手势，连着做了两次。"女儿抽泣着说。

凌寒乡知道，老爸的意思是说自己活了八十八岁，很不简单了，其实他刚过了八十七岁。凌寒乡让女儿去打一盆热水来，他把热毛巾敷在老爸的脸上，从抽屉里找出老爸用的老式刮胡刀，格外小心地刮掉杂乱的胡须。老爸太瘦了，刀片在褶皱处划出细细的血印，他轻轻擦去血丝。女儿换来新水，他用热毛巾把老爸的脚趾焐软，趾甲又厚又硬，每修剪一个都很吃力。然后，他给老爸换上一身干净的衣服，梳理整齐散乱的白发。做完这一切，他认真检查了两遍，这才让医护人员推走遗体。

他没有流泪，也看不出悲痛。坐在走廊的长椅上，他先给孙志坚打电话，让他向全衡书记报告。又给傅自华和路雪桥打电话，再三叮嘱千万不要告诉任何人。

晚上，傅自华和路雪桥来家里，要和他一起守夜。凌寒乡说，明天大家还要加班，今晚他想一个人陪陪老爸。女儿明天要去援疆，他让女儿回家准备准备。路雪桥临走时，给他煮了一碗面，劝他趁热吃了，别拖垮身体。凌寒乡叫小刘去韩国餐馆买了一份烤肉，嫩一点，再买一包烟。

家里只剩下凌寒乡一人，他开始整理老爸的遗物。一个塑料皮笔记本记着每一笔花销：一包刀片，三元；送给邻居小朋友一只小羊玩具十元；给物业孩子的上学费，一百元；一根冰棍，两元；孙女结婚给一万元……塑料皮的封套里还有一个存折，剩余三万两千元。在抽屉的下面，凌寒乡发现了一个二十世纪六七十年代的相册，相片右下角贴有纸条，分别是凌寒乡一百天、一周岁、两周岁直至他上小学时的照片，还有全家人的合影、老爸与姐姐的合影，一共十几张。那张与姐姐的合影，爷爷坐在院子里的木椅上，姐姐的小手摸着爷爷的胡子，爷爷慈祥地笑着，脸上布满了甜美的皱纹。凌寒乡翻看了几遍，竟没有他参加工作后与老爸的合影，三十年留下的只是白版，如今父子阴阳两隔，再难相聚。

已是下半夜,凌寒乡把面条重新加热,烤肉在油锅里煎了煎,放上一双筷子,摆在老爸的遗像前,说:"爸,吃吧,一会儿凉了。"他把头埋进碗口,挑起一筷子面,嘴里塞得满满的,大颗大颗的泪珠滴进碗里。他把自己碗里的鸡蛋拨给老爸,说:"您多吃点,这是儿子陪您吃的最后一顿饭。这个儿子,您白养了。"

凌寒乡不依照习俗老例,第二天就把后事办理完了,只有傅自华、路雪桥陪他去了殡仪馆。顾全衡亲自打来电话,表示哀悼。他到市委机关工作后,第一次病倒了。从殡仪馆回到家,他浑身发冷,捂两床棉被,昏睡过去。一觉醒来,已是下午五点,睡了七个多小时。他揉了揉眼,挣扎着坐起来,浑身疼痛乏力。

床头柜上有一张纸,是女儿写的:

> 爸,您发烧了,试了试表,三十九摄氏度。我给您买了退烧药,如果晚上还烧就吃一片。雪桥阿姨给您包了馄饨,煮了梨水,您一定要吃东西,多喝水。我们晚上飞新疆,走得真不是时候。小刘叔叔说他陪您,不同意我请假,说您会生气的。我把您给我写的信放在您床头了,就当闺女守着您。妞妞爱您。

小刘端来一碗梨水,凌寒乡喝下后觉得好受些。他想到楼下走一走,小刘给他披上外套。小区的路旁有两棵龙爪槐,他刚搬来的时候树还很矮小,老爸每天给它们浇水,现在茁壮茂盛。

凌寒乡坐在树荫下老爸常坐的木椅上,拍了拍树干说:"以后我来照顾你们吧。"他打开了盛满信的小木盒,最上面的是他写给闺女的第一封信。

> 妞妞:
>
> 这是爸爸第一次给你写信,是留给你长大后看的。
>
> 今天元旦,是咱们父女俩一起过的第一个新年。外面下起了大

雪,你趴在窗台上,用小手融化了窗户上的冰花,欢喜地看着雪花飘来飘去。爸爸照着菜谱做了两个菜,一个是咕咾肉,你爱吃甜的,糖放多了,太甜。还有一个是虎头茄子,油放多了,你吃得很香,专挑肉吃。我想拦着你,怕小姑娘吃胖了,但又狠不下心,胖就胖点吧。

有人敲门,大雪天谁会来呢?是傅大大,他刚从报社下夜班,骑了四十分钟的车,眉毛、胡子上挂满了雪花,拎着一瓶"四特"酒和一只烧鸡,来和咱爷俩一起过节。他知道你属兔,给你买了个小白兔毛绒玩具。我和傅大大围着炉子喝酒,看着你和小兔子玩过家家。傅大大烟瘾很大,我劝他抽一支,他说今天不抽,别熏着妞妞。

屋子里暖暖和和,有妞妞在,冬天就不会太冷。

爸爸
一九九一年元旦

凌寒乡再打开一封,这是闺女六岁生日时写的。

妞妞:

今天是你六岁的生日,凑巧是星期天,爸爸也难得休息一天。听说要给你过生日,你高兴得天不亮就醒了。穿上爸爸新买的公主裙,爸爸给你梳了两条小辫子,打了两个粉色蝴蝶结,小姑娘越来越漂亮。上午,我们去看电影《三毛从军记》,你一会儿为三毛的悲惨生活抹眼泪,一会儿为三毛的机智勇敢鼓掌。我们又去公园玩,打滑梯、坐转椅、划船,一直玩到下午。天忽然阴了起来,淅淅沥沥下起雨。我们跑到路边的小吃店,要了两份水饺。你说要多买点,带给云丽娘吃。晚上,我们回到家里,点燃了生日蛋糕上的六根小蜡烛。这时邻居大娘敲门,有人托她把一包东西交给你。我告诉你,是妈妈送的生日礼物。你并不急着打开,继续许愿,嘟起小嘴吹灭了蜡烛。

我知道你想妈妈，也曾看见你偷偷地流泪，但从来不提她，你怕爸爸不高兴。有一次，你和幼儿园小朋友打架，老师说，因为小朋友说你妈妈不要你了。小小的年纪承受了许多不该承受的东西，想起这些，爸爸心里难过。

你今年就要上学了，县里的条件不是很好。爸爸工作忙，没有给你报学前班，送你去学器乐、学画画，爸爸觉得亏欠了你，还没上学就落下了一步。让爸爸欣慰的是，你喜欢看书，一看就是半天。爸爸自豪地认为，这是传承了我的基因。爸爸相信，愿意学习的孩子一定差不了。妞妞是最好的。

爸爸

一九九三年八月二十九日

凌寒乡一封一封地看下去，有女儿参加全县小学生诗歌朗诵比赛获得第一名时写的，有女儿高烧不退、怀疑是白血病时写的，有女儿被评为区级三好学生时写，有女儿考上大学报到前写的，有女儿考上硕士研究生时写的，有女儿参加工作后写的。最后一封是女儿婚礼前的晚上写的。

妞妞：

明天你就要结婚了。爸爸心情不好，怎么也高兴不起来。我们父女俩共同生活了二十多年，经历了许多困难，但爸爸没觉得苦，因为每一天你都在成长，从来没让爸爸操心，而且懂得心疼爸爸，爸爸的五十大寿就是你给过的。想到明天你就要走了，心里空荡荡的。你上大学，你出差，不论你走多远，走多少天，最终总是要回到这个家，因为这里是你的家。这一次不一样了，你有了自己的家，再回来就是回到爸爸的家。你的房间会一直照原样给你留着，可还是不一样，你不会再像以前那样，东西乱丢，进门找吃的，累了倒头就睡。

飞出去的小鸟，要学会经营好自己的爱巢。从明天起，你就要与另一个人共同生活了。不论你们俩感情多么好，之前的大部分时间是相互陌生的，关起门来过日子，就会发现对方许多与你不同的生活习惯甚至让你诧异的习性。婚后的生活是平淡的，能把平淡的生活过好就不平凡。这需要两个人共同努力，而女人的作用很特殊。同样一件事情，一样的大脑有不一样的想法，一样的眼睛有不一样的看法，一样的嘴巴有不一样的说法，最后就会有不一样的活法。男人很虚荣，尽量不要去伤他的自尊，有的时候他要的仅仅是面子，给他一点他就很满足。男人很脆弱，他的暴躁和火气是一种虚弱的表现，你只需要耐心地听他发泄，等他冷静后再说你的想法，不要去迎合他，也不要指责他。如果你说的有道理，当时他可能听不进去，事后他会接受的，相信他不是不可理喻的人。男人很容易冲动，你们会闹别扭，会吵架，他可能一反常态，喝得烂醉，甚至会粗鲁无礼，这个时候你要让着点，等他清醒后，是你的错主动承认，是他的问题必须改正，决不能迁就，养成坏毛病。对他的家人要比对爸爸更好一些，爸爸不会在意，但人家会挑你。一个好夫人一定是个好媳妇。

　　没有一种生活是称心如意的。太阳每天照常升起，只是我们有时看不到。阳光普照，总有光顾不到的地方。我们不能强求太阳，但可以要求自己，为什么不能从那个无光的角落里走出来。

　　生活中会遇到许多人，绝大部分与你擦肩而过，因此不必去苛求人家。如果有人陪你走到最后，要么比你活得长，要么放在你心中，珍惜能一直陪你走的人。

　　爷爷的身体不好，参加不了你的婚礼，他给你拿了一万块钱，我单独存在了一张卡上，收下吧，老人的心意。

　　愿妞妞今后的每一天都能睡个好觉。

爸爸

二〇一二年五月一日

凌寒乡抹去脸上的泪水。养育他的人永远走了，他养育的人远去了。当你做了父亲，你才开始走近父亲。当你学会了做父亲，你才懂得了父亲。当你失去了父亲，你才悔恨亏欠了父亲。

他把老爸与姐姐的合照交给小刘，嘱咐他去照相馆翻拍放大，镶进镜框，然后说："让司机明早准时来接我。"

"您身体行吗？再歇一天吧。"

"不歇了，照常上班，还有很多事。"

他点燃一支烟，深吸了一口，缓慢吐出一缕，说："爸，儿子对不住您，来世有机会再偿还吧。"

香烟是男人的一个伴，心里话说不出来的时候，它帮你吐出来。

三十五

金秋十月，是胜利的季节。红军完成长征壮举，新中国诞生，第一颗原子弹爆炸成功，中国恢复联合国合法地位……共产党、共和国发展史的一些重大事件，镌刻在十月的时光长廊上。

二○一二年的十月，鹿鸣大学迎来了九十诞辰。鹿鸣大学由爱国实业家出资兴建，抗战时期毁于战火，战争结束后原址重建。学校建筑布局以洗心湖为中心，呈放射状展开，湖的正面是一座高大的汉白玉群鹿雕像，基座刻有"青青子衿，呦呦鹿鸣"字样。

国庆、校庆喜上加喜，校园张灯结彩，装扮一新，喜迎盛大的节日。

一九七七年，中央决定恢复高考，一批倔强的年轻人，奋力与命运抗争，凭着个人的才华踏入了本该属于他们的神圣殿堂。三十四年前的早春，在细雨蒙蒙中，七十九位青年，从田间地头，从工厂车间，从商店柜台，从部队军营，从各行各业，从四面八方走到了一起，他们拥有一个共同的名字——鹿鸣大学中文系七七级学生。生命的轨迹在这里发生转折，他们走上了一条不曾想过、神话般的人生天路，崭新的生活、灿烂的未来从此展开。

二〇一二年,他们离开校园已三十年。三十年间,他们各奔东西,落脚天南地北,忙碌着柴米油盐,重复着祖辈起于鸡鸣、归于星辰、繁衍生息的世俗生活,曾经的浪漫和梦幻消磨殆尽,留下了千姿百态的人生曲线。他们咀嚼了菜根甘旨,品尝了世间百味,他们在获得中失去,又在失去中获得。三十年后,他们皓首苍颜,尽管生命步步远离不舍的过去,记忆却渐渐拉近经历过的遥远。当他们重新踏入校园的第一步,那颗似曾老去的心,喷发出鲜红的青春血液,强有力地跳动起来。

许清如向全班同学发出倡议:相聚母校、青春守望。响应的热烈程度既在意料之中又在意料之外,分开三十年了,谁不想见一见上下铺的你我,谁不愿潜回懵懂初开的青涩岁月,聚会的各种设想和设计纷至沓来,他们试图找回匆忙溜掉的不老芳华。

班长凌寒乡再忙也不好意思袖手旁观,他提议成立"三十年再相聚"筹备小组,他担任组长,设双执行组长,由许清如、周子恒担任。同学一致同意,说许清如有智力,周子恒有财力,绝配!没有智力哪来财力,没有财力如何展现智力。两位执行组长精心谋划,提出了"六个一"聚会方案:以中文系七七级全体毕业生名义为母校九十华诞敬献一份礼物;举办一次谢师宴;重演现代文学课话剧《雷雨》的一个片段;编辑出版一本纪念文集《自信人生》;制作一本影集《风华正茂》;召开一次班会。众人对此方案一致叫好,约定金秋十月回母校。

相聚的日子姗姗到来。周子恒灵敏的商业嗅觉让他常常领先半步,他提前一个月预订了离母校最近的一家酒店,作为聚会的大本营。临近校庆的时候,学校周边所有酒店爆满,价格上涨了一倍。周子恒包租了两层楼,为了营造气氛,请专业公司做了装饰。进入楼层的迎面墙上是一张巨幅的毕业合影照,左右两侧依学号排列每人入学登记表上的放大照片,照片下方留出空白,用于本人报到时签名,学生证影印件贴在房门上,楼道里回响着《唱支山歌给党听》的乐曲。这些创意皆出自许清如。

聚会方案的实施异常顺利,诸位同窗出力出钱出主意,修订完善了部分细节。比如,原计划送学校一块匾,上题"风华正茂",有的同学认为俗套,后商定送一块巨型泰山石,上刻"鹿鸣悠悠"绿色大字。再比如,原计划谢师宴在酒店举行,后商定改在学生第一食堂,再现当年的生活场景。似乎没有什么问题能难住他们,可不是,混了三十年,怎么论也够得上"老江湖",混得好的当大官发大财,混得一般的在单位弄个一二把手干干,最差的也熬上了老资格、老同志,说话不一定管用,但小字辈也不敢怠慢。那块泰山石交给了分配到山东省建设厅的老鲁,采石、雕刻、运输一并办妥。借用学生食堂算不上事,留校已任党办副主任的小李没费二话便敲定了。

同学们陆续到来,就像远方的大雁,奋力飞回孵化他们的老巢。国外最远的从阿根廷飞回,国内最远的从新疆飞回。学文学的人容易动感情,大家一见面拥抱再拥抱,性格开朗的贴紧了脸颊,女生泪流满面。男生女生你看看我,我打量打量你,你捶捶我,我拍拍你,随后嬉笑戏谑。"头发全白了""就剩三根毛了""后脑勺晃眼哟""小水腰变成大水缸啦""衣服太瘦了""眼睛咋变小了""牙剩几颗了""他二婶""他三叔"……无可比拟的亲热,就像历尽千难万险找寻到了失散多年的兄弟姐妹。同学之间无须矫揉造作,不可装腔作势,赤裸裸地展示真实的自己。本来嘛,一把岁数,一脸皱纹,一身肥肉,增添的都是不想要的,想要的留也留不住,彼此彼此,随它去吧,不如笑对无奈的现实。酒店经理和服务员被少有的场面所感染,呆傻地旁观,全忘了自己的本职。

许清如充当起主人,迎接归来的同学。

"哟,这不是曲哥吗?还有小天鹅,全班第一对伉俪,饱经三十年摧残,依然情深似海,你们验证了爱情的力量。"

"得了吧,当初就是你撺掇的,害得我们草草结了婚,早早当了爷爷奶奶,小天鹅变成了老天鹅。哪像你,冻龄少女,那年见到你们娘俩还以为是姐俩。"

"老牛,牛场长,你的牛场可是出了名。"

"凑合吧,有八百多头。知道黄牛身上的哪块肉最好吗?里脊肉,一千斤重的牛最多出十斤,回头给你空运过来。"

"黑子,大作家,听说你写了个谍战剧本《大西洋》,投拍了吗?"

"正在选演员,有一个角色,潜伏我党的女特务,我看你挺适合,本色出演,要不要我向导演推荐?片酬从优。"

"王胖子,你胖得无边无沿,在美国牛排吃多了吧,越来越像纽约黑帮教父。"

"都是你害的,当年我玩命追你,衣带渐宽终不悔,为伊消得人憔悴。如果你不拒绝我,我何至于暴饮暴食。饮食男女,人之大欲。男女没了,只剩下了饮食。你现在反悔,我立马减肥。"

校庆大会结束后,校方为毕业三十年的同学安排了专场欢迎会。首先由各系毕业生代表向本系教师代表献花,接下来,两位毕业生代表发言,第一位是外文系的米苔。她逐一给主席台上的老师和领导致鞠躬礼,全体同学伴随这一举动有节奏地鼓起掌来。她的装束一改往日奢华的时尚,蚕丝白衬衣、米色短款外套、黑色九分锥裤、平跟黑绒船鞋,卷曲的长发在脑后梳成一根粗粗的辫子,朴实端庄而又清纯靓丽。

米苔没拿稿子,声音舒展甜润。她说:"尊敬的老师,亲爱的同学们,这是我有生以来第一次站在主席台上讲话。我不清楚为什么选中我代表七七级毕业生发言,从接到通知的那一刻起,我满脑子都是大学四年的日出月落,一下子回到了三十年前老师和同学中间。那时的天多么蓝,每个人的笑多么甜。三十年后,我们回来了,又看到了蓝的天、甜的笑。"

米苔继续说:"此时此刻,所有同学的心情是一样的,就是感谢!感谢母校给了我们良好的成长环境,感谢老师开阔了我们的视野,感谢同窗好友的朝夕相伴。是的,我们要感谢的太多太多。然而,我今天最想表达的是另外一个词——有幸。我们有幸出生和生长在困难时期,在饥饿中我们养成了吃苦耐劳、艰苦奋斗的品德。我们有幸经历了动荡的年代,年幼的我们目睹了生命的脆弱,也懂得了对生命的敬畏。我们有幸赶上了恢复高考,那一年,全国报考五百七十万人,录取了二十七万多人。因为我们,大学呈现出空前绝后的景观,一个班有十二个属相,一年录取了两批大学生,一所学校五世同堂,我们是春季入学的唯一一届学生。在全社会的羡慕目光中我们记住了一个道理,生命不息,拼搏不止。我们有幸身处改革开放的大潮,参与了国家的崛起和中兴,也感受了体制转换带来的阵痛。我们经历的不幸和有幸都是我们这一代人所独有的宝贵财富,难得的经历使我们面对挫折不再慌乱,面对失落不会抱怨,我们珍惜拥有的一切。祝母校日新月异,祝老师健康幸福,祝同学们心有蓝天、面有笑颜。"

米苔的发言简短而不落窠臼,从时代的大视角出发,抓住重大历史节点,勾勒出一代人的坎坷命运,以达观的精神阐释公平的特殊内涵。

中文系有人议论:"这是子恒代写的吧? 全背下来了。"

另一人说:"不像,子恒不思考人生,只考虑生活。我看是老傅的笔法。"他又回头问:"老傅,是你的杰作吧?"

傅自华眼睛似睁非睁,说:"听会,听会。"

一男一女两位老师先后发言。那位女老师的发言充满慈母般的情怀。她说:"同学们,你们长大了。看到你们健康、快乐,我们打心里高兴。你们有了自己的家庭,有了孩子,有了事业,也许这不值得引以为傲,毕竟是普通人的生活。我要说的是,即便跨过星辰大海,也抵不过触手可及的亲情。我曾搞过一次问卷调查,要求学生一分钟之内说出对自己最重要的五个人,他们提到的都是自己亲人,还有老师。你们人生未完待续,但已无大把时间挥霍;事业仍需拼搏,但已无更多资本下注。希望你们守护好家人和朋友,往日不悔,今日不惑,来日不贪。"

凌寒乡、曹小力不大习惯,学校的庆典既柔软又温暖,他们远离校园太久了。

校长讲话。他是生物专业,在鹿大从本科生一路读到博士生,留校搞研究、抓管理,多有建树,跃升再跃升,终成鹿大掌门人。他天庭饱满,意气风发,开场富有演说家的气质。他说:"同学们,欢迎你们回家。"仅这一句,同学们感动得手都拍红了。"你们的毕业时间是四月份,我们研究决定,把毕业三十年聚会活动与校庆合并举行,这样做是不是更有意义?"多么富有亲和力,毫无理工科出身的呆板,引来了此起彼伏的欢呼声"。

进入正题,延续平民化的风格。"今天是值得纪念的日子。看到你们平安回来,我和所有老师一样,无比欣慰。在香风迷雾中你们没有倒下,面对剧烈的社会变革和各种文化思潮激荡,你们战胜了困惑和彷徨,没有迷失方向。令我最为骄傲的,不是学校培养了多少位省部级、厅局级官员,不是走出了几位院士,不是产生了若干名人,而是你们——鹿大的每一位学生拥有健康的人格和静好的生活。有三位同学留给我深刻的印象。一位同学官至副部级,得知导师身患重病,把导师接到北京治疗。在导师弥留的日子里,他每晚守在病床前,直至导师去世。这样的官员心存感恩,面对百姓他一定懂得善待,我为有这样的学生而骄傲。还有一位同学,创办了一家企业,由于各种原因负债累累,企业破产。他卖掉自家房产,按时发给农民工工资。这样的老板注重诚信,他将来定会东山再起,我为有这样的学生而骄傲。第三位同学,他犯了错误,出狱后回到老家,带领乡亲发展葡萄产业,摘掉了家乡贫困的帽子,为了今天的聚会,他送来了一车自酿的葡萄酒。这样的人不惧一无所有,更重从头再来,他一定能活出精彩的人生,我为有这样的学生而骄傲。

"在座的每位同学,你们今天的感想不尽相同,有的为事业有成而春风得意,有的为高人一筹而沾沾自喜,这些都无可厚非,我更关注的是那些自愧不如的同学。我的体会是,每个人的道路各有不同,但向上的路和向下的路是同一条。回看我们走过的路,与所谓成功人士相比,没有耀眼的光环,平淡无奇,但每一步都走得实,每一段路都走得直,我们只要平凡,这就是了不起的奇迹。诗人艾青说过,蚕在吐丝的时候,没有想到会吐出一条丝绸之路。真正的成功不在于当了多大官、发了多大财,而在于最终成了什么样的人。做官不一定像官,但一定要像人。在商不一定言商,但一定要言德。康德有句名言,'位我上者,灿烂星空;道德

353

律令，在我心中'。愿与同学共勉。"

校长的真情打动了已不再年轻的同学，沧桑的面孔露出了青春的笑靥。他们不清楚毕业后更换了多少任校长，眼前的这位校长让他们看到了母校的活力和魂灵。

参观校史展览是校方安排的另一项活动。毕业生对母校的认知仍停留在毕业前，这一次有了系统了解。展览的思路、布局、主要手段没有什么特别之处，倒是个别版块让人驻足。"热的血"版块，以时光为轴线，精选大量照片，展示了鹿大师生在不同时期的热血激情和无畏精神。"星之光"版块，陈列了历任校长、院士、学术泰斗的照片、生平简介、卓越贡献。让晚生崇拜的是，前辈成为大师时半数未超过四十岁，多位教授的寿命超过了九十岁。墙下的人敬仰墙上的人，墙上的人何尝不羡慕墙下的人。年轻是财富，一切皆有可能。"立潮头"版块，介绍的是在各个领域取得优异成就的毕业生，其中不乏副国级领导干部，但依据毕业早晚排列。

谢师宴设在学生食堂的二楼。沿楼梯而上墙上悬挂着教过他们的所有老师的大幅彩色照片，餐厅正面淡蓝色的背板上奔放刚毅的行草"风华正茂，挥斥方遒"夺人眼目。

老师坐定后，每位同学向自己的毕业论文导师献花。学生记住导师理所当然，令人惊奇的是时隔三十年，老师仍能记住辅导过的学生。这批学生与他们有着同样的坚守，没有放弃对知识的追求，正因为如此，导师尤为珍爱。

傅自华把自己新出版的散文集献给导师。卓达峰说："有一件事对你略有不公。我没记错的话，你的毕业论文题目是《论鲁迅的论辩艺术》，我给了良上。客观说，分打低了点，换了别的老师一定给你一个优。就行文本身来讲，立意、结构、逻辑、观点、论据都很完美，自圆其说，文通理顺，够得上范文。给你良，是因为你避开了鲁迅作品的灵魂，也许你有意为之，担心与现实抵牾。给你良上，是因为少有人从这个角度谈论鲁迅。我做事一贯如此，宁严不宽，正确对待的会获得动力，心理脆弱的可能受到打击，我想你不属于后者。"

"我当时的确有顾虑，只谈艺术性，比较稳妥。"

"什么是鲁迅的魂？"卓达峰问。

"是斗争精神。鲁迅是一名伟大的斗士。"傅自华很干脆地回答。

"看来我说得不错，你不是不知道，写鲁迅就是要写他的斗士品格。"卓达峰说，"鲁迅首先是思想家和革命家，不仅杂文、小说描写的人物，如阿Q、闰土、祥林嫂等，都在影射民族的劣根性，鞭挞社会的黑暗面，唤醒麻木迂腐的中国人。鲁迅直面惨淡的人生，用匕首、投枪，节节进逼，招招见血，在他的口诛笔伐下，没有能够爬起来的对手。所以，离开斗争就不是鲁迅了。"

傅自华完全赞同。他说："偶尔翻看那篇论文，许多观点明显受当时极'左'思想的影响，对一些人物和文化现象的品评失之偏颇，比如梁实秋、章士钊以及桐城、新月、论语、学衡、甲寅等流派，不应简单地归入反革命文化阵营。"

卓达峰说："任何人、任何事都有时代的局限性。伟人之所以成为伟人，某种程度上恰恰是因为他有缺陷，不够完美。'五四运动'时，瞿秋白、钱玄同、陈独秀还有鲁迅都主张废除汉字，认为汉语是死语言，力主实行拉丁化。这些观点放在今天，无疑是不对的，但我们不会因此而否定鲁迅作为新文化旗手的作用。有人问我，要是鲁迅今天还活着会怎么样，你怎么回答？"

为了加强正面发声，党委和政府建立了新闻发言人制度，傅自华被指定为市委新闻发言人，并接受了宣传部门的业务培训，学会了用转移、淡化或者无可奉告之类的办法应对敏感的提问。可眼前不是新闻发布会，审慎是必不可少的，傅自华略加思考说道："这是个伪问题。伟大的人物都是时代的产物，而且伟大的人物一定要有伟大的对手，否则他就是平庸之辈。与鲁迅论战的人物，哪一个不是才高八斗、名震一方。郭沫若说，鲁迅之前，一无鲁迅；鲁迅之后，无数鲁迅。那个时代成就了鲁迅，鲁迅没有辜负那个时代。今天的时代仍需要鲁迅的斗争意识，杂文仍然是匕首和投枪,但对象完全不同了。"

卓达峰气愤地说:"现在中学课本有去'鲁迅化'的迹象,理由是鲁迅作品有许多通假字和错别字。"

傅自华说:"有人统计过,《鲁迅全集》用到汉字七千七百多个,是二十世纪作家中最多的,他的六百多篇杂文至今仍有批判价值。"

"我看了一些你写的杂文,还有时评,文笔和风格明显受鲁迅的影响。"

"鲁迅确实对我的影响很大,在报社工作时,我写了一些批评类的东西,反映百姓呼声。"

"现在还写吗?"卓达峰问。

"不写了,整天写讲话稿。"

"假如让你回报社重操旧业,还能写吗?"

傅自华不假思索地说:"写不了。"

师生二人轻碰酒杯,小酌一口。

曹小力献给导师的礼物是定制的辛弃疾石刻雕像。会教授秉性奇异,他因小儿麻痹而腿跛,习惯贴墙边走,总低着头,只看眼前半米远的路,而且边走边念叨"把吴钩看了,栏杆拍遍,把吴钩看了,栏杆拍遍"。会教授上课不带教案,只带一根拐棍。上第一节课时,他在黑板正中写了"会临意"三个大字,然后用拐棍逐个字用力敲点,说:"这是本人的大号。有人知道怎么念吗?"新生面面相觑,没有生僻字呀,既然是教授出的题目肯定有玄机,谁都不敢回答。为了打破静默局面,曹小力壮胆举手,说:"老师,我知道您的名字出自辛弃疾的词。"会教授说:"答非所问。"下课后,同学们查字典,方知"会"用于姓氏时读"贵"。可同学们还是觉得念开会的"会"顺口,私下里仍叫会教授。

会教授研究唐诗宋词成就卓著,他对学生的唯一要求是务必有自己的见解,包括他在内的所有名家的观点只可作为参考。他出的试题没有标准答案,见解独特又言之有理的肯定得高分。毕业论文更是鼓励言别人所未言,见别人所未见,人云亦云的拼凑之作及格都难。会教授写一手漂亮的板书,字体刚劲硬朗,刀砍斧剁,排挞纵横,巉耸奇崛。曹小力狂热欣赏会教授的洒脱随性,模仿会教授的笔体几可乱真。

曹小力敬了一杯谢师酒,聊起导师感兴趣的话题:"我写毕业论文时发现一个现象,《全宋诗》和《全宋诗辑补》收录诗歌二十七万首,是唐诗的五倍,作者超过万人,而唐代诗人只有三千左右,宋诗的成就却远不如唐诗。"

"唐诗宋词元曲明清小说,是我国文学史上的标志性事件。它们能各领风骚,简单地说因为有一批名家,名家有一批名篇,由此耸立起了一座座高峰。"会教授说。

曹小力的毕业论文之所以能得优,得益于他对皇权与诗词繁荣的奇特立论。"有个现象非常有意思,有的皇帝写了很多诗却无名无分,有的皇帝作品不多名气不小。乾隆写了四万多首只留下高产的虚名,刘邦只写了两首,其中《大风歌》流传千古。"

"经典不认权贵,诗言志,情动于中而形于言。因一首诗或者一两句诗便在诗史上占有一席之地,这是中国文化的奇特现象,甚至后人往往记住名句而不知作者是谁。有个人一生只写了两句诗而成为经典,你知道是谁吗?"

"是苏麟,'近水楼台先得月,向阳花木易为春'。"

"不错,他以写诗的方式,影射范仲淹只提拔圈子里的人。当然,他也因为这两句诗得到了提拔。"

"中国传统文化,很大程度上是官文化,这种说法有一定道理。历代著名文人多数是官人,而且是大官。"曹小力复述毕业论文中的观点,"他们因文而仕,离仕而文,得意与失志的心理潮汐,留下了感叹千古的诗文。"

"传诵至今的名句大都朴实无华,见不到生僻字。大道至简,悟者天成。"会教授引古喻今,"为官情同此理,在你的任期内干成一两件对百姓有益的事,百姓也会记住的。"

曹小力说:"您的教导极是,学生记住了。"

当天晚上,全班同学来到洗心湖,悼念去世的三位同学。他们点燃蜡烛,沉痛默哀,祈愿他们安息安好。每人手里还有一张素白的卡片,是阮芳写的信:

> 同学们,离开你们很久了,你们好吗? 毕业后,我们天各一方,少有联系往来,不是不想,真的是缺少时间和机会。从我被确诊的那天起,见到了许多来看望我的同学,接到了几乎全班所有同学的电话和短信,你们像亲人一样给我以鼓励、支持,帮我度过一个又一个难熬的日子。医生告诉我,有半年的时间,可我硬是挺过了两年。多出的一年半是你们帮我赚的。我尽了最大的努力,实在没有力气了,真对不住你们,我要歇歇了。只是舍不得,舍不得家人,舍不得你们。认识你们是我最珍贵的缘分。有你们真好,祝福同学们。

后面是阮芳写的诗:

> 生命化作尘土,悲欢从此落幕。
> 不图来世安好,只求天堂有路。

烛火摇曳,哀思绵绵,悲伤弥漫湖畔。好好的一个人怎么就没了呢? 毫无意义的问题,可每个人还是要不停地追问,是在责问天不假年,造化弄人。逝去的人多想活着,活着的人真该好好活着。

第二天的活动回归班级。上午,重演现代文学课话剧《雷雨》片段,演职人员原班人马,导演许清如,剧本改编路雪桥,凌寒乡饰演周朴园,许清如饰演繁漪,曹小力饰演周萍,周子恒饰演周冲,路雪桥饰演鲁妈,傅自华饰演鲁大海,四凤原为阮芳饰演,因她病逝,由米苔替补。剧场设在当年的大阶梯教室,道具、服装都是从市话剧团借来的,化妆师也是从话剧团请来的。硬件今非昔比,想当年,四处寻找不到周朴园的长衫,

358

最后只好借来留学生收藏的民国女式棉袍,周朴园穿上后哪里还像一个老爷,活像一个老妈子,一亮相便引起哄堂大笑,悲剧成了喜剧。

全班同学一致要求看一九七八年版的。剧情选取原著第二幕和第四幕的部分情节做了剪接,开场即进入高潮。然而几位演员无论如何也回不到一九七八版的模样,三十年岁月折磨,人过半百,哪还有当年健硕和婀娜的身影。凌寒乡、傅自华、路雪桥倒是贴合年代,许清如常年控制热量摄入,靠一口仙气活着,面庞清瘦,身材细挑,风韵犹存,蛮适合角色。至于其他几位,化装无济于事,体态怎么看与周朴园同辈同龄。更为难办的是,有一场戏,繁漪不肯让克大夫治病,周朴园喊:"来人,叫大少爷陪着克大夫到楼上去给太太看病。"当年,凌寒乡一口地方口音,发不出"人"的标准音,要么喊"银",要么喊"仁儿"。同学们笑他,把周朴园的老家从南方搬到了北方。现如今,凌寒乡早已一口标准的普通话,再倒回去竟成了难题,演练了半天勉强喊出"来银",老爷的威严全糟蹋了,但效果有了——喜剧。

看完话剧,同学们觉得不过瘾,不知谁高声叫喊,要看"四小天鹅"的舞蹈。这是班里新年晚会的保留节目,曾代表中文系参加过全校文艺会演。四小天鹅当年由许清如领衔,手舞足蹈,拉手踢腿,脚尖立不稳,就用脚掌支撑,艺术水准谈不上,倒也可爱有趣。四小天鹅已变成四老天鹅、胖天鹅,万般无奈之下,她们被迫登场。笨手笨脚,摇摇晃晃,原本整齐划一的手手相牵,变成了相互搀扶的依靠,生怕哪只老天鹅腿脚不利索摔倒骨折。老天鹅累得气喘吁吁,同学们笑得气喘吁吁。

下午,同学们回到当年的教室,坐在了自己曾经常坐的座位上。"中文系七七级班会",美术体粉笔字出自凌寒乡之手。三十四年前,第一次走进教室时,他们无限憧憬,在这里,修完了各门课程,修满了学分,打开了一扇知古今、闯天地的窗口。

凌寒乡主持班会,他依惯例点名,被点到的同学起立回答"到"。七十九名同学有三位同学去世,三位同学请假,实到七十三名,这样高的出勤率在校时都少有。

每张课桌上摆着一本纪念文集《自信人生》。作为文集的编者,路雪桥做了简要介绍。文章体裁多样,有的回忆考上大学时的激动心情,有的描写四年校园的生活片段,有的记载同学间的关爱和帮扶,有的抒发工作后的人生感悟。文章按六个小组的顺序编排,每篇文章配有本人入学时的标准照和近期的生活照。时光随着书页的翻动开始倒转,本已模糊的往事渐渐清晰起来了。

路雪桥告诉大家,影集正在制作中,包括毕业全体合影、各组的合影,还有中秋晚会、新年联欢会、周末舞会以及球类比赛的旧照,加上这次活动的照片,活动结束后,每位同学很快会收到纸质和电子版的精美影集。

凌寒乡开始主持班会。他说:"这次班会很可能是最后一次。本班长宣布,本次班会不设主题,大家围绕大学四年的学习生活,可说自己,也可说别人,说难忘的事,说感动的事,说搞笑逗乐的事,还可以爆料揭秘,或长或短,总而言之,没有禁区,但一定要够得上'之最'。咱们约法三章,说到谁,不许辩驳,不许别扭,更不许生气,就当听一段相声,看一个小品,与自己无关。"

刚开始大家放不开,男生年龄最小的小弟,天生娃娃脸,第一个举手。他说:"毕业后,我最难忘一个声音。我在家里是老大,有三个弟弟妹妹,父亲卧病在床,家里很穷。每月助学金舍不得花,头发留得老长,颇有嬉皮士风格,辅导员多次严厉批评我。傅大哥为我买来理发推子和剪子,原设计理分头,后来改为平头,最后变成了秃光蛋。经过在我头上反复练手,傅大哥终于成为高级理发师。咱班所有男生的头他都摸过,个别女生也找他去短。凌寒乡写了一副对子,上联'虽是末梢技艺',下联'却是顶上功夫',横批'太岁头上动土',贴在他们宿舍的门上。同学们,四年里,你们之所以能够人模狗样,应当感谢我,没有我项上人头,哪来傅大哥的手艺,哪有你们的光彩照人。三十年来,我最想听到的就是理发剪子咔嚓、咔嚓声。可惜呀,再也听不到了,小弟我悲伤欲绝啊! "

哄堂大笑,刺耳的尖叫。身后的同学揉搓小弟的脑袋,说:"小弟长本事了,高级红,头彩!"

待大家平息下来,曹小力说:"我讲一段最奇葩的情缘。有一天,我和子恒去图书馆,咱们都知道,图书馆的座位天天爆满。子恒发现一女生旁边有空位,小声说,我能不能坐这里?女生瞪起清澈的大眼睛,上下左右把子恒扫了一遍,冲子恒说,甭打歪主意,想泡女生,弄点新花样。她的声音不高,但在肃静的图书馆里银铃般的声音好像拉响了刺耳的警报,四周投来谴责鄙夷的眼神。子恒死的心都有了,赶紧躲到角落里装作看书。快闭馆的时候,那位女生来到他面前,说,对不起,刚才错怪你了,让你受到伤害。子恒并没有被那张漂亮的脸蛋所迷惑,他当即燃起了复仇的怒火,拔高声调说,什么,五百块?你也不掂量掂量自己值不值。周围一片诧异的目光。他接着说,知道我是哪个专业的吗?厚黑学,今天给你上一课,免费。女生丝毫不怯阵,反问,知道我是干什么的吗?扫黑除恶。这女生何许人也?就是代表咱们发言的米苔。两人黑吃黑,变成一窝黑。婚礼仪式上,米苔说,你的所有卡都可以上交了。子恒说,我任命你为财务总监。我代表亲朋好友致辞,送给他们两句话:一对狗男女,两只美鸳鸯。"

有人高呼:"黑嫂,黑嫂,我爱你!"

小弟说:"子恒为了博得黑嫂的芳心用了不少损招。那年,学校请北大教授来讲唐宋诗词,阶梯教室爆棚。系里印发听课证,无证不得入内。子恒找来同样颜色的纸张,手工绘制了一张黑嫂的听课证,字体、印章相当逼真。黑嫂不知是假,每次大摇大摆通过检查。子恒担心我们揭发他,每周请我们吃一顿红烧肉。有一次,子恒忘了请客,不知谁向黑嫂告发。黑嫂却说,证假无妨,情真可贵。打那以后,我们再也没吃到红烧肉。"

男生齐声高呼:"黑嫂,黑嫂,我们爱你!"

王胖子上学前在厂文艺宣传队说过相声,浑身充满肉感,短粗的脖子大部分埋在胸腔里,五官在肥厚的腮帮子挤压下紧密团结在一起。他说:"我介绍一位最有开放意识的人。大一的时候,咱班第一次上游泳课,刚进游泳馆,傅大哥赶紧捂住眼,嘟囔道,男人女人怎么一块洗澡,羞死人了。老师讲完蛙泳动作要领,同学纷纷跳入池中。傅大哥擅长狗刨,划水的速度飞快。忽然,有同学发现水面上漂着一块白布,原来是大白裤衩。大家赶紧把傅大哥围拢起来,等他穿好后,劝他别再游了。出水面后,湿透的白裤衩如同蝉翼轻纱,影影绰绰显露着物件。我们后来送给傅大哥一条泳裤,但傅大哥再也没去过游泳馆。西方时兴裸泳,我们当之无愧地宣布,傅自华是中国裸泳第一人!”

同学们笑得前仰后合,有的岔了气,直喊肚子痛。

“傅大哥,是真的吗?”有人问。

傅自华颇有风度,不恼不怒,说:“信则有,不信则无。牺牲我一人,换来众人欢。”

等到笑声减弱了些,周子恒说:“我和小力、王胖子是同一宿舍的,厮守多年,总会遇到一些事,令人难以启齿。既然今天言论自由,我探赜索隐,曝光一个最诡异也最具眼力的收藏事件。大一刚开学,学校举行新生足球比赛。上半场咱班输了三个球,下半场小力上场,连进四球,实现惊天逆转。小力一战成名,被选入校队。在跟理工大学友谊赛时,小力中场得球,快速启动,左突右冲,虚晃实插,连过五人,形成单刀赴会,面对守门员,小力停住球,气闲神定,说了句对不住了哥们,晃动两下,将皮球从守门员裆下捅入。小力球技高,人又帅,迷住了对方女生,她们整建制倒戈,为小力加油。如果小力选择走职业球员的道路,中国男足决不是今天被动挨打的局面。但小力志向高远,开始钻研康德、黑格尔、费尔巴哈,而且专借原版,怕人看不见,特意摆在显著位置。王胖子慧眼独具,预言咱班将诞生一位当代的黑格尔。于是,他为小力画了张素描像,用大号黑体字标注——最伟大的哲学家曹格尔,贴在墙上。不仅如此,他准备了一个精致的小瓶,趁小力不在时细心收集被褥上的各种毛发,毕业时已积攒了半瓶多,并且避光密封保存。他得意地说,这些毛毛传到我孙子辈,足可以买下一座欧洲城堡。在此我郑重声明,收藏确有其事,绝非本人杜撰。”

362

男生起哄，逼王胖子交出精美的藏品，让大家一睹为快。王胖子说："看在老同学的分上，也看在咱们三十年重聚的分上，我破例展示，但不能白看，每人只能看一次，每次一分钟，付费一百块。"众人骂他，长一身白肉，藏一颗黑心。王胖子说："物以稀为贵，这已经是友情价了，全世界独一无二，马王堆女尸的价值也不过如此。"

曹小力站起来，佯装怒不可遏，道："王胖子，你给我听好了，既然是文物，我让文物局的人找你，全部没收，如有丢失你要负法律责任。"他又指着周子恒说："你小子，钱挣多了，学问也大了，还探赜索隐，我看你是罪无可逭。"

王胖子说："亲爱的同学们，你们看不成了，不是我小气，是你们没眼福啊。我遵守《文物保护法》，主动上交。"

一波大笑。

许清如敲了敲桌子，清了清嗓子说："王胖子刚才讲的有点邪行，几根毛发传到你孙子辈，那时的考古界会提出疑问，如何判定是曹格尔的？除非保留小力的全尸或者基因样本，供科学家化验比对，否则的话，人家以为是猪毛、狗毛、耗子毛。"

又是一波大笑。

曹小力指着许清如说："清如，你脸上长了点东西，知道是什么吗？"

许清如说："知道，是讨厌。"

"算你有自知之明。知道咱班最坏的是谁吗？就是你！你就是咬人不露齿的'贵夫人'。"

又是一波大笑。

许清如面无表情，等教室安静下来才说："我要推介一位最传统的人。记得咱班第一次开班会，大家头一次见面，都不熟悉。为了加深彼此印象，同学之间互赠纪念品，分别编好号，通过抽签对号领取。大家都是穷学生，多数礼物是塑料皮笔记本。寒乡手气壮，抽到一支钢笔，刻有'归去犁雨'四个娟秀小字。寒乡不明其意，也不知何人所赠，我坐在他旁边，他便来问我，可惜我年纪幼小，才疏学浅，让他大失所望。不过，本人是个有心人,此事一直记在心头。我坐薪悬胆,用两年时间,对浩如烟海的古籍爬梳剔抉,询于刍荛,随着学业精进,终于找到了答案。这句话出自苏东坡的一首词,'为向东坡传语。人在玉堂深处。别后有谁来,雪压小桥无路。归去。归去。江上一犁春雨'。由此我断定,赠笔之人为路雪桥。我还是个爱琢磨事的人,奄忽以为这不是孤立的事件,是上天的暗示,暗示什么呢? 情有缘,人相配,天注定,综合所有条件,两人很登对。我古道热肠,当起了红娘,穿针引线,费了不少劲,可他们的感情总是不温不火。讨论寒乡入党时,有的同学提意见,说他违反学校规定谈恋爱,给了寒乡不小的打击。我鼓励他,政治要讲,恋爱也要谈,老一辈革命家在艰苦的战争年代都没放弃对爱的追求,照样娶妻生子,咱们可不能受裴多菲的影响,人家抛弃爱情为了自由,你为了进步,不一样的。毕业了,寒乡要去内蒙古,临别前我问他们有无进展,寒乡哭丧着脸说,别提了,手都没拉过,封建主义真是害死人! "

又是一波大笑。

路雪桥用力拉许清如坐下,红着脸使劲捶打她:"你这个死清如。好吧,我也揭发揭发你。"她用无名指将额前的短发顺向耳后,说:"那个年代时兴跳交谊舞,每到周末学校举办舞会,辅导员下令女生都去,不能输给外文系。清如负责组织,给我们描眉画鬓,一个个像小妖精。时间久了,化妆品是一笔很大的开销。清如想了个办法——集资。她找来几个午餐肉罐头盒,清洗干净,粘上'集资盒'标签,分发给每个男生宿舍,现金、饭票不限,美其名曰救助困难女童,而且还搞周评月评,捐资多的予以口头表扬,在宿舍门上插一面红旗。男生节衣缩食,展开了激烈的夺旗竞赛,捐款越来越多,小罐头盒改成了大奶粉桶。这些钱用来购买唇膏、粉饼,同时每周改善一次伙食。女生个个鲜嫩水灵、羞花闭月,这是用男生的饥饿和穷困换来的。清如却理直气壮地说,女为悦己者容,你们没发现咱班男生像打了鸡血似的,就因为天天看见美若天仙的咱们,不就少吃两顿饭嘛,秀色可餐,没有比这更划算的投资。现如今,当年的少女都成了少女的妈妈,不过,有三十年前奠定的美容底子,有清如同学做榜样,我们可以厚颜但不无耻地说,我们依然年轻,我们还是少女。"

男生异口同声骂许清如:"太缺德了,我们省吃俭用,营养不良,面黄肌瘦,她们却过着千金小姐的阔日子,花枝招展,吸血鬼!骗子!骗子!退款!退款!"

笑声,笑声,还是笑声。三十年了,什么时候如此开怀过?在哪个场合如此释放过?烦恼、苦痛、担忧一键清零,没有戒备,没有心机,没有利益,有的只是真情和坦荡。这难道不是人与人之间应有的融洽吗?难道不是深藏于人们心底永远渴望的童真吗?难道不是共建和谐社会必须遵守的第一准则吗?他们清楚,这样的放松乃至放纵,只存在特定环境的短暂时间里,存在抛开现实的遥远回忆中。三天之后,回归现实,一切照旧,阳光午后教室里的欢笑很快消散于凡尘的喧闹。正因为如此,他们倍加感到相聚的每一天、每一秒都无比珍贵。

最后的晚餐是在酒与歌、笑与哭相间中进行的。以原小组为单元摆放了六张大桌子。大家开怀痛饮,开心畅谈,尽情地释放心情和天性。

一组的同学合起伙灌小弟,历数他当年的罪恶行径。小弟外语最好,每当考试时很多同学为了打小抄纷纷巴结他,请他吃饭,小弟吃得白白胖胖,还省了大笔钱和粮票。君子报仇,三十年不晚,几轮下来,小弟求饶,连连说,"我退钱,我退钱"。

二组女生的主攻对象是许清如,指责她压抑人性。学校每周末放电影,一次看完《天云山传奇》,女生眼圈都哭肿了,尤其是冯晴岚顶风冒雪用小车接走病重的罗群那场戏,感动得她们回到宿舍趴在床上流泪不止。许清如严令本宿舍的人一律不许哭,要做女强人,谁哭她拿笤帚把子捅谁。到了半夜,有人听到抽泣声,开灯一看,许清如哭得枕巾都湿透了。二组的同学今天反攻倒算,有人举着笤帚罚酒,不喝就下手。许清如仗着酒量好没挨打。

六组同学主打王胖子,理由是他给演讲团丢了脸。为了加强社会实践,班里自发成立了大学生演讲团。一次到企业演讲,王胖子现身说法,鼓励青年职工立志成才,跳出工厂,干一番事业。厂党委书记唉声叹气地说:"听你们的演讲,青年职工心里长了草,不安心工作,我们的思想政治工作白做了。"王胖子甘愿受罚。

晚餐后,同学们漫步在洗心湖畔。当年,他们靠在长椅上看书,围坐在草地上漫谈,吹着口琴,哼唱流行的校园歌曲。毕业前,他们在这里合影,挥泪分别,各奔前程。今天,故地重聚,很快又将分离。相见时难别更难,比起相聚时的欢悦,离别的伤感来得更猛烈。望着湖水,他们想过去,想现在,不去想将来,或许什么都不想,只是放空自己。依依不舍,泪眼蒙眬,说得最多的就是多保重、多联系,却无人相约再见。今日一别,此生恐难再见。

周子恒弹奏吉他,同学们席地而坐,低吟轻唱《斯卡布罗集市》《卡萨布兰卡》:"代我问候那儿的一个朋友,他曾经是我的挚爱……""随着时光流逝,我一天比一天更爱你……"

三十六

送走了同学,意未尽、情难断。傅自华、凌寒乡、曹小力、周子恒、许清如、路雪桥虽然工作生活在母校所在的城市,但回校的次数并不多,聚会之于他们同样难得。

傅自华提议,晚上去他家,他请客。许清如毫不客气,说他当了那么大官,早该请了。

傅自华的老伴正准备晚饭,路雪桥、许清如进厨房帮忙打下手,傅大嫂推她俩去客厅歇着。许清如说:"我跟您学学怎么做㕮白肉。"

"为了你这口㕮白肉,肖主任专门托人从东北带来了渍的酸菜。"傅自华习惯叫老伴"肖主任"。

"让嫂子费心了,您教会我,以后我做给您吃。"

"酸菜最好提前泡一晚上,去去酸味。东北菜也讲究刀功,每个菜叶至少要片三层,肉片切得尽可能薄,这样做出来才好吃。"肖主任边切边示范。

许清如试了几下，怎么也片不出三层。路雪桥说："你呀，没耐心，一边待着，等着吃吧。"说着自己上手，很快就切好了。

傅强带女儿笑笑回来了，小姑娘不知该怎么称呼这些人。傅自华教她，叫爷爷好、奶奶好。

许清如说："这可不行，得分开叫。笑笑过来，我教你。"她指着凌寒乡说："叫二大爷好。"指着曹小力说："叫三大爷好。"指着周子恒说："叫四大爷好。"

周子恒拉过笑笑，指着许清如说："叫大姑好。"

许清如踢了周子恒一脚，说："去你的，把孩子教坏了。笑笑，叫我大姑奶奶。"指着路雪桥，说："叫小姑奶奶。"

"你不讲道理，"凌寒乡说，"我是二大爷，你是大姑奶，凭什么？"

"这没办法，男的老傅行大，你只能是二大爷；女的我行大，当然是大姑奶。"

曹小力说："都是她的理，有的事女的做行，男的做就不行。前两天，她们电视台播了一个社会采风节目，报道一个年轻女孩在地铁上痴迷地看着身旁的中年男子。男人问为什么总盯着他。女孩说他长得太帅了，说完亲了他一口，周围的人鼓掌欢呼。反过来要是男的这样做，就成了耍流氓。"

许清如没接话，问笑笑："孙女，在幼儿园好吗？"

笑笑背起手说："还行，混得不错，手下有几个小弟兄。"

凌寒乡说："老傅，你孙女成了江湖女侠，不随你，随她大姑奶奶。"

傅自华说："我看也是，哪像个女娃娃。有一次，老师教育他们，早餐要吃好，午餐要吃饱。笑笑问，那晚餐吃什么？老师反问，你说呢？她回答，不吃早餐和午餐。噎得老师半天没说出话。"

许清如抱起笑笑，在她的胖脸蛋上使劲亲了一口，说："是我的亲孙女。"

路雪桥端上一个大砂锅，说："大姑奶奶，您的氽白肉来了。咱们开饭,您老人家请上座。"

许清如点着路雪桥的脑门说:"谁的佘白肉?你就是向着寒乡,见他吃点亏就心疼。"

菜上齐,酒斟上,人落座,大家等傅自华发话。傅自华说:"大姑奶奶,您来主持。"

许清如一本正经地说:"同志们,这次三十年聚会十分圆满,有三条经验和启示,第一……"

曹小力举起手,说:"许台长,等一下,我们去拿笔和本,记下您的重要指示。"

凌寒乡说:"大姑奶奶,你还让不让我们吃饭?"

"少安毋躁,"许清如说,"与官员打交道,就要走官场的套路。我宣布,晚餐正式开始。有三项议程,现在进行第一项,请大大爷致祝酒词,大家欢迎。"

傅自华拿起筷子说:"各位,吃好喝好,喝好吃好,开吃开喝。"几个人闷头吃了起来。

许清如嚷嚷道:"酒还没喝,怎么就吃上了?"见大家都不理睬,她用筷子使劲敲着碗,说:"你们懂不懂规矩?宣布吃喝是本主持人的权力,都给我停下。老傅,你要开个好头。"

"好吧,"傅自华端起酒杯,"这里我年纪最大,我先提一杯。这次同学聚会组织得很精彩,成功的关键在于突出了一个'情'字,所有环节都烘托出了同学情、师生情,效果超出我们的预想。我提议,为聚会圆满成功干杯。"

第一杯干后,凌寒乡举手:"主持人,我想做补充发言。"许清如点头允许。凌寒乡端起酒杯,说:"这次聚会办得好,首功在清如、子恒,没有他们的付出,就不会有感人动情的效果。我这个组长徒有其名,我敬你们二位。"

"话说得很好,事做得不到位。我和子恒帮你忙乎了好几个月,你就喝一杯,不大合适吧?"许清如把酒瓶往凌寒乡面前一推,"二大爷,要给弟弟妹妹做个好样子。"

"大姑奶奶,你有一张不吃亏的好嘴。你们俩我每人敬三杯。"

等凌寒乡喝完,许清如说:"这还有点二大爷的样。下面进行第二项议程,请二大爷讲话。"

曹小力一头雾水,说:"有我什么事,讲什么呀?"

"讲什么你心里没数啊?"许清如虎着脸说,"最近市委发生了两件大事,你不知道?"

曹小力愈加发蒙。许清如煞有介事地说:"我提示你一下,人事方面的。"

"没听说呀。寒乡你知道吗?"曹小力问。

"你呀,跟她打交道太少,不了解她。"凌寒乡拿起一根筷子指着许清如,"她是说老傅、雪桥提拔升官了。"

"那也轮不到我,应该由寒乡讲话。"曹小力说。

"这你就不懂了,人是他提的,他怎么讲?讲自己怎么慧眼识才,怎么去做书记的工作,怎么举贤不避亲,他哪好王婆卖瓜、自卖自夸,这些话就得你讲。"许清如一撇嘴,"你们这些人,怎么混的,讲个话还要我教,看来当官不需要多高智商。浮一大白。"

周子恒赶紧纠正:"这里不包括我,我是一个平头百姓。"

"对,对,你是体制外的,你要是在体制内,哪有他们的事。"许清如拉拢周子恒。

"你贬了人家半天,你才混个正处,这里就数你官最小。"周子恒不领情。

"我搞专业,没想走仕途。要是走仕途,准让你们无路可走。"

曹小力说:"大姑奶奶,我们四个对你千恩万谢,是你宅心仁厚,心系苍生,给了我们一条生路,不然的话,我们都得沿街乞讨。闲话少叙,共同举杯,祝贺老傅、雪桥提升。"

"用词不讲究,如果说跻升,文化底蕴就深厚了。小力市长,要选个好秘书,没人给写稿可不行哟。"许清如见曹小力要反击,赶紧拦住,"时

369

间关系,现在进行第三项议程。请小姑奶奶讲话。"

路雪桥说:"傅大哥明年六十周岁,民间有过九不过十的说法。傅大哥五十九岁生日那天,咱们都上班,只好借这个机会,提前给傅大哥过六十大寿,祝傅大哥长长久久。"

许清如跑去打开房门,蛋糕店的服务生已等候在门外。她接过生日蛋糕,插上六根大号蜡烛,喊来傅自华的老伴、儿子、孙女,让嫂子点燃蜡烛,说:"嫂子,今天是大喜的日子,把小酒盅撤了,换大杯。"

突如其来的祝寿,让傅自华全家喜出望外。傅自华草草许过愿,全家人一起吹灭了蜡烛,孙女兴高采烈地唱起《祝你生日快乐》。

路雪桥说:"时间仓促,来之前我和清如在附近商场选了一条羊绒围巾,傅大哥,这是我们五个人送你的生日礼物,天冷了围上,会想起我们。"

傅自华接过围巾,感动得不知说什么好。老伴在一旁抹起眼泪。

许清如说:"嫂子,您说几句吧。"

傅大嫂说:"老傅这些年不容易,你们都不容易。说心里话,我盼着他退休,真怕他有一天累倒了。我一直想着天凉了给他买一条围巾,你们替我办了。老傅有你们这样的好同学,是他的福气,我敬你们一杯。"

许清如说:"傅大哥号称青云的一支笔,没有您的精心照顾、全力支持,哪有他的成就。"

"没照顾好,你看他现在比我还老。我比他大两岁,长得也显老,结婚时怎么看都不像两口子,老傅厚道,不嫌弃我。"

"您现在多年轻啊,没有白头发。"许清如说。

"这些年我一直在等他,没想到我还满头黑发,他倒白发苍苍。"

"哇,太感人了,我都要哭了。"许清如拥抱傅大嫂,"这是我听到的世界上最动人的情话。嫂子,我爱你。"

孙女、儿子祝爷爷、爸爸生日快乐。

傅强向叔叔、阿姨敬酒。凌寒乡说:"上次你把办公厅踢得那么惨,弄得我们很没面子。"傅强连连赔不是,说小孩子不懂事,一使劲发挥过了头。凌寒乡说："你们的建议,书记批示同意,争取明年把联赛搞起来。"

傅强向周子恒表示感谢,说没有他的支持就没有足球学校。周子恒意味深长地说:"最应该感谢的是你老爸。"

傅大嫂把儿子、孙女劝回自己的房间,说:"不打扰你们,你们一定要尽兴。"

凌寒乡说:"老寿星,该你发表生日感言了。"

傅自华说:"日子不禁过,一晃就该六十岁了。我不怕退休,有时还盼退休,享受含饴弄孙之乐。你们让我许愿,我只是闭了闭眼,想不起许什么愿,现在倒是有了一个。笑笑明年该上学了,我想让她上一所好学校。我这个人不善与人交往,不认识几个人,寒乡,这个忙你得帮。"

凌寒乡爽快地答应:"放心吧,一定让笑笑上重点小学。"

"你们别以为我矫情,"傅自华说,"我根本不相信那些不能输在起跑线上的鬼话,我是想让孩子有一个良好的成长环境。给你们举个例子。有一天,我带笑笑在小区里玩,一个男孩把球踢到了女孩身上,男孩说'我×',那女孩也说'我×',两个孩子也就八九岁,再看两个孩子的母亲,正聊着孩子的教育问题,而且火带英语单词。"

"老傅,你放心,这点事对二大爷来说不叫事,大姑奶奶我来监督。"许清如说,"老傅是咱们班第一个退休的,再过几年就该咱们了。我这个人讨厌煽情,可是看到这些同学,一下子就回到了过去,看到了过去的自己,令人伤感,正所谓'欲说还休,却道天凉好个秋'。咱们几个工作在一个城市,经常打头碰脸,但很少聊天,说心里话。我在想,假如,只是假如,上苍给我们一次重新选择的机会,会选择怎样的生活?"

许清如极少把心情挂在脸上,在她看来,能否控制情绪是衡量一个人内心是否强大的重要参数。心情就应该放在心里,不是给人看的。但今天她一反常态,说:"你们都不说,我先说。我最大的感受就是太累,累心!如有可能,我想过田园式的生活。日本影片《远山的呼唤》,我看了四遍,而且每次都是自己去看,就是不想受到任何干扰,把自己放进那样的生活。北海道的牧场,绿油油的草地满坡遍野,一直连到天边,大朵大朵的白云垂悬于蓝天之上。高仓健骑着高头大马冲上山坡，又俯冲下来，勒马急停，马蹄翻腾，棕色皮毛闪耀着缎子般的光泽，圆阔鼻孔喷出粗气。倍赏千惠子和儿子远远望着，满脸都是幸福。蓝天、绿地，还有策马飞奔，这情景让我深陷其中，难以自拔，我想要这样的生活。"

"那部电影我也看过两遍，咱们女人容易幻想，有幻想也是一种幸福，有的时候靠幻想能挺过不如意的现实。"路雪桥的意思是，到了这个年龄还是要实际些。

"不是幻想，"许清如纠正道，"我想换一种活法，正在努力将它变成现实，时间不会太久。"

"放弃工作、地位，还有高收入？"曹小力问。

"年轻时不拼没有好的生活，现在有能力选择我想要的生活，但属于我们自己的时间越来越少。"许清如说。

"都这把年纪了，重新选择是不是太晚了？"凌寒乡劝她。

"每天都有新的太阳，今天的太阳只属于今天。只要是自己想做的，什么时候选择都正好。"许清如很坚决。

"去哪儿？"路雪桥问。

"定下后告诉你们。"许清如又说，"雪桥，你也说说。"

路雪桥冲着许清如说："我与你不同，没有具体想法。一定要选的话，希望生活平稳、安静。我不太喜欢战争类的小说，但有一本书给我的印象十分深刻——小说《这里的黎明静悄悄》。书中没有炮火连天、硝烟弥漫的战争场面的描写，而是刻画了五位年轻的女兵，她们美丽、活泼，甚至叛逆。为了阻击十六名德国男兵，鲜活的生命消失在丛林中、沼泽里。轻雾缥缈的早晨，茂密幽深的白桦林，清澈如镜的湖水，伸向村庄的泥泞小路，一切是那么安宁，灵魂在那里会得到安息。小说的结尾是诗一般的语言，我发现，那里的黎明是那样的静悄悄、静悄悄。我喜欢书中营造的氛围，如果现实中没有，我愿意靠想象让自己生活在虚拟的宁静之中。"

岁月带走的不光是岁月，时间留下的只有时间。心静不意味着厌世没落,它是一种与世人相安共生、和平相处的伟大力量。

相比女人的柔软和细腻,男人就简单和粗犷多了。周子恒说:"人生没有假如,也没有但是,真的有假如的话,我肯定会照原路重活一遍。说起文学作品,我最喜欢看《教父》,不仅看书,而且看电影,看了好多遍。这本通俗小说两年多卖了上千万册,连作者自己都说,像美国地铁站口的热狗一样畅销。美国三十所顶级商学院院长,选出了三十部他们最喜爱的影片,其中就有《教父》,他们推荐的理由是,可以将其作为个人价值有关的课程来看。有人给我推荐《百年孤独》,这是魔幻现实主义作品,本人愚钝,看了两遍,说实话没看懂。我的看法是,通俗是一种时尚,是世俗的高雅。经济基础决定上层建筑,物质和精神不可分割,物质影响精神,这话我信。"

曹小力与周子恒的志趣一致。"大学四年,我很少看文学一类的书,倒是看了不少哲学、政治学方面的著作,那时候一腔热血,壮志凌云,幻想有朝一日著书立说,经世济民。工作后,整天陷于琐碎繁杂的事务,根本无心仰望星空,至于人从哪里来、到哪里去之类的哲学问题,谁爱想谁去想吧,与我有何相干。我也不会去假设人生如何重来,没时间也没意义。但有时我会对退休后的生活产生一丝忧虑。听一位老领导说过,宣布他退休的当天,没有一个电话打进来,没有一个人敲他办公室的门,自己好像被销号了,以前忙的时候烦,现在闲下来了更烦。这位老领导的现在不就是我的将来吗?从热闹到冷清,能否适应?我说不清。不过,"曹小力对凌寒乡说,"退休后咱俩有大把的时间坐隐,到时候连下三天,每天只下一盘,谁输谁请客。你下围棋还是在学校时跟我学的,最后反倒我输多赢少,就因为这个我没少请大伙喝啤酒。"

"小力的忧患意识过强了,"凌寒乡说,"你年龄有优势,经历好,有相当大的上升空间,现在考虑退休生活为时尚早。我们几个人,只有你能再上层楼。'王阳在位,贡公弹冠',我们对你有很高的期待。"

"我这点能力你还不清楚吗?纯属小马拉大车。"

"人的本事都是逼出来的,把你放到那个位置上,很快就能适应。"

"这话我同意,咱不怕逼,欢迎被逼,可就是没人来逼咱。"曹小力说,"会教授跟我说,做事如同作诗,不在多而在精。我不缺少自信,缺少的是机会。如果给我机会,我一定能做成一两件有意义的大事。"

凌寒乡说:"有一句常说的话,机遇是留给有准备的人的。机遇不会错过你,因为你有准备。刚才你说到下棋,就棋力来讲,你比我强。你输棋不是我赢了你,而是你输给了自己。我听大师讲棋时说,高手不求速胜,只想如何缓败。我下不过你,但我记住了大师的话,每盘棋没想怎么赢,只求输得慢一点,输得少一点,所以每一步都很谨慎,不敢走错。你有心理优势,求胜心切,急于一招毙命,难免会出漏招、错招。"

"说说我自己吧。"凌寒乡说,"人生不可能重来,不存在第二次选择的机会。回头想一想,知道了自己想干什么、适合干什么。我不做假设,但有遗憾,遗憾当初没留校当老师,遗憾没有条件学音乐。米苔说得好,咱们是幸运的一代。上大学时,文学兴盛繁荣,读列夫·托尔斯泰斯,读雨果,读济慈,读泰戈尔,蔚成风气,现在还有几人去读经典? 当年学校图书馆最难借到的一本书是《简·爱》,那些经典的句子,咱班女生都能背下来,不信可以试试。"

许清如马上回绝道:"我感情没那么细腻,三十年了,我可记不住,雪桥你来吧。"

"我觉得电影的台词比原著更精彩。"路雪桥调整了一下情绪,"'如果上帝赐予我财富和美貌,我会让你难以离开我,就像我现在难以离开你。上帝没有这样安排,但我们的精神是平等的。就如同你我走过坟墓,平等地站在上帝面前。'"背完后她说:"应该一字不差。"

几个人同时竖起大拇指。凌寒乡说:"我退休后想写一本小说,写一写我们这一代人,写我们经历的感情和生活波折,是纯文学的,给那些静得下来、有文学情怀的人看。这是一时冲动,很可能是空想。"

傅自华纠正凌寒乡的想法:"人都怕老,我觉得可怕的不是年老本身,而是消磨了锐气。成就自己的唯一障碍是自我怀疑,想做的事没有勇气去做。空想不是坏事。一位南美作家说过,'乌托邦的作用在于让我们前进'。"

几个人都说完了,许清如开始总结发言:"刚才,几位同志讲得都很好,我听了深受启发和教育。"

曹小力朝她扔去一颗花生米,说:"你还有没有点止形?"

"这不是你们常用的标准句式吗?好吧,我给每位做个点评。老傅,一块原石,饱经沧桑,被打磨成了璞琢温厚的老玉。寒乡,行走大内久矣,文人气质仍未褪去,凌寒独自开,可喜可叹。小力,立志报国,心系黎民,一枝一叶总关情。子恒,手握孔方兄,举却阿堵物,无人舟自横。雪桥,饱经风吹雨打,面容依然素净,实乃心地纯洁。各位对照对照,可有几分相像?"

周子恒说:"你给自己也画个像。"

"是与非、功与过,任后人评说。百年之后,让笑笑给大姑奶奶立个无字碑。"

"你野心不小,要做武则天第二。依你的功德,应立堕泪碑,四大爷我现在就给你写碑文。"周子恒闭眼摇头,"此女,眼圆腮瘦,鼻直唇薄,一副姣颜,一身细挑,情思激扬,心路曲折,乃一性情中人也。不乏机智敏慧,善察人情事理,刚柔相济,爱恨交织,同性之友少,异性之朋多。秦晋之结,非天造地设,非理想所求。观其一生,不求大起大落,但求风光无限。"

"四大爷,我佩服你。"许清如端起酒杯,"你经商立了功,为人了立了德,现在开始立言,你要成就'三不朽'的伟业,乃曾国藩第二。武媚娘敬曾文正公,铭感五内。"

周子恒抱拳,说道:"唐三藏师徒四人渡过凌云渡后正式成佛,唐三藏感谢三位徒弟一路护佑。孙行者说'我等随师父修成正果,师父因我等保护喜脱凡胎,彼此扶持,两不相谢'。"

"给你鼻子你就上脸,给你梯子你就上房揭瓦。"许清如说着把自己杯里的酒倒给周子恒,"大姑奶奶不赏你这个脸,自己喝了。"

傅大嫂端来手擀面,给每人盛上一碗,说:"平安快乐,健康长寿。"

傅自华和老伴送老同学到小区门口。穿过马路,路雪桥回头看去,见傅自华和傅大嫂手牵着手仍站在原地,目送他们。

回到家里,老伴发现电视机旁有一个首饰盒,问傅自华:"是谁落下的?"

傅自华打开, 里面有一枚塑封庚申年猴票,邮票下面的纸条上写着:天天快乐,永远快乐。傅自华认出是凌寒乡的笔体。傅自华参加工作后开始集邮,第一套生肖票只差这张猴票。票价飞涨,他每次想买都下不了狠心。今年在上海考察商业街时,他顺道进了一家邮局,被凌寒乡遇见。凌寒乡何时买下的,他不得而知。一路走到最后的好友定是顾及彼此、真诚相处。

夜已深,老伴和孩子都睡了。傅自华在躺椅里毫无睡意,打开音响,播放小提琴曲《秋来秋去》,立式台灯的光芒散落在他身旁。伴随舒缓的乐曲,他仿佛置身于密林深处,独自坐在弯曲路边的长椅上,夏日的浮躁已经退去,秋叶悠扬飘落,满世界的寂寥。

云淡天远,秋水无痕,流年不再。秋天是容易伤感落泪的季节。

三十七

曹小力在新区管委会的办公室位于管委会大楼的顶层正中, 落地窗前有一架天文望远镜,能够俯瞰新区全貌。李怀恩写给他的字被精心装裱后悬挂在办公桌对面的墙壁上,曹小力抬头即可看见。凌寒乡在同学聚会时转交给他,只说了句"怀老写给你的"。起初,他觉得李怀恩心情好,泼墨抒情,并没多想。后来,市委常委会开会,研究巡视反馈意见整改方案,其中一条要求改进新闻报道,解决有的领导干部会议活动报道过多的问题。他下意识联系到自己,又联想起李怀恩送字的意图。

曹小力双臂交叉,欣赏李怀恩的书法,领悟其中的含义,老书记是在提醒他、告诫他,也可以说是在批评他。虽然曹小力给李怀恩当秘书多年,但李怀恩的中庸之道对他少有浸润,他不同于传统概念的秘书,个性张扬,锋芒毕露,不接受李怀恩的含蓄随和,认为缺少个性,更倾慕棱角分明、作风强势的领导干部。曹小力不懂得,李怀恩之所以能够成为李怀恩,恰恰是因为他没有特点,没有特点就是李怀恩的最大特点。他走向了李怀恩的反面,这或许是本性使然,难移的注定是本性。

曹小力在等一位特殊的客人,是他熟悉的易老师。自周子恒引荐之后,他很快与易老师建立起紧密的单线联系。有几次易老师到青云市,要求他不要叨扰别人,他心领神会,是暗示他不必告知周子恒。这看似低调的举动,却意味着易老师格外看重他,他与易老师的密切程度开始超过周子恒。

易老师今天不请自来,而且一再声明不要迎候,直接去曹小力的办公室。曹小力盯着那幅字,心里盘算着易老师此行的目的,就其避人耳目的神秘行踪而言,可能透露高层对省里两会换届人事安排的初步考虑,也可能透露市里两会换届考察推荐的结果。出乎他的推测,易老师这次是有求于他。他之所以没往这个方向猜想,是因为易老师从不求他办事。

秘书把易老师领了进来,两人关系非比当初。易老师握住望远镜观看良久,边看边说:"一派大开发、大建设的景象,如果我说得不错的话,这里是全省最大的工地。小力市长是干大事的人,这个大工地是你的大舞台,是你走向更高更远的大舞台。"

"我这个人就是想干点事,易老师要多加指点。"曹小力一改初识易老师时的低微。

"这次推荐考察结果非常好,"简化了虚假的客套,易老师抓住曹小力最关心的问题直接切入,"对你的呼声很高,得票和口碑都很过硬。有一条内部消息,你千万不能跟任何人说,你们市近期有重大的人事调整,也许等不到换届,你就能上位。"

话不多,有虚有实。"非常好""很高""很过硬",这些仅仅是概念和描绘性的语言,似是而非,说明不了任何问题。"重大的人事调整"信息量足斤足两。称得上"重大"的,只能是书记或市长的调整变动。"上位",

暗示他将成为代理市长。常委里有希望担任市长的只有侯家康,跨过侯家康而提拔他曹小力不是不可能,但组织部门通常不这样操作,或许将侯家康异地安排。

如此推演合情合理,切实可行。曹小力一阵窃喜,感谢易老师专程跑来向他透露重要的内部信息。他进到里屋,打开保险柜,拿出一个精致的红木盒,说:"这是我随全衡书记出访时,在国外专门给你选的,一直没机会给你。"

易老师接过来,打开盒子,是一块沉香,油线清晰可见,香气浓郁厚重,他拒不接受。曹小力说:"俗话讲,献玉要逢知玉主。这东西被你收了是它的福分,你得了是你的缘分。只此一次,再难遇到一件称心可意的物件了。"

"太贵重了。"易老师说,"本来有件事想让你帮忙,愧领了这份重礼倒不好开口了。"

"收了这物件,说明你认我做朋友,找我帮忙,说明你对我信任。只有被信任的朋友才是真朋友。"曹小力划拉两下平整的寸头,滋生出平视易老师的心理优势。

"朋友相托,实在难以推辞。"易老师欲言又止。

曹小力自己先坐在宽大的单人沙发上,扬了扬手,请易老师坐下,说:"记得第一次见易老师,你谈的朋友理论令我获益匪浅。古象形文字里,'朋'字像一只大鸟,两个月是张开的两扇翅膀。朋友嘛,就是要共同振翅,结伴而飞。有事尽管说。"

"这件事有难度,小力市长正处在上升的紧要关头,我不想给你出难题,担心影响你的大好前程。"易老师看上去十分为难。

曹小力没接茬,以君临天下的姿态又扬了扬手,鼓励易老师打消顾虑。

"民企龙达钢铁集团看中了新区的优势,计划在新区建一家大型冶金企业,主要生产冷轧薄板、热轧板卷、精轧螺纹钢筋等,需占地五千多亩。前期他们与新区有关部门进行了接触,碰到两个问题,一个是地价,

378

一个是环评。我与龙达的老板有一面之交,他给我的印象很好,有理想、重情义、朴实本分,是个可信任、干实事的人。如果你觉得不妥,这事就此打住,就当从未提起。"

事情的确难办,地价可以让一点,但冶金化工不符合新区的产业发展方向。易老师说与那位老板有一面之交,绝对不是实情,如果不是极为特殊的关系,怎肯屈尊亲自登门。这是易老师第一次求他办事,不是可办可不办,而是必须办,否则业已建立的密切关系随之解体。怎么办,他一时拿不准,只好说个活话:"易老师牵线搭桥,帮我们引进大项目,是对新区发展的大力支持。具体问题,我们再研究一下。"

"那就难为小力市长了。"

"易老师客气了,好办的事易老师也不会找我。"整个谈话,曹小力不用敬称"您",而是用平语"你",位差的变化决定于求与被求。

"就是嘛。依我看,没有什么能难倒小力市长。"易老师在施加压力。他不想久留,惹人注意,正要出门又转回身,指着墙上李怀恩的字说:"我建议摘下来。谁知道碰到哪个小人,说你忠诚于老书记,传到全衡书记耳朵里,全衡书记怎么想?现在是关键时期,也是敏感时期,事事须小心,大意失荆州。"

易老师果然不凡,他并没专注李怀恩的书法,只是一瞥便把落款看得清清楚楚。曹小力似有所悟,使劲挠了挠平头,自责怎么没想到这一层。粗心大意可是致命的弱点,哪怕偶尔一次也不成,它极有可能在晋升之路上给自己设置一个小小的障碍,但足够坎坷半生。仕途上容不得粗人,哪有什么真正的粗人,所谓的粗人,粗在表皮,细在内里,外粗里不粗,自称粗人的人不过是为了蒙人。从现在开始,每一件事情都要左思右量,瞻前顾后,非常时期就得非常用心。

字摘下来容易,写字的人一定要去拜望。去了肯定挨批,李怀恩在位时批评过的人没几个,现在能批的也就剩下他了。李怀恩憋了一肚子火,让老书记痛快痛快是他分内的事,无人可以替代。在位的要紧跟,退位的不能疏远。点油不一定香,点醋一定酸,这一条处世规则适用于所有人,包括他自己。

今天没有时间,后面还有一项重要的外事任务。他上午十一点要接站,下午陪同参观,晚七点半才能结束,老书记八点前入睡。明天上午召开全区年底冲刺动员大会,他把原定明天下午的活动推掉,计划四点去李怀恩家。

外事活动高度保密,曹小力接到通知,尼泊尔一个政党的领导人到白江新区参观考察,至于是哪个党派,领导人叫什么名字,一字不漏。梁主任转达省外办的要求,不得报告市主要领导,这是外事纪律,必须严格遵守,出了问题要追究责任。

电话里不好多问,在车站等候时,曹小力拉梁主任到站台空旷的地方,打探内部信息。梁主任说:"这是一次工作访问,尼泊尔几大政党都想拉近与我们的关系,严格保密是为了避免引起不必要的矛盾。陪同人员压缩到了最少,地方只有省外办主任和亚洲处处长,市里只有您和我。我知道的就这些。"

"你没向市委报告?"

"没有,上面不让。"

"这样恐怕不妥,万一全衡书记知道了你怎么交代?"

梁主任皱起眉头:"我也一直嘀咕,您说怎么办?"

"我说不好,主意你自己拿,我只是给你提个醒,别犯傻。"

出访尼泊尔时,几大政党领导人分别与顾全衡进行了小范围会谈,除了翻译只有凌寒乡参加,曹小力没见过那几位领导人的模样。外宾下车后,翻译只介绍了他,没有介绍外宾,他搞不清这人来自哪个党派。

午宴后,外宾短暂休息。曹小力脑子里响起了警报,顾全衡三令五申,重要事项必须第一时间报告市委,这是工作纪律。外国政要到了青云市,到了白江新区,把它定性为重要事项显然不够分量,准确地说是重大事项。外事无小事,何况如此神秘的客人。重大信息报与不报、早报与迟报,一念之差往往影响主要领导对你的信任度和上下级关系的密切度。易老师的及时提示,促使他必须时时事事保持警戒,不可疏忽大意折在细节上。不管梁主任如何处理，他都必须亲自报告，而且要直接报告。他拨通了电话，话筒的另一头是孙志坚。

多思多虑可减少出错，政绩才是明晃晃的金字招牌。曹小力决定召开全区干部大会，主题是：决战六十天，献礼党的十八大。

开会前，他逐个与产业园区的一把手谈话，名义上是听工作汇报，实际上是要指标数字。他对所有汇报都不满意，说给所有一把手的话完全一样："还有很大潜力，可以再快一点，为全区多做贡献，为全市多做贡献。"他要求两天后，重新报一份决战年底的工作安排和指标清单。各位一把手倍感压力，经济指标与政治态度挂钩，谁敢怠慢。

大会开始前，每位一把手向曹小力递交了决战决胜、超额完成全年任务的承诺书。曹小力撇开办公室写的稿子，自己拉了个提纲，气概豪迈地做战前动员："同志们，从现在起到年底还有六十天，我们以什么样的精神状态、拿出什么样的成绩来迎接十八大，怎样学习贯彻十八大，是必须认真回答的重大考题。全衡书记要求，青云的发展要走在全省的前列，新区要撑起青云的半壁江山，这就是试题的具体内容，我们这些人就是答题的考生。考试的结果无非有三种，一种是不及格，一种是及格，一种是高分，此外还有一种结果，那就是满分。不及格，管委会领导班子集体辞职，及格也不是我们的选项，高分不过是高一档次的及格，这些都不属于我们，不属于新区人。我们要的是满分，满分是我们唯一的追求。"说到这儿，曹小力打出一个列宁同志经典的演讲手势。电影《列宁在一九一八》让他记忆犹新。

会场中的人完全被曹小力的气势镇住。"那么，什么才是满分呢？"曹小力熟练地运用设问这一演讲技巧，"我用一组数字来概括，这就是'五六七八'：五，就是经济总量占全市五成以上；六，就是开工建设的重大项目占全市六成以上；七，就是工业增加值占全市七成以上；八，就是高新技术产业增加值占全市八成以上。目标是伟大的，任务是艰巨的，工作是艰苦的，但经过努力是一定能够实现的。篮球巨星科比说过，第二名就是头号输家。我们必须唯旗是夺，勇争第一！"他再次打出了列宁式的手势,比第一个更加标准、更加有力。

"对实现这个目标有畏难情绪可以理解,要创造伟大的事业必须从事伟大的工作。我们没有野心,但不能没有雄心。我们需要老黄牛,更需要拓荒牛。我们要大胆使用闯将猛将,不畏强敌,血溅七步,勇于胜利。对他们工作中出现的失误,上级领导要担责揽过,坚决破除'洗碗效应'的逆向问责。全衡书记肯定了我们'夜总会''广交会'的做法,他说如果超额完成全年任务给我们开庆功会、联欢会。我们将论功行赏,对做出突出贡献的予以重奖,庆功会上见。"全场群情激奋,热血沸腾,大决战随即打响。

曹小力称得上一员虎将,假如生逢其时,环境、土壤、氛围皆相宜,加上领导的赏识和衿蒙,他可以指挥作战,创新创造,成就一番开疆拓土的事业。这种能力凌寒乡、傅自华不具备,他们具有侍驾辅政的能力,周子恒也不具备,他具有经商办企业的能力。

与秘书约好,曹小力提前二十分钟来到李怀恩家,秘书小贾把他让到客厅。曹小力欣赏起条案上的奇石,那是他用一幅名家字画与朋友交换来的,当时只觉得形状别致,今天细心观察果然奇特。山川河流、行云绿茵,清晰可见,构图疏密有致,着色浓淡相宜,奇特就奇特在浑然天成。人为加工的物品属于技艺,再复杂的手艺总能复制。自然的东西天造地设、独一无二,越是自然的越是珍贵。曹小力由此联想,人也是自然的产物,人类进化的过程就是不断创造自我的过程,正如恩格斯所说,人是唯一能够由劳动而摆脱纯粹的动物状态的动物。按照现代人的标准,南方古猿、自立人、智人,不过是介于动物与人之间的特殊物种。现代人加速与自然分离,进化出了计较得失的智慧,善于掩饰喜怒哀乐,天然去雕饰是现代人的稀有品格。

曹小力对李怀恩的居所相当熟悉,这不完全是因为他当秘书时经常出入这里,更是因为他小时候就生活在同样的别墅洋房。

曹小力的父亲担任过省商务厅厅长,这在那个年代属于高干。家里人来人往,逢年过节更是络绎不绝。他过着令绝大多数孩子垂涎的优裕富足生活,没挨过饿,没穿过带补丁的衣服,当别的孩子穿布鞋的时候他已穿上皮鞋,坐着小轿车上下学,家里有保姆伺候。大院里的孩子玩打仗的游戏,比他大三岁的孩子自封总司令,任命他为师长。他每天给总司令送几块大白兔奶糖,很快被提拔为军长。他想当副司令,又送了许多糖,还把家里的自行车借给总司令骑,却始终未能如愿。于是,他拉杆子单干,用美食拉拢旅长、团长,总司令成了光杆司令,由他取而代之。父亲被打倒后,以前经常到家里献殷勤、讨好巴结的叔叔阿姨变成了凶神恶煞,他们给他父亲剃阴阳头,挂上沉重的大木板,每天早上押出去批斗。晚上父亲回来,满脸是血迹和黄痰唾沫。曹小力的生活从天堂跌入了地狱。

生活的变故使他比同龄孩子早熟,世间冷暖让他体会到人性的丑恶与复杂。他把大学的四年用来研究社会、探究人性。在他看来,人怎么可能生而平等? 从精子和卵子结合的那刻起,就注定了高低贵贱,因为孕育人的父本和母本已被划定了社会阶层。那么,社会由谁来统治? 最初是由几位能够获取和占有食物也就是财富的人来支配,随着占有财富的增多,受支配的人越来越多,便由一部分人去支配另一部分人,于是就形成了阶层,进而产生了阶级。处在阶级顶层的人为了巩固统治地位而编造出各种说法,将自己神化,以便支配更多的财富和更多的人,这就是权力。恩格斯早就指出了形成社会的原动力:文明社会从它存在的第一日起直至今日起推动作用的灵魂是财富,财富,第三还是财富。曹小力读过一位希腊学者写的《政治权力与社会阶级》,书中对权力的定义为:权力标志着一个社会阶级实现其特殊的客观利益的能力。正如马克思所说,思想一旦离开利益,就一定会使自己出丑。

大学毕业后,曹小力被分配到市委办公厅。他吃住在机关,下班后的时间全部用来看书。奥塔·希克的《共产主义政权体系》、罗素的《宗教与科学》、G.克劳斯的《从哲学看控制论》、王亚南的《中国官僚政治研究》、阿尔文·托夫勒的《第三次浪潮》,他看过不止一遍,边看边写读书笔记,写了厚厚的六大本,若是条件允许,他可以出版一套丛书。

时任市委秘书长的李怀恩，加班至深夜习惯在机关院里散步，每天都看到一间办公室的灯亮着。他好奇地走进这间办公室，惊讶地发现一个小伙子在研读社科专著，这在年轻人中是极其罕见的现象。李怀恩有空就来和曹小力聊天，尽管曹小力的理解有些浅显甚至偏执，但李怀恩对他刻苦钻研的劲头大加赏识。不久，李怀恩更换秘书，曹小力上位。

　　许多新生事物最初不被看好。第一艘汽艇问世时，一个小孩划船都比它快。汽车刚驶上马路时，坐马车比汽车快好几倍。电灯刚发明时，需要点亮煤油灯才能看清电灯。曹小力的起步不算早，科员、副主任科员、主任科员拾级而上，花去了他十多年的时光。李怀恩与世无争，但对身边人的提拔使用却从不顾忌飞短流长，他在市委机关赢得了"爱犊子""护犊子"的绝佳口碑。曹小力担任李怀恩的秘书后，驶上了晋升的快车道，李怀恩为他创造了后来居上的优越条件，部门、区县都干过，经济工作、宣传工作都抓过，平均两三年调换晋升一个岗位，这使他获得了弥足珍贵的年龄优势和资历优势，仅凭这一点，就甩掉了一大批竞争者。如今，旧有的依靠力量已失去能量，需要借助新的动力支持。曹小力不认为这是趋炎附势，优秀运动员之所以优秀，就在于不同阶段有更优秀的教练。他永远感激老书记，但现在必须依靠新书记，拿出硬邦邦的政绩。

　　李怀恩从楼上下来，曹小力殷勤迎上去，伸手去搀扶。

　　李怀恩眼皮都没抬，说："小力来了？坐吧。"听口气好像他不知道曹小力要来，这是生气的一种表达。

　　"书记，这段时间有点忙，没来看您。"曹小力沿用习惯的称呼，他听出了李怀恩的不满。

　　"身居要职，岂能不忙。"李怀恩仰了仰下巴，目光落在茶几的书上，"那是什么？"

　　"给您带的书，《时间简史》。您对宇宙感兴趣，这本书是普及版，删除了比较专业的内容。"

　　李怀恩目光冷峻，问："你是不是以为我要创造人间奇迹，成为最年长的天文学家？"

曹小力不再说话，摆出等待受训的谦卑样子。

"我让寒乡给你捎去一幅字，你明白其中的意思吗？我一直提醒你，做事要低调，可你是怎么做的？小贾帮我统计了一下，近三个月的报纸上，你的消息比书记、市长加起来还多，你可是出了大风头。"曹小力低眉垂目，一言不发。李怀恩继续说："知道冰山为什么壮观吗？因为只有少部分露出水面。跟了我那么多年，你怎么就不明白，声调不可过高，势头不可过强，名气不可过大，上进不可过急。有能力是好事，到处宣扬能力就是找事，离倒霉不远了。低头拉车，埋头干事，出了成绩谁都看得见。宣传可不一定能落下好名声，自我感觉良好，周围人反感，只是不说罢了。你也是不小的干部了，按理我不该这样说你，我要不说就不会有人说，没人敢说，也没人愿意说，自讨没趣。"

曹小力心里不服，但态度诚恳："您批评得对，批评得及时，您是为了我好，只有您才是对我真好，我一定改正。"

李怀恩站起身，走到书柜前，拿出一幅字，说："给你写的。你是学文学的，文史不分家。抽空翻一翻《史记》，看看孔子和他的弟了厄于陈蔡那段。"

送曹小力出门时，李怀恩又说："对待下属不必气势汹汹，好言好语解决不了的问题发火也不顶事。与其金刚怒目，不如菩萨低眉。"

回到家里，曹小力打开那幅字："事了拂衣去，深藏身与名。"在大学学的东西早丢得差不多了，他想不起这是谁的名句，也懒得去查。李怀恩还让他看《史记》，他哪有兴趣和工夫去翻大部头，但李怀恩不会随便一说，一定针对他，对他有用。他想起傅自华，老夫子能节省他不少时间和精力。

傅自华很快给了他答案，诗句出自李白的《侠客行》。至于李怀恩推荐他看《史记》，傅自华猜测应是《史记·孔子世家》中的一段话："有是乎！由，譬使仁者而必信，安有伯夷、叔齐？使知者而必行，安有王子比干？"曹小力不解其意，傅自华说："仁者见仁，智者见智，你自己体会吧。"

曹小力不肯伤脑筋,只简单从字面上理解,大概意思应当是,假如仁义的人受到信任,伯夷、叔齐就不会饿死;假如睿智的人受到重用,王子比干就不会被杀死。曹小力不解,这与他有什么关系?李怀恩的意思是告诫他,头脑要清醒,懂得利害,适者才能生存,但他面临的不是生存问题,而是发展问题,他所做的一切是要赢得市委主要领导、省上领导的信任和重用。宣传是影响力,也是生产力,不干光说不可取,只干不说无人知,又干又说向前进。至于新闻报道的多与少,充其量是技术问题。多报道是为了宣传新区,宣传新区就绕不开曹小力,不论出不出他的名字,都会与他挂钩,挂就挂吧,错不在他,一些人能力不强嫉妒心强。谁都想进步,有人外露,有人隐藏,有人坦诚,有人虚伪,渴望擢升的心理是一样的,只不过表现形式不同罢了。曹小力把李怀恩新送他的字放进家中的书柜里,不再装裱。

三十八

党的十八大后,中央政治局出台了改进工作作风、密切联系群众的八项规定。按照顾全衡的要求,用一周时间召开座谈会,听取部分单位和区县对市委改进工作作风的意见和建议。顾全衡对座谈会方案做了调整,将市委办公厅由最后一个调为第一个,并一再要求傅自华务必带个好头。

给市委提意见,事关重大,分寸很关键。市委的工作作风与办公厅紧密相关,提得好便带了好头,提不好就是自我亮丑。傅自华召集厅副主任和部分处长研究,集众人之智,解难解之题。大家七嘴八舌,说来说去绕不开减少会议、文件、新闻报道老一套。有人提醒,点到为止,别傻实在,市委的办事部门岂能为难市委。

在机关工作这么多年,提几条意见并不难,难的是拿不准这次听取意见会不会只是走走过场,如是则没必要太认真。傅自华很矛盾,陷入选择的困境。他想找凌寒乡聊聊,又打消了这个念头。说了一辈子实话,要么不说,要说就照实说。他认为,大官之大在于肚量大,敢于听批评的话、听反对的话。纪昀说得好,事事能如你愿者,可怕呀。

改进工作作风从这次座谈会做起,打破多年惯例,八点半上班准时开会。办公厅、组织部、宣传部、统战部四个部门的负责同志参加,顾全衡主持会议,他要求直奔主题,只谈问题,不得涂脂抹粉。

组织部、宣传部、统战部三个部的部长由市委常委兼任,发言的是常务副部长,傅自华排在首位。语言表达是领导干部应有的基本能力,见解、洞察力以及风格性格都通过口腔传达出来。经过几个月大会小会的历练,傅自华的讲话水平大为长进,掌握了讲话和发言的要领,彻底摆脱了气息急促、言语磕绊、表达不全的窘况。

尽管顾全衡要求直奔主题,但该有的正面评价还是要有的。傅自华首先称颂市委贯彻中央改进工作作风的坚定决心和坚决态度;其次,肯定市委为改进工作作风采取的措施和取得的成效;最后,自我承担责任,市委在工作作风上存在的不足,主要原因是办公厅参谋助手作用发挥得不好。

铺垫非常充分、全面、到位、得体,话不在多,意思要完整。这些话听上去是例行公事,但决不是可有可无,其实际作用不仅承上启下,而且反映是否成熟。此时再进入正题就很自然,不显得突兀,一路通畅。傅自华提出了改进工作作风的三点建议,第一,应重视宗旨教育的常态化。为什么群众生活水平比以前提高了,但干群关系却不如从前?为什么铺张浪费、劳民伤财的现象大量存在,而许多人却熟视无睹? 最根本的原因就是群众观点淡薄。全衡书记提出给党员发入党生日贺卡,是加强宗旨教育的好方法。宗旨教育的重点是领导干部,建议把入党日作为体验日,领导干部以普通群众的身份去医院排队挂一次号,去挤一趟地铁,去办事大厅办一次事,亲身感受百姓的生活。第二,应狠抓决策落实。青云市服务业比重低于全省平均水平,民营经济只占全市经济总量的四分之一。市委、市政府没少开会,也没少出台文件,但不见起色,需要解决的不是会议多、文件多的问题，而是决策不落实的问题。要将重点任务分工，强化督查，量化考核，兑现奖惩。第三，应禁止相互赠送贺年卡。每年春节前，贺卡满天飞，数量多，印制精美，每位领导收到的贺卡用麻袋装，仅办公厅每年邮寄贺卡的费用就高达三四十万元。领导没时间看，更没时间写，只能由秘书或者找人代劳。建议明令叫停这一做法。

傅自华的建议普遍性大于特殊性，这些问题不光青云市有，其他地方也都存在，接受起来毫无障碍。他还有两条建议，一条是，四大机关领导干部的车牌号除了六就是八或者九，图吉利，并享有一定特权，建议改号。另一条是，市级领导交流调动力度加大，每新来一位领导就要配一辆新车，增加了财政支出。这两个问题针对性过强，傅自华挣扎许久，终因斗争勇气不足而作罢。

"自华同志讲得好哇，带了好头，问题看得准、抓得实，一针见血。办公厅在领导身边工作，就是要随时发现问题，大胆提出建议。"顾全衡左右看了看坐在自己两侧的常委，"当然了，咱们要开明一点，创造一个宽松的环境，闻过则喜嘛。自华同志提的这几条，咱们即知即改。特别是抓落实的问题，市委开过的会，包括常委会会议，不能一开了之，会上定的事，都要拉出清单，限时办结，否则就成了恳谈会、茶话会。贺卡问题非常普遍，既劳民又伤财还费神，不一定要等上面的说法，可以先做起来，两厅发个通知，元旦、春节禁发贺卡，这个头我们要带。"

接下来，顾全衡点名组织部常务副部长发言。傅自华翻看自己的记录，没错，三条建议采纳了两条，第一条呢？他检视自己，怎么能提出如此幼稚的建议，不是领导干部脱离群众，而是他脱离实际。

给市委提意见得了头彩，需要办公厅协调解决的棘手问题还有一串。最急迫的是市委领导出行不得再实行交通管制，又要做到准时准点。傅自华把难题交给辛志，辛志请市交管局想办法。市交管局局长说，可以借助科技手段，加强绿波信号调度，既减少扰民，又能保证车队畅通。

解决超标办公用房是不小的工程，傅自华把任务拍给杨立德。市委新楼是本着几十年不落后的要求建的，按照现行的领导干部办公用房标准，市级和厅级领导干部办公室的面积全部超标，如果彻底改造需要动结构、改管线，工程量太大，还要投入一笔巨资。市直机关事务管理局采取打隔断的办法，将一部分面积改为会客室或公用区域，节省了开支，减少了浪费。

最难办的是清退市领导违规占用办公用房，傅自华无人可派，只得亲自出马。李怀恩退休多年，他在市委有一间办公室，每周去两三次看文件。冯至胜到省人大任职，省人大给他提供了办公室，市委的办公室仍然保留。这两位领导的办公室都须清退。曹小力是市委常委、常务副市长，兼白江新区工委书记、管委会主任，市委、市政府、新区三处都有办公室，按规定只能保留一处。

傅自华决定先做曹小力的工作，毕竟是老同学，好说话。他挑明态度，收回市委的办公室。曹小力表示支持，但提出一个问题，市委和市政府相距较远，他每周至少到市委参加一次常委会会议，总得有个落脚的地方。傅自华早有考虑，他说另外找一间屋子供他临时休息时用。虽然曹小力是市领导，但傅自华的态度不容商量，这是最终方案。

李怀恩和冯至胜先做谁的工作，傅自华选择了前者，李怀恩一旦做通了，就为冯至胜树立了榜样，工作难度会小一些。傅自华站在李怀恩的家门口，环顾周围的景色，二层小洋楼包裹在绿树丛中，庭院前的菜地结满了黄瓜、西红柿，有几分采菊东篱下的意境。翟公之门，少了当年的履舄交错，多了今日的披襟岸帻。

傅自华带来了清房的有关文件，也没忘记送上一篮水果。在谈正事之前，傅自华绕了几个圈子，先是对自己当上厅主任后照顾老书记不够表示歉意，再夸赞一番老书记的身体。李怀恩含笑谛听，耐心地等着他说正事，傅自华顿感弄巧成拙。

听明白了傅自华的真实来意，李怀恩说："中央有规定，我们坚决照办。你当办公厅主任最清楚，文件是不允许带回家的，这是保密规定，这么多年我只在办公室看文件，形成了习惯。人退休了，但保密意识不能丢。省委离我家太远，我退掉了省委的办公室，至胜同志给我在市委提供了一间屋子，准确地说，这不叫办公室，是阅件室，我去只是看文件，也不办公。你和寒乡同志再研究研究，把问题搞准。"

李怀恩态度诚恳，娓娓而谈，有觉悟，有自律，有条理，尤其是提出了一个傅自华无法解释的问题，如何界定办公室？不用于办公的房间当然不能叫办公室，退休老同志无公可办，哪来的办公室？上级文件对不同级别和身兼多职领导干部的办公用房做了明确规定，却没有明确办公室的定性。原本不用解释的问题，现在需要做出解释。李怀恩叫他找凌寒乡研究，显然心有芥蒂。傅自华悻悻地说："我们回去再研究研究。"

与冯至胜的关系要近得多，傅自华增添了一丝自信。经过一段时间的治疗，冯至胜勉强能说几句话，但含混不清。傅自华不再兜圈子，用最短的句子、逐字咬准了说："按照中央的规定，要清退您的办公室。"

冯至胜盯着傅自华的口型，停了好一会儿，让傅自华凑近他，吃力地挤出七个字："怀恩同志退了吗？"

傅自华再次被问住，他快快地退了出来。出师不利，怪自己太乐观了，做领导工作不比做群众工作来得轻松。

傅自华向凌寒乡报告了做两位老领导工作的结果，凌寒乡陪顾全衡饭后散步时如实做了汇报。顾全衡一边剔牙，一边点头，算是知道了，转过身招呼跟在后面的梁正声，研究起宣讲党的十八大精神报告会的安排。

上边要求报送清房情况，逐人逐项填写表格。傅自华请示两位老领导的办公用房怎么填，凌寒乡简短明快地说："正在清退中。"

临近年底，完成全年任务进入倒计时。曹小力向顾全衡报送了白江新区《决战冲刺，超额完成全年任务，以实际行动落实党的十八大精神》的工作动态。顾全衡赏识曹小力的闯劲和拼劲，这样的虎将实在太少了，他写了超长的批示，占满了第一页的空白处，要求将报告速发各区县和市级各部门，向新区学习。

凌寒乡把任务直接交给路雪桥，让她速办。工作动态全文当天在

《决策参考》上刊登,并要求各单位到办公厅领取,缩短了传送时间。

晚饭后,凌寒乡和傅自华正在研究年底市委全会的安排,孙志坚打来电话,请凌寒乡到全衡书记办公室。

一进门,顾全衡劈头就问:"这份材料怎么发在《决策参考》上?分量太轻了嘛。不能把它视为一般性的工作简报,要作为一种导向,是市委发出的号召,各级领导干部、各行各业都要争冠军、拿金牌!"

凌寒乡脑子飞速转了几圈,除了《决策参考》没有更适合的刊物,发"白头"不能加重分量。凌寒乡还在疑惑,顾全衡说:"发《讲话摘编》,加上按语。"

《讲话摘编》专门刊发市委领导的讲话,巡视整改后,为了减少发文数量,只发市委书记的讲话,与"青党发""青党办发"同属市委文件,发一个区的工作动态可是破天荒的事,分量过重了。凌寒乡刚要提出不同的意见,见顾全衡开始低头批阅文件,行为语言告诉他,就这么定了,赶快去落实。凌寒乡只好退出,刚离开十几步,孙志坚跑过来,请他再回去一趟。

顾全衡盯住他问:"前一段时间尼泊尔客人来访,这事你知道吗?"

"知道。"凌寒乡回想,此事大约在二十天前。

"什么时候知道的?"

"当天晚上。"

"为什么不报告?"

"我给志坚同志打电话,让他向您报告,他说您已经知道了。"

"你是从哪儿得到的信息?"

"自华同志跟我说的,我第一时间告知了志坚同志。"

"自华同志什么时候知道的?"

"这个我不清楚。"

顾全衡又低下头,继续看文件,说了句:"自华同志比较适合写稿子。"尽管顾全衡的声音很小,几乎锁在嗓子眼,但凌寒乡听得真切,不由得一激灵,他直接去了傅自华办公室。

傅自华正在修改给省委报送的青云市委学习贯彻党的十八大精神的报告，见凌寒乡气色异常，问道："出了什么事？"

"新区的材料发在《决策参考》上，书记不满意，要求印《讲话摘编》。"凌寒乡把顾全衡的要求复述了一遍，靠在沙发里，向傅自华要了一根烟，放在鼻子下闻味。

"这不合规制呀，是僭越！甭说一个工作动态，就是小力的讲话也发不了。"傅自华坚决反对。

"规制是人定的，也是人改的，领导同意就不叫僭越。"凌寒乡又嗅了嗅卷烟，"别书呆子气了，工作需要就是合理的。你告诉雪桥，加上书记的批示和按语，明天发下去。"

"可是，《决策参考》已经发出去了。"傅自华转不过弯。

"全部收回，"凌寒乡很果断，"跟下面解释印刷有误。"

"太浪费了吧？"

"要学会从政治上看问题。"凌寒乡走到窗前，望着青云的夜色，背对傅自华，"尼泊尔外宾的事是谁报告你的？"

"梁主任。那天上午他打来电话，向我汇报出访项目落实情况，没说几句就撂了，说他正陪小力市长接待尼泊尔外宾，有纪律，不让报书记。"时隔这么长时间，傅自华仍记得一清二楚。

"滑头。"凌寒乡狠狠地说，声音极低。据此推测，向顾全衡报告的不是梁主任，只有曹小力。曹小力的做法合乎他的做事准则，如果换了别人则会通过他报告顾全衡。可是，傅自华为什么到了晚上才告诉他呢？"你跟我说的时候大概是晚上八点吧？"凌寒乡问。

"七点半，外宾走了以后。是不是书记嫌报晚了？"傅自华记得非常清楚，他是有意为之。梁主任向他报告，尽管是非正式的但也是报告，梁主任巧妙地推卸了责任，皮球踢到了傅自华脚下，上报违反外事纪律，不报违反顾全衡强调的工作纪律。傅自华也想到了简单的处理办法，报给凌寒乡，这无异于转嫁难题，很不地道。思虑再三，不报肯定不行，既然外宾只待大半天，等外宾离开时再报是最佳时机，既不违反外事纪律,又在当天报告了书记,还不为难凌寒乡,三全其美。

"晚了点,不过书记没说什么。"凌寒乡没有提到曹小力,更不会提到顾全衡对傅自华的不满。

傅自华意识到问题并不像凌寒乡说的那么简单,不然凌寒乡的情绪不会这么差。"这是外宾,又不是内宾,过去了这么久,书记不会怪罪的。"傅自华说完自己都不信,怪罪也怪罪他,与凌寒乡无关,他要的就是这个结果。

凌寒乡心里说,真是个老夫子,还来安慰我。人的幸福快乐很多时候来自无知,无知者无畏,无知者无忧。凌寒乡不了解事情的背景,当顾全衡问他时,他只能实话相告,无意中出卖了傅自华,他有一种说不出的别扭。"老傅,假如现在让你在写稿子和干行政之间做个选择,你会选什么?"凌寒乡揉碎了卷烟,烟丝掉落出来。

"我明白你的意思,我还是我,秉性没变。"傅自华起身,整理散乱的稿纸,"刚当主任的时候很不习惯,乱七八糟的事情太多太杂,不如写稿子单一。现在觉得还是当主任好,这与升官无关。但当主任确实有当官的感觉,坐帐中军,指挥四方,事想清楚,话说清楚,一帮人去忙乎,到时候听听汇报,检查检查进度,吆五喝六,颐指气使,身边的人目不转睛注视你,掏出随身带的笔记本快速记录着你的重要指示,那种崇敬决不是勒索来的,而是与官俱来的,你不得不相信自己的确了不起。你对这些早已无动于衷,可它带给我的是新奇和享受。我头一次发现自己竟然如此虚荣,而且很虚伪,以前自视清高,蔑视权力,是因为没有权势,没人搭理你。世界真奇妙,没权不知道。写稿子则不同了,当再大的官你也得亲力亲为,亲自上手,哪怕是个句号都得自己动手画圆了。为什么笔杆子呆若木鸡,目光凝滞,那是累傻了。尽管你是个头,可能还是不小的头,但那是工头,是有权决定文字取舍的大工头。"

凌寒乡担心顾全衡调整傅自华的职务,这种情况不是没有过。上一任办公厅主任只干了九个月,冯至胜把他调到市社联任党组书记,美其名曰发挥他的专长,背后的真实原因是工作不得力。那年除夕,冯至胜要求加强值班工作，严格执行领导干部带班制度。这位主任亲自起草通知，明确处级以上领导干部春节期间二十四小时在岗带班，不得离市，许多单位不知如何掌握，纷纷询问市委值班室，反映本单位有的人已经离市返乡探亲，是否召回，有的已买好去外地或到国外旅游的机票，是否退掉，一时间抱怨声、怒斥声一片，指摘官僚主义严重。冯至胜得知后脸都气青了，连连说太不像话。凌寒乡让值班室连夜给各单位打电话更正，平息不满情绪。这位主任不久便去履新了。凌寒乡估计，傅自华临近退休，调整他的可能性不大。傅自华如此要强，如果真成为任职时间最短的办公厅主任，该怎样的拧巴堵心，但愿他能平稳退休，不必带着痛楚进入退休生活。

老科长负责日常文稿，他精神饱满，斗志昂扬，力争多出精品力作。为了巩固市容环境整治成果，顾全衡批示：提高市民文明素质是治本之策，请市文明办修订《市民文明守则》。市文明办将修订后的《市民文明守则》报给顾全衡，顾全衡批示：过于烦琐，请文正同志修改。老科长平生首次接到市委书记直接给他的批示，受宠若惊，心脏狂跳，血液的高速流动使他的指尖发麻。他思忖缘由，应是出访的几篇稿子，尤其是那篇综述得到了全衡书记的高度认可，如果不是自己年届退休，一定会被起用，成为取代傅自华的又一"文胆"。想到这些，他喜滋滋的。他把顾全衡的批示件复印了两张，留存珍藏，为退休生活收储美好的回忆。

同样的事不同的人得出的结论不同。傅自华见到顾全衡批示的第一反应是奇怪，此前所有与文稿有关的批示都直接批给他，这次却批给了燕文正，是不是不信任他了？此想法一闪而过，被另一种更合理的解释所替代，全衡书记是心疼他，不太重要的稿子分流给别人，减轻他的压力。

凌寒乡见到顾全衡的批示后，第一反应是不妙，这是对傅自华不满意的一个强烈信号。政务运转方式大体有两种：一种是层级式，逐级下达，逐级上报；另一种是直插式，越级下达，越级上报。领导干部尤为在意程序，相当于法律上的程序正义，非紧急情况不会越过中间层次一竿子插到底,那样会伤害一部分干部的积极性,甚至造成运行混乱。顾全衡深谙运转之道,显然不是一时疏忽。

越级操作带来了难题。燕文正的文字水平比傅自华有一定差距,燕文正出手的东西如果不符合要求,傅自华可能受到顾全衡的责怪:为什么不上手修改?就因为没直接批给你而甩手?傅自华的人品又丢了分。凌寒乡不无担忧,他告诉燕文正,稿子改好后先送给他,他想让傅自华上手改一道再报。

老科长情绪亢奋,他集中陈燕影、尚可、赵理等精兵强将,一起推稿,打攻坚战、歼灭战。傅自华给一处、二处添置了投影仪、彩色打印机,更换了一批电脑。燕文正把顾全衡的批示和市文明办起草的《市民文明守则》投射到大屏幕上,握住鼠标上下移动。"这项工作十分重……要,文字量不大,但影响大,它……关系到全市的文明程度、文明素质和文明形象。所以,我们调集精锐部队,可以说高……手云集,牛刀杀鸡,务求大胜。"他点燃一支烟,"首先要理……解领会好全衡书记的重要批示,这是完成任务的根本……遵循……"

大约过了十分钟,老科长说:"各位谈谈认识和体会吧。"三个人相互看看,茫然,全衡书记的批示就两句话,一目了然,看不出有何丰富的内容和深刻的内涵,没有讨论余地。见三个人都不说话,老科长说:"我先谈谈。全衡书记的批示一针见血,指出了原稿的最大……症结,就是烦琐,过于烦琐,我们要从这方面入手,修改完善。各位请发……表意见。"

三个人热烈讨论起来,各抒己见,争论不休。

"十四句,五十二个字,就怕说不全,太多了,谁记得住,起码砍掉一半。"

"要求过于宽泛,比如遵规守法,修身养性,明礼重德,涵盖面太大,交叉重叠。"

"概念不清,边界模糊,对不文明行为、不法之徒怎么能包容、友善。"

"特别是创新这一条,不具有普遍适用性,大多数人只需干好本职工作,保安人员看好门,清洁工做好卫生,司机安全驾驶,他们没有创新,你能说他们不文明?"

争来争去无非是批评原稿的不足,具体如何修改谁都不说。老科长脑袋都大了,尤其有人提出:"爱党算不算文明范畴?共产党员必须爱党,那么对非党市民呢?"老科长没了主意。此时他才真正懂得,统稿难把握的不是文字而是政治,文字工作确有风险。

一天的时间毫无进展。老科长烦躁不安,只好去求助傅自华。傅自华左右为难,按理不该管,按情又不能不管,两难之间,他提了个原则意见:法律明文禁止的可以不写,不属于文明范畴的可以不写,似是而非的可以不写,要求相近的可以不写,要简明、具体、实操。

老科长带领三个人又加了一个晚上的班,反复斟酌,逐字推敲,将原稿简化为八句三十二个字:爱党报国,遵守公德,崇尚科学,爱岗敬业,诚实守信,热心公益,友善助人,勤俭节约。他不急于上报,用苛刻的眼光挑毛病、找漏洞,自我评价站位高、格局大、涵盖广,表述简洁规整,符合全衡书记的要求。出于稳妥,他主动请傅自华审阅,听取他的意见。

"高度有了,文字很工整,但缺少一点针对性。我个人意见,提出几个不准可能更好一点。"说完,傅自华提笔写道:不随地吐痰,不乱扔乱倒,不损坏公物,不争道抢行,不喧哗扰民,不污言秽语,不违禁吸烟。"建议你报两个版本,供全衡书记取舍。"

老科长把自己起草的版本标注为方案一,傅自华起草的版本为方案二,一并报给了凌寒乡。凌寒乡让小刘送给傅自华,请他修改。

"有一个版本是我写的,你倾向哪个?"傅自华在电话里试探。

"文明的概念可大可小,行为文明应该从具体事做起,有了一件件小文明才有大文明。"凌寒乡间接地表明了自己的选择。

顾全衡毫不迟疑选择了方案二,说道:"这几条能做到就很不容易。文正同志下了大功夫。"

凌寒乡如实汇报:"我请自华同志把关,方案二是他写的。"

"噢，是这样。"顾全衡不再说话。

写稿的人脸皮薄，自己的作品被毙了是很没面子的事。凌寒乡正琢磨着怎么宽慰燕文正，傅自华向他报告，老燕突然昏倒，神志不清，四肢麻木，呼吸困难。凌寒乡说："你负责，赶快送他去医院。"

医务室大夫怀疑老科长心脏病发作，把他身体放平，试试呼吸，摸摸颈动脉，实施除颤救治。大夫焦急地催促救护车司机，司机在电话里说："我们被堵在了市委大门口。"

傅自华叫上辛志跑到市委大门前，只见大门紧闭，门外围了几十个人。这是突发的集体上访事件，他来不及了解上访原因，打电话给严局长，让他火速增派警力，打开一条通道，保证救护车驶进大院。

经诊断，老科长得的是急性脊髓炎，病毒侵害到腰部椎骨，病情较重，有可能造成下肢瘫痪。发病原因是过度劳累，导致免疫力低下。傅自华给郝局长打电话，请他组织最好的医生医治，力保不瘫，又从各处室抽人，轮流值班照顾。

老科长突发重病，还有另外一种病因分析。有人说，全衡书记的重用让他热血沸腾，他倾注全部能量却没能创造落日的辉煌，热冷交替，温差太大，给了他精神上的致命一击。有人说，老科长一生平淡无奇，多数人不熟悉他，多数时候你想不起他，本应安然到老，却开始怀疑命运，结果倒在了抗争的时辰。有人说，世俗社会就是俗人的社会，都拿得起，却不见得都放得下。嘴上说的不算，遇到事过得去才算。若没有举重若轻的本事，就好好善待自己。

围堵市委的事件闹得满城风雨。事件的起因是，紧邻市委一侧是省肿瘤医院，日门诊量达几千人次，外埠患者占百分之七十。小商小贩、挂号票贩、私家住宿、饭店小馆、殡葬服务聚集一处，喧嚣嘈杂，秩序混乱，密集的人流、车流造成市委门前拥堵不堪，机关干部反映十分强烈，多次呼吁清理整顿。以前也清理过几次，不见根本好转。傅自华兼任市委机关大院管理委员会主任，上任伊始便大刀阔斧，着手根治。有人劝他不要自讨苦吃，好解决早就解决了，哪会拖到现在。傅自华正气凛然地说:"当领导的就要敢于碰硬,如果都绕着矛盾走,我们的事业怎么发展?"

他召集市容、公安、交通等部门多次研究,制定了治本措施,将医院正门关闭走后门,如此一来,所有车辆都将改道,公交站点做局部调整,在后门增加一条公交线路,小商小贩不清自退。傅自华再三掂量,生怕考虑不周、惹出是非。方案本身设计完美,无须动用强制手段就可平稳化解多年老大难问题。

可是傅自华忽略了一个问题,门诊楼离医院正门最近,如果走后门需绕道多走一百多米。仅仅平静了三天,就爆发了围堵市委事件,上访人员拉起横幅,举着纸板,呼喊给病人一条生路。与此同时,谣言四起:市委动用特警,强力驱散,救护车拉走了十多个受伤群众。

顾全衡当天批示:人民至上,立即改正!事件惊动了强立国,他在《信访动态》上批示:全衡同志,采取果断措施,尽快消除恶劣影响。顾全衡再次批示:此事暴露出一些领导干部宗旨意识淡薄,必须严肃追责问责。

医院正门重新被打开,公安部门加大警力,疏通道路,实施了三天的"新政"宣告失败。傅自华受到行政警告处分,责成其向市委做书面检查。大院管委会开会,研究下一步怎么办。有人问还解决不解决。傅自华说解决。对方又问咋解决。傅自华说机关改道。

凌寒乡知道傅自华说的是气话,劝慰他:"出发点是好的,采取的措施从局部看是合理的,但整体效果有问题,这叫'合成谬误'。"

傅自华认错不认理,他承认,失败的原因在于他有点自负,把问题想简单了,但谬误不是合成的,而在于缺少再坚持一下的努力,应当严惩那些煽动闹事、造谣惑众的人。他淡忘了一条,重大事情要请示汇报,只要领导重视了再大的问题都不叫问题。干点事真难呀。

傅自华像往常一样,每天到医院看望老科长。老科长半靠在病床上,咧着嘴笑:"不……用每天来,我死不了。"

"看你的状态下星期可以出院上班了。"

"你不是来……探视,是来探班。四肢动……不了,脑子、嘴能动。"

"我出一道题,试试你脑子好使不。"傅自华说,"父子同车,出了车祸,父亲当场死亡,儿子被送进医院抢救。大夫说,这是我儿子,我没法给他做手术。他父亲不是死了吗,说话的是谁?"

"是他妈。"老科长不等傅自华说完就给出了答案,"脑子没毛病,忙不……过来找我,写不了,能说。"

"好好治病,一定要站起来。"

"这是本人唯一的心愿,真要瘫了,还不如去……死。"

离开病房,傅自华感叹,人缺什么想什么,没什么要什么。人不可能不跟人比,得志时往上比,自我激励;失意时往下比,自我宽慰。傅自华从来不与任何人比,你活你的,我活我的,今天却比起了燕文正。"人生哪能多如意,万事但求半称心。"有得必有失,有失不一定有得。当厅主任短短几个月,他写了两份检查,受到一次处分,尽管这样,他还是觉得得到的更多。

饿了吃饭,困了睡觉,做到这两点,定是放下了。

三十九

难得星期天休息,傅自华去"白云人家",这是他当办公厅主任后第一次看望卓达峰。所不同的是,他不坐公交车,而是坐自己的专车。

路上车少,车速又快,傅自华到时卓达峰刚好早晨散步回来。"听子恒说你当了大官,这么忙还来看我。"卓达峰关心地说。

"官不算大,僚不算小,事比以前多了,能力较差,忙不过来,没顾上来看您。"傅自华说。

"鱼没有晕水的,鸟没有晕高的,人没有晕官的。"卓达峰说,"我活了这么大岁数,没听到哪个人真心地说自己厌官。只有当不上的,没有不想当的,包括本人,当初给我个系副主任,我得意忘形了好一阵子。"

"您说的是。"傅自华说,"官本位思想延续了几千年,怎么可能不受其影响。尤其是文人，官本位的思想挺重的，'功名如不彰，身殁岂为鬼'，得志时'一日看尽长安花'，失意时'坐观垂钓者，徒有羡鱼情'。"

"想一想也没多大意思，正处副处命归一处，正局副局同样结局，正部副部都得入土。我这样说不是贬低你们当官的，属于吃不着葡萄说葡萄酸。孟浩然是古代文人少数几个没做过官的，他因政治上困顿失意才移情山水，隐士终身。"

"想当官没什么不好，问题是怎么把官当好。"

"你的官运来得晚了点，没给你太多的时间和空间，别想着有什么大的作为。余生有限，自度为上。"卓达峰说。

傅自华岔开话题："教师节我特意安排全衡书记去您家里慰问，后来您怎么变卦了？"

"你知道我这个人，不擅长与人打交道，不好热闹。"卓达峰戴上老花镜，翻起书稿，"见了领导我跟他聊什么？聊鲁迅？聊天气？还是哈哈哈？我那口子听说市委书记要来，异常兴奋，请保洁做卫生，整天琢磨穿什么衣服，做什么头型，盼着和市委书记合影，所以我让你换个人家。"

"您的文集编好了？"傅自华看着写字台上三摞厚厚的书稿问道。

"已脱稿，一共三卷，"卓达峰指了指甩在一旁的书稿，"原计划出四卷，徒居布衣，宁缺毋滥，筛掉了一部分。"

"这是您毕生的心血，内容丰赡，掇菁撷华，不愧是大家、名家。"傅自华翻看书稿。

"别人怎么叫咱管不着，但自己心里得有数，有些人活得累，就累在名上了。一旦成了名家，脸上有光，囊中有财。鲁迅说得好，面子是中国精神的纲领，抓住了面子就像拽住了辫子，全身都跟着走动。其实百年之后，名人与普通人没太大差别。出几本书，后人偶尔翻起，能想到世上曾经有这么一个人。"

"出版社谈好了？需要我帮您做点什么？"

"还没谈，争取明年年初付之枣梨。子恒说，将来他包销一部分，我不同意，能卖多少算多少，又不指着它发财。"

"时代确实变了，我们上学的时候，宁可饿着肚子也要存钱，就为了买"汉译世界学术名著丛书"。您的这部著作代表了现今鲁迅研究的高度，必将金声玉振，洛阳纸贵。"

"坚瓠之作，小众读物，比不了那些畅销书。"

"畅销的不一定长销，您的书一定有人常看。一般人不愿意看，愿意看的人放不下。"

"你来得正好，帮我选个书名。"卓达峰从抽屉里拿出两张纸，分别写着"卮言集""修竹集"。

傅自华思量半晌，道："两个名字都很好。'卮言集'略显深奥，也过于谦逊。我倾向用'修竹集'，理由有二：其一，您家门前种了一片竹子，苏轼说'宁可食无肉，不可居无竹'，竹子是您的最爱；其二，竹子非花非草非木，虽不粗壮，却正直，浑身劲节。鲁迅不惧邪恶，横眉冷对，刚正不阿，正如竹子一样坚韧挺拔。"

"我也是这个意思，就用'修竹集'。郑板桥说'三间茅屋，十里春风。窗里幽兰，窗外修竹'。"卓达峰指着窗外，"你看，前面就有一片竹林，风起的时候观竹林身姿，雨落的时候听竹林奏曲，白云生处有人家。"

"四时不谢之兰，百节长青之竹，万古不败之石，千古不变之人，君子之美。"傅自华附和道。

"书编完了，了了我一个心事。可是不知为什么时常烦躁焦虑，感到无所事事，百无聊赖，觉得这一生就此完结，接下来就是等候死神召唤。人终有一死，我们能做的就是没白活。"

"明年我退休了，有时间陪您，做我们想做的事，让死神先忙别的去吧。"

师生二人谈兴正浓，忽然闻到一股呛人的焦煳气味，很快烟雾顺着楼道涌进房间。傅自华跑出去观察情况，只见天花板剧烈燃烧，滚滚浓烟弥漫整个楼道。他快速返回房间，冲进卫生间抓起两条毛巾用水湿透，捂住卓达峰的鼻嘴，扶起他跑向楼梯口，踉踉跄跄地逃了出来。他把卓达峰安顿在安全的地方，回头望去，那座楼火光冲天。他庆幸自己反应迅捷,保护导师躲过一劫。

卓达峰缓过神来,忽然说道:"坏了,书稿……"

傅自华在喷水池里重新沾湿了毛巾,系在脸上,二话没说,转身跑回楼内。他压低身子,凭着印象摸索到了卓达峰的房间。借着室外的光亮,看见三摞书稿安好无损。他顺手抓起塑料购物袋,将书稿放进去,又去卫生间,抓起浴巾在手盆中泡湿,把购物袋紧紧包裹起来。火龙封住了房门,他试了几次冲不出去。浓烟熏得他睁不开眼,他极力辨认,隐约看得见露台的方向。他做了一个下蹲的动作,运足一口气,猛地冲向露台,用尽全身力气,将购物袋远远抛出。身后烈焰肆虐,熊熊大火旋即将他吞噬。

傅自华是青云市委办公厅任职时间最短的主任,但不是免职。

顾全衡第一时间赶到现场,详细了解事故过程和救援处置情况,慰问消防救援队伍,要求争分夺秒,全力搜救;去医院看望受伤人员,指示调集医疗专家全力救治,确保不发生死亡病例;慰问亡者家属,向他们表示哀悼,责成有关部门做好伤亡人员家属安抚和善后赔偿工作。

"这个周子恒,"顾全衡的脸拉得老长,"寒乡你可以做证,拉练检查时我只给他讲了一条,要求他务必高度重视安全问题,决不能发生安全事故。结果怎么样,他当了耳旁风,害人又害己,一定要严惩不贷!"他又交代:"'头七'我们到火灾现场吊唁死者。"

市委、市政府成立了工作组,负责事故救援和应急处置。初步查明,因施工人员操作不当,引起电源起火,从楼顶烧起,顶层人员来不及逃脱,死伤最重,已造成九人死亡,十余人受伤。这是一起重大的安全生产事故,企业法人周子恒及相关责任人已被采取强制措施。

周子恒在被公安干警带走时,交代米苔四件事:"其一,对死者家属高额赔偿,每年给傅大嫂送一笔钱,经常去看望她;其二,在雪岭为傅大哥选一处上好的墓地,所有费用咱们出;其三,卖掉大德公司,股票全部兑现,如果钱还不够就变卖房产,但丽姐住的那套房子要保留;其四,去找凌寒乡,请他帮忙,务必让我参加傅大哥的葬礼。"

米苔忙着清理公司债务,抓紧转让大德公司。公司财务总监拿来三张票据,向她报告:公司的账户突然打进三笔巨款。

米苔经过核实,确认巨款分别来自"零售大王""钢铁大王""润滑油大王"。米苔对这些人有过耳闻,却不知姓甚名谁。周子恒决不让她踏入生意圈,各种应酬聚会边都不让她沾。他全力守护米苔的纯朴纯真,断不许生意场上奢靡的张狂、低俗的放纵,还有那些大太、二奶、小三无度的虚荣和你踩我踏的炫耀对米苔有丝毫的玷污,以至于有些老板豪赌,谁能请周夫人出席一次"白江之夜"的酒会,愿无偿赠送本公司百分之五的股权。米苔不认识这些人,但她知道这些人一定是周子恒的真正朋友,是周子恒在生死关头出手相助过的人。

金德仁在周子恒被带走的第二天来到米苔家,笨重的身体刚陷入沙发里,便从跟班的手上接过一张银行卡,拍在茶几上说:"兄弟遭难,有大哥在,这是给老妹的一点生活费,密码是着火那天的日子。老妹有事只管找他。"金德仁宽厚的大手甩向站在身后的人。跟班赶紧掏出一张名片,工整地摆在米苔面前。

"听说你要变卖房产?老妹你给我记住了,这套房子不能卖,真的要卖只许卖给我。老妹,啥都不要怕,让老妹流落街头,这不是抽大哥的脸吗?"金德仁撑起身子,对站在身后的人说:"你给我盯住了,看哪个胆大的敢买这套房子,告诉他这套房子的中介姓金。老妹,大哥我啥都缺,就不缺钱,大哥我啥都不怕,就怕花钱办不了事。走了。"说完,扬长而去。

为了保证周子恒能参加葬礼,凌寒乡亲自跑了一趟市公安局找严局长。他说:"周子恒和傅自华是老同学,有三十年的交情,傅自华又是在他的养老院出的事,他觉得是自己害了老傅。请严局长放心,子恒跑不了,我来给他担保。"

严局长行伍出身,粗犷中不乏精明,说:"为这事大秘书长打个电话就是了,何劳亲自登门。别人我信不过,还能信不过您大秘书长?您告诉我具体时间,手续我来办。"

"还有一件事,那天把手铐摘了。"

"您就放心吧,我的大秘书长,连这我都想不到,这个局长甭当了。"

凌寒乡咨询市民政局局长,与他探讨评定傅自华为烈士的可能性。局长回复:"傅主任的不幸去世令我们十分悲痛,他的精神值得我们学习。按照《烈士褒扬条例》的规定,他的情况有点特殊。傅主任抢救的是一部个人的书稿,不属于国家和集体财产,而且还没出版,够不上书籍,通常不能理解为法律规定的公民个人财产,定为烈士有一定难度。"

一部书稿倾注了学者毕生的心血,价值不能用房屋、汽车、金银首饰来估量,那是他们的另一条命。傅自华抢救了卓达峰的有形之命,也抢救了卓达峰的无形之命。凌寒乡无奈,人已不在,荣誉又有何干,无非是给在世的亲人朋友有限的告慰。

葬礼在雪岭墓地举行。墓碑是路雪桥设计的,通体为天青色。主碑高六十厘米,寓意傅自华六十岁的人生;宽三十厘米,寓意傅自华大学毕业后参加工作的三十年。正面碑文不循常规格式,字数寥寥无几:老傅之墓,妻率全家哀立。死者姓名、生卒年月,家人是谁一概不写。背面刻有数支青竹和凌寒乡书写的铭文:诗书气华,耻春山翁。墓碑底座的造型是一本翻开的书,右侧的书页上刻着"修竹集"。

参加葬礼的仅十余人,傅自华一家人,卓达峰和他的夫人、儿子,五位大学同班同学和米苔。葬礼仪式极为简单,默哀后,每人献上一枝黄色或白色的菊花,依次上前,劝慰傅大嫂。

凌寒乡握着傅大嫂的手说:"全衡书记让我转达对老傅去世的哀悼。办公厅很多同志要来,我给拦住了,老傅不喜欢热闹。"他蹲下身,轻抚笑笑的头说:"上学的事,凌爷爷管,好好学习,让你爷爷高兴。"

曹小力给傅大嫂鞠了个躬:"老傅付出得太多,他永远是我的好大哥。"

周子恒用力砸了两下傅强的肩膀,说:"你错怪你爸了,我给你办校的五十万元,有一半是你爸一生积存的稿费,他不让我说。好好干,一定要干出名堂,别辜负你爸。有难事,米阿姨会帮你。"

"傅大哥活得真实,是我心目中真正的硬汉。"许清如久久抱住傅大嫂,泪流满面。

"傅大哥太累了……"路雪桥伏在傅大嫂的肩头上抽泣不止。

卓达峰在老伴的搀扶下走过来,颤抖着的双手向傅自华老伴不住作揖,拊膺长叹:"回禄之灾,自华之难。"他抬起拐杖敲着儿子的腿,大声喝道:"跪下。"儿子扑通一声跪在傅自华老伴跟前,重重磕了三个头。

傅自华老伴慌忙扶他起来,连连说:"别这样,千万别这样,自华会不高兴的。"

卓达峰将一包书稿交给儿子,拐杖指向墓碑,厉声说:"去,把它烧了。"见儿子犹豫,又用拐杖捅他,说:"快去!"

卓达峰的儿子正要点火,凌寒乡一个箭步夺过书稿。"教授,自华用命把它从火里抢出来,就是要看到它出版成书,您把它烧了,您让自华看什么?等书正式出版了,我陪您一块来,给自华送两本。"说着,两行泪水涌了出来。他望向远处,如果不是书稿而是书籍,争取评老傅为烈士起码有了一个符合规定的条件。

傅自华老伴感谢老师、同学来参加葬礼,并请大家放心,她会照顾好自己。她请人家先回,有几句话想单独和老傅聊聊。只剩下她一个人,她从包里拿出一张傅自华的照片摆在墓碑中间,喃喃地说:"临走连个面都没见着。不是说好,明年退休带我去马尔代夫吗?我一个人怎么去呀。敢情你就是随便一说,我傻了吧唧还当真了。"说完,又从包里拿出傅自华的围巾平整地摆好,说:"天冷了,系上。"她紧紧抱了抱墓碑,说:"好好歇着吧,过几天再来看你。"

四十

就在"白云人家"失火的那天,许清如了结了她的婚姻。

她是全班同学最后一个走入婚姻殿堂的,同学中热度最高的话题是许清如"豪夺强嫁"的传奇。初识叶一舟的时候,叶一舟已是市电视台文艺部副部长,而她还在办公室沏茶倒水,跑腿打杂,她的可无远远大于可有。叶一舟表情忧郁,微隆的颧骨将鼻翼两侧的沟痕拉长到嘴角,薄唇紧抿,如同关闭了风情的两片铁门。

许清如最看不上的就是男人的笨。她对笨的定义是:知识旧,没见解,工作平庸。一个男人谈论的话资从未超出你的认知范围,该是何等的乏味。男人未必行行精通,但一定要有一技之长,男人不必成就伟业,但一定是本岗的佼佼者,把工作当事业干、追求完美的男人才有魅力。女人对男人狂热的追求和持久的欣赏源于崇拜。

许清如追求叶一舟始于一场报告会。那一年的护士节,原方案由本人或者家人、同事讲述优秀护士的先进事迹,电视台实况转播。叶一舟不落窠臼,大胆创新,将报告会与晚会融合,以艺术化的方式展现优秀护士的风采。经过精心策划和艰难争取,台领导同意试一试,上级部门批准了新方案。十位优秀护士的先进事迹,由电视台优秀主持人播讲,配上轻柔的音乐,大屏幕播放优秀护士的工作和生活片段。每播讲两个事迹,穿插演唱《爱的奉献》《祝你平安》《白衣天使》等歌曲或表演舞蹈。报告会结束时,十位优秀护士登台,少先队员献花,领导上台与她们合影,护士坐在前排,领导站在后面,市委办公厅否定了电视台合影环节的设计。叶一舟据理力争,坚持不改,他的力量不足以影响形式创新,最终领导坐前排,护士站后排。报告会别开生面,情景交融,催人泪下,达到了从未有过的代入感。

然而,叶一舟却闷闷不乐,向他祝贺的人越多,他的懊恼情绪就越大,感觉自己的作品就好像滴上墨的工笔画、缺少盖的紫砂壶。台长做他的思想工作,叶一舟说,这不是报告会效果的问题,而是社会效果的问题;不是领导尊卑的问题,而是生命轻重的问题。

看不出来,在叶一舟并不强壮的躯体中竟然有一颗强大的内心。从那以后,许清如迷恋上了叶一舟,迷恋他的才华,迷恋他的执念,迷恋他的孤傲。叶一舟已有公开的女友,是文艺部的编辑。许清如尽了最大努力,试图扑灭爱慕的烈焰,均不见效。不是为爱而生,就是为爱而死,她不想火化自己,要去全力夺取,即使不成也比疯掉强。下班后,她约叶一舟的女友见面,直率地告诉她"你是我的情敌"。女友好像被速冻了,不等解冻,许清如斩钉截铁地说:"你跟他不合适,你欣赏不了他,你更成就不了他,你只能带给他安逸,激发不了他的激情,他在你的手中注定平庸无奇,你将毁了他。如果你真的爱他,就主动离开他,这对他好,对你好,对我也好,一好换三好,赶紧撤出吧,本人要上位了。"紧接着,许清如去找了叶一舟,把对他女友说的话换了主语、调了语序重复一遍,语速不容打断,但口气轻柔可人,这不是刻意的伪装,更不是阴险的谋略,而是真情的流露。毕竟是女人,再坚硬的外壳下也盘结着软糯的愁肠。

许清如很快发现,那两个人依旧频繁约会,亲密交往,她的介入不过是一出闹剧,她的凌厉攻势化为乌有,她恼火甚至愤怒,就像角斗士,亮出了兵器却无人应战,哪怕是拒绝也应回应。她想起一位西方哲人说过,只折磨自己是单相思,既折磨别人又折磨自己才是爱情。她调整方向,主攻叶一舟,引导他认清自己的价值,告诫他不懂欣赏的爱难以持久,草枯了还会绿,花谢了还会开,成就事业的黄金期错过了不会再来。她必须进一步采取行动。

叶一舟和女友固定在咖啡屋约会,他们有一个精美的日记本,每次约会各写一段,记录相恋的每一天、思念的每一刻,诉说相思愁绪和白头偕老的生死相依。许清如来到咖啡屋,从情敌手中夺过日记本,在扉页上写道:如果你是半亩方塘,我就是那源源不断的活水;如果你是一叶扁舟,我就是那鼓起船帆的劲风;方塘因我而清如许,一舟因我而远行。叶一舟和女友相互对视,一句话没说,合上本子,双双离她而去。日子就这么过下去,叶一舟一直没有结婚。

许清如调入新闻部后,找到了释放能量的舞台,出色地完成了几次市委全会、全市两会的宣传报道,得到了台领导的赏识,很快被提拔为一组负责人,由于和叶一舟不在一个部门,各有忙不完的事,她与叶一舟少有联系。两人之间的最大变化在精神状态上,许清如蒸蒸日上,名气迅速蹿升,叶一舟黯淡萎靡,暮气沉沉。自护士节的那场报告会后,叶一舟再也没弄出一台像样的节目，不见了当年的雪泥鸿爪。新调来的文艺部部长，思维老派，加上到了退休年龄，一切求稳，叶一舟的所有创意无一幸免被毙掉或遭阉割。他垂头丧气，苦闷颓废，女友束手无策，静听他的抱怨，陪他一起唉声叹气。

那年年底召开的全市宣传工作会议，提出要把办好青云台春节联欢晚会作为部里的重点工程，求新求变，打造全市人民喜闻乐见的文化品牌。许清如参加了会议，边听会边琢磨，这几年，省台春晚一年不如一年，老套路、老面孔、老节目，根本问题是导演不行，文艺部的几位导演观念陈旧，舞台表现手法单一，手头缺少大牌演员资源。散会后，她在主席台后门等候分管副部长。因常年跑市委，副部长对她很熟悉。

许清如与市领导打交道久了，知道如何切入话题才能引起关注。她说："春晚任务压给您，办好了应该，办不好挨骂。我想给您提个建议。"

副部长是不久前从市文化局局长的位置上提起来的年轻干部，满怀干出成绩的强烈欲望，听许清如一说眼睛发亮。"我正要去你们电视台，上我的车，路上详细说说。"

许清如阐述了起用新导演的必要性，说："顶级大导演咱请不起，即使咱出得起钱，人家也看不上咱这小舞台。二流导演的水平与咱们台的导演差别不太大，花钱不少，效果好不了多少。与其这样，不如大胆起用新人，新人肯定不会沿用老套路。要想搞出新东西，冒点险是值得的。"她向副部长推荐叶一舟，全面介绍他的特长和以往作品。

副部长保持着年轻人的冲劲，很少讲条条框框，经过了解，决定起用叶一舟。叶一舟精神焕发，热血沸腾，他与许清如彻夜谋划构思，分析各地春晚的得失，看法和思路完全一致，要出新就必须打破传统模式，另辟蹊径。他们把近几年青云发生的大事喜事、各行各业的模范人物捋了一遍，决定打平民牌、亲民牌，寓情感于娱乐，让平民走上舞台，注入浓重的家乡情、青云情。节目开场一改惯用的欢庆锣鼓，而是选用了本市著名作家创作的散文《有这样一个地方》，由老年、中年、青年、少年、儿童朗诵，交响乐团伴奏，乐与诗交融，情与景相会，激起了观众心灵深处的层层涟漪。最精彩的一笔，是晚会的尾声——市领导向本市老红军、科学家、教育家、医务工作者、劳动模范代表授予城市勋章。授勋仪式后，市委书记推着老红军的轮椅缓步走下舞台，全场观众自发起立，掌声雷动，经久不息，向为青云发展做出贡献的所有人致敬。

晚会大获成功，叶一舟名声大噪。许清如与叶一舟的往来日益密切，他们经常交谈创意构想，共同语言怎么说也说不完，两人的关系由紧密发展到甜蜜，携手走进了婚姻殿堂。

之后，叶一舟加入了国内顶尖导演的创作团队，参与创作了一些颇有影响的综艺节目，荣膺青云市大导演的名誉。许清如进步飞快，从市电视台的新闻部副部长到部长，再到副台长，一转身超越了叶一舟，成了他的顶头上司。有人推测，许清如是市里重点培养的后备女干部。而叶一舟则成了金牌副职，在文艺部副部长的位置上稳如泰山，纹丝不动。职务上的逆转、工作圈层的差异、共同关注点的分离、相处时间的锐减，种种因素使两人的情感轨道开始分岔。叶一舟自卑感与日俱增，他不甘于承受女强男弱带来的心理压力，主动调到省电视台，并转岗去了要闻部。

女人对夫妻之间温差的细微变化天然敏感，即使亲昵动作的微小改变也足以刺痛内心。许清如敏锐地感知到发生了情感危机，对方已经背叛，缺少的只是证据，也缺少时间去寻找证据。

许清如忙完晚上的直播回到家里，厨房摆着半屉包好的饺子。她很诧异，叶一舟是南方人，不爱吃包括饺子在内的面食，她家里很少买面粉，馋了回娘家，让老妈包给她吃。

叶一舟说："今天我回来早，知道你爱吃饺子，买来皮和馅，给你包的。你一直不回来，我就先煮点吃了。我手头的活比较急，劳驾你自己煮吧。"

许清如感动得鼻子发酸，若不是心细察觉到了异样，眼泪就掉下来了。她点着火，烧开水，正要下饺子，发现饺子的包法有挤的、有捏的，叶一舟只会捏不会挤，说明饺子是两个人包的，女儿不在国内，那只能是家外的人。

"有人帮你包？"许清如问。

"没有，我自己。"叶一舟正在修改稿件，头都没抬。

"啥时候学会挤饺子了？"

"挤不好，凑合吃吧。"叶一舟冷漠，不再搭话。

一个人的表情如果变得满不在乎，那就是变心而不是变脸。无聊就是无话可聊，她和叶一舟已经到了无聊的地步。

刚参加工作时，许清如和叶一舟的前女友都住台里的单身宿舍，前女友酷爱吃饺子。许清如两次撞见叶一舟在前女友的房间里包饺子，他们还请许清如一起吃，许清如夸前女友挤的饺子像元宝。许清如可以断定，这些饺子是叶一舟为了前女友和前女友一起包的。如果倒退若干年，许清如会毫不犹豫地把饺子倒进垃圾桶，现在的她早已占据了压倒性的心理优势，成熟到了处变不惊、忍而不发的境地。

她关掉灶火，给自己冲了杯咖啡，到书房浏览网页。书柜下面的两个小柜归他们各自使用，从不上锁，彼此互不设防，不知从何时起叶一舟的柜门锁上了，里面一定藏着不想让她看到的东西，许清如也不计较。这会儿，她无意中发现叶一舟柜门的钥匙插在锁眼里，她意识到那里一定有她想要的证据。结婚多年，她从不碰叶一舟的手包、手机之类的私人物品，也从未打开过叶一舟的柜门，她对小女人翻衣兜、手包、翻看手机监督丈夫是否有外遇的卑劣伎俩引以为耻。但眼下的情况迫使她思考权衡，在忍受背叛与放松自律方面哪一个罪过感更大。她想清楚了，行为自律的失准大不过感情上受到蒙骗的耻辱。她打开柜门，最上层摆着精美的笔记本，翻开来，秀丽的笔迹是她熟悉的叶一舟前女友的字迹。两人谈情说爱的浪漫方式恢复如初，只不过由原先在一起共同写现改为交替轮换写，至于内容，除了你思我念的情话，还有各自婚姻生活的辛酸苦恼，他们相约挣脱无爱婚姻的枷锁，再续恩爱前缘。

聪明的许清如自以为把握了天赐良机，抓住了叶一舟出轨的证据，过强的优越感使她低估了对手。叶一舟有意为之，他用包饺子、忘拔钥匙一连串粗心大意的"破绽",精心策划了一套连环计谋,巧妙地让许清如"发现"了他的移情。依许清如的个性,她一定会迅速地、决绝地提出离婚,他被迫接受离婚,被一脚踢出家门。把主动权拱手让给女方,麻烦事情可大大简化。这一次,许清如中计了。

一夜相安无事。第二天上班前,她对叶一舟说:"你起草一份离婚协议,如果你懒得动笔,两天以后我送你一份。这段时间,我回我妈家住,希望你克制一点,再发现第三者进这个门,别怪我对她不客气。"

离婚协议很快签好。叶一舟作为有过错的一方,许清如完全可以让他净身出户,叶一舟不敢做丝毫抵抗。许清如决不当小女人,她要的是女人甩男人,甩得比男人还男人。两人的收入始终分账,自理自财,现有的住房卖掉,成交款对半分,其他物品各归各的,感情纠葛之外没有财产纠缠。许清如不是学经济的,却天生具有经济头脑,她把业余时间讲课培训或者帮友台做节目赚的外快,全部用来购买城边一室的二手房,简单收拾后上锁,别人存款她存房,手上四套房子的价值翻了几番。女儿出国上学,她卖掉一套解决了全部费用。紧挨火车站的那套,赶上火车站扩建拆迁,补偿了她一百万元,外加一套两居室的住房。这些房产都属于她的婚前个人财产,她不愁钱也不愁住。

相守不相爱是厮守,相爱不相守是相恋,相爱又相守是相依。许清如坚决摒弃厮守,这也是她从父母那里得出的教训。夫妻之间啥叫合适,简单地说,你说话对方愿意听,对方说啥你愿意去做。比方说,对方讨厌抖腿,对方劝你用指关节按电梯,感情好的夫妻一定闻过则喜,改掉坏毛病。许清如的父母相互之间不能过话,一开口就交火,不论什么话题,老爸是正方,老妈是反方,反驳、反问、反对,无情打压,老妈永远占上风。老爸说今天挺凉快,东北风。老妈说夏天哪来的东北风,只有南风、东南风、西南风。老爸说走路锻炼也要讲科学,走得太长同样会伤膝盖。老妈说走路还能走出毛病?那长征两万五千里,红军战士不都成了瘸子。老爸说空调使用除湿功能,频繁启动会影响压缩机的寿命。老妈说既然厂家设计了这个功能就会考虑这个问题,家里空调用了这么多年不也没出毛病吗。老爸说一个人一天最多吃一个鸡蛋，吃多了增加胆固醇。老妈说健美运动员大量吃鸡蛋，施瓦辛格每天吃十多个，不摄入足够的动物蛋白，哪来健壮的肌肉。

许清如和叶一舟约好上午去办离婚手续。潇洒多半是装出来的，她的内心并不平静。她冲了杯咖啡，给面包片抹上果酱。老爸陪她吃早餐，说："姑娘越来越洋气，爱吃西餐。"

老妈立马接上话茬："这年代，喝咖啡算啥洋气，跟喝茶一样，啥都不懂，土老帽。"

许清如恼怒，把咬了两口的面包片扔进垃圾桶，说："你们打住，今天别烦我，整天吵吵吵，还有完没完，不能好好说话就别说！"

"你倒是不吵，怎么还离了？"老妈不是个好脾气的人，但今天甘于示弱。

"我的事不用你管，管好你自己就行。我问你，昨天打牌你是不是骑车去的？我说了多少遍，你怎么就不听，快八十岁的人了，为了玩牌命都不要了，你是不是等着我给你换股骨头？没钱打车我给你，钱怎么花都行，就别往医院里送。"许清如掏出两百块钱拍在桌子上。

老妈的手机响了，她溜进卧室压低声音说："高姐，今天我可能晚到，闺女不让我骑车，我只能坐公交车。她今天心里别扭，刚跟我吼一通，可凶了，太吓人了。"

许清如比平时多花了些时间化妆，涂抹上很少用的大红色唇膏，穿了一身黑色套装和墨绿色大衣，意气风发地去了结她的婚姻生活。

从民政局出来，许清如头也不回，举起一只手，朝身后的叶一舟挥了挥，开车直接去了青云大剧院。

四十一

早在一个月前，尹长谱代表市委宣传部与许清如谈话，通知她经部务会研究决定调她任青云网总裁。青云网是由市委宣传部牵头、本市几

412

家新闻媒体共同投资成立的网络媒体。

尹长谱笑脸盈盈,绅士般伸出三根指头轻触许清如的手。他的办公桌上摊着一本青云市电视台成立五十周年纪念册《我们一起走过》。"这本纪念册你编得很好,我提不出什么意见,只是我的照片多了些,当然了,多数是陪同领导视察的,不太好删掉。可以把以我为主的照片再减一点。"尹长谱向上捋了捋下滑的头发,指着一张照片,"这张是市电视台成立二十年时照的,那时你刚进台,只露了个脑袋,三十年过去了你还那么年轻。"

"三十年都献给了市电视台,对一个人来说三十年不是小数,怎么可能不老。"许清如说。

"人老不老不能简单地用年龄来衡量,要看心态,看体态。"尹长谱指了指宽大写字台前的椅子,示意许清如坐下。"部里决定调你去青云网,明天开会正式宣布,这是通盘考虑、反复研究、慎重做出的决定,为的是加快发展网络媒体。"尹长谱又捋了捋头发,"跟你交个实底,人选有四五个,我认为你是最合适的。"

许清如站立不动,等着尹长谱往下说。

"你知道,网络媒体高速发展,潜力巨大,但青云网的发展非常不理想,日均页面访问量不到十万人次。我们需要一位有头脑、眼界开阔、勇于创新的领导干部,尽快扭转落后局面。掂量来掂量去,只有你可担此重任。"尹长谱在"你"字上明显加重了语气。

许清如还是不表态,继续听尹长谱的下文。

"你去后要大刀阔斧、放心放胆放手去干,我全力支持你。目标就一句话——把青云网打造成为全市权威网络媒体、全省最具知名度和品牌影响力的门户网站、北方乃至全国主流新闻网站。"尹长谱端起茶杯,意思是他的话说完了,轮到她许清如表态了。

许清如一直盯着尹长谱不断开合的那张嘴直到闭拢,说:"我努力做好。还有事吗,台长?"她连虚假的客套词"谢谢"都懒得说,转身往外走。被贬谪之人还要叩头跪拜,有的人做得出来,但她决不自我作践。

"等一下。有两项工作你还要继续抓，"尹长谱身体在转椅上旋转了半圈，"新年音乐会是你一手操办的，这几年搞得不错，成了全省品牌节目，这个新年是全衡书记来的第一年，要搞得更好。筹备建台五十周年庆典活动你不要退出，特别是庆典晚会离不开你，他们缺少你手里的资源。为了工作方便，保留市电视台副台长的职务，这是我的提议，否则名不正言不顺嘛。"尹长谱跷起二郎腿，不住地抖动，晃动得转椅嘎吱嘎吱作响。

"就这些？"许清如耐着性子，"我还有个会，研究宣传中国梦的工作，他们都在等我。"

"我们对你寄予厚望，不会看错的，你一定行。不送你了。"尹长谱继续抖动二郎腿，用手指揪起鼻毛。

许清如最厌恶男人的四大陋习：坐着时抖腿、电梯里抽烟、当面抠鼻子、跟他说话时他忙手头的事。四大陋习她今天在尹长谱身上见到了两样，细枝小节最能暴露素养欠缺的老底子。

关于调动工作的事许清如早有预感，该来的迟早要来，只不过比预想要晚一些。部务会结束的第一时间，她通过另外渠道得到了信息。到青云网任总裁，表面上委以重任，由二把手转任一把手，但系统内的人都清楚是由热线退到冷线。青云网完全靠财政供养，一个以发政务新闻为主的二线城市网站，本市网民都少有关注，何况外地网民。不是她的上一任不努力，而是网站的功能定位先天缺欠和信源严重不足，换了谁去都注定半死不活，总裁有天大的本事也无法与大型商业门户网站争一席之地。小剧场可搞点试验剧，上演不了大戏。

调许清如去青云网成了宣传系统的一大新闻，高热度的人物受到冷处理，不能不引起人们的好奇。冠冕堂皇的说法是市电视台频繁出重大错情，近期最严重的一次错情惹恼了市委副书记侯家康。市电视台《社会采风》栏目用拟人化的手法报道了一则动物园的趣事，编辑煞费苦心加了一个寓言式标题：二猴争王。画外音，老猴王年事已高行将退位，族群里老二、老三觊觎王位久已，蠢蠢欲动，使出各自招法取悦猴

414

王。问猴王："陛下意欲谁来承袭王位？"猴王环顾左右，拍了拍正在为它梳理毛发的老三。别有用心的人做出解读，环顾左右的猴王指顾全衡，老二指市长，胡时捷的胡谐音猢，即猢狲，老三指侯家康，侯即猴。这则趣事暗示，顾全衡将要提升，侯家康将接住市委书记。侯家康听到后十分气愤，对尹长谱说："什么东西，不讲政治！"

　　真正的原因只有许清如心知肚明。错情啥时候都有，一般错情台内自行处理纠正，重大错情只要上级业务主管部门不追究，市里也不过问。以错情多发为由暗降许清如的职务，不过是人为扩散的借口，至于争夺猴群王位的暗喻更是滑稽至极的编造。

　　许清如把岗位变动的事告诉了路雪桥。路雪桥十分诧异地说："不会吧，你干了三十年，台里有几个比你业务更强的？那些无聊的段子鬼都不信！"

　　许清如说："鱼被淹死了，北极熊被冻死了，大象被踩死了，这些你信吗？不幸的是，它们真的发生了。"

　　"太不公平了，你应该向领导反映。"

　　"反映什么？干部交流再正常不过了，人家做得没什么不对。人没本事不行，本事太大了也不行。随他去吧，办完新年音乐会，老娘不伺候了。"

　　"你想辞职？"依路雪桥对许清如的了解，她不是一时冲动。

　　"王胖子在雪岭开了一家民宿，规模不大，但环境优美，让我过去一起干。"

　　"怪不得同学聚会时你说要走，原来早有打算。"

　　"干累了，"许清如拍了拍自己的胸口，"心累。"

　　"你能习惯离群索居的生活？"

　　"有啥不能的，你以为我喜欢风风火火？"

　　"清如，其实咱俩的性格挺像的，但给外界的感觉相反，你外露，我内向。"

　　"没想过，就觉得咱俩投脾气。"

"我和你有一个共同点，都喜欢独处，所不同的是，我享受独处，你没有能力独处。"

"听起来有些费解。"

"咱俩都是独生女，但生活环境不同。我爸妈去世早，无依无靠，习惯了一个人生活。你在家里是宝贝，爸妈经常出差，把你留在家里，很多事情只能靠自己，你习惯了独来独往，所以你有主见，加上爸妈宠爱，你被娇惯得很任性。你胆小却不想让人看出来，于是你就爱热闹，给人留下好动不好静的印象。我分析的是不是有点道理？"路雪桥说。

"头一次听人剖析我。"

"也就是我说你，换了别人你肯定急。你这人，自我保护意识太强，决不允许有人触碰你的内核。"

许清如默不作声。

"我遇事习惯做最坏的打算，你喜欢想最好的结果，这是咱俩最大的不同。"路雪桥说，"所以，我与世无争，反而容易获得满足，你争强好胜，一旦结果不如意，就难免有失落感。"

"这点我承认，但这有什么不对吗？我最瞧不起那些有本事当官、没本事干事的人。庸官多于贪官，庸官之害猛于虎。"许清如撇起嘴角，一脸的鄙夷。

路雪桥说："我的意思是，你真的能适应半隐居的生活？"

"能！"许清如坚定地说，"人生苦短，应尽享其欢。有人总结百岁老人长寿的秘诀，身累了睡觉，心累了傻笑，我现在就想睡觉和傻笑。苟且地活着，拿什么就酒？"

许清如早就看透了，她的能力有没有用武之地取决于领导有没有心胸。不顺手、不顺心的人再能干也弃之不用，影响的是事业又不是个人，谁都是可有可无的存在。经历的事越多，看得越清楚。人不可能总是一帆风顺，顺心的日子谁都会过，真正强大的人，是那些能够用最短的时间摆脱烦恼的人。靠人不如靠己，心大才能命大。阿姆斯特朗登上月球时说："我的一小步，人类的一大步。"据说他还讲了一句话："我们把天空搜查了遍,没有发现上帝和天使。"许清如下了决心,不为难自己,与其活着受罪,不如活着走人。

青云市电视台新年音乐会在紧锣密鼓地准备,许清如是第六年也是最后一次担纲主抓。今年音乐会的创作灵感,来自市委办公厅庆"七一"文艺演出,傅自华那首《唱支山歌给党听》一直在她耳边萦绕。傅自华去世后,她进一步完善了整体构思,把新年音乐会命名为"唱支山歌给党听"。

今天是第一次彩排。彩排结束后,导演等待她验收。许清如一只手支着下颌,深思许久,又在座位前来回走动,高跟鞋踩出清脆的声音。

导演见她一言不发,自打圆场:"首次合成,难免有缺陷,衔接配合存在不少问题。您有什么指示? 我们抓紧改进。"

"我要说的不是这个,"许清如伸出一个手指,在眼前晃动两下,"缺少东西,不是磨合问题,而是气势不够,这不是我想要的效果。"

"您是说节目编排有问题?"导演问。

"是。"许清如肯定地说,"青云乐团去年国庆演出时曾经演奏过音乐 *Victory*(《胜利》),效果不错,音乐会开场就用这个乐曲。合唱演员太少,要增加人数,乐团规模要扩大,特别是大提琴和圆号要加强。还要请一位一线歌手,顶一顶场面,这件事我来解决。"

许清如对音乐会的海报做了修改,上半部分以苍翠绵延的大山为背景,下半部分的左侧是乐团演奏的画面,海报的中心视角聚焦一个身穿白色连衣裙的小女孩,那是傅自华的孙女笑笑。

经过数年的培育和打造,青云新年音乐会的声誉愈加响亮,已经成为青云最引人注目、最具标志性的迎新年活动。音乐会的票需要预订,到青云大剧院听音乐会是高雅的时尚。许清如请来傅自华的家人,安排在最佳的座位,给凌寒乡、曹小力、路雪桥留了座位,还请来一位特殊客人王胖子。曹小力在新区开决战决胜庆功会无法参加,凌寒乡陪顾全衡参加了半场新区庆功会,赶到大剧院时音乐会刚好开始。

音乐会在 *Victory* 史诗般的恢宏乐曲中拉开帷幕,音乐由轻渐重,由远及近,铿锵有力的节奏从低到高、从慢到快,层层推进,拓展出广阔的时空,听众的情绪随之昂扬激荡。伴唱部分做了重大调整,由单薄女声变为雄壮合唱,人声盖过了器乐声,犹如海浪大潮,在月球和太阳引力的作用下,汹涌澎湃,势不可挡,无所畏惧地猛烈撞击崖壁,掀起震撼人心的滔天巨响。

潮平海阔,钢琴弹奏《唱支山歌给党听》,柔美纯净,如珠如玉,如泣如诉,如歌如诗。伴随清脆的琴声,女声合唱宛若玉带飘动,男声合唱低沉雄浑,所有器乐同时跟进,器乐声乐相互托举,抒发赞美感恩之情,舞台洒满金色的光芒。

著名歌唱家梅莉参加音乐会,是今年音乐会的最大亮点。她不是按惯例压轴出场,而是在下半场靠后的时段。元旦、春节商演旺季,请来梅莉已非易事,出场安排又不给一线歌星的待遇,敢如此安排的只有许清如。

许清如对梅莉有知遇之恩,甚至说梅莉的艺术生命是许清如给的也并不过分。当初梅莉从艺校毕业后连个工作都找不到,靠在酒吧夜唱、做小广告糊口。她曾为美丽牌涂料做广告,广告借用她名字的谐音,"美丽美丽,装修有你"。那年为了庆祝青云建城五百年,许清如请来省台文艺部的著名导演给予指导,在雪岭脚下创作了一台歌舞晚会"情满雪岭"。梅莉作为伴唱演员参演。开演前,一位独唱演员因故缺场,梅莉怯生生对许清如说她可以试试。为了救急,许清如带她给导演试唱。梅莉的嗓音清澈、质朴,虽不完美,但有山野的味道,与晚会的风格非常适配。梅莉从雪岭山脚起步,一步步攀上演艺事业的高峰。

梅莉知恩图报,多次向许清如表示随叫随到。在商演旺季,梅莉的出场费五六十万元,只唱一首歌,而且是还音。这一次,为了老傅,也为了她自己的告别,许清如请出梅莉。梅莉爽快答应,不谈出场费,一切听许清如安排。

梅莉第一次演唱《唱支山歌给党听》,她听说这场音乐会也是为了缅怀许清如的老同学,为之感动。她反复修改,精心打磨,绝对真唱。她的歌声饱含深情，像山风拂过，像山泉涌流，或低吟，或高亢，回荡在崇山峻岭，穿透人们的心灵，多种技法娴熟运用，唱功无可挑剔，随着最后一个音符的休止，音乐会达到了高潮。

就在人们以为音乐会即将结束的时候，小提琴演奏出"唱支山歌给党听，我把党来比母亲"这段旋律，清泠悠扬，圆号、单簧管相继吹奏，同一旋律循环往复。音乐停止，短暂的静默，一个沙哑、苍凉的声音响起，这是傅自华在市委办公厅庆"七一"文艺演出时的演唱录音，许清如做了技术处理。"唱支山歌给党听，我把党来比母亲"，这句歌词重复了三遍，而后在大提琴的领奏下，各种器乐齐奏，合唱团的歌声雷霆万钧、气势磅礴，强烈的共鸣戛然而止，全场肃静。在一束追光的照射下，身穿白色连衣裙的笑笑从侧台缓步走到舞台前方，"唱支山歌给党听……"无伴唱，无伴奏，稚嫩而干净的童音飘得很远很远，飞向天边，飞向她爷爷。

泪水模糊了人们的眼睛，傅大嫂难以抑制，泣不成声。路雪桥送她回家，安慰她哭出来就好了。傅大嫂说："我没事，就是心疼老傅。"

从傅自华家出来，路雪桥独自坐在楼梯上任泪流满面。什么是爱情？很难定义，路雪桥今天找到了一个答案——心疼，你心疼的人或者心疼你的人便是爱人，心疼是真爱。

新年上班的第一天，许清如分别向市委宣传部、市电视台递交了辞职信，辞职理由只一句话：累了，歇歇。

许清如的外在表现与内在性格相分裂，人们熟识的许清如，干练凌厉、疏朗快意、敢爱敢恨，而敏感脆弱的许清如，跋涉山高水长，却从未抵达自己的内心深处。许清如提出辞职，不是冲动，不是儿戏，不是看破红尘，不是因为升职无望，也不是因为领导对她不公——起码不全是。忙了几十年，每次忙过之后，她手捧一杯热茶，静坐窗前，她在想，人生应该还有别样的活法。

几个月前，许清如在《雪岭》诗刊上发表了一首诗《心放何处》：

我想有扇窗，
随旭日初升铺满朝霞，
伴夜幕低垂陪星星说话。

我想有扇窗，
山在远方，
湖在脚下，
雨丝滑落双掌，
炉火笑迎冰花。

我想有扇窗，
春听绿叶发芽，
夏看绿叶长大，
秋叹绿叶归去，
冬喜绿叶在家。

我想有扇窗，
心在哪儿窗就在哪儿。
窗外有心，可安放天涯，
心中无窗，任风吹雨打，
窗里窗外一样大。

在国外的王胖子偶然看到了这首诗。王胖子下岗后，找了几份临时工作，生活很不如意。他的叔叔在美国蒙大拿州经营一个牧场，叔叔的儿子毕业后到华尔街工作，不肯参与牧场管理，叔叔请他去帮忙打理。王胖子在美国过上了牛仔生活，那正是他在电影中看到过的、无比向往的生活：结束一天的劳作，坐在木屋的长廊上，享用醇香的葡萄酒，欣赏

420

绵延不绝的绿甸青坡,天堂就在人间。生活在大自然的怀抱里,每天与牛马和蓝天相伴,日出月落过了一年又一年。这里一切都好,就是不像自己的家,他想回家。回国参加毕业三十年同学聚会前,王胖子去雪岭游玩,相中了一处民宿,当即盘了下来,并决定回国。

毕业三十年聚会期间,王胖子对许清如说:"我读了你的诗,可以帮你找一处能够安放心的地方,但心能不能放得下来还得靠你自己。结庐在人境,心远地自偏。"

进入职场需要与人比拼,退出职场需要自我挣脱。前者战胜的是他人,后者战胜的是自己。许清如没怎么挣扎,便答应王胖子合伙经营。

许清如做的第一件事就是对民宿进行彻底的装修改造,去土为洋。既然是合伙经营,她总得客气客气,听听王胖子的意见。王胖子说:"老姐,你想怎么改就怎么改,想怎么装就怎么装,高兴就好。你是我亲姐,我做得了你的主? 想做主就不找你了。"

"我有那么老吗,叫我老姐? "

"你别误会,"王胖子上学时是嘎小子,"我把女人分成三类,十四岁以下的叫小姐姐,十五到五十岁的叫大姐姐,五十一岁以上的叫老姐姐。"

"这是什么道理? "

"根据生理变化,划分女孩、女生、女人,这是鄙人多年研究的成果,纯属业余爱好。我喊你老姐,不是老姐姐,一字之差,意思大不相同。我们老家的习惯,老姐是家里行小的姐姐。"

"你那个大肚子里面,除了低密度胆固醇就是坏水。好吧,既然你信任老姐,老姐保证让你稳赚不赔,老姐有这个本事。"

"啥赚不赚的,乐和乐和得了。别忘了,给自己留一扇大窗。"

许清如拆掉火炕、灶台、地砖,撤掉炕桌、板凳、八仙桌,换上了栗色的木地板和清一色的欧式家具灯具,屋内的窗户漆成淡孔雀蓝,要的是中世纪欧洲老屋的味道。菜品保持农家绿色食材,但改掉大锅大碗的简陋粗放,更换了形制精美雅致的餐具,讲究摆盘造型,中西合璧,吃的是品位,留的是心情。

许清如作别市电视台,选择在一个星期天的暮色黄昏时分。她不需要人送,也不想见到任何人,只想一个人悄无声息地离开。她背向夕阳,独自穿过空旷的场地。她的身影很长很长,始终在前方引导着她。她十分奇怪,为什么没有依依惜别的伤感与不舍?为什么没有欲说还休的沧桑与无奈?为什么没有祭奠曾经的辉煌那种高傲的悲壮?就好像身后的大楼她头一次进来,与她毫不相干,不过是顺利办完了一件领导交办的无足轻重的公事。

活得简单是幸福的事。许清如住进雪岭民宿的那天,下起了这一年入冬以来的第一场大雪。她坐在壁炉前,火苗欢快地跳跃,映红了她的面容,茶桌上放着西蒙娜·德·波伏娃的《第二性》。雪乳煮茶,围炉偷生。回想半生恣睢奋勉,世间悲欢离合、得失取舍的堂奥,只有在这乡野山间才能摩挲悟彻。透过挂着冰霜的大窗看去,雪花长袖弄舞,娉婷多姿,满世界嬉戏打闹,随心所欲纵情飘逸。许清如说道:"梨花开了。"

四十二

各地政务活动的安排大致同步,春节前的十几天把该开的会开完,然后进入过年程式,走访慰问老同志、专家学者、困难群众、一线职工、部队官兵、公安干警,察看市场供应情况,检查安全生产,举办迎春茶话会和军民联欢会,这一切做完,农历旧年就算过去了。不论过得好与不好,来年接着过。

赶在春节前的一个星期,青云市两会胜利闭幕,人事上的最大变动是市政协原主席到龄退休,由侯家康接任,以他的年龄进入二线略早了一点,但不管怎样,升比不升强。人大、政协更换了几位党外副主任、副主席,属于正常交替。

凌寒乡、曹小力能不能跻身副部仍然是个谜,需要等到春节后省两会时才能揭晓。侯家康腾出了副书记的职位,省委任命凌寒乡为市委副书记。坊间人士经过分析形成两种看法:乐观派认为,这是为凌寒乡入选省政协副主席做的必要铺垫,在市委常委的位置上,基本不存在直升上去的可能性;悲观派认为,凌寒乡的晋升通道已被封死,刚任命副书记,紧跟着升为副部,未免过于短暂。

实际情况与易老师传递的信息人相径庭,顾全衡、胡时捷没有提升调动的丝毫迹象,侯家康升为市政协主席算不上重大的人事变动,曹小力对易老师产生了失望情绪。当然,刚换完届便市长易人的情况还是有的, 他仍有当市长的希望, 省两会换届时他入选副省长的概率也比较大,而且有利的消息不断传入他的耳朵,往好处想,易老师消息的可信度又增加了不少。

傅自华去世后,办公厅主任一职再次空缺,凌寒乡以市委副书记兼市委秘书长的身份临时代管办公厅,春节后再做调整。

年味一日浓于一日。按照中央八项规定精神,怎样安排党的十八大后的第一个春节,成了一个新问题。看望老同志的慰问金给不给? 过年给干部职工的钱还发不发? 春节会餐还搞不搞? 各区县、各部门都在盯着市委,实际上是在盯着市委办公厅。由于缺少可参照的具体条文,凌寒乡让辛志了解其他市的做法,结果一无所获,都在等待观望。他又给几个市的市委秘书长打电话,大家也在研究探讨,谁都拿不准。放在以前,遇到此类难题他可以请示侯家康,现在必须由他拍板定夺。

他想听听办公厅副主任的意见, 几个人按照往年的做法汇报了准备情况。路雪桥汇报,机关联欢会正在排练,腊月二十九晚上在大会议室举行。辛志汇报,慰问市级老同志每人五千元及一个果篮,都已落实。厅里在职人员每人两千元,退休人员每人一千元,傅主任在的时候落实了资金。腊月二十九中午在机关食堂会餐。

凌寒乡打断他们,说:"说说今年怎么办,是继续还是叫停? "

几个人沉默不语。

凌寒乡问辛志:"禁发贺卡见效吗? "

"通过机要寄出的没有,外地寄来的还不少。"

"上面很快会下禁令的。"凌寒乡说,"贺卡无非是个形式,有它没它无关紧要,可是要把年年发的钱停了或者减少了,直接影响个人利益,会引起很大反应。"

几位副主任的思想转不过弯,他们的意见一致,福利只能增不能减,减福利挨人骂、招人恨。既然没有具体说法,原做法保持不变,不增加新的项目,道理上说得通。

凌寒乡用手指有节奏地点击会议桌,又走到墙壁前,看了一遍镶在镜框里的《廉洁自律准则》。中央为了抵制不正之风,出台了一大批制度规定,涵盖配备秘书、公款招待、住房出行等,既具体又详细,结果形式主义、官僚主义、享乐主义、奢靡之风屡禁不止,连张嘴都没管住。多年的从政经验和养成的政治嗅觉,使凌寒乡意识到,这次反对不正之风是要动真格的。他转过身说:"我们总说讲政治,大事面前不含糊,现在就是大事当前,看我们是不是真的讲政治。这件事不能等,左邻右舍都在看我们,市委办公厅是风向标,应起带头作用。"

几位副主任打开笔记本,做好记录准备。

"关于今年慰问的办法,我提三个字。第一个字是'减',市级领导每人由五千元减为三千元。第二个字是'停',干部职工慰问金停发,退休人员不变。"凌寒乡说得很慢,像是边想边说,边说边完善,原本他想把给干部职工的钱减半,话一出口就变成了停。"办公厅、研究室的会餐、联欢会停办,各处室也不能搞。第三个字是'增',从工会会费中出点钱,给干部职工办些年货,包括退休人员的。各位有没有不同的意见?"

几位副主任表态同意,但音量微弱。凌寒乡说:"我们这些人要带头统一认识,如果连你们都想不通,下面的工作就没法做了。我的看法是,这仅仅是开始,往后会更严。"

几位副主任没想那么深,他们琢磨着怎么跟分管的处室去解释。

"钱少了,大家会有这样那样的想法,要加强正面引导。"凌寒乡对路雪桥说,"联欢会不搞了,机关党委可以组织一次演讲比赛,主题是'中国梦·我的梦'。厅里新来了不少年轻干部,给他们一个展示的机会。"

凌寒乡留下辛志,说:"我请示过全衡书记,慰问部队只送物资不带钱,你提前跟部队首长解释一下。看望困难群众的慰问金不能减少,还要适当增加。把我们的安排告知人大、政府、政协,便于他们参照执行。另外,全衡书记提出要与民同乐,共度春节。我有个想法,今年换一种形式,除夕,书记去一户群众家,一起包饺子,看春晚。最好选一户三世同堂的,房间稍微大一点的。"

辛志快速记录下每一件事,问:"除夕晚上的烟花还放不放?"

"不放了。除夕那天,在市委大楼八层和九层之间,悬挂红色横幅,就写七个字'向全市人民拜年',字越大越好。"

今年的春节慰问活动是从慰问市级老同志开始的, 第一户去李怀恩家。依往年的做法李怀恩是最后一户,顾全衡做出这样的调整有他的考量。

李怀恩照例在门前的台阶上迎候,凛冽的寒风吹红了他光润的两颊。顾全衡快步走过去,拥着李怀恩进入客厅,说:"老书记,您冻坏了,我们担待不起。"

李怀恩握着顾全衡的手坐在三人沙发上,说:"书记忙了一年,我作为青云的子民迎接书记是应该的。"

"咱们还有一盘没下完的棋,要不要过年期间再摆一盘?"顾全衡巧妙地把一盘必输的棋变成胜负未定,维护了颜面。

"棋盘上的胜负不过是娱乐,你下的是青云的大棋。"李怀恩说,"开局赢得了先手,子力运作得当,卒子勇往直前,车马炮协同发力,势不可当,形势喜人啊。"

"今年经济社会发展情况我呈报给您了,增速全省第一,主要经济指标都在前三位,特别是固定资产投入增长了一倍多,形势不错。"顾全衡及时归结原因,"这得益于老领导打下的好基础,有你们撑腰,我们干起来才有底气。"

"一茬比一茬干得好,这是对的,符合规律,不然历史怎么前进。"趁着凌寒乡去接电话,李怀恩说,"新区的发展势头很猛,今年增长了百分之二十多,对全市的贡献是大的。"

"小力同志是一员虎将,您培养了一名能干事的好干部。"顾全衡清楚他们之间的关系,也明白李怀恩这番话的用意,"新区支撑起了全市的半边天,年底我专门给他们开了庆功会,对贡献突出的不仅精神奖励,还有物质奖励,给予重奖。"

"小力有一股闯劲,特别是你来了后,他的热情更高了。这是他的长处,有一长难免有一短。"陪同人员听两位领导谈到人事问题知趣地退了出去。待客厅门关上,李怀恩说:"小力想问题简单了一点,工作取得的成绩,是市委决策正确,是书记领导有力,没有市委和书记的支持,个人的本事能有多大?我狠狠批评了他,叫他低调做人做事,多做不说。"

"您看得出来,我非常欣赏小力同志。再好的思路没人去落实还不就是一张空纸,就像好导演离不开好演员。说句实话,如果没有小力同志,一年干下来肯定不是现在的结果。人哪有十全十美的,用干部就要用其所长。如果一方面要求敢打敢拼,敢为人先,一方面要求谨小慎微,少出风头,这工作怎么干?我们用干部不讲求全责备,真的做到并不容易。有的干部说话对口型,工作看剧本,不出事也干不成事。我们需要小力同志这样的干部。"顾全衡对曹小力的表扬,是对李怀恩举荐的回应,表明他重用曹小力的态度。

凌寒乡一直待在走廊,看看时间不短了,便叫辛志和他一起进去。辛志将一个印着"慰问金"烫金字的红包递给顾全衡。

顾全衡说:"今年减少一点,还请老领导理解。"

"噢,今年还有啊?"李怀恩露出惊喜的表情。听得出来,李怀恩退而不休,始终关注国家大事,对中央八项规定带来的变化有心理准备。

凌寒乡赶紧把话接过来:"全衡书记一再要求我们把老领导照顾好,这是我们研究的办法,没来得及向您汇报。"凌寒乡把功劳留给领导,把责任揽过来。

"这样好,这样好。你们怎么做,我们都没有意见。"

顾全衡说:"你们老领导带了头,给全市做了榜样,我们的工作就好做了。"这就是顾全衡首先来看望李怀恩的用意所在,李怀恩资历最深,他率先垂范,将减少很多闲话。

李怀恩拉住凌寒乡的手说:"寒乡进步了,我为你高兴。全衡书记看人看得准,用人用得好。上下一心,其利断金。"

既有喜事,也有丧事。进入腊月,冯至胜患重感冒住进医院,不料病情急转直下。经过全面检查,诊断为合并冠心病、脑疝、脓毒症,面对如此严重的病情和极差的体质,专家束手无策,冯至胜经全力救治无效,因病去世。顾全衡、胡时捷、凌寒乡等市领导参加了遗体告别仪式,侯家康在外地给家属打来电话表示哀悼。

陈燕影来到凌寒乡办公室,低着头说:"秘书长,我可能出了错,向您检讨。"办公厅的同志仍习惯称凌寒乡为秘书长。

"什么叫可能出错?"凌寒乡让她坐下,"慢慢说。"

"家康主席把我叫到他的办公室,批评我,说不讲政治,不懂规矩。"

"到底为什么?"

"至胜书记遗体告别的新闻稿,没出家康主席的名字。"

"这是你的问题,审稿不细,怎么会犯这么低级的错误?"

"记者写的是全衡书记、时捷市长和您到殡仪馆送别,家康主席没有参加。"

"原来是这样,家康主席怎么说的?"

"他说,即使我没去殡仪馆也要写上,其他领导都去了,只有我没露面,家属会怎么想?亲戚、朋友、部下会怎么想?这不是弄虚作假,而是对老书记的感情问题,这也不是我个人的事,我代表市政协,政协对老书记是什么态度?他还说,如果是傅主任决不会出这样的错误。他还问稿子您看了吗,我说没给您看。"

日常的新闻报道稿由陈燕影审定,这是凌寒乡授权的。侯家康可能对此有不同的想法,把发稿权交给提拔不久的处长,是不是有些轻率。陈燕影这样一说,把侯家康的不满引到了自己身上。

"你没承认错误?"

"我不知道错在哪儿了。新闻讲究真实性,很多领导都知道家康主席那天不在市里,我给写上,不实事求是。"

侯家康讲的是道理,陈燕影讲的是事理,凌寒乡努力选择合适的角度做合理的解释:"家康主席批评你是从大局考虑的。你要记住,需要就是道理,我们是为领导服务的,只要领导需要、工作需要,没有一成不变的,不必拘泥于框框。就拿这个报道稿来说,你可以在副题加上一句'侯家康以不同方式表示哀悼'。"

陈燕影还是想不通,问:"这件事真的很严重吗?让家康主席那么生气。"

凌寒乡为陈燕影的固执而担心:"你到一处后,全衡书记对你很满意。你独当一面的时间不长,缺少经验,难免出差错。你不认为自己有错,接受不了,心里委屈,对不对?"

陈燕影点了点头,一滴泪水掉在手上。

"领导批评不是坏事,自华主任也挨过不少批评,我们都是在批评中走过来的,在失误甚至是失败中学习是最好的学习。自华主任不是总跟你们说脸皮要厚一点?"

陈燕影又点了点头。

"自华主任的意思是要有抗批的能力。不批评就等于表扬,这是办公厅工作的一大特点。工作干好了是应该的,特别是在领导身边工作,批评多表扬少,要有强大的心理素质,正确对待。有的时候,领导发脾气并不是针对咱们。给你举个例子,有一个小稿,至胜书记修改了三遍,已经定稿。第二天,稿子全盘推翻,至胜书记把写作班子的人狠批一通,大家摸不着头脑,最后至胜书记用的还是原稿。领导也是人,不痛快也需要发泄。从这个角度说,领导没把咱当外人。换作是你,能跟陌生人随便发火吗?"

陈燕影听进去了,心情大为好转。

"我提醒你,春节军民联欢会所有市领导和市级老同志全部上见报名单,不管参加不参加,一个都别落。特别是老同志,他们非常在意。"凌寒乡再次强调,"这就是需要。别愁眉苦脸,要学会放得下,协助雪桥主任把演讲比赛搞好。"

有了市委办公厅的标杆,各方面照方抓药,但他们只学了一手,简单地削减,抱怨情绪和怪话自然少不了。办公厅还抓了另一手,组织演讲比赛,正面引导教育。演讲比赛一经布置,响应程度十分热烈,有三十多人报名,递交了演讲稿。时间太紧,路雪桥简化程序,不搞预赛、初赛、复赛,所有报名同志直接进入决赛,机关党委委员担任评委,当场评出一二三等奖和优秀奖,每人奖励一张购书券。

陈燕影主持演讲比赛,她的主持文采奕奕:"踔厉千载谋伟业,景觌骈臻铸辉煌。中国梦,是当今热度最高的词汇,是当代最强的声音。什么是中国梦?你可能想到广厦万间的安居之所,你可能想到阖家静好的其乐融融,你可能想到天蓝水绿的宜人环境,你可能想到意气勃发的事业有成。千千万万人的美好向往,汇聚起来便是中华民族复兴的伟大梦想。泱泱华夏,煌煌古今,光照千秋的礼仪典范,一统天下的规制八表,包容诸邦的大千气象,芸芸众生,孜孜逐梦,梦在闪耀,梦也曾破灭。中国梦是强国梦,是富民梦。一代人有一代人的使命,今天,我们离梦想更加接近,我们更有信心和能力梦想成真。"

信息综合处副处长高光第一个演讲:"梦想是伟大的,筑梦是艰辛的。道虽逊,不行不至。事虽小,不为不成。五二一房间就是我们每天筑梦的地方。清晨六点,值班的小闻便忙碌起来,处理收到的紧急信息,赶在上班的第一时间报给市领导。肖淼的女儿出生刚五个月,因工作忙,抽不出时间照顾,他把爱人和女儿送回雪岭山区老家,每周五的傍晚和周一的凌晨,他是在长途汽车上度过的,但从来没有迟到。柳阳是我们处新来的年轻人,他考上了在职硕士研究生,为了不影响工作,利用休息时间补课。我们每天都在重复同样的工作,筛选、编辑、排版、打印、校对、报送。有人问,你们不觉得枯燥吗?信息爆炸时代你们的工作有意义吗?我说,只有干不好的工作,没有不重要的工作。我们干不成大事,但成就伟大的事业一定离不开我们,离不开办公厅所有同志的辛勤努力。身居五二一,胸怀中国梦。"

第二个演讲的是机要局董欢:"到今天,我进机关整整两年。我满怀壮志豪情走上机要岗位,立志要成为'一个人顶一师'的密码英雄。可实际工作单调乏味,收报、发报、送报,完全没有想象的神秘感。局长看出我不安心工作,给了我一些史料让我学习。攻打青云战役时,上级要求最大限度保护城市。大战之后,只有几个工厂受损,青云城基本完好。老百姓说,解放军的炮就像长了眼睛,其中包含着机要人员的贡献。今天,我们在进行一场没有硝烟的战争,我要做一名合格的机要战士,维护好密码工作这条生命线、保障线、指挥线,让红色电波永不消失。"

最后一个演讲的是行政处杜敏:"我家在西北的一个乡村,村里的女娃娃多数读到小学毕业就不读了。我很幸运,家里再穷我爸爸也支持我读书,但要求我学会计,说每天都能看到钱。办公厅招一名会计,我很幸运,被录取了,村里人说我当了大官。我很知足,过上了村里人羡慕的城市生活。机关财务相对简单,我每天第一个到岗,主动干杂活,和大家一起搬东西、销废页。要问我的梦想,我梦想,村里的贫困户不愁吃、不愁穿,土坯房变成砖瓦房。我梦想,城乡差别进一步缩小,农村孩子受到优质教育,医疗条件不断改善,农民养老问题得到重视。我梦想,乡村更加美丽,'唯有门前镜湖水,春风不改旧时波',不论走多远,都忘不掉浓浓的乡愁。"

陈燕影宣布演讲结束,请大家稍事休息,等待评委评出获奖人员。就在评委评选时,路雪桥走上了讲台。陈燕影见此情形愣住了,方案不安排领导讲话,而且是路雪桥本人的要求,她怀疑什么地方出了问题。

路雪桥内收外敛,今天有所不同。她说:"本来我不想讲话,听了同志们的演讲,你们真心的述说、热烈的向往,使我难以平静。我在市委办公厅工作了三十年,走过四个处室,经历过七位秘书长、六位办公厅主任,还有许多处长、副处长,从他们身上我学到了什么叫忠诚,什么叫敬业。我们的工作很平凡,但与中国梦紧密相连。我们每个人很渺小,但凝聚起来就是民族复兴的伟大力量。我们的梦就在一间间灯火通明的办公室里,在每一个稿件、每一个方案、每一份电报里,在默默无闻的奉献中。你们今后的路还很长,有坎坷,有迷茫,但不论什么时候都不要忘记心中的梦想,都要保持一份纯朴、一份真诚,这些宝贵的品格千万不能丢了。希望各位厅领导、各位处领导为年轻同志的健康成长多尽心尽力。我之所以说了这番话,是为了纪念今天的美好时光,也是为了未来的某一天唤起柔软的记忆。有梦的生活总是美好的。"

演讲结束的第二天,路雪桥来到凌寒乡办公室,请小刘进去通报,再熟也不能坏规矩。她把一摞演讲稿交给凌寒乡,说:"我们准备印刷成册,劳你驾,给题个字,'中国梦·我的梦'。"

"这哪是商量,是指令。"凌寒乡说,"演讲比赛很成功。"

"太感人了,有激情,有文采,你真该抽空去听听,准保热血沸腾。"路雪桥还沉浸在激动的氛围里。

"听说你动了感情,即兴演讲。"

"我怎么觉得你在嘲笑我?我没修炼到你的程度,山崩于前不变色,海啸于后不动心。演讲是一次教育,大家对减少待遇都能正确对待,没有发牢骚的,还是你英明。"只有在这样的场合,路雪桥才笑谈几句。

"你甭转移话题,我是说你的演讲更像告别。"

"一定是燕子说的,这个鬼精的丫头。"路雪桥鼓足勇气,"昨天丽姐告诉我,她们回家过年就不回来了。她说子恒出了那么大的事,正是用钱的时候,不能再给咱们添麻烦。"

凌寒乡打断她:"你就直说吧,是不是想调动工作?"

路雪桥盯着自己的鞋尖,不去正视凌寒乡。

"丽姐跟我说了,你家老太太情况不太好。档案局局长春节后办退休手续,全衡书记已经同意,让你接任。"凌寒乡不等路雪桥开口,把一切工作提前做好。

路雪桥心情十分复杂,总想着调走,领导真的同意了又百感交集。在办公厅不仅工作了三十年,也生活了三十年,比在家待的时间都多,办公厅是第二个家。同样是离开,许清如是领导不想留,路雪桥是领导留不住。

431

四十三

凌寒乡计划春节假期要办几件事:初一,带领厅室领导班子成员给顾全衡拜年;初二,闺女、女婿回来过年;初三,探望周子恒,给傅自华扫墓,顺便选一块墓地,开春后父母合葬,入土为安;初四,照例请小刘和司机小林两家人吃饭。

今天腊月三十,春节前的活动只剩下全衡书记晚上入户与群众共度除夕。下午有半天空闲时间,凌寒乡约路雪桥去看两个人,一个是傅大嫂,一个是燕文正。

正要出门,孙志坚匆忙跑来,向他报告:"寒乡书记,全衡书记请您去他的小会议室。"

凌寒乡有几秒怔住了,他还不大习惯被称为书记,说:"打个电话不就行了,还用亲自跑来?"

"全衡书记让我亲自来请您。寒乡书记,要不要带水杯?"当上副书记的待遇变化是明显的。

凌寒乡说不用,又冲孙志坚别有意味地一笑,"副"字已经不发音了。

栗广炎已等在会议室,不多时,胡时捷也来了。顾全衡一落座,孙志坚将一个信袋摆在他面前,说:"找你们来,是要通报一件事。"顾全衡从信袋里掏出几张纸,接着说:"有一个姓易名之的人,人们叫他易老师,也许你们有所耳闻。此人冒充省委书记的侄子,吹嘘手眼通天、能量巨大,在省内到处招摇撞骗,拉项目、跑官,是一个经济掮客、政治掮客。省纪委在查办一起腐败案件时,牵扯到此人,韩奇宝的问题也与他有牵连,他已被带走调查。一些地方的领导与他交往密切,免费为他长期提供住宿、用车,请他办事,也给他办事。一个骗子为什么能在党政机关畅通无阻?有些领导干部为什么会上当受骗?省纪委对此十分重视,作为典型案例,剖析政治生态。小力同志与他接触较多,省纪委委托我和广炎同志找他谈话,核实有关情况。原想年后再说,但省纪委抓得比较紧。"

凌寒乡感到心里沉重。关于易之,他听到一些传闻,但对曹小力陷于其中却一无所知,更不知道曹小力与易之相识是周子恒牵的线。这段时间,曹小力为了晋升,做了不少功课,动用了各种资源,值吗?得之,失之;失之,得之。但愿曹小力没有大的问题,能过好这个年。

凌寒乡和路雪桥先到傅自华家。进门前,凌寒乡掏出一个信封,说:"这里有五千块钱,你给傅大嫂,就说过年单位每人都有。"路雪桥刚要说什么,凌寒乡已经按响了门铃。

三个多月没见,傅大嫂苍老了许多,乌黑的头发白了大半,脸上失去了光泽。她说:"知道你们会来,盼你们来又不想让你们来。看到你们就想起老傅,一想老傅就想到你们。小力和清如都来过了,小米刚走,她也不容易。听说子恒判了?"

凌寒乡悲痛之情涌上心头,一把火毁了两个老同学的家庭。"判了四年,高额赔付,得到了家属谅解,减少了刑期。"

笑笑抱着一本相册给凌寒乡,说:"凌爷爷,这是我演出的照片。"许清如为笑笑制作了一本精美的影集,封皮选用新年音乐会的海报。

路雪桥抱笑笑坐在自己腿上问:"笑笑将来想干什么呀? 当歌唱家?"笑笑摇头。"当教师?"笑笑摇头,说:"我想踢足球。"

傅大嫂说:"受她爸的影响。子不承父业,女却要承父业。只要不写稿干啥都行。"

到燕文正家,敲了半天门才听到门里有动静。因救治及时,燕文正恢复很快。他拖着半边身体,吃力地打开门,说:"请进。"说话比之前利索了。

屋里烟雾弥漫,辣眼呛鼻,茶几上堆满了用过的碗筷、啤酒罐,大海碗里的烟头堆成了小山, 电视播放着外省的春晚。路雪桥打开窗户放烟,正要关电视机,老科长急忙阻止:"别关,别关,今天是连续开机第四十九天,明天是五十天大关,我想搞个科研,试验连续开机的极限。"

"你就不怕烧坏了电视机。"路雪桥说。

"够年头了,坏了也不可惜。我把数据提供给厂家,说不定还能奖励我一台新的。"

凌寒乡坐在写字台旁,翻看老科长写的东西。在凯恩斯《我们后代的经济可能》一文中,用红、蓝、绿三种颜色的笔画了很多横线,每页都有批注:凯恩斯的预测不准!一九三〇年他提出,随着科技革新和资本积累,人类将在一百年后彻底摆脱贫困,遗留的社会问题将是后贫困时代的富裕的烦扰。现在距百年预期已为时不远,人类并没有摆脱贫困,还在因贫困而不是因富裕烦扰,经济问题仍然是人类的永恒问题。在写字台的另一侧,是《青云日报》元旦社论——《同心铸就梦想》,用红笔对原文做了多处修改,在"百年激荡,充满自豪"下画一道,批注:充满自豪,也饱含屈辱;将"自警图治"改为"自励图强";将"汲取历史教训"改为"吸取历史教训",批注:汲取通常搭配美好事物,比如汲取营养。

凌寒乡说:"看来这场病没伤到脑子,竟敢改《青云日报》的社论。"

"身子废了,脑子没废。"老科长指着社论说,"改的余地很大。"

"这样好不好,有一些稿子给你送家来,你帮忙把把关?"来的路上,凌寒乡和路雪桥商量,把《机关通讯》的部分稿子交给老科长编审,开点稿费,一来发挥他的长处,二来贴补他日常生活之用。

"女儿不回来了?"路雪桥问。

"全家去澳大利亚旅游了。"

"屋子这么乱,也不知道收拾收拾,哪有过年的样。"凌寒乡说。

"昨天燕子带处里的同志打扫了,才一天就成这个样子,一会儿让她们再来一趟。"路雪桥说。

"不麻烦了,这不挺好的吗?雾气缭绕,一桌子寂寞。"

"我发现你不结巴了,一病抵一病。"凌寒乡说,"好好养病,有事直接找我。"

回机关的路上,凌寒乡接到了陈燕影的电话,请示他晚上顾全衡与群众共度除夕用不用写一篇侧记。凌寒乡同意,说只发侧记,不发消息。

路雪桥把车窗打开一条缝,说:"燕子很能干。你知道她最崇拜谁?"

"谁？应该是你。"

"她跟我最近最好，但最崇拜的是你，发自骨髓，五体投地，难以自制。"

"开什么玩笑！"

"怎敢跟书记开玩笑。"路雪桥收起笑容，"这是真的，你感觉不到？"

凌寒乡打断了这个话题，说："老傅走了，老燕退了，下一步，大稿子转到研究室，尚可调过去，任副主任，办公厅的文字主要靠小陈。"

"邵尉提出要去体育局，你同意吗？"

"骨干都放走了，办公厅的活谁干？我始终认为，干部交流在办公厅不能简单化，有的岗位必须职业化，比如写讲话稿、审修文件，不能为了交流而交流。当初对你不就是定向培养吗？小邵的事先放一放。"

晚上八点半，凌寒乡先一步到了居民小区。他一再说不要兴师动众，减少陪同人员，只请社区书记参加，让基层同志过个消停年，结果区委书记、街道书记、社区书记早已等在居民楼下，迎候顾全衡，给市委书记拜年。

一家人边包饺子边看电视边等待，他们只听说有市领导要来，并不知道是市委书记。顾全衡突然出现，全家人惊喜万分。男主人是企业中层干部，女主人在超市做管理工作，言谈举止不同于普通工人和店员。他们夸市里的变化，夸全衡书记领导得好，夸区、街道和社区干部关心百姓，还列举了一些数字，准备比较充分。吃过饺子，主人送顾全衡到楼下，院子里已摆好了烟花，社区书记请顾全衡和群众一起放鞭炮，这是基层的即兴之举，不在活动方案设计之内。五彩烟花腾空而起，绽放出共度佳节的欢快喜庆。

陈燕影将侧记送凌寒乡审改，凌寒乡将题目改为《市委书记与群众共度除夕》。忙完这场活动已是大年初一，凌寒乡送陈燕影回家。马路空旷如野，鞭炮声此起彼伏，大街小巷张灯结彩，千家万户灯火辉煌。

"头一次以这样的方式过除夕吧？"凌寒乡问。

"是，我觉得特别有意义。"陈燕影满心喜悦。

"这些年,我和自华主任都是这样过的,你要有吃苦的准备。"

"我愿意。"陈燕影情不自禁地说。

"新的一年了,许个愿吧。"

陈燕影脱口而出:"愿所有的不愿留在旧年,愿美好的心愿成于新年。"

大年初一上午,凌寒乡率领办公厅、研究室领导班子成员到顾全衡家,给书记拜年,这是多年形成的传统。顾全衡已经从绿岛宾馆搬进了新家,除了凌寒乡其他人都是第一次来。顾全衡的爱人热情招呼大家,保姆端茶倒水。这个保姆是杨立德去顾全衡的山东老家精心挑选来的,之所以选上她,看中的是她曾在部队首长家干过,经过深入了解,人忠厚老实、勤快伶俐。凌寒乡仔细打量保姆,发髻规整,衣着洁净,步态轻盈。

"大过年的,不在家里陪家人,跑来给我拜年,你们家属该对我有意见了。"顾全衡穿着家居服从书房出来,人未到,话先到。

凌寒乡说:"您常说要把干部当家人、当亲人,我们是来走亲戚的。给您服务快一年了,许多地方做得不到,让您着急上火,我们心里过意不去。"

"不是因为过年才说拜年话,"顾全衡说,"客观地说,你们在许多方面是超过天顺市委办的,特别是文字水平,符合我的特点,我是非常满意的。自华同志去世,我很痛心,太可惜了。过年你们一定代我去他家看看,转达我的心意。"

路雪桥说:"寒乡书记代表您去过了,他爱人向您表示感谢。"

"要经常去,他家里有什么困难帮助解决。"顾全衡扭头对程明建说,"今后大稿子放到研究室,这是对你们的信任,你们要向自华同志学习。我的性格比较急,总是批评人,你们要正确对待,如果懒得批评了,肯定不是好事。"

程明建掏出笔记本,准备记下书记的要求,表示一定加倍努力,不辜负书记的信任。

顾全衡对路雪桥说："你去档案局,任务不是轻了。档案工作要从重管理向重服务转变,一手抓档案资源,做到应收尽收;一手抓档案服务,利用信息化手段,推进档案资料开放共享。据我所知,市档案馆规模太小,设施落后,你们搞个调研,给市里写个报告,我们专项解决。"

路雪桥由衷感谢书记的关心和支持,她说："我还没到位,书记的重要指示和支持措施已经到位了。"

凌寒乡说："书记这么熟悉档案工作,我们自愧不如。"

顾全衡说："咱们的职责就是把分内的事情做好,特别是涉及老百姓的事马虎不得,对老百姓负责就是对党负责,损害群众利益就是损害党的利益。刚才,我正在看一篇文章,讲的是民本思想,文章从孔子'民可使由之不可使知之'说起,列举不同的标点断句所表达的不同理念。雪桥,你是学中文的,考考你,有几种标点方法?"

"大概有四种。"路雪桥回答。

"你说的应该是最新成果,文章只说了三种。标点断句的不同,反映了对老百姓的不同态度。老百姓是主人,我们的工作没做好,老百姓骂的是共产党,办公厅、研究室有责任把好关。"顾全衡站起身,"你们都很辛苦,平时很少表扬,今天我要说,真心地感谢你们。"

正月初三,凌寒乡去监狱看望周子恒。周子恒的光头乌青锃亮,面色是久不见阳光的惨白,精神并不沮丧,身体似乎胖了些。

不等凌寒乡开口,周子恒说："正月不理发,年前刚剃的头,挺精神吧,新年新面貌。"

"还记得咱们插队时说的话吗? 吃得了知青的苦,什么日子都能熬过来。"凌寒乡说。

"当然记得,刚插队时一年吃不上两顿细粮,这里吃的比知青点强多了。"

"四年,你就当又插了一次队。"

"死了那么多人,还有老傅,我罪不可恕。四年插队,四年大学,四年牢狱,十二年一个轮回。我不哀自己,而是哀老傅,从此阴阳两隔。"

"不能怪你，老傅不会怪你，我们都不怪你。"凌寒乡安慰他。

"可我不能不怪自己。蹲大狱不过是换个活法，就像肉馅，包严了叫饺子，张着口叫锅贴，压扁了叫馅饼，团成团叫丸子。东西还是那东西，就看放哪儿。在外面叫我周老板，是个人物。到了狱里，人称罪犯，只有一个代号，狗屁不是。"

"相信你周子恒倒不了，一定有东山再起之日。"

"尽管放心，我在哪儿都能过得很好。人类发现新大陆是因为走错了路，牢狱四年对我来说是岔道，也许我会有所发现。出去后，用不了多久周老板就会活过来。"

探视的时间到了，凌寒乡说："家里不用担心，有我们。一会儿我去看老傅，替你敬他一杯。"

以往每年春节，六个人聚会一次，一下子少了两个人，今年聚不成了，今后也难再聚。

"有件事，想来想去还是跟你说吧。"周子恒说，"前些天，邵尉来看我，说他想调到市体育局，你不同意，求我跟你说情，放他走。如果不太为难，你就成全他，让他干点自己喜欢干的事，算是我求你了。"

"好吧，我答应你。"凌寒乡说。

午后，凌寒乡来到雪岭墓地，点燃一支烟，置于墓碑上端，酱货、果仁装盘。他燃着了一本《修竹集》，将另一本立在墓碑底座的正中，又打开一瓶白酒，斟满两杯，一杯洒在地上，另一杯自己喝掉，洒一杯喝一杯，一直坐到夕阳落尽。

临走，凌寒乡深深鞠了四个躬，拍了拍墓碑，念叨了一句他稍做改动的古诗："一滴可曾到九泉？"

四十四

省两会开过了，凌寒乡还是市委副书记，曹小力还是常务副市长，两人官居原职。新的传言随之而起，解析他们没能升迁的原因。

传言说,凌寒乡与市委办公厅的一位女领导干部关系暧昧,他们俩在大学时是恋人,情深意长,旧情未断,长期保持不正当男女关系,他之所以没有再婚,就是期待旧梦重圆。凌寒乡搞权色交易,不顾众人反对,把情人提拔为厅领导。凌寒乡借女儿结婚之机,大操大办,收取巨额礼金。这些事尚未查实,只好搁置不动。

传言说,曹小力搞权钱交易、权权交易,收受巨额贿赂。曹小力与大德公司的老板是拜把子兄弟,口忙街项目搞假招投标,交给了大德公司,并指使新区投资公司给予贷款担保。曹小力与一个政治骗子交情颇深,通过政治骗子的牵线搭桥,以最低价格把几百亩地卖给某钢铁企业,相当于白送,强令环保部门批准环评。他的老婆孩子已移民美国,在国外购置了豪华别墅,资产全部转移海外。曹小力是不折不扣的大贪官,有可能是青云史上最大的腐败案件,省纪委已立案调查,并多次函询,走读式谈话,劝他主动说清问题,争取从轻处理。曹小力不是提拔不提拔的问题,而是官位保不保的问题。

对曹小力的不利反应不止传言。针对白江新区虚报浮夸、数字造假的问题,省政府调查组开展调查,区有关部门多名干部受到政纪处分。受处分的同志愤愤不平,他们向省上反映,区主要领导找他们分别谈话,压指标,增速度,他们是不得已而为之,否则过不了关,要处分首先应处分曹小力。可调查组从会议文件和讲话中找不到半句文字记载,举报信中列举的事实说明不了任何问题,"潜力很大,可以再快一点""勇争第一,唯旗是夺""为全市做贡献,献礼十八大",这些话根本不涉及指标,谈不上强迫弄虚作假。此事挫伤了新区广大干部的积极性,他们说,新区的一手好牌被曹小力打得稀巴烂。

路雪桥的任职文件已经印发,她明天将走马上任。对新任的各区县、各部门一把手,市委书记要亲自谈话。顾全衡正在省委党校学习,把谈话的任务委托给凌寒乡。

虽然两人是那种熟得不能再熟的关系,很多时候上下级的概念比较模糊,但程序还是要走的。凌寒乡说:"工作上的要求全衡书记都提过了，我也没有更多说的。明天上午，我和组织部的同志去局里宣布。今天晚上，厅领导班子全体成员一起吃个饭，大家送送你。"

"这顿饭能不吃吗？你知道我怵头应酬。"

"这不是我的提议，是大家的一致要求。你在办公厅的年头最长，都舍不得你走。"

"燕子和秘书处的同志今晚也想聚聚，时间上冲突。"

"你们改个日子吧。邵尉调体育局的事，组织部已经同意，任副局长，主抓群众体育。两好合一好，一并庆贺。"

路雪桥说："好吧，吃过饭，我收拾一下东西就此告别，明天直接去档案局上班。"

晚饭后，路雪桥回办公室收拾东西，凌寒乡来送她。路雪桥正专注地看一本尚未装订的书稿，见凌寒乡进来，下意识地合上了。凌寒乡见封皮上印着隶书体的"思雨"，问："你的诗作？"

"不全是。"路雪桥打开书稿给凌寒乡看，"是咱班同学的作品。文联有一笔扶持诗歌创作的基金，我正在申请，征集了部分同学的诗作，想出一本集子，叫《思雨》，副标题是《曾经的我们》。"

凌寒乡翻看诗作，大部分是大学时的作品，少部分是毕业后写的，有一些公开发表过。经年累月，这些平实质朴、真情表露的诗，仍然具有打动人心的力量。第一首是许清如的诗《追求》：

> 你看见的一切，
> 早已不在眼前，但你依然睁着眼。
> 你走过的路，
> 布满了动物的足印，
> 而你无耻地钉下了界木。
> 要说的话在沉默里，
> 沉默是夜晚的叹息。
> 你拼了命去追求什么是追求，

如今你不再追求，
却实现了追求。

第二首是曹小力的诗《我只是我》：

没有一条河不弯曲，
没有一座桥不拱起，
没有一轮明月圆而不缺，
没有一缕阳光为你泣血。

踩过自己的脚，
撞过云的头，
或许会愁，
独上高楼。
人恼落叶，
我不念红肥绿瘦。
歪歪扭扭才叫路，
哭哭笑笑不死不休。
如同天上的太阳，
只有我一个，
绝无同伙。

第三首是周子恒的《流浪》：

眼未睁开就见到天狼，
不会走路已开始流浪，
走遍世界，
再也爬不上降生的那铺炕。

水有多宽路就有多远，
山有多高水就有多长，
手握双桨敢漂泊大洋，
迈不开脚步，只能困在囚徒的牢房。

可以回头看，但要朝前走，
活着回不去，只能向远方，
路不会白走，赠你山重水复。
过往的迷茫在一个清晨醒来，
人在旅途，心不荡漾。

再往后看，凌寒乡发现折叠着一首诗，打开细看，那是他大二时写的《无题》：

寒烟生处故乡云，
荷塘低语伴晚林。
雪花飘落空山景，
乔木一叶满世情。

诗的署名是冷村，寒对冷，乡对村。这是一首藏头诗，是他写给路雪桥的，也是他唯一的诗作。诗写景状物，实是抒情表意，从中挑出五个字，便是他的心语。也许是那个年代特有的羞涩和含蓄，似说非说，朦胧缥缈，心中有，嘴上无，一切尽在不言中。就这样，藏头诗悄无声息地永远藏在了心底。

是否同意收录这首诗，路雪桥在等他定夺。凌寒乡把纸展开，抚平，重新夹回诗集里，默许同意。青涩的青春、青涩的情感，不会再有了。

最后一首诗是路雪桥写的《我和你——有感于雨雪交加的夜晚》：

雨是化的雪，

雪是冻的雨。

是雨还是雪，

问云云不语。

身冷片片来，

身暖滴滴去。

冬飘天下白，

春落地上绿。

前世同为云中梦，

今生共是水中曲。

你是我，我是你，

一朝分，再相聚。

　　这首诗唤起了凌寒乡埋藏已久的记忆。一九八二年，大学毕业，同学们急匆匆各奔东西。凌寒乡身为班长，借了一辆三轮车，把外地同学连同他们的行李一个一个送到火车站，他是最后一个离校的。路雪桥送他到车站，红着眼圈说："我妈需要人照顾，我没有勇气随你去内蒙古。"说完将一个粉色的信封交给他。汽笛长鸣，车轮滚滚，呼啸着驶向远方，站台上只留下路雪桥孤单的身影。凌寒乡在车上打开了信封，看到的就是这首诗。

　　司机过来把路雪桥的东西搬到车上，路雪桥说："我走了。"

　　"我送你。"

　　两个人沿着靠近院墙的甬路缓步走向大门，天空飘起了毛毛细雨。路雪桥说："回去吧，免得有人说闲话，影响你进步。"

　　"清者自清，浊者自浊，闲人除了说闲话就是干闲事。律己服人，量宽待人，随他去吧。"

　　陈燕影跑过来，送给他们一把伞，转身跑了回去。

路雪桥撑开雨伞,对凌寒乡说:"你也该再找一个了,妞妞成了家,你不能总是一个人。"见凌寒乡不接话,她接着说:"你不觉得燕子对你有特殊的感情吗?"

凌寒乡木然无语,他接过路雪桥手中的雨伞。

路雪桥说:"你不知道燕子有多懒,每天靠闹钟叫醒,这么多年我对她的几次批评,全是因为她早晨上班迟到。你以为她现在起大早就是想跟你锻炼身体?"

"怎么可能呢?妞妞比她小不了几岁。"凌寒乡苦笑。

"有什么不可能的,女孩子喜欢人,眼睛会说话,她看你的眼神跟看别人不一样。我问过她,想找什么样的人,她毫不掩饰地说要找你这样的,儒雅、孤傲,还有一点忧郁。"

"文学青年的小资病,你劝她少看点《简·爱》,多看点简史。"

"你不懂女人。女人最不缺的是感情,最缺的也是感情。富有的女人不是有钱,而是有爱,那些奢侈品、华丽时装填补不了感情的空虚。"

"这一点我同意。"

"燕子可不是一时冲动。有的事你不在意,却影响女孩子对感情的判断。有一次,至胜书记到鹿大给学生做形势报告,燕子参与了报告稿的起草去听会。散会后,下起大雨。你看见她站在路边等公共汽车,招呼她上车,送她回机关。你还有另一场活动,把她放在了机关侧门。门前的积水没过脚面,她正犹豫怎么过去,你的车倒了回来,拉上她绕到正门,一直把她送到楼前。每次她跟我说起这件事,眼里都看得见泪花。她说她有了一种从未有过的依靠感。是的,从你的角度讲,关心干部是小事一桩,但在她那里,从点滴小事她看到了性情,感受到了关爱。女人要的真的不多。"

"很羡慕她们,有那么多选择的可能,实在不行还可以重新来过。像我这样的人,无风都起浪,假如真的有非常之举,还不炸了锅?到了这个年龄,我想得到的和能得到的东西所剩无几,只希望我关心的人和关心我的人平平安安。"

"清如来过几次电话,请咱们去她的民宿。"

"好久不见了,挺想她的。她还好吧?"

"挺忙的,特别是春节长假,游客爆满。她说了,日子不够过的,过好了才叫口了。"

"说起来也不远,却好像相隔天涯海角。'五一'放假去看看她。"

路雪桥轻轻拉住凌寒乡的手,跨越三十年,两人的手第一次以这样的方式牵在了一起,尽管短暂却弥补了青春的缺憾。雨水沿着伞边流下,细如丝线,流入心田。到了大院门口,路雪桥转过身,久久凝望灯火通明的市委大楼,万般不舍地乘车离去。

顾全衡去北京参加全国两会,凌寒乡得空再次回到兴盛村。站在村口的石桥上,河水潺潺,雨雾蒙蒙,岸边烟柳垂地,满目的乡村水墨图景。大田里,几辆拖拉机正在翻耕作业。凌寒乡来到地头,眼前浮现出知青时春耕的一幕。

那一年,第一小队更换生产队队长,村民一致推荐田大海接班,公社党委没批准,明确指示,必须选拔知青,凌寒乡当上了队长。田大海和村里的青年不服气,处处与凌寒乡作对。第一小队的春耕进度在全大队垫底,凌寒乡万分焦急。田大海驾驶一辆翻地拖拉机,磨磨蹭蹭,不是没油了,就是机器坏了,有时干脆歇工。凌寒乡催促他,他躺在地头理都不理。凌寒乡踢他一脚,他一跃而起回敬一脚,两人扭打起来。凌寒乡不是他的对手,情急之下操起拖拉机上的大号板子,砸在了田大海的肩膀上。田大海包扎好伤口直奔公社告状。公社党委明确了性质,这是一起破坏干群关系的恶性事件,要求大队党总支严肃处理,撤销凌寒乡生产队队长的职务,责令其做出深刻检查,并通报全公社。第二天,老支书带着儿子田大海到公社,交上了一份田大海写的事件经过,承认自己消极怠工,影响了春耕进度,不服从领导,先动了手,自己负有全部责任。凌寒乡在生产队做了检讨,主动给田大海进行经济赔偿,提出辞去生产队队长的职务,但大队党总支未予通过。

想起当年的热血冲动,凌寒乡禁不住会心一笑。都曾拥有青春岁月,都曾有过激情勃发,回想走过的大半生,最生动跳跃的记忆,恰恰是那些挥洒天性的狂野和敢做敢当的气概。这一切早已离他远去,活着活着就成了另外一个自己。

一辆拖拉机开到地头,凌寒乡说:"我来开一趟。"

"你会开?"拖拉机手用怀疑的眼光看着他。

"当然啦,我在这里干了四年的农活。"说着他登上了拖拉机,简单了解一下操作要领,熟练地驾驶起来,渐渐消失在田间的尽头。铧犁过后,松软的土地涌起黑色的波浪,春天从湿润的泥土中苏醒过来。

这片天地依然广阔。三十多年前,一群十七八岁的学生,满腔热血来到这里播种梦想,又从这里走向四方。人生的变化大多由不得自己,但凡可以改变的部分又只能依靠自己。不要以为曾经淋过雨,就断定此生离不开伞。走的路再长,生活的改变再大,当你站在脚步停止的地方才发现,离人生的原点并不太远。

归去,归去,一犁春雨。